世界传世藏书

世界禁书文库

马松源 ⊙ 主编

线装書局

目　　录

世界传世藏书

世界禁书文库

目录

世界禁书文库

妇女乐园

【法】埃米尔·左拉⊙著

蒋旭京⊙译

线装書局

一

从瑟堡开出的火车才刚刚到达了圣·拉扎尔车站，黛妮丝就急切地从车站上走出来，因为她和她的两个弟弟昨晚在一辆三等客车的硬板座位上过了一夜。她一只手牵着北北，日昂跟在她身后边，三个人在旅行后都呆得十分疲劳，这个庞大的巴黎，使他们惊慌失措但又茫然不知所去，抬着头观望着各店家，每到一个十字路口便向路人打听米肖狄埃街，因为他们的伯父鲍兑就住在那条街上。可是当他们三个走到盖容广场的时候，黛妮丝惊讶地停了下来。

"啊！"她说，"日昂，你看一看。"

他们全站住了，互相凑在一起，三个人的衣服都是黑色的，因为他们穿着为父亲穿的旧的孝服。黛妮丝，就她二十岁的年纪来说，她显得很瘦弱，家里也十分贫困，常常手提着一个小包；而在她的另一边，五岁的小弟弟，一会儿拉着她的胳膊，一会儿又在她肩膀后面。那个发育得很好的十六岁的大弟弟，空手站立着。

"啊！"她接着说道，"原来是一家店铺！"

米肖狄埃街和圣奥古斯丹新街的转角上，有这样一家绸缎店，在已近十月的柔和薄明的日光下陈列出令人眼花缭乱的商品。圣·洛施教堂的钟刚响了八下，巴黎的清晨里，只有匆忙去上班的一些职工以及在小店家出出进进的一些家庭主妇。在这家店门前，有两个店员，爬上梯子刚挂好几件毛织品，同时，在圣奥古斯丹新街的一个橱窗里，另一个店员正躬着背跪着，在里里外外认真地折叠一小段蓝色绸子。店铺里还没有顾客，职工也才刚刚来到，里边却已经嗡嗡地响着，好像是一座开始活跃的蜂房。

"老天！"日昂说。"这个可比瓦洛额强多了……你们的店没有这么好。"

黛妮丝叹着气。她在她那个城市最大的绸缎商柯尔奈耶店中工作过两年；如如今突然见到的这个店铺，让她觉得，房子真大。她的心胸开始膨胀，她有了兴趣，恋恋不舍，把别的事都忘记了。在对着盖容广场的那一面，一扇从上到下全是由玻璃构成的高大的门，布满了各式各样镶金的装潢，且一直升到顶层楼。两个人体模型——面带笑容的女人，半露着胸部仰着脸，挂起一面招牌："妇女乐园"。然后，沿着米肖狄

3

埃街和圣·奥古斯丹新街有几面凹进去的橱窗，那里不仅有了路角的店面的一半，还占据了四间门面，两间在左边，两间在右边，而且都是新近装修过的。这个店家，远看去，觉得真是大得令人吃惊，底层有许多好看的商品，透过这些商品上方的玻璃可以望见柜台内部的全景。楼上有一个穿绸衣服正在削铅笔的姑娘，另有两个姑娘在她的身旁，铺开了几件丝绒大衣。

"妇女乐园"，日昂发出美少年的柔和的笑声念道，"这真漂亮，必定会吸引好多人来！你说是吧?"

可是黛妮丝已经在正门口在那陈列的闪光的商品前面出神地站住了。在那里，在街道的露天下，在人行道上，有一大堆诱人的廉价物品，这些东西摆在门口是引诱一些过路的顾客顺便来买的。在它上方还挂着一些毛织品和布料等，美利奴呢，绵羊毛呢，麦尔登呢什么的，从夹层楼上垂下来，像旗子似的飘舞着，还有各种各样的颜色——石板灰、海军蓝、橄榄绿，上面排满了白色的标价牌子。围着门道挂着一条一条的皮子，就是镶衣服用的窄条皮边，灰的像小灰鼠一样灰，白的像天鹅肚子那样雪白，还有充银鼠和充貂皮的兔子皮。在下面，架子里，桌子上，在一堆零头货物中间，堆满了等待白送的帽袜一类的小东西，品种有毛线编织的手套和围巾，风帽，背心，全部都是各样的冬季陈列品，杂色的，黑白线的、条纹的，还有血红色带点子的。黛妮丝看见一块标价四十五生丁格子花呢的还有长条美国貂皮才一法郎，几乎无指手套只要二十五生丁。这是一次大甩卖，这店家似乎旧东西太多了，要把不用的东西扔到马路上去。

他们暂时忘记了鲍兑伯伯。就连北北，也从没放开他姐姐的手，两只眼睛张得大大的。侧面过来一辆马车这三个人赶紧离开了广场的中心；他们机械地向圣奥古斯丹新街走去，他们沿着橱窗走，但每当看到一堆陈列的商品就又停住脚步。他们首先被一片复杂的布置吸引住：上边，斜摆着几把雨伞，仿佛搭成一座田舍的尖顶；下边，吊在三角架子上的几双丝袜，显出滚圆的小腿形状，还有 一些印着蔷薇花束的，是各种颜色的，黑色镂空的，红色镶边的，还有 肉色的，如同金发女人的皮肤那么柔和；最后，在铺着呢布的木板上，匀整地排列着一些手指长手掌小的、古拜占庭式的手套，表现出女性的细巧用品在未穿戴前所特有的如天然的优美。然而最后一个橱窗里的东西特别吸引他们。这里陈列的着绸子、缎子和丝绒，在柔和而且颤动的色彩里，发射出最美妙的花卉光芒。顶上头是丝绒，从乌黑色到奶酪色；下一层是缎子，粉色的、蓝色的，然后，逐渐淡下去，看上去无限柔和；再下一层是绸子，色彩和彩虹一样，但是卷成贝壳形，像是缠着弯曲的身体，由店员们把它们布置得栩栩如生；每一种艺术设计，每一组色彩的陈列品，中间插入经过选择的配称——一条随风飘动着的乳白色的薄薄的丝绢带。就在这个橱窗的两端上，有两堆大东西，这个店家专有的两种绸子——"巴黎幸福"和"金皮革"，这两种纺织品在绸缎业里正掀起着一次新革命。

"啊！那种薄绸子才五法郎六十生丁！"黛妮丝惊讶地望着"巴黎幸福"喃喃地说。

日昂开始厌烦了。他拦住一个过路人。

"先生，哪一条是米肖狄埃街？"

然后，三个人又绕着人家指的路往回走。可是黛妮丝一走另一条街，就又被一个橱窗吸引住了，这个橱窗里陈列的是女人的服装。在瓦洛额的柯尔奈耶店铺里，从来没见过的这样的东西到处都是，她惊奇得走不动了。在最里面，一大条珍贵的布鲁日花边，如同神坛的幕帐张开着，展开两片微带褐色的白色羽翼；阿郎松的各色裙饰的刺绣，扎成了花环；然后从上到下，像落雪一样飘动着各式各样的花边，有马林式，有瓦郎西诺式，有布鲁塞尔的敷花，有威尼斯的刺绣。左右两边是有用布包起来的柱子，那个天幕显得快速地向后退去。这些女装像是为赞美女性而建立的礼拜堂：正中央摆着一件不平凡的物品——一件有银狐装饰的大衣；这一边，是栗鼠皮里子的短披风；那一边，是一件羽毛织成的呢外衣；最后，是一些白色开斯米和白色厚绒的舞会女外衣，不仅装饰着天鹅绒或者绲边，而且各式的花色具备，价格从二十九法郎的舞会女外衣起，一直到标价一千八百法郎的丝绒大衣。人体模型的圆圆的乳房把料子顶了起来，健壮的臀部看上去身材的更加窈窕，上边没有头，只用一方大标价牌子来代替，用针别在红色麦尔登呢的假脖子上；同时橱窗两边经过巧妙的设计镜子的，把这些形象的美丽无限地增多了，反射出来，使得满街上尽是这些要出卖的美丽女人，她们顶着大字的标价牌子当作头颅。

"多么出色呀！"日昂悄悄地说，他找不出别的话来表达他的心情。

这一次他自己也不能动弹不了了，他大张着嘴，这些豪华的女性用品令他快乐得涨红了脸。他天生长得美，像一个女孩子，这种美仿佛是从他姐姐身上偷来的。皮肤闪着光彩，鬈曲的头发是灰褐色的，柔媚的嘴唇和水灵灵的眼睛。黛妮丝惊讶之中站在他身边，显得愈加瘦小了，她的面孔是长的，嘴很大，脸色憔悴，头发无光。北北同样也是金发，类似一种幼儿的金发，他像是迫切地在要求保护，所以更紧紧地依附着她，橱窗里的漂亮女人使他迷惑而又快乐。这三个身穿黑色破衣服的金发人儿——忧愁的姑娘站在可爱的幼儿和漂亮少年中间，在人行道上，显得那么特别，而且过路

的人都微笑回头看他们。

一个白头发和黄色面孔的胖子，站在街道对面一家小店铺门口，望着他们有好半天了。他站在那里，红眼睛充了血，歪着嘴，为了妇女乐园陈列的货品早已抑制不住自己，及至看见这个年轻姑娘同她的两个弟弟，他的愤怒终于达到极点了。这三个傻瓜这样张着大嘴站在刽子手所摆的东西前面干什么呢？

"伯伯在哪里呢？"黛妮丝像是惊醒过来突然说。

"我们已经到了米肖狄埃街，"日昂说，"他必定就住在这一带。"

他们抬头向四周里观望。就在他们后面，在那个胖子脑袋的上方，他们望见了一块黄字绿招牌，被雨水淋得变了色："埃尔勃夫布匹法兰绒老店，奥施柯诺的后伤鲍兑"。这间房子，墙上的粉刷后已经斑斑点点，在高大的路易十四式建筑物的包围显得很矮，它的正面有三个窗户，每个窗没有窗扉，只装着一道简单地铁栏杆，但在这种毫无装潢中间，黛妮丝觉得最触目的——因为她的眼睛里还充满了妇女乐园的明亮的陈列品——便是底层的店面，它被巨大天花板压在下面，上边的夹层很矮，像个半月形的牢狱似的窗口。一片嵌板，跟招牌的颜色一样，但时间久了，便也染上赭色和沥青色，左右两边开了两个深深的橱窗，黑乎乎的，人们模糊地望得见堆在那里的料子。门是敞开的，似乎正通向一个潮湿阴暗的地窖。

"就在那边，"日昂又说。

"好吧，我们就进去吧，"黛妮丝说。"来呀，北北。"

三个人边走边感到一阵胆怯，和慌乱。他们的母亲很早以前害热症离开了人间，一个月后，他们的父亲也因为害了同样病死掉了，当时他们的伯父鲍兑受了这两次丧事的震动，就给他的侄女写了一封信，信中说如果她愿意到巴黎来试试她的运气，他店里总可以有一个位置给她；不过这封信已经快近一年了，而且现在这个年轻的姑娘很懊悔事前没有通知她伯父，只凭冲动就很快离开了瓦洛额。他们的伯父是不认识他们的，他在很年轻的时候就出了远门，进奥施柯诺布店当小伙计，最后又娶了这店家的女儿，始终没有再回到家乡去。

"鲍兑先生在哪儿？"黛妮丝终于下决心向那个胖子问话了，那个人对于他们的样子觉得很惊奇，一直在注视着他们。

"就是我，"他答道。

这时黛妮丝满脸通红，喃喃地说：

"啊，好极了！……我是黛妮丝，这个是日昂，这个是北北……伯伯，您看，我们来啦。"

鲍兑似乎被吓得突然愣住了。一双布满血丝的大眼睛在那副脏脏的黄面孔里转来转去，说话慢吞吞现出为难的样子。他显然是做梦也没想到这么三个人会落到他身上来。

"怎么！怎么！你们到这儿来啦!"他重复说了好几遍。"可是你们是在瓦洛额的呀!……为什么你们不在瓦洛额了呢?"

她用柔和而有点颤抖的声音向他做了一番解释。他们的父亲因为开染坊而把最后一文钱用光了，所以他死后，她就成了两个孩子的母亲。她在柯尔奈耶店里赚的钱，不够养活他们三个人。虽然日昂在一个修理旧家具的木匠店里作工，可是他连一文钱也拿不着。但他养成了对于古物的嗜好，他会在木器上雕刻一些图像；甚至有一天他找到了一块象牙，为了娱乐刻了一个小人头，仍然被一位过路的先生看到了，而且还因为这位先生应允给日昂在巴黎的一家象牙店里找一个差使，他们才下定决心离开瓦洛额。

"伯伯，您瞧，日昂明天就他新主人那里去做学徒了，那里不要钱，而且供给他伙食和住宿……我也考虑过我和北北，我们总可以过活。我们不会比在瓦洛额的情形更坏。"

她隐瞒了日昂乱搞恋爱的事情，日昂给城里一个贵族的女儿写过几封信，还爬上墙头接吻，并惹了一场是非，这才使他决心离开家乡。她看着这个大孩子，那么漂亮，那么活泼，世上所有的女人都喜欢他，她便抱着做母亲的惴惴的心情，还为了管教她的弟弟，所以非把他带到巴黎来不可。

鲍兑伯伯仍平静下来。他又提出了几个问题。可是等到他听见她这样来谈她两个弟弟的时候，他就比较亲切了。

难道"你的父亲什么都没有给你们留下吗?我想他总应该还能剩下一点钱的。啊!我过去劝过他多少次不要干这个染坊啊!人倒是一个好人，只是头脑太不中用!……现在这两个孩子成了你的累赘，你不得不养活这两个小东西了!"

他后来阴沉的面孔明亮起来，眼睛也不像观望妇女乐园时那么发红了。忽然他注意到自己正挡在门口。

"来吧"，他说，"进来吧，既然你们已经来了……进来吧，总比无聊地在这里东瞧西看好。"

7

他最后又绷着嘴向对面陈列的货品望了一眼，然后给孩子们把路让出来，他抢先进到店里，招呼着他妻女。

"伊丽莎白，日内威芙，来呀，有人来看你们啦！"

可是黛妮丝和两个孩子面对着这个阴暗的店铺踌躇不前。街上的亮光使他们睁不开眼，他们眨着眼，仿佛站在一个陌生的洞口，脚擦地试探着，生怕脚步落空。由于这种恐惧，他们彼此紧紧地靠拢着，北北始终牵着年轻姑娘的上衣下摆，大孩子跟在后面，他们斯斯文文地走向里边，面含笑容同时担着心思。清晨的亮光衬出他们的丧服的黑影，一道斜射的阳光照耀着金色头发。"进来，进来，"鲍兑一再说。

他简单地，把事情告诉了鲍兑太太和他的女儿。鲍兑太太是一个身材矮小的女人，害着贫血病，她的脸是惨白的——白头发，白眼睛，白嘴唇。日内威芙，她母亲的症候在她身上显得更严重，憔悴而无血色，像是多少在阴暗里长大的一棵小植物。不过，她那又密又厚的黑头发，长在这么瘦弱的身体上像奇迹似的令人触目惊心，给了她一种悲哀的优美。

"进来吧，"两个女人接连着说。"欢迎你们来。"

她们请黛妮丝在柜台后面坐下来。北北就立刻跳上了姐姐的膝头，日昂靠着一面嵌板站在她身边。他们静下心来，观望着这个小店，当他们的眼睛在黑暗里习惯了，他们才可以看得见了，天花板很低，被烟熏得很黑，橡木柜台肯定用得久了磨得光光的，像是百年前的架子籀着坚固的铁片。一捆捆的货物堆到层梁那么高。布匹和染料的气味，产生出一种刺鼻的化学药品气味，由于地板的潮湿似乎加倍地浓烈。在最里边还有两个店员和一位姑娘正在整理像是白法兰绒料子。

"也许这位小先生饿了要吃点儿东西吧？"鲍兑太太向北北微笑着说。

"不，谢谢，"黛妮丝回答。"我们早晨在车站前面一家咖啡馆里已喝过一杯牛奶了。"

她因为日内威芙在看着她放在地上的那个小包包，便又说：

"我把我们的箱子留在那里啦。"

她的脸红了，她知道像这样子早上跑到人家家里来是不应该的。自从火车一离开瓦洛额，在车上她就有点后悔了；因此到达以后，她存放了行李，给孩子们吃了早点。

"我说，"鲍兑突然说，"稍微谈谈吧，好好地谈谈……不错，我一年前给你们写过信，现在你看，我的可怜的姑娘，生意不好，一年以来……"

他说不下去，显然被一种他不愿意显露的情绪哽住了。鲍兑太太和日内威芙也显出无可奈何的神情，低下了头。

"啊！"他继续说，"这个危机会过去的，我很安心……而且我已经缩减了人手，这里只剩了三个人，而眼前的情形不能再雇用第四个人。简单地说，我可怜的姑娘，我已经不能照以前跟你讲的话来用你了。"

黛妮丝紧张地听他讲话，脸色变得惨白。他不停地谈下去，又说：

"这样对于我们，对于你，都没有好处。"

"好啦，伯伯，"她最后好不容易才说出话来。"我总得想个办法来解决。"

鲍兑一家人不是坏心肠的人，可是他们没有走好运。在他们生意兴旺的时候，他们要养五个男孩子，其中有三个年仅二十岁的时候就死了；第四个走入了邪路，第五个做了大尉到墨西哥去了。家只剩下日内威芙。这一家人开销很大，而鲍兑因为在他岳父的家乡兰布义耶买了一所大房子，就把钱用光了。因此在这个诚实而急躁的老商人的胸怀里，早已滋长有一种辛酸的感情。

"事前应该通知一声，"他又说，他似乎渐渐对于自己的冷心肠感到气愤。"你应当写封信来，我会回信叫你们留在家乡的……我听到你父亲去世的时候，唉，我所说的话不过是一般情形的说法。可是你们不通知一下就跑了来……这真叫人难办。"

他说话的声音提高了，也感到了轻快。他的老婆和女儿眼睛一直望着地面，像是很顺从的人。这时日昂的脸已变得苍白了，黛妮丝把受了惊的北北紧紧地抱在怀里。她流下了两行清泪。

"好吧，伯伯，"她一再说。"我们就走。"

这一来，他没有办法再说下去。大家都不由地沉默下来。然后他又粗声粗气地说：

"我并不是存心要把你们赶出去……现在你们既然到了这里，今天晚上就睡在楼上吧！以后我们再看。"

这时鲍兑太太和日内威芙知道她们可以把整个事情安排一下了。当一切都规整下来。日昂当然用不着别人操心。至于北北，可以在戈拉太太家里寄养，这位老妇人住在奥尔蒂街上有一套底层的房间，她接受办理幼儿每月的膳宿，收费四十法郎。黛妮丝也声明她还付得出第一个月的费用。然后就是怎样安排她自己了。人们想是否可以给她在附近一带找一个位置。

"不是说万沙尔要找一个女售货员吗？"日内威芙说。

"啊，这是真的！"鲍兑叫起来。"我们吃过饭就去看他。打铁就须趁热。"

9

在这一家人谈话的时候，从没有一个顾客进来打扰过他们。店里一直黑暗着，没有一个顾客。在里边，三个店员继续在工作，悄没声息地在谈话。这时有三位太太走进来了，黛妮丝一个人呆了一会儿。想到她马上就要和北北分手，心里不好过，于是她吻了他。北北像小猫那么乖，没说一句话，把头藏在她怀中。鲍兑太太和日内威芙又回来了，她们觉得这孩子真可爱，黛妮丝说他从来也不叫闹：整天不声不响，在爱抚中过生活。在吃饭以前这三个女人就谈着小孩子、家务、巴黎生活和内地生活，谈的简短但不深入，还不熟悉有点拘束的。日昂走到店门口，站在那里再也不动了，他对于人行道上的情景很感兴趣，含笑望着过路的漂亮女孩子。

到了十点钟整，一个女仆从外面进来了。照老规矩，这一桌是开给鲍兑、日内威芙和主任店员吃的。第二桌饭，在十一点钟，是给鲍兑太太、另一个店员和那位姑娘的。

"吃饭啦！"叔叔布商大声说，一边向着他的侄女转过身来。

等到所有的人都在店铺后面的一间狭小的餐室里坐下之后，他才又招呼了那个迟迟款到的主任店员。

"柯龙邦！"

那个年轻人来了并向他道歉，说要把法兰绒整理好才能来。这个肥壮的小伙子，二十五岁，天生笨重，还一脸雀斑。他有一副老实人的面孔，还有一张大嘴，以及一双狡猾的眼睛。

"真见鬼！忙什么，有的是时间，"鲍兑说，他坐得端端正正地拿出十二分主人的细心和巧妙的手法小心地切着一块冻牛肉，用眼睛精确衡量着每一片肉，准确得差不了一克重。

他送给每一个人，并亲自切了面包。黛妮丝把北北摆在自己身边，要他规规矩矩地用餐。然而这个狭小昏暗的餐室使她不安；她四周望着这间屋子，心里总觉得不舒服，因为她住惯了乡下的明朗空旷的大房间。朝着后边的小院子只开着有一扇小窗，房子里有一条黑暗的过道通到街上；这个院子又潮湿又肮脏，如同井底一般，上面只有一个圆圈射进了模糊的亮光。在冬天，必须从早到晚点着煤气灯。逢到天气好可以不点灯的时候，它就显得更加凄凉了。黛妮丝要费好半天功夫才能习惯这里，并看清楚她碟子里的食品。

"这个小伙子胃口真不错，"鲍兑说，他看见日昂已经吃完了他那块牛肉。"他干活要是比得上他吃饭，那倒是一个了不起的汉子……可是你，我的姑娘，你怎么不吃呢？

……现在咱们可以略微谈谈了，告诉我你为什么在瓦洛额不结婚呢？"

黛妮丝把端起的杯子放下来。

"啊！伯伯，我结婚！你不想一想！……这两个孩子可怎么办？"

她终于开始笑起来，她只是觉得这个想头太奇怪了。再说，什么男人会要她呢？一文钱也没有，骨瘦如柴，又谈不上漂亮！不，不，她绝不要结婚，有这两个孩子她已经够了。

"你错了，"她的伯父又说，"一个女人早晚是要找一个男人的。如果你找到一个忠厚的小伙子，你和你的弟弟，就不会像流浪人似的跑到巴黎的街上来了。"

这时女仆又拿来一盘油焖马铃薯，他把话停住，重新斤斤计较也非常认真公平地重新分菜。然后，拿羹匙指着日内威芙和柯龙邦说道：

"你看！"他又说，"如果冬季生意不错，这两个人到春天就要结婚了。"

这是这个店铺的家长惯例。从这家店的创办人阿利斯蒂·菲内开始把他的女儿黛西莱嫁给主任店员奥施柯诺；他——鲍兑，腰包里带着七个法郎，来到米肖狄埃街，又娶了老奥施柯诺的女儿伊丽莎白；他也因此顺序地指望到生意好的时候，把日内威芙和这个店家转交给柯龙邦。如果说这在三年前就已经决定了的婚事还是这么顺延下去，他有他的顾虑，由于他的执拗和诚实：他接办这个店家的时候，生意很是兴旺，所以他不愿意在如今业务不顺利的时候，转手给他的女婿。

鲍兑继续谈下去，一边介绍着柯龙邦，说他是兰布义耶人，跟鲍兑太太的父亲还是同乡；而且他们之间还是远房的表亲的关系，说他很能吃苦耐劳，十年以来就在这店里十分辛苦，一级一级顺利地升上来！再则，他还是一个有来头的人，他的父亲就是有名的放荡子柯龙邦，原是赛纳—瓦兹省一个很有名气的兽医，是他这一行业里的一个能人，但是因为他的大吃大喝，一切全没了。

"谢谢老天爷！"布商总结一句说，"如果说父亲喝酒追女人的话，儿子却在这里学会省钱了。"

他在说话的时候，黛妮丝静悄悄地观察着柯龙邦和日内威芙。他们并排坐在桌边，十分文静，脸也不红，也没有微笑。自从这个年轻人进门的那一天起，他就期望着这场婚姻了。他度过了各种阶段，先是当学徒，又当有薪俸的售货员，终于得到了这一家人的信任和欢心，他有忍耐性，过着像钟表一样有规律的生活，并把日内威芙看作一件合算正当的交易。既然稳定可以占有她，那么他对于她的追求也便不起劲了。在年轻的姑娘这方面，是自然而然地爱上了他，但是在她这千篇一律的平凡生活里，她

是用她那稳重的天性地去爱他的，而且是一种连她自己也没有觉察到的深厚的热情。

"双方只要情投意合就行，"黛妮丝微笑着说，她认为表示亲切，应该这么讲。

"是的，人总是要结婚的，"柯龙邦不慌不忙嚼着东西说，他至今还没讲过一句话。

日内威芙瞧了他好半天，接着说：

"人们必须彼此理解，这样才什么都好办。"

他们的柔情，是在巴黎这间古老的店面里形成的。他们的柔情像是地窖里的花朵。十年以来，她就只认识他，在这个狭小幽暗的小店里，在那一堆一堆的布匹后面，她每日生活在他的身旁；两个人早晚晚在像井里一般阴凉的狭隘餐室里肩碰着肩。即便在原野上，在树荫下，他们也不会觉得比这里更安静。只是这个年轻姑娘的心里起了一种怀疑，一种嫉妒的害怕，使她感觉到她是在这个黑暗地方的摆布之下，而又由于心情的空虚和精神的厌倦，才永远许身于他的。

不过黛妮丝相信自己从日内威芙投给柯龙邦的眼光里，看出了他有一种新有的不安。于是她立即现出亲切的神情答道：

"唉，记住人们相爱的时候，他们永远是互相理解的。"

可是鲍兑仍然拿出家长的样子监视着餐桌。他已经分过了几薄片干酪，为了款待他的亲属，又要了一道零食——一瓶红酸果酱，这种慷慨似乎叫柯龙邦吃了一惊。直到如今都很乖的北北，一看见果子酱，情形就不对了。日昂听到人家谈到婚姻问题，便很感兴趣，仔细打量着堂姊日内威芙，他觉得她太虚弱了，太苍白了，心里头拿她比做一只黑耳朵红眼睛的小白兔。

"谈得差不多了，把位子让给别人吧！"布商最后说，他做出离开餐桌的姿势。"为了一次例外的招待便浪费得太多，是不合乎道理的。"

然后鲍兑太太、另一个店员和那位姑娘接替走来入座，黛妮丝又独自一个人坐在门边等着她伯父领她去找万沙尔。北北在她的脚边玩耍，日昂又回到门口去观望了。她坐了近一个钟头，对她身旁的各种事情都很感兴趣。只是偶尔才有几个顾客进门：先进来一位太太，随后又进来两个。这家店保留着它那古老的气味，它那半明半暗的光线，像所有老实的旧买卖人家一样，都在为了被遗弃而哭泣。然而使黛妮丝感到强烈兴趣的是在街对面的妇女乐园，她从敞开的门口可以望得见它的橱窗。天空上罩着阴云，虽然是在这个季节，空气里仍然暖烘烘地浸渍着柔和的潮气；那个大店家在一片像是散开了尘埃的阳光里，生意兴隆，生气勃勃。

黛妮丝感觉到这是一架机器发出高度的压力在运转，它的推动力一直传达到它所陈列的货物上。橱窗已经不像清晨那样冷冰冰的；现在它们像是暖热了，而且受着内部震动的摇撼。好多人在向橱窗里观望，一些女人拥挤着停在玻璃的前面，成群的人都毫不客气地、贪婪地观望着。各种布料在热闹的人行道中显出了活气：各种花边现出一种神秘的不安定的气象，飘动一下又落了下来，遮盖住商店深远的内部。就连那些方方正正厚实的布匹，也都在呼吸着、发散着一种诱人的气息；同时又有几件外套罩在像是有灵魂的人体模型上，愈加显出了曲折的线条，一件堂皇的丝绒大衣，像是穿在肉体的肩膀上，胸部鼓鼓的，腰肢打着颤，又柔软温暖地膨胀起来，然而这座房子像工厂一样热闹，特别是因为生意好，大家都挤在柜台那儿，人们似乎隔着墙壁都可以感觉到了。这里有一架开动的机器继续不断地发出轰响，争先恐后的顾客，拥挤在每个部门里，在各种货品中间稀里糊涂，然后冲向收银台去。这里会是有规律、有组织的，仿佛有一种机器的严格性质，一大群各类女人随着这个机器齿轮的动力和规律走了过去。

黛妮丝从清早起就已受到它的诱惑。这家店在她看来是很大的，她一个钟头看见进到里面去的人比她近来在柯尔奈耶店里六个月所见到的人还要多，这使她迷惘而又恋恋不舍；她也很想走进去，可又漠然地有点恐惧，这种微妙的心理更使得这种诱惑达于顶点。同时，她伯父的小店却又给她一种不愉快的感觉。她对于这个老式商家的冰冷的地窖，感到一种说不清的轻蔑，一种本能的反感。她所有的感觉——包括她进门的慌张，亲属的冷淡，和她在土牢似的光线里吃的那顿阴郁的早餐，她只有在这所濒于死亡的老房子里懒洋洋的寂寞中的安然等待，全由一种默默的抗议以及对生命和光明的向往热情表示出来。尽管她很好心肠，可是她的眼睛老是转向妇女乐园去，仿佛她这个女店员有了一个要求，要到那个充满光和热的大事业里去温暖她自己。

"那边的人真多！"她不知不觉吐出这么一句话来。

可是她看见鲍兑一家人站在她身边，便后悔她不该讲这句话了。鲍兑太太吃了饭，站在那里，脸上惨白，一双白眼睛奇怪地盯着瞧那个怪物；每逢她忍受着苦恼偶然向街对面看一眼，便没有一种哑然地绝望使她的眼眶里充满了泪水。至于日内威芙，她愈来愈不安地在时刻监视着柯龙邦，而他并没想到有人在窥察他，痴迷地抬头望着对面时装部里的女店员，透过夹层间的玻璃，人人都可以望得见时装部的柜台。此时鲍兑脸上现出了怒容，只简单地说：

"发光的并不全是金子。等着瞧吧！"

显然他的家人把他那一直涌到喉头的一腔怨气给压制下去了。他认为，在早晨刚

来到的孩子们面前，这么快就发起脾气来，是不大合适。最后，布商经过一番努力，才转过脸去不再看对面店家的情景。

"好吧！"他又说，"我们去找万沙尔吧！有了位置大家都在抢，明天也许就来不及啦。"

在出门以前，他吩咐第二个店员赶紧到车站上去取黛妮丝的行李。而黛妮丝也把北北托付给鲍兑太太，于是鲍兑太太便决定利用这个时间带着孩子到奥尔蒂街戈拉太太家里去谈谈，并决定一个办法。而日昂则答应他的姐姐绝不离开店里。

"只要两分钟就到了，"鲍兑领他的侄女走下盖容街的时候解释说。"万沙尔创办了一家专营丝绸的买卖，生意还兴旺。啊！他也像大家一样有自己的困难，不是这个人很精明，而且非常吝啬，所以还维持得下去……可是我想他因为风湿症的缘故就要退休了。"

这家店的位置是在小田园新街，临近沙奢胡同。店面整齐明亮，完全是现代化的装置，虽然很小，并且货物贫乏，但人很多。鲍兑和黛妮丝找到了万沙尔，他正在同两位先生热烈地谈话。

"不打搅你，"布商大声说。"我们不急，我们等一等好了。"

他们出于谨慎又转回到门口去，他对着年轻姑娘的耳朵说：

"那个瘦子就是乐园里丝绸部的副主任，那个胖子是里昂的制造商。"

黛妮丝似乎看出万沙尔正想要把他的店铺出卖给妇女乐园的店员罗比诺。万沙尔态度直率，而且神情开朗，他说话算数，是一个毫不费力就可以发誓赌咒的人。照他的说法，他的店是黄金的事业；虽然他满脸红光，肥壮健康，他在谈话中间却叫苦连天，抱怨那可恶的病痛逼他放弃幸运。可是神经质而又善变的罗比诺却不耐烦地插嘴说他很知道绸缎业所遭遇到的危机，他提到有家经营丝绸的商号就因为靠近乐园已经被挤垮了。万沙尔发火了，抬高了嗓门说：

"他妈的！像瓦布若那样的大糊涂虫，垮台是注定了的。他的老婆把什么都吃光了……而且，我们离开你们大概有五百多米远，瓦布若跟你们是门邻居的。"

这时丝绸制造商高日昂插嘴了。话声又重新低下去。他指摘大商店破坏了法国的制造业；三四个店家定行情，便像主人一样统治了市场；他的意见是说，跟他们斗争的仅有方法就是照顾小商家，尤其是要照顾专业的小商家——未来是属于他们的。因此他向罗比诺提供了大笔的信用贷款。

"你看乐园是怎样对待你的！"他又说。"从不重视你的服务，简直就是剥削人的机

14

器！……主任的位置很早就许给你了，可是从外面来了一个布特蒙，他没有什么资格，却立刻得到了这个位置。"

这种不公平的伤痛在罗比诺身上针戳一样。可是他踌躇着不敢创办事业，他说钱不是他的；他的老婆继承了六万法郎，他对于这笔款子有很多顾虑，他说，他宁可立刻切掉两只手，也不愿把这笔钱投入不可靠的事业上去。

"不，我还下不了决心，"最后他说。"给我一段时间考虑考虑，我们下次再谈。"

"随你，"万沙尔说，他藏起他的失望，露出一个老好人的样子。"不卖掉，对我是有利的。如果不是为了我的病啊……"

说着，他回到店铺的中部：

"您找我有什么事吗，鲍兑先生？"

布商一只耳朵已听到了他们的谈话，这时他把黛妮丝介绍给他，把她的历史拣重要的讲出来，说她在外省已经工作过两年。

"我听说，你要找一个练干的女售货员……"

万沙尔装出很失望的样子。

"啊！这真是命运在开玩笑！八天以前我的确是在找一个女售货员。可是我找到了一个，还不到两个钟头！"

一阵沉默。黛妮丝似乎吓坏了。罗比诺却很有兴趣地观望着她，一定是怜悯她那零酸的外表，所以顺口说出了一个消息。

"我知道我们店里时装部在找一个人。"

鲍兑情不自禁地叫起来：

"你们店里，啊！不，绝不！"

接着他又不安地呆住了。黛妮丝满脸通红！她是绝对不敢进入那家大店里去的！可是想到可以进那个店又使她充满了骄傲。

"为了什么呢？"罗比诺惊讶地又说。"这是这位姑娘一个不可错过的机会……我劝她明天就去跟主任奥莱丽太太谈一谈。最坏的情形也不过是不要她罢了。"

布商为了隐藏他内心的反感，说了些含混的话：他是认识奥莱丽太太的，至少是认识她的丈夫，那个做会计的郎姆，他是一个胖子，被公共马车压断了右臂。然后他突然转身向黛妮丝，又说：

"再说呢，这是她的事情，与我不相干……她可以自己做主。"

他向高日昂和罗比诺打了个招呼了后，便出去了。万沙尔把他送到门口，并一再

15

表示抱歉。年轻的女孩子站在店中间不动，有点怕，她希望从罗比诺口里能得到一些更加详细的消息。可是她又没有勇气，于是也跟着鞠躬，简单地说：

"谢谢，先生。"

在路上鲍兑也不跟他的侄女谈一句话。他走得很快，逼得她跟着他跑，好像有一肚子的心思迷住了他。到了米肖狄埃街他正要回家，这时邻居的一个店主正站在自己的店门口，做了个手势招呼他。黛妮丝停下来等着。

"什么事呀，布拉老爹？"布商问道。

布拉是一个高大的老年人，有着一个预言家的脑袋，长头发，大胡子，两道浓眉下边有一双锐敏的眼睛。他开着一家手杖和雨伞店，替人修理，甚至雕刻手杖的柄，因此在附近一带得到了一个艺术家的名声。黛妮丝朝这店家的橱窗望了一眼，窗里雨伞和手杖 一行一行地都排列得整整齐齐。可是见她抬起头来一看，这座房子使她大吃一惊：一间破屋插在妇女乐园和一座路易十四式的大建筑物中间，真直不知道它从这个狭窄的空档里是怎么钻出来的，它那低矮的两层楼已经摇摇欲坠。如果没有两边的支持，它早就塌下来了，屋顶的石板也已经年久翘曲，店面上两个窗户满是裂缝，虫噬了一半的招牌上都是锈斑。

"你知道，他给我房主写了信，要买这所房子，"布拉说，用他那一团火样的眼睛盯着布商瞧。

鲍兑脸色更苍白了，紧缩着两肩。在一阵沉默中，这两个人面对面地站立着，现出了严肃的神情。

"一切都必须料到，"最后他说。

于是那老人发作了，摇动着头发和他那零乱的胡须。

"让他去买这所房子吧，他要付出四倍的价钱！……可是我向你发誓，只要我活着，他就连一块石头也得不到。我的租期还有卜二年……让我们看吧，我们看吧！"

这就等于宣战。布拉转身对着他们谁也没有指出名字来的妇女乐园。呆了一会儿，鲍兑默默地摇了摇头；然后穿过街走了回家去，他的两腿都撑不住了，独自反复地说：

"啊，老天哪！……啊，老天哪！……"

听了这场话的黛妮丝，随着她的伯父走去。鲍兑太太也带着北北回来了；她立刻就说，戈拉太太随时都可以收留这个孩子。可是日昂不见了，他的姊姊很不放心。后来他满脸快活的样子走回来，热烈地谈说着林荫大道，她现出非常的神情望着他，他的脸羞红了。他们的行李已经取了回来，他们将睡在屋顶下的阁楼里。

16

"你们在万沙尔那里谈得如何啊？"鲍兑太太问道。

布商说他白跑了一趟，又说人家向他侄女谈一个位置；他用一种轻蔑的姿势，伸出胳膊指着妇女乐园，大声说：

"瞧，就在那里面头！"

全家的人都感到不愉快。晚间五点钟是第一桌饭。黛妮丝和两个孩子跟鲍兑、日内威芙和柯龙邦就了座位。小小的餐室点了一盏煤气灯，屋里食物的气味闷人。大家一声不响地在用餐。可是到了吃点心的时候，在哪里也呆不住的鲍兑太太，离开了店面走进来坐在她侄女的后面。于是从早晨起就被压制着的一场风波爆发了，每一个人都大骂那个怪物。

"这是你的事情，你可以自己做主，"鲍兑首先谈起来。"我们不愿意你受我们的影响……只是，如果你知道那是一个什么店家呀！"

他用断断续续的词句述说了奥克塔夫·慕雷的历史。简直是走红运！这个小伙子有着一个冒险家大胆创事业的气魄从南方跑到巴黎来；从第二天起，他就和女人混在一起，继续不断地在女人身上下功夫，有一次当场被人捉住，至今附近一带的人还在谈起；后来突然间，不知道是怎么回事，他又迷惑了埃杜安夫人，她把妇女乐园给了他。

竟然"可怜的喀洛林！"鲍兑太太插嘴道。"她同我还有点亲戚关系。啊！如果她还活着，事情就不会变到这样。她不会允许他这样地来害我们……她是因他而死的。是的，就死在那座建筑里！一天早晨，她去看看工程，从一个洞口跌了下去。三天以后就死掉了。她从来没有害过病，她那么健壮，那么漂亮……那座房子的石基上是染了她的血的。"

隔着墙，她用她那苍白打颤的手，指着那所大商店。黛妮丝像听童话似的安静听着，微微打了一个冷战。从早晨起在她的所感到的诱惑里所以交织着一种恐惧，大概就是因为这个女人的血吧，现在她想象中似乎看到了地底下泥土上深深的鲜血。

"人们说这样就使他走了红运，"鲍兑太太并不提出慕雷的名字说。

可是鲍兑却只是耸了耸肩膀，蔑视这种老保姆式的鬼话。他又接着讲他的故事，他从商业的观点来说明情况。妇女乐园是由名叫杜洛施的弟兄于一八二二年创办。长兄死后，他的女儿喀洛林同一个麻布制造商的儿子夏尔·埃杜安结了婚；然而她守了寡，便嫁给了这个慕雷。同时她给他带来了这家店的一半股子。结婚三个月以后，杜洛施叔叔接着也死了，没有留下孩子；因此喀洛林在地基上遇难以后，慕雷就成了巨

大财产的唯一的继承人，乐园唯一的业主。简直就是走红运！

"一个诡计多端的，一个不顾后果的危险的家伙，如果由着他去做，他准会把附近一带弄得天翻地覆！"鲍兑继续说。"我相信，喀洛林也是喜欢妄想的，她必定是被这位先生的夸大计划迷住了……简单地说吧，她听了他的话，先买了左边的房子，又买了右边的房子；等到只剩下他一个人的时候，又另外买了两所；这个商店就这样扩大了又扩大，而现在威胁着要把我们全部吃掉了！"

他虽然是同黛妮丝谈话的，但同时他却是在讲给自己听，他有一种要满足自己欲望的强烈的要求，他回味着这段诱惑着他的故事。在家里，他总是生气，总是凶暴地捏紧拳头。鲍兑太太不再插嘴了，静坐在椅子上动也不动；日内威芙和柯龙邦，眼睛往下瞧，心不在焉地捡着面包屑吃。这间小屋子是那么闷热，那么令人窒息，北北都伏在桌子上睡着了，就连日昂也把眼睛阖起来。

"等着瞧吧！"鲍兑突然又起了一股怒气说，"这些丧是惹是生非的家伙一定会折断骨头的！慕雷正碰到危机，我知道。他一定把全部赚来的钱都用到疯狂的扩张和广告上去了。还有，为了增加资本，他想出一个办法，叫大部分职工把他们的钱存放在他的店里。所以他现在连一文钱也没有，如果没有什么奇迹发生，或者假如不能照他的希望把生意提高三倍，你们看他的店会如何的崩溃吧！啊！我不是一个幸灾乐祸的人，但是到了那一天，我说话算数，我要把灯点得通亮！"

报他恨的声音继续响下去，仿佛像妇女乐园的垮台将会使这摇摇欲坠的商业重新恢复威势。谁见过这种事情？一家绸缎店什么都卖！简直就是一个百货市场！那些职工也真够人瞧的：一群小白脸，他们像是在车站上运货，对待顾客和货物像对待行李包裹，没有感情，没有礼貌，没有艺术；突然他又举出柯龙邦的例子：他——柯龙邦，受过真正好训练，他懂得怎样用缓慢而牢靠的方法做得细致，才能完成这一行业的策略。这种艺术并不是在于卖得多，而是要卖得出价钱。他还可以谈谈我们这里怎样对待他，他是怎样变成了我们的一家人，害病的时候有人看护，替他洗衣服补东西，拿他当亲属一样管教他，总之爱他！

"当然，"主人每说一句他就跟着这么说。

"你是最后一个，我的好孩子，"鲍兑感慨地结束着他的话说。"你以后，谁也做不到啦……只有你是我的真正安慰，因为如果像目前这样的乌七八糟，人们就叫作喜欢，我是搞不通的，我情愿让开。"

日内威芙仿佛感到她那苍白前额上浓厚的黑发压得太重似的，她把头歪在一边的肩膀上，仔细端详着那个微笑的店员；她的眼光里含有一种怀疑，希望看看为歉疚所苦恼着的柯龙邦是什么样子，听了这番夸奖，会不会脸红。可是这个小伙子肯定是熟练了旧式买卖的一套装腔作势，仍保持着安静的仪表，并露出一副老好人的神气，嘴边隐隐露出狡猾的皱纹。

可是鲍兑却叫得更响了，大骂对面的摊子——那些野蛮人，在生存斗争里互相残杀，竟至破坏别人的家庭。他提出了同乡郎姆一家人——母亲、父亲和儿子，三个人都在店里工作，这些人没有家庭生活，天天在外面，只有礼拜天才在家里吃饭，始终过着旅馆和吃客饭的生活！当然，他自家的餐室是较小的，甚至也希望能够多些阳光以及空气；然而他究竟是生活在这里的，自有一家人的生活乐趣。他一面说着，一面用眼睛在这个房间里兜了一转；他起有了一个不敢公开说出来的想头，打了个冷战：这些野蛮人如果最终毁灭了这个店，有一天便会叫他离开这个他同他的妻女住得温暖的老窝。虽然当他宣布那个店后破产的时候，他装作很有把握的样子，可是他心里是充满恐惧的，他感觉到附近一带正慢慢地受着侵略，受着吞噬。

"我不想叫你不开心，"他极力镇定着自己说。"如果你高兴到那边去，我将第一个向你说：'你去吧！'"

"我已经打定了主意，伯伯，"黛妮丝糊里糊涂喃喃说，在这场兴奋中她想进入妇女乐园的欲望愈加增长了。

他把两个胳膊肘搭在桌子上，目光逼着她。

"可是，你想想看，你是干这一行业的，你说一家单纯的绸缎店不管卖什么是合理的吗？从前规规矩矩做生意的时候，绸缎店只卖绸缎，再不卖别的。今天，他们极力打主意骑在别人的背上，把什么都吃进去……附近一带人家全在抱怨，因为每一家小店都开始受到可怕的痛苦。这个慕雷毁了他们……你看！贝多雷和他的妹妹在盖容街上开的那家帽袜店，已经少了一半的顾客。沙奢胡同里塔丹小姐的内衣店，为了廉价的竞争，把价钱压低了。这场天灾、这场鼠疫的影响，一直波及小田园新街去了，我听说那条街上的皮货商王普义弟兄，再也不能再支持下去了……嘿！布商卖皮货，这可真太奇怪啦！这又是慕雷的主意！"

"还卖手套，"鲍兑太太说。"这不是古怪吗？他甚至大胆创办了一个手套部！昨天我路过圣奥古斯丹新街时，在店门口碰到吉奈特，他的样子是那么忧愁，我都不愿意问问他生意好不好。"

"他还卖雨伞，"鲍兑又接着说。"这是到了顶点啦！布拉确信慕雷纯粹是有意在毁

他；因为，这样简单地说吧，雨伞和布料究竟怎么才能配得来呢？……可是布拉是顽强的，他决不会任人宰割的。早晚有一天我们要看乐子啦。"

他说出了另外一些商人，并把附近一带统统地谈了一遍。有时他也露出了心里的话：如果万沙尔想要休业的话，那就意味着别的人可以关门了，因为万沙尔像耗子一样，房子要倒塌时候，他总是先溜掉。可是，接着他又改正自己的话，他梦想一种同盟，小本经营的商人联合起来反抗大商家。停了一会儿，他又迟疑地谈到他自己，他的双手在发抖，他的嘴神经质地抽动着。最后他才下了决心。

"谈到我自己，到目前为止，我还没有什么可抱怨的。啊！他给我带来了祸害，这个没有脸的东西！不过他还只有女人的布料，以及作袍子的轻便料子和做大衣的重磅呢料。人们仍然到我这里来买男人的用品，丝绒的猎装，仆役们的制服；更别谈法兰绒和麦尔登呢了呢，在这方面我是超过他的，样样货色俱全……只是他跟我作对，他要搅得我神魂不定，所以他把呢绒部摆在我的正对面。你已经看过他家陈列的货品了吧？他总是摆出最漂亮的时装，四周围配上了各种布料，真正是一种哄骗女孩子的摆地摊的货色。说句心里话，用这种手段，我是觉得可耻的！老埃尔勃夫的名气已将近一百年啦，绝不需要在门口用这样的手段诈骗。只要我还活着，这家店就要保持住我接办的时候的样子，左右两边各摆四件样品，也不要多！"

一家人受了感动。日内威芙沉默了一会儿，忍不住说话了：

"我们的顾客是喜欢我们的，爸爸。我们不要费气……今天戴佛日夫人和德·勃夫夫人还来了呢。我正等着马尔蒂夫人买法兰绒哩。"

"我吗，"柯龙邦开口说道，"昨天我接到布尔德雷夫人的一笔订货。倒是真的，她跟我说一种英国羊毛呢对面的标价要便宜五十生丁，而且好像料子跟我们店里的一样。"

"说起来么，"鲍兑太太发出虚弱的声音悄悄地说，"我们起初看见那个店时，它才不过一方手帕那么大！真的，我亲爱的黛妮丝，杜洛施弟兄创办时，它才只有圣奥古斯丹新街上的一面橱窗，真正是一块门板大小，摆上两块印度纱和三段印花布便挤不下了。它小得使人们在店里郁转不过身子来……那个时期，老埃尔勃夫的店已经开了六十年，正跟你今天见到的情形一样……啊！什么都改变啦，改变得真大！"

她摇摇头，这几句意味深长的话表明了她一生的戏剧性的经历。她诞生在老埃尔勃夫店里，她爱这里潮湿的石头，她只是为了它并指望着它才生活下来；从前这个店是这一区里最兴隆、最殷实、顾客最多的，自后来眼看着敌对的店家一点一点地扩大起来，她经常苦恼，最初她瞧不起它，然后跟她家同等的重要，最后扶摇直上，产生了威胁。这是她永远感觉着的一种苦痛，她为了老埃尔勃夫的衰落者自己弄得不死不活的，虽说还像是有一种推动的力量使她在生活着，可是她清楚地感觉到这个店家的濒临死亡也将是她自己的死亡，这个店家关门的那一天，也将是她断气的日子。

这时又是一阵沉默。鲍兑用他的手指尖在桌子的油布上敲着收军鼓的声响。他又自己的感情这样把发泄了一次，感到疲劳，同时几乎也感到悔恨。他的这种懊丧，使全家人都受到了影响，大家眼睛朦胧地继续受着他的辛酸的叙述的感动。命运一次也没有厚待过他们。孩子们长大成人，要过好日子了，可是这场竞争突然带来了毁灭。还有在兰布义耶的那所房子—— 那所乡下的房子，布商十年来都梦想着要到那里去退休，他曾说，这是一个好机会，然而却是一座经常要修的老房子，他只得决心租出去，而住户从来没有付过租钱。他最后的积蓄就耗在这上面，他生平谨慎正直，严格遵守着古老的生存方式，他从来没做过这样的糊涂事情。

"好吧，"他突然说，"我们让位子给别人吧……不要再谈这些废话了！"

大家这时才如梦初醒。煤气灯在这个小房间里炎热的空气里嘘嘘地响着。大家冲破这忧郁的沉默迅速地站起身来。可是北北睡得那么熟，人们把他放在麦尔登呢的料子上。日昂打着呵欠又已经回到门口去了。

"最后一句话，你愿意怎么着就怎么看吧，"鲍兑又向他的侄女重新说一遍。"我们把情形讲给你听啦，再没有别的……不过你的事情终归还是你的事情。"

他的眼光盯着她，等着一句确定的答话。可是黛妮丝听了这场故事愈加激发起她对于妇女乐园的热情，她非但不转身避开他，反而表现出诺曼底人的刚强毅力，保持着安详温和的神色。她很简单地答道：

"我们再看吧，伯伯。"

之后她说她要早点带孩子们上去睡觉，因为他们三个人全都非常疲倦了。不过这时敲过六点钟，所以她还想在店里多待一会儿。夜晚的时刻到了，她看见街上黑暗下来，落着纷纷的细雨，自从日落以后天就落雨了。她不觉一惊了：没到几分钟街道上就已有了水洼，沟渠里流着污水，人行道涂上了又粘又厚的泥泞；在滴答不停地雨水下面，只看见密密麻麻混杂的雨伞，拥拥挤挤，动来动去，像是在黑暗里张开的阴郁的大翅膀。首先她为一阵寒气所袭，往后退了退，这个黯然无光的小店在这种时刻是凄惨的，更压迫着她的心胸。一阵潮湿的微风，一阵古老市区的气息，从街上吹了进来；仿佛雨伞上的滴水一直流到柜台边，仿佛人行道上的泥泞和水潭浸到店里边来，

使这店家挂了一层白硝的发霉的底层要烂透了。这绝对是潮湿的老巴黎的景象,她打了一个冷战,在沉痛的惊讶中发觉到这个大城市是那么的冰冷,那么的丑恶。

然而在街道的对面,妇女乐园燃起了一排一排的长长的煤气灯。她往前移动一下,又被吸引住了,像是灿烂灯光的热力使她感到温暖。这架机器始终在轰轰地响着,仍然很活跃,在最后一次的轰响里发射出它的蒸汽,同时店员们在折叠布料,会计在计算着收款。透过湿淋淋青白色的玻璃,一团繁星着似的朦胧的亮光,全然像是一个混乱的厂房的内景。下降的雨水帐幕后面,这个隐隐约约、骚扰不定的幽灵,显出了一间巨大锅炉房子的景象,并可以看见烧火人的黑影在来来去去的锅炉的红光里。橱窗已经是模模糊糊的了,从对面只辨别得出雪白的花边在毛玻璃的煤气灯下显得更白了;在这小礼拜堂似的背景上,那些时装分外显得突出,那件银狐镶边的丝绒大衣浮现出一个没有头颅的女人的弯曲身影,她仿佛是在巴黎渺茫的夜影里冒雨跑去赴宴会。

黛妮丝情不自禁受着这种诱惑的吸引,一直来到了门口,落下的雨点溅在她的身上,她也不个意。妇女乐园在夜晚的这个时刻,发出火炉似的光热,把她整个地俘虏去了。在大雨下的黑暗而又安静的这个大城市里,在她所不认识的这个巴黎里,这家店像一座灯塔似的闪耀着,由她看来,它本身就是这个城市的生命和光明。她梦想着她在那里的前途,她为了养活两个孩子,她要辛苦工作,此外还想着一些连她自己也不明距的事情,这些遥远的事情含有使她浑身颤抖的愿望和恐惧。她又想起了那个死在基石上的女人;她觉得害怕,她相信她看到了那亮光在流着血;然后,那白色花边又使她镇静了下来,她的心里涌现出希望,感到非常确定的快乐;这时细雨扫射着她,她的双手感到了寒冷,使她旅途的兴奋安定下来。

“那个就是布拉,”她背后有一个人的声音。

她探了身子,看见布拉动也不动地站在街头,面对着她早晨曾看过的橱窗,窗里全是雨伞和手杖的巧妙的布置。这个身材高大的老人躲到黑暗里头,看着辉煌的陈列品,要看一个够;他的面容非常忧郁,雨打着他的光头,白发上还流着水,他都没有感觉。

“他是发昏了,”背后的声音说,“这要叫他得病的。”

黛妮丝转过头来了,看见鲍兑夫妇又站在她的身后边了。虽说他们认为布拉是在发昏,他们却是违反着自己的心意,常常到这里来,观望这个使他们心胸开裂的景象。这是一种叫人苦恼的狂热。日内威芙面色非常苍白,确信柯龙邦正在观望夹层的玻璃上来来回回的女售货员影子;鲍兑强压着自己心里的愤怒,鲍兑太太的眼里在默默中充满了泪水。

"明天你去见见他们吧？"布商最终问了，他因为不能断定他侄女是什么打算，可是他已经明白她也跟别的人一样也被它征服了。

她踌躇着，之后温柔地说：

"是的，大佰，除非这么做叫您很痛苦。"

二

直到第二天早晨七点半钟，黛妮丝走到了妇女乐园的门口。她想赶在领日昂去见他的新东家以前，先来这里报了名，日昂的东家住的地方很远，在郊外堂普乐那边。她向来起得很早，这一天同样来得太早了：店员们几乎还没有来；她怕遭人嘲笑，非常胆怯，于是在盖容广场上逗留了一会儿。

早上刮起来的冷风早已经把马路吹干了。灰色的天空里，闪耀着微微的白光，所有的街道上，店员们都迅速地走着路，似乎出乎意料这冬天的初寒，他们便把衣领竖上来，双手插在口袋里。大多数的人独自行走，进到店铺里面，对周围的同事，看也不看，一句话也不讲；还有一些人，三三两两地同行，匆忙小声地谈着话，占满了人行道；他们在进门前全用一模一样的姿势把他们的香烟或是雪茄烟抛进门前的小沟里去。

黛妮丝注意到有几位先生在走过她身边的时候盯着她瞧。这就愈加助长了她的胆怯，她甚至觉得没有气力随着他们走，决心等待这持续不断的人流过去以后她再进去，她想到在店门口会跟这些男人们拥拥挤挤，脸都羞红了。可是鱼贯而行的人们仍在继续，为了躲避他的目光，她便慢慢地绕着广场兜圈子。等到她再回来的时候，她忽然看见一个身材高大、面面苍白、呆头呆脑的年轻人也站在妇女乐园的门前，他已经来了一刻钟了，而且似乎也像她一样地在等待。

"小姐，"他终于发出结结巴巴的声音向她讲话了，"您大概是这个店家的店员吧?"

她听见一个不相识的小伙子向她问话，有些紧张，起初她答不出话来。

"您看，是这样的，"他愈加慌乱地继续说，"我打算问问他们是否肯雇用我，所以想请您指点我该怎么办。"

他也像她一样胆怯，或许他觉得她像自己一样畏畏缩缩，这才敢向她开口。

"我很高兴这样做，先生，"最后她答话了。"不过我和你一样，也是来这里谋事的。"

"啊，好极啦，"他非常狼狈地说。

他们的脸都羞得通红，此时这两个胆怯的人面对面站了一会儿了，他们因为相同的处境而感到亲近，但是不敢公然互祝幸运的成功。后来因为他们没话可谈，便越来越觉得不自然，于是忸忸怩怩地分开了，他们又各自站在一边，相距有几步远，开始等待。

店员们不断地走进店里去。现在黛妮丝听到了他们奇怪的调笑，他们从她身边走过去时，斜眼向她一瞥。这样被人看来看去，看得她心里越发慌乱，又决定到附近一带作半小时的散步，这时她看见一个青年从马翁门街急急忙忙地走过来，便又停了一会儿。显然这个人一定是这个部的主任，因为所有的店员都向他敬礼。他身材高大，皮肤白净，髭须整齐；他的一双深褐的黄金色的眼睛，像丝绒那么柔和，他经过广场时，已经向她注视了一会儿。现在他已经淡然无事地走进店里去，而她却动也不动地呆在那里，这个目光令她感到一种特殊的激动，与其说是受了诱惑，不如说是不自在。她甚至害怕起来，为了有时间恢复她的勇气，她开始慢慢地向盖容街下行，然后又向圣洛施街走去。

其实这个人的地位比一部的主任还要高，他就是奥克塔夫·慕雷本人。他昨晚一夜没睡觉，因为他参加了交易所经纪人的晚会，又同一个朋友以及和两个在一家小剧院的后台碰到的女人去吃夜宵。他的外衣紧紧裹住他的衣服和白色领带。他匆忙上了楼，到他的房间，洗过脸，换了衣服；当他在夹层楼上办公室的写字台前坐下来的时候，他很显出了一副坚强的神情，眼睛很灵活，皮肤富有光泽，像是睡过分十小时的睡眠一样，完全可以工作了。这间大办公室里摆着老橡木家具，挂着绿色丝绢织物，仅有一张肖像的装潢，也就是附近一带的人们还常常的谈起的埃杜安夫人的肖像。从她死后，奥克塔夫对于她一直保持着温柔的回忆，由于婚姻给他带来的幸运，使他在怀念中对她表示感激。他的吸墨纸板上放着一些单据，在他着手签字以前，他对着肖像报以一个幸福男人的微笑。每逢他从青年独身者追求堕落享乐的安乐窝里逃出来之后，他不一向是在她的面前又回到工作上来了吗？

这时有人敲门，可是并没有等待，一个瘦长的青年人就进来了，这人嘴唇薄薄的，鼻子尖尖的，外表也很整齐，他那光泽的头发已经有了灰色。慕雷抬起眼睛来；然后又继续签起字来。

"睡得好吗，布尔当寇？"

"睡得很好，谢谢，"那个青年人回答道，他迈着小步很自在地来回走着。

布尔当寇是里摩日城郊区一个贫农的儿子，当年妇女乐园还仅有盖容广场角上那间店面的时候，他就和慕雷在同一个时间开始工作了。这人非常聪明，非常活跃，仿佛必然会轻易地超出他的同伴，可是他不大稳重，具有各种缺点，一个很明显的毛病，便是跟女人纠缠不清；然而他没有法国南方人那种热情的才干，且胆量不够，缺乏好胜的优点。但是，但他有一种聪明男人的本能，从一开头就是向人低头，恭顺服从，所以没有斗争。当慕雷劝说店员们把钱存进店铺里的时候，第一个看的了就是布尔当寇，他甚至把出乎意外得到的一笔姑母的遗产都存放进来；他经过各种职别，逐渐由售货员升至副主任，然后升到丝绸部的主任，他已经成了老板最亲近和最信任的一个助手，是帮助慕雷管理妇女乐园的六个股东之一，这六个人有些像专制国王手下的一个内阁。他们每一个人主管着一个领域。布尔当寇担负总管的责任。

"您呢，"他热情地说，"您睡得好吗？"

等到慕雷答说他并没睡觉，他便摇摇头叽咕着：

"这是伤身体的。"

"为什么呢？"对方饶有兴趣地说。"好朋友，我并不像你那么容易疲倦。你的眼睛都睡得发肿啦，你太规矩，反而弄得你太呆板了……你去找点快乐吧，这样才可以打起你的精神来！"

这是他们经常的友好的争执。布尔当寇当初打过他的情妇，据他说，因为她们所碍他睡觉。现在他公开说他仇恨女人，当然他在外面是和女人有关系的，但他一句不谈，同时这些女人在他的生活里所占的地位是渺小的，他以讨女顾客的便宜为满足，而他又非常轻视这种被愚蠢的小物件给毁坏了的轻狂女人。正好相反，慕雷假装迷恋，高高兴兴花言巧语地留在这些女人面前，并继续不断地热衷着新的恋爱；他一时的感情冲动正好替他的买卖做广告，真可以说他用同样献媚手段缠住了所有的女人，叫她们昏迷不醒，听凭他摆布。

"昨天晚上我看见戴佛日夫人啦，"慕雷又说。"她在舞会里真的很迷人。"

"后来你不是跟她一起去吃晚饭的吗？"他的股东又问道。

慕雷大声否认。

"啊！绝不是的！好朋友，她是很规矩的……不，我是同快活林的那个小爱洛绮丝一起吃的晚饭。她真笨得像一只鹅，可是非常有趣！"

他又另外拿起了一叠单据，继续签字。布尔当寇老是迈着小步他来回走。他走过去从高大的玻璃窗口向圣奥古斯丹新街望了一眼，然后又回过头说：

"您知道她们是要报复的。"

"谁呀?"慕雷问道,他已经接不上话头了。

"就是那些个女人。"

听了这话,他更加有了兴致,从他那热爱肉欲的表情里面透露出了他的兽性。他把肩一耸,似乎表示等到她们帮助他建立起他的财产的那一天,他便像抛弃空袋子一样把她们全部都丢出去。布尔当寇神色冷静,固执地说:

"她们要报复的……她们中间总会有一个要替另外的人报仇,这是注定的。"

"别怕!"慕雷故意打起南方人的腔调叫着。"好孩子,这一个还没有生下来咒。要是她来了,你知道……"

他挥起他的笔杆,舞动着,指向空中,好像他要用短刀戳入一颗看不见的人的心里去。这位合伙人又来来回回地走着,像平素一样在老板的聪明才智前表示服帖,老板的才能虽然满是漏洞,但却是胜过他的。他这个人,那么的精细,那么会考虑,又冷静,又不可能执迷不悟,可是他还不懂得女人有助于成功的一面,也不懂得巴黎是屈服在最豪放的接吻之下的。

一阵沉寂。只听见慕雷的笔声。然后他简短地问了几句话,布尔当寇便把下星期一将开始的冬季时货大倾销的情形提出了一些报告。这是一个非常重大的事件,这个店家把它的命运生在这上面,因为附近一带的流言也是有真实根据的,慕雷像一个诗人一样钻到投机里面去了,他那么好虚荣,那么急于扩张,以致他脚下的一切仿佛都动摇起来。这是一种新型的生意做法,一种显然狂想的商业经营,这种做法在从前曾经使埃杜安夫人感到非常不安,今天虽然有了初步的成功,有时还是叫一些投资的人感到恐慌。他们在背后责备老板进行的大急速;指责他不该在没算定顾客的充分增多之前,便把店铺作了危险的扩张;最使人发抖的,便是看见他把所有现存的资金从事孤注一掷,使柜台里面堆满了货物,连一文钱的准备资金都不保留。所以为了这次的大倾销,在付过建筑费的大批款项以后,全部资金已无余了:又一度遇到胜利或是死亡的问题。而他,在这场恐慌的中间,却仍保持着胜利的陶醉,确信可以捞进几百万,像被女人崇拜的、不会受骗的男人一样。当布尔当寇表示忧虑,并谈到过分发展的某些部门,营业数字尚没有把握时,这时他便很有自信地放声大笑着说:

"你放心吧,好朋友,我们的店还很小!"

对方好像简直吓呆了,陷于另一种他再也隐藏不住的恐惧里面。这个店还太小!一家绸缎店已经有了十九个部,而且职工人数已经到了四百零三个!

"毫无疑问，"慕雷继续说，"我们在十八个月以内还要扩大……我在很认真地考虑这件事。昨天晚上戴佛日夫人答应我明天去她家里介绍一个人跟我会面……等这个主意成熟的时候，我们再谈吧！"

他签完了单据之后，站起身来，很友好地敲敲这个合伙人的肩膀，可是后者仍没有想通。他周围的这些稳重人所表示的恐惧，使他觉得有非常趣。在一种突然坦白的发作里——他有时会用这种坦白使接近他的人难音。

他说，他骨子里比世上所有的犹太人都更像犹太人：他是受了他父亲的遗传的，无论精神和肉体都像他的父亲，他是一个很知道几文钱价值的爽快汉子；如果说他有他母亲的少许神经质的幻想，这也许就是使他更能看清他的机会的根由，因为他感觉到他那天不怕地不怕的无法抗拒的力量。

"你很明了我们是要追随你到底的，"这是布尔当寇所说的最后的一句话。

两个人在照例下楼到店里去查看一回之前，又料理了一些小的事情。他们检查了一种小型的发票簿样本，这是慕雷新发明的用做销货记录的。他因为注意到给店员们的奖金越高，过时商品、滞销货物也就去路越快，根据这种调有，他想出了一种新式的买卖。从今以后他要鼓励售货员把所有的货品全部都卖出去，凡是卖出的任何料子，连最不值钱的物件，都给他们百分比的佣费：这种做法引起了绸缎业的一阵动，鼓动起售货员的生存斗争，而老板们则可从中取利。这种斗争成了他所掌握的一个最得意的公式，是他经常应用的组织原则。他刺激起人们的欲望，使人们拿出力量互相竞赛，允许大的吃小的，而他则利用这种为金钱的斗争用来自肥。这个簿子的样本已得到了认可；在存根和联单的项目上，列出部门的名称以及售货员的号码；然后，两边是一样的格式，有尺码、品种和价格的分栏；售货员在送往会计室以前，只需签个名字就行了。用这样的方式可以容易查对，只需把收银台送到核算室的凭单同留在店员手里的存根对一下就可以了。每个星期店员就是这样领取他们的百分比的佣金和奖金，绝可以不会发生错误。

"我们将要少些偷漏了，"布尔当寇满意地说。"你这个主意出得可真好。"

"昨天晚上，我还想到另外一件事情，"慕雷解释说。"是的，我的朋友，昨天晚上，在吃晚饭的时候……我很想每逢核算室的职工在核对的时候发现销货记录簿上有了错误，就给他们一笔少数的奖励金……你要知道，从此我们可以肯定他们一笔账也不会马马虎虎过去了，因为他们宁可多加挑剔。"

他开始笑起来，同时对方羡慕地观望着他。这种运用生存竞争的新方法使他非常开心，他有行政管理的天才，他幻想着用一种利用别人的贪心的手段把这店家组织起来，而使他自己的贪心得到稳定的和完全的满足。他时常说，要想使人们尽到最大的努力，甚至要人们做到少许的诚实，必须首先就掌握住他们的要求。

"好啦！下楼去吧，"慕雷又说。"我们对于这次大倾销必须做些努力……绸子在昨天已经到了吧？布特蒙一定正在收货。"

布尔当寇随在他身后走着。收货的地方是在地下室，面临圣奥古斯丹新街。那里齐着人行道，搭出一个玻璃棚，货车便在这地方卸货。货物经过查验核对，然后从陡峭的坡道上摆动着落下去，坡道上的橡木和铁箍闪闪发光，这是在一捆捆的货物和箱子的摩擦下磨亮的。全部的货物都被这个张着的大嘴吞进去；这是一种继续不断的吞噬，货物发出如河水的服轰响奔流面下。尤其是在大倾销的时期，里昂丝绸、英国毛织品、法兰德斯麻布、阿尔萨斯印花布、鲁昂印度绸，像一道不断的洪流从坡道上流入地下室去；有时货车不得不排列成行；包裹向下滑，在洞底下发出像石头投进了深水里那样扑通扑通的声响。

慕雷经过的时候，在坡道前站了一会儿。坡道上正在卸货，一排排的箱子自动地往下溜，见不到有人从上边用手推；它们像是从天上的泉源下降的雨水自己向下倾注。然后，现出了一捆捆的货物，像滚动的石子似的往下滚。慕雷一句话也不讲，观望着。但是落进他店里的如土崩瓦解的货物，这种在每一分钟便倾进成千成万法郎的洪流，使他那明亮的眼睛里闪出了一道短促的火焰。他从来还未曾像这么鲜明地意识到他所从事的斗争。这就是他要想办法行销到巴黎四面八方去的如土崩瓦解的货物。他的嘴并没有张开，他继续在察看。

在从风窗射进来的灰白的阳光里，有一班人正在接收包裹，同时另外一班人都当着各部主任的面，打开箱子，或是解开成捆的东西。地窖里弥漫着一种造船厂似的混乱，这个地下室有铸铁的柱子支着穹隆，赤裸的墙壁涂着水泥。

"你全都收齐了吗，布特蒙？"慕雷走向一个两肩健壮的青年人问道，那个人正在核对一个箱子里的货品。

"是的，应该全部都在这里了，"那个人回答。"不过要费一个早晨来计算呢。"

部主任站在一个高大的柜台前，眼睛一面看着货单，一面看着店员们从箱子里取出来放在柜台上的一匹一匹的绸子。在他们的身后边，另一排柜台，也同样堆满货物，有一小群店员在进行检查。这是一场卸货的总动员，是布匹的大混乱，在嘈杂的人声中研究、批评、做记号、翻来覆去地查看。

布特蒙在市场上是很出名的，他长着一副令人愉快的圆面孔，胡须黑黑的，漂亮的眼睛是栗色的。他诞生在蒙佩利埃，性格放荡而又叫嚣，在售货方面，他是平庸的；可是在进货方面，谁也比不上他。他的父亲在家乡开着一家绸缎店，把他派到巴黎来，可是等到老人家认为他学习得够好可以接办自己的生意的时候，他却断然拒绝回到乡下去；从那以后，父子之间的敌对便产生了，在乡下完全做着小生意的父亲，看见一个普通的店员能赚到自己三倍的钱，觉得气愤，而儿子却嘲笑老人的墨守成规，每次他回家，荷包里的钱叮当响，他把家里弄得翻天覆地。他像别的部主任一样，除了每年三千法郎固定的薪水以外，在销货上还收取百分比的佣金。蒙佩利埃城的人，对于小布特蒙又是吃惊，又是尊敬，常常提起小布特蒙去年一年赚了一万五千法郎；而且这不过是一个开端，人们向那位大发雷霆的父亲预言，说这个数目字还要继续上升。

这时布尔当寇拿起了一匹绸子，用一个内行人的精细眼光在检查布纹。那是一种有蓝色和银色织边的无光薄绸子，就是有名的"巴黎幸福"，慕雷打算用它造出一个决定性的胜利。

"这东西真是好极啦，"布尔当寇喃喃地说。

"它的影响要比它实在的好处大得多哩，"布特蒙说。"只有杜蒙台一个工厂能够为我们造出这样的货色……上一次我到外边去，跟高日昂吵嘴的时候，他说他很愿意用一百架织布机造这种式样的料子，可是他的索价每一公尺要多二十五生丁。"几乎每个月，布特蒙都要到工厂去，在里昂的上等旅馆里住上一些日子，敞开了钱包向厂商办理订货。而且他享有绝对的自由，凡是他认为好的他就买，准备好每一年给他这一部的业务增加到一定比例的数字；甚至算计好从这种增加上他所取得的百分比的利润。总而言之，他在妇女乐园的地位像所有的主任——他的同事们——一样，在一种庞大的商业城市里，在经营各种商业的集团里，被认为是一个专职的商人。

"好吧，就这样决定吧，"他又说，"我们标价五法郎六十生丁……您知道，这几乎仅是买进的价钱。"

"好的，好的，五法郎六十生丁，"慕雷急忙说，"要是我一个人做主的话，我愿意亏本卖出。"

那个部主任发出了愉悦的笑声。

"啊！那对我是再好没有了……那样会把生意增加三倍，讲到我个人的利益又可得到很气的收入……"

然而布尔当寇却保持着严肃的神色，紧咬着嘴唇。他是从总的利润中抽取百分比的佣金，所以他并不要减低价格。监督标价，不让布特蒙单单贪图增加销货数字而以过低的利润卖出，正属于他的管理范围。再则，这种广告作用是他想不透的事情，因此他又陷入原先的忧虑里。他大胆表示了他的反感，说道：

"如果我们的卖价是五法郎六十生丁，就等于赔本卖出，因为我们必须先打上开销，那是相当大的……随便什么人都要卖七个法郎。"

慕雷立刻火起来了。他张开手，拍拍绸子，气奋地大叫着：

"这个我是懂得的，所以我情愿给我们的女顾客讨个便宜……说真的，我的朋友，你从来也不了解女人的心理。你要了解她们会抢购这种绸子的！"

"当然了，"那个合伙人固执地说，"可是她们越抢购，我们的损失也就越大。"

"在这样东西上我们损失几生丁，我是十分愿意的。以后呢？如果我们把所有的女人都吸引了来，如果我们用小惠掌握住她们，让她们站在我们大堆的商品面前，受着蛊惑，疯狂地购买，毫无算计地倒空了她们的钱包，这点损失又算得了什么呢！最要紧的，我的朋友，是要燃起她们的欲火，这样就必须用一种商品骗住她们，诱哄一个时期。以后，你可以卖别的货物像任何人家一样的贵，而她们仍然相信你家的东西卖得便宜。例如说吧，我们的'黄金皮革'，这种薄绸子卖七个半法郎，随便什么地方都卖这个价钱，也同样可以当作特价品充过去的，那就足够弥补'巴黎幸福'的损失了……你看着吧，你看着吧！"

他的话很有说服务。

"你明白了吧！在八天以内，我要用'巴黎幸福'造成市场上的大波动。这是我们向命运的一次突击，它可以挽救我们，它会使我们飞腾起来。你将只听见人们谈着这种东西，从法国的这一头到另一头都将知道这个蓝色和银色织边的东西……你将听到我们的竞争者气愤地抱怨。小商家又要失掉一只翅膀了。让那些害风湿病的小商人都葬送在他们的地窖里面吧！"

检查货物的店员们，在老板的四周，微笑静听。他喜欢谈话而且说得有理有 据。布尔当寇又让步了。这时一个箱子已经空了，有两个店员又另外打开一个。

"制造商倒是不开心哩，"布特蒙接着说。"在里昂，他们都生您的气，他们认为您这样贱卖会叫他们破产……您知道，高日昂对我公开地宣战了。是的，他发誓说宁可给那些小店家长期信用贷款，也不肯接受我的价格。"

慕雷耸耸他的肩膀。

"如果高日昂蛮不讲理的话，"他答道，"高日昂会倒霉的……他们抱怨什么呢？我

们付现款，他们的产品我们全部收下，作这么一点事情他们所得的方便也就不少啦……再则，受惠的是大众，还有什么话可讲呢。"

一个店员清理了第二箱，同时布特蒙对照货单清点匹数。另一个店员在柜台的一端，照报出的数字记下来，于是核对结束了，部主任在货单上签了字，这个货单必须送到总账房去。慕雷又看着人们工作了一会儿，大家围着卸下来的货物忙碌着，货物堆得高高的，威胁着要塞满了地下室；然后，他便默不作声，现出了一个队长对他的队伍表示满意的神情，走开了，布尔当寇跟着他。

两个人慢慢地在地下室里走。那里，从风窗射进来一片灰白的亮光；在黑暗的角落里，沿着狭长的走廊，煤气灯不断地燃烧着。走廊里有些小仓库用铁栏杆隔开，放着存货，各部装不下的货物就放在里面。老板走过的时候，看了看暖气设备，这里要在下星期一第一次开放，他又看了看一间小消防室，里边放着一个巨大的计量器，装在铁笼子里。厨房和餐室，是由旧仓房改成小小的房间，在左首，面对着盖容广场的角上。最后，在地下室的另一头，他到了送货部。凡是顾客不带走的包裹都送到这里来，排列在桌子上，分成几个部分，每一部分代表巴黎的一区；然后从跟老埃尔勃夫正对面的大楼梯口流出去，装上停在人行道上的货车。在妇女乐园机械化的运转里，米肖狄埃街上的这个出口，就是把圣奥古斯丹新街坡道上吞进来的一些货品，经过楼上各部的手续以后，再永不停息地吐出去。

"康皮昂，"慕雷向送货部主任说，这人是一个瘦面孔退役的军人，"昨天下午两点钟左右有一位太太买了六套床单，为什么晚上没有送到呢？"

"那位太太住在什么地方？"这个职员问。"在里佛里街，阿尔及尔街角上……戴佛日夫人。"

早晨这个时间里，放包裹的桌子是光光的，每一分区里只有昨天晚上剩下的几个小包。康皮昂查看了一张登记表以后，便在那几包东西里搜寻，布尔当寇凝视着慕雷，心里想这个家伙，即便夜间在酒店的餐桌上，在情妇的安乐窝里，什么事情都想得到，什么事都用心。最后，送货部主任查出了问题：收银台发错了号码，这包东西又退回来了。

"是哪一号收银台发错了的？"慕雷问。"你说的是十号，对吧？"

然后转过头来对他的助手说：

"十号收银台是阿尔倍，对吧？……我们去跟他谈 一谈。"

可是在他到店面里巡行以前，他要上邮购部去看看，邮购部设在三层楼上的几个房间里。所有各省和国外的订货单汇集在这里；每天早晨他要去看看信件。两年以来信件一天一天地在增多。起初这一部只有十个职工，现在已经扩充到三十个人以上了。人们坐在 一张桌子的两边，一边的人拆信，另一边念信；还有一些人把它们分类，每一封按次序编出一个号码，再写在架子上；然后把信件分发给各部，等到各部把货物送来的时候，照着号码的次序，一件挨着一件把货物摆在架子上。以后就只有核对和包扎了，这工作是在隔壁的一个房间里进行的，那里有一班工人起早贪黑钉钉子捆东西。

慕雷提出了他一概的问话：

"今天早晨有多少封信，勒瓦奢？"

"五百三十四封，先生，"这一部的主任回答。"在星期一的大倾销以后，我怕人手又要不够用了。昨天的工作就多得我们几乎作不完。"

布尔当寇点点头表示赞同。他未曾算计到星期二就会有五百三十四封信。桌子的周围，职工们拆信和念信，揉皱了的纸张不断发出响声，同时在架子前面货物已开始来去不停。这是店里最复杂和最重要的一个部门：人们经常要玩命地干，因为照规定，每天早晨收到的订货单必须在当天晚上全部发出。

"如果你需要的话，勒瓦奢，可以给你增加人手，"慕雷终于答道，他一看就断定这一部的工作情况很好。"你是知道的，在工作需要的时候，我们是不会拒绝添人的。"

在上一层，在屋顶下，是女售货员住的宿舍。可是他又下楼来，走进跟他的办公室相接的总帐房间。这间关闭着的屋子有一个铜边的小玻璃窗口，通过这个窗口可以看见里面墙壁上安装着一个大保险箱。两个会计正把销货的会计主任郎姆每天晚上交来的单据集中起来，随后付给厂商、职工、也就是全部靠这个店为生的人。账房间跟另外的一个房间相通，里边摆着绿色的厚纸板箱子，有十个职工正在核对发票。其次又是一个写字间—— 核算室：六个年轻人爬在黑色的账桌上，身后边有一堆登记簿子，他们对照销货记录簿算出售货员的百分比的账目。这种工作是刚刚创办的，办理得并顺利。

慕雷和布尔当寇从会计室和稽核室走出来。他们走进另一个写字间的时候，几个鼻孔朝天在说笑的年轻人，都吃了一惊。慕雷并不叱责他们，只向他们解说一种制度：他们每一次在销货员记录簿上查出了错误，他就付给他们一小笔奖励金；他走出去以后，那些职工停止了说笑，仿佛受了鞭策，开始认真地工作，寻找错误。

到了店面的一层，慕雷一直走向十号收银台去，阿尔倍·郎姆正在修理指甲等待

顾客。自从时装部主任奥莱丽太太替她丈夫谋得了会计主任的位置，又替她的儿子得到了一部门的收银台，人们就常常说这是"郎姆王朝"，她儿子是一个高大的小伙子，面色苍白，品行不端，一事无成，给她造成很大的忧虑。可是慕雷到了这个年轻人面前，却避开了：他讨厌担负一个宪兵的任务而有伤他的优美，他讲究风度和战术，希望自己始终扮演一个可爱的主宰的角色。他用胳膊肘轻轻地撞了布尔当寇一下，这个一脑袋数字的人，平素专管执法的事情。

"阿尔倍先生，"布尔当寇严厉地说，"你又把地址弄错了，那包东西被退回来……这是不能容忍的。"

这个收银员认为必须替自己辩解，便把扎那包东西的小伙计找来作证。小伙计名叫约瑟，也是属于"郎姆王朝"的，因为他是阿尔倍同乳兄弟，而且他的位置也是由奥莱丽太太的势力得到的。当阿尔倍要他说这个错误是顾客造成的，他结结巴巴地说不清了，用手捻着他那带着伤疤的面孔上的颊须，心里产生了一个军人的良心同对恩人感恩的斗争。

"不要麻烦约瑟啦，"布尔当寇最后大声说，"更不必再解辩啦……啊！我们看在你母亲的良好服务份上，这是你的幸运！"

可是在这时刻郎姆跑来了。他的账房设在大门边上，从那里他望得见手套部里他儿子的收银台。他因为老是过着静坐不动的生活，头发全白了，面孔是松软的，褪了色，仿佛被他整天算来算去的金钱的反射给消耗得精疲力竭。他那残废的膀子一点都不妨害他做这种工作，看见他核算收据，那么迅速地把纸币和金钱从他唯一的一只手——左手——滑过去，真会引起人的惊奇。他原是夏白里城一个收税员的儿子，到了巴黎在酒码头一家店里当簿记员。后来，他住在居威埃街的时候，跟看门人——一个阿尔萨斯的小裁缝——的女儿结了婚；从那一天起他就对他的妻子自依自顺，她的商业才能使他佩服得服服帖帖。她在时装部里每年的收入超过一万二千法郎，而他只赚五千法郎的固定薪金。一个女人给家庭赚来这么多的钱，他是尊敬的，甚至于连她养的儿子，他也尊敬。

"什么事呀？"他悄悄地说，"阿尔倍犯了错误吗？"

于是慕雷照例又出头了，扮演一个善良王子的角色。每逢布尔当寇做得叫人害怕的时候，他便想法向人讨好。

"一件笨事，"他小声说。"亲爱的郎姆，你的儿子可真糊涂，他应该好好拿你做个榜样。"

然后改变了一个话题，他愈加和蔼可亲地说：

"前天的那场音乐会怎么样？……你的座位还好吗？"

这个老会计的白脸蛋红起来。他只有一种癖好——音乐，一种他独自满足的秘密癖好，他常跑剧场、音乐会、独奏会；虽然他一只胳膊已经残废了，而由于键子的巧妙组织，他还能演奏号角；因为郎姆太太厌恶响声，他到晚上把乐器用布包好，对于他吹奏出来的异常沙哑的音响，还同样是感到极端的欢乐。在他那混乱的家庭生活里，他从音乐上得到一点清静。除了他对于他妻子的赞美以外，他就只知道音乐和他账桌上的金钱了。

"座位很好，"他眼里闪着光回答。"您实在太好啦，先生。"

慕雷以满足人家的嗜好来享受个人的快乐，有些女慈善家拿票子向他强迫兜销，他有时便给郎姆。他索性叫郎姆大乐一场就又说：

"啊！贝多芬，啊！莫扎特……多么好的音乐呀！"

然后他并不等待答话，便走开了，去追踪已经进行各部视察的布尔当寇。在中间大厅里，用玻璃围成一个内圈，陈列着丝绸。两个人首先沿着圣奥古斯丹新街一面的走廊走去，从这一头到那一头整个为麻布部占领。他们没有碰到特别的事情，从恭恭敬敬的店员中间慢慢地走过去。然后他们转向棉布部和帽袜部，里边也同样是井井有条条。可是到了跟米肖狄埃街成垂直线的廊道上的毛织品部的时候，布尔当寇又演了一次威严的执法人的角色，他看见一个年轻人坐在柜台上，露出一夜没睡觉的疲劳神态；这个青年名叫李埃纳，是安耶尔城一个富有的绸缎商人的儿子，他低头忍受责骂，他在懒惰、无所顾忌和游荡的生活里，只有一个恐惧，便是怕他父亲把他叫回家乡去。从此叱责像冰雹一样接不断降下来，米肖狄埃街一面的廊道里掀起了一场风波：在呢绒部里，一个初试身手睡在本部里的见习店员，到了十一点钟以后才回店；在零星杂货部里，副主任到地下室去抽了一支香烟，给捉到了。在手套部里暴风雨发作得最猛烈，事情出在"漂亮的米敖"身上——大家都这样地称呼他，他是这店家里少数的巴黎人之一，是一个琴师的情妇遗弃的私生子；他的罪状是在餐厅里散布流言，抱怨伙食。这里共开三桌饭，第一桌在九点半，第二桌在十点半，第三桌在十一点半，他要指出的是第三桌，老是只有菜汤，菜的分量很少。

"怎么！伙食不好吗？"慕雷终于发话了，露出一副天真的神情。

厨师是一个厉害的奥威尔纽人，店里给他的每人每天的伙食费只有一法郎半，他还要从中想法向他的腰包里捞点；所以食物真是坏透了。然而布尔当寇却耸了耸肩膀：

一个厨师要开四百客早餐和四百客午餐，每次还要分三批，他不可能有时间去卖弄他的手艺。

"但是，无论如何，"老板又做了好人，说，"我要我们所有的职工都吃得饱吃得舒服……我要跟厨师谈一谈。"

这样米敖的反对意见算作罢了。慕雷和布尔当寇站在门口，四周都是雨伞和领带，刚要离开的时候，收到这个店家负督查责任的四个稽查之一的报告。茹夫老头子从前是一个大尉，在君士坦丁得过勋章，样子还很帅气，长着一个大鼻子和庄严的秃头顶，他所揭发的是一个售货员，他不过劝诫了一两句，便被骂作"老混蛋"；于是这个售货员随即便被解雇了。

这时店铺里依然没有什么顾客。只有附近的一些家庭主妇从冷清的走廊里穿行过去。在门口，记录店员到达时间的稽查，刚刚阖上他的登记簿子，把迟到的人分别登记下来。这一时刻正是售货员到各部上班的时间，小伙计从五点钟起就给各部作了打扫和洗刷的工作。每一个人都把帽子和大衣收拾起来，抑制着呵欠，脸上还露着睡容。有的人交谈了几句话，注视着上空，似乎在强打精神来迎接一天的新工作；另外的人正在不慌不忙地撤去他们头天晚上把商品折叠后罩上的绿色粗呢布；一堆一堆的货物显出来了，排列得很整齐，整个的店又清洁又有秩序，在清晨和悦的气氛里静谧地闪耀着光彩，等待着拥挤的销货再来一次阻塞，展开的麻布、罗纱、丝绸和花边仿佛把地方都缩小了。

在中间大厅的明亮的光照下，在丝绸部的柜台边，两个年轻人正在小声谈话。一个是小身材，面目清秀，腰板挺直，肤色红润，他为了室内的陈列正在设法调配丝绸的颜色。这个人名叫雨丹，是义威套城一家咖啡馆老板的儿子，由于他天性的滑头，善于地吹牛拍马，在十八个月之内就做到了一等售货员，他暗藏着一种强烈的贪心，甚至并不为饥饿，只是为了乐趣，吃掉一切，吞并着所有的人。

"听我说，法威埃，凭良心讲，我要是你的话，我就打他一个耳光!"他向另一个说，那人是一个身材高大的小伙子，也是个坏脾气的人，枯瘦焦黄，他生在北桑松城一个织布工人的家里，他毫不俊美，在冰冷的外表下掩藏着不安定的欲念。

"打人耳光没有什么用处，"他冷冷地小声说。"顶好是等着瞧。"

两个人谈的是罗比诺，当部主任到地下室去的时候，罗比诺在监视店员们。雨丹暗中破坏他，要抢他那副主任的位置。雨丹想法使他为难，要赶他走，所以当主任的位置空出来的时候，他就把布特蒙从外面拉进来，而这个位置本来是答应给罗比诺的。

可是罗比诺并不让步，现在每一小时都有斗争。雨丹梦想煽动这一部全体的人来反对他，出坏主意，用干扰手段，赶他走路。再则，雨丹的做法是不动声色的，他特别刺激他的手下售货员法威埃，法威埃表面上像是听他领导，可是却会强烈地节制住自己，使人感觉到完全有一种私人的战斗在默默中进行。

"嘘！十七号！"雨丹急忙向他的伙伴说，这一声暗号是通知他慕雷和布尔当寇快到了，叫他防着点。

果然，那两个人正踱出大厅继续他们的巡查。他们停下来，问罗比诺为什么有一大堆装在纸盒子里的丝绒乱堆在桌子上。等到后者说地方不够用了，慕雷便微笑着叫道：

"我跟你说过吧，布尔当寇，这个房子已经太小啦。总有一天必须把墙壁一直打通到沙奢街去……下个星期一你看拥挤的情形吧！"

关于各部正在预备的大倾销，他又向罗比诺提出了一些问题，做出了一些指示。可是几分钟以来，他一面并未停止讲话，一面用眼望着雨丹的工作，雨丹犹豫不决地把蓝绸子摆在灰绸子和黄绸子的旁边，接着向后退了几步看看色彩是否协调。他突然插嘴：

"可是你为什么老打算替人们的眼睛省力呢？不要怕，叫他们眼花缭乱……你看！红的！绿的！黄的！"

他拿起了几段料子，抖出去，震动着，放出灿烂的光泽。大家都承认老板是巴黎第一流的陈列家，是真正革新派的一个陈列家，在陈列艺术里建树了野蛮和雄伟的一派。他喜欢把东西弄得零乱，仿佛是偶然从拥挤不下的架子上掉下来的，他要它们闪耀出最强烈的色彩，互相辉映。他说，叫顾客出了店门，眼睛必须酸痛。雨丹恰好相反，是属于古典派的，在配色方面讲究均衡和谐和，他眼看着桌子上如一团火在燃烧着的料子，一句批评的话也不讲，可是紧闭着嘴唇，像是一个艺术家被这样的一种放荡伤害了自己的信念，绷着嘴。

"瞧！"慕雷做完了以后大声说："就这样吧……下星期一你们再跟我讲这个能不能感动女人。"

正当他回到布尔当寇和罗比诺身边的时候，一个女人进来了，她呆呆地站了几秒钟，面对陈列品喘不过气来。这个女人就是黛妮丝。她在街上，心惊胆战，犹疑不决了将近一个钟头，最后她才下了决心。可是她头脑昏乱，就连人家问她的最清楚的话都听不懂了；她结结巴巴地向店员们探问奥莱丽太太，尽管人们指给她夹层的楼梯，而她也道了谢，可是如果人家叫她向右首转，她却转到左首去；像这样有十多分钟，她在售货员恶意的好奇心和毫不理睬的冷淡之下，在底层间，从这一部到另一部走来走去。她很想逃走，而同时又有一种欣赏的欲望把她扣留住。她觉得自己迷了路，在这个巨大的怪物里，在这个还在休息的机器里，她是过于渺小了，她颤抖着怕被这个四壁已经发出震动的机器的旋转捉了进去。她想到又阴暗又狭窄的老埃尔勃夫的小店，就愈觉得这个大店是宏大的了，在她眼里，它正像一座有大建筑物、有广场、有街道的城市一样，闪出灿烂的光辉，她觉得在这里面再也找不到她的路径了。

可是她不敢冒险一直走进丝绸部的大厅里去，那里高大的玻璃顶，豪华的柜台，殿堂似的气氛都叫她害怕。后来，为了逃开麻布部嬉笑的店员们，终于走进了丝绸部，冷不防正好碰到慕雷在陈列货品；虽然她很紧张，可是她的女人本能却复活起来，脸蛋上猛然红润了，注视着丝绸的燃烧的火焰，忘记了自己。

"你看！"雨丹对着法威埃的耳朵粗鲁地说，"盖容广场上的那个小娼妇。"

慕雷一边装作倾听布尔当寇和罗比诺的谈话，一边心里头很赏识这个穷女孩子的感动神情，正像一个侯爵夫人为一个过路车夫的野性的欲望所动。可是黛妮丝抬起眼睛来，当她分清出这个她以为是一部主任的年轻人，她就愈加慌张了。她觉得这个人在严峻地注视她。她完全不知道怎样逃开了，她又一次向她看见的第一个店员问话，这个人正是法威埃，他恰好在她身边。

"请问您，奥莱丽太太在吗？"

法威埃不大客气，冷冷地只答了一句：

"在夹层楼上。"

黛妮丝要赶快逃开这些男人的眼光，道了一声谢，转身又向楼梯口走去，这时雨丹很自然地抑制他那献殷勤的本能了。他曾经以为她是个小娼妇，但是他露出一个亲切的售货员的讨好态度，拦住她。

"不，从这边走，小姐……如果您愿意，我来替您效劳……"

他甚至在她前面走了几步，领她到大厅左首的楼梯口下。到了那里，他鞠着躬，向她微笑，他对所有的女人都是这副嘴脸。

"在上边，向左转……对面就是时装部。"

这种亲切的做法使黛妮丝大受感动。她像是得到了一分友爱的援助。她抬起了眼睛，打量着雨丹，他的一切——他那漂亮的面容，他那驱散了她的恐惧的含笑的目光，他那似乎给了她温柔的安慰的声音，都使她感动。她内心里充满感谢，她在感动下，用她那还能结结巴巴说出的几句不连续的话，表示她的友好：

"您实在太好啦……请您不要再耽误功夫啦……谢谢，先生，万分感谢。"

雨丹已经回到了法威埃身边，用他那尖锐的声音悄悄地说：

"怎么样？真是一个瘦可怜虫！"

年轻的姑娘到了楼上一直跑进了时装部。这个房间很大，四面环围着丝雕刻的高大橡木衣橱，没涂锡膜的玻璃窗俯向米肖狄埃街。有五六个穿着绸衣服的女人，头上是鬈曲的发髻，身后膨着衬裙，非常标致，正在谈着话，走来走去。一个身材高大而瘦削的女人，头部太长，姿势像是脱缰的马，背靠着一个衣橱，仿佛已经疲惫不堪。

"奥莱丽太太在吗？"黛妮丝又问了一次。

那个女店员注视着她并不答话，露出轻蔑她那身褴褛衣装的神情，然后转向她的一个身材短小、皮肤白净面有病容、面目天真可是神气厌倦的伙伴，问道：

"瓦冬小姐，你知道主任在什么地方吗？"

那个女孩子正按照尺码的大小整理圆形外套，连头也懒得抬起来。

"不，我不知道，普瑞内尔小姐。"她轻蔑地说。

沉默了一会儿。黛妮丝站在那里不动，谁也不再去理她。可是她等了一会儿以后，便又鼓起勇气问了一句。

"您看奥莱丽太太会马上回来吗？"

这时有一个她从来看见的又瘦又丑的女人，一个腭骨突出、头发粗硬的寡妇，这一部的副主任，正在橱柜旁边检查标价牌子，她喊了一声。

"你要有话同奥莱丽太太本人谈，就等着吧！"

于是她又向另一个女售货员问：

"她不在会客室里边吗？"

"不在，傅莱黛丽太太，我想不会的，"那个姑娘回答。"她没有留言，大概不会到远处去。"

黛妮丝听到这个回话，便站住了。那里本来有几把椅子是给顾客坐的；可是，既然没有人请她坐，她就不好意思坐下去，虽然她已经累得两条腿都要断了。显然那些姑娘已经窥探出她是来谋女售货员位置的，她们毫无表情地盯着她的脸，用眼角上下打量她，她像坐在餐桌上的人们默默中怀着敌意，不愿意把座位挤一挤让出位子来给外边饥饿的人。她愈来愈窘了，为了装得大方一些，她迈着小步，走过房间，向街道上观望。正在她的对面就是老埃尔勃夫的店，店面满是锈斑，玻璃窗死气沉沉，从她

如今所在的生气勃勃和豪华中间望过去，它显得那么丑陋、那么悲惨，一种惆怅把她的心胸紧紧地箍住了。

"我说，"高大的普瑞内尔向小身材的瓦冬偷偷地说，"你看见她那双短筒靴子吗？"

"还有她那件衣服！"另一个喃喃着。

黛妮丝的眼睛始终盯着街面，自己觉得像是要被人家吞下肚去。然而她并不生气，这两个姑娘无论哪一个，她都不认为是漂亮的，那个高大的，她那像马一样的脖子上垂着茶褐色发髻，而那个小身材的，肤色如酸牛奶，面孔扁平，软得像是没有骨头一样。克拉哈·普瑞内尔是维威森林一个木屐工人的女儿，当一个伯爵夫人用她做针线的时候，马若义堡邸的仆人诱骗了她，后来她又从郎戈若城的一家店铺到了巴黎，因为她的父亲曾经用脚踢伤了她的腰，她在巴黎就向男人报仇。玛格丽特·瓦冬，生在格勒诺布城，她家里的人是经营麻织品生意的，为了隐瞒一件丑事——她令人出乎意料生了一个孩子——因此不得不把她送到妇女乐园来；她在这里的品行是很好的，她准备回家去掌管她父母的小店，而且要同等着她的一个表兄结婚。

"你看！"克拉哈又低声说，"又来一个没有什么用处的人！"

可是她们住口不谈了，一个四十五岁左右的女人走了进来。这就是奥莱丽太太，她非常健壮，黑色绸衣服把腰身绷得紧紧的，上身撑着滚圆结实的肩膀和胸部，像一副铠甲似的闪着光。在她那黑色的束发带下，一双大眼睛动也不动，嘴是严峻的，脸盘宽大可是有点往下垂；在她那份主任的威严下，面容中然像是涂了色彩的罗马帝王的假面具。

"瓦冬小姐，"她发出不耐烦的声音说，"昨天你没有把剪裁的大衣样子发还给工作间去吧？"

"还要改一改，太太，"女售货员回答，"傅莱黛丽太太留下啦。"

于是副主任从衣橱里把样子取了出来，接着加以说明。当奥莱丽太太认为必须维护自己权威的时候，所有的人在她面前都要服帖的。她的虚荣心非常强，以致不愿意人家对她称呼她所讨厌的郎姆姓氏，她否认她父亲那个工作的地方，把他说成是一家小店的裁缝，她只对那些柔顺谄媚、在她面前恭恭敬敬的姑娘，才肯表示优待。从前，她在自己办的一家时装工厂里的时候，她就脾气不好，不断地受着坏运气的袭击，觉得自己肩膀上担负着命运，老是遭遇到一些灾难，使她非常气愤；今天就当她在妇女乐园里获得了成功、每年赚到一万二千法郎的时候，她似乎对每一个人仍旧怀着怨恨，她对待一些新手非常苛刻，因为最初生活对她也是苛刻的。

"不要多讲啦!"最后她严厉地说,"你不见得比别人更高明,傅莱黛丽太太……马上就拿去修改吧!"

在这场谈话中间,黛妮丝不再去观望街道了。她已确认这个人就是奥莱丽太太;可是她的声音那样激烈,叫她有点害怕,她站在那里等待着。女售货员看见主任和副主任互相不和非常开心,现出毫不关己的神情转身去做她们的工作。几分钟过去了,谁也不肯发出善心把这个年轻的姑娘从窘迫中解救出来。最后,奥莱丽太太自己看见她了,看见她站着不动很是惊讶,便问她有什么事。

"请问奥莱丽太太在吗?"

"我就是。"

黛妮丝的嘴干瘪了,两手冰冷,又感觉到像在童年要被鞭打怕得发抖的时候那种恐惧。她结巴着地说出了她的要求,可是要把话说得清楚就非重说一遍不可。奥莱丽太太的一双大眼睛凝神盯着她,她那皇帝般的假面具上没有一条纹路肯舒活开来。

"你多大岁数啦?"

"二十岁,太太。"

"怎么都二十岁啦!可是看样子连十六岁也不到!"

女售货员们重新抬起头来。黛妮丝急忙接着说:

"啊!我的身体很结实!"

奥莱丽太太耸了耸她的大肩膀,于是说道:

"天哪!我很高兴给你登记。凡是申请的人,我们都给她登记的……普瑞内尔小姐,把登记簿子给我拿来。"

簿子一时找不到,大概在稽查茹夫的手里。当身材高大的克拉哈去找的时候,慕雷来到了,布尔当寇始终跟着他。他们把夹层楼上的各个柜台巡查完了,他们走过了花边部、披肩部、皮货部、家具部、内衣部,终于到了时装部来。奥莱丽太太走过去,同他们谈了一会儿,谈她打算到巴黎的一个包工的大厂去定制外衣的事情;平素她是直接购货,而且由她自己负责的;可是重要的进货,她宁愿同主管人商量一下。接着,布尔当寇同她谈起她儿子阿尔倍新近的粗心大意,这使她很失望:这个儿子真能把她气死;那个父亲,如果说他不大能干,至少品行是端正的。她是"郎姆王朝"公认的首脑,而他们所有的人时时要给她惹起很大的麻烦。

这时慕雷很惊讶他又碰见了黛妮丝,他探着身子问奥莱丽太太这位年轻的姑娘在那儿做什么;等到主任回答她是申请来做女售货员的,那个蔑视女人的布尔当寇,像

是被这个申请给咽住了。

"算了吧!"他悄悄地说,"这真是开玩笑!她太难看啦。"

"的确,不大漂亮,"慕雷说,虽然她在楼下对着陈列品时那一种入迷的情景使他还受着感动,他却不愿替她辩护。

人们把登记簿子拿来了,奥莱丽太太又回头对向黛妮丝。黛妮丝的确给人们的印象不深刻。她穿着单薄的黑色毛织品衣服还很干净;她的褴褛的服装,人们并不在意,因为店里供给一套制服,一律是绸子的;不过,她显得很瘦弱,又有一副愁眉不展的面孔。即使说不一定非要漂亮的姑娘不可,而为了生意总要样子看得过去的才行。这些太太、先生研究她,上下打量她,仿佛她是农民在市场上出卖的一匹母马,在他们的目光下,黛妮丝简直沉不住气了。

"你叫什么名字?"主任问,她手里拿着笔,站在柜台一端上准备写。

"黛妮丝·鲍兑,太太"。

"多大岁数?"

"二十岁零四个月。"

她又重复了一遍,壮着胆子抬起眼睛看着她以为是一部主任的慕雷,她到处碰到他,而他在面前是使她局促不安的:

"我外表不大像,不过我身体是非常结实的。"

人们微笑着。布尔当寇露出很不耐烦的样子上下打量她;而且她的话是在一片令人胆寒的沉默中说出来的。

"你在巴黎哪一家工作过?"主任又问。

"我是从瓦洛额来的,太太。"

这又是一个新的灾难。照规定,妇女乐园要求女售货员在巴黎小店家里要有一年的工作经验。于是黛妮丝陷于绝望了;要不是想到孩子们,她就会结束这一场毫无智益处的询问走开了。

"在瓦洛额,你在哪一家店里?"

"在柯尔奈耶店里。"

"我知道的,很好的一家店,"慕雷脱口而出。

他照例从来不过问雇用职工的事情,各部主任是对他们的人员负责的。但是,以他对于女性的纤细的感觉,他在这个年轻姑娘身上感觉到一种暗藏着的娇媚,一种优美和温柔的力,这连她本人毫不觉察。店家的好名望对于新来的人是一件大事;常常由此决定接受与否。奥莱丽太太发出更柔和的声音继续说：

"你为什么离开柯尔奈耶呢？"

"为了家庭的关系，"黛妮丝答道，脸红起来。"我们的父母去世了，我必须照顾我的弟弟们……再说，这里还有一张证明书。"

证明书是优等的。她又开始有了希望，下面又来了一个令人难为情的问题。

"在巴黎你另外还有人事关系吗？……你住在什么地方？"

"在我伯父家里，"她喃喃地说，忐忑不安不敢提出他的名字，怕他们绝不会收容一个竞争者的侄女。"在我伯父鲍兑那里，就在对面。"

慕雷突然再度插嘴了。

"什么！你是鲍兑的侄女！……是鲍兑叫你到这里来的吗？"

"啊！不是的，先生！"

她禁不住要笑了，她觉得这个想法很奇特。她的容貌起了变化。她的脸变红了，比较大一点的嘴上露出了笑容，像是满脸开了花。她的灰色眼睛呈现出一团温柔的火焰，她的脸蛋上露出两个可爱的笑窝，就连她那无光彩的头发也似乎都在她全身的优美而大胆的快乐中飘动起来。

"她长得倒满标，"慕雷把声音放得很低向布尔当寇说。

那个合伙人做出厌烦的姿势，拒绝承认。克拉哈咬着嘴唇，玛格丽特转过身子去。只有奥莱丽太太点头赞成慕雷，这时他又说话了：

"你的伯父没有带你来是不对的，有他的推荐就足够了……有人说他怨恨我们。我们的气魄大，如果他不能在自己的店里用他的侄女，好吧！我们可以做给他看，只要他的侄女来敲敲我们的门，我们就欢迎她的……请你告诉他，我始终非常喜欢他，他不该怨我，要怨的是新兴的商业情况。你还可以告诉他，如果他顽固地保持那种可笑的老式操作，他迟早要被淘汰的。"

黛妮丝的脸上又完全变白了。这个人就是慕雷。谁也没有提起他的名字，可是他自己指名道姓了，现在她明白了他是什么人，她理解为什么这个年轻男人在街上、在丝绸部里以及在眼前，引起了她那样的一种情绪。这样的一种情绪，她自己不能解说，然而像是一种太重的力量越来越紧压着她的心胸。她伯父讲给她听的那些故事，她又回想起来了，慕雷被包围在这种传说里显得大起来，把他变成了这个怕人的机器的主人，而她从早晨起就被掌握在这个机器的齿轮的铁齿里。在他优美的头颅的后面，在他那修整的髭须上，在他那金黄色的眼睛里，她看见了那个已逝世的女人——埃杜安

43

夫人，她的血奠定了这座房子的基石。于是昨天晚上她感觉到的那阵冷气又把她抓紧了，她想她简直是怕他。

这时奥莱丽太太已合上了登记簿。她仅仅要一个女售货员，而已经有十个人申请登记了。可是她太想讨好老板，所以毫不犹豫。不过申请要经过一定的程序，稽查茹夫要去查询，提出他的报告，然后主任做决定。

"好啦，小姐，"为了保持她的权威，她庄严地说。"我们会写信给你的。"

黛妮丝还是不知所措然地站着不动，呆了一会儿。在这些人们中间她不知道怎样走出去。最后，她向奥莱丽太太道了谢，走过慕雷和布尔当寇面前的时候，她鞠了躬。他们早已不再注意她了，甚至没有回复她的敬礼，他们正同傅莱黛丽太太非常仔细地在查看大衣的剪裁样式。克拉哈露出不快的神态观望着玛格丽特，仿佛她已经料到这个新来的女售货员是不会给这一部里带来很大的愉快的。黛妮丝无疑也感觉到在她背后的这种冷淡和怨恨，因为她走下楼梯的时候是如她上楼来时一样地不安，受着一种奇特的苦恼的侵袭，她问着自己，她这次来是应当高兴还是应当绝望。她能够指望这个工作吗？她开始又在怀疑，她的恶劣心境使她不能固密地去了解。在她所有的情绪中，只还有两种情绪，而且逐渐消除了别的情绪：慕雷给她的印象，深刻得简直可以说是恐惧；其次是雨丹的友好，她在这一天早上唯一的快乐，这一种温柔媚人的回忆，使她满怀感谢。当她从店铺里往外走的时候，她在探寻那个年轻人，想到再用眼睛向他表示谢意很是快乐，可是，并没看见他，她心里很难过。

"怎么样！小姐，你的事成功了吗？"一个人发出动情的声音向她问，这时她终于又回到了人行道上。

她转过身来，又看见了早晨同她讲过话的那个面色苍白、笨手笨脚、高大的小伙子。他也从妇女乐园走出来，他似乎比她还要惊慌，他刚刚经过的谈话完全使他头昏脑涨了。

"天哪！我简直不知道，先生，"她回答。

"那么正跟我一样。他们在里边观察你和跟你谈话的态度真奇怪！……我是申请进花边部的，我是从梅尔路上连心记里出来的。"

他们重新面对着面，不知道用什么样的方式分别，他们的脸同时红起来。后来，那个年轻人在过分的怯懦中为了要找几句话谈，便现出善良而笨拙的样子，壮着胆子问道：

"您叫什么名字，小姐？"

"黛妮丝·鲍兑。"

"我，我叫昂利·杜洛施。"

现在他们会心地笑了。他们的处境使他们生出了友爱，互相握了手。

"祝你好运!"

"谢谢，祝你好运!"

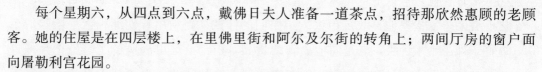

三

　　每个星期六，从四点到六点，戴佛日夫人准备一道茶点，招待那欣然惠顾的老顾客。她的住屋是在四层楼上，在里佛里街和阿尔及尔街的转角上；两间厅房的窗户面向屠勒利宫花园。

　　这个星期六，仆人正要把慕雷领进大客厅去的时候，他从接待室敞开的一扇门望见戴佛日夫人正从小客厅走过。她看见他便站住了，他随着进入小客厅里去，他很有礼貌地向她行礼。等到仆人关上了门之后，他急忙握住这个年轻女人的手，温柔地吻着。

　　"当心，有人！"她说话的声音很低，做出一个手势指着大客厅的门。"我刚刚去取这把扇子拿给他们看。"

　　她嬉笑着用扇子柄在他的脸上轻轻地拍打了一下。她的头发是褐色的，身子有点肥胖，一双大眼睛善于猜测。可是他仍旧握住她的手，问道：

　　"他肯来吗？"

　　"当然，"她回答。"他答应我要来的。"

　　两个人谈的是不动产信托公司的总经理哈特曼男爵。戴佛日辞夫人是一个参议院议员的女儿，是一个证券经纪人的寡妇，她丈夫给她留下了一笔遗产，这件事有些人是不认同的，另外有些人却夸大其词。人们说，她丈夫在世的时候，她就已经受了哈特曼男爵的恩惠，这个大金融家的指点使这一对夫妇发了财；后来，她丈夫死后，他们的关系还在继续，然而始终是小心谨慎的，没有有使失体面的行动，不使别人注意。戴佛日夫人绝不招摇，在她生长的上流资产阶级社会里，到处都欢迎她。即便在今天，当那个多疑而仔细的银行家对她的热情已经转变成一种单纯的长辈对小课的爱情的时候，如果说她允许自己另有一些为男爵所默认的爱人的话，她在这种心情的变化中，也是用了那么此细致的手段和心机，那么如此巧妙适中的处世方法，保全了观瞻，向谁也不能对她的贞淑公然表示怀疑。在一个双方的朋友家里，她同慕雷见了面，开始她讨厌他；后来，他使用急躁的爱情向她进攻，她好像被迷住了，便没了主张；及至他运用手段想通过她来和男爵接近，她就逐渐对他发生了真实和深厚的柔情。虽然她自己承认只有二十九岁，却已是一个三十五岁的妇人了，她就以这种中年妇女的热情来崇拜他，为了他比她年轻，她感到很绝望，并心惊胆战地唯恐失掉他。

"他知道是为了什么事吗？"他又问。

"不，您亲自解释给他听吧，"她回答，再不你我相称。

她注视着他，她想他这样要求她介绍男爵，而且露出仅仅把男爵看作是她的一个老朋友的样子，他一定是什么事都不知道。可是他老是握住她的手，称呼她为好心肠的昂丽叶特，她觉得她的心都快化了。她默默地把嘴唇凑过去，贴住了他的嘴唇；然后悄悄地说：

"别响！有人在等我……你到我后边来。"

这时从大客厅里传来了轻轻地谈话声，隔着帐幕听不清。她推开了门，让两扇门敞开着，屋子当中坐有四个女人，她把扇子递给其中的一个。

"你瞧！就是这个。"她说，"我不记得摆在哪里了，我的女仆决不会找到的。"

然后她回转身，现出活泼的神情接着说：

"进来吧，慕雷先生，从小客厅这边过来。这样更加随便。"

慕雷是认识这些女人的，他于是向她们行礼。这间客厅，布置着路易十六式花绸面的家具，还有镀金的青铜像，绿色的高大植物，虽然天花板很高，但却保持着一种妇女的温柔气氛；透过两个窗口，还可以望得见屠勒利宫的几棵栗子树，十月的风拂动着树叶。

"这把善替依扇子真的不错！"拿到扇子的布尔德雷夫人大声说。

她是一个有着小身材金黄色头发的女人，鼻子细巧，眼睛灵活，已经三十岁，她是昂丽叶特在寄宿学校里的老同学，同一个财政部次长结了婚。她出身于一个旧式的资产阶级家庭，管理家事和三个孩子，具有活跃的能力以及良好的情趣，又具有实际生活的非凡眼力。

"你是花了二十五个法郎买的吗？"她仔细察看着花边的每一个网孔又说。"好像听你说过是在卢克从一个乡下女工手里买来的，对吧？……不，不，不贵……但是你必须装上扇子骨。"

"当然，"戴佛日夫人回答。"扇子骨花了我两百法郎。"

布尔德雷夫人笑了起来。昂丽叶特所谓一次便宜原来是这样子的！两百法郎买一把刻花的象牙扇骨！为了一副小小的善替依扇面，充其量这扇面不过了省了五个法郎！

配装好的同样的扇子，用一百二十法郎任何人可以买得到。她并且提出鱼市街上一家店来。

但是这把扇子在这几个女人手里传观着。居巴尔夫人仅仅用眼瞥了一下。她身材高大而瘦削，红头发，以及副冷淡的面孔，在她那瞧不起人的神气里，两只灰色的眼睛时时射出可怕的自私的光芒。人们从来都没见过她跟她丈夫在一起，她丈夫是法院里一位有名的律师，据说他独自过着自由的生活，专心在他的诉讼文件和他的娱乐上。

"啊！"她悄悄地说着，并把那把扇子递给德·勃夫夫人，"我一生里连两把也没有买过，……人家送的就已用不完了。"

伯爵夫人发出了微妙的讽刺声调答道：

"亲爱的，你是幸福的，有那么一个豪爽的丈夫。"

说着，她转身对向她的女儿，如此她的女儿身材高大，已经二十岁有半：

"你看看这朵花，勃郎施。刻得有多么漂亮！……这把扇子骨就是因为了这个才卖得这么贵。"

德·勃夫夫人刚过四十岁整。她是一个很漂亮的女人，长着女神的颈项，匀整的脸庞，惺忪的眼睛，她的丈夫是马场的总监，他因为漂亮才同她结了婚。而她的神情像是完全被这精雕细刻的精美所感动，又仿佛受了一种欲念的侵袭，一阵激动令她的眼神都变了样。然后突然说：

"谈谈你的意见看，慕雷先生。这把扇骨，二百法郎，算是太贵吗？"

慕雷一直保持微笑着站在这五个女人中间，对于她们觉得有兴趣的事，他也感觉兴趣。他拿起那把扇子，察看着；他正要表示他的意见，这时仆人打开门说：

"玛尔蒂夫人。"

一个很瘦女人走进来了，她长得丑，而且满脸麻子，穿着一身杂乱的华丽服装。她的年纪是说不定的，像三十五岁有时像四十有时像三十，要看那鼓舞着她的神经质的热情如何而决定了。她的右手挂着一个红色皮袋子，但一直没有放下来。

"亲爱的夫人，"她对昂丽叶特说。"请原谅我提着这个袋子……您想想看，我到这儿来之前进乐园里去了一趟，我又干了一次荒唐事，我再也不愿意把这些东西留在下面的车子里，怕被人偷了去。"

可是她看见了慕雷，便笑着又说：

"啊！先生，我可不是替你做广告，因为我并不知道你在这儿……你们店里如今真有好多奇巧的花边。"

这个转变了人们对于扇子的注意，那个年轻人轻轻把扇子放在圆桌上。现在几个女人都有一种好奇的要求，想看看玛尔蒂夫人买来的到底是什么东西。大家都知道她是能乱花钱的，一见到诱惑便无力反抗，她又是一个很规矩的女人，不肯屈就每一个情人，可是见到最细小的装饰品立刻就软弱了，完全被征服了。她是一个小职员的女儿，但如今早已把她的丈夫拖垮了，她丈夫是波那巴特公立中学的教师，为了应付增长的开销，就得兼办一些私人补课，把他每年六千法郎的收入增加一倍。她并不打开袋子，要紧握在她的膝上，反而谈起她那十四岁的女儿瓦郎蒂诺来，这个女儿是她最珍爱的一个对象，而且她用她抵抗不住诱惑而买来的时髦物品，把女儿打扮得跟自己华丽一样。

"你们知道，"她解释着说，"今年冬天大家都替念女孩子们在衣服上镶一些小小的花边啦……自然喽，我一看到非常漂亮的瓦郎西恩花边……"

她终于决心打开袋子。几位太太伸长了脖子，可是这时在就一片沉默中，索听到迎接室的铃声响了。

"我的丈夫来了，"玛尔蒂夫人十分慌乱地喃喃说。"他讲好离开波那巴特学校就来接我。"

她又急忙系上袋子，由于一种本能，她把袋子藏在椅子下面。几位太太全笑了。由于仓皇失措使她的脸羞红了，于是又把袋子放在膝上，她说男人们决不会懂得的，所以没有必要叫他们知道。

"德·勃夫先生，德·瓦拉敖斯先生，"仆人报告。

大家都很惊讶。德·勃夫夫人没有料到她的丈夫这时会来。这个人长得非常体面，留着髭须和下巴上的胡子，一副屠勒利宫中风行的严肃军人的仪表，他轻吻了戴佛日夫人的手，在她年少时他就在她父亲的家里认识了她。然后他让路给另一个客人，那是一个年轻人，身材高大，面色苍白，虽然出身自贫穷的贵族，他也给这家的女主人行了礼。可是谈话几乎还未重新开始，就听见两个人小声叫起来：

"怎么！是你吗，保尔！"

"喔！奥克塔夫！"

慕雷和瓦拉敖斯握着手。这时该轮到戴佛日夫人表现出惊奇了。原来他们是相识的？的确是的！，他们是在普拉桑学院并排从小长大的；他们还未曾在她家里见过面真是意外。

他们依旧牵着手，高兴地走进小客厅里去，这时仆人端来了茶，一个银盘上摆着

朵中国的茶具，仆人把茶盘放在邻近戴佛日夫人便一张镶嵌着铜边的大理石圆桌中间。几位太太凑拢了来，谈话的声音更响了，大家一起东一句西一句说些没头没脑没脑的话；德·勃夫先生在她们背后，不时往前弯身子，用一个漂亮公务员殷勤态度偶然搭讪一两句。这间大房子，那么柔和，家具又布置得那么鲜艳，有了许多聊天的声音和阵阵的笑声，便更觉得快活了。

"啊！保尔，老朋友！"慕雷反复地说。

他靠近瓦拉敖斯坐在一张长沙发上。小房间里只有他们两个人，这个挂着贵重的丝绢帐幕的内室，金色扣环，显得非常动人，他们听不到外面人说话，即使从敞开的门口也不会看见她们，他们互相打趣，眼望着眼，时时在对方的膝盖上拍一下。他们整体的青春又复活了，那个普拉桑的古老公学校，它的两座大院子，它的潮湿的教室，他们吃过许多鳕鱼的那间餐厅，还有每逢学监一发出鼾声各个床上便飞起枕头来的那座宿舍。保尔出身国会老世家，是一个衰败而满腹牢骚的小贵族，学业优良，总是考第一名，教授一向当他做一个好榜样，预言他会有最美好的前途；而在这同时，慕雷却是一班的殿军，列于劣等生之类，可是他快乐而且肥壮，竭力在校外寻欢作乐。虽然两个人的性格很不同，却有一种亲密的友谊使他们分不开，一直到他们的毕业考试；他们都毕了业，一个得到了荣誉，另一个经过两次辛苦的考试算是勉强地刚刚及格。是后他们走进了社会，他们在十年以后又见面了，他们已经变了样子年纪也大了。

"我说，"慕雷问道，"你最近干了些什么呢？"

"可是我什么都没干。"

瓦拉敖斯沉湎在他们重新见面的快乐中，能保持着他那疲惫消沉的气势；及至于他的朋友表示惊异，追着再问他：

"你一定要做一些事情吧……你干什么呢？"

"什么都不干。"他回答。

奥克塔夫开始笑了。什么都不干，这不能就这样算了。他问长问短终于追问出他的历史来，这种历史是跟一般贫穷的年轻人相同的，他们由于家世认为必须选择一自由职业，然后把自己埋葬在平凡的虚荣心里面，他们抽屉里虽然装满了文凭，然而只要是能够有碗饭吃已经算是幸运了。他由于家庭中的传统，学习了法律专业；后来就由他的寡母来养活他，而他的生母早已不知道怎样养活她的两个女儿了。最后他配感到惭愧，便让那三个女人凭借剩余的财产去过她们可怜的小生活，而他在内政部里找到一个小职员的位置，像只地鼠把自己藏在洞穴里一样把自己藏起来。

"你在那儿有多少收入？"慕雷又问。

"每年三千法郎。"

"可是这个收入太可怜啦！啊，我的老朋友，我真替你难过……这是怎么回事呢！这样一个能干的小伙子，曾经压倒过我们所有的人！在把你糟蹋了五年以后，现在只给你每年三千法郎！不行，这是不公平的！"

他停了一停，转回来谈到自己。

"我呢，我叫他们尊重我……你知道我在干什么吗？"

"知道的，"瓦拉敖斯说。"有人对我说你在做生意。你在盖容广场上开了一家大店，是不是？"

"是的……我的老朋友，我在卖布！"

慕雷抬起头来，又在他的膝头上轻拍了一下，表现出一个对于使自己发财的行业但却并不羞愧的爽快人的直爽性格的快乐的神情，接着说：

"卖布的，一点没错！……我相信你会记得，虽然我心里并不觉得自己比别人更蠢，但是他们那一套，我学不进去。在我毕业之后，为了讨家庭的欢心，我也可以和同学们一样，做一个律师或是一个医生，可是这些行业证我有点害怕，有那么多的人被弄得穷途末路……天哪！我便把这挂羊头卖狗肉的事丢得远远的，一点也不后悔，埋头向事业里去钻营。"

瓦拉敖斯露出怅惘的神情微笑了。最后他悄悄地说：

"可是你的学位文凭对于你做布匹生意一定不会有什么大用处吧！"

"说一句真话！"慕雷快乐地答道，"我所希望的，就是它不要妨害我……你知道，一个人糊涂到被它绑住了手脚，便不容易脱得开了。这种人在一生里像乌龟一样地向前爬，但别的人，那赤着脚的人们，却早已飞快地跑远了。"

他发觉到他的朋友似乎感到烦闷，于是就握住他的手继续说：

"我并不想让你难过，可是要承认你的文凭不能满足你任何要求……你知道我的丝绸部主任今年的收入就要超过一万二千法郎吗？的的确确的！那小伙子头脑非常清楚，他只不过会拼音和加减乘除罢了……在我那里，普通的售货员也有三四千法郎，比你自己赚的还多，他们没有用过你那样的教育费，他们闯进社会里来也没有带着胜利的保票……的确，赚钱并非就是全部。不过，一方面，是一些穷鬼，有学问，都挤在自由职业里边，但是连他们的肚子也喂不饱，另一方面，一些实际的小伙子，武装起来走向生活，彻底了解他们的行业。说一句真话！在这两者之间，我毫不踌躇，是赞成

51

后者反对前者的，我认为这些小伙子非常懂得他们的时代！"

他的声音激昂起来了；正在倒茶的昂丽叶特把头转过来。及至他看见她在大客厅里的笑容，而且望见另外两位太太也在侧耳倾听，他的这番话倒首先使自己得意起来。

"总而言之，我的老朋友，尽管我开始时是个卖布的，但是如今我已经是一个百万富翁了。"

瓦拉敖斯懒洋洋地瘫在沙发上。他半闭着眼睛，现出一种疲劳而轻蔑的姿态，这是有点装模作样，又加上他的血统的真正的衰颓。

"哦！"他叽咕着。"人生是不值得费这么大的气力的。一点趣味也没有。"

但是慕雷表示反对，用惊讶的神气注视着他，于是他接着说：

"什么都办得到，什么都办不到。与其这样，还不如两只手闲着好。"

接着他谈了他的悲观哲学——人生的平凡和缺陷。某一个时候，他曾经热衷于文学，可是他同一些诗人的交往，给了他整个的绝望。他的结论始终是：努力是无用的，时时刻刻都是如此的厌倦和空虚，世界是愚蠢至极的。他找不到快乐，即便做坏事也没有什么乐趣。

"你讲吧，你自己活得有趣吗？"他最后问了这么一句。

慕雷气炸了。他叫起来：

"怎么！我活得有趣吗！……啊！你讲的是什么话呢？我的老朋友，你是这样的吗？……的确，我活得有趣，即便事情失败的时候，我也开心，因为我会愤怒地听到它失败的声音。我这个人是热情的，我不要生活平静地过去，我的兴趣可能就在这种地方。"

他向客厅里扫了一眼，把声音放低了。

"啊！我承认，有些女人给我找了很多的麻烦。可是每逢我找到了一个，他妈的，我就捉到她！这样做并非是常常失败的，我向你保证，我绝不让人……可是我讲的这番戏谈，不仅仅是指女人。譬如说，须要有意志，要行动，还要创造……你有一个主意，你于是为它去奋斗，好比用锤子把这东西锤进人们的脑袋里去，你看见它扩大和胜利……啊，我的老朋友，我是活得有趣的。"

行动的所有快乐，人生的所有乐趣，在他的话语里震响着。他不断地说，他是生活在他的时代里。的确，在从事这么大事业的时期，当整个世纪向前迈进的时候，一个人拒绝工作，一定是体格不健全，头脑和四肢都有了问题。所以他嘲笑那些绝望的人，那些孤高傲世的人，那些悲观主义者，嘲笑那在我们的新兴科学里一切病态的人，他们在现时代广大的活动天地里，出现了诗人般哭哭啼啼的样子，或是怀疑论者的冷漠神情。一个人，站在别人的劳动面前疲惫地打着呵欠，真是又聪明又妥当的漂亮角色！

"在别人面前打呵欠就是我唯一的快乐，"瓦拉敖斯露出冷冰冰的神色微笑着说。

慕雷的热情突然低沉下去。他又变成亲切的样子了。

"啊！这个老保尔，始终是这样，还是好发怪论！……是吗？我们久别重逢可不是来拌嘴的。幸好各人有各人的意见。可是你必须叫我领你看看我那个在转动着的机器，你会发现它并不是那么没出息……好吧，给我讲些近期的事情吧！我希望，你的母亲和两个妹妹都很好吧？你不是六个月前预定在普拉桑结婚的吗？"

瓦拉敖斯突然做了一个动作拦住了他的话；而且瓦拉敖斯露显出不安的眼神向客厅里探望，他也跟着转过头去，他注意到德·勃夫小姐目不转睛地观望着他们。勃郎施身材又高大又强壮，极像她的母亲；在她身上，面庞已经肥满起来了，粗壮的容颜浮涨着不健康的油脂。谈到这个难以告人的问题，保尔的回答是：尚未决定，甚至也许不会成为事实。去年冬天他常常到戴佛日夫人家里来，认识了这个女孩子，但是最近他很少到这里来，这说明他何以一直不曾碰到过奥克塔夫。后来德·勃夫一家人常常招待他，他最喜欢的是她的父亲，这个人是一个旧式花天酒地的人，在政府机关里挂名养老。另外他们没有财产：德·勃夫夫人给她丈夫带来的只是她仙女一般的美丽，这一家人指望最后一座抵押出去的农庄生活，这笔收入是不够的，幸好还有伯爵当养马场总监每年可以领到九千法郎。他在外边常有风流事，他把他的钱耗光，两个女人——母亲和女儿，在金钱上被他抓得很紧，有时她们只好自己改衣服穿。

"那么，为什么要结婚呢？"慕雷简单地问道。

"天哪！我总要有一个归宿啊，"瓦拉敖斯的眼睑疲惫地动了一下说。"而且也还有希望，一个姑母不久要去世，我们在等待着。"

慕雷不转眼地望着坐在居巴尔夫人身旁的德·勃夫先生，他像一个正向女人进攻的男人那么着急，露出温柔的笑容，慕雷转身对着他的朋友，现出一副很有意味的神情眯缝着眼睛，可是瓦拉敖斯说：

"不是那一个……至少现在还不是……糟糕的是，他的职务常要他到法国各地的养马场去，所以他也就经常有各种借口不在家。上个月，他的太太相信他到佩尔皮昂去了，但是他却到了冷落的地方住在一家旅馆里，陪着一个弹钢琴的情妇。"

沉默了一会儿。那个年轻人也跟着观察伯爵向居巴尔夫人献殷勤，接着又非常小

53

"确实，你的话是有道理的……尤其是依照大家的传言，这个可爱的太太也并不贞节。她和一个军官有过一场很有趣的故事……可是你看看他那份样子！他用眼角勾引她，这不滑稽吗！好朋友，这是古老的法国呀！……在我呢，我是崇拜这个男人的，如果说我要和他的女儿结婚，也很可以讲是为了他的缘故！"

慕雷觉得非常有趣，笑了。他重新向瓦拉敖斯询问，当他得知瓦拉敖斯同勃郎施的这场婚姻是由戴佛日夫人发动的，他就愈加明了这件事了。好心肠的昂丽叶专有一种寡妇的乐趣，喜欢替人家做媒；所以，当她把一帮女孩子介绍出去以后，她就会叫她们的父亲在她的社交圈子里找到朋友，可是做得很自然，非常高尚，一定不令人从这种事情上造出谣言来。慕雷是以一个有活动力而且匆忙人的方式来爱她的，惯于用数目字来控制他的爱情，彻底忘记了诱惑的计划，对她只感到一种朋友间的友爱。

正在这时候，她出现在小客厅的门口，身后跟着一个近六十岁的老人，这两个朋友没有注意到这个人的到来。几位太太的话声一阵一阵地变得很响亮，又伴奏着茶匙在瓷茶杯里轻轻地叮当响声；并且在短促的沉默之间时时听得见有人不留意把茶托放在大理石圆桌上的响声。刚刚从一大片乌云边露出来的落日，突然间放射出一道光线，把花园的栗树顶照得一片金黄，透过窗口，撒下一片红色的金粉，像火焰一样照亮了家具上的花绸面和铜器。

"这边来，亲爱的男爵，"戴佛日夫人说。"我来把奥克塔夫·慕雷先生介绍给您，他着急地希望向您表示他的钦佩。"

然后她转向奥克塔夫说道：

"哈特曼男爵先生。"

老人的嘴唇上露出聪明的微笑。他身材短小但精力充沛，长着一个阿尔萨斯人的大头颅和一张厚实的面孔，只要嘴边稍有折痕，或是眼睑轻轻一眨，面孔上便现出一道聪明的光彩。半个月以来，昂丽叶特向他邀请这次会见，而他一直是拒绝的；这倒不是说他感到无节制的嫉妒，作为一个明智的人，他是安于他做长辈的身份的，而是因为如今已是昂丽叶特介绍给他认识的第三个朋友了，这样下去他有点怕遭人耻笑。所以当他走近奥克塔夫的时候，他露出了一个富有的保护人的谨慎笑容，如果说他以这个身份肯惠然对人表示亲切，却不允许人欺骗他。

"啊，先生，"慕雷拿出他那股南方人的热情说，"不动产信托公司上一次的业务真是惊人！您很对想象得我能同您握手是多么快乐，多么骄傲。"

"太客气啦，先生，太客气啦，"男爵依然微笑着说。

昂丽叶特毫不窘困地用她明亮的眼睛注视着他们。她停在两个男人中间，扬着美丽的头，看看这个，再看看那个；她身穿裸露着娇嫩的颈项和手腕的镶花边的衣服，看见他们如此和好，于是出一副非常快乐的神情。

"先生们，"最后她说，"我让你们谈谈吧！"

然后，她转身对向已经站起来的保尔又说：

"德·瓦拉敖斯先生，您要来一杯茶吗？"

"好的，太太。"

他们两个回到客厅里去了。

哈特曼男爵坐下以后，慕雷便又坐在他原来的位置上，这时他重新滔滔不绝地赞美不动产信托公司的事业。然后他说出他心里所要谈的话题，他谈到新开辟的街道，谈到莱奥米尔街的延长，这条街正要开一条交叉线，取名十二月十日街，坐落在交易所广场和歌剧院广场中间。十八个月以来就在声称这是一件公益的事，征用审查委员最近被指定了，附近一带的人全都为了这次的大改革激动着，担忧着工程的限期，关心着那些将被拆除的房屋。慕雷期待着这个工程已经三年了，第一他预料这可以使他的事业有更活跃的开展，其次他怀抱着扩张的野心，他的梦想在扩张着，而他还不敢太公开地宣扬出来。因为十二月十日街要贯穿沙奢街和米肖狄埃街，他便看见妇女乐园侵吞着这些街道和圣奥古斯丹新街四周的房子，他想象中在这条新开辟的街道上已经有了一个皇宫似的店面，成了这个被征服的城市的主人，主宰所有。当他知道不动产信托公司同当局签订了契约，进行开通和建造十二月十日街，要求是把马路两边的产权让渡给信托公司，他就产生了强烈的欲望要结识哈特曼男爵。

"您真的，"他尽力装出一副天真的表情说道，"要把修好了的马路连同下水道、人行道、煤气灯，全部赠送给他们吗？马路两边的房子足够弥补您的损失吗？啊！这是有意思的，非常有意思！"

最后他碰到了微妙的要点。他已经知道不动产信托公司在暗中收买妇女乐园四周的几排房屋，不但是工人锄头下要翻倒的那些，还有将保存下来的另外的一部。他窥察出未来的几座建筑的计划，他为展开自己的梦想的扩张很感到不安，想到有一天要同一个有力的公司发生矛盾，而这公司的不动产一定不会让出的，他就担心起来。就是为了这种恐惧，使他决心立刻要同男爵发生关系

这种通过一个女人的亲密关系，在两个天性豪爽的男人之间会是那么密切的。当

然，他能到办公的地方去见这个金融家，把他所要建议的大事业平静地谈一谈。不过他觉得在昂丽叶特家里会更有用，他很清楚两个男人共同有一个情妇是如何的使人容易接近和受感动。两个一起人在她面前，在她那可爱的香气里面，只要她一微笑就会把他们征服，他觉得一定会成功的。

"你不是买了杜威雅尔老旅馆吗，那一座跟我比邻的老石头房子？"最后他突然地问了。

哈特曼男爵略微踌躇了一下，然后他否定了。可是慕雷注视着男爵的面孔，开始微笑；从这时起他就扮演着一个诚笃的青年人的角色，开胸见怀，处事坦白。

"您瞧！男爵先生，既然我喜出望外地得到同您见面的光荣，我就必须坦白说出我的心里话……啊！我并不想打听您的秘密。只是我要把我的事情向您全盘托出，我认定再也找不到比您更高明的人了……再则我要求您的指教，我老早就想来拜访，可是又不敢。"

他果然坦白地说出来了，他述说他的开端，甚至并不隐瞒他在胜利中间所度过的金钱上的危机。一切都列举出来，那一系列的扩张，那继续不断重投入到事业里去的利润，他的职工加入的金额，每一次大倾销这店家把全部资金像赌在一张牌上那样投出去时它在生存上所冒的危险。但是，他所要求的并不是金钱，因为他对于他的顾客怀有狂热的信心。他的野心越来越强，他建议男爵同他合作，把他在梦想中所看见的巨大的宫殿由不动产信托公司供给他，在他这方面，他将奉献出他的天才和他已经创立的商业。现在只要进行估价，问题就解决了，由他看来再没有事情比这更容易的了。

"您要拿您的地皮和房产去做什么用呢？"他固执地问着。"当然，您是有打算的。可是我相信你的主意绝不比我的主意高明……您想想这件事。我们要在这地面上建造一座货品陈列馆，我们拆毁或是重修一些房屋，我们创建巴黎最大的商店——收入有几百万的一家百货商场。"

他随口溜出他内心的呼声：

"如果我能够不找您也做得到啊！可是现在您掌握了一切。再则我将永不会有足够的资本……好吧，我们必须要得到谅解，不然那真害人啦。"

"您真心急，亲爱的先生！"哈特曼男爵不动声色地说道。"您真会想！"

男爵摇摇头，继续微笑着，他决定不以诚相见。不动产信托公司的计划是要在十二月十日街上建造一座同大旅社对抗的豪华的建筑，成为吸引外国人的中心场所。但是，这个旅馆所要占据的只是马路边上的地皮，所以男爵仍然可以接受慕雷的建议，处理其余的几排房子，那些房子面积也非常大。然而他已经给昂丽叶特的两个朋友投过资了，有点厌烦这个亲切的保护人的虚名。再则，虽然他具有活动的热情，肯打开钱袋来帮助所有的聪明勇敢的年轻人，但慕雷的这种猛进的商业天才，给他的恐惧大于给他的诱惑。这个巨大的店铺，不是一种狂想的、不谨慎的经营吗？像这样毫无限制地扩大百货生意，不是要冒着一定失败的危险吗？总而言之，他是不相信的，他要拒绝。

"毫无疑问，这个主意看起来很动人，"他说，"可是这是一个诗人的主意……你到哪里去找顾客来填满这么一个大殿堂呢？"

慕雷暂时沉默着注视着他，好象对他的拒绝感到惊讶。这是可能的吗？像他这么一个嗅觉敏锐的人，他是在所有深奥的地方都嗅得到金钱的！于是猛然间，慕雷做出非常耸动人的手势，指着客厅里的几位太太，大声说道：

"顾客嘛，她们就是呀！"

阳光暗淡下去了，金红色的云雾变成了一片褐色的微光，在丝绸的帐幕和家具的面上，映出临终的告别。在暮色降临的这个时间，有一种亲密的气氛把这间大客厅埋没在微温的柔静里。这时，德·勃夫先生和保尔·德·瓦拉敖斯正站在窗前谈话，他们的眼睛茫然地望着花园的远方，几位太太凑拢来，在屋当中围成一个裙衫的狭小圈子，发出笑声和轻微的谈话声，热烈地发问和答话，展现出女人关于消费和装饰品的所有热情。她们在谈论服装，德·勃夫夫人在描述一件跳舞衣裳。

"首先，是一件透明的紫色绸衫，上边是老式阿郎松花边的褶子，有三十公分长……"

"啊！这是可能的吗！"玛尔蒂夫人插嘴说。"有些女人真幸运！"

哈特曼男爵随着慕雷的手势，从打开的门口，观望着那几个女人。他用一只耳朵倾听她们谈话，同时这个年轻人被要征服他的欲望燃烧着，越加热衷地谈下去，给他解说新型百货生意的机构。这行生意在目前是以继续迅速地运转资金为基础，它的关键是要在一年之内尽所能让货物多出几次手。比如说，这一年他仅有五十万法郎的资本，运转了四次，就做到了二百万的生意。这是太可怜啦，进一步可以增加到十倍，因为据他估计再过一个时期他的某些部门一定会做到资本的十五倍到二十倍。

"男爵先生，您知道整个的关键就在于这一点。这是很简单的，但是必须要想办法。我们不需要大批运转的资金。我们唯一的努力就是要非常快速地把买进的货物卖出去，以来换取另外的货物，这样可以使资本得到多次的利润。用这种方式，极小的

57

获利我们也能够认为满足；我们的一般开销高到百分之十六，但我们从货物上只赚百分之二十，因此只有百分之四的利润；可是当我们大量地而且不断交替地运转货物，结果还会赚到几百万……您明白我的意思吧？再没有比这更明白的事情了。"

男爵重新摇摇头。这个人曾经接受过最大胆的计划，至今人们还在谈说在煤气灯最初试验时期他那勇往直前的精神，但是这一次他却依然觉得不妥而且固执己见。

"我很了解，"他答道。"您为了要卖得多，因此卖得便宜，您为了卖得便宜就必须卖得多……只是，要非卖不可，所以我再提出我的问题：您卖给什么人呢？您怎能希望维持住这样大的销货量呢？"

从客厅里忽然传来一阵响亮的话声打断了慕雷的说明。这是居巴尔夫人的声音，她说她只喜欢衣服前摆上有老式阿郎松花边的镶边。

"可是，亲爱的，"德·勃夫夫人说，"前摆上倒也一样镶着花边哩。我从来没见过这么富丽的衣裳。"

"你看！你这个主意不错，"戴佛日夫人接着说。"我已经有了几米长的阿郎松花边……我一定要再找点来镶边。"

话声又低下去，变成了一片窃窃私语。她们所谈及的价钱刺激起她们的欲望，这些太太们是一大把一大把地购买花边的。

"喔！"最后慕雷能够讲话的时候，他说，"一个人懂得售货的时候，他要卖什么就卖什么！我们的胜利也就在此。"

然后他用他南方人的热情，用唤起人们想象的热烈词句，说明了新型商业的经营。首先是存货多所发挥出来的十倍大的力量，许多种商品都集中在一起，相互支持，相互推动；从未不脱销，永远把当令的货物摆在那里；顾客们从这一柜台到那一柜台觉得被吸引住了，这里买料子，那里买线，又在别的地方买一件大衣，每件都备办齐全，然后又碰到一些没料想到的东西，不禁要买些又漂亮又不合用的物件。再则，他又称赞了明码标价的优点。百货业的大革新就是从这一作为出发的。假如说老式的小商业都在摇摇欲坠，那就是由于它们支持不住由于标价所引起的低廉价格的竞争。如今，这种竞争是在大众的眼前公开进行的，从陈列品前面走过去就可以知道价格了，每一家店都在降低售价，满足于最小的利润；绝没有欺骗，一定不能老在一件东西上动念头，把它双倍价钱出售借此捞一笔，而是用加速经营的办法，把各种货物规定出百分比的合理利润，从销货的良好运转谋利，而越是在光天化日下进行，获利也越大。这不是一种出奇的发明吗？这种发明在市场上会掀起大风波，改变巴黎的面貌，因为这种发明是用女人的血肉造成的。

"我有女人支持我，其余的我全都不在乎！"他说，这是热情逼迫他吐露出来的一种野性的自白。

听到他这么一喊，哈特曼男爵好象受了感动。他的笑容失掉了讥讽的意味，他注视着这个年轻人，逐渐被他的信心征服了，开始对他有了好感。

"嘘！"他摆出一个长辈的慈爱神情偷偷地说，"她们会听见你的话。"

然而那些太太却在一起抢着谈话，如此兴奋，连彼此的话也听不见了。德·勃夫夫人刚描述完一件晚会的服装：一件紫色绸子的外衣，镶着打结的花边；上身胸颈开得很低，肩部又是打结的花边。

"你们会看得见的，"她说，"我用缎子给我作了一件同样的上身……"

"如是我的话，"布尔德雷夫人插嘴说，"我要作丝绒的。啊！太便宜哩！"

玛尔蒂夫人问道：

"绸子的要多少钱？"

于是大家的声音再一次一起响起来了。居巴尔夫人，昂丽叶特，勃郎施，谈到尺寸、剪裁和缝纫。这是一场料子的抢夺，要把各家店铺抢光，这是她们在艳羡和梦想着的妆饰上所表现出来的一种奢侈欲，从这些妆饰物品上她们感到那么一种快乐，以致被埋葬在里面生活着，仿佛是在她们生存所需的温暖空气里一样。

这时慕雷向客厅里看了一眼。然后对着哈特曼男爵的耳朵说了几句话，好比是男人间有时会冒险把自己秘密的恋爱讲给人家听的情形，他已经把现代化的商业机器解说完了。在已经谈过的事情以上，又谈到争取女人的问题。所有的事情——

资本不断的运用，存货的制度，吸引人的廉价，让人安心的明码标价

都依赖在这个问题上。各家店铺激烈地进行竞争就是为了女人，而被陈列品弄得眼花缭乱以后继续陷进它们的便宜货的陷阱里去的却也是女人。它们在女人的血肉里唤起了新的欲望，它们是一种巨大的诱惑，女人注定要被征服的，开始情不自禁买一些家庭实用的东西，然后受了精美物品的吸引，然后是完全忘乎所以。为了把它们的营业提高十倍，为了使奢侈品大众化，它们成了吓人的消费机构，破坏了许多家庭，造出了各种无聊的时髦货色，永远是越来越贵重。如果说女人在店铺里是一个皇后，弱点外露，受人崇拜，受人阿谀，被殷勤的款待包围起来，那么，她的统治也像是一个多情的皇后，她的臣民在她身上做着买卖，她每一次的恣意任性都付出了她的一滴血的代价。慕雷在他那优美的殷勤里面，允许自己发泄出一个犹太人的兽性 ——论斤

地出卖女人；他给女人建造了一座庙堂，由一大群店员向她焚香礼拜，创造出一种新的宗教仪式；他除了女人不想别的，不折不扣地在想象中探寻更强大的诱惑；可是他在女人背后，当他空了她的钱包、损害了她的神经的时候，他就对她满怀秘密的轻蔑，这正像一个男人在他的情妇糊里糊涂舍身给他以后的那种景象。

"你有了女人，"他豪放地笑着悄悄地跟男爵说，"你连世界都卖得出去！"

现在男爵明白了。只用几句话就够了，其余的他可以揣摩，这样英武的一种猎取使他燃烧起来，使他回想起他当年花天酒地的生活。他眯缝着眼睛露出了解的神情，最后他赞羡地观望着这个发明了吃女人机器的男人。这个男人真是能干。于是他说了布尔当寇所讲的话，一句从他长期经验里流露出来的话：

"你知道，她们要报复的。"

是慕雷做出了令人不堪的轻蔑动作，耸起了肩膀。她们全是属于他的，是他的财产，可他不属于任何人。当他从她们身上取得了他的财富和他的享乐以后，他就把她们全部丢给那些还能在她们身上找到生活的人。这是南方人和投机家的一种理智的轻蔑。

"好吧！亲爱的先生，"他在总洁时问道，"您要跟我合作吗？这个地皮的问题，您觉得有可能吗？"

男爵已经一半被劝服了，可是还踌躇着不愿就此定约。虽然有一种魔力在他身上渐渐发生着作用，可是内中仍然保留着怀疑。他正想用逃脱的方式来答复，这时几位太太接连的呼声解救了他的困难。她们在轻轻的笑声中，一再呼唤：

"慕雷先生！慕雷先生！"

可是慕雷不高兴这样被打断了谈话，装着没有听见，刚刚站起身来的德·勃夫夫人便一直走到了小客厅的门口。

"大家要你来呢，慕雷先生……你藏在墙角里谈生意，太没礼貌啦。"

于是他决定不谈下去，显然显出优美的情趣，这一种欢乐神情使男爵大为惊叹。两个人站起身来，走进大客厅里。

"诸位太太，我听你们的吩咐，"他嘴唇上现出了微笑，一进门就这样说。

一阵胜利的叽喳声迎接了他。他只好再向前走，几位太太在她们中间给他让出了一个位置。太阳正向花园的树木后方落下去，白昼快要结束了，淡薄的阴影渐渐笼罩了这个大房间。这正是薄暮的动人时刻，这正是巴黎人的房间里偷偷地寻欢的一刹那，在这个时刻，街道上的亮光正在消逝，厨房里正在点灯。德·勃夫先生和瓦拉敖斯仍然站在窗前，在地毯上投射出一道阴影；同时，几分钟前悄悄走进来的玛尔蒂先生，站在从另一个窗口射进来的最后的光线里，动也不动，现出一副可怜的外形，他穿着一件紧紧缩缩可是还整齐的礼服，他的面容因为教学显得苍白，那几位太太关于化妆的谈话使他感到厌恶。

"这次大倾销依然决定在下星期一吗？"恰巧是玛尔蒂夫人在问。

"当然了，太太，"慕雷发出一种笛子似的声音回答，每回他同女人讲话便做出这么一种演员似的声音。

昂丽叶特接着插进嘴来。

"你知道我们大家都去的……听说你准备了惊人的东西。"

"啊！惊人的！"他露出谦虚而得意的神情喃喃说，"我只是想法回报，你们的赞助。"

可是她们追着问他。布尔德雷夫人，居巴尔夫人，就连勃郎施，都想多知道一些。

"告诉我们一点详细的情况吧，"德·勃夫夫人坚持地问下去。"你真要把我们急死了。"

她们围住了他，这时昂丽叶特发觉他连一杯茶还没喝过。这真是对不起人的事；四个女人动手来伺候他，但是有一个条件，他喝了茶就要回答问题。昂丽叶特倒了茶，玛尔蒂夫人端着杯子，而德·勃夫夫人和布尔德雷夫人抢着给他放糖的光荣。然后，当他拒绝坐下，站在她们中间开始慢慢饮茶的时候，大家都聚过来，用她们的裙子结成一个小圈子把他包围得紧紧的。她们抬着头，眼里闪光，向他微笑。

"各家报纸上谈到的，就是你们叫作'巴黎幸福'的绸子吗？"玛尔蒂夫人急切地又说。

"啊！"他答道，"这是一种不寻常的料子，一种有粗点子的丝绸，又柔软又结实……诸位太太，你们去看看吧！除了我们那里，你在什么地方也买不到，因为我们已经得到了专卖权。"

"真的吗！这样好的绸子只卖五法郎六十生丁！"布尔德雷夫人激动地说。"这真让人不相信。"

自从广告刊出来以后，这种绸子就在她们的日常生活里占了重要位置。她们受着欲望和怀疑的煽动，谈及这种料子，决定要去买一些。她们用健谈的好奇心压迫着这个年轻人，而从这种好奇心中流露出不同的女主顾各自独有的气质：玛尔蒂夫人被她那消费的狂热给迷住了，购买妇女乐园里所有的东西，没有选择，遇到什么就是什么；

居巴尔夫人会走几个钟头，不买一件东西，仅仅享一阵眼福就觉得快乐满意了；德·勃夫夫人，手头不宽裕，常常受着太大的欲望的苦痛，怀着怨恨观望着那些她不能拿走的货物；布尔德雷夫人，具有聪明而又实际的小市民的眼力，一直走向便宜货的地方去，拿出一个能干的家庭主妇的非常手腕，可能利用这些大店铺，然而并不狂热，给自己节省下大笔的开销；最后谈到昂丽叶特，她非常雅致，单单买某些物品，如手套、帽袜、各种粗内衣等等。

"我们还有其他种料子，价廉物美得惊人，"慕雷用他那音乐似的声音不停地说。"比方说吧，我向你们推荐我们的'黄金皮革'，一种光彩无比的薄绸子……在丝绸的花色方面，我们有非常美丽的色彩，是我们的购货员从上千种花样里挑选出来的；谈到丝绒，你会看见各式各样最华丽的配色……我要请你们注意，今年的呢料子要流行起来。你们去看看我们的格子呢，我们的羊毛呢。"

她们不再插嘴，更加缩小了她们的包围圈，嘴上现出漠然的微笑半张开着，她们那神色紧张的脸向前凑，好象她们整个的生命一股劲地向着诱惑冲去。她们的眼光黯然，一阵轻微的寒战驰过她们的颈项。而他呢，在她们的头发发出来的迷人的气味当中，保持着征服者的冷静。他继续在喝茶，每说一句话于是就喝一小口，茶香把那含有兽性成分的更剧烈的香味淡化了。他面遇一种诱惑，如此地有节制，坚强到足以玩弄女人，不被这种诱惑散发的陶醉所征服，这使得一直不离眼在看着他的哈特曼男爵，对于他的赞美更增大了。

"呢料会时兴起来吗？"玛尔蒂夫人问道，她那长着细麻子的面孔闪出娇媚的热情的光芒。"我必须弄个明白。"

冷眼旁观的布尔德雷夫人也接着说：

"你们那里在星期四有零头料子，是吧？……我要等一等，我的小孩子们都要做衣服了。"

然后转过她那漂亮的金发的头对着这里的女主人说：

"还是邵佛在替你做衣服吗？"

"是呀，"昂丽叶特答道，"邵佛的价钱很贵，可是在巴黎只有她得做紧身上衣。……其次，不经慕先生怎么说吧，她有最漂亮的图样，这些图样是在别的地方看不到的。我这个人，看见所有的女人肩上都穿着和我一样的衣服我就不舒服。"

起初慕雷在谨慎地微笑着。接着他让人知道邵佛太太的料子也是在他店里买来的；当然，有些是她从厂家直接得来的，她保有独家经营权；可是，比如说吧，黑色绸子，她瞄准了妇女乐园的便宜货，大量地买进，再以两倍或三倍的价钱卖出去。

"所以我可以十分确定地说，她家的人会把我们的'巴黎幸福'抢光的。厂家比我们店里卖得贵，她为什么要到厂家去买这种绸子呢？……我说话负责！我们是赔钱卖出的。"

这一下子击中了这些太太们的要害。想到能买到赔钱货，便在她们的心里激起了女人的贪欲，当她们相信是在讨商人的便宜，她们作为买主的快乐就增加了一倍。他知道她们是抵挡不住廉价商品的诱惑的。

"我们那里，什么东西都是十分便宜！"他得意扬扬地叫着，他把摆在他背后圆桌上戴佛日夫人的扇子拿起来。"你们看！这把扇子……你们说它值多少钱？"

"善替依扇面二十五法郎，扇骨两百，"昂丽叶特说。

"好的！扇面不贵。但是我们有同样的东西只卖十八个法郎……讲到扇子骨，亲爱的夫人，你可上了一个大当。同样的东西，我们不敢超过九十法郎。"

"正跟我刚才说的一样！"布尔德雷夫人叫起来。

"九十法郎！"德·勃夫夫人嘀咕着，"是这样还不弄一把，那真是连一文钱都没有的人啦。"

她又拿起了那把扇子，同她的女儿勃郎施重新审视；在她那端正的大脸上，在她那惺忪的大眼睛里，体现出一个人起了一个念头而又不能得到满足的那种被压制的和绝望的妒忌。这把扇子又一度在几个女人面前传观着，这个批评一下，那个赞叹一声。这时德·勃夫先生和瓦拉敖斯已经离开了窗口。德·勃夫先生又回到居巴尔夫人背后的位置上，显出端正高尚的气派，用眼搜索着她的前胸，同时那个年轻人弯着身子对向勃郎施，尽力想找一两句亲切的话来说。

"小姐，这个不有点暗淡吗？白色的扇子骨配上黑色的花边。"

"啊！"她非常庄重地回答，她那鼓胀的脸蛋没有泛起一丝红润，"我有一次看见过一把珍珠母和白羽毛的扇子。像处女一样洁白的东西！"

德·勃夫先生，无疑已经恐慌地发觉到他的妻子追着扇子看的那种伤心的目光，最终也参加进来说话了。

"这种小物件很快就会破碎的。"

"这个还用得着说吗！"居巴尔夫人说，这一个漂亮的红发女人绷着嘴巴装作冷淡的样子。"我的扇子修理得都叫我厌烦啦。"

玛尔蒂夫人，被这场谈话搞得非常兴奋，好半天在膝头上把她的红皮袋子紧张地

转来转去。她还没有来得及把她买来的东西现出来，像是有一种肉欲的要求要把这些东西给人看看。突然间，她忘记她丈夫在面前了，打开了袋子，取出了缠在纸板上的几米狭窄的花边。

"这是给我女儿买的瓦郎西恩花边，"她说。"有三公分宽，真美，对吧？……一法郎九十生丁。"

花边在人们手里传观着。几位太太大大赞美。慕雷肯定地说他是照厂家的原价卖这些小装饰品的。玛尔蒂夫人又把袋子合上了，好象是隐藏一些不能给人看的东西。可是在瓦郎西恩花边的轰动以后，她就抵挡不住再拿出一方手帕来的欲望。

"这里还有一方手帕……亲爱的，是布鲁塞尔的出品……啊！好手艺！二十法郎！"

从这以后这个袋子便取之不尽了。她快乐地脸红了，这像是一个正在脱衣服女人的羞愧，她每脱下一件东西便显得娇媚了可是又感到难为情。有一条西班牙金褐色的领带，三十法郎；她本来不想要的，可是店员对她赌咒发誓说这是最后一条了，再有就要涨价。接着是一件善替依面纱：贵了一点，五十法郎；如果她不戴的话，可以给她女儿改一件东西。

"上帝！那些花边太漂亮了！"她神经地笑着反复说。"只要我到了那里，就想把整个的店都买下来。"

"这是什么？"德·勃夫夫人拿起一段零头的镂空花边察看着问道。

"这个呀，"她答道，"这是一段绳边花边……有二十六米长。一法郎一米，你看真便宜！"

"可是，"布尔德雷夫人惊讶地说，"你想拿它做什么呢？"

"说实在的，我也不知道……可是花很别致！"

这时她抬起头来，看见吓慌了的丈夫正在她面前。他的面色越来越苍白了，他整个的人流露出一个穷人的隐忍的痛苦 ——他目睹他那么辛苦赚来的薪金冰消瓦解而不能阻止。每一段新的花边对于他都是一次灾难，多少天辛苦的教学被葬送了，为了私人补课在泥地里的奔走被淹没了，他 一生长期的努力终将造成一种秘密的烦恼，一种地狱般贫苦的家庭生活。在他那越来越惊惶的目光前，她想收起手怕、面纱和领带；她那火热的不停地看去，苦笑着一再说：

"你们要叫我的丈夫骂我啦……好朋友，讲真话，我还算是十分理智的呢，因为有一段考究的刺绣要五百法郎，啊，真漂亮啊！"

"你为什么没有买来呢？"居巴尔夫人冷静地说。"玛尔蒂先生是男人里最豪爽的呀!"

　　教授只好表示同意,声明他的太太是彻底自由的。但是想到这一段考究的刺绣的危险,一块冷冰便淌下了他的背脊;这时慕雷正好确定地说新型商店是增进中产阶级家庭幸福的,教授便向他投射了怕人的眼光,这是一个怯懦的人胆敢揭死人的一种怨恨的眼光。

　　可是太太们还没有放开那些花边。她们在沾沾自喜。花边展开来,从这一个到另一个人的手里传来传去,她们更向一起接近,细致的花边把她们连在一起。在她们的膝头上,她们摩挲着那精美出奇的丝织品,她们那犯罪的双手舍不得离去。她们更紧紧地包围住慕雷,不断地提出许多新的问题。因为白昼继续暗下去,他时时就得低着头,髭须触到她们的头发,查看一针一线,或是解说一种图案。但在黄昏时这种温柔的肉感里,在女人肩膀上的暖热气息中间,他虽然感到陶醉,可依然在支配着她们。他也变成了一个女人,她们感到了一种美妙感觉,这种感觉是他从她们的秘密生命里得来的,浸润了她们,占有了她们,而且她们受了诱惑无法自拔;至于他,自从肯定了她们完全听他的话,便现出了一副神气,像专制君主一样,野蛮地君临在她们的上方。

　　"啊!慕雷先生!慕雷先生!"在客厅的昏暗里她们发出了叽叽咕咕上气不接下气的声音。

　　在家具的铜边上,衰弱的天空的白光慢慢消失了。只有那些花边,还放在几个女人的暗淡的膝盖上,保持着雪白的反光,混乱的人群似乎不知不觉地如信徒一样跪倒在这个年轻人的四周了。茶壶的边上闪耀着最后的光辉,一道活跃的微小的火光像是被茶香温暖着的寝室里燃烧的一盏夜灯。可是忽然间仆人拿着两盏灯走进来,于是这种幻觉将被破坏了。客厅里有了生气显得明亮快乐了。玛尔蒂夫人把那些花边装进她的袋子里去;德·勃夫夫人还在吃着一块小蛋糕,同时昂丽叶特已经离开,站在窗口同男爵在低声谈话。

　　"他这个人十分可爱,"男爵说。

　　"不错吧?"她像一个恋爱中的女人不由自主地信口叫出来。

　　他微笑了,现出作长辈的纵容关注着她。他认为她如此地被征服还是第一次;他认为自己不会因此觉得苦恼,看见她落在一个这么温柔而又完全冷酷的年轻人手里,只有感到一阵。他想他应当警告她,便用一种开玩笑的声调悄悄地说:

　　"你小心哪,亲爱的,他会把你们全部吃掉的。"

昂丽叶特的美丽的眼里闪出了嫉妒的火焰。显然她已经窥察出慕雷只是利用她来同男爵接近。她发誓要挑起他的疯狂的热情，他这个人谈恋爱一向是匆匆忙忙的，像是向四面八方散出去的一支歌曲，随随便便地发出了魅力。

"啊！"她也照样装作开玩笑地答道，"照例总是绵羊终于吃掉狼的。"

男爵觉得很有趣，点头示意鼓励她。她也许命中注定是要替许多别的女人报仇的那个女人吧！

这时慕雷又向瓦拉敖斯重说一遍，要领他去参观他那在运转中的机器，然后走过来告别，男爵叫住他，他们面对着已经为阴影笼罩着的黑暗的花园，站在窗口。男爵终于受了他的诱惑，看到他在女人群中的这种情形，有了信心。两个人小声谈了一阵子。于是那个金融家大声说：

"好吧！我可以考虑考虑这件事……若你星期一的大倾销真的如你所说的那么成功，这件事就算决定了吧！"

他们握了握手，慕雷兴高采烈地 退出去了，因为每天晚上他要是不去看看妇女乐园的收入，他的晚餐是吃不舒服的。

四

这个星期一是十月十日，明亮胜利的太阳取代了笼罩着巴黎有一个星期之久的灰色云彩。夜间不断落着毛毛雨，污水和潮气弄脏了街道；可是到了天亮，强劲的风吹散了阴云，人行道上干燥起来；蔚蓝的天空现出了春天的爽朗气色。

到了八点钟，妇女乐园在它的冬季时货大倾销的光彩里，闪耀着明亮的阳光。旗子在门口飘舞，一些羊毛料子在早晨清新的空气里招展着，盖容广场显出一片欣欣向荣的景象，如外地集市一样的热闹；同时在两面街道上，橱窗里陈列的商品，奏出了交响乐，洁净的玻璃愈加增强了灿烂的音响。它像是花团锦簇的色彩，像是奔放在街道上的欢乐，大量消费的一个角落整个开放了，每一个人都可以走进去看一看。

但这个时间，很少有人走进去，只有零星匆忙的顾客，如邻近的一些家庭主妇或是一些想躲避午后拥挤的妇女。在装潢的货物里面，人们觉得这店家是空的，像是武装齐备等待着作战，地板打了蜡，柜台上堆满了商品。早晨忙碌的人群几乎不向橱窗看一眼，便不停地走过去了。停放车辆的圣奥古斯丹新街和盖容广场上，在九点钟的时刻，才有两辆出租的马车。只有附近一带的住户，特别是小生意人，受了这样陈列出来的旗子和彩色装潢的鼓动，结成几伙，站在人行道转角上的店门口，扬着鼻子，嘴里说些刻薄话。最使他们愤懑的，便是米肖狄埃街上送货部门前的一辆车子，这是慕雷刚刚投入到巴黎来的四辆送货车的一辆：这些车辆的底子是绿色的，边上是黄色和红色，嵌板上漆着光亮的油漆，在太阳光下映出金黄和紫红的光彩。这辆色彩繁多簇新的车子，每边都写着店家的名字，另外还有一方广告牌子，写着当天大倾销的项目，车子装完了昨天晚上留下来的包裹以后，一匹骏马便奔驰着出发了；鲍兑站在老埃尔勃夫的门口，面色苍白，睁着圆圆的眼睛，目送着车子一直到林荫路上，那惹人厌严的妇女乐园的名字，如一团星光，散布到全城去。

这时有几辆马车来到了，排成一排。每一次有顾客进门，店家的小伙计便走过来，这些小伙计排列在高大的门道里，身穿着制服，上身和裤子是淡绿色的，背心上有红色和黄色的条子。退休的上尉、现在当稽查员的茹夫也在那里，他身穿燕尾服，打着

白色领带，佩戴勋章，好似是忠厚诚实的 一个标志，他毕恭毕敬地迎接太太小姐们，向她们哈腰指点着各部门的方位。然后她们走进了改装成东方厅的前堂里不见了。

　　一入门，就是那么令人感叹，使人惊讶，所有的人都被迷住了。这是慕雷想出的主意。他第一个用很便宜的价钱在东方部选购了一些古代的和近代的地毯，这些稀有的地毯到现在为止只有古董商人才卖，而且价钱很贵；他存心用这种货物充斥市场，卖价几乎等于买价，纯粹拿它们当作华丽的装饰品，把那些有艺术趣味的高尚顾客吸引到他的店里来。从盖容广场的中央可以望得见这个东方厅，厅里一律是在他的指导下由小伙计们悬挂起来的毡毯和门帘。首先在天花板上，张着士麦那城的毡毯，红色的底子上浮现出复杂的图案。其次，四边上，挂着一些门帘：叙利亚和喀拉马尼亚的门帘，上边有绿色、黄色和银珠色的斑点；有一些狄雅倍克的门帘，比较平常，手摸起来像牧羊人的袍子一样粗；还有一些可以悬挂的毡毯——伊思巴罕、德黑兰和凯尔曼沙的长条毡毯，叔玛卡和玛德拉斯更大型的毡毯，有芍药和棕榈等不常见的花卉，好似是在梦想的花园里奔放的幻想。在地下又是一些毡毯，如一片散撒的油光光的羊毛：正中央有一方亚格刺的毡毯，这块东西很不平常，底子是白色的，有柔软的蓝色宽边，穿插着堇色装潢，富有高雅的想象；其次到处陈列着美妙的百名的特产，麦加毡毯，发着丝绒一样的反光，达格斯坦祈祷用的毡毯，有象征的刺绣，古的斯坦毡毯，布满盛开的花朵；最后，在一个角落里，叠起一大堆廉价品——

　　戈尔戴斯、库拉和齐尔西尔毡毯，从十五个法郎起价。这个豪华的土耳其总督的天幕，布置着用骆驼囊做成的安乐椅和躺椅，有的刻着各种颜色的花纹，有的栽着野生的蔷薇花。土耳其，阿拉伯，波斯，印度全都在这里。人们把那些皇宫弄空了，把那些伊斯兰教寺院和东方市场抢光了。这些褪了色的古代毡毯，透出浓重的黄色，暗淡的色泽还保存着一股温暖的情调，仿佛熄灭了的火炉的灰烬里还保持着美丽的色彩，使人想起古代的巨匠。在这种野蛮的艺术的豪华下面，在古老的羊毛所保留着的毒虫和烈日的国土的浓烈气味中间，漂浮着东方的幻想。

　　这个星期一正是黛妮丝开始上工的日子，早晨八点钟她走出了东方厅，又迷茫地停下来，不清楚再从哪里向店里走，在这间像土耳其闺房的装潢中间，她被彻底迷惑住了，就呆站在门口。一个小伙计领她到了顶上的一层，把她转交给管理宿舍和指挥清洁工作的卡班太太，这位太太把她安置在七号房，人们已经送来她的衣箱。这是屋脊下一间狭窄的小屋，屋顶上开着一面天窗，摆着一张小床，一个胡桃木的衣橱，一个化妆台和两把椅子。沿着一道像修道院似的走廊排列着二十间同样的小屋，都是黄色的；这店家的三十五位姑娘，有二十位在巴黎无家，便住在里面，另有十五位住在外面，有几个是住在伯母或是假姊妹的家里。黛妮丝立刻把她那件刷得不成样子、袖子上修补过的薄呢子衣服脱下来，这是她从瓦洛额带来的唯一的一件。接着她穿上她那一部所穿的制服，这是一件黑绸子连衫裙，已经替她修改过，摆在床上了。这件衣服还是大了一些，肩膀太宽。可是她情绪波动，十分匆忙，不去注意这些细节。她从来没有穿过绸衣服。当她穿上新衣服很不舒服地又走下楼的时候，她注视着闪闪亮亮的下摆，而且衣料沙沙地响，使她觉得一阵羞愧。

到了楼下，她走进了她所属的部门，里面正在发生一场争吵。她听见克拉哈发着尖嗓门说：

"太太，我是在她以前到的。"

"没那么回事，"玛格丽特答道。"她在门口跟我挤，可是我已经早一步到了厅里。"

这是为了签到而引起的争吵，她们是根据签名来规定售货的顺序。女售货员按照到达的先后把名字写在一块石板上；她们每替顾客服务一次以后，便把名字重新写在后面。奥莱丽太太终于认为玛格丽特的理由正当。

"老是这么不公平！"克拉哈气愤地叽咕着。

可是黛妮丝一走进来，就使这两位姑娘又和好了。她们看看她，彼此微笑了。一个人怎么会把衣服穿得这么丑呢！这位年轻的姑娘忸怩不安地走过去签了名，她发现她是最后一个。这时奥莱丽太太努着嘴不安地看着她。她不禁地说道：

"亲爱的，你这件衣服穿得下两个像你这样大的人。你应该把衣服改紧一些……而且，你不知道怎样打扮自己。过来，我替你整理整理。"

她领着黛妮丝走向一面大镜子前，每一个盛满服装的衣橱，隔着一道门就有这样一面镜子。这间大套房，四周是一些镜子和雕花橡木的板壁，铺着一方大花的红色天鹅绒地毯，像是旅馆里人来人往川流不息的普通的厅房。几个姑娘穿着规定的绸衣服，现出买卖人的风度走来走去，一个也不到那替顾客准备的一排椅子上去坐一坐，这种情形更加像是在旅馆里了。所有的人都在上衣的两个钮扣洞中间，像是插在胸里一样，别着一根长长的铅笔，笔尖朝上；还可以看得见她们的口袋里带着销货记录簿的白纸片，一半露在外面。有几个姑娘大胆地戴着首饰、戒指、胸针、项链；但既然大家被迫穿着一律的服装，她们所能卖弄风情的，所能竞争的荣华，就只有她们那光光的头发，丰厚的头发，当她们的头发不够多的时候，便扩充辫子和发髻，或是梳得整齐，或是鬈烫，或是蓬起来。

"从前面拉拉腰带，"奥莱丽太太反复说着。"你看，至少背上不耸起来了……还有你的头发，你怎么会弄得这么乱糟糟的呢！若你注意点，头发会弄得十分漂亮。"

其实，这是黛妮丝唯一的优点。她那一头带点灰色的金发，一直可以垂到脚踝子上；她每次梳头都是一件麻烦事，她只得卷起来结成一绺，压在骨头梳子的坚硬齿子下面。这头发在一种野性的优美中盘得很古怪的，使克拉哈非常不开心，她假装着在笑。她向内衣部的一个女售货员做手势打了个招呼，那个姑娘有一张大面孔，态度可亲。这两个部互相比邻，一直在抢着做生意；可是每逢嘲笑别人的时候，这些姑娘却是一致的。

"居敖小姐，你看一看那一头的兽毛，"克拉哈一再说，玛格丽特也装出压制不住要笑的样子，用胳膊肘碰着她。

可是那个内衣部的女职工却毫无开玩笑的心情。她向黛妮丝注视了片刻，她想起了自己最初几个月在她这一部门里曾经受过的苦恼。

"哦，说什么？"她说。"不是每一个人都有那样的一头兽毛哩！"

她转脸朝内衣部里走去，使得那两个姑娘很不自在。黛妮丝听见了这番话，目送着她表示感谢，同时奥莱丽太太交给她一本写着她的名字的销货记录簿，说道：

"去吧，明天你要把自己整理得好一点……现在，用点心思把店里的做法学习学习，等着当班。今天这一天很吃重，大家要看看你的能力。"

但部里依然冷清，在这么大清早，很少顾客到时装部来。姑娘们为了准备午后的疲劳，小心地休养着自己。黛妮丝想到她们都在窥察她初试身手，有些胆怯，为了保持心情的平静，在削她的铅笔；然后模仿着别人，把铅笔插在胸前的两个钮扣洞中间。她鼓起勇气，她必须征服她的环境。昨天晚上人家跟她说，她这次进店是当见习生，也就是说没有规定的薪水；她只领取佣金和她卖出的货物的奖金。但她希望这样每年能得到一千二百法郎，因为她知道有些能干的女售货员，若她们肯吃些辛苦，是可以赚到两千法郎的。她的开销是一定的，每月一百法郎够她付北北的膳宿费和接济一文钱也赚不到的日昂；她本人还必须买几件衣服和内衣。但为了达到这么大的一个数字，她就要表现出勤劳和坚强，不顾她周围的人们对她所表示的恶意，如果必要的话，还得跟伙伴斗争和抢她应得的一份。她正在这样鼓励自己去进行斗争的时候，一个高大的年轻人从这一部的前面走过去，向她微笑了；她认出这个人是杜洛施，他是昨天进了花边部的，她也向他微笑了，她又碰到这种友爱使她快乐，她把这次的致意看作一个好兆头。

九点半钟，第一桌的早餐钟声响了。接着又响了一次，招呼第二桌的人。可是始终还没有顾客到来。副主任傅莱黛丽太太，天生成寡妇的阴险冷酷脾气，喜欢幸灾乐祸，简单地说了几句话，说这一天算是完结了：人们会连一个鬼影子也见不到，应该关上衣橱各走各的路了；这番预言使得玛格丽特的平板的面孔阴沉下来，她对于钱是锱铢必较的，另一方面，克拉哈露出一副脱缰的马的神气，已经在梦想着如果这个店家垮了台，她要到威利埃尔森林来一次野餐。奥莱丽太太，沉默，严肃，摆出她那副皇帝似的假面具，在空空的部里晃来晃去，像是担负胜败重任的将军一样。

将近十一点钟，有几个太太小姐出现了。轮到了黛妮丝当班。恰好有一个女顾客露面。

"你看，那个乡下的女胖子，"玛格丽特悄悄地说。

这是一个四十五岁的女人，她从老远老远偏僻的县份来到了巴黎。她在乡下，要费好几个月的时间，一点点地把钱存起来；然后刚刚下了车，便溜进了妇女乐园，把所有的钱用光。她很少写信购货，她要看看，喜欢用手摸摸商品，连针都要储存，她说，在她那个小镇上，针非常贵。这店里的人全认识她，知道她的名字是布塔莱尔太太，知道她住在阿尔比，别的事情，像她的境况和她的生活，谁也不关心。

"太太，您好！"奥莱丽太太殷勤地招呼着，向前凑过来。"您要些什么呀？上就有人替您服务。"

接着转过身去说：

"姑娘们！"

黛妮丝走过去，可是克拉哈急忙抢过来。平常她卖货并不卖力，她是看不起这点钱的，在外边她不受辛苦可以赚到更多的钱。但想到给新来的人打消一个好顾客，她就振奋起来了。

"对不起，这一次是轮到我的，"黛妮丝反抗着说。

奥莱丽太太严厉地望了她一眼，悄悄说：

"说不上轮到谁，这里只有我是主人……站在旁边学一学，再来接待我们的老主顾。"

年轻的姑娘退下去了；因为泪水已经涌到眼边，她要藏起这种过度的感情作用，转过身去，站在没有涂水银的玻璃前边，假装着向街上观望。她们要阻止她卖货吗？她们全都一鼻孔出气要抢走她的重要的销货吗？瞻望前途，她起了一阵恐惧，眼见许多利益滑过去，她觉得气馁了。忍不住这一阵绝望的苦恼，她把额头抵在冷冷的玻璃

上，她注视着对面的老埃尔勃夫店家，她想她应该去哀求她的伯父收养她；或许他本人也在后悔他的决定了，因为昨天晚上他似乎很受感动的样子。如今她在这个庞大的店家，孤孤单单的一个人，谁也不喜欢她，她在这里被人摧残，走投无路；从来未离开过她身边的北北和日昂，已经住到陌生人的家里去了；这是一种残忍的拆散，她压制着滚滚的两个泪珠，看见街道如在一片雾里跳动。

这时在她的身后边，有嗡嗡的声音。

"我穿起这一件衣服来显得很丑，"布塔莱尔夫人说。

"太太，您弄错啦，"克拉哈反复说。"肩膀完全合适……太太还是喜欢皮上衣不大喜欢长大衣。"

可是黛妮丝惊了一下。有一只手放在她的胳膊上，奥莱丽太太严厉地责问她。

"我说！你现在没事做，在观望大街上的行人吗？……啊，这样下去是不行的呀！"

"可是大家不允许我去卖货呀，太太。"

"另外有事情给你做，小姐。生手要做些生手的事情……去把东西叠起来。"

为了讨好几个光临的顾客，人们必得把几个衣橱都翻腾出来；厅房的左右两边，在两排长长的橡木桌子上，摊出一大堆的大衣、皮上衣、圆肩衣，各种尺码和各种料子的衣服。黛妮丝并不说话，开始去整理，小心地折叠起来，重新把它们分列，放在衣橱里。这是一些初来的人所做的下手活。她不再反抗了，她已经清楚人们所要求的是恭顺的服从，她等待着主任允许她去售货，她认为主任本来是有这种意思的。她始终在叠衣服，这时慕雷出现了。这弄得她手忙脚乱；她的脸羞红了，又感觉到她那奇怪的恐惧，她想他会来跟她讲话的。可是他没看她一眼，这个小姑娘曾经在片刻间给了他美好的印象，得到他的帮助，而现在他已经不记得她了。

"奥莱丽太太！"他发出简短的声音招呼着。

他面色略显苍白，可是两眼明亮，凛凛有光。他巡行了各部，发觉各部都是空的，在他那固执地对幸运的信心中间，突然呈现出失败的可能性。是的，这时刚刚响过十一点钟；他从经验上知道，不到下午是不会有大批人来到。但有些征兆使他不安：在前几次大倾销的时候，早晨就有了活跃气象；再则，他也没看见那些光看头的女人——

附近一带的顾客，她们到他店里来就像到邻家去一样。他像所有的大指挥官，虽然具有一个行动者的素有的顽强，而在实行作战的时刻，便有一种软弱的迷信捉牢了他。事情不大妙，他没了主张，可是他也说不出这是什么道理：他相信就在来来往往的一些女人的脸上都看出了他的失败。

正在这时，一向都买些东西的布塔莱尔太太正要走开了，说着：

"不，你们没有我想要的东西……我想想看，再决定吧！"

慕雷看着她走出去。等到奥莱丽太太听了他的招呼跑过来，他领她走到一旁；两个人匆忙地谈了几句话。她现出一副忧闷的神色，显然她承认了生意情形不大好。他们面对面站了一会儿，露出一种疑虑的神情，这种疑虑是一般将军们要对他们的士兵隐藏的。接着，他拿出他那副雄赳赳的气派大声说：

"若你们需要人手，就从厂房里调一位姑娘来……她总可以帮一点忙。"

他失望地去继续他的巡查。这一早晨他一直躲避着布尔当寇，这个人的忧虑的谈吐叫他生气。他从生意更差的内衣部里走出来，恰好碰到布尔当寇，又不得不忍受一下他那恐惧的表情。于是他毫不客气地骂了他一顿，在他不顺心的时刻就连他的高级职员也会遭遇到他的这种无礼行动的。

"躲开我，别烦乱！一切都很好……早晚我要把这些胆小鬼都丢到门外去。"

慕雷独自挺直地站在大厅楼梯口的边上。从那里他统治着整个店面，夹层的各部在他的四周，而且鸟瞰着底层的各部。在上方，那种空空洞洞似乎使他心痛：花边部里，有一位老太太把每一板花边都翻过了，但什么也没有买；同时内衣部里，有三个无聊的女人好半天在挑选一些九十生丁一个的硬领。下面，在有篷顶的走廊下，在从街道上射进来的光线里，他注意到顾客开始多起来了。一排人慢慢地走着，在各柜台前游览，零零星星，到处是空隙；在零星杂货部和帽袜部，有一些穿紧身上衣的妇女正在挤来挤去；但在麻布部和毛织品部几乎还没有人。店里的小伙计们，穿着绿色衣服，大铜钮扣闪闪发光，垂着手在等待顾客。不时有一个稽查员，态度庄重，白色领带把脖子系得直挺挺的，走过去。大厅里一片死气沉沉的平静，这比什么都更紧缩着慕雷的心：阳光穿过磨光玻璃的门窗，从上面射下来，撒出一片含有白色尘埃的光辉，弥漫一片，像是悬在空中，在这下方，丝绸部仿佛在礼拜堂冷气袭人的静默中间沉沉欲睡。店员的脚步声，悄悄地谈话声，走过去的女裙的瑟瑟声，是唯一可以听得见的微微声响，这些声音窒息在暖气设备的热气里。但这时候，有几辆马车来到了：可以听得见马忽然停下来的声音；然后，又听见砰的一声关上了车门。在店外面，远远地起了一片嘈杂声，有些好看热闹的人拥挤在橱窗前面，一些出租马车停放在盖容广场上，都像是有大批人来到了的情景。可是看见没有事做的收银员仰坐在收款的小窗口后面，看见打包的台子还是空荡荡，上面摆着放绳子的盒子和蓝色的包装纸，慕雷虽

然在气愤自己的胆怯，却相信他已经感觉到他那巨大的机器在他脚下停止了转动而且变得冰冷了。

"我说，法威埃，"雨丹悄悄地说，"你瞧瞧老板，在上头，……他的样子可不大快恬。"

"这真是一个倒霉的店家！"法威埃答道。"想想看吧，我还没卖过东西哩！"

两个人全在等待着顾客，互不相望地交谈着简短的话。这一部里另外的售货员，在罗比诺的指挥下，正在叠起一段一段的"巴黎幸福"；同时布特蒙正同一个年轻的瘦女人热心地商谈，像是小声地在接受一笔重要的订货。在他们的四周，一排排整齐的架子上，长条乳白色的包皮纸包着的丝绸，一堆堆地叠起来好像大小不同的书本。柜台上到处堆着各种各样奇妙的丝绸，有波纹绸、缎子和丝绒，似乎是用鲜花砌成的花坛，简直是收获的美妙而珍贵的织物。这是高雅的一部，一间真正的客厅，商品是那么柔和，十分像是豪华的室内装饰。

"下个礼拜天我非有一百法郎不可，"雨丹又说。"若我每天平均弄不到十二法郎，我就栽了跟头啦……我早就指望着这次的大倾销了。"

"他妈的！一百法郎，这非常难，"法威埃说。"我嘛，我只要五十到六十……你搞的女人太阔了吧？"

"不是的，好朋友。你会想到么，是一件糊涂事：我跟人打赌，赌输了……所以我要请五个人吃饭，两个男人，三个女人……他妈的！第一个走过来的女人，我就想法叫她买二十米的'巴黎幸福'！"

他们又谈了一阵子，谈头一天干的什么，谈这一个星期内准备干些什么。法威埃谈赛马，雨丹谈划船，谈给咖啡馆音乐厅的女歌手捧场。可是他们全同样受着金钱欲望的驱使，除了金钱不想别的，他们从星期一到星期六为金钱而斗争，然后在星期天一起花光。在店里，他们不可摆脱的心事，就是无休止无情义的斗争。这时狡猾的布特蒙已经把那个同他谈话的瘦女人——

邵佛太太的使者

搞定了！一笔好生意，总有二三十匹，因为这个著名的女裁缝一向是胃口很大的。在这时刻，罗比诺又打定了主意给法威埃弄掉一个顾客。

"啊！你看那个家伙，我们必须跟他定出规矩来，"雨丹正在贪求这个人的位置，利用最小的事件，便鼓动这个柜台里的人来反对他。"主任和副主任应当作售货的事情吗！……大丈夫说话算！我的朋友，若我做了副主任，你们看我对别人会做得多么漂亮。"

于是这个诺曼底肥胖可爱的小男人，便竭力装出老好人的样子。法威埃不禁瞥了他一眼；可是这个肝火旺盛的男人却保持住他的冷淡，仅只顺口答道：

"是的，我知道……我是求之不得的。"

这时正有一位太太走过来，他便把声音放得更低接着说：

"注意！你的主顾来啦。"

这位太太满脸雀斑，头戴一顶黄帽子，身穿一件红衣服。雨丹马上就看出来这个女人不会买什么东西。他急忙缩下身子躲在柜台后面，假装系他的鞋带；他藏着身子悄悄地说：

"啊！随她去！叫别人去做这笔生意吧……谢谢！我宁愿错过这次的机会！"

可是罗比诺在叫他了：

"先生们，这一次轮到哪一个呀？是雨丹先生吗？……雨丹先生在哪儿？"

因为后者一直地不应声，于是便轮到下面的售货员来招待这个满脸雀斑的太太了。果然，她只要一些价钱便宜的样品；而且她问东问西，耽搁了售货员十分钟以上的时间。但副主任却看见雨丹从柜台后面抬起身来。因此等新的顾客来到，他便露出一副严肃神色，把那个急忙跑过去的年轻人拦阻住，说：

"你的班已经过了……我招呼过你，但你却躲在那后面……"

"可是，先生，我没有听到啊！"

"不谈啦！……把你的名字写到底下去……法威埃先生，现在轮到你啦。"

法威埃内心里对于这一次的意外事件十分高兴，可是却向他的朋友瞥了一眼，表示请他原谅。雨丹，嘴唇都气白了，掉转头去。更使他生气的是，他很熟识这个顾客，一个十分漂亮的金发女人，经常到这一部来，店员们彼此管她叫作"漂亮太太"，可是谁也不知道她是人怎样，甚至不晓得她的姓名。她总是买得很多，叫人把东西放到她的马车上，然后就走。她身材高大，态度风雅，打扮得十分漂亮，像是很有钱，而且是属于最上等社会的。

"我说，你的这个婊子买了什么吗？"雨丹等到法威埃陪着那位太太到过收银台又回来的时候，便向他问。

"什么！一个婊子，"对方答道。"不是的，她的态度可真不像哩……她一定是一个股票商人或是一个医生的太太，究竟怎么样我可不知道，总是这一类的人吧！"

"得了吧！是一个婊子……外表高尚，谁能说清究竟是怎么回事呢！"

法威埃看着他的销货记录簿。

"不关我的事,"他又说,"我搞了她两百八十三个法郎。我弄到手差不多有三个法郎。"

雨丹咬紧他的嘴唇,向他的销货记录簿生闷气:这又是一种奇怪的发明,会把他们的口袋赚满的。他们彼此暗中进行着斗争。法威埃照例表面上假装屈服,承认雨丹比他强,而背后却想把他吃掉。因此雨丹想到这个不如他的售货员,这么轻便地抢走了他三个法郎,就气昏了。这倒真是一个好日子!若这样继续下去,他会连请客的矿泉水钱都付不出了。在这种越来越猛烈的斗争里,他在柜台前面来回走,把牙齿伸得长长的,要捉到他应得的一分,嫉恨着他的主任,这时主任正领着那个年轻的瘦女人走出去,而且向她一再地说:

"好吧!有数啦。请您跟她讲我尽可能请慕雷先生答应这件事。"

慕雷早就不站在夹层楼大厅的楼梯口上了。忽然间他又在通往底层的楼梯顶上露了面;站在那里他依然鸟瞰着整个的店面。他在那渐渐挤满了这个店家的人群前面,脸上有了光彩,他又充满了信心。期待中的拥挤,午后的混乱,终于来到了,他在焦躁中曾经有过一刻感到绝望;所有的店员都在他们的岗位上,最后一次的钟声宣布第三桌饭已经结束了;早晨的不吉利,无疑的是由于九时前落下的一阵骤雨,这还是可以补救的,因为早晨的蓝色天空又现出了它胜利的欢乐。如今夹层楼的各部也热闹起来,他必得让路给一小群一小群上楼到内衣部和时装部去的太太小姐们;同时在他背后,在花边部和披肩部里,他听见有大批数字的成交。但最使他心满意足的,是在底层的走廊里的景象:零星杂货部里人们非常拥挤,就连麻布部和毛织品部也都人满了,一排排买东西的人正在你推我挤,眼前望过去几乎全部是帽子,偶尔有几个迟来的家庭主妇的便帽。在丝绸部厅房的金褐色光辉下面,有些太太们脱掉了手套,轻轻地摸抚着"巴黎幸福"的料子,低声地谈着话。人们到达门外的阵阵响声再也不会弄错了,马车的辚辚声,砰的一下车门声,还有逐渐扩大的人群的喧嚣。他觉得在他的脚底下这个机器开始转动了,冒出热气,又复活起来,收银台的后面,金子发着响声,台子上小伙计们急忙包扎着商品,一直到紧底下地下室的发货部,送下来的包裹都已经堆满了,地下轰轰的响声震动着整个的店。在人山人海的混杂中间,稽查员茹夫庄严地走过来走过去,他在密查小偷。

"喂!是你吗?"慕雷忽然说,他认出了保尔·德·瓦拉敖斯,正有一个小伙计引导他走来。"不,不,你不打搅我……而且,你要想把全体看一下,只用跟着我就行了，今天我就呆在门口。"

他仍是不定心。当然，顾客是来得很多，但售货能够如他所希望的那么顺利吗？可是，他向保尔微笑着，快乐地领他走去。

"像是要有点希望啦，"雨丹跟法威埃说。"只是我的运气不好，的确，有些日子是运气不佳的！……我又跟一个鲁昂女人打了一场交道，那个倒霉蛋什么东西也没买。"

他说着便突出下巴指向一个刚刚走开的女人，她对所有的料子投射出厌恶的目光。若他卖不出去东西的话，他那每年一千法郎的薪水是喂不饱他的；干常他要赚到七八个法郎的佣金和奖金，再加上他的固定薪金，每天平均可以得到十来个法郎。法威埃从来没有赚到过八个；可是你看这个下流货又从他嘴里抢走一块肉，因为他刚刚卖出了一件袍料。这个冷冰冰的家伙从来也不懂得怎样招徕顾客！真是气人。

"那些卖袜子和卖线的像是捞到了一大笔钱，"法威埃悄悄地说，他谈的是帽袜部和零星杂货部的售货员。

可是雨丹，用眼向店里四面观望着，忽然说：

"你认识老板的女朋友戴佛日夫人吗？……你看！手套部里那个褐色头发的女人，米敖正在给她试手套。"

他停了一下，接着更把声音放低，眼睛一直盯着米敖，仿佛跟米敖讲话似的说：

"喂，喂，我的老伙计，用力捏捏她的手指吧，这挺管用！你的本事，大家都知道！"

在他同那个手套部的售货员中间，有一种漂亮男人的竞争，这两个人全都喜欢调戏女顾客。然而不管他们哪一个，也没有过一次好福气是值得他们夸口的；米敖造出一片空话，说一个警官的太太爱上了他，而雨丹却真正在他的部里勾搭上了一个卖丝织品的女商人，这个女人是在附近一带不明不白的旅馆里跑厌倦了的；可是他们吹牛，叫人们相信这两个售货员是有一些神秘的浪漫事迹，而且同某些伯爵夫人时常幽会。

"你应该去搞一下，"法威埃暗含讥讽的神情说。

"这个主意挺好！"雨丹大声说。"若她到这里来，我就把她笼络住，我非得弄到五个法郎！"

在手套部有一大排的女人坐在铺着绿丝绒有镍金镶边的狭长的柜台前面；满脸堆笑的店员们在她们面前把一些鲜红的扁平盒子摆出来，盒子就是从那个柜台里搬出来的，看起来像是硬纸板商人的标签抽屉。米敖把他那副木偶人似的漂亮面孔伏得低低，抑扬顿挫而柔和地发出了他那喉咙里打嘟噜的巴黎人的口音。他已经向戴佛日夫人卖

出了一打小山羊皮的手套，这种手套是这店家的特制品，"乐园手套"。后来她又买了三副瑞典手套。现在，她正在试萨克逊的手套，她怕手套的尺码不准确。

"啊！太太，恰恰正好！"米敖重复说。"像您的手戴六又三夸特的就太大了。"

他半靠在柜台上，握住她的手，翻来覆去，拉上扯下，尽情爱抚地一个手指又一个手指把手套给她舒平了；他察觉着她，好似他等待着她的脸上会现出一阵舒适的感觉。但她，胳膊肘搭在丝绒的边缘上，扬着手腕子，露出满不在乎的神情把手指交给他，就好似她伸出脚去要她的使女给她扣鞋钮扣一样。在她的眼里，他并不是一个男人，而是一个男用人，她用日常的轻蔑来使用这种人替她做些贴身的事情，甚至连看也不看他一眼。

"我没把您弄痛吧，太太？"

她摇摇头表示"不"。萨克逊手套的气味，有一种野兽气，像是麝香的甜味，平常会使她很激动；有时她笑着把她对于这种难于捉摸的香气的嗜好坦白出来，说这种气味有些像是发狂的野兽落进了一个女孩子的香粉盒子里。但是坐在这种平凡的柜台前面，她闻不到手套的气味，在她和这个替她服务的售货员中间，一点儿也感觉不到这种色情的热力。

"您还要什么，太太？"

"不要什么啦，谢谢，……请你把东西送到十号收银台戴佛日夫人名下，可以吧？"

由于她是这店里的老主顾，便在一个收银台记上她的名字，不用店员随着她，就可以把每次买了的东西送过去。她离开了以后，米敖回过头向他的邻人眨眨眼睛，像是要叫人家相信刚刚发生了一些不平常的事情。

"你看够味吧？"他粗鄙地小声说，"我真想把她全身都摸一下！"

戴佛日夫人继续去买东西。她转向左首，在麻布部里停下来，买了一些揩布；然后她兜了一个圈子，一径走到走廊顶端的毛织品部。因为她十分满意她的女厨子，所以她想给她买一件衣料。毛织品部里挤满了密密麻麻的人群，全部的小资产阶级像是都到了那里，摸着料子，默不作声一心一意地在盘算；她只得坐下来等一阵子。架子上累积着大卷的料子，售货员扬起胳膊猛然用力一抽，一卷又一卷地拿下来。在混乱的柜台上，东一堆西一堆，这堆压着那堆，他们也开始分不清楚了。真像一片汹涌的海潮，彩色模糊不清，发着羊毛的闷声，内中有青灰色，黄灰色，蓝灰色，这里那里闪出了苏格兰的格子花呢，底下是血红色的法兰绒。布匹上的白色标签，像是降落在十二月黑色土地上的连珠般零零星星的白色雪片。

在一堆毛丝织品的后面，李埃纳正在跟一个光着头的高大身材的姑娘寻开心，她是附近的一个女工，她的主妇派她出来配毛布料子的。李埃纳厌恶这种大倾销的日子，逢到这种日子就要把他的膀子累断，他设法躲避工作，因为他父亲有大笔钱供应他，他看不起做生意，只要能够做到这家店不把他赶出去就行。

"听我说，凡妮小姐，"他说。"你老是匆匆忙忙的……前些天那件花格子的驼毛呢还好吧？你知道我还要到你那里来领奖呢。"

但那个女工笑着逃走了，李埃纳跟戴佛日夫人碰到了面，他只得向她问：

"太太，您要什么？"

她要一件价钱便宜的衣料，但要结实的。李埃纳唯一的愿望就是叫自己的胳膊省些气力，所以想法请她从柜台上已经展开的料子里挑一件。桌子上有开斯米，斜纹哗叽，驼毛呢，他向她保证这是最好的了，这些东西是穿不坏的。可是她好像一件也不满意。她在架子里注意到一卷带点蓝色的黑毛呢。他好不容易才决心把这卷料子取下来，可是她又认为布料太粗。然后他把各种羊毛制造的斜纹的或是深灰色的羊毛呢拿给她看，她为了愉快，好奇地摸触着，事实上心里早已决定随便什么都可以。那个年轻人不得不把最高的架子上放的盒子都拿下来；他的两肩咯吱咯吱地响，在开斯米和毛丝织品的细纹路下面，在羊毛呢的硬绒毛下面，在驼毛呢粗糙的绒毛下面，连柜台都看不见。各种质料和各种彩色都看过了。虽然她丝毫没有要买的意思，却要看一看薄纱和尚贝里纱。等到她看够了的时候，却说：

"啊！上帝哪！最初的那一件还是最好的。我是给我的女厨子买的……是的，那种有小点子的斜纹哗叽，两法郎的那一种。"

李埃纳量布的时候气得满脸发白，她又说：

"请你交到十号收银台……戴佛日夫人。"

她刚刚要走开，却看见玛尔蒂夫人带着她的女儿瓦郎蒂诺就在近边，这位小姐才十四岁，身材高大，虽然瘦，但是很豁达，她已经向那些商品上投射出一般妇女的贪婪的目光了。

"唉！是您吗，亲爱的夫人？"

"哦，是的，亲爱的夫人……您瞧，这么多的人！"

"啊！别说啦，叫人喘不过气来。真是大成功！……您参观过东方厅吗？"

"太棒啦！真是从来没见过的！"

一群并不富裕的在找廉价毛织品的人，渐渐多起来，她们在这群人的推推撞撞当

中，痴迷地大谈着毡毯的展览。然后玛尔蒂夫人说她要买一件大衣料子；可是她拿不定主意，她要看看棋盘格子呢。

"您瞧，妈妈，"瓦郎蒂诺悄悄说，"那太粗俗啦。"

"到丝绸部去吧，"戴佛日夫人说。"一定要看一看他们出名的，'巴黎幸福'。"

玛尔蒂夫人犹豫了一会儿。那料子价钱十分贵，她已向她丈夫正式发誓说她再也不乱用钱了！可是她已经买了一个钟头的东西，身后有一大堆货品随着她，一个暖手筒和几个硬袖是给她自己的，几双袜子是给她女儿的。最后她向那给她看棋盘格子呢的店员说：

"算了！不要，我要到丝绸部去……这里没有我合用的东西。"

那个店员拿起了货物在她们前头带路。

丝绸部里也拥来了大群人。最拥挤的是在内部展览的前面，这一部分是雨丹布置的，慕雷给了一些大师的指点。这是在厅房的顶端，在撑着玻璃篷顶的几根熟铁柱子的四周，如一片水流似的织物，像一片从天上落下来一直到地板上的沸腾水面。首先涌现出亮光光的缎子和柔软的绸子：皇后缎，文艺复兴缎，具有泉水里珍珠母的情趣；如水晶般透明的轻软的绸子，有尼罗绿，印度青，五月红，多瑙蓝。再就是更密实的织物，有奇妙的缎子，公爵夫人绸子，鲜艳的色彩飘动着膨胀的波浪。在底下，如在一个喷水池里，平铺着厚料子，细工锦缎，大马士革缎，织锦，嵌珠子和撒金箔的绸子，在丝绒构成的一面深河床中间，各种丝绒，白色的，黑色的和其他颜色的，给绸子和缎子的底下，用它们那动荡的彩色，挖成一面平静的湖，湖里像是跳跃着天空和风景的反映。有些女人贪心得脸都发白了，斜着身子像是在照自己的映像。所有的人面对这条悠悠的瀑布站立着，暗怀戒惧，怕被如此奢华的洪水捉了进去，而又有无法抗拒的欲念要投身下去把自己毁灭掉。

"您在这儿呀！"戴佛日夫人说，她发现布尔德雷夫人停在一个柜台前面。

"喔！您好啊！"对方答话了，她同这几位太太握了手。"是的，我是来看看的。"

"展览的这些东西，真是不多见！就像是在梦里……还有那间东方厅，你参观过东方厅吗？"

"是的，是的，真稀奇！"

这种狂热显然是当天最可观的情调，但布尔德雷夫人却依然保持着讲究实惠的家庭主妇的冷静。她仔细地在察看一段"巴黎幸福"，因为她专门是为了占廉价货的便宜来的，尤其是为了这种绸子，看看是否她认为真正的便宜。显然，她觉得满意了，她量了二十五米，心里盘算好用它给自己裁一件袍子，给她的小女儿做一件外套。

"怎么？你就要走了吗？"戴佛日夫人又说。"跟我们一道兜个圈子吧！"

"不，谢谢，家里有人等我……我不想冒险带孩子们到这样拥拥挤挤的地方来。"

说着她就走了，在她前面有一个售货员拿着二十五米的绸子，领她到十号收银台，年轻的阿尔倍已经受了大批的账单围攻，弄得昏昏沉沉了。及至售货员用铅笔把他的销货登在发票上能够走过来的时候，他报出了他所做的生意，会计员便给他上账；接着，他又核对了一下，便把会计撕下来的一页，插在收讫印章旁边的一支铁签子上。

"一百四十法郎，"阿尔倍说。

布尔德雷夫人付了款，说出她的住址，因为她是步行来的，她不愿意手里拿东西。在收银台后面，约瑟已经拿起绸料子在包扎；他把这包东西丢进可以转动的笼子里，发到下边的送货部去，现在送货部好像正发出水闸似的声响要把这店家的所有商品都吸收进去。

这时丝绸部里变得那么混乱，戴佛日夫人和玛尔蒂夫人都找无法找到一个空闲的店员。她们混在女人堆里停立着，这些女人观望着料子，摸了又摸，几个钟头停在那里，仍在犹像。不过"巴黎幸福"已经表明有了很大的成功，围着这块地方，拥拥挤挤，愈来愈甚，这种突然的狂热，可以在一天之内决定了时髦的样式。全部的店员都在忙着量这种料子；从人群的帽子上，可以看得见展开来的布面的灰色闪光，手指连续不断地来来去去，拿挂在铜轴上的橡木尺子量布；人们可以听得见剪刀剪布的声响，声音是不断的，布一摊开来就剪下去，仿佛已经没有足够的人手来应付这些贪得无厌的女顾客迫切伸出的许多手了。

"五法郎六十生丁真好，"戴佛日夫人说，她终于在桌子边上抓到了一段。

玛尔蒂夫人和她的女儿感到一阵失望。报纸上曾经大肆宣传，她们心里期望这是一种更结实更华丽的东西。可是这时布特蒙认出了戴佛日夫人，大家都认为这个标致女人在老板身上是具有十分权威的，他希望向她去献谄，便现出有些粗鄙的殷勤，走向前来。怎么！没有人招待她！这是不可原谅的！她只得不要见怪，因为他们简直不知道怎样清醒他们的头脑了。他在附近的女顾客中间去找椅子，脸上露出他那种老好人的笑容，笑容里含有对于女人的一种野性的爱慕，昂丽叶特似乎并不喜欢这个。

"我说，"法威埃正要从架子上去取一卷丝绒在雨丹的背后悄悄地说，"布特蒙在那边向你的心上人献殷勤哩。"

雨丹早已忘记了戴佛日夫人，被一个老女人气得要死，这个女人占据了他一刻钟

的时间，结果只买了一米作束胸的黑缎子。在忙碌的时刻，售货员早已不算计顺序当班了，碰到顾客就服务。这时雨丹正向布塔莱尔夫人回话，这位太太早晨在店里停留了三小时，还要继续在妇女乐园混过一个下午，法威埃的警告使他吓了一跳。他曾经发誓要从老板的情人身上榨取五个法郎，这次他哪能再错过机会？那样他的坏运气就算是到了极点了，因为虽有那么多徘徊不去的女人，而他连三个法郎还没弄到手哩！

恰巧布特蒙一再地大声叫着：

"先生们，这边来一个人哪！"

雨丹就把布塔莱尔夫人交给没事作的罗比诺了。

"太太，请您跟副主任谈吧……他比我更能答复得圆满。"

他急忙赶过去，从陪着这几位太太的毛织品部售货员手里把玛尔蒂夫人买的东西接了过来。这一天定定是有一种神经质的兴奋把他锐敏的嗅觉给弄糊涂了。平素只要他向一个女人身上用眼一扫，就会知道她会不会买以及买多少。然后他便把那个顾客掌握住，火速把她送走再去接待另外的客人，他强迫人家接受他的选择，他哄骗人说他知道什么是人家所需要的料子。

"太太，您要哪一种绸子？"他露出非常诌媚的神情问话。

戴佛日夫人差不多还没开口，他便接着说。

"我知道，您要什么我清楚。"

等到他把一段"巴黎幸福"混在几堆别的绸子中间在柜台的一角上展开来的时候，玛尔蒂夫人和她的女儿便跟上来。雨丹有些不安地理解了他走来服侍这几位，根本上是颇有问题了。戴佛日夫人跟她的朋友在商量，她们小声小气地谈了几句。

"的确！"她悄悄说，"五法郎六十生丁的绸子绝不会比得上十五法郎的，就连十法郎的也比不上。"

"这东西太薄了，"玛尔蒂夫人又说。"我怕做大衣不够厚。"

售货员听了这句话就插嘴进来了。他现出了一个不会发生错误的男人的那份夸张的殷勤说：

"但，夫人，柔韧正是这种绸子的特点。它不会皱的……这个绝对合乎您的需要。"

这样的一种保证打动了这几位太太，她们便沉默不语了。她们又把料子拿起来，再见察看，这时她们觉得有人碰到她们的肩膀。这是居巴尔夫人，她在这个店里慢慢地散步了一个钟头，望着堆积的华丽商品享了眼福，可是连一米的印花布也没买。接着又来了一场热闹的聊天。

"怎么！是您吗？"

"是的，是我呀，但可真有点挤。"

"可不是吗？这么多的人，简直转不开身子……您到过东方厅吗？"

"真迷人！"

"上帝哪！多么成功啊！……别走，我们一起到上面去。"

"不啦，谢谢，我刚刚下来。"

雨丹等待着，笑里隐藏着他的烦躁，笑容停留在他的嘴边。她们要长时间把他留在那里吗？这些女人真讨厌，这等于是她们从他的口袋里抢走了他的钱。最后居巴尔夫人走开了，继续她的缓慢的散步，现出一副狂欢的神情，围着华美的丝绸展览兜圈子。

"我要是您的话，我就买一件现成的大衣，"戴佛日夫人又谈起"巴黎幸福"说，"价钱也还划得来。"

"倒是真话，又包括了做工和零碎东西，"玛尔蒂夫人悄悄说。"再说，也可以多挑选挑选。"

三个人一起起身。戴佛日夫人站在雨丹面前又说：

"请你领我们到时装部去。"

他惊异地僵住了，这样的失败，他还不常见。怎么！这个褐色头发的女人什么都不买！他的嗅觉不灵了吗？他丢开了玛尔蒂夫人，向昂丽叶特进攻，拿她来试试他这个优秀售货员的能干。

"您，夫人，不想看看我们的缎子、我们的丝绒吗？……我们有一些十分便宜的东西。"

"谢谢，下一次再说吧，"她按兵不动地说，就像她刚才不理睬米敖一样，也不去理睬他。

雨丹必得又拿起玛尔蒂夫人的物品走在这几个女人的先头，领她们到时装部去。可是他还得忍痛目睹罗比诺顺利地卖了好多绸子给布塔莱尔夫人。是的，他的鼻子不中用了，他连二十生丁都将捞不到手。在他那端正可亲的态度下面，发作着一个男人被人抢了、被人吞了的愤怒。

"在二楼上，太太们，"他说，仍然没有停止微笑。

走到楼梯口去已经是一件困难的事了。密密层层的一大群头颅在走廊下面滚动着，像是泛滥的河水向着大厅中间弥漫。一场生意的斗争达到了高潮，成群的女人听任售

货员们的摆布，像匆忙竞赛似的把她们从这一个又交给另一个。午后使人害怕的拥挤的时间来到了，这时这个机器发出高度热力引领女顾客们像跳舞似的，从她们的血肉里吸取她们的金钱。丝绸部里特别发散着如醉如狂的气息，"巴黎幸福"招来了那么多的人，以致有好几分钟，雨丹甚至一步也迈不开；昂丽叶特，呼吸困难，抬起眼睛，看见慕雷站在楼梯顶上，他整天在那块地方来来去去，从那里他观望着这场胜利。她微笑着，期望他下来把她救出去。可是他从混杂的人群里辨认不出她来，他还在陪着瓦拉敖斯，一心一意把店里的情形指给他看，脸上泛出胜利的光辉。眼前内部的动荡把门外的声音压下去了；人们已经听不见马车的辚辚声，也听不见关车门的响声；除了这一片叽叽喳喳做买卖的声音，什么都没有了，另外只有庞大的巴黎的感觉，它像是无限量地一直在供应着女买主。在停滞的空气里，暖气设备的闷人的热气，把布料的气味都变成温暖的了，骚乱的声音扩大起来，发出各种的声响，脚步擦地声继续不断，在各柜台的四周无数次重复着同样的话，争先恐后挤上来的钱袋围攻着收银台，金子在镶铜的台边上叮当响，转动的笼子装着包裹不停地滑进那张着大嘴的地下室里去。在细粉似的尘埃下方，一切都混杂在一起了，人们已经分不清各部门的界限：那边，零星杂货部几乎是人山人海；再远一点，麻布部里有一角阳光从圣奥古斯丹新街的橱窗里射进来，像是一支金箭插在雪地里；这边，在手套部和毛织品部，密密的一堆帽子和发髻挡住了这家店铺的远景。就连人们的打扮都看不见了，单单浮现着插羽毛和系丝带的帽子；有几顶男人的帽子呈现出一些黑点，同时，疲倦而又燥热的女人的苍白肤色罩上了如山茶花一般透明的色彩。最后，多方雨丹强有力的胳膊肘，总算给这几个女人打开了一条路，在她们前面走。可是等到走上了楼梯的时候，昂丽叶特再也找不到慕雷了，他为了使瓦拉敖斯的惶惑达于顶点，而且为了他本人有一种肉体的要求要浸润到这种成功的沐浴里去，他便领着瓦拉敖斯投进热衷的人群里。他甜美得停止了呼吸，他的四肢跟所有的顾客摩擦着好象是一阵漫长的爱抚。

"太太们，向左边来，"雨丹说，虽然他的怒气逐渐在高涨，而他的声音仍是亲切的。

楼上也是同样的拥挤。就连平常比较冷清的室内装饰部都受了侵袭。披肩部、皮货部、内衣部，都挤满了人。当这几位太太穿过花边部的时候，又发生了一次新的会面。德·勃夫夫人同她的女儿勃郎施正在那里，两个人都被包围在杜洛施拿给她们看的货物里。雨丹手里拿着包裹，又得停下来。

"您好啊！……我刚刚还想到您。"

"我也在找您哩。可是在这样的人群里怎么能够想找到人呢？"

"真是壮观，您说是吗？"

"眼都花啦，亲爱的。我们都无法站立了。"

"您买了什么吗？"

"啊！没有，我们再看看。坐下来可以歇歇。"

其实，德·勃夫夫人的钱包里只有坐车的钱，但为了享受看一看摸一摸的快乐，偏偏叫人把各种花边一板地取出来。她已经看出杜洛施是一个初试身手的售货员，是一个慢吞吞的笨家伙，他不敢抗拒太太小姐们的任性；她利用着他那种慌手慌脚的亲切，耽搁了他半个多钟头，老是向他要新的货品。柜台上堆得满满的了，她把手伸进高高堆起的镂空花边、马林花边、瓦郎西恩花边、善替依花边里去，心里的欲望使手指发抖，一种肉欲的快感逐渐烧红了脸；同时在她身边的勃郎施，也受到同样欲望的鼓动，面容十分苍白，血肉膨胀着而且松软。

谈话还在继续进行，雨丹动不动在等待着她们尽情地谈笑，真想打她们耳光。

"啊！"玛尔蒂夫人说，"您原来是在找像我那样的领带和面纱啊！"

这倒是实话，自从上星期六以来，德·勃夫夫人就受着玛尔蒂夫人的花边的苦恼，而她丈夫给她的经济约束又不允许她买这些东西，她便抵抗不住一种欲望，至少要亲手来摸摸它们。她的脸微微地泛红，她说勃郎施要看一看西班牙产的花边领带。然后她又说：

"你们是到时装部去吧……好的！过一阵子再见。你们要到东方厅去。"

"就这么着，在东方厅里……好极啦！"

在东一堆西一堆廉价的绣花和滚条花边中间，她们高高兴兴地分手了。自幸有了主顾的杜洛施，又开始把纸板盒子倾倒一空，摊在这母女的面前。这时稽查员茹夫，露出军人气派，挂着勋章，在沿着柜台拥挤的人群中间，慢慢地来回散步，监视着这些珍贵而细小的商品，这些东西是那么容易藏进袖口里去的。他走过德·勃夫夫人背后的时候，看见她的手腕子伸进了这么一大堆的花边里去，吃了一惊，他的眼睛急忙注视着她那双火热的手。

"向右首走，太太们，"雨丹说，他又在继续前进。

他已经压制不住自己了。他在底下错过了一次买卖还不够吗？现在在店里每转一个弯儿她们还要叫他等！在他的焦躁的心情下，他特别具有原料品各部对于制成品各部的仇视，他们不停地斗争，彼此争夺顾客，彼此抢走对方的佣金和奖金。每逢有一

位太太在看过了琥珀绸或是织绢以后，决心要买一件大衣，他们必得领着她去时装部的时候，丝绸部比毛织品部更为气愤。

"瓦冬小姐！"当雨丹终于到了柜台里，便发出气愤的声音说。

但是她正在全心全意做着一笔生意，没有听见他的话就走过去了。这个房间里人满了，一连串的人陆陆续续走过去，从花边部的门口走进来，从对面的内衣部走出去；同时在里面，有一些顾客在镜子前面弯着腰试穿衣服。红色的毡毯压低了脚步的响声，底层间遥远的喧嚣声音熄灭了，变成一片悄悄地瑟瑟声，这一间厅房的暖热的气息，因为有这一大堆女人显得更气闷了。

"普瑞内尔小姐！"雨丹喊叫着。

但对方也照样没有理睬，雨丹为了不叫人听见，便从牙缝里叽咕了一句：

"这群骚货！"

他是特别讨厌她们的，为了把女顾客带给她们，爬上楼梯，他的两条腿都累断了，他怒气冲冲，指责她们是从他的腰包里夺走了一笔收益。这是一场暗中的斗争，那些姑娘也同样在猛烈地进行斗争；而且她们整天地站着，肉体都僵硬了，在这样通常的疲劳中间便没有了两性的区别，面前除了由火热的生意竞争所刺激起来的利益冲突之外，什么都不存在了。

"那么，这里一个人都没有吗？"雨丹这样问了。

但是他望到了黛妮丝。这一个早晨，人们专叫她折叠东西，只把几次没诚意的生意交给她作，而她一次也没作成。他认出她来的时候，她正专心清理桌子上的大堆衣服，他便跑过去找她。

"听我说！小姐，这几位太太在等着哩，你来招呼一下吧！"

他赶快把玛尔蒂夫人的东西递到她的手里，他拿着这些东西拿得挺累了。他又现出了微笑，在这种微笑里含有一个有经验的售货员的秘密的恶作剧，他料到他是给这几个女人跟这个年轻的姑娘惹起一场麻烦。但是这笔喜出望外的生意，却使她大受感动。她再度觉得雨丹像是一个友好而又温柔的不认识的朋友，总是在她的悲惨时刻走来解救她。她的两眼里现出感谢的光辉，随着他身后盯着瞧，这时他正用胳膊肘左冲右撞，想赶快回到他那一部里去。

"我想要一件大衣，"玛尔蒂夫人说。

黛妮丝问她什么式样的大衣？可是顾客自己也不知道，她没有一定的主意，她要看看这店里的各种样式。这位年轻的姑娘，已经十分疲乏了，人多得使她眼花缭乱，昏头昏脑；她在瓦洛额柯尔奈耶店里只招呼过很稀少的顾客；而且她还不清楚有几种样式，也不知道摆在衣橱里什么地方。她也不知道怎样向这两位开始有点不耐烦的太太答话，这时奥莱丽太太望见了戴佛日夫人，她必然是明了这个女人和老板的关系的，因为她急忙走过来问道：

"有人招呼这几位太太吗？"

"有的，就是在那边找东西那位小姐，"昂丽叶特答说。"可是她的样子非常不熟练，她什么也找不到。"

主任立即走向黛妮丝悄声跟她说了几句话，更叫她简直地麻木住了：

"这你才明白你是什么都不懂得吧！我请你不要再多事啦。"

接着她叫人了：

"瓦冬小姐，拿大衣来！"

她停住了，此时玛格丽特取了几种样式的大衣。这个姑娘接待顾客发出干巴巴有礼貌的声音，摆出一种穿绸衣服见过各种华丽场面的姑娘叫人讨厌的架子，她自己虽然不知道，她却对于这种女人是又嫉妒又怨恨的。当她听见玛尔蒂夫人说不要超过二百法郎的时候，她现出一副鄙视的嘴脸。啊！太太再多出一些吧，太太用两百法郎是无法找到什么合适的东西的。她把几件平常的大衣向柜台上一扔，露出一种姿势来表示："你看看吧，这些东西像什么样子！"玛尔蒂夫人便也不敢说这种东西还要得。她弯着腰向戴佛日夫人耳边悄悄地说：

"您说是吧？您不更喜欢男人来服侍您吗？……那样叫人更舒服一点。"

最后，玛格丽特取出一件有黑玉点子的丝绸大衣，她倒很看得起这件东西。这时奥莱丽太太在叫黛妮丝了。

"过来做点事情吧，顶起码的……把这件东西在你的身上穿起来。"

黛妮丝心里十分难受，她认为在这店里肯定不会有成功的希望了，她垂着两手愣愣地呆住了。毫无疑问她会被辞掉的，孩子们便会没有面包吃了。人群的喧嚣在她的头脑里轰轰响，她觉得脚步站不稳了，又因为上上下下地清理那一抱一抱的衣服，筋肉受了伤，这样吃力的工作她从来也未曾做过。可是她必须服从，让玛格丽特拿她当作一个衣架子似的把大衣穿在她身上。

"挺起身子来，"奥莱丽太太说。

可是人们几乎即就忘记了黛妮丝。慕雷同瓦拉敖斯和布尔当寇恰好走进来；他向几位太太行礼，他的冬季时货的堂皇展览受到她们的祝贺。大家竭力称赞东方厅。瓦拉敖斯绕着各个柜台兜过了一个圈子，他不仅是表示赞叹，简直是惊奇；因为，不管怎么说，在他那悲观主义的懒散中，他心里想，一次能见到这么多的花布是绝没有过的。至于布尔当寇，忘了自己是这店里的人了，也向老板祝贺，以便使他忘记他在早晨的疑虑和不安的烦恼。

"是的，是的，情形确实很好，我满意了，"慕雷满脸红光地反复说，对昂丽叶特的温柔的目光报以微笑。"可是太太们，我不该来打扰你们。"

接着所有的眼睛又转向黛妮丝身上去。她任凭玛格丽特摆布她，叫她慢慢转动着身子。

"怎么样？您看怎么样？"玛尔蒂夫人向戴佛日夫人问。

后者像时髦样式的最后审判官似的下了断语。

"挺好，剪裁得也很别致……只是我觉得身材不太雅观。"

"啊！"奥莱丽太太插嘴进来了，"这一定穿在太太本人身上来看的……您知道，这个姑娘身子不丰满，穿起来不好看……站直了，小姐，把这衣服的好处显出来。"

大家微笑了。黛妮丝的面孔变得十分苍白。这样变成一架机器，让人家随便地察看和开玩笑，使她感到一阵羞愧。戴佛日夫人受了这位年轻姑娘的甜蜜面貌的刺激，放纵着违反本性的反感，不怀好意地说：

"当然，如果这位小姐的衣服不这么肥大就要好看得多了。"

说着她向慕雷投射出一个巴黎女人的调侃的眼色，她看见乡下女人可笑的异样服装觉得很开心。这种眼色，是一个幸福女人夸耀她的美丽和她的艺术的胜利的，使男人感到了色情的爱抚。虽然慕雷对于黛妮丝怀有好感，虽然他那多情男子的生性已被她暗含的娇媚所降服，可是出于一个被崇拜的男人的感激心理，他认为自己也应该接下去逗逗趣。

"而且她也应该好好地梳梳头，"他悄悄地说。

这算是全都批评到了。经理惠然笑了一下，所有的姑娘都在兴致勃勃。玛格丽特冒险呵呵笑了两声，不失为一个节制着自己的有分寸的女儿身份；克拉哈放开了一笔生意，尽情地来凑趣；就连内衣部的女售货员也受了这场谈笑的吸引走来了。至于那几位太太，保持深明世故的态度，嬉笑得比较谨慎一点。只有奥莱丽太太一个人没有笑，仍然保持着威严的仪表，好像在她这秩序井然的部门里，这个新手的美丽而蓬乱的头发和她那处女的纤细的肩膀使她受了侮辱似的。黛妮丝在这帮嘲笑她的人们中间，面色愈加苍白。她觉得自己受了暴行，赤身裸体，没有庇护。她犯了什么过错叫他们如此地嘲笑她那过于细弱的身材和过于丰盛的头发呢？然而最使她难堪的是慕雷和戴佛日夫人的讪笑，她本能地看出了他们的关系，有一种未曾经历过的苦恼使她的心向下坠；这位太太真可恶，竟这样地凌辱一个默不作声的可怜的姑娘；而且他断然用一种恐惧把她冻结起来，埋没了她的其他一切感觉，这些感觉她都无法分析。在一种贱民的自暴自弃的心情下，顺从着她最内在的女人的谦逊而又反抗着这种不公平，她吞下了已经升到喉头上的呜咽。

"你说对吧？明天叫她梳梳头，这不像样！"那个可怕的布尔当寇跟奥莱丽太太一再说，自从黛妮丝来到以后，他就指责她，对于她那细小的肢体满怀的轻蔑。

最后主任从黛妮丝的肩膀上把大衣脱下来，小声跟她说：

"怎么样！小姐，这个开头真漂亮吧！说真的，若你是这样叫我们看看你的本领的……再也没有比这更蠢的了。"

黛妮丝害怕泪水就要从她的眼里涌出来了，急忙转过身子走向大堆的衣服去，拿起衣服在柜台上整理。这样她至少可以被这群人所遗忘，而疲乏又可以使她不再思考。可是她感觉到内衣部的女售货员保丽诺到了她的身边，今天早晨这位姑娘已经替她辩护过。刚刚经过的情形她都看见了，她对着戴妮丝的耳边悄悄地说：

"可怜的姑娘，不要这么动感情。沉住气，要不他们会对你更坏的……我跟你讲，我是夏特尔城人。的确，完全对的，我的姓名是保丽诺·居敖；我的父母是干磨坊的，在乡下……喔！我初来的几天，要不是跟她们死顶，他们会把我吃掉……拿出勇气来！跟我握握手，什么时候你高兴，我们可以谈谈心。"

这只伸出来的手更使黛妮丝更加地惶乱。她偷偷地握了握手，急忙拿起沉重的一堆外衣，害怕又犯了错误，而且受人责骂，若人们知道她有了一个朋友的话。

可是奥莱丽太太正亲自把大衣穿在玛尔蒂夫人的肩膀上，于是大家一起叫起来：啊！棒极啦！真漂亮！这件东西马上就神气啦。戴佛日夫人声明再好没有了。慕雷离开了，大家招呼了一番，同时瓦拉敖斯望见德·勃夫夫人和她的女儿在花边部里，便急忙走过去，伸出胳膊去搀扶那位母亲。玛格丽特已经站在夹层间一个收银台的前面，报出了玛尔蒂夫人的各样购货，玛尔蒂夫人付了钱，吩咐人把东西送到她的车子上去。戴佛日夫人到十号收银台查对了一下她所买的东西。接着，几位太太又在东方厅里见面了。她们离开了，可是依然赞不绝口。就连居巴尔夫人都十分高兴。

"啊！真美……我们像是身临其境一般。"

"这不是一间真正的东方绣房吗？而且东西又便宜！"

"那些士麦拿的毡毯，啊！那些士麦拿的毡毯！多么有情趣，多么细致！"

"还有古的斯坦的毡毯，你们看！真等于德拉克洛瓦布置的！"

顾客慢慢地减少了。每一小时响一次的铃声，已经宣告过前两桌的晚餐；第三桌正要开饭，各部里逐的冷清了，只剩下少数晚来的顾客，消费的狂热使他们忘记了时间。门外边，巴黎是一片混浊的声音，像是暴食者喂饱了肚子所发出的鼾声，人家从早晨就把麻织物和毛织物、丝绸和花边塞进它的肚子里去消化，现在在这片声音里，只有最后的一些马车的辚辚车声了。店里面，煤气灯在薄明中燃烧着，火焰下，还闪耀着这场生意的大混乱，像是一片战场，被屠杀的货物依然还有暖气。累得筋疲力尽的售货员，停息在他们那些溃乱的架子和柜台中间，它们像是被一场猛烈的狂风吹得乱七八糟了。底层间的走廊里，零乱的椅子挡住了路，走过去都有困难；手套部里，纸板盒子像是一座防寨围住了米敖，行人必须跨过去；毛织品部，从哪一头都走不通了，李埃纳正在布匹的大海上打瞌睡，有些堆东西一半被毁，仍然竖立着，像是被泛滥的河水漂去的破损的房屋；再远一点，麻布部里，地上是一片雪白，随处会对面碰到成堆的揩布，脚下触到雪片似的柔软手帕。楼上在夹层间的各部里，也一样杂乱：皮货摆了一地，时装堆得高高的像是丧失了战斗力的士兵脱下来的外套，花边和内衣都展开来，皱巴巴的，到处都是，令人想象着有过一群女人一阵心血来潮胡乱在那里脱了下来的；此时在这店家的下面的一端，送货部正非常活跃，始终把那些挤不下去的包裹向外吐，用货车输送出去，这是这架高热机器的最后震动。但是最受到大队顾客袭击的是绸缎部；人们把这块地方一扫而光；房里空了，尽可毫不拘束地走过去，大量贮藏的"巴黎幸福"被剪掉运走了，就像一群蚱蜢把它们吃得精光。在这空场子里，雨丹和法威埃在这场战斗后，累得直喘气，翻着他们的销货记录簿，计算他们的佣金。法威埃赚了十五个法郎，雨丹只做到十三个法郎，这一天算是失败得惨，他的坏运气使他愤怒。他们的眼睛里燃烧着争夺金钱的欲火，在他们的四周，整个店都是在屠杀的夜晚的野蛮的快乐里，一同在计算数目字，被同样的狂热燃烧着。

"你看！布尔当寇，"慕雷叫着，"你还发抖吗？"

他又回到夹层间楼梯顶他心爱的位置上，靠着栏杆；面对他身下陈列的被屠杀的货物，他发出了胜利的笑声。他在早晨的忧虑——一定不会让人知道的他那不可原谅的怯懦的一瞬间，却使他生出一种更突飞猛进的胜利的欲望。这场战役取得了决定性的胜利，附近一带的小商家被打败了，哈特曼男爵连同他的百万财富和他的地皮被征服了。他观望着会计伏在账本上合计着长行的数目字，听着金子从他们的手指间落到铜碗里的微微的响声，这时他已经看见妇女乐园扩大到无边无际了，他的店堂放大 了，走廊一直伸延到十二月十日街上去。

"现在，"他又说，"你相信这个店是太小了吧？……我们还能增加一倍的销货。"

布尔当寇服输了，他倒是十分高兴，情愿承认自己的眼光不好。但是他们看见一种情景又变得严肃起来。每天晚上，门市的会计主任郎姆，去把每一个收银台各自的收入集中起来；他把数目总结好，写在一张纸上，插在铁签子里，揭示出总收入的数字；接着他依照货币的性质，把它们装在皮夹子里或是袋子里，送到楼上的总账房间去。这一天多数是金币和银币，他抱着三个大袋子，慢慢地走上楼。尽管他的右臂从肘部截掉了，他还是用左膀子抵着胸口抓着袋子，为了不让它们滑下去，用下巴夹着一个。他气喘吁吁，从老远的地方都听到了，他跟跟跄跄而又神气地从恭恭敬敬的店员中间走过去。

"多少啊，郎姆？"慕雷问道。

会计答称：

"八万零七百四十二法郎十生丁！"

妇女乐园里掀起了一阵快乐的笑声。这个数字传出去。这是一个绸缎店在一天以内从没有达到过的最大的数字。

当天晚上黛妮丝上楼去睡觉的时候，在铅皮屋顶下狭窄的走廊上，都要倚着壁板歇歇。走进屋里，关上了门，她就倒在床上，她的两只脚痛得太厉害了。她茫然没有感觉的样子好半天注视着梳妆台、衣橱和这间只摆了几件家具就像旅馆一样赤裸裸的房间。这就是她要生活下去的地方；她的第一天是无尽的苦恼和憎恶。她再没有勇气重度第二天了。接着她注意到她还穿着绸衣服；这件制服使人灰心，她真像小孩子一样，没有先去打开箱子，便换上她那件挂在椅子背上的毛料子的旧衣服。但是当她重新穿上她那件可怜的旧衣裳的时候，便有一阵感伤扼住了她，从早晨一直压下去的呜咽忽然形成一股热泪发放出来。她又倒在床上，想到两个孩子放声哭泣了，她一直在哭泣，疲乏和悲伤把她压倒，简直没有力气去脱她的鞋子。

五

第二天，黛妮丝下楼到部里还没到半个钟点，奥莱丽太太厉声恶气地跟她讲："小姐，经理室叫你。"

年轻的姑娘发现慕雷独自一个人坐在那间挂着绿色羊毛帷幔的大办公室里。他突然想起了"这个蓬头散发的姑娘"——这是布尔当寇给她起的名字；这个平常讨厌扮演宪兵角色的人，却想到若她老是乡下人那种丑陋的打扮，便该把她叫来警告她一下了。昨天虽然他开了玩笑，可是在戴佛日夫人面前，看见自己的一个女售货员被人评头论脚，他是感到伤害了自尊心。他的感情是杂乱的，混合着同情和气愤。

"小姐，"他开口说，"我们为了尊重你的伯父用了你，但是你必须不能逼着我们不得不……"

可是他不说下去了。黛妮丝面对着他，在写字台的对面，笔直地站立着，面色苍白而又严肃。她穿的绸衣服已经不太肥大了，紧紧裹着她的身材，现出了处女肩膀的纯洁的线条；若说她盘成大辫子的头发，还带有乡下气，至少她已经努力弄得像样子了。这个年轻姑娘，昨晚两眼哭得耗干了泪水，没有脱衣服就睡着了，将近四点钟的时候，她又醒来，对于自己神经质感伤的发作觉得羞愧。她立即动手把那件衣服改小，她在狭小的镜面前度过了一个钟头，梳理她的头发，怎么也没有梳得像她理想的那个样子。

"啊！谢天谢地！"慕雷喃喃说，"今天早晨，你好看得多了……但，这一大把头发还是刺眼！"

他站起身来，走过去，就像昨天奥莱丽太太做的一样，用同样亲切的手势，替她整理头发。

"你看！把这卷到耳朵后边去……发顶盘得太高了。"

她没有开口，任他去整理。尽管她起誓要保持坚强，可是她走进了经理室浑身冰冷，她肯定人们叫她去是通知她停工的。慕雷明白表示出来的亲切并未使她安心，她仍然害怕他，接近他又感到了一种烦闷，据她的解释，每逢面对着一个决定自己命运的强有力的男人，这种烦恼是非常自然的。他轻轻地摸抚着她的脖子骨，而在他的手下，她抖得那么厉害，以致他懊悔了他的亲切举动，因为他最怕的是丧失了他的权威。

"简单地说吧，小姐，"他接着说，他又回到写字台里同她隔开，"努力注意你的服装吧！你不是像在瓦洛额了，向我们的巴黎女人学习学习……若说你伯父的名义足以叫你进到我们的店里，那么我相信你便会保持住你的人品所留给我的印象。不幸，这里大家的意见都跟我不一样……这算是先给你一个警告好吧？别叫我的话不兑现。"

他拿她当孩子一样对待，怜悯多于慈爱，他在这个不灵活的穷孩子身上感觉到正在发育着一个叫人心乱如麻的妇女，简单地开始觉醒了他关于女性的好奇心。当他在训话的时候，她望见了埃杜安夫人的肖像，那副端庄漂亮的面容，在镶金边的架子里庄严地微笑着，虽然他向她讲着一番鼓励的话，她却觉得自己又在发抖了。这就是那位去世的夫人，附近一带的人都指控慕雷杀害了她，在她的血上打下这家店的根基。

慕雷一直在讲话。

"你去吧，"最后他说，他坐下去继续写他的东西。

她走开了，在走廊里她深深地叹了一口气，心来安下。

从这一天起，黛妮丝表现出她的大无畏的精神。在她的感伤的发作之下，她保持着一种经常活动的理性，有十分的勇气忍受自己的软弱和孤独，高高兴兴坚决地去承担她交给自己的责任。她默不作声，克服各种困难，一直向着她的目标前进；而这是既简单又自然的，因为温柔而又坚忍不屈正是她的本性。

首先她必得克服部里工作的可怕的疲劳。一包包的衣服把她手腕子要累断了，特别是在最初的六个星期，夜里她一翻身就喊痛，肩膀跟受了伤一样。但更使她痛苦的还是她那双短筒靴子，这双大靴子是她从瓦洛额带来的，而因为缺少钱，她无力换一双轻便的靴子。整天地站着，从早到晚在地上跑，若被人看见有一分钟靠着壁板就受责骂，她的脚肿胀了，像一个少女的小脚在苦痛的足枷里被磨碎了；脚后跟火热得直跳，脚底板满是水泡，擦破的皮粘在袜子上。而且她感到整个的身体非常衰弱，两条腿的困惫牵扯了肢体和各器官，她那突如其来的女性的烦闷从她苍白的肤色里表露出来。她这么瘦小，外表这么娇弱，却支持下去，而在这时有一些女售货员，却染上特别的病症非得离开这种业务。每逢她做了即便男人都不能胜任的工作，累得筋疲力尽，就要昏厥过去的时候，她忍受痛苦的优良修养，她那英勇的刚强，还是使她面带笑容身子笔挺地支持着。

其次，她要尝受这一部门的人跟她作对的苦恼。在肉体的摧残以外又加上她的伙

伴们暗中的迫害。两个月的忍耐和温和仍然没有消除了她们的敌对态度。伤人的冷言冷语，残酷的捏造，一连串的轻蔑，伤害着她那渴望温柔的心。人们许久都拿她初来时的无情遭遇来开玩笑；"木头鞋"和"糊涂虫"这些话传开了，只要是错过一次买卖的人，就说把她送到瓦洛额去，简单地说吧，人们拿她当作一个柜台上的笨蛋。等到后来她表现出自己是一个很能干的女售货员而且熟悉这个店家各项工作的时候，大家又气得要死；从这一时刻起，那些姑娘便布置好绝不让她得到一个好顾客。玛格丽特和克拉哈抱着本能的仇恨在迫害她，严阵以待不让这个新来的人有插足之地，她们虽然假装着轻蔑她，实际上却在怕她。讲到奥莱丽太太，她对于这个年轻姑娘的高傲的端庄感到很不舒服，黛妮丝并不现出阿谀的媚态随着她的裙子团团转；因此她就纵容她所得意的人——她的宫廷里的宠儿——仇视黛妮丝，这些人整天向她下跪，专门拿连续不断的奉承来滋养她，而这个权威的大人物是需要这个来使自己高高兴兴的。暂时之间，副主任傅莱黛丽太太像是设参加这个阴谋；不过这必然是出于疏忽，因为等到她一看出她的好心肠给她招来了如何的麻烦，她也就现出同样的冷酷了。到此这场排挤算是完整了，所有的人跟"这个蓬头散发的姑娘"明争暗斗，而她时刻便生活在斗争里，只有拿出她全部的勇气在这个部里艰苦地支持下去。

目前她的生活就是这样的。她必须穿上那身不属于她的绸衣服，面现笑容，显得勇敢又要殷勤；她在不讲理的解雇的经常威胁下，累得半死，营养不良，受人虐待。在她白天受了过多的痛苦的时候，她的卧房是她唯一的庇护，是她可以叫自己放声痛哭的唯一场所。可是从盖满十二月雪的屋顶的铅皮上，有怕人的寒气袭下来；她必须在她的床上蜷缩着身子，把全部的衣裳压在身上，为了不叫泪水结成霜，冻伤了她的脸，她藏在盖被底下哭泣。从那以后慕雷没有跟她谈过话。每逢她在服务时间碰上了布尔当寇严厉的目光，她就要发抖，因为她感到这个人是她天生的敌人，一点过错也得不到他的原谅。在这种全体跟她敌对的状态下，稽查茹夫的奇怪的好感令她骇异；若他在没有人的地方遇见她，他向她微笑，说一两句亲昵的话；有两次茹夫使她避免了责骂，而她却丝毫没怠感谢的表示，他的保护与其说是叫她感动，不如说是令她害怕。

一天晚上在晚餐后，姑娘们在整理衣橱的时候，约瑟走来跟黛妮丝讲，楼下有一个年轻人要见她。她很不安地走下楼去。

"你们瞧！"克拉哈说，"这个蓬头散发的女人找到一个情人了吗？"

"只有心急的人才会要她，"玛格丽特说。

到了楼下，黛妮丝在门口碰到了她的弟弟日昂。她曾经禁止他到店里来，因为这会发生十分 不好的影响。但她又不敢责备他，他的样子是那么慌张，头上没戴帽子，喘着气，从堂普乐那边跑了来。

"你有十个法郎吗？"他结结巴巴地说。"给我十个法郎吧，不然我就不能做人啦。"

这个披散着金色头发、长着标致面孔的大顽皮孩子，突如其来说出这样演戏似的话，看起来那么可笑，若不是这种金钱的要求给了她一番苦恼，她肯定会笑出声来。

"什么！十个法郎？"她喃喃地说。"是怎么回事呀？"

他的脸红了，他解释说，他偶然碰到了一个朋友的妹妹。黛妮丝叫他住口，一阵心乱如麻，不愿意再听下去。已经有过两次相似的情形，他跑了来借钱；不过第一次他只要了一法郎二十五生丁，第二次也只一法郎五十生丁。他老是和女人纠缠不清的。

"我不能给你十个法郎，"她接着说，"北北的膳宿费还没有付，我刚刚凑足这笔钱。我急需一双短筒靴子，都没有钱去买……日昂，你真是是太不明道理啦。这真说不过去。"

"那么，我就完啦，"他做出了悲剧的姿势说，"听我说，小姐姐；那个姑娘高高的个子，头发是褐色的，我们陪着她的哥哥一块咖啡馆去，我没有想到会耗费了……"

她又得重新拦住他，可是看见这个亲爱的糊涂孩子眼里浮出了泪水，她便取出钱袋，把一个十法郎的银币塞进他手里去。他立刻就嘻嘻笑了。

"我很明白……可是，说话算话，以后再不来这一套！一个人总要有点志气才行。"

他像一个疯子似的在她的脸蛋上吻了一下就跑开了。店里的职工觉得很奇怪。

那一夜，黛妮丝的睡眠非常不安宁。自从她进了妇女乐园以后，她所最焦心的就是金钱。她仍然处在见习时期，没有固定的薪金；因为她的售货受部里姑娘们的妨碍，她就只有仰仗她们留给她的一些不关紧要的顾客，才算是刚刚付得出北北的膳宿费。在她，这是一种不见天日的穷困，是穿着丝绸衣服的穷困。她夜里时常不能睡觉，修理她那少许的衣服，缝内衣，改衬衫，好似这些东西贵重得很；更不要谈她在短筒靴子上所打的补丁了，手工的细巧比得上一个靴匠的工作。她甘犯规章在洗脸盆里洗衣服。她那件毛料子的旧衣裳最使她心烦；她没有第二件，每天晚上她脱掉了绸子制服，就不得不换上它，因此穿得不成样子了；落上一块斑痕会使她发疯，破掉一点便是一场大灾难。她什么都没有，连一文钱也没有，一般妇女需要的零碎东西，她都买不起；她要想调换一些针线之类的东西，就必得等上半个月。因此每逢日昂拿他的恋爱作借口突然跑来抢走了她储备的钱，就会发生重重的灾难。一个法郎便是她的一笔大亏空。

要说第二天去找十个法郎，可不是费一会儿的心计所能办得到的。一直到天亮，她都做着恶梦，北北被扔到马路上，同时她用受伤的手指在翻路上的石板，看看下面有无金钱。

第二天又要她强打笑脸去扮演她穿得很阔气的姑娘的角色。有几个熟主顾来到了部里，奥莱丽太太叫了她好几次，向她的肩膀上丢过好几件大衣，以便她去做新式剪裁的展览。当她弓着身子照着版画上的样式做出优美的姿势的时候，她在想着北北的四十个法郎的膳宿费，她答应在当天晚上付出的。她的短筒靴子再过一个月也还可以应付得了；但即便把她所保留的三十法郎跟她一文钱一文钱积存下来的四个法郎加在一起，也不会超过三十四个法郎；她到哪里去找六个法郎来凑足这个数目呢？这是使她无精打采的一种苦恼。

"您看，肩膀是舒适的，"奥莱丽太太说。"很高尚又很方便……年轻的小姐可以交叉着胳膊。"

"啊！肯定可以，"黛妮丝答说，她始终露出一副亲切可爱的神色。"连点感觉都没有……太太一定会满意的。"

这时她正在责备着自己，她不该上个星期天把北北从戈拉太太家里接出来带他到香榭丽舍去散步。可怜的孩子真是难得跟她出一趟门！可是她又得给他买一块香饼和一个小锄，然后又带他去看木偶戏；一下子就花掉了一法郎四十五生丁。的确，日昂没有替这个小弟弟想一想，才做出了这些糊涂事。而事后一切都落到她的肩膀上。

"太太要是不喜欢这一件……"主任又说。"听我说！小姐，穿上那件圆外套，好让太太评判一下。"

于是黛妮丝一面穿上圆外套迈着小步走动着，一面说：

"这一件更暖一些……是今年的时兴样式。"

为了想办法找到这笔钱，一直到晚上她都在职业的优美态度下苦恼着自己。那几位姑娘工作十分忙，就让出一笔重要的生意给她作；可是这一天是星期二，必得等四天才能领取这一个星期的佣金。晚饭后她决定延期到明天才去看戈拉太太。她可以找一个借口，说人家把她留住了；而在这期间她也许会赚六个法郎。

黛妮丝既然要尽量不消费，她非常早就去睡觉了。手里一文钱没有，又是土里土气的，始终害怕这个大城市，除了店家附近的几条街以外什么地方都不认识，她要到街上去干什么呢？为了换换空气，她冒险一直走到皇宫，便急忙回头，把自己关在房里，动手缝补或洗衣服。沿着寝室的走廊，好象是一排杂乱的兵营，那些姑娘常常不大细心，为了洗脸水或是脏内衣便发生一些口角，大家一团火气拼命地争吵，又继续不断地和好。再则，白天是禁止她们上楼的；她们不是生活在那里，只是夜里去住宿，晚间到了最后的时刻才回去，一清早还在打盹儿，匆忙洗过脸，没睁开眼就溜了出来；而且，走廊上不断地吹着猛烈的风，十三小时工作的劳苦使她们连喘一口气的功夫也没有便倒在床上，这些最高层的小屋差不多变成了一座人来人往的小旅店，混杂的旅客们是疲劳不堪而又心情恶劣。黛妮丝没有朋友。在全体的姑娘们当中，只有保丽诺·居敖一个人对她表示一丝友好；可是因为时装部跟内衣部是连在一道的，互相正进行着公开的斗争，所以这两个女售货员的同情直到如今还是只限于匆忙中交谈一两句话。保丽诺的房间，恰好是在黛妮丝房间的右首；而保丽诺吃过晚饭就要出门去，不到十一点不回来，黛妮丝只听得见她上床的声音，在工作的时间以外，一次也没有碰到过她。

这一天晚上，黛妮丝又决心作鞋匠了。她拿起短筒靴子，仔细地检查，看看怎样修理才能支持到月底。最后，她拿出一根粗针，决心开始纳鞋底，鞋底和鞋面子就快脱开了。在这同时，她把一条硬领和一副袖筒泡在满是肥皂水的脸盆里。

每天晚上她听见同样的响声，那些姑娘一个个地回来，她们叽叽咕咕简短地谈几句话，或是笑一笑，有时也吵两句嘴，声音压得很低。于是床铺吱吱扭扭地响，有人打着呵欠；然后这些房间便沉入酣睡里。她左边的邻人常常大声说梦话，开始她很害怕。也许另外有人，跟她一样，甘犯规章，不去睡觉在修补东西；但即便如此，她们也像她一样地小心翼翼，动作缓慢，不漏出 点响声，因为各个关闭着的房门全都发出一片冷飕飕的沉静。

十一点钟敲过有十分钟了，这时一阵脚步声使她抬起头来。又是一个姑娘回来得迟了！她听见有人在开隔壁的门，她知道是保丽诺。可是她惊呆了那个内衣部的女职工轻轻地走回来，敲她的房门。

"快一点，是我呀！"

女售货员是不允许彼此串房间的。因此黛妮丝为了不让她的邻人被卡班太太捉到，急忙开了锁，卡班太太在监视着人们要严格地遵守规章。

"她在那边吗？"黛妮丝关上门说。

"谁呀？你说卡班太太吗？"保丽诺说。"啊！我倒不怕她……拿出五个法郎就行了！"

接着她又说：

"很久以前我都想跟你谈谈。在楼底下是绝不可能的……今天晚上吃饭的时候，看你的样子多么难过！"

黛妮丝被她的善良的表情所感动，向她道了谢，请她坐下来。可是黛妮丝因为这次突如其来的访问，一阵惊慌，没有来得及把她正在修补的靴子放下去；于是保丽诺的两眼落到靴子上了。她摇了摇头，向房里看一看，又看见了脸盆里的硬领和袖筒。

"可怜的孩子，我早就料到了，"她又说。"唉！这种情形我清楚。我最初从夏特尔来到这里的时候，老居敖一文钱也不寄给我，我常常要自己洗内衣！是的，是的，连自己的衬衫都要洗！那时我有两件，你会看到整天有一件泡在水里。"

她坐下来，因为刚刚跑过还在喘气。她那一张宽大的脸上，长着一双灵活的小眼睛，嘴大可是柔和，虽然五官是粗线条的，却含有一种优美。她非常突然而坦率地讲起自己的历史来：她幼年是生在一个磨坊里，老居敖因为打官司败了家，于是她被送到巴黎来谋生路，口袋里只有二十法郎；后来，她开始作了女售货员，开始是在巴蒂敖尔区的一家店里，然后到了妇女乐园，两次的开端是可怕的，贫困和侮辱到了极点；最后，她讲到她目前的生活，她说她每月赚两百法郎，她寻欢作乐，满不在乎地让每天的时间流过去。在她那件深蓝色毛料子衣服上，闪耀着一些首饰，一个胸针，一条表链，衬托着她的身姿显出一番娇媚；她头戴一顶插着灰色长羽毛的丝绒无边帽，露出了一张笑脸。

黛妮丝为了她那双短筒靴子脸羞得绯红。她结结巴巴想解说一下。

"我也吃到过同样的苦头，"保丽诺又说，"来来，我比你年纪大些，我已经二十六岁半，但看起来还不像……把你那小小的困难跟我讲一讲。"

黛妮丝在如此坦白表露的友谊之前，不再矜持了。她穿着内衣，肩膀上围着一方旧披肩，靠近盛装的保丽诺坐下了；两个人畅谈起来。屋里是冰冷的，寒气似乎从监狱样赤裸的屋脊下的墙壁间流进来；她们的手指已经冻僵了，但 她们感觉不到，她们是完全彼此信任的。黛妮丝渐渐地把什么都说出来，谈到日昂和北北，谈到金钱的问题如何的使她苦恼；这样就引起她们两个都在痛骂时装部里的姑娘们。保丽诺畅所欲言。

"啊！这些不要脸的贱货！如果她们拿你当好朋友来对待，你可以赚到一百多法郎。"

"大家都跟我过不去，我也不知道是为什么，"黛妮丝说着就要哭出来了。"布尔当寇先生老是钉牢了我，找我的碴儿，好像我碍了他什么事似的……只有老茹夫一个人……”

对方打断了她的话。

“稽查那个老猴子！啊！亲爱的，你可不能相信他……你要知道，像他那样长着大鼻子的男人们哪！让他去显示他的勋章吧，人们都说他在我们的内衣部里发生过一件事情……可是你做什么像小孩子似的这样发愁呢！这么沉不住气是要倒霉的！哎呀！你所碰到的事情，大家都碰到过：人家在给你开欢迎会哩。”

她抓住了她的手，吻了她，她为她这善良的心情感动了。金钱的问题是十分严重的。一个贫穷的女孩子，单凭捡人家不要的、没有把握的几文钱，来维持两个弟弟，要付小弟弟的膳宿费，又要替大弟弟效劳情妇，当然是不可能的事；因为在三月间生意好转以前，人家是不会给她定薪水的。

“听我说，你可不能再像这样子过下去，”保丽诺说，“如果我遇到你这种情形……”

但是走廊里传来了响声，她把话停住了。这大概是玛格丽特，大家都说她夜里穿着短衣服来回走侦查别人睡觉的情形。那个内衣部的女职工，始终抓住她的朋友的手，用耳朵静听着，默默地注视了她一会儿。然后，把声音放得非常低，露出温柔而有自信的样子，开始说：

“如果我遇到你这种情形，我就要找一个人。”

“什么，找一个人？”黛妮丝喃喃说，起初并不了解她的意思。

等到她明白过来，她抽出了她的手，茫然地愣住了。这番劝告令她很不自在，她从来也没有起过这种念头，而且也看不出那会有什么好处。

“啊！不，”她简单地答道。

“那么，”保丽诺继续说，“我跟你讲吧，你就过不了门！……数目字是明摆着的：那个小的要四十法郎，大的常常要一个五法郎；还有你自己，你不能老是穿得像一个女叫花子，还有那双靴子，叫别的姑娘们来开玩笑；是的，完全不错，你的靴子给了你很大的妨碍……找一个人吧，那将好得多了。”

“不，”黛妮丝反复地说。

“好吧！你没有想得开……这是迫不得已的，亲爱的，也是那么自然的！我们大家都是过来人。你看看我！我也跟你一样，曾经是一个见习生。一个铜板也没有。的确不错，我们有房子住，有饭吃；可是还要服装哩，而且一个人老是一文钱没有，关在自己的房间里看苍蝇飞，也不是长久的办法呀！天哪！这实在是没有办法的事呀……”

于是她谈起她的第一个情人，一个律师的书记，是她在墨东城的一次宴会上认识的。这个人以后，她又靠上一个邮政局的办事员。最后，自从秋天以来，她又跟好公道的一个售货员常常来往，那个小伙子身材高大，很文雅，她的空余时间整个是跟他在一起的。不过，在同一个时候绝不有两个情人。她认为自己很诚实，当她听见人们谈起有些姑娘碰到第一个男人便割舍不掉，她就要生气。

"我丝毫都不想教你向坏道上走！"她急忙接着说。"因此我就不愿意教人家看见我跟你们的克拉哈在一块儿，怕的是人家会说我跟她一样地放荡。可是如果规规矩矩地跟着一个人，那就谁也说不出她的坏话来……你觉得这样做是下流吗？"

"不，"黛妮丝回答。"我不能这样做，别的并没有什么。"

重新又是一阵沉默。在这间冰冷的屋子里，两个人彼此微笑着，为这场小声谈话所感动。

"而且首先要对某一个人有感情才行啊，"她又说，脸蛋羞得通红。

那个内衣部的女职工很表示惊奇。然后她笑了，又拥抱了她一次，说道：

"可是，亲爱的，你碰到一个人的时候彼此就会喜欢啦！你真有趣！谁也不勉强你……我说，这个礼拜天你要包杰领我们到一个乡下地方去吗？让他约一个朋友。"

"不，"黛妮丝温和而固执地回答。

保丽诺便不再坚持了。每一个人是要本着自己的兴致去作的。她所说的话原是出于一番好意，因为看见一个伙伴那么不幸，她感到了真正的难过。这时快到午夜，她站起身来要走了。可是在这以前，她逼着黛妮丝收下她所需要的那六个法郎，求她不要挂念这件事，到她钱赚得多的时候再还。

"现在，"她接着说，"把蜡烛吹灭了，别让人看出来开的是哪一扇门……过后你再点上。"

蜡烛熄灭了，两个人又握握手；保丽诺轻轻地走出去，回到她的房里，别的小房间，人们都已沉入疲劳的酣睡里，这时除了她瑟瑟的衣衫，再没有别的声响。

黛妮丝要在上床以前，缝好她的靴子，洗好她的东西。夜渐渐深了，寒气愈加来得猛烈。但她没有感觉，这次谈话鼓动起她内心的血潮。她并没有反感，她似乎觉得当一个人孤独而无牵挂地活在世上的时候，她就可以随意安排自己的生活。她从来没有顺从过这些观念，她那正直的理性和她那贤明的天性，简单地把她拘束在她所生活过来的诚实里。将近一点钟的时候，她终于睡下了。不，她不去爱什么人。破坏她对她两个弟弟所宣誓的母性的忠诚来改变她的生活，又有什么好处呢？可是她睡不着，一阵阵微温的战栗袭上了她的脖颈，失眠使得一些模糊的形象浮现在她的眼前，又消失在夜的黑暗里。

从这个时间起，黛妮丝对于她那一部里的恋爱故事感到了兴趣。在忙碌的工作时间以外，她们经常用心在同男人们的关系上。流言到处传播，浪漫的故事会使姑娘们开心一个礼拜。克拉哈丑声四溢，据说她有三个姘头，这还不算跟在她身后边的一大串临时的情人；如果说她还没丢掉这个店家，那只是因为她要用这来遮盖她家里人的眼目，她在店里尽可能少做活儿，在外边得钱要容易得多，所以看不起这点钱；她时刻都在害怕老普瑞内尔，他恫吓她说要到巴黎来拿木头靴子砸断她的胳膊和腿。正好相反，玛格丽特的品行很端正，谁也不知道她有什么爱人；真叫人觉得奇怪，大家都知道她的浪漫故事，她到巴黎是来秘密分娩的；如果说她是这么贞淑，那么，她怎么会有了孩子呢？有人说这是个偶然的事件，眼前她在守身等待她在格勒诺布城的表哥。姑娘们也拿傅莱黛丽太太寻开心，说她暗中跟某些大人物有关系；事实上谁也不知道她内心的事情；她每天晚上，奄奄拉着她那副硬邦邦的寡妇脸，神色匆忙地走去，可是谁也说不出她这么匆忙要跑到什么地方去。讲到奥莱丽的热情，说她装模作样向一些恭顺的年轻人猛烈进攻，显然是一片假话；这种话是一些不满意的女售货员捏造出来当作笑话谈的。这也许是由于主任以前对她儿子的一个朋友曾经表示过过分的母爱的缘故，可是到了今天，她在绸缎部的女人中间占据了重要的位置，也便不会拿这样儿戏的事情来娱乐自己了。每天晚上总有成群的人混乱地走出来，而十中之九都有爱人等在门口；在盖容广场上，沿着米肖狄埃街和圣奥古斯丹新街上，总有一些等待着的男人站着不动，东瞧西看；当店里人们陆续走出来，他们就伸出胳膊领走各自的女人，露出丈夫一般的稳稳静静的神气，谈谈说说走远了。

然而最令黛妮丝觉得不愉快的，便是她无意中发现了柯龙邦的秘密。她时时刻刻看见他站在街对面老埃尔勃夫店的门槛上，扬着两只眼睛，不住地向时装部的姑娘们观望。每逢他感觉到黛妮丝窥察他，就红着脸转过头去，仿佛害怕这个年轻的姑娘会把秘密泄露给她的堂姐日内威芙，虽然自从她进了妇女乐园以后，鲍兑一家人同她的侄女便不再有什么来往了。起初看见他那副羞羞赧赧的绝望的爱慕神情，她以为他是在爱着玛格丽特，因为玛格丽特人既聪明又住在店里，是不容易接近的。后来，她得到确证，这个店员的一双热烈的目光是在盯着克拉哈，她简直吓呆了。他这样被欲火燃烧着站在对面的人行道上，缺乏勇气来做表示，已有好几个月了；而这种情形却是为了一个无拘无束的姑娘——她住在路易大帝街上，在她每天晚上没有被一个新男人

领走以前，他很可以同她接近的！克拉哈本人似乎也没有感到这个被她征服的人。黛妮丝的发现使她起了满怀痛苦的情绪。所谓爱情，就是这么糊涂的事情吗？怎么！这个小伙子，圆满的幸福就在他的手头，却破坏了自己的生活崇拜着一个放荡的女人，拿她当作圣徒一般看待！从这一天起，每一次她在老埃尔勃夫店家的淡绿色小方玻璃背后望见了日内威芙的苍白而苦痛的面容，她的心里就感到一阵绞痛。

每天晚上黛妮丝看见姑娘们陪着她们的爱人走去的时候，她总这么思索。那些不住在妇女乐园里的人，要到明天才出现，她们衣裙上给各个部门带来了外边完全陌生而恼人的气味。包杰准定在八点半钟站在盖容广场喷水池的一角上等待着保丽诺，保丽诺有时向黛妮丝亲切地微笑着打招呼，这个年轻的姑娘也只好笑一笑。等到最后她走出来，老是一个人悄悄地去做一次散步，而且总是她第一个先回来，或是做活计或是睡觉，有一种梦想占据了她的脑子，对于她所生疏的巴黎生活满怀的好奇心。她的确并不羡慕那些姑娘，在孤独里，在像关在避难所一样与外隔绝的无社交的生活里，她是快乐的；可是她的想象力却把她带到幻想的境界去，她猜想着一些事情，咖啡馆，酒店，剧场，消磨在水上或在乡下小别墅里的星期天，这些是别人继续不断在她面前常提到的事情。这些使她精神萎靡，使她有一种混合着倦怠的欲望；这些她从未曾尝受过的享乐，她似乎觉得已经过腻了。

不过在她的劳作生活中间，很少有空隙来容纳这些危险的梦想。在店里十三小时的勤苦劳作之下，男女售货员之间不会想到什么爱情的对象的。如果说继续不断地为金钱的斗争还没有抹杀了两性的区别，那么，那占据了他们的头脑、疲乏了他们的四肢的、时时刻刻的繁忙，也足以扼杀了他们的欲望。从这一部到另一部不断地你拥我挤，这些男女或是友好或是敌对，很难得发生恋爱关系。所有的人都不过是随着这个机器的回旋而转动的一些齿轮罢了，他们放弃了他们的人格，简单地把他们的精力注入在这个平凡而强有力的生产整体里。只有到了店外面，他们才又恢复了他们的个性，那觉醒了的热情才猛然地再燃烧起来。

可是有一天，黛妮丝看见了主任的儿子阿尔倍·郎姆装出淡然无事的神情在内衣部里来回走了几趟以后，把一张纸条偷偷地塞进那部里的一个姑娘手里。这时，从十二月到二月的死沉沉的寒冬季节来到了；她有了休息的时刻，站着消磨时间，两眼茫然地向店里东望望西看看，等待着顾客。时装部的女售货员最跟花边部的男售货员接近，不过他们勉强做出来的亲密也绝不超过相互间几句悄悄地谈笑。花边部里有一个副主任，喜欢胡调，他纯粹是为了开玩笑在追求克拉哈，造出一些令人讨厌的故事来，而他骨子里却毫无诚意，连到外边去同她见面都不尝试一下；因此从这一柜台到另一柜台，那些先生和姑娘，便常常交换着彼此会意的眼色，说着只有他们自己懂得的一些话，有时为了欺瞒那个可怕的布尔当寇，他们半侧着身子，现出做梦的神情，在谈一些别人不大懂的话。谈到杜洛施，他多时以来每逢看到黛妮丝，只高兴地微笑一下；后来他的胆子大了，遇见同她擦身走过的时候，也悄悄地向她说一句亲切的话。当她发现奥莱丽太太的儿子在内衣部里递纸条的那一天，杜洛施正在向她讨好而又因为找不出更亲密的话来说，便问她早饭可吃得好。当时他也看见了那片白信纸；他用眼望着这个年轻的姑娘，两个人都为了这件在他们面前秘密进行的勾当，羞红了脸。

黛妮丝处在这一团火辣辣的气息下面，虽然不免渐渐唤醒了她的女人的心，可是她仍然保持着天真稚气的和平心境。只有遇见雨丹的时候，她是要动心的。而那也不过是在她眼里表示出感谢，她认为自己仅仅是受了这个年轻人的礼貌的感动。每逢他把一个顾客带到她这一部里来，她总要感到一阵混乱。有好几次，她从收银台回来，会惊讶地发觉自己抄了远路，毫无必要地从丝绸部的柜台边绕了过来，胸里膨胀着激动的情绪。一天下午，她在那里遇见了慕雷，他似乎含笑在她的身后望着她。他已经不再注意她，仅只偶尔说一两句话指点她的打扮和同她开开玩笑，拿她当作一个没起色的姑娘，当作像男孩子一样不知情趣的人，尽管他有一个艳福的男人的技术，他也绝不能把她造成一个卖弄风情的女人；有时他嘲笑她，甚至降低身份来戏谑她，而自己并不愿意承认这个头发那么滑稽的小女售货员是打动了他的心。面对着这种沉默的微笑，黛妮丝吓得发抖，仿佛她犯了什么错误。当她自己都不能解说她所以要这样兜圈子的时候，莫非他已经知道她从丝绸部经过的缘故吗？

另一方面，雨丹似乎丝毫也没注意到这个年轻姑娘的感谢的目光。这些姑娘不合他的口味，他装作瞧不起她们的样子，愈来愈夸耀他同女顾客的一些出奇的浪漫故事：一个男爵夫人在他的柜台边跟他一见倾心，有一天他到一个建筑师的太太家里去更正尺码的错误的时候，她倒在他的怀抱里。在这种诺曼底人的吹牛的下面，他不愿说出从酒馆和咖啡音乐厅里捡来的女人。像绸缎部里所有的年轻的店员一样，他有一种浪费的狂热，他拿出无情的贪欲在他的部里整整进行一个星期的斗争，一心只想到星期天把他的金钱一下子投到跑马场上或是散在酒馆和舞厅里；他从没有想到节约或是积蓄，一得到收入便立刻花光，绝对不管明天的事。法威埃是不参加这些场面的。他跟雨丹在店里是那么亲密，一到门口便彼此敬礼，各走各的路；大多数经常有接触的售货员，当他们走到大街上，便变成了互不相识的人，谁也不知道谁的生活。李埃纳是

雨丹的好朋友。两个人同住在一家旅馆里——圣安街上的士麦拿旅馆，这个房子是阴气森森的，全部住的是商业职工。每天早晨他们一起到店里；到了晚上，整理好柜台，第一个先完的，便到圣洛施街上的圣洛施咖啡馆去等待另一个，这一家小咖啡馆是妇女乐园的店员们惯常聚会的所在，他们吸着烟斗，在吞云吐雾中，大声谈笑，喝酒玩牌。他们常常在那里一直留到一点钟，到了那时，疲倦的店主人便把他们赶出去。此外，这一个月以来，每星期有三个晚上他们混在蒙玛特区的一家下等咖啡馆里；他们带去一些朋友，给女高音劳尔小姐去捧场，这位小姐是雨丹最近的女朋友，他们替她的才艺喝彩，手杖敲得那么山响，声音叫得那么喧哗，已经有过两次警察不得不出面干涉。

冬天就是这样过去了，黛妮丝终于得到了三百法郎的固定年薪。来得正好，她那双笨重的靴子早就支持不住了。最近一个月，她甚至避免出门，怕的是靴子会爆裂开。

"老天爷！您的鞋子多么恼人哪，小姐！"奥莱丽太太常常气势汹汹地这么讲。"真叫人受不了……您的脚有什么毛病吗？"

那一天，黛妮丝穿上一双耗费了五个法郎的呢料靴子走下楼来的时候，玛格丽特和克拉哈就表示出她们的惊奇，话声不算高，可是总叫人听得见。

"你瞧！那个蓬头散发的女人丢掉了她那双木头靴子啦，"这一个说。

"不错！"那一个回答，"她一定哭了一场……那双木头靴子是她妈妈的。"

另外，对黛妮丝已经起了普遍的愤怒。这一柜台的人终于发现了她同保丽诺的友好，就认为这种跟敌对柜台的女售货员的感情是一种挑战行为。姑娘们说她是奸细，指责她把她们最不相干的谈话都传说出去。内衣部和时装部的战争重新猛烈起来，从未曾爆发得像这么火热：互相攻击的话像炮弹一样，有一天晚上在内衣的纸匣子后面甚至打了一记耳光。这场来源已久的纷争，也许是起因于内衣部穿的是毛织品的衣裳，而时装部却穿着绸衣裳；不管怎么说，内衣部谈到她们的邻人就现出老实姑娘的一副厌恶的嘴脸；而事实上她们不是没道理的，人们都批评说时装部女售货员的放荡是受了绸衣服的影响。克拉哈有一大堆的情人在受人嘲骂，玛格丽特也让人家害得生过一个孩子丢了丑，同时大家又指责傅莱黛丽太太也有秘密的情人。所有的这些全起因于黛妮丝！

"小姐们，当心点，别说下流话！"奥莱丽太太在她这些小臣民爆发起来的愤怒当中露出严肃的神情说。"别叫人家小看了你们。"

她是不愿意参加这种是非的。正如有一天她答复慕雷的问话的时候，坦白地说，这些姑娘都一样，谁也不比谁强。可是当她从布尔当寇口里听说自己的儿子跟内衣部一个女售货员私通过几封信，而且在地下室里他发现这个年轻人正吻抱那个姑娘，这时她就大发雷霆了。这事真令人气愤，于是她就不客气的攻击内衣部，说它设好了圈套在陷害阿尔倍；是的，这个打击是针对着她的，当人们看出她那一部是无机可乘的时候，便来败坏一个没有经验的孩子，试图叫她丢丑。她所以叫得这么响，是有意搅乱了这件事情，因为她从来没有对她的儿子抱过什么幻想，她很清楚他是什么混账事情都做得出来的。一时间，这件事情像是闹得很严重，手套部的职工米敖也被卷入了漩涡；他是阿尔倍的好朋友，阿尔倍把一些情妇——几个光着头的姑娘——介绍给他，他就给她们占便宜，允许她们在纸板盒子里乱翻几个钟点；另外，还有一件事情，他送给内衣部女售货员一副瑞士手套，弄得谁也摸不清究竟是怎么回事。最后，这场流言被压服下去，这是看在时装部主任的面上，就连慕雷本人对她都表示尊敬的。过了一个星期，布尔当寇找到一个借口，把那个肯让人接吻的犯罪的女售货员开除了事。如果说这些大人先生对于人们在外边的胡作非为闭上眼睛不管，而在店里遇有一点点的猥亵行为也是不肯放过门的。

受到这场风波的折磨的，却是黛妮丝。奥莱丽太太虽然一切都看得很清楚，暗中对于她怀有怨恨；她曾经看见她对保丽诺笑，她相信这是一种反叛，是在给她儿子的恋爱事件散布流言。因此在她这一部里，她愈加使那个年轻的姑娘孤立起来。她在兰布义耶城附近的里戈尔乡用她节省下来的第一个十万法郎置了一份产业，许久以来她就计划约请几位姑娘到那里去度一个礼拜天；她突然地决定了这件事，作为惩罚黛妮丝的一个手段，公开地表示同她疏远。唯有黛妮丝是未被约请的。半个月以前，这一部里就光是谈着这次的约会：人们观望着为五月的太阳所调剂的不冷不热的天空，已经时时刻刻在盼望着那一天了，大家期望着各种的娱乐——骑驴子，喝牛奶，吃黑面包。而且全体是女人，这是最令人有趣的！奥莱丽太太平素就是这样同几位太太到外边去消磨她的假日；因为她跟家里人在一起非常不习惯，间或有几个晚上她要同她的丈夫和儿子一起在家里吃饭的时候，她是觉得那么不舒服，那么坐卧不定，因此就连这样的晚上，她都情愿避开她的家人，跑到饭馆里去用餐。郎姆干他自己的，很高兴又恢复了他年轻时的生活，至于阿尔倍，更是自由自在，跟他的一些下流女人去混；因为过不惯家庭生活，遇见礼拜天大家在一起便都觉得又拘束又厌烦，三个人全把他们的住处看作他们夜里睡觉的一家普通旅馆。关于这次兰布义耶的聚会，奥莱丽太太只简单地说，按照礼法阿尔倍是不得参加的，而老头子本人乐得见机行事拒绝了赴会；

这一番说明使得两个男人都很开心。这个吉庆日子快来到了，姑娘们谈不完啦，仿佛要出门去做六个月的旅行一样，讲着她们所准备的衣装；黛妮丝却只好在被人遗弃中，面色苍白而静默地听着她们谈。

"她们把你气疯了吧？"一天早晨保丽诺跟她说。"我要处在你的地位，就要给她们个颜色看看！哼！她们玩她们的，我乐我的。……这个礼拜天包杰要带我到约安威尔去，你跟我们一道去吧！"

"不，谢谢，"这个年轻姑娘固执而安详地回答。

"可是为什么呢？……你还是害怕有人会强迫你吗？"

保丽诺说着大笑起来。黛妮丝也跟着她微笑。她很知道这种事会有什么结果：每一个姑娘结识她的第一个情人，总是这样偶然中由一个朋友带来的，经过总是这样；而她是不愿这样做的。

"你瞧，"保丽诺又说，"我向你保证包杰不带一个人去。就是我们三个人……当然啦，你既然不愿意，我也就不会把你嫁出去。"

黛妮丝踌躇着，一种欲望是那么苦恼着她，一股血潮涌上了她的脸蛋。每逢她的女伴们大谈她们在乡下的快乐，她就喘不过气来，一种对于明朗的天空的欲念支配着她，她梦想着那可以遮住她的肩膀的高大的青草，那一片清水般罩在她身上的巨大树木的阴影。她的童年生活原是在柯当丹地区丰茂的绿野中度过的，现在又觉醒了，对于阳光生出了依恋不舍的情愫。

"那么，好吧！"最后她说。

一切都规定好了。包杰要在八点钟到盖容广场上来接这两位姑娘；从那里他们乘出租马车到文森车站去。黛妮丝的二十五法郎薪水，每个月都被孩子们用光，她只能把她那件黑色旧毛料衣服改改新，用小方格的斜条毛绸镶上边；她也给自己做了一顶帽子，一种绸面子的无边小帽，有一条蓝色丝带作装饰。她穿上这身朴素服装，显得特别年轻，看起来像是穷人家特别洁净而身材长得过高的小女孩子，丰茂华丽的头发从素净的帽子底下突出来，使她有点羞怯怯和忸怩不安的神情。跟她恰好相反，保丽诺穿着春季的绸衣裳，有紫堇色和白色的条纹，戴着一顶华美的高顶帽，插着羽毛，颈上和手上戴着首饰，完全是富商人妻女的气派。她在店里一个星期非穿毛料衣服不可，所以到了星期天穿上绸衣服，就像报复一样；同时，黛妮丝从星期一到星期六一直穿着绸制服，到了星期天却要换上她那件薄毛料子的旧衣服。"那个就是包杰，"保丽诺用手指着站在喷水池旁边的一个大小伙子说。

她把她的情人介绍给她，黛妮丝立刻就觉得很安心，因为这个男人的样子很老实。包杰的身材高大，有一股耕牛似的持久的气力，他生有一副法郎德斯人的长面孔，两只没有表情的眼睛含着孩子般稚气的微笑。他诞生在敦扣克，是一个食品杂货商人的小儿子，他的爸爸和哥哥都认为他是一个非常笨的东西，差不多是把他赶了出来，他就到了巴黎。眼前在好公道，他每年可以赚到三千五百法郎。他是愚笨的，可是在布行里却是十分能干。女人们觉得他很可爱。

"租的马车呢？"保丽诺问道。

他们要一直走到林荫大道去。太阳已经热起来，美丽的五月清晨微笑在大街的人行道上；天上没有一片云，水晶一般透明的蓝色空气里，完全漂浮着一团喜气。黛妮丝的嘴上，不知不觉地露出了微笑；她用力地在呼吸，似乎觉得六个月以来她胸里的一股闷气都被发泄出来了。她终于感觉到她身上没了妇女乐园的令人窒息的空气和沉重的石块！在她的眼前，她可以有一整天自由的乡野生活！这是一片新鲜的健康气息，一片无限的快乐，她抱着小孩一般新奇的感觉走向里面去。可是坐到车上，她很不自在地转过脸去，这时保丽诺在她的情人的嘴上接了一次长吻。

"你瞧！"她说，头一直朝向窗外，"郎姆先生，那边……看他走得多快！"

"他带着他的号角哩，"保丽诺斜出身子来说。"简直是一个老疯子！人家要说他是跑去会情人哩。"

果然不错，郎姆胳膊底下夹着乐器匣子，鼻子朝天沿着体育场匆匆忙忙地走路，想到眼前正在等着他的这场大喜事，自得其乐地微笑着。他正要到一个朋友家里去消磨这一天，他的朋友是一个小剧场的笛师，有几个喜好音乐的人在星期天喝过牛奶咖啡以后就要举办一次室内的音乐会。

"刚刚八点钟！多么发疯啊！"保丽诺又说。"你知道奥莱丽太太和她的那一帮人一定是坐上六点二十五分开出的到兰布义耶去的火车了……男人和老婆决定是没有碰过头。"

两个人全谈起兰布义耶的约会。她们不希望对方会遇到雨，因为她们自己也将要冷水浇头；可是如果有一片云彩在那个地方裂开来而不会一直牵连到约安威尔，倒也是非常有趣的事情。然后，她们攻击克拉哈，说这一个下贱女工不晓得怎样使用她那些姘夫供给她的金钱：她不是一次买过三双长筒靴子，第二天就用剪刀剪碎丢掉了吗，而这是因为她的脚上长满了瘤子的缘故。说老实话，绸缎业的姑娘们并不比男人更会打算：她们把所有的钱都用光，一文钱也不积蓄，每个月把两三百法郎都耗费在零碎

东西和糖果上。

"可是他只有一只胳膊啊!"包杰突然说。"他怎样吹他的号角呢?"

他的眼睛没有离开过郎姆。保丽诺时常拿他的天真来寻开心,这时便跟他讲,那个会计用他的乐器抵着墙;他完全相信了她的话,觉得这办法很聪明。可是她又懊悔起来,便向他解释,郎姆如何使用他那只废膀子挟住乐器而用一只手来奏弄的办法,他却十分怀疑地摇了摇头,说这种事叫人家很难相信。

"你太笨啦!"她终于笑着说。"不过这没关系,我还照样爱你。"

马车向前转动,他们到了文森车站,正好赶上火车。包杰付了车钱;可是黛妮丝已经声明过她要自己料理她那一份的费用;到了晚上再分摊。他们坐的是二等车,车里是一团快乐嘈杂的人声。到了诺让车站,在人们的笑声中,一对新婚夫妇下了车。最后他们到了约安威尔,立刻走向岛上去订早餐;他们就停在那里,在马伦河边上的高大杨树下,沿着岸边散步。荫凉下是寒冷的,阳光里有一阵强劲的风,吹向远方去,在河的对岸,光明洁净的平原上展开了一片一片的耕地。保丽诺和她的爱人互相搂着腰向前走,黛妮丝慢慢地随在他们后边;她捡了一把金凤花,快乐地注视着流水,每逢包杰低着脖子吻他的女友,她便低下头,心里一阵恍惚。她的两眼里浮腾着泪水。然而她并不是痛苦。为什么她感到这样的气闷?她本想可以得到很多快乐的这辽阔的乡野,为什么给她带来了满怀不可解说的漠然的懊悔?后来他们去用早餐,保丽诺畅快的笑声使她感到一阵惘然若失。保丽诺像一个生活在煤气灯下和人群的混浊气息里的乡下艺人似的,崇拜着野外生活,尽管吹着冷风,也要在凉棚底下用餐。她喜欢那吹动着桌布的猛烈的风,她觉得这个花棚很有趣,叶子还没生出来,只有油漆的格子架,菱形的阴影映现在桌布上。而且这个在店里吃不饱的姑娘,狼吞虎咽地吃着,她准备好要在外边用她爱吃的东西吃到倒胃口为止;这是她的一个缺点,她全部的钱就消耗在这上面,在休息的时刻,她吃点心,吃不易消化的生东西,吃容易藏着吃的小东西。至于黛妮丝,她似乎已经吃厌了鸡蛋、炸鱼和烤鸡,她节制着自己,不敢叫一客草莓,这一种新鲜果品还是太贵的,她怕过分增加了账单。

"现在我们要做什么呢?"等到端上咖啡来的时候包杰问道。

照往常的情形,午后他同保丽诺回到巴黎去吃饭,然后在剧院里过完他们这一天。可是为了黛妮丝的愿望,他们决定大家留在约安威尔;使自己头脑里装满了乡下的空气,也很有趣。因此他们整个的下午就在野地里漫游。他们想去划船,争论了一下;然后又放弃这个念头,因为包杰划船划得太不高明。但是他们慢慢地走,没有目的地,顺着小路走，然后再回到马伦河边上来；他们对于河上的生活，很感兴趣，看见有成队的快艇和挪威式的船，船上有一排排划船的人。太阳落山了，他们回头向约安威尔走，这时有两只快艇，争先恐后向下游划行，彼此骂来骂去，骂声里一再喊叫着"下等酒馆的货色"和"布店伙计"。

"你瞧！"保丽诺说，"那儿是雨丹先生。"

"是的，"包杰用手遮着太阳说，"我认识他的桃花心木的快艇……另外的一条船上坐的一 定是学生。"

于是他解说学生和买卖人之间时常发生争吵的宿怨。黛妮丝听见人家说出雨丹的名字，便愣了一下；她的一双眼睛盯住那只轻快的小船，她想从划船的人中间找到那个年轻的人，可是她只能辨认出两个女人白色的衣衫，一个女人坐在舵边，戴着一顶红帽子。他们的话音淹没在河流唰唰的水声里。

"下等酒馆的货色，把他们投进水里去！"

"把这些布店伙计，投进水里去！投进水里去！"

傍晚时候，人们又回到岛上的酒馆里。可是风吹得过于猛烈了，他们必得到两间关着门的大厅里的一间去用餐，厅里新洗过的桌布还被冬天的湿气浸得潮湿湿的。刚到六点钟，餐桌就全坐满了，游客们需要赶快在角落上找地方；侍者老是搬椅子，摆凳子，把座位缩紧，把人们挤进去。这时屋里气闷了，人们只好打开窗户。门外边，白昼昏暗下去，带点绿色的薄光从杨树上落得那么疾速，没有事先准备这么多客餐而又没有灯的酒馆主人，只得给每一张桌子上拿来一支蜡烛。一片喧嚣——笑声，呼喊声，刀叉碰碗碟声，把耳朵也能震聋；从窗口吹进来的风，吹得蜡烛火苗摇晃不定而且蜡油往下滴；食物的气味把空气弄得暖洋洋的，时有一股冷风吹过去，扑灯蛾在空中飞舞着。

"你说是吧？他们玩得多么开心！"保丽诺说，她不停嘴地吃着一份炸鱼饼，她声言这样菜的味道真美。

她斜过身子来接着又说：

"你没有认出阿尔倍先生吗？就在那边。"

倒真是小郎姆，他坐在三个身份暧昧的女人中间，一个老太太戴着一顶黄帽子，露出一副老鸨子的恶劣形象，另有两个小雏——两个十三四岁的姑娘，也是肆无忌惮，令人讨厌的一种粗鄙的女人。他已经喝得大醉了，用玻璃杯子敲着桌子，说如果伙计不马上把酒给他拿来，他就要揍他了。

"你看！"保丽诺又说，"整整的一家人！母亲在兰布义耶，父亲在巴黎，儿子在约安威尔……他们各走各的路。"

黛妮丝是厌恶喧嚣的，在如此的混乱当中，她微笑着在欣赏一种不费思想的快乐。可是猛然间他们听见隔壁的厅房里发出了一片吵闹的人声，把别的声音都压下去。在大声喊叫以后，必定是扭打起来，因为人们可以听见拳打脚踢和椅子倒下来的声音，打得十分热闹，河上的喊声又起来了：

"把布店伙计丢进水里去！"

"下等酒馆的货色，丢进水里去，丢进水里去！"

等到酒馆主人的大声喊叫把这场斗殴镇压下去，雨丹便突然出现了。他穿着一件红色紧身上衣，骑士帽扣在后脑勺上，胳膊上挽着那个身材高大穿着白衣裳的姑娘，她就是那个掌舵的女人，为了表示出小船的色彩，她耳朵上插着一束罂粟花。他们一走进来便起了一阵拍掌和喝彩声；他满脸光彩，挺起胸脯，大摇大摆迈着水兵的步伐，他显耀着脸上被拳头打的那一块伤痕，这样被人注目他快乐得不得了。在他们的身后边还跟随着一班人。人们你争我抢总算替他弄到了一张桌子，叫嚣声又响起来了。

"大概是，"包杰听了他身后边的人们的谈话以后解释说，"大概是那些学生认识雨丹的那个女人，她是他们邻近的老相识，在蒙玛特区的一家小咖啡馆里当歌手。因此大家为了她打起来……这些学生，是从来不付钱给女人的！"

"不管怎么讲，"保丽诺露出冷淡的神气说，"这个女人丑得可观，看看她那份胡萝卜的头发……我真不知道雨丹先生从哪里把她捡来的，不过这些女人总是一个比一个龌龊。"

黛妮丝面无人色。她感到一阵冰冷，仿佛她心里的血液一滴一滴地流出来。在岸上的时候，看着那只快艇，她已经感到了头一阵冷战；现在，她不怀疑了，那个姑娘是跟雨丹在一起的。她的喉头哽咽住，两手发抖，她吃不下东西去。

"你怎么啦？"她的朋友问。

"没什么，"她喃喃地说，"我觉得有点热。"

可是雨丹的桌子就在他们旁边，他是认识包杰的，等到他看见了包杰，为了叫厅里别的客人也听见，便发出尖锐的嗓门，同包杰谈起来。

"我说，"他大声叫着，"你还老是那么规规矩矩地在好公道吗？"

"也不尽然，"对方满脸通红地回答。

"这怎么行！他们专收一些处女，而且经常设立一间忏悔室，谁要敢看她们一眼就被请进去……这一个店家是把你们的婚姻都包办啦，谢谢吧！"

人们都笑起来。李埃纳也在那一班人里，接着说：

"那还不像在卢浮商店里……他们在时装部的柜台里附设一个接生婆。这话是千真万确的！"

人们加倍地乐起来。就连保丽诺都大笑了，她觉得接生婆的事非常有趣。可是这样无缘无故地拿包杰的店家开玩笑，就惹恼了他，他猛然跳了出来。

"你们在妇女乐园里也不见得怎么好，说一句错话就被丢到门外头去！还有一个老板，老是跟着女顾客身后边转！"

雨丹早就不听他讲话了，开始在称赞监狱商场。他认识那里的一个年轻的姑娘，她的人品是那么高尚，一般女顾客都不敢向她开口，怕的是辱没了她。然后，他更向跟他谈话的人靠拢一些，又说他这一个星期里捞到了一百一十五个法郎，啊！这个星期真了不起，法威埃要少得五十二个法郎，超出了整个通常的记录；这不是很明白的吗？他腰包里钱装得满满的，要不把这一百一十五个法郎都用光，他绝不肯去睡觉。后来他渐渐有点醉意，便骂起罗比诺来，这个穷酸的副主任，装模作样不肯跟人家来往，甚至在大街上都不肯跟他一部里的售货员一起走路。

"别说啦，"李埃纳说，"好朋友，你讲得太多啦。"

热气升腾起来，蜡烛油流到酒斑的桌布上；当饭厅里的人声突然停住了的时候，从敞开的窗口，传来一片遥远的漫长的声音，那是河水的声音，是高大白杨树在静静的夜里酣睡的声音。包杰招呼人拿账单来，他看见黛妮丝的样子不大舒服，满脸惨白，为了眼里含着泪水下巴抽搐着；可是茶房没有来，她就还得忍受着雨丹的响亮的话声。现在他正大谈他比李埃纳如何高明，说李埃纳只会用他爸爸的钱，而他呢，用他自己赚来的钱，那是他自己聪明能干的果实。最后，包杰付了账，两个女人走出去了。

"那一个就是卢浮商店里的，"保丽诺走到第一间厅房里悄悄地说，她看见一个身材高大而瘦削的姑娘正在穿大衣。

"你不认识她，你不知道她是什么人，"年轻的男人说。

"真的嘛！看看她们那分打扮……她就是接生婆那一部里的！如果她听见了，她一定会很开心！"

他们到了门外。黛妮丝松了一口气，安下心来。在闷人的热气里，在喊叫声中，她相信她要断气了；她始终解说她的烦闷是由于缺乏空气。现在她喘过气来了。星光的天空降落着新鲜的气息。等到两个年轻的姑娘离开了酒馆的花园，从阴影下有人悄

悄地发出怯懦的声音：

"晚上好，两位小姐。"

这人是杜洛施。他为了消遣，从巴黎徒步来到这里，一个人坐在第一间厅房里用餐，而她们没有看见他。当黛妮丝在痛苦中辨认出这个朋友的声音的时候，一种找人援助的需要便机械地支配了她。

"杜洛施先生，你跟我们一道来，"她说。"把你的胳膊递给我。"

保丽诺和包杰已经走在前面了。他们吃了一惊。他们不相信会有这样的事情，而且还是同着这么一个小家伙。可是既然离上火车还有一个钟头，他们就一直走到岛上的边头去，他们在高大的杨树下，沿着岸边走；可是他们又不时转回来，悄悄地说：

"他们在什么地方？啊！在那边……不过这倒真是有趣。"

黛妮丝和杜洛施起初保持着沉默。酒馆的喧哗慢慢地消失了，在深远的夜色里变成了一种甜蜜的音乐；他们还带着火炉的温暖，更向前行，走进了树木荫凉里，在树叶的后方，烛光一个接着一个地不见了。在他们的面前，像是一面黑暗的墙壁，一团阴影那么浓重，他们就连微弱的小路的痕迹都分辨不清了。可是他们并不害怕，悠然地向前进。后来他们的眼睛渐渐地习惯了，他们看见在右首那些杨树的树干，像是撑着枝叶的穹隆的圆柱，有星光透漏进来；同时在右首的黑暗中，河水不时如涂汞的镜面一般闪着光。风停了，他们只听见河水的潺潺声。

"我碰到你非常高兴，"杜洛施终于喃喃地说，他下了决心首先讲话。"你不知道你答应跟我一起散步给了我多么大的快乐。"

于是借黑暗的帮助，他含混不清地说了好半天的话，后来大胆说出他是爱她的。他本要写信给她；可是如果不恰巧碰到这样美丽的夜，如果没有这歌唱的流水，如果没有这些树木拿阴暗的影幕掩罩着他们，她恐怕永远也不会知道他这番心意。不过，她并不答话，她继续挽着他的胳膊走，走路的样子还是那么不开心。他试想望望她的面孔，这时他听见了轻轻地泣

"天哪！"他又说，"您哭啦，小姐，您哭啦……我得罪了您吗？"

"不，不，"她喃喃说。

她竭力止住她的眼泪，可是她做不到。在餐桌的时候，她已经以为她的心都要爆裂开了。现在到了黑暗中，她尽情发泄出来，哭得哽哽咽咽的，心里寻思着如果是雨丹而不是杜洛施向她说这些温柔的话，她就无力拒绝了。这番自我的招供终于使她起了满怀的迷惘。一阵羞愧烧着她的面孔，仿佛在这些树木下她已经倒在那个正跟几个

姑娘在寻欢作乐的年轻人的怀抱里。

"我不想叫你生气，"杜洛施又说，他也涌出了眼泪。

"不，听我说，"她说，声音里还在发抖，"我一点都不生你的气。只是我请你不要再讲你刚刚讲过的话……你要求的事情是办不到的。啊！你为人很好，我很愿意同你做朋友，可是不能再有什么……你明白吧，做你的朋友！"

他打了一个冷战。在沉默中又走了几步以后，他结结巴巴地说：

"老实说，您是不爱我吧？"

因为她避免粗暴地说一声"不"使他痛苦，他便发出温柔而痛心的语声接着说：

"我早已料到了……我从来没有过好运气，我知道我是不会有幸福的。我小的时候，就挨打受气。在巴黎，我永远是辛辛苦苦地生活着。您想想看，一个人既不知道怎样抢夺别人的情妇，又笨得不能像别人赚一样多的钱，那么好啦，他就应该躲到墙角里去死掉……啊！您放心吧，我再不会来麻烦您。至于说到我爱你，你不能阻止我吧，是不是？我什么都不要求地爱着你，像一个牲畜那样的……你看，一切都完了，这是我在人生里注定了的。"

他也哭泣起来了。她安慰他，而在他们友情的表白中间，他们知道了他们是一个省份的人，她在瓦洛额，他在布里克贝克，相距只有十三公里。这又有了一个新的联系。他的父亲是一个贫穷的小管家，一个病态的生性嫉妒的人，骂他是一个野杂种，常常揍他，一看见他那副苍白的长面孔和亚麻色的头发就大发雷霆，他父亲说，这些不是他一家人所有的。然后他们又谈到用青篱围成的大牧场，谈到在榆树荫凉下边曲曲弯弯的小路，谈到那像公园里人行道一样铺着草皮的大路。他们的四周，夜色愈来愈暗了，他们只辨得出河岸上的灯芯草，犬牙交错的树荫成了黝黑的一片，上方闪耀着星光；他们又恢复了平静，忘记了他们的忧愁，在一种亲密的友爱中，由于他们的不幸使他们更接近了。

"怎么样？"当他们到了车站，保丽诺把黛妮丝拉到一边快活地问道。

这个年轻的姑娘是懂得那种微笑和那种温柔而好奇的声调的。她满脸通红，答道：

"可是绝没有什么，亲爱的！我已经跟你讲过我是不愿意那样的！……他是我们家乡人。我们在谈瓦洛额的事情。"

保丽诺和包杰迷惑住了，被弄得莫名其妙，不知道如何想法了。杜洛施在巴士底广场上跟他们分了手；他像所有年轻的见习生一样是住在店里的，十一点钟一定要回去。黛妮丝因为不愿跟他一路去，而且她已经得到店里看戏的许可，她便应允陪着保

丽诺到包杰的家里去。包杰为了靠近他的情人，已经搬到圣洛施街上来了，他们雇了一辆马车，在路上黛妮丝听说她的朋友要同那个年轻人过一夜，她吓呆了。这是再容易不过的事情，只要给卡班太太五个法郎就行，所有的姑娘都常常这么干。包杰领她们进了他的房间，里边摆着他父亲送给他的帝国时代的家具。当黛妮丝谈到要平分花费的时候，他很生气，最后他还是接受了黛妮丝放在橱柜上面的十五个法郎六十生丁了事；可是这时他要请她吃一杯茶，他费了一番气力去弄酒精灯，还得重下楼去买了糖来。他向杯子里倒茶的时候，午夜的钟声响了。

"我该走啦，"黛妮丝一再说。

保丽诺却答道：

"来得及的……戏园子不会散得这么早。"

黛妮丝留在这个单身汉的房间里觉得不舒服。她看见她的朋友换了上下衣裳，看着她光着膀子准备床铺，铺上床单，舒平了枕头；这种显现在她眼前的小夫妇的一夜温存的情景，使她心烦意乱，引起一阵羞愧，在她那受伤的心里，又重新展现出关于雨丹的回忆。像这样的生活对人是没有好处的。最后到了十二点一刻，她离开了他们。可是她迷迷糊糊地出了门，这时因为她无心地说了一声祝他们一夜快乐，保丽诺就毫无思虑地大声叫着：

"谢谢，这一夜一定会快乐！"

专通慕雷住屋和职员卧室的一道门是在圣奥古斯丹新街上。卡班太太开了门，然后用眼一扫，记上进门的人。走廊里燃着一盏不大亮的夜灯，黛妮丝置身在这片摇荡的微光里，有些踌躇，感到一阵不安，因为她从街角上转过来的时候，看见有一个男人的模糊的影子进来，门才又关上。必定是老板晚会后回家来；想到他就在黑暗中停在那里，也许是在等她，这给了她一种奇怪的恐惧，虽然说不出正当的缘由，她还是见了他就要惶乱的。有人在二楼上走动，靴子吱吱响。这时她的头脑昏乱，推开了通向店面的一道门，这道门为了稽查的巡查一直是开着的。她到了棉纱部里。

"天哪！这可怎么办？"她在情绪波动中悄悄地自言自语着。

她偶然想起上边另外还有一道门可以通到寝室去。不过那就要穿过整个的店面。尽管走廊上是黑压压的一片，她也情愿走这条路。里边没有燃起一盏煤气灯，只在相隔很远的地方，有几盏油灯挂在吊烛台的权枝上；这些零落的灯光跟一些黄色的斑点没有两样，像是吊在矿底下的灯笼，各部都被黑暗淹没了。大片的阴影在四处漂浮着，分辨不清堆积的商品，它们现出令人害怕的形状，像是倒落的柱子，蹲伏的野兽，潜藏的盗贼。这片阴沉的寂静，时被远方的气息冲破，愈加增强了黑暗。可是她定准了方位：麻布部在她左首，形成汪洋一片的青白色，像是在夏日的天空下大街上变成带点蓝色的一些店面；于是她要立刻从大厅里穿出去，可是撞上了几堆印花布，她便想从帽袜部走过去更有把握一些，然后再走毛织品部。一阵雷鸣使她吓了一跳，这是小伙计约瑟的响亮的鼾声，他睡在一些丧葬用品的后头。她急忙跑进大厅里，玻璃闪出薄明的光；厅房似乎放大了，充满教堂里夜间的恐怖，有一些固立不动的架子，有一些大尺子的侧影，映出的形象如倒置的十字架。现在她跑起来了。在零星杂货部和手套部里她又得从几个服杂务的小伙计身上跨过去，当她最后到了楼梯口的时候，她才觉得安全。可是到了上头，在时装部的前面，她看见一盏灯笼，闪着一眨一眨的光亮向前走，又使她吃了一惊；这是一次巡查，有两个消防手在他们的巡查时间表上记入他们查看的经过。她莫名其妙地站了一分钟，看着他们从披肩部到了室内装饰部，然后又到内衣部，对于他们的一些怪举动很惊奇，他们轧轧地磨着钥匙，重新关紧了铁板门发出鬼哭神嚎的响声。当他们走近了的时候，她藏到花边部的房间里去，可是猛然一声呼唤，又逼得她立刻逃出来，她向着外边的门跑去。她辨认出这是杜洛施的声音，他在他的部里睡在一张小铁床上，每天晚上亲自把床搭起来；他还没有睡，睁着两只眼睛在回想当天晚上的快乐时刻。

"怎么！是你吗，小姐，"慕雷说，黛妮丝看见他手里拿着一支随身携带的小蜡烛站在她面前的楼梯上。

她的话含混不清，想要说明她是到部里找一件什么东西。可是他并没有生气，他露出作长辈而同时又好奇的神情观望着她。

"你得到去看戏的许可了吗？"

"是的，先生。"

"你看得很开心吧？……你到哪一家剧院里去的？"

"先生，我是到乡下去啦。"

他听了这话笑起来。然后他又加重了语气问道：

"独自一个人吗？"

"不，先生，同一个女朋友，"她回答，他脑子里必定有的一种想法使她害臊，脸羞红了。

他默不作声了。可是依旧在望着她，望着她身上那件黑色短小的衣裳和她头上只有一条蓝色丝带装饰的帽子。这个野生野长的女孩子会变成一个标致的姑娘吗？她似

乎过了这一天野外的生活好像更好看了，散落在她前额上的美丽的头发使她显得娇媚。而在他这方面，六个月以来，拿她当一个孩子对待，有时指点指点她，受着要看一看自己经验如何的诱惑，怀着不正当的欲望要知道一个女人如何发育，又如何堕落在巴黎里，他不再笑了，他感到一种难以说明的情绪，惊奇和恐惧而又混合着柔情。把她这样美化了的，毫无疑问必定是一个情人。想到这里，他仿佛觉得他所玩弄的心爱的鸟儿锐利地刺痛了他一下。

"晚安，先生，"黛妮丝喃喃地说，她不再等待，继续上楼去了。

他没有答话，望着她不见了。然后，他走回他自己的房间。

六

当死沉沉的夏季来到的时候，妇女乐园里吹起了一阵恐慌的风。解雇的恐怖袭来了，当局把成群被解雇的人从店里清除出去，在七八月间的热天里顾客是稀少的。

每天早晨，慕雷同布尔当寇进行巡查的时候，便把各部主任叫到一边去谈，在冬天，为了使生意不受妨碍，他曾经鼓励他们雇用多于需要的店员，以便事后从这些人员中间来选拔。现在是缩减开支的问题了，要足足地排除三分之一的店员，让强者把弱者挤掉。

"你瞧，"他说，"你们一定有一些不合用的人……我们总不能叫他们留下来闲着没事做。"

如果部主任踌躇着不知要牺牲什么人的时候，他就说：

"你去布置吧，有六个售货员一定够用了，到十月里你可以再添人，大街上人多的是！"

再则，担任执行任务的是布尔当寇。从他那薄薄的嘴唇里会吐出一句可怕的话："去算账吧！"这句话像斧头似的劈下来。所有的事情都成了他清除人员的借口。他制造了一些罪状，对于最轻微的怠慢也绝不放过去。"你刚刚在那儿坐着，先生：去算账吧！"——"我看，你顶嘴：去算账吧！"——"你的鞋子不干净：去算账吧！"面对着他留下的这场屠杀，就连勇气十足的人也在发抖。可是这样作法进行得还不够快，他就布置一个圈套，在几天之内，他毫不费力地把预先判决的一些售货员都解决了。早晨八点钟，他就站在门口，手里拿着表；要是过了三分钟，那句不可挽救的话便对着那些上气不接下气的年轻人打下去了："去算账吧！"这是作这件事又迅速又妥当的办法。

"你看你脸上这份脏像！"有一天他向一个可怜的小家伙这样说了，那个人鼻子长得不端正叫他厌恶。"去算账吧！"

一些被保护的店员得到半个月的假期，不给薪水，这是缩减开支的一种更合乎人道的做法。这些售货员在需要和习惯的鞭笞下忍受着他们的不安定的处境。自从他们

117

到了巴黎，便在各处打转，到东边去做学徒，到西边去满师，或是被解雇或是自己辞职，完全听凭偶然的利害关系的支配。工厂停了工，工人们的面包便被剥夺了；这正如在一架机器的无感觉的旋转里毫没用的齿轮要被淡然丢到一边去，对于这么一个铁轮子谁也不会为了它曾经做过的服务表示感谢的。那些不能自己想办法的人就活该倒霉了。

现在各部里不再谈别的事情。每天散布出一些新的事故。人们提出被解雇的售货员的名字像是在流行病期间计算着死者的数目一样。披肩部和毛织品部吃了最大的苦头：一个星期里就不见了七个店员。然后内衣部演了一场活剧，有一个女顾客感觉到不大开心，指控替她服务的一个姑娘吃了大蒜；虽然这个营养不良而又整天饥饿的姑娘，不过是简单地在柜台里吃了一块面包，却当场被辞退了。只要买主说出了一点点的怨言，首脑人便绝不容情；什么辩解都不许可，职工永远是错误的，必须拿他们当作妨碍业务的正常运转的残缺器具一样地丢掉；其他的职员垂下了头，连一句辩护的话也不发。在这阵汹涌的恐慌里，每一个人都替自己发抖：米敖有一天违反章程在大衣里面藏了一包东西走出门口，几乎就要露出了马脚，他以为这一下子他可完蛋了；以懒惰出名的李埃纳，有一天下午被布尔当寇发现他在两堆英国丝绒中间站着打盹，幸而由于他父亲在绸缎业的地位的关系，才不至于被赶出门去。但是最感到不安的是郎姆一家人，他们每天早晨都在担心他们的儿子阿尔倍会被开除：人们对于他在账桌上的做法非常不满意，常有一些女人来叫他不能专心工作；有两次奥莱丽太太必得向首脑部去哀求。

在这次大清除中间，黛妮丝恐慌得那么厉害，时时刻刻都等待着灾难临头。她拿出了十足的勇气，用她全部的愉快心情和理性做斗争，以便不陷入她那温柔天性造成的危险境地：可是等她一关上她寝室的门，眼泪就涌出来了，凄凄凉凉地看到自己在大街上，同她的伯父不合，不知道到什么地方去，没有存下一文钱，而身边又有两个孩子的负担。她在开头几个星期里曾经有过的感觉又复活了，她觉得自己像是在强大的磨臼下的一粒被辗的谷子；一种心灰意懒的自暴自弃的心理，使她觉得自己在那个巨大的机器里是那么小的一件东西，随时都会被淡然无事地碾成碎末。任何幻想都是不可能有的：如果人们在时装部里要辞退一个女售货员，她就会发觉必然是她。毫无疑问，在兰布义耶聚餐的时候，那几个姑娘曾经煽动奥莱丽太太反对她，自从那时以后，奥莱丽太太对她总是一副严厉的神色，像是含有一种怨恨。而且她到约安威尔去，人家也不原谅她，把这件事看成是一种反抗的举动，是公然同敌对部门的姑娘表示亲近而侮蔑本部全体人的一种作法。黛妮丝在部里从未曾受过像这样的罪，现在她全然丧失了战胜的信心。

"随她们去吧！"保丽诺一再说，"这群自以为了不起的货色蠢得像鹅一样！"

然而使这位年轻姑娘受着威胁的，正是这种了不起的女人的气派。几乎全体的女售货员，由于她们每天同阔气顾客的接触，都摆出一副优雅的态度，终于成了一个身份不明的阶级，浮在职工和资产阶级之间；可是在她们的讲究的服装下面，在她们学得来的作态和辞令下面，却时时露出一种虚假的教养，这是她们从读小报或是戏曲的台词里得来的，全是马路上流行的一些愚蠢作风。

"你们知道那个蓬头散发的女人有了一个孩子哩，"有一天克拉哈到部里来的时候说。

及至人们觉得很诧异，她又说：

"我昨天晚上看见她带着那个小东西散步哩！……她一定是把那孩子寄养在什么地方了。"

两天以后玛格丽特用餐回来又带来了另一个新闻。

"这可够瞧的，我恰巧看到蓬头散发的女人的爱人啦。一个工人，想象看吧！真的，一个龌龊的小工，长着黄头发，隔着玻璃窗在张望她哩。"

从这时起这便成了不容分说的事实了：黛妮丝有一个手艺人做她的爱人，而且在附近一带藏着一个孩子。人们用一些恶毒的冷言冷语来刺激她。她第一次懂得了这个意思的时候，对于她们这样离奇古怪的设想，真气得满脸惨白。这真令人憎恶，她想要声辩，她结结巴巴地说：

"他们是我的弟弟呀！"

"啊！她的弟弟！"克拉哈发出讥讽的声音说。

这时奥莱丽太太必须出头干涉了。

"安静点，小姐们！你们还是把标价牌子去更换一行吧……鲍兑小姐尽可以自由自在地到外面去放荡。可是在这儿，她总要做点事才行！"

这种阴阳怪气的袒护就是一种惩罚。这个年轻的姑娘被闷住了，仿佛人家控告她犯了什么罪，她试图说明事实也是枉然。人们笑着，耸耸肩膀。她的内心里存着锐利的痛苦。杜洛施听到散布的谣言，十分气愤，他说他要打时装部里几个姑娘的耳光；只是怕给她惹是非，他才压制住自己。自从在约安威尔的一晚以后，他对她怀抱着一片柔顺的恋情，近乎宗教性质的一种友爱，从他那如一条诚实的狗似的眼光里表露出来。

他必须不叫人们疑心到他们的爱情，因为会被人嘲笑的；可是这并未防止他梦想着来一次突然的吵闹，倘使有人在他面前攻击她，他就打出那复仇的一拳。

黛妮丝以不理不睬把这件事做了结束。这是非常令人厌恶的，谁也不会相信她的话。每逢一个同伴胆敢重新提起这件事，她便现出一种悲哀而冷静的态度，凝神注视着那个人，也就算了。此外，她另有一些苦恼，最使她担心的是经济上的困难。日昂愈来愈不成样子，老是来要钱同她打麻烦。难得过一两个星期她不收到他四页长的信，报告新的事故；当店里的收发把这样粗大热情的笔迹的信件交给她的时候，她便急忙把信藏进口袋里，因为女售货员们会装模作样地笑着，说些无聊的话。于是她找个借口，走向店里的另一端去看信，看过后总是陷入恐怖里：可怜的日昂似乎又走投无路了。他谈到那些奇特的恋爱故事所造出来的谎话在她心上全部发生了效力，由于她对于这些事情的无知，更把危险性夸大了。有时是需要两个法郎可以使他逃出某一个女人的嫉妒，有时是五个法郎或是六个法郎可以挽救了一个姑娘的名誉，否则她的父亲就要杀死她。既然她的薪水和佣金个够用，她便起了一个念头，要在业余的时间找一些零碎活计作。她把这主意向罗比诺谈过了，自从他们在万沙尔店里初次会面以后，他就很同情她；他给她找到打领结的工作，二十五生丁一打。每天晚上从九点钟到一点钟的时候，她可以做六打，有一个半法郎的收入，从其中还必须扣除二十生丁的蜡烛费。可是只要每天的这一法郎三十生丁能够维持住日昂，她就不抱怨睡眠的缺乏，如果不再来一次新的灾难弄乱了她的预算，她会认为自己是非常地幸福了。到了第二个半月的末尾，她拿着打好的领结到委托商的家里去的时候，她发现店门已经关闭了；一次失败，一次破产，把她的十八个法郎三十生丁夺走了，这是一笔很可观的数字，是她在最近八天以来时刻不忘地计算着的。面遇到这次的灾祸，她在部里的烦恼简直不算一回事了。

"你的样子很难过，"保丽诺在室内装饰部的走廊里遇见她向她说。"说呀，你有什么过不去的事吗？"

可是黛妮丝已经欠她朋友十二个法郎了。她勉强微笑着答道：

"没有什么，谢谢……我睡眠不大好，没有别的事情。"

这时是七月二十日，正当解雇的恐慌达到最高潮的时候。从四百个职工里，布尔当寇已经清除了五十个；而且新的执行的风声还在流布。可是她不大去想这种风声鹤唳的威胁，一心一意地在为日昂的一次冒险担着心思，这一次比别的几次都更可怕。就在今天，他找她要十五个法郎，只有送到这笔钱才能使他脱出一个被侵害的丈夫的复仇。昨天晚上她收到了第一封通知这场活剧的信件；然后，一封紧接着一封，又来了两封信，她刚刚看完了最后一封信的时候，碰到保丽诺，在那封信里，日昂向她宣告，如果她不送给他十五个法郎，当天晚上他就要自杀。她的精神沮丧了。北北的膳宿费已经付过两天了，不可能再抽回来，所有的倒霉事情都碰在一道，因为她曾经希望托罗比诺去索还十八个法郎三十生丁，他或许会找得到那个打领结的女店家；可是罗比诺正得到两个星期的休假，而且没有如她所期望的在昨天晚上回来。

可是保丽诺还是亲切地盘问她。在一个偏远的部门的顶端，当这两个人又碰到一起的时候，她们的眼睛向四面留着神，谈了几分钟。突然间，那个内衣部的女职员做出要逃走的姿势：她已经看见了从披肩部走出来的一个稽查的白领带。

"啊！不要紧，是茹夫老头子，"她又安下心来的样子悄悄说。"我不了解，那个老东西每逢看见我们在一道的时候，为什么要笑……我要是你的话，就要当心了，因为他对你太好啦。一个道地的鬼东西，跟疥疮一样地可恶，他以为他还是向他的部队那样发号施令哩！"

的确的，茹夫老头子因为他监督得严厉，所有的售货员都讨厌他。大半的解雇都是根据他的报告。这个老大尉那份放荡者的大红鼻子，只有在女人服务的部门里，才露出点儿人情味。

"我为什么要当心呢？"黛妮丝问道。

"当然！"保丽诺笑着回答，"恐怕他要勒索谢礼的……有好几个姑娘都向他献媚哩。"

茹夫装作没有看见她们走开了；可是她们听见他捉到了花边部的一个售货员，那个人犯了观望圣奥古斯丹新街上一匹马摔倒的罪状。

"顺便告诉你，"保丽诺又说，"你昨天不是在找罗比诺先生吗？他已经回来了。"

黛妮丝相信自己得救了。

"谢谢，我要绕着路走，从丝绸部穿出来……真倒霉！他们派我到上边去，到工作间去拿一把刀子。"

她们分手了。这个年轻的姑娘神色慌张地像是从这个收银台跑向另一个收银台去，在寻找什么错误，到了楼梯口，走下了大厅。这时是十点前一刻钟，第一桌饭的铃声已经响过了。闷热的太阳把橱窗照得热烘烘的，虽然挂着灰色麻布的窗帘，热气还是射入停滞的空气里。时时从地板上升起新鲜的气息，店里的小伙计们轻轻地洒着水。在各个柜台展开的空隙中间，这是一种半睡眠状态，一场夏天的午睡，像是一些小礼

拜堂在最后的弥撒以后笼罩在阴影里。一些懒散的售货员站在各处，不多的几个顾客，迈着为太阳所苦的女人的无精打采的脚步，顺着走廊走去，穿过了大厅。

黛妮丝走下来的时候，法威埃正在给昨天从南方刚到巴黎来的布塔莱尔夫人量一件轻软丝绸有蔷薇花点的袍料。自从这个月初以来，各部门提供了大批乡下人的廉价货，人们只看见一些黄披肩和绿裙衫的粗俗衣装的女人。店员们冷冷淡淡地连一个笑脸也没有了。法威埃陪着布塔莱尔夫人到了零星杂货部，然后又回来，这时他跟雨丹说：

"昨天全部是奥威尔纽省人，今天全部是普罗旺斯省人……弄得我头都痛了。"

可是雨丹急忙跑向前去，这一次是他的班，他已经看见了那位"漂亮太太"，这一部里的人就这样称呼那个可爱的金发女人，他们一点也不了解她，连她的名姓也不知道。大家都向她微笑，她老是独自一个人不出一个星期就要到妇女乐园来一趟。这一次她带来了一个四五岁的男孩子。人们就有话好谈了。

"她结过婚啦？"法威埃问道，这时雨丹正从收银台回来，他卖出了三十米的公爵夫人缎。

"可能是吧，"雨丹回答，"不过这个小孩子不能就算做什么证据。也许是一个女朋友的……有一点是可以肯定的，她一定哭过啦。啊！一个悲哀的人儿，两只眼睛红红的！"

沉默了一会儿。两个售货员茫然向店内的远处观望着。然后法威埃又慢声慢气地说：

"如果她是结了婚的，也许是她的丈夫打了她几下耳光。"

"可能是吧，"雨丹重复说，"不然就是一个情人抛弃了她。"

停了一下，他又接着说：

"这跟我全不相干！"

在这时刻，黛妮丝走进了丝绸部，放慢了脚步，向四周观望，找寻罗比诺。她看不见他，便走向麻布部的走廊去，然后第二次又走回来。两个售货员看出了她的用意。

"她又来啦，那个骨瘦如柴的女人！"雨丹悄悄说。

"她在找罗比诺，"法威埃说。"我不明白他们俩在一起搞什么。啊！搞不出什么奇怪的事，罗比诺是一个头号的大傻瓜……听人说，他给她找到一点工作，打领结。对吧？这算是怎么一行！"

雨丹在考虑一个恶作剧。这时黛妮丝从他身旁走过去，他叫住她，跟她说：

"你是在找我吗?"

她的脸变得通红。自从在约安威尔的那晚以后,她便不敢窥察她的内心,心里有各种混杂的情感发生着冲突。她不断地会想起他跟那个红头发的姑娘在一块儿的情景,如果说她在他面前还要颤栗,那大概是由于不愉快的缘故。她曾经爱过他吗?她仍然在爱他吗?她不愿意去想这些事,这是使她痛苦的。

"不是,先生,"她茫然地回答。

这时雨丹就拿她的慌张来寻开心。

"如果您愿意我们伺候您把他找来……法威埃,伺候这位小姐,给她去找罗比诺。"

她发出悲哀而冷静的眼色凝神注视着他,每逢她受到那几位姑娘的刺人的冷言冷语就报以这样的眼色。啊!他是阴险的,他像别人一样地打击她!他给了她一阵心胸裂碎的苦痛,切断了最后的联系。她的面容表现出那么痛苦,以致法威埃虽然不是什么温柔的人,也出头来帮助她了。

"罗比诺先生配货去了,"他说,"他一定会在中饭时间回来……你要有什么话跟他谈,下午可以找到他。"

黛妮丝谢了谢他,又上楼回到时装部,奥莱丽太太正露出严厉的怒气在等待她。怎么!她出去了半个钟头!她从哪儿钻出来的呀?不是从工作间来的,这不是可以确定的吗?年轻的姑娘垂下了头,思索着这次不幸的袭击。如果罗比诺没有返来,什么都完了。可是她决心还要下楼去一趟。

在丝绸部里,罗比诺的归来掀起了一场激烈的风波。这一部门不断地跟他找麻烦都觉得厌烦了,希望他不再回来;而且实际上,有过一阵,他经常受着万沙尔的怂恿要把自己的买卖让给他,他几乎决心这样去作了。雨丹在暗中用功夫,多少个月以来在这位副主任脚底下埋下了的炸药,终于快要爆炸了。在罗比诺的休假期间,雨丹便以第一号售货员的资格来代替他的名义,竭力在几个首脑人的心里中伤他,拿出过度的热心来把持他的位置:一点点不合规则的事情都要暴露出来而且加以宣扬,提出改进的方案,设想新的计划。而且,在这一部里,所有的人,从梦想升为售货员的学徒起,一直到渴望成为主管人的主任,全都打定了主意,要把自己上级的同事挤掉,以便向上爬一级,如果那人成了一个障碍,就把他吃掉;这种贪婪的斗争,这种一个对另一个的排挤,甚至使这个机器更有效地运转起来,它刺激着生意,燃起了巴黎都觉得惊奇的成功的火焰。在雨丹的背后有法威埃,法威埃的背后又有别的人,好长的一串。人们听见了嘈杂的磨牙砺齿的声响。罗比诺该死了,每一个人都想抽掉他的骨头。

123

所以当这位副主任又回来的时候，全体都对他发出了怨言。这事必须想法解决的，售货员们对于他的态度像是那么含有恫吓性，以致这一部的主任，为了使主管当局能有时间做出一个决定，不得不把罗比诺派出去配货。

"如果叫他留下来，我们宁可大家一起走掉，"雨丹公开说。

这件事使布特蒙感到烦恼，他的快活心情是跟这样的内乱不相容的。在他的四周，他单单看见一些怒气冲冲的面孔，是使他痛苦的。然而他要做得公正。"算啦，不要理他吧，他不会对你们有什么坏处的。"

可是大家都提出抗议。

"什么！他不会对我们有什么坏处？……这个家伙叫人受不了，老是发脾气，他会从你的身子上踩过去，而且他是那么蛮横不讲理！"

这是这一部里最大的怨恨。罗比诺像女人一样的神经质，严厉而又容易动感情，叫人不能容忍。人们讲他无数的故事，说有一个小家伙被他惩得害了病，还有些女顾客都受了他的刻薄话的气。

"不讲啦，先生们，"布特蒙说，"我不愿意向自己身上揽事情……我已经向上级报告了，我立刻就去谈谈。"

第二桌饭的铃声响了，这是从地下室发出来的铃声，在这店家闷人的空气里显得遥远而又渺茫。雨丹和法威埃走下楼去。从所有的各部，售货员们一个随着一个忙忙乱乱地都来到了，在下面通往厨房的狭窄的门道里拥拥挤挤，这条通路是潮湿的，经常点着煤气灯。一群人在碗碟发出的声响和浓重的食物气味里，不笑一笑也不说一句话，匆匆忙忙向前走。然后走到通路的顶端，大家要在一个小耳门前面突然停下来。一个厨师正在分配一份一份的菜，他身旁积着一堆一堆的碟子，手拿着刀叉向一个铜锅里去捞。当他闪开身子的时候，人们在他围着白布裙的肚子后面望得见冒火的炉灶。

"好咧！"雨丹指着小耳门上方一块黑板上写出的菜单悄悄地说，"辣酱油牛肉，或是鳎鱼……在这个晦气人家，从没有过一次烤肉！他们的肉饼和他们的鱼简直吃不饱！"

尤其对于鱼，大家都没有好感，锅里老是满满的。可是法威埃却拿了一份鱼。在他后边雨丹弯着身子说：

"辣酱油牛肉。"

厨师用机械的手势叉起一块肉，然后浇上一匙辣酱油；从小窗口迎面扑来的热气，闷得雨丹喘不过气来，他几乎还没有拿起那份菜，他身边便有人说："辣酱油牛肉……

辣酱油牛肉……"一声接着一声，像是连续的祷告一般；同时厨师不停手地叉起一块一块的肉，浇上辣酱油，他的动作迅速，而且像走得很有规律的钟表那样合乎节奏。

"他们的鱼，是冷的，"法威埃说，他的手感觉不到菜的热气。

这时所有的人一个挨着一个走去，伸出胳膊直线地端着碟子，怕的是撞到了人。十步以外，现出了一个简便食堂，另有一个小耳门，摆着一架光亮亮的锡柜台，台子上排列着一份一份的葡萄酒，装在没有塞子的小瓶子里，瓶子洗过后还是潮湿湿的。每一个人路过的时候，用他空着的一只手拿起一个小瓶子，从此走起路来就不方便了，露出严肃的神情走向他的座位去，小心翼翼地不要撒出来。

雨丹悄声地叽咕着：

"拿着这些碟子碗走起路来可真够瞧的！"

他和法威埃的座位在走廊最后一间餐室里。所有的餐室都是一样形象的，是四米宽五米长的旧的地下室，涂上了水泥，改装成食堂；可是潮气从涂色的水泥里渗出来，黄色的墙壁布满了绿斑；通气窗的狭小的窗口，向大街土开着，跟人行道同一水平，从那里射进了苍白的阳光，不断地被过路人的朦胧影子遮挡住。在七月里跟在十二月里一样，从隔壁的厨房间吹来热烘烘的水蒸气，含有令人作呕的气味，人们全闷得喘不过气来。

雨丹第一个走进来。桌子的一端嵌在墙壁土，罩着漆布，有玻璃杯和刀叉划分出各人的座位。每一头摆着几堆准备调换的碟子；在桌子中间，放着一块大面包，插着一把刀子，刀柄翘在上面。雨丹把他的小酒瓶丢在一边，放下了他的碟子；然后从架子下面取出他的餐巾——

这是墙壁上唯一的装潢，他叹了一口气坐下来。

"我可饿得不成话啦！"他小声说。

"老是这样的，"法威埃说，他在左首就了座位。"一个人饿得要命的时候，却什么东西都没得吃。"

餐桌很快就坐满了人。这里共有二十二个人的座位。起初只有猛烈的叉子的响声，这是一场壮健汉子的狼吞虎咽，他们的胃口像是被日常十三小时的辛苦弄空了似的。在最初的时候，店员们有一小时用餐的时间，可以到外面去喝他们的咖啡；因此他们加紧用二十分钟把饭吃完，忙着要到街上去。可是这样他们就非常杂乱，再回来的时候心不在焉，做生意精神涣散；于是主管方面决定不许他们再出去，如果他们愿意的话，可以加付十五个生丁喝一杯咖啡。因此，现在他们就把用餐的时光拖长，绝不想

在规定的时间以前回到部里去。有许多人嘴里塞得满满的在读报纸，把报纸折好抵住他们的小瓶子竖起来。另有一些人在他们最初的饥饿得到了满足的时候，便闹嘈嘈地在谈话，所谈的话老是那一套，什么吃的坏啦，赚的钱啦，上一个礼拜天他们做了什么事啦，下一个礼拜天他们又要去做什么啦。

"我说，你们的罗比诺怎么样啦?"一个售货员向雨丹问。

丝绸部反对他们的副主任的斗争是所有各部门都注意的事情。每一天人们在圣洛施咖啡馆谈论这个问题一直到深夜。雨丹正在用力吃他的那块牛肉，满不在意地答道:

"好啦! 他回来啦，罗比诺。"

然后突然气愤地说:

"可是，混账东西! 他们给了我一块驴子肉! ……说老实话，这真叫人厌恶透啦!"

"你不要抱怨啦!"法威埃说。"我倒真够蠢，要了一块鳐鱼……这东西是臭的。"

大家一起开口说话了，有的发脾气，有的开玩笑。在靠墙的那张桌子的角上，杜洛施默默地吃着东西。他有超出常人的食量，一次也没有吃饱过，受着苦恼，而且他的收入太少，付不出加菜的钱，他就切着大块面包吃，露出贪馋的神情，把碟子里一点点可吃的东西都吞下去。大家拿他寻开心，喊叫着:

"法威埃，把你的鱼送给杜洛施好了……他可真爱吃哩。"

"还有你的肉，雨丹: 杜洛施饭后会拿它当点心吃。"

这个可怜的小伙子耸耸肩膀，连话也不答一声。如果说他饿得要死，这并不是他的过错。而且别的人尽管大骂他们的菜，而他们还是照样完全吞下肚去。

可是轻轻地一声口哨使他们沉静下来。这是通知慕雷和布尔当寇已经到了走廊里。许久以来店员们常常发出怨言，主管人假装着走下来亲自察看饭菜的质量。他们为每人每天给厨师一法郎五十生丁，内中包括粮食、木炭、煤气、人工等所有的费用;可是听说伙食不太好，他们却表示天真的惊奇。就在今天早晨，每一部推举出一个售货员，由米敖和李埃纳代表同人负责发言。因此在这突然的沉默中间，大家都张起耳朵，静听邻室里传出来的声音，慕雷和布尔当寇刚刚走进餐室里去。布尔当寇表示牛肉很好;米敖被这句若无其事的断言给憋住了，反复地说:"嚼嚼看就知道啦;"同时李埃纳在攻击鳐鱼，心平气和地说:"可是这东西有臭味啦，先生!"于是慕雷便大谈一番亲切的话:为了他的店员们的福利，他要尽一切的力量，他是他们的父亲，他情愿自己吃干面包，也不肯看见他们吃食不好。

"跟你们约定我要研究这个问题，"他最后结论说，他提高了声音以便使走廊上从这一头到另一头都听得见。

当局的调查终结了，叉子的声音又响起来。雨丹叽叽咕咕地说：

"是的，早就料得到的，可是喝白开水吧！……啊！他们讲好话是不吝啬的。谁喜欢听空话，有的是！他们拿旧皮鞋底子喂你，然后拿你当狗一样把你丢出门去！"

刚才向他问过话的那个售货员又说：

"你说你们的罗比诺……"

可是一阵嘈杂的杯盘的响声掩罩了他的声音。店员们亲自动手换碟子，左右的几堆都减少了。当厨房助手拿来了一些大锡碟子的时候，雨丹叫着说：

"又是烤饭，这就算齐全啦！"

"不值两个铜板的糨糊！"法威埃说着自己去取。

有些人喜欢吃这种东西，另有些人觉得它太粘。那些读报的一声不响钻到报纸的连载小说里，连他们吃的是什么东西也不知道。所有的人在揩着额头，这间狭窄的地下室弥漫着炙人的蒸汽；同时过路的人影继续不断地跑过去，在乱七八糟的桌布上映出黑色的线条。

"把面包递给杜洛施，"一个喜欢开玩笑的人大声说。

每个人切了一片，然后把刀子叉进面包里一直叉到刀柄；面包在人们中间传递着。

"谁要拿点心换我的米饭？"雨丹问道。

他同一个瘦小家伙做了这次交易，而后他又打算出卖他的葡萄酒；可是谁也不要，大家都讨厌这种酒。

"我刚才跟你说过，罗比诺又回来啦，"在东一句西一句的谈话和笑声里他继续说。"啊！他的事情很严重……你想想看，他跟女售货员们乱搞！是的，他给她们介绍打领结的工作！"

"不要响！"法威埃悄悄说。"他们正在那边查问他的事情。"

他用眼角瞟着布特蒙，后者插在慕雷和布尔当寇中间在走廊上走，三个人全都一心一意地悄声热烈地在谈话。正副部主任的饭厅正好在对面。布特蒙刚刚吃完饭，他看见慕雷走过来，就从座位上起身，谈一谈他那一部的麻烦事情，述说他的苦恼。对方两个人静听他讲，仍然不肯牺牲罗比诺，这是一个第一流的售货员，从埃杜安夫人的时期就进店了。可是当他讲到打领结的事情，布尔当寇生气了。这个家伙疯了吗？他给女售货员介绍额外的工作！店里对这些姑娘的工作时间付出十分高的报酬了；如果在夜间她们替自己工作，那么白天她们在店里作的活就要少了，这是很明白的事；

所以这是她们的偷盗行为，她们拿她们的健康去冒险，而这种健康是不属于她们的。夜间是为了睡觉的，大家都该睡觉，不然就该把她们丢出去！

"热闹起来啦，"雨丹说了一句。

三个人在悠闲的散步中每从餐室前走过去一次，店员们便窥望着，把他们一点点的小动作都加以注解。他们忘记了烤饭的事，一个会计员正从饭里发现一个衬裤的扣子。

"我听见他们说到'领结'，"法威埃说。"你看得出布尔当寇的脸猛然一下子就白起来啦。"

慕雷也感到他副手的气愤。一个女售货员穷得夜间做工，这在他看来似乎是对于乐园本身组织的一个打击。这个蠢东西是什么人呢？店里给了她优渥的待遇，她还不够用。可是当布特蒙说出黛妮丝的名字的时候，他又缓和下来，他找了一些借口。啊！是的，这个小姑娘：她还没有学得十分灵活，而且听说她的负担很重。布尔当寇打断他的话，声言必须立刻把她解雇。这么一个丑女人——他一向是这样称呼她的——是绝对地不堪造就；他这样说似乎满足了一种怨恨。可是慕雷，觉得很为难，假装着在笑。天哪！你这个人多严厉！不可以原谅她一次吗？可以把那个罪人叫来，给她一顿训诫。归根究底，罪过是在罗比诺一个人身上，因为他应该不叫她这么做，他是一个老店员，又熟悉我们店里的规矩。

"好啦！现在老板在那儿笑咧！"法威埃诧异地说，这时那一伙人又重新从门前走过去。

"啊！他妈的！"雨丹骂着说，"如果他们顽固地要让他们的罗比诺骑在我们脖子上，我们就闹个样子给他们看！"

布尔当寇注视着慕雷的面孔。然后他简单地做出一种藐视的姿势，用以说明他终于明白了，而且认为这是糊涂心思。布特蒙又在诉苦：售货员们恫吓着要辞职，而且其中很有几个能手。然而似乎最能打动这两位先生的，是罗比诺同高日昂的亲密关系的谣传：据说，后者怂恿前者在附近一带自己干一家买卖，为了同妇女乐园进行激烈的竞争，借给前者最大限度地信用贷款。大家沉默了一会儿。啊！这个罗比诺梦想斗争么！慕雷严肃起来了；他装作不屑的样子，避免做出决定，仿佛这件事情不关重要。他们要看一看，他们要跟他谈谈。突然间他同布特蒙开起玩笑来，前天布特蒙的父亲从他蒙佩利埃的小店到了这儿来，跑进他儿子指挥的大厅里，几乎气得昏厥过去。人们还在打趣这个乡下佬，他摆出南方人的旁若无人的气势，大骂一切，说这些时髦货终归满街上都有的。

"恰巧罗比诺来啦，"这位部主任悄悄地说。"为了避免一场不可收拾的冲突，我派他配货去了。如果说我老是这么噜苏，请原谅我吧，可是事态闹得这么尖锐，必须要想个办法的。"

果然罗比诺进来了，他正向他的餐桌走去，从这几位先生面前走过去的时候打了个招呼。

慕雷只是反复地说：

"好吧，我们考虑考虑看。"

他们走出去了。雨丹和法威埃始终还在等待着他们。及至看见他们不再回来，便松了一口气。如今主管人会像这样子每一餐都下来计算他们的口粮吗？如果连吃饭的时光都不给他们自由，这可真开心！事实上，他们见到罗比诺走进来，又见到老板的愉快的心情，便使得他们对于他们所进行的斗争结局感到不安了。他们放低了话声，他们计议造一些新的事故。

"可是我饿死啦！"雨丹又大声继续说。"离开了饭桌却饿得更厉害！"

他已经吃了两份甜点心，他自己的一份和他用米饭换来的一份。猛然间他喊道：

"妈的！我再多加一份！……维克多，再拿一份甜点心！"

茶房已经上完了点心。接着他端来了咖啡；凡是要咖啡的人当场付给他十五个生丁。有一些售货员走开了，沿着通路慢慢地走，想找黑暗的角落去吸一支香烟。另有一些人软弱无力地坐在堆满油腻腻的杯盘的餐桌前。他们把面包屑子滚成了小球，在他们已经失掉了感觉的残饭的气味里，在熏红了他们的耳朵的发汗的热气里，又谈起翻来覆去的那些话。墙壁发着汗，从潮湿的穹隆降落着滞重的闷人的气息。杜洛施背靠着墙壁，嘴里塞满了面包，默默地消化着，一双眼睛仰望着风窗；每天饭后他的消遣就是这样观望在人行道上川流不息奔驰过去的行人的脚，超出这些脚踝就看不见了，有肥大的短筒靴子，华丽的长筒靴子，精致的女人靴子，这些活动的脚继续不断地来来去去，见不到身体也见不到头。到了落雨的日子，那是非常龌龊的。

"怎么！已经到时间啦！"雨丹喊道。

通廊的顶端响起了铃声，必须腾出位子来给第三桌吃饭的人了。茶房拿着温水桶和大块的海绵走来洗刷漆布。饭厅里渐渐地空起来，售货员拖着缓慢的脚步又上楼回到他们的各部里去。厨房里，厨师又站在耳门前他的位置上，他的两边是鳀鱼和辣酱油牛肉的锅，他手拿着刀叉准备重新把菜摆到碟子上，他的动作跟走得很有规律的钟

表同样有节奏。

雨丹和法威埃因为走得迟，他们看见黛妮丝下楼来了。

"罗比诺先生回来啦，小姐，"雨丹很有礼貌可是暗含讥笑地说。

"他正在吃饭，"法威埃接着说。"不过你要是有紧急的事情，可以进去找他。"

黛妮丝并不答话，头也不转，继续向楼下走。可是当她从主任和副主任的餐室前面经过的时候，她不禁用眼向里面一扫。罗比诺确实在那儿。她打算下午再同他谈；所以她继续顺着通廊走向她的餐桌去，她的座位是在另一头。

女人们是在两间专用的餐室里分别用餐的。黛妮丝走进了第一间。这也同样是一间地下室，改装成餐室的；不过布置得比较舒服。屋子中央摆着椭圆形的桌子，桌上十五份餐具摆得更隔开一些，葡萄酒装在酒瓶里；一盘鳝鱼和一盘辣酱油牛肉放在两头。穿着白围裙的茶房替这些小姐们服务，免得她们亲自到耳门去取菜的不愉快。主管人认为这样做是比较高尚的。

"你兜过圈子了吗？"保丽诺问，她已经坐下来在切面包。

"是的，"黛妮丝回答，脸有点红，"我刚刚陪过一个顾客。"

她说的是瞎话。克拉哈用肘撞了撞她邻座的一个女售货员。这个蓬头散发的女人今天到底是怎么回事？她的情形简直特别。她一封接着一封地收到她情人的信；然后她便失魂丧魄似的在店里乱跑，她借口有事到工作间去，可是她连一次也没去过。毫无疑问她是出了什么事故。克拉哈像是一向毫不介意吃惯了臭叉烧肉的女孩子那样，并不觉得厌恶地一心一意在吃她的鳝鱼，同时谈着一场怕人的戏剧——报纸上每天都有的那种故事。

"你看到了吗？一个男人用剃刀割了他的情妇的脖子！"

"有什么稀奇！"内衣部的一个面孔长得很温柔而标致的小姑娘说，"他发现她跟另外的一个男人在一道。这事做得很好！"

可是保丽诺叫着表示反对。什么！因为不再爱一个男人，就允许他割断你的脖子吗！啊！不，绝不可以！她截断话头，转身向茶房说：

"皮尔，这个牛肉我咽不下去，你……跟他们讲给我加一道菜，要一个荷包蛋，好吧！尽可能嫩一点！"

她一面等菜，一面取出一些小圆片的巧克力和面包一道吃，她的口袋里是经常装着糖果的。

"倒是真话，这样的男人，是没有趣味的，"克拉哈又说。"有些人真会吃醋！还有一次，一个工人把他的老婆丢到井里头去。"

她的眼睛不离开黛妮丝，看见她脸色变得苍白，便相信这话正说中了她的心事。显然这个伪装贞淑的女人一定是欺骗了她的爱人，怕被打耳光正在发抖哩。她像是怕那个男人会来找她，如果他到店里来把她捉牢，那才有趣！可是谈话转了方向，有一个女售货员说出了洗刷丝绒的一个方子。接着她们又谈快活林演的一出歌舞剧，一些可爱的小女孩子比大人们跳得还好。保丽诺不开心的样子向着那烧得太老了的荷包蛋望了一会儿，及至尝到还不十分坏，便又快活起来。

"把葡萄酒递给我，"她向黛妮丝说。"你应该叫一客荷包蛋吃。"

"啊！牛肉已经够我吃的了，"年轻的姑娘回答，她为了节省开支，只吃店里开出的饭菜，不管多么难吃。

当茶房端来了烤饭，这些姑娘们提出了抗议。上一个星期她们大家不吃，她们希望别再来这道菜。黛妮丝听了克拉哈讲的故事正在替日昂的问题烦恼，茫然地独自一个人在吃；所有的人都露出蔑视的神情注视着她。她们乱叫加菜，大吃甜点心。而这被认为是高尚的行为，拿自己赚来的钱养活自己是应该的。

"那些先生提出抗议啦，"内衣部的一个细巧的姑娘说，"主管人也应允……"

人们笑着打断她的话，开始谈起主管人的事情。所有的人都要了咖啡，唯有黛妮丝，她说，她受不了咖啡的刺激。她们面对着她们的杯子滞留不去，内衣部的女职员穿着毛料子，表现出一种小资产阶级的素朴，时装部的女职员穿着绸衣服，下颚底下挂着餐巾以便不溅上污斑，她们像是一些贵妇人下降到厨房里同她们的女仆一起在用餐。她们为了调换窒息而污臭的空气，把通风窗的玻璃打开了；可是她们必须立刻又关上，因为马车轮子像是从她们的餐桌上滚过去一样。

"嘘嘘！"保丽诺悄声说，"那个老畜牲来啦！"

稽查茹夫来了。快到用餐完毕的时候，他喜欢到这些姑娘的身边来逛逛。再则，他是有监察她们的餐室的权限的。他两眼含笑走进来，绕着餐桌兜个圈子；有几次他甚至谈谈话，要知道一下她们是否吃得舒服。可是他使她们不安而又厌烦，大家便赶快跑开。虽然铃声还没有响，克拉哈首先就不见了；别的人也跟着走。顷刻之间只剩下了黛妮丝和保丽诺。后者在喝过了咖啡以后，正要吃完她的巧克力。

"喔！"她站起身来说，"我去找一个小伙计给我买些橘子……你来吗？"

"立刻就来，"黛妮丝回答，她在咬着一块面包皮，决心留到最后一个，以便在她上楼的时候能够碰到罗比诺。

剩下她一个人跟茹夫的时候，她觉得很拘束；终于闷着气离开了餐桌。可是茹夫看见她快走到门口的时候，拦住了她的路：

"鲍兑小姐……"

他站在她的面前，现出一副老人家的神气微笑着。他那灰白的大胡子，他那剪得像刷子似的头发，给了他一副威严的军人气派。他挂着红色绶带的胸脯向前挺。

"什么事呀？茹夫先生。"她又定下心来向他问。

"今天早晨，我又看见你在楼上地毯部后面跟人谈话。你知道这是违背章程的，如果我去报告的话……你的朋友保丽诺，她是很喜欢你的吧？"

他的胡髭颤动着，他的大鼻子发出了一股火焰，这只鼻子又扁又弯，具有牡牛似的贪欲。

"对吧？什么事使你们两个人爱得这么厉害？"

黛妮丝不了解他的意思，又感到一阵厌恶。他逼得非常近了，他已经在她面孔上跟她讲话了。

"这是真的，我们谈过话，茹夫先生，"她喃喃地说，"不过谈些话不算什么大错……你待我很好，我十分感激你。"

"我不应该做好人的，"他说，"我只知道要公正……不过，如果她是一个温柔的人儿……"

他愈加逼向前来。这时她简直害怕了。保丽诺的谈话又出现在她的记忆里，她想起了大家传说的有些女售货员被茹夫老头子吓坏了竭力讨他的恩惠的故事。在店里，他不过是做些小小的亲近的表示，如用他肥大的手指轻轻地弹一弹那些亲切的姑娘的脸蛋，或是握住她们的手不放她们走，仿佛忘记了她们的手是握在自己的手里那样。这种做法还算是慈爱的，只有在外面，当她们同意到他雀子街上的家里去吃茶点的时候，他才大发野性。

"躲开我，"年轻的姑娘向后退着悄悄地说。

"来，"他说，"一个经常照顾你的朋友，你不能对他不客气呀……做得可爱一点，今天晚上来喝一杯茶吃一块烤面包。我是诚心诚意的。"

现在她挣扎了：

"不！不！"

食堂里没有人，茶房还没有回来。茹夫耳听着脚步声，敏捷地向他的四周打量着；他非常兴奋，控制不住自己，超出了这个老头子的亲密的常态，他要吻她的脖子。

"小捉弄鬼，小畜生……一个人有像你这样的头发，怎么还会这么傻呢？今天晚上一定来呀，大家开开心。"

可是她在恐怖的激动中，看见他那燃烧的面孔逼过来，吓得要发狂了，她已经感觉到他的气息。她用了那么粗暴的力量，猛然把他一推，他向后跟跄着，几乎跌倒在餐桌上。幸而有一把椅子救了他；可是这一震动把一杯葡萄酒翻倒了，溅到他的白领带上而且浸湿了他的红色绶带。他也不揩一揩就站在那里，面对着这样的蛮性，气得要断了气。什么！在他没有准备的时候，在他并没有使出力量来而仅仅是一番好意的时候！

"啊！小姐，你要后悔的，讲一句算一句！"

黛妮丝逃走了。正在这时铃声响起来；她身子还在发抖，把罗比诺也忘了，便上楼到她的柜台去。然后她不敢再下楼。午后太阳从盖容广场的一面照耀着，虽然隔着窗帘，夹层间厅房里的人们还是很气闷。有几个顾客来了，使这些姑娘出了一身汗，可是没有卖出东西。部里的人在奥莱丽太太的惺忪的大眼睛下全都打着呵欠。最后快到三点钟的时候，黛妮丝看见奥莱丽太太睡着了，她轻轻地溜出来，惊惊慌慌地又到店里去逡巡。为了避免有人多事用眼睛盯着她，她不直接下楼到丝绸部去；她首先到花边部像是去做什么事情，她碰到了杜洛施，问了他几句话；其次她到了店面，穿过了棉纱部，又走进了领带部，这时她猛然一惊愣住了。日昂正在她的面前。

"怎么！是你吗？"她脸色惨白悄悄地说。

他还穿着他的工作服，光着头，金黄色的头发乱七八糟的，几绺鬈发垂在他那像女孩子般的皮肤上。他站在一个卖黑领带的柜子前，像是心事重重的样子。

"你在这儿做什么？"她又说。

"喔！"他回答，"我在等你……你不让我来。可是我还是进来啦，一句话也没跟人家讲。啊！你不要慌。如果你愿意，就装作不认识我好了。"

有几个售货员已经露出惊讶的神情在观望着他们了。日昂把他的话声放低。

"你知道，她要陪着我来。是的，她正站在广场上，在喷水池前面……赶快给我十五个法郎，不然我们就没办法啦，这跟太阳正照着我们一样地真实！"

黛妮丝感到非常窘。人们在冷笑，人们在谛听这段荒唐故事。正好在领带部的后方，有通往下层的一座楼梯，她推着她的弟弟，让他急忙下去。到了楼下，他继续讲他的故事，前言不搭后语，撰造事实，怕的是人家不相信。

"这笔钱不是给她的。她太高贵啦，不会……至于她的丈夫，嘘！他真不在乎十五

133

个法郎！即便一百万他也不会允许他的女人的。他是一个开制胶厂的，我跟你说过吧？是很阔气的一种人……不，这钱是给一个无赖的，是她的朋友，他看见我们啦；你知道，如果我不给他十五个法郎，今天晚上……"

"别讲啦，"黛妮丝悄悄地说。"马上给你……你先去吧！"

他们下楼到了送货部。郁闷的季节使这间广大的地下室睡眠在通风窗射进来的苍白日光下。这里是凉爽的，从屋顶上降落着一片沉寂。可是有一个小伙计从一个部门里拿来了送往玛德兰街一带去的几件包裹；这一部的主任甘皮昂，正悬着腿睁着眼坐在发货的大桌子上。

日昂又开始说：

"那个丈夫，他有一把大刀子……"

"走吧！"黛妮丝始终在推着他反复地说。

他们沿着一个经常点着煤气灯的通廊走去。左右两方在昏暗的小贮藏室里面，储存的货物在栅栏后头黑压压地堆积起来。最后，一架木栅栏挡住了他们的路。当然人们是不走这条路的；这里禁止通行，她打了一个寒噤。

"如果这个无赖说出来，"日昂又说，"有一把大刀子的那个丈夫……"

"你要我到哪儿去找这十五个法郎？"黛妮丝绝望地叫着。"你不能够规规矩矩的吗？你老是惹起这么无聊的事情！"

他打着他的胸脯。他捏造了一些浪漫的事件，弄得他自己也不知道真正是怎么回事情了。他只简单地把他的金钱的需要加以戏剧化，归根究底始终是有些紧急的需要。

"老天在上，不说假话，这一次是千真万确的……我就这样握着她的手，她在跟我接吻……"

她重新拦阻他，痛苦不堪，被逼得走投无路便气愤起来。

"我不要知道。你的这些恶劣行为留给你自己吧！你要明白，这是太下流了！……你每个星期都来折磨我，为了给你五个法郎，我累得要死。是的，我夜里不睡觉……更不要说你从你的弟弟嘴上把面包抢了去。"

日昂张着大嘴，脸色惨白，站在那里。什么！这是下流吗？他不能了解，自从儿时起他就拿他的姐姐当作一个知己，向她倾吐他的心事，他觉得是十分自然的。然而最使他痛苦的，便是他知道了她夜里不睡觉。想到他在杀害她，想到他吞掉了北北应得的一份，他就那么慌乱，开始哭起来。

"你讲得对，我是个无赖，"他叫着。"不过这倒不是下流，真的！绝不是的，因此

一次又一次……你瞧，那个女人已经二十岁啦。她认为这很有趣，因为我才十七岁……我的天！我气极了我自己！我要打自己的耳光！"

他抓起她的两手，吻着，眼泪把手浸湿了。

"给我十五个法郎吧，这是最后一次，我对你发誓……或者，不啦！一个钱也别给我，我顶好还是死去。如果那个丈夫把我杀掉，你正好可以摆脱麻烦。"

及至看见她也在哭泣，他后悔了。

"我是这么说，究竟怎样我也不知道。或许他不会杀人……我们想法和解，我跟你约定，小姐姐。好吧，再见，我去啦。"

可是在通廊的一端，一阵脚步声使他们惊惶起来。她抓住他靠着贮藏室，藏在黑暗的角落里。有一阵功夫，在他们的身边他们只听见煤气灯的嘘嘘响声；然后脚步声更迫近了，她伸出头去一看，认出了稽查茹夫，他现出一副严峻的神色，开始向通廊里走来。他是偶然走过的吗？或者是在门口值班的监察把日昂的事情报告给他了呢？她感到非常恐怖，头都发昏了；她把日昂从他们藏身的黑暗的小窝里推出来，在后边催促着他，喃喃地说：

"快走！快走！"

两个人跑起来，在他们脚后边听见了茹夫老头子的喘气声，他也同样地开始在跑。他们重新穿出了发货部，他们到达了面对米肖狄埃街上开出的玻璃顶盖的楼梯脚下。

"快走！"黛妮丝一再说，"快走！……如果我有办法，我还是一样地把十五个法郎送给你。"

日昂茫茫然逃走了。稽查像断了气似的来到了，他只辨认出日昂的白色工作服的一角和在人行道上被风飘动着的几绺金黄色的头发。为了恢复他的端正的姿势，他喘息了一会儿。他已经系上了从内衣部拿来的一条崭新的白色领带，领结非常大，像一片雪那么闪着光。

"好嘛！这是正当的，小姐，"他的嘴唇颤动着说。"是的，这是正当的，太正当啦……在地下室里，作这么正当的事情，你还希望我会饶得过你！"

他说着这些话来穷追她，而她却激动得喉头哽住了，找不出一句辩解的话，又上楼到店里去了。这时她懊悔刚才不应该逃跑。为什么不叫她弟弟出头把这事情解释一下呢？人们又要胡猜乱想讲坏话了；尽管她赌咒，人家也不会相信她。她又一次忘记了罗比诺，一直走上她的部里去。

茹夫毫不迟延便到经理室去做他的报告。可是听差告诉他经理正在跟布尔当寇和罗比诺在讲话：三个人已经谈了一刻钟了。而且门是半开着的，他听见慕雷愉快地在问罗比诺假期过得可好；丝毫没有谈到解雇的问题；反之却谈到在他那一部门里要进行的某些措施。

"你有什么事情吗，茹夫先生？"慕雷大声说。"进来吧！"

但是一种本能给他发出了警告。布尔当寇走出来了，茹夫宁可向他述说。他们沿着披肩部的陈列室，肩并肩慢慢地走，一个侧着身子话声很低，另一个谛听着，在他那严肃的面容上没有一点形迹叫人看出他的表情。

"好啦，"后者最后说。

当他们到了时装部前，布尔当寇走进去了。这时奥莱丽太太正在对黛妮丝发气。她又是从哪里回来的呢？这一次她大概不会讲她又上工作间去了吧！说真话，这种三番五次的无踪无影是不能再容忍了。

"奥莱丽太太！"布尔当寇招呼她。

他决心冷不防一下子解决，怕又要出什么枝节，所以他不愿意同慕雷商量。主任走向前来，于是又悄声把这事故重说了一遍。这一部的全体人员都在等待着，预感到一次灾难临头。最后，奥莱丽太太转过身去，神色严肃。

"鲍兑小姐……"

她那肥满的帝王的假面具一动也不动，冷酷无情，像是一个全能者。

"去算账吧！"

这一句可怕的话，在这正没有顾客的一部里，声音非常嘹亮。黛妮丝笔直地站立着，面色惨白，没了气息。然后她说出了支离破碎的话。

"我！我！……为了什么呢？我做了什么事呢？"

布尔当寇冷酷地答话了，他说她自己应该清楚，顶好她不要叫人做说明；他谈到领带的事，此外他还说如果所有的小姐们都到地下室里去会男人，那可好看啦。

"可是他是我的弟弟呀！"她发出一个受了胁迫的少女的痛心的愤怒叫着。

玛格丽特和克拉哈开始在笑，平素那么谨慎的傅莱黛丽太太也同样露出不信任的神气摇着头。老是她的弟弟！这真是太蠢啦！这时，黛妮丝望着大家：布尔当寇自从第一次见面就不喜欢她；茹夫不会再替她证明，她不能期望他有什么公道；说到这些姑娘，她九个月以来含笑自持都没有感动了她们，终于把她赶走，这些姑娘是快乐的。挣扎又有什么用呢？既然人家不喜欢她，要勉强人又有什么用呢？她一句话也不说，向她斗争了这么久的厅房连最后一眼也没看，她走了。

可是等到她一个人到了大厅楼梯栏杆的前面，一阵锐利的苦痛钳住了她的心。人们不喜欢她，可是她猛然想起了慕雷，这完全驱散了她那种听天由命的想头。不！她不能接受像这样的一种解雇。或许他也会相信这个下流的故事——在地下室底下同一个男人会面。想到这里，一种羞愧心使她痛苦，这种苦闷如此压迫她，从来还未曾有过。她想去找他，对他解说这件事情，单单是为了说明；因为当他明白了实情，她依旧还是要离开。而且她原有的恐惧——在他面前她所感到的浑身冰冷的颤栗，突然爆发成要去见他的一种热烈要求，不向他宣誓讲明她从未曾许身于任何人，便不离开这个店铺。

快到五点钟了，在傍晚清凉的空气里，这家店里又露出了一点活气。她匆匆走向经理室去。可是当她到了写字间的门口，一种悲哀的绝望又重新袭来。她的舌头不中用，生存的重担又落在她的双肩上。他不会相信她的话的，他会像别人一样地笑；这种恐惧使她丧胆了。一切都完结，她顶好还是一个人走开去，死掉。她连杜洛施和保丽诺都不先去见一见，便立刻走向账房间去。

"小姐，"事务员说，"你做了二十二天，所以是十八法郎七十生丁，还要加上七法郎的奖金和佣金……你算算看对吧？"

"是的，先生……谢谢。"

黛妮丝拿着钱正要走，她忽然遇见了罗比诺。他已经知道了解雇的事，他答应给她找到那个制领带的女商人。他悄悄地安慰她，可是他气愤起来了：这算是什么生活！经常要听人家随意摆布！时时刻刻会把你丢出去，连要求整月的薪水都不能够！黛妮丝先上楼通知卡班太太，她想办法在今天晚上派人来取箱子。五点钟敲过了，她发现自己惘然若失地在车辆和人群中间走在盖容广场的人行道上。

同一晚上，罗比诺回到家的时候，他收到经理室四行长的一封信，通知他为了整顿内部的理由，不得不辞谢他的服务。他在这家店里供职七年多了；在今天下午，他还同那两位先生谈过话；这真是他的一个意外的打击。雨丹和法威埃在丝绸部里唱起胜利的歌，玛格丽特和克拉哈在时装部里也高唱凯歌。解雇得好！这样的大扫除可以给人让出位子来！只有杜洛施和保丽诺，当他们从各部混乱中走过相遇的时候，他们交换了几句痛心的话，替这么温存、这么诚实的黛妮丝表示惋惜。

"啊！"那个年轻人说，"如果一旦她在别的地方得到成功，我盼望她能到这里来一次，用脚踏住她们的喉头，她们全不是什么了不起的东西！"

在这件事情上，承受慕雷的暴怒的是布尔当寇。当慕雷知道了黛妮丝的解雇，他

非常地暴躁起来。平素他不大管人事上的事情；可是这一次，他假装看见了一种权力的侵害，一种不顾他的权威的企图。人们胆敢自己发号施令，他已经不是主人了吗？一切，绝对的一切，必要在他的眼下处理；要是有人坚持，他就拿他当麦秸一样折断他。然后，他在一场自己也不能隐藏的神经的暴躁中间，亲自查问了一番，这时他又重新发了脾气。这个可怜的姑娘，她没有说瞎话：那人真是她的弟弟，康皮昂完全认识他的。那么，为什么要解雇她呢？他甚至谈到要叫她回来。

可是布尔当寇，他的消极抵抗是顽强的，他卑躬屈节地匍匐在这场风暴之下。他研究着慕雷。最后有一天，当他看见慕雷平静下来的时候，他壮着胆子用一种奇妙的声音说：

"她走开倒是对于大家都好的。"

慕雷窘困地站在那里，血冲上了他的脸。

"真是的，"他笑着回答，"你或许是有道理……下去看看生意吧！有些起色了，昨天做到了近十万法郎。"

七

　　黛妮丝在下午五点钟依然燃烧着的太阳下面，在铺石道上茫然地站了一会儿。七月的热气蒸腾着沟渠，巴黎闪耀着夏天的灰白光辉，那种反光令人眼花缭乱。这次的灾难来得那么突然，人们那么粗暴地把她赶出门来，以致她用一只手机械地在口袋里翻来覆去弄着那二十五法郎七十生丁问自己：她到哪里去，怎么办。

　　一长串的街头马车迫使她离开了妇女乐园的人行道。待她冒险过了马路，她像是要到路易大帝街去穿出了盖容广场；然后她变了主意，又向圣洛施街下行。可是她始终没有一个计划，因为她又在小田园新街的角上站住了，她现出犹疑不决的神情向她的周围看了看以后，结果就顺着这条街走去。沙奢胡同就在眼前，她穿过去，不知道怎么一来走到蒙西尼街，又重新回到圣奥古斯丹新街上了。她的头轰轰地旋转，看见一个送东西的人，她就想到她要取回来的箱子；然而她把箱子取到什么地方去呢？一小时以前她到晚上还有一张睡觉的床，而突然发生了这样的困难是为了什么呢？

　　这时她抬起头来向各家看，开始仔细观察各家的窗口。各处贴着一排排的招租条子。她不断地感到那使她全身激动的内心的眩晕，糊里糊涂地观望着它们。这是可能的吗？仅仅不过一刹那的时光，便没有支持，没有经济的来源，在这个陌生的大城市里走投无路！然而又必须要吃饭和睡觉啊！街道一个接着一个，过了磨坊街，又是圣安街。她在附近一带徘徊，来来回回地兜圈子，老是又回到她顶熟识的十字路口。突然间她惊愕地停住了，她又到了妇女乐园的前面；为了逃开这个魔障，她冲到米肖狄埃街上去。

　　幸而鲍兑没有站在门口，老埃尔勃夫店铺在它那黑暗的橱窗背后像是死掉了。她再也不敢到她伯父的店里去，因为他装作不认识她了，在他那早料到的不幸中，她不愿意成为他的负担。可是在街道的对面，有一张黄色的招贴吸引住她："带家具房间出租"。这是第一个不使她害怕的人家，那房子显得十分贫穷。后来她认识了这个人家，它的两层楼房是低矮的，它的正面的颜色发了霉，被扼在妇女乐园和杜威雅尔老旅馆中间。老布拉，头发和胡子长长的像是一个预言家，鼻子上架着一副眼镜在雨伞店的

门槛上，研究着 一个手杖的象牙柄。他是整幢房屋的承租人，为了缩减他的租费，他又把楼上两层布置了家具分租出去。

"先生，你有一间空房子吗？"黛妮丝顺从着本能的冲动问话了。

他抬起了毛茸茸的大眼睛，看见她，惊得愣住了。所有的这些姑娘，他都认识。他看了一下她那洁净的衣服，她那可敬的仪表，然后答道：

"这种房子，您住不合适。"

"多少钱呢？"黛妮丝问道。

"每个月十五法郎。"

于是她要求看一看。进到狭小的店里，看见他老是露出惊讶的神气在打量她，她便把她的离职和她不愿意麻烦她的伯父的事情向他讲了。老人走进店后面一个黑暗的房间里取来一把钥匙，那个房间就是他的厨房也是他睡觉的地方；再向里头去，在满布尘埃的玻璃窗后面，有一个不到两米大的内院，人们可以望见带点绿色的阳光。

"我在前面走，好不让你跌倒，"布拉走进沿着这个小店的一条潮湿的过道里说。

他摸到了楼梯，登上去，一再向她警告。当心哪！楼梯栏杆是贴着墙的，转弯地方有一个窟窿，住客们有时把垃圾箱子放在那里。黛妮丝完全迷迷糊糊的了，什么也分辨不出来，只感觉到潮湿的旧石灰的阴森气息。可是到了二楼上，有一面对着院子的小方窗，可以使她仿佛在一片死水里面模模糊糊地看得见腐烂的楼梯，污秽黑暗的墙壁，几扇褪了色的破门。

"如果这两个房间有一个空出来就好啦！"布拉又说。"你可以住得很舒服……可是这些房间老是被几位太太占着不走。"

到了三楼，光线更亮了，闪耀着一种宿舍里阴惨惨刺眼的白光。一个烤面包的小伙子占用了第一间屋子；空出来的是另一间，在里面的一间。当布拉开了房门，他必得站在过道上来，黛妮丝才能进去。床铺放在门后边的角上，一个人刚刚走得过去。里头，有一座胡桃木的小衣橱，一张污黑的松木桌子和两把椅子。房客要是烧些饭食，就得跪在烟囱前面，那里有一个土做的小火炉。

"天哪！"老人说，"这气派可真不富丽，不过这个窗户还讨人喜欢，可以望见街上的行人。"

黛妮丝诧异地望着床铺上方天花板的一角，在那上头有一个临时住过的女人，借蜡烛的光亮写下了她的名字：埃尔奈斯丁，于是布拉现出一个忠厚人的样子接着又说：

"要是修理的话，我便永远也不会收支相抵了……没别的了，我拿得出的就是这些。"

"我可以住得下去的，"年轻的姑娘表示。

她先付了一个月的租金，要了一套被褥单和两条毛巾，忙着铺了床，很开心，知道自己夜间有了睡觉的地方感到安慰。一小时以后，她叫一个运东西的人去取她的箱子，这就算是住下来了。

在最初的两个月里她经受了可怕的穷困。因为付不起北北的膳宿费，她把他接出来，给他睡在布拉借给她的一把旧躺椅上。她即便光吃干面包，而为了给孩子少许的肉食，每天包括租金在内，绝不可少过一法郎五十生丁。前半个月还可以勉强过得去：她用十个法郎来料理家事，后来她又幸而找到了制领带的女商人——她给了她十八个法郎三十生丁。可是从此以后她便完全陷于穷困了。她到各店家去找工作，到监狱商场，好公道，卢浮，可是无效：在淡季里各家买卖都在收缩，人们叫她到秋天再来申请，有三千以上的职工跟她一样地被解雇了，他们无家可归漂泊在马路上。于是她想法找些零碎活作：可是她在巴黎是人生地疏的，不知道到哪里去叩门，她接受了一些很苛刻的活儿，甚至常常还拿不到钱。有些晚上，她让北北独自吃饭，给他一碗汤喝，跟他讲自己已经在外边吃过饭了；她头脑昏昏地，热度升高，双手燃烧着，到床上去睡觉。每逢日昂进入这个贫穷的场所里来，他发出那么狂暴的绝望骂自己是一个大罪人，而她就不得不说些谎话；时常她还能想出办法来塞给他两个法郎，用以证明她尚有余钱。她从来不在两个孩子面前哭泣。逢到礼拜天，当她能够在炉子里烧一块牛肉的时候，她对着炉火口跪着，这狭隘的小房间里便响起了孩子们对生活无忧无虑的快乐的笑声。然后，日昂回到他的老板家里去，北北睡了觉，她便在为明天的苦恼中度过可怕的一夜。

另有一些恐惧使得她不能睡下去。二楼上的两个女人到很晚的时候还在接待客人；有时候一个男人走错了路，上楼来用拳头猛敲她的门。布拉叫她干脆不要答应，她为了逃开他们的咒骂把头藏到枕头底下去。其次她的邻人，那个烤面包的，也来寻开心了；这个人不到早晨不回家，当她去取水的时候，他藏在那里等她；他甚至从壁板的窟窿里窥看她洗脸，逼得她只能把衣服挂起来遮着墙。然而最使她感到苦恼的还是在大街上遇到的麻烦，行人不断地在干扰她。每逢她下去买一支蜡烛，走在旧式街区放荡汉徘徊的污秽人行道上，没有一次不听见她背后有一股暖热的气息说一些粗鄙的盯梢的话；这些男人受了她居住的穷相的鼓舞，一直追她到黑暗过道的紧里面。为什么她没有一个情人呢？人们觉得诧异，似乎认为滑稽。她总有一天一定要屈服的。在饥

饿的威胁下，在人们用热辣辣的空气包围着她的、欲念的困扰里，连她自己也不能解说她为什么拒绝。

一天晚上，正当黛妮丝给北北喝汤的面包都没有的时候，一位戴勋章的先生却开始尾随她。将到门口，那人野蛮起来，她起了一阵厌恶的反感，对着他的脸砰的一声关上了门。然后上了楼，她坐下来两手颤抖。孩子睡着了。如果他醒来向她要吃食的话，她怎样答复呢？可是只要她肯允许呀！她的悲惨就可以结束了，她可以有金钱，有衣服，有一间美好的住屋。这是轻而易举的，据说每一个人都要走到这一步，因为在巴黎，一个女人是不能指望用工作维持生活的。可是她内心的一种愤慨在反抗着，她倒不是气愤别的人，仅仅是憎恶这些龌龊而不合理的事情。她认为人生为人处世要做得合乎伦理，要品行端正，要有勇气。

不仅一次黛妮丝像这样地问着自己。一个古老的传说在她的记忆里浮现出来，一个水手的未婚妻用她的爱情保护了她等待的对象的危难。在瓦洛额的时候，她注视着荒凉的街道，低声哼着这个动人的曲子。那么是不是她心里也有一种柔情使她这么勇敢呢？她还在想着雨丹，满怀的不愉快。她每天看见他从窗下走过去。现在他当了副主任，在普通的售货员的致敬中间，单独地走着路。他从没有一次抬过头，她相信这个小伙子的虚荣心是使她痛苦的，她用眼随着他并不怕猛然被人发觉。慕雷同样是每天晚上从这里走过，她一望见他，身上便起一阵颤抖，她急忙藏起来，胸部一起一伏的。他没有要知道她住在哪里的必要；其次她觉得这个房子使她羞惭，虽然他们必然永远不会再见面，可是他对于她所会有的想法使她痛苦。

再则，黛妮丝始终生活在妇女乐园的回旋里。她的住屋跟她从前的部门只隔着一道墙；每天清早她像是又去做她每天的工作了，她感觉到人群的逐渐增多，以及生意愈来愈热闹的喧骚。一点点的声响都在震动着这间贴在巨大房屋侧面的古老颓败的小屋：她在它的巨大的脉搏里激动着。此外，黛妮丝不能避开碰到某一些人。有两次她迎面碰到了保丽诺，后者看见她这么不幸很难过，自动提出愿意帮助她；而她就必得撒谎，以免接待她的朋友或是在礼拜天到包杰家里去访问。然而更使她困难的，是抵抗杜洛施拼命地地爱情；他暗中窥探她，她的烦恼没有一件是他不明了的，他在门口等着她；一天晚上，他要借给她三十个法郎，他羞赧满面地说，这是一个兄弟的储蓄。这些会面一再惹起她对于那个店家的留恋，使她挂念着人们在店里所过的生活，仿佛她还没有离开它。

谁也不到黛妮丝的住处来。一天下午她意外地听见有人敲门。柯龙邦来了。她站着迎接他。他也非常难为情，先是言语含混不清，问了问她新近的情形，谈了谈老埃尔勃夫。或许是鲍兑伯父懊悔了他的冷酷无情派他来的吧；因为虽然他并非不知道她所遭遇的悲惨境况，而他一直都没有招呼过他的侄女。可是当她向这个店员仔细询问的时候，他却愈加显得狼狈了：不，不，不是他的老板派他来的；他终于道出了克拉哈的名字，他所要谈的只是克拉哈。他渐渐地胆子大起来，向她讨教，认定她是那个姑娘的老同事，所以能够帮助他。她扫他的兴，责备他不该为了一个没心肝的姑娘叫日内威芙痛苦，可是没用。改天他又出现了，访问她变成了他的习惯。这样做可以满足他那怯懦的爱情，他情不自禁不断地触到那同一的话题，在一个曾经接近过克拉哈的女人面前，快乐得发抖。因此黛妮丝愈加觉得自己是生活在妇女乐园里了。

将近九月底的几天，这个年轻的姑娘经历到漆黑一团的惨境。北北病倒了，患了重感冒。必须要给他一些汤汤水水的食物，而她却连面包都没有。一天晚上，她支持不住了，在一种要女孩子们投身到小河或是塞纳河里去的凄惨无望的境况里，她啜泣着，这时老布拉轻轻地在敲门。他送来了一块面包和满满一牛奶罐子的菜汤。

"喔！把这个给孩子吃吧，"他忙忙乱乱地说。"不要这么大声哭啦，叫住客们心烦。"

等到她在一阵重新地哭泣声里向他道了谢，他又说：

"安静下来吧！……明天来跟我谈谈。我给你找些工作。"

自从妇女乐园创办了雨伞和阳伞部使布拉受了可怕的打击以后，他便不再雇用职工。为了缩减开支，什么事情都是他一手去做：打扫、整理和补衣服。可是他的顾客减少到有时使他没有工作。所以当他把黛妮丝收留在他的小店的角落里的时候，他就必得在第二天特意找些工作给她。他不能让人家在他的家里饿死啊！

"你每天将有两个法郎，"他说。"等你找到更好的事情，你再离开。"

她有点怕他，十分迅速地做好她的工作，为了再给她找些别的活计，他就感到困难。他让她缝几幅绸子，修理一些花边。起初的几天，她不敢抬头，身边有这么一个人——老狮子一般的长毛，钩鼻子，浓密硬直的眉毛下的一双刺人的眼睛——使她感觉到不舒服。他的声音严厉，姿态粗暴，附近一带做母亲的吓唬小孩子，就说派人去找他作为恫吓，仿佛要派人去找宪兵一样。可是顽童们每逢从他门前走过，没有一次不喊出一些骂骂咧咧的话，而他似乎连听也没有听见。他那发疯似的愤怒完全是针对着那些用廉价办法出卖一些坏货、辱没了他这一行道的坏东西而发的，他说，这种用品就连狗也不高兴使用。

143

每逢他对着黛妮丝激烈地喊叫的时候，她就发抖。

"你听我说，艺术是完蛋啦！……再没有一个正正当当的手杖柄了。人们做一些棒子，可是讲到柄啊，这可完啦！……给我找一个手杖柄来，我可以给你二十个法郎！"

这是他的艺术家的自负，在巴黎没有一个工人能够造得出像他那样又轻又坚固的手杖柄。尤其是他所雕刻的手杖头，是具有一种优美的幻想，永远变换题材，花卉，果实，动物，头颅，做出的样式灵活而又自然。一把小刀就足够用了，人们看见他鼻梁上架着眼镜，探索着黄杨木或是乌檀木，整天地做下去。

"一堆没有知识的东西，"他说，"他们在伞骨架上粘些绸子便算满意了！他们大批地去买手杖柄，完全造好了的手杖柄……弄了什么来就卖什么！你听我说，艺术是完蛋啦！"

黛妮丝终于定下心来。布拉要北北下楼在店里玩耍，因为他非常喜爱小孩子。每当这个小东西爬的时候，人们便没有动弹的地方了，她坐在深深的角落里做她的修补工作，他靠在窗前利用一把小刀凿他的木头。现在每天总归是同样的活计，同样的谈话。在做活的时候，他经常要谈到妇女乐园，他绝不厌烦地解说着他这场可怕的决斗到了什么情况。自从一八四五年以来他就承租了这所房子，以每年一千八百法郎的租金，得到三十年租借权；因为他用四间带家具的屋子收回一千法郎，所以他为这个店面只付出八百法郎。钱数是不大的，他又没有什么开销，便还可以支持很久。要是听他讲，他的胜利是毫无疑问的，他要吃掉那个大怪物。

他会突然间打断了自己的话。

"他们可有像这样的狗头吗?"

他戴着眼镜眨着眼睛，品评他所雕刻的狗头，这个头，嘴唇向上翘，牙伸到外面，现出活灵活现狺狺的姿势。北北看得这只狗入了迷，便会站起来，向老人的膝盖上伸出两只小胳膊。

"只要我还能混碗饭吃，我就不管别的事，"老人又接着说，他正用他的刀尖细致地雕着狗舌头。"这些坏蛋掐断了我的收入；如果说我得不到什么的话，我可也没有损失什么，充其量也损失得很少。你瞧着吧，我决心宁可把命拼拼掉，也不肯让步。"

他挥起了他的工具，在一阵风似的愤怒之下飘动着他的白发。

"可是，"黛妮丝眼不离开针线轻轻地壮着胆子说，"如果他们对你提出了一个合理的条件，接受了它还是顶讨巧的。"

这时他那蛮性的固执爆发了。

"绝不！……脑袋摆在刀底下，我也说不，混账东西！……我的租期还有十年，在十年以内他们别想得到这座房子，即便我在四面空墙里头饿死也罢……已经有过两次他们来笼络我啦。他们出一万二千法郎算作挖费，出一万八千法郎算作租期未满的几年的房金，总共是三万……即便出五万也不行！他们在我的手心里，我要看看他们在我面前舐这块土地！"

"三万法郎，数目不小啊！"黛妮丝接着说。"您可以到远一点的地方去开一个店哩……如果他们买了这所房子呢？"

布拉完成了他的狗的舌头，恍惚了一下，他那如神一般白发白须的面孔上展开了一种漠然的幼儿的笑容。然后他又说：

"这所房子嘛，没有什么可怕的！……去年他们说要买它，出过八万法郎，比它今天的实际价值还要高一倍。可是这个业主，过去是一个水果商，也跟他们一样是一个恶棍，还要勒索。此外他们也不信任我，他们知道我还是不大肯让步的……不！不！我就在这儿，我不离开！皇帝拿大炮来轰，也不能把我赶出去。"

黛妮丝不敢再搭腔。她继续做她的针线，同时老人每凿一刀便说些断断续续的话：这还没有开始呢，好戏还在后头，他已经拿定了主意要把他们的洋伞的柜台打倒；在他的固执里面汹涌着一个小手工业者对于大市场商品的一般侵略所具有的反抗。

可是北北终于爬上了布拉的膝头上。他向着那个狗头不能忍耐地伸出了他的双手。

"给我，先生。"

"等一下，我的小东西，"老人回答，声音变得柔和了。"它还没有眼睛哩，现在非给它作眼睛不可。"

他一面专心在做眼睛，一面又重新跟黛妮丝谈话。

"你听见这些声音了吗？……隔壁不是又轰轰隆隆地响吗！规规矩矩地说，这比什么都使我生气！他们老是停在你的脊背上，发出他们那可诅咒的火车头的响声。"

他说，连他的小桌子也在颤抖。整个的店受着震动，他一个下午也没有一个顾客，而在妇女乐园里却拥挤着杂沓的人群。这是翻来覆去谈不完的一个话题。他说，又是一天的好买卖，人们在墙那边拍手哩，丝绸部必定是做了一万法郎的生意；或者，他嘲笑着说，墙壁依然是冰冷冷的，一阵雨抢走了他们的收入。而且一点点的风闻，最轻微的声息，都供给他无终结地加说注解的材料。

"你听！有人滑倒啦。啊！但愿他们全体的人全把腰跌断吧！……我说，亲爱的，有几个女人在争吵哩。这样最好！这样最好！……喂！你听见一些包裹落到地下室去

吧？这是顶讨厌的！"

对于他的这些解释，黛妮丝一定不能参加意见，因为她一说话，他就严厉地提醒她人们是多么不讲理地把她解雇了。然后，不下一百次之多，她要向他述说她在时装部的经历：开头所受的苦恼，不合乎卫生的小寝室，恶劣的食物，售货员之间的不断的斗争；两个人就这样从早到晚专谈这个店家的事，时时刻刻浸润在那些人们所呼吸的空气里。

"给我，先生，"北北始终伸着两只手急不可耐地又说。

狗头完成了，布拉高兴得哼哼叽叽地把它摆得远一点再放得近一点，仔细观察它。

"当心点，它会咬你……好，拿去玩吧，可是别把它打碎了，如果作得到的话。"

然后，他又转到他那固定的念头上去，对着墙壁挥起他的拳头。

"你尽量打主意来压垮这所房子吧……即便你把全街都侵占了去，你也得不到它！"

现在黛妮丝天天有了面包吃。她对于这个老商人保持着一种深切的感谢，从他那奇怪的凶蛮的下面感觉到他的善良的心。可是她有一种强烈的欲念要到别的地方去找工作，因为她常常看见他特意找些小活计给她，她明了在他的生意失败的局面下，他是不需要一个女职工的，他雇用她纯粹是出于慈悲心。六个月过去了，又转到死气沉沉的冬季。她拼命地要在三月以前找到职业，于是在正月的一天晚上，在门口等待着她的杜洛施，向她提出了一个意见。为什么她不去看看罗比诺呢？他们那里或许需要人手。

九月间罗比诺决心收买了万沙尔的买卖，他一直在提心吊胆怕把他妻子的六万法郎赔进去。他付出四万法郎接盘了丝绸专业的牌号，用另外的两万法郎作为开办费。这数目是小的，可是他背后有高日昂肯用长期信用贷款来支持他。自从他同妇女乐园破裂以后，高日昂便梦想着煽动起同这个大店的竞争；他相信如果在附近一带创办几家专业的商店，能使顾客们选择各式各样的货品，胜利是有把握的。只有里昂的资本雄厚的制造商，像杜蒙台那样的，才能接受大商店的苛刻要求；他们用自己的机器就足以支持了，无须再找比较次要的商店以求得获利。可是高日昂，比起杜蒙台，腰板要软得多。他在长期间仅仅是间接代理人，他自己有机器不过才五六年，他雇用了许多加工的工人，先供给他们必要的原料并且按成品付给他们工资。就是因为这种生产方式，提高了他的成本价格，不许可他供应"巴黎幸福"同杜蒙台来做斗争。他心里积存着一种怨恨，他把罗比诺看成是跟这些百货商场进行一场决定性的战斗工具，他指控这些商场破坏了法国的制造业。

黛妮丝来到的时候，她只看见罗比诺太太一个人在家。这位太太是一个土木工程的监工的女儿，完全不懂得商业上的事情，依然保留着在勃洛瓦城修道院里长大的一个寄宿生的那种死板板的优美。她长得很黑，很美，具有一种温柔的快乐情趣，这使她显得非常妩媚。再则，她崇拜她的丈夫，单单生活在爱情里。黛妮丝正要留下她的姓名回去的时候，罗比诺却进来了，他当场就雇用了她，他有两个女售货员，昨天有一个正好离开到妇女乐园去工作了。

"他们不让我们留下一个干练的人手，"他说。"至于你，我是可以放心的，因为你的情形跟我一样，你一定不会喜欢他们的……明天来吧！"

到了晚上，黛妮丝为了要把她离开的事情通知布拉，感到为难。果然他大发脾气，拿她当作一个忘恩负义的人看待；及至她两眼含泪，为自己辩解，要他明了他的慈悲心是骗不过她的，便又轮到他受了感动，结结巴巴地说他还有很多的工作，而且是正在他自己发明的一种阳伞要出世的时刻，她遗弃了他。

"可是北北呢？"他问道。

孩子是黛妮丝的一个大牵挂。她不敢再把他送到戈拉太太的家里去，而又不能让他从早到晚一个人被关在屋子里。

"好吧，我来照顾他，"老人又说。"他可以留在我的店里，这个小东西……我们一起吃饭。"

可是她怕麻烦他便拒绝了，他叫道：

"老天在上！你不信任我吗……我不会把你的孩子吃掉的！"

黛妮丝在罗比诺的店里是更快乐了。她的收入很少，每月六十法郎，管伙食，卖货没有津贴正跟一般旧式的商店一样。可是人们待她很亲切，尤其是罗比诺太太，她始终在柜台里微笑着。罗比诺是神经质的，不安定，有时是暴躁的。到了一个月末尾，黛妮丝像另一个女售货员——

一个害肺病的沉默寡言的小女人——

一样地变成这个家庭的一员了。在她们面前，大家没有拘束，大家在店后面临着一个大院子的餐桌上谈着生意。有一天晚上人们就在这里决定了他们对妇女乐园所要进行的战斗。

高日昂到这里来吃饭。吃过了一块平常的烤羊腿以后，他发出被罗讷河的雾气弄得钝重的、里昂人的尖嗓门，触到了这个问题。

"这样简直不成话了，"他一再地说。"他的不是到杜蒙台厂里去了吗？收购了一种

147

图案的专卖权，一下子抢走了三百匹，强行要求每米减低五十生丁；因为他们付现，他们便要有百分之十八的回扣……杜蒙台常常赚不到二十生丁。他的工作只是为了机器的转动，因为一部机器如果停下来，这部机器就算是死掉了……所以你怎能希望靠我们那极有限的工具，尤其是靠我们那些专职的人手，能够支持留住这场斗争呢？"

罗比诺沉思着，忘记了用餐。

"三百匹！"他叽叽咕咕地说。"我吗？要是拿一打的话，就要发抖的，还是要有九十天的期……他们能够把标价定得比我低一个法郎，两个法郎。找算得出来，在他们的目录上，货物的定价，比我们至少可以降低百分之十五……它杀害了小商业的道理就在此。"

在这一时刻里他失掉了勇气。他的妻不安地现出一种温柔的神情望着他。她对于这些事情不感兴趣，这些数字弄得她头昏脑涨，她不了解当人们可以那么容易欢笑和相爱的时候，为什么要找这样的麻烦。不过，既然她的丈夫要想战胜，她也就认为是应该的：她跟他一样地激动了热情，她要死守她的柜台。

"可是为什么所有的制造商不联合起来有一个谅解呢？"罗比诺又激烈地说。"他们可以定出一个法律，而用不着去服从别人的。"

高日昂又要了一片羊腿肉，慢慢地嚼了起来。

"啊！为什么，为什么……我跟你说过，机器一定要工作。一个人如果有一些纺织机，在里昂的郊区，在加德省，在伊赛尔省，他就不能停一天的工而不受重大的损失……我们这些人，临时雇用一些专门工来做十架或十二架的机器，在存货的一方面，至少是能更好地掌握产品的，而那些大厂家，不得不找经常的出路，尽可能做得更多，做得更快……因此他们要给大商店去磕头。我知道有三四个互相竞争的人家，他们为了接到订货亏本都肯做。可是他们从像你这样的小店家把损失找回来。是的，如果说他们是为那些大店家而生存的，却从你们身上去获利……天晓得这场危机会有怎样的结局！"

"真卑鄙！"罗比诺总结说，喊了一声平息着他的怒气。

黛妮丝默默地谛听着。她在本能上是爱好生命和逻辑的，所以她秘密地在赞成那些大商店。大家静了一会儿，吃着罐头的青豆；最后她鼓着勇气露出快活神情笑着说：

"大众却不会抱怨哩！"

罗比诺太太忍不住轻轻地笑了一下，这使得她的丈夫和高日昂很不以为然。毫无疑问，顾客们是满意的，因为算到最后，减低定价对于顾客是有利的。可是每个人都

必须生活呀：如果在一般的幸福的借口下以损害生产者来肥满消费者，他们又将怎么办呢？于是大家展开了讨论。黛妮丝假装作在谈笑，而所持的意见是坚定的：那些中间人——厂家的代理人、包销人、跑街、都要不见了，这样大有助于货物的廉价；此外，没有大商店，厂家就不能够生存下去，因为它们有一家丧失了它们的主顾，便要关门；总而言之，这是商业的一种自然的进化，事情必然要走的路，人们阻止它去走，也是不可能的，那时，不管人们愿意不愿意，大家都得这么去做。

"那么，你是赞成那些把你丢到马路上的人们的了？"高日昂问道。

黛妮丝满脸通红。她的灵活的辩护使她自己都觉得意外。她在心里有着什么东西呢，使得这样的一股火焰在她的胸怀里升腾起来？

"天哪！不，"她回答。"也许我错了，因为你们是比我更有见识的……不过我是说我的想法。价格在今天是由四五个店家做决定的，而不像从前那样由五十个店家来决定，这少数人家由于他们的资本和销货的力量把价格压低……这样就对于大众更有利，我再没有别的意思！"

罗比诺没有生气。他变得严肃起来，注视着桌布。这种新式商业的气息，年轻姑娘所谈的这种进化，他是常常感觉到的；在他见解清醒的时刻，他就问着自己为什么要抵抗这推动了一切而如此强有力的潮流。就连罗比诺太太，眼望着沉思的丈夫，也向黛妮丝瞥了一眼表示赞成，这时黛妮丝又谦逊地复归于沉默。

"好啦，"高日昂又说，他直截了当地把话打断，"这些全是理论……我们来谈谈我们的生意吧！"

吃过奶酪以后，使女拿来果子酱和梨。他现出一个喜欢吃甜食的大胖子不自觉的贪吃的样子，用茶匙舀了一些果子酱吃。

"所以你一定要跟他们的'巴黎幸福'拼一个你死我活，这件东西是他们的成功，这一年……我跟里昂的几家同业取得了谅解，给你带来了一种特制品——

一种黑绸子，一种厚绢，你可以卖五法郎五十生丁……他们的东西卖五法郎六十生丁，是吧？好啦！这将更便宜十生丁，这就足可以让你把他们打倒了。"

罗比诺的眼睛亮起来。他在续续不断的神经质的苦痛里，时常像这样一下子从忧虑又飞入到希望里。

"你带来了样品吗？"他问道。

当高日昂从他的记事本里取出了一小方块绸子，他简直高兴极了，喊道：

"这个可比'巴黎幸福'漂亮得多！不管怎么说，这东西都会有很好的效果，纹路也比较厚实……你的话有道理，必须试一试。啊！看吧！这一次我要使他们倒在我的脚底下，否则我就罢手不干了！"

罗比诺太太也分有这种热情，扬言这种绸子是上等的。就连黛妮丝都相信会成功。因此这一餐吃得非常快乐。大家谈话的声音嘹亮了，仿佛妇女乐园已经濒于绝境。高日昂吃完了一罐果子酱，解释说他和他的同业为了用这么便宜的价格发出这样的料子要遭受多么巨大的牺牲；可是他们情愿破产，他们宣誓要弄死这些大店家。及至端来了咖啡，万沙尔来到了，愈加助长了这团高兴。他是路过此地顺便走进来向他的后继人问候的。

"真不错！"他摸着绸子大声说。"我向你保证，你一定会打倒他们！……是吧！你欠了我很大的情分哩。我跟你明白说吧，这是发财的生意！"

他在万桑市接办了一个饮食店。这是他旧有的梦想，当他在丝绸业里挣扎怕在崩溃以前找不到人买他的店吓得直发抖的时候，就狡猾地培养着这个心愿，他发誓要把他那可怜的金钱投到一种容易获取暴利的商业上去。在他的一个堂弟结婚以后，他就起了办一家饮食店的念头；人总是要吃东西的，一盘水漂着几个肉团子，就要付出卜个法郎。于是在罗比诺一家人的面前，由于他把他拼拼命命摆脱的一个坏生意移到他们肩膀上所感到的快乐，使他那长着圆眼睛和端正的大嘴巴的面孔愈发显得大了，满脸的健康气色。

"你的病怎么样啦？"罗比诺太太亲切地问。

"啊？我的病？"他惊了一下喃喃地说。

"是呀，你在这里的时候，那种使你苦恼的风湿症。"

他想起来了，脸上微微地泛红。

"啊！我始终在痛苦……不过乡下的空气，你们知道……没有什么关系，你们作了一笔发财的生意。如果不是我的风湿症，不出十年，我便可以拿到每年一万的年金退休了……以我的名誉担保！"

半个月以后，罗比诺同妇女乐园的斗争开始了。这是一件轰动的事情，整个巴黎市场一时都在注意。罗比诺利用广告的武器，在报纸上进行广大的宣传。另一方面，他布置了他的陈列品，在他橱窗里把这种出名的绸子堆起了几大捆，用白色的大标价牌子披露出来，大字标出五法郎五十生丁的价格。这个数字使一班妇女发生了激动：这种绸子比"巴黎幸福"便宜十生丁，而且似乎更结实。在开头的几天，潮水似的人拥来；玛尔蒂夫人在贪便宜的借口下，买了一件她并不需要的衣料；布尔德雷夫人认为这种料子很好，可是她宁愿再等一个时候，显然她已经预料到今后的趋势。果然到了下一个星期，慕雷直截了当地把"巴黎幸福"减低了二十生丁，标出五法郎四十生丁；他同布尔当寇和一些关系人经过一番热烈的讨论算是把他们说服了，他必须迎接这次战斗，即便做这种买卖有所损失；这二十生丁是严重的损失，卖价已经和成本轧平了。这给了罗比诺一个有力的打击，他未曾想到他的敌手会降低价格，因为这种自杀式的竞争，这种赔本的生意，在当时还是没有前例的；于是潮水似的顾客，贪图便宜，立刻又流向圣奥古斯丹新街去，同时小田园新街上的这家店便空了。高日昂从里昂跑了来，慌张地作了几次秘密谈话，终于做出了英勇的决定：绸子要减价，减到五法郎三十生丁，如果不是发疯，谁也不能降到比这再低的价格。第二天慕雷把他的料子改成五法郎二十生丁。从此以后，就变成了一种狂热：罗比诺以五法郎十五生丁作为答复，慕雷标出了五法郎十生丁。两方面五生丁五生丁地再降价，他们每向大众送一次礼，便损失一笔巨款。顾客们笑了，很高兴这场决斗，两个店家为了讨他们的欢心相互给予的可怕打击也使他们受了感动。最后慕雷敢于标出五法郎的数字；他店里的一些人吓得脸色惨白，对于如此地争着赔本感到毛骨悚然。罗比诺被打垮了，喘不过气来，也停留在五法郎的价格上，没有勇气再往下降了。他们面对着面，四周摆着他们被鏖杀的商品，伏在他们的位置上。

可是如果说两方面的名誉是得到了挽救，而罗比诺的境况却受了致命伤。妇女乐园有储备资金和一批可以使它的收益保持平衡的主顾；而在罗比诺这一方面，只有高日昂支持他，不能从别的货物上找回他的损失，便陷于筋疲力尽，每一天都从破产的斜坡上一点一点地滑下去。虽然这场变化多端的斗争给他招来了众多的顾客，可是他的轻举妄动却要了他的命。他怀抱着一些秘密的痛苦，而其中之一便是在他损失了金钱和用尽了争取顾客的努力以后，又看见他们慢慢地遗弃了他，重回到妇女乐园去。

有一天他简直失掉了耐性。一个顾客德·勃夫夫人，到他的店里来看大衣，因为他在绸缎部里也增加了一个时装部。这个女人在犹疑不决，抱怨料子的品质不好。最后她说：

"他们的'巴黎幸福'要结实得多。"

罗比诺压制着自己，因为他怕他内心的激动会爆发出来，所以现出一个商人的礼貌，愈加恭恭敬敬地跟她讲是她看走了眼。

"可是你看看这个圆外套的绸子吧！"她又说，"人们会骂它像一个蜘蛛窝……你高兴怎么说就怎么说吧，先生，他们的五法郎的绸子同这种东西摆在一起就像是皮子

啦。"

他不再答话，血向脸上冲，嘴唇闭得紧紧的。事实上，他曾经构想出一个巧妙的法子，到他的敌手的店里买绸子来供应他的时装部。用这种办法，在材料上受损失的便是慕雷，而不是他了。他只简单地把料子的边缘切掉就行了。

"你真的认为'巴黎幸福'更厚实吗？"他喃喃地说。

"啊！强一百倍！"德·勃夫夫人说。"那是无法比较的。"

这种顾客的不公平，对于同样的料子会有这样的贬斥，使他愤怒起来。当她露出厌恶的神气始终在翻转着那件圆外套的时候，一小块剪漏掉的蓝色银字的边缘从衣里子下面现出来。这时他再也忍耐不住了，他宁可拼拼了命也要说个明白。

"是啦！太太，这个绸子就是'巴黎幸福'，一点不假是我亲自买来的！……你看看边子吧！"

德·勃夫夫人非常狼狈地走出去了。这个故事传出去以后，许多女人都不到他的店里来了。而他呢，处在破灭中间，未来的恐怖将他捉牢，这时他只有为了他的妻子颤栗，她是在和平幸福中长大的，不能过贫苦的生活。如果负债累累的一场灾难把他们投到马路上去，她又怎么办呢？这是他的罪过，他绝不应该动她的六万法郎。而她却必须安慰他。这笔钱既然是她的不也就是他的吗？他非常爱她，她便没有别的要求，她把一切给了他，她的心，她的生命。人们可以听见他们在店后头互相抱吻。这个店家的步调逐渐又转入正常了；每一个月，损失陆续增长，增长的比例很缓慢，延长了倒闭的结局。一种顽强的希望支持着他们，他们始终在预告妇女乐园临近灭亡。

"不要紧！"他说，"我们还年轻哩，我们……未来是属于我们的。"

"而且这又有什么关系呢？"她接着说，"如果你作了你想要做的事，只要你能够满意，我就很开心啦，我的最亲爱的。"

黛妮丝目睹他们这番柔情愈加爱慕他们。她在颤抖，她感觉到崩溃不可避免；可是她不敢再多言多语。就在这时她充分地理解了新型商业的权能，而且这种改变巴黎的力量激起了她的热情。她的思想成熟了，在这个来自瓦洛额的野性的孩子身上，一种女性的优美发放出来。此外，虽然她很辛苦而收入又少，但她的生活是十分温暖的。每逢她在店里站过了一天以后，她必须匆忙赶回家去，照顾北北，幸而有老布拉固执地要喂他吃食；不过她仍然有些事情要做，洗洗衬衫，补补衣服，更不用提小孩子的喧嚣闹得她的头要炸开来。她从不曾在午夜以前上床睡觉。礼拜日是她大劳动的一天：她打扫房间，给自己修补衣服，那么繁忙，常常在五点钟以前都不能梳洗。不过有时为了身体关系她也出门去，带着孩子向郊区纽意里的方向做一次远程的徒步旅行；在那里，他们的享受就是到养牛的人家去喝一杯牛奶，人家允许他们坐在院子里。日昂瞧不起这种外游；他偶尔在周末的晚上走来，然后借口另有约会便不见了；他不再向她讨钱，可是他来到的时候露出那么悲哀的样子，使得他的姐姐感到不安，总要想法给他一个五法郎的银币。这也就是她的奢侈。

"五法郎！"日昂每一次都要叫起来。"天哪！你太好啦！……说真话，有一个纸商的太太……"

"别讲啦，"黛妮丝插嘴说。"我不想知道这些事。"

可是他认为她又是骂他吹牛。

"可是我跟你讲她是一个纸商的太太！……啊！可真有些华美哩！"

三个月过去了。春天又回来，黛妮丝拒绝了同保丽诺和包杰再到约安威尔去。她从罗比诺店里回家的时候，有时在圣洛施街上会碰见他们。有一次见面的时候，保丽诺把心事告诉了她，说或许要同她的情人结婚了；她这一方面还在踌躇，因为在妇女乐园里人们是不喜欢结了婚的女售货员的。这种结婚的念头使得黛妮丝一惊，她不敢对她的朋友表示意见。有一天柯龙邦在喷水池附近叫住她，跟她谈克拉哈的事情，这时克拉哈恰巧从广场上走过去；于是年轻的姑娘非得逃走不可了，因为他请求她问问她的老同事肯不肯同他结婚。这些人们全是怎么回事呀？为什么要这样地折磨自己呢？没爱上任何人，她认为是非常幸运的。

"你听见了一个新闻吗？"一天晚上当她进门的时候，阳伞商人跟她说。

"没有，布拉先生。"

"是啦！那些无赖买下杜威雅尔旅馆了……我被包围起来啦！"

他摇动着他的粗膀子，一阵愤怒使他那长长的白发竖了起来。

"这真是一个莫名其妙的阴谋！"他又说。"这家旅馆似乎是属于不动产信托公司的，公司的总经理是哈特曼男爵，他把房子让给我们这位出名的慕雷了……现在他们得到我的左边，我的右边，我的后边，嘿！你看着吧，正像我的拳头里握着这个手杖头！"

这是真话，这次的转让应该在昨天已经签了字。布拉的这所小房子，夹在妇女乐园和杜威雅尔旅馆中间，像是一面破墙里的燕子窝挂在那里，只要有一天那家商店侵占了旅馆，它似乎注定要垮下来的；而这一天已经来到了，这个大店要驱逐这个渺小的障碍，用成堆的商品围攻它，恫吓着要消灭它，单单用它那巨大的呼吸的力量也要

153

把它吞了去。布拉已经感觉到那使他的小店摇摇欲坠的压力。他相信他看着它愈来愈小了，他怕连自己都要被吞下去，把他连同他的阳伞和手杖一起被吸到那边去，而在这一时刻那个可怕的机器正发出了轰隆轰隆的声响。

"是吧！你听见他们的声音吗？"他喊叫着。"真可以说他们要把墙都吞进去！在我的地下室里，我的阁楼上，不管什么地方，都发出锯子在啃石膏一样的声音……没有关系！或许我不会像一张纸似的被他们压得平的。我要留在这儿，即便他们炸开了我的屋顶而且有成桶的雨水浇在我的床上！"

就在这时间慕雷向布拉提出了新的建议：他们增加了数目，他们出五万法郎购买他的资产和租借权。这个提议使老人的愤怒增加了一倍，他破口大骂地拒绝了。这些无赖为什么一定要出五万法郎来掠夺人家不值一万法郎的东西呢！他保护他的小店正如一个诚实的姑娘单单为了道德的本身而用道德的名义保护她的贞操一样。

黛妮丝看见布拉在半个月时间以内一直专念着什么事情。他狂热地转来转去，测量着他的房子的墙壁，站在马路中央现出一个建筑家的气派来观察它。后来，一天早晨，有一些工人来到了。这是一次决定性的会战，他起了一个糊涂念头，在他的店面上宁可让步做一些现代的装潢，也要同妇女乐园进行斗争。那些指责他的小店是阴气沉沉的顾客们，待看见它焕然一新大放光彩的时候，必然又会回来的吧！首先补了裂缝，粉刷了门面；然后把店面的壁板漆上浅绿色；甚至于大事豪华给招牌上涂了金。布拉作为最后资金保存下来的三千法郎就被吞没了。再则，这件事把附近一带的人们激动起来了；他们走来仔细端详他，他处在这些华丽中间，弄得茫无头绪，不能再照着他的惯例去做事了。在这个光彩的圈子里，在这个美观的地面上，他不像是在自己的家里了，他的大胡子和长头发都露出惊惊惶惶的样子。现在过路的人从对面的人行道上观望他摇动着胳膊和雕刻着手杖柄。他在狂热的状态里跑来跑去，怕把店弄脏了，他向着豪华的商业深入，而对于这种商业，他并不理解。

正如在罗比诺的店里一样，在布拉的店里也发动了对妇女乐园的远征。他公布了他的新发明——一种自动的阳伞，这种东西后来很流行。可是乐园立刻改良了这种发明。于是开始了一场价格的斗争。他的货品卖一法郎九十五生丁，伞面子是斜纹布的，伞骨是钢制的，标签上标着永久保用。然而他最想打败他的竞争者的是用他的手杖柄，有竹子的，山茱萸木的，橄榄木的，桃金娘木的，藤子的，各式各样幻想的手杖柄。而在乐园方面，更少艺术性，讲究布料，吹嘘他们的羊驼呢和羊毛布，斜纹呢和薄绢。他们取得了胜利，老人绝望了，一再地讲艺术完蛋啦，他被迫又在为娱乐而削他的手杖柄,不再希望卖出了。

"这是我的过错!"他向黛妮丝喊道。"我一定要弄出这些一法郎九十五生丁的坏货是做什么呢?……这些新奇主意必定会造成这步田地。我自己要效仿这些无赖,倒了霉也是活该!"

七月非常燥热。黛妮丝在她屋顶下的狭小房间里受着痛苦。因此她从店里回来,便到布拉的家里去领北北;她不立刻上楼,走出去到屠勒利花园换一换空气,一直到栅栏门关闭为止。一天晚上,当她正朝栗子树的方向走去的时候,她惊了一下站住了:不出几步远,正对着她这面有人走来,她似乎辨认出这人是雨丹。然后她的心脏猛烈地跳动起来。原来是慕雷,他在赛纳河左岸上吃过了饭,正匆忙地步行到戴佛日夫人的家里去。年轻的姑娘想赶快避开他,可是他看到她了。夜幕已经降临,然而他仍然认出了她。

"是你呀,小姐。"

她没有答话,他居然肯叫住她使她感到惶乱。他微笑着,用一种亲切的神色作掩护,隐藏起他的窘困。

"你还在巴黎吗?"

"是的,先生,"她终于说话了。

她慢慢地向后退,很想向他招呼一下,再继续她的散步。可是他把脚步转过来,在高大栗树的黑影下陪着她走。一阵清凉的气息正向下降落,远处有孩子们的笑声,他们正在滚铁环。

"这是你的弟弟吧?"他眼睛望着北北又问。

孩子因为面前有一个不平常的先生感到胆怯,靠紧着他的姐姐严肃地向前走,牵着他姐姐的手。

"是的,先生,"她又回答了一声。

她的脸红起来,她想到了玛格丽特和克拉哈撰出来的令人厌恶的谎话。慕雷显然懂得了她脸红的原因,因此他急忙接着说:

"听我讲,小姐,我要向你道歉……是的,我很高兴我能早点跟你讲我是多么后悔上一次所发生的错误。他们控告你的罪状太没根据了……不过错误已经造成了,我只想告诉你如今在我们那里每一个人都知道了你对于你两个弟弟的恩爱……"

他恭恭敬敬地说下去,这种礼貌是妇女乐园一般女售货员从他这方面未曾见过的。黛妮丝愈加为难了;可是她的心里充满了快乐。原来他知道她还未许身给任何人!两

个人全沉默着，他留在她的身边，随着孩子的小小的脚步调整着他的脚步；在一些巨大树木的阴影下，巴黎遥远的喧声消逝了。

"我只能向你提出一个补救办法，小姐，"他又说。"自然啦，如果你有意再回到我们那里去……"

她打断了他的话，仓促地拒绝了。

"先生，我不回来了……我还是同样地感谢你，可是我在别处已经找到了工作。"

他是知道的，她进了罗比诺的店以后不久，人们就把这件事通知他了。他站在讨人欢喜的平等的立场，安安静静地跟她谈起了罗比诺，给后者以公正的评价：一个极其聪明的小伙子，只是太神经质。他将要遭到大祸患，高日昂拿过重的事情把他毁了，他们两个人全要陷在里面。黛妮丝受了这种亲切的支配，进一步地表明了她的见解，让他知道在大店家同小买卖进行的斗争之间，她认为大店家是要胜利的；她谈得兴奋了，举出了一些例子，表明她很熟悉这个问题，甚至表示出雄伟的新观念。他十分快乐，惊奇地静听她的谈话。他转过身来，在逐渐扩张的夜色下试图辨认她的容貌。她似乎还是老样子，穿着一件简单的衣服，长着甜蜜的面孔；然而从她的谦逊的掩罩下散出一种沁人心弦的芳香，使他感受到她的强力。显然这个小姑娘已经惯于巴黎的空气了，正在变成一个女人，她是那么有理性，又有丰盛的头发，满怀的柔情，真是动人的。

"这么说，你是赞成我们的，"他笑着说，"为什么你还留在我们敌人的店里呢？……好像人们也跟我说过你是住在布拉的家里吧？"

"一个十分高贵的人，"她喃喃地说。

"不，你听我讲！一个老疯子，一个糊涂虫，虽然我很想给他一笔钱免得跟他找麻烦，可是他逼得我要把他弄到绝境！……最要紧的，他那里不是你住的地方，他的住处名声很坏，他租给一些女人……"

可是他感觉到年轻姑娘的惶乱，便急忙接着说：

"一个人在什么地方都可以是正直的，当一个人穷困的时候，有这样的生活是更令人钦佩的。"

他们又沉默着走了几步。北北似乎现出一个早熟的孩子的机警神情在静听着。他时时抬起眼睛看看他的姐姐，她那火热的手发出轻微的颤抖，使他惊讶。

"听我说！"慕雷又快活地说。"你愿意当我的大使吗？明天我打算再抬高我的价格，向布拉提出八万法郎……你先跟他谈一谈，跟他讲他是在自杀的。他对你很亲善，或许会听你的话，而你这是真正帮了他一个大忙。"

"好吧！"黛妮丝也微笑着回答。"我愿意接受这个差事，可是我看不大会成功。"

接着又是一阵沉默。两方面都再没有什么话可说。过一会儿他想谈一谈她的伯父；及至看到年轻的姑娘觉得不开心，便只得不谈下去。可是他们继续并排走着，最后他们进入快到里佛里街的一条还有亮光的胡同里。走出了树木的阴影，他好像是猛然间醒过来。他知道他不能再多留她了。

"晚安，小姐。"

"晚安，先生。"

可是他并未走开。他抬起眼睛，一转眼看见了阿尔及尔街角上戴佛日夫人的窗口就在他的面前，她正在等待他。他又把目光移向黛妮丝，在苍茫的微光里，他更清楚地看得见她了：她同昂丽叶特比较起来瘦多了，为什么她能这样地燃烧着他的心呢？真是莫名其妙的糊涂心思。

"这个小孩子疲倦啦，"为了找些话讲他又说。"你该不要忘记吧？我们那里是欢迎你的。只要你肯提一声，我便可以做出使你满意的补救办法……晚安，小姐。"

"晚安，先生。"

待慕雷离开了他们，黛妮丝回到栗树下的黑影里去。她在巨大的树木中间没有目标地走了好久，脸上充血，脑子里轰响着混杂的念头。北北始终牵着她的手，放长他的小腿随着她。她把他忘记了。他最后说道：

"你走得太快了，小母亲。"

于是她坐在一张凳子上；孩子因为疲倦靠在她的膝间睡着了。她把他抱起来，贴着她那少女的胸怀，两眼迷失在黑影里。过了一个钟头，她领着他慢慢回到米肖狄埃街，她又恢复了她那有理性的姑娘的平静面容。

"天打雷劈的！"布拉老远地看见她向她喊道。"打击来到啦……慕雷这个下流东西买了我的房子啦。"

他忘其所以了，独自一个人在小店中间发脾气，他的动作简直超出了常态，像是恫吓着要打碎橱窗。

"啊！这个下流货！……是那个水果商写信告诉我的。你可知道他把我的房子卖了多少钱？十五万法郎，它的四倍的价钱！又来了一个大强盗！……你想想看吧，他拿我的装修作了借口；是的，房子的重新修理给他讨了便宜……他们欺负我要到什么时候才算完结呢？"

157

想到他消耗在粉刷油漆上的钱让水果商获了利，使他大为气愤。现在那个慕雷变成了他的房东：他必要把租金交给他啦！从此他要住在他的房子里，住在这个令人憎恶的敌对者的房子里！这样的一种想头就把他的愤怒十足地煽动起来。

"我听得清清楚楚地他们正在墙上挖洞……就在此时此地，他们像是哨到我坐着的地方来了！"

说着他的拳头打在柜台上，使这个小店发生了震动，阳伞和雨伞都跳起来。

黛妮丝茫茫然一句话也讲不出。她呆在那里不动，等待着这场发作的结束；同时北北非常疲倦了，睡在一把椅子上。最后布拉平静了一些，她决心传达出慕雷的口信；当然老人是会生气的，然而就从他的过度的愤慨和他发觉自己的走投无路来说，可能使他决定一次突然的接受。

"刚刚我碰到了一个人，"她开始说。"是的，乐园里一个消息很灵通的人——好像说是明天他们要向你提出八万法郎……"

他发出凶恶的声音打断了她的话：

"八万法郎！八万法郎！现在一百万也不成啦！"

她想要同他讲道理。可是小店的门开了，她猛然向后退，哑然而又脸色苍白。来人是鲍兑伯父，现出他那黄面孔和一副苍老的气色。布拉捉住他的邻人的大衣钮扣，对着他的脸大声喊叫，不让他说出一句话，仿佛他的露面使他受了大刺激：

"你知道吗，他们竟不要脸又向我提出条件来？八万法郎！这群强盗，竟会这样做！他们相信我会像一个婊子一样把自己卖掉……啊！他们买了房子，他们认为这可把我捉到了！好吧，什么都完啦，他们弄不到手！本来我也许会让步的，可是既然这房子已经是他们的，那么就让他们想法子把它拿去吧！"

"这消息是真的吗？"鲍兑声音迟缓地说。"有人跟我这么讲，我来看看有没有这么回事。"

"八万法郎！"布拉反复说。"为什么不出十万呢？最叫我生气的就是这个钱数。他们相信他们可以用金钱支使我做一件卑鄙的事情吗？……上天有眼，他们做不到的！绝不，绝不，你听着吧！"

黛妮丝摆脱了沉默，神色安详地说道：

"到你九年租期满了的时候，他们会收回房子的。"

虽然有她的伯父在面前，她恳求老人接受。斗争已经变成不可能的了，他不能同一个优越的力量作战，他如果不是发疯，便不能拒绝人家向他提出的这笔金钱。可是他始终回答"不"。九年以内,他希望他死掉,便不会再看见这回事。

"你听,鲍兑先生,"他又说,"你的侄女跟他们是一伙哩,他们就是派她来腐蚀我的……拿我的名誉说话,她跟那些强盗是一伙的!"

直到这时,黛妮丝的伯父像是没有看见她的样子。他抬起头来,现出一副阴沉沉的样子,每逢黛妮丝从他的小店门前经过,他就装出这个样子。可是慢慢地他转过身来,注视着她。他的厚嘴唇在颤抖。

"我知道的,"他悄没声地说

他继续注视着她。

黛妮丝感动得泛出了眼泪,发现他由于悲哀改变得很大。他或许想到在她所经过的这一段悲惨的生活里他未曾援助她,感到沉重的悔恨。然后看见北北在这场大吵大闹当中睡在一张椅子上,他的心肠似乎软下来。

"黛妮丝,"他单刀直入地说,"明天来吃饭吧,带着小孩子……我的女人和日内威芙要我在碰到你的时候就约你来。"

她满脸通红,抱吻了他。等他走出门去的时候,为这次和解非常快乐的布拉,又向他喊道

"管管她吧,她这个人可不错……讲到我自己,这个房子要垮的,你们会在石头堆里找到我。"

"邻居呀,我们的房子都在垮啦,"鲍兑现出阴郁的神情说,"我们全逃不掉。"

八

　　这时附近一带的人全在谈说将有一条大马路进行开辟，这条路的名字是十二月十日街，从新歌剧院一直通到交易所。征用的公文发下来了，两队拆房子的工人已经在两端打洞，一端在拆路易大帝街的旧旅馆，另一端在拆毁老通俗剧场的薄墙壁；人们听见尖嘴锄的声音愈来愈近了，沙奢街和米肖狄埃街都在为他们判了刑的房子激动着。不出半个月，打的洞便将穿成了大口子，充满了嘈杂声和阳光。

　　但是更使附近一带人激动的，是妇女乐园在进行中的工作。人们说它将有很大的扩张，巨大的店面将占有米肖狄埃街，圣奥古斯丹新街和蒙西尼街的三个街面。传闻慕雷同不动产信托公司的总经理哈特曼男爵订了约，他将占有这一块地方的全部房屋，只除掉十二月十日街上未来的街面，男爵要在那里建造一座跟大旅社竞争的房子。乐园获得了所有的租借权，小店家关门，住户向外迁移；在一些空出来的房屋里面，大群的工人在灰尘弥漫下开始新的翻造。在这场杂乱中间，只有老布拉的狭小的破店仍然纹丝不动，顽固地挂在布满泥水工人的高大墙壁中间。

　　第二天，当黛妮丝领着北北到她伯父鲍兑店里去的时候，正好有一排运砖瓦的垃圾车停在杜威雅尔老旅馆前阻塞着街道。她的伯父站在他的小店门前露出悲惨的神色在观望着。妇女乐园的面积越是膨大，老埃尔勃夫就似乎越缩小了。年轻的姑娘觉得橱窗更黑暗了，在低矮的夹层楼下压得更低了，像是监狱的圆窗口；潮气使那旧的绿招牌愈加褪了颜色，穷困的气象罩着整个的门面，死气沉沉仿佛变得瘦小了。

　　"你们来了，"鲍兑说。"当心点！它们会从你们身子上压过去的。"

　　到了小店里，黛妮丝感觉到同样的心情的紧缩。她觉得它更阴暗了，比以往更陷于衰败的睡眠状态里；空旷的角落形成黑暗的洞穴，灰尘罩住了柜台和架子；同时一阵地下室的硝石气味从一捆捆人们长久不移动的布匹上发出来。鲍兑太太和日内威芙留在账桌边，一声也不响，一动也不动，仿佛是呆在没有人去搅扰她们的寂寞的角落里。母亲在缝抹布的边。女儿两手垂在膝上注视着她面前的空间。

　　"晚安，伯母，"黛妮丝说。"我又见到您真高兴，如果我曾经得罪了您，请您原谅我吧!"

鲍兑太太非常感动地拥抱了她。

"我的可怜的女儿,"她答道,"如果我不是另有烦心的事,你会看见我更开心的。"

"晚安,堂姊,"黛妮丝又说,首先吻了日内威芙的脸蛋。

日内威芙像是惊醒过来。她也吻了黛妮丝,可是找不到一句话说。两个女人随后抱起那伸出了小胳膊的北北。这一场和解就算完全了。

"好啦!已经六点钟了,我们就座吧,"鲍兑说。"为什么你不带日昂来?"

"可是他要来的,"黛妮丝很为难地喃喃说,"今天早晨我刚好看到他,他正式答应来的……啊!不要等他吧,大概是他的东家留住他啦。"

她料想他又有了什么特别的事故,所以预先替他声辩。

"那么,我们就先去吃吧,"伯父又说。

然后他转过身子面向小店的阴暗的里面接着说:

"柯龙邦,你可以跟我们一起吃,不会有什么人来的。"

黛妮丝还未曾看见这个店员。伯母向她解释说,他们不得已解雇了另一个售货员和那个姑娘。生意变得那么坏,柯龙邦一个人足够了;可是就连他也好几个钟头没事可做,常常打瞌睡,张着眼睛会睡觉。

尽管在漫长的夏日,餐室里却点着煤气灯。黛妮丝走进去的时候,两肩受了从墙壁上发出的冷气的侵袭,轻微地打了一个冷战。她又见到了那个圆圆的餐桌,漆布上摆着餐具,窗口放进了空气,臭气烘烘的小院子狭道里射着光线。在她的眼里,这些景物像是这家小店一样,显得愈加阴惨,在流泪的样子。

"爸爸,"日内威芙替黛妮丝觉得不舒服,"我们可以把窗户关上吧?这气味不大好。"

他什么都闻不见。他好像很奇怪。

"你们要愿意,就关上窗户吧,"他终于答话了。"只是我们没有空气了。"

果然人们觉得气闷了。这是一顿非常简单的家庭聚餐。喝过汤以后,正在使女端上了烂糊肉的时候,伯父又是老一套谈起对面的人家的事情。他起初表示非常宽大,允许他的侄女说出她的不同的意见。

"天哪!你尽管随便替这些专门骗人的大店家讲话吧……每一个人各有他的主见,我的姑娘……人们缺德地把你赶出门来,如果这还不叫你厌恶的话,那你就是有充分理由喜爱他们的;譬如说,即便你要再回去,我也没有什么怨言……你们说是吧?在

161

座的人都不会怨她的吧！"

"啊！不，"鲍兑太太悄悄说。

黛妮丝像在罗比诺的店里谈话的情形一样，安安静静地说出了她的理由；她谈了商业的论理的进化，现时代的需要，新的发明的伟大性，最后谈到逐渐发展起来的大众的福利。鲍兑把两只眼睛睁得圆圆的，撇着嘴，露出竭力去体会的神情，听她讲话。等她把话说完，他摇了摇头。

"所有这些都是幻想。商业就是商业，它不外乎是这么回事……我承认他们是成功了，可也不过如此罢了。我好久都在相信他们就要倒闭了；是的，我是这么期望着，我耐心地等待着，你还记得吧？嘿！不是的，如今强盗像是走了红运，而正直的人们都穷死了……我们就到了这一步，我不得不在事实面前低头。我低头了，天哪！我低头了……"

他心里渐渐起了一股无声的愤怒。他猛然间挥动着他的叉子。

"可是老埃尔勃夫一步也不肯退让！……你听着，我跟布拉讲过：'邻居呀，你跟那些刽子手妥协啦，你那些花花哨哨的东西是丢脸的哩。'"

"吃饭吧，"鲍兑太太看见他这么怒气冲冲感到不安便插嘴说。

"等一下，我要让我的侄女彻底了解我的信条……我的女儿，你听着：我就像这个水瓶子，我绝不移动的。他们成功了，那活该！我呢，我抗议，就是这样子！"

使女端来了一块烤小牛肉。他用颤抖的手切着肉，可是他的眼力不准确了，他失掉了公平分配的权威。由于意识到他的失败，他作为一个可尊敬的家主旧有的信念丧失了。北北以为他的伯父在生气：应该叫他安静一下，立刻从他面前碟子上拿了一些甜点心和饼干递给他。于是他的伯父放低了话声，想法找些别的事情谈。他谈了一下翻修马路的事情，他是赞成十二月十日街的，这次的辟路一定会使附近一带的商业繁盛起来。可是说到这里，他又重新回到妇女乐园上来了；所有的事情都使他又回到那里去，这成了一种病态的魔障。那里的人们已经满身是灰尘，自从运材料的车子堵塞了街道，他们就什么也卖不出去了。而且扩张得那么大，这真是滑稽；顾客们会迷了路的，为什么不索性办大市场呢？尽管他的妻向他投射着恳求的目光，尽管他自己在努力，他却从这个店家的业务上谈到它的营业数字了。这不是不可想象的吗？不到四年，他们的营业数字竟增加了五倍：每年的收入，从前是八百万，而根据最后一次的报表，已经达到四千万了。所以这真是胡闹，这种事是从来没有见过的，跟这种东西是不能再斗争下去了。他们始终在扩张，如今他们已经有一千个职工了，他们有二十八个部门。这二十八个部门比什么都更使他气愤。当然有些部门是从原有的分出来的，可是也有些是完全新创办的：例如说明，一个家具部，还有一个巴黎产品部，你们懂得这个吗？巴黎产品部！真的，这些人是不讲道理的，他们最后还要卖鱼哩。黛妮丝的伯父虽然假装尊重她的意见，可是却很想把她说服。

"干脆地说吧，你是不能够替他们辩护的。我要是在我的布匹生意上加上卖锅的一部，你以为怎么样呢？是吧？你会说我发疯啦……你承认吧，至少你是看不起他们的。"

年轻的姑娘很窘困，知道说出有力的理由来也没有用，只得含笑不答。他又说：

"总之，你是同他们一伙的。我们不再谈啦，因为再闹翻也没有什么好处。看见我同我的一家人都搞不拢，这是我受不了的！……如果你高兴，你再回到他们那里去吧，可是别再讲他们的事情在我的耳朵里头烦！"

静默了一阵。他素有的激烈情绪消退成烦闷的忍让。这间狭小的餐室，燃着煤气灯热烘烘的，人们感到窒息，使女只好重新把窗户打开；院子里潮湿的臭气吹向桌边来。这时上了一道红烧土豆。人们慢慢地吃着，一句话也不说。

"瞧！你看看他们，"鲍兑拿着刀子指向日内威芙和柯龙邦又开始说。"你问问他们可喜欢你们那个妇女乐园！"

柯龙邦和日内威芙每天两次要肩靠肩坐到这个照例的位置上从容地用餐，已有十二年了。他们一句话也不说。他呢，竭力把他的面孔露出一副老好人的呆相，在他下垂的眼睑里似乎隐藏着那燃烧着他的内心的火焰；而她呢，在她那过重的头发下面，头愈加抬不起来，她仿佛为秘密的哀伤苦恼着，完全心灰意懒了。

"去年是大灾大难的一年，"伯父解释说。"我们不得不把他们的婚事延迟下来……不，为了开开心，你问一下他们对于你的朋友们的想法怎么样。"

黛妮丝为了讨他欢心便向两个年轻人问了。

"我不能够喜欢他们，我的堂妹，"日内威芙回答。"可是，你放心吧，并不是大家都讨厌他们的。"

于是她注视着柯龙邦，他正露出茫然的神情搓着面包屑。当他感觉到年轻姑娘的眼睛落到他的身上，他便说出激烈的话来。

"一家肮脏的店！……这一个也罢，那一个也罢，全是一群无赖！……所以他们真正是附近一带的虎列拉！"

"你听见他的话了吧！你听见了吧！"鲍兑很开心地叫着。"这一个人是他们绝对弄

不到手的！……啊！你是最后一个了，再也找不到第二个！"

可是日内威芙露出严峻而又痛苦的面容，用眼睛盯着柯龙邦。她一直看透了他的内心，他感到不舒服，便更加倍地嘲骂着。鲍兑太太对着他们，看看这个看看那个，沉默而又不安地像是预感到一件新的不幸。近来有相当长的时间，她的女儿的悲哀使她害怕，她感到她要死掉了。

"店里没人照管，"最后她离开餐桌说，她希望中止这个场面。"你去吧，柯龙邦，我仿佛听见有人来。"

人们已经吃完了饭，站起身来。鲍兑和柯龙邦去同一个中间人在谈话，那人是来取订货的。鲍兑太太领着北北去了，给他去看画片。使女匆忙地收拾了餐桌，黛妮丝靠近窗边在出神，注视着那个小院子，等她转过身来，她看见日内威芙始终还坐在她的座位上，两眼盯着餐桌的漆布，桌布刚刚用海绵洗刷过还是湿的。

"堂姐，你不好过吗？"她问她。

年轻的姑娘并不答话，眼神凝固地在研究着桌布上的一条裂痕，仿佛她心里有继续不断的心事把她完全占据了。然后她痛苦地抬起头来，注视着低头向她看的那副同情的面容。别的人都已经走了吗？她还坐在椅子上做什么呢？猛然间一阵悲泣把她哽咽住，她的头垂在桌边上。泪水浸湿了她的在袖。

"天哪！你怎么啦？"黛妮丝慌张地叫着。"要我叫一个人来吗？"

日内威芙神经质地抓住了她的手腕。她留住她，断断续续地说：

"不，不，别走……啊！不要叫妈妈知道！……你知道，这没有什么关系；可是别让别人知道，别让别人知道！……我跟你讲真话，我是一阵情不自禁。我觉得自己非常孤独……等一下，我好起来啦，我不再哭了。"

可是阵阵的发作又袭来了，她打了几个大冷战，震动着她那脆弱的身体。好像是她那厚重的黑色头发把她的脖颈压得直不起来。当她的头在她交叉的手腕子上难过地滚动的时候，一支发针松下来了，头发蓬散在她的脖子上，黑压压地包住了她。黛妮丝怕引起人的注意，悄声下气地试图安慰她。她替她解开了衣服，看见她瘦得那么令人难忍，悲痛得愣住了：这个可怜的姑娘，胸部像一个小孩子样深陷下去，像一个被贫血病啮噬的老处女那样一无所有了。黛妮丝满满的两手把头发捧起来，这些漂亮的头发似乎在吸取着她的生命；然后为了叫她畅快些，给她多点空气，便把头发结得紧一些。

"谢谢，你真好心肠，"日内威芙说。"我不胖，是吧？我从前是更健壮的，可是都完了……扣上我的衣服吧，妈妈会看见我的肩膀的。只要我能够，我就把它们藏起来……天哪！我身体不好，我的身体真不好。"

可是这阵发作安静下来了。她疲惫地留在椅子上，眼睛死盯着她的堂妹。沉默了一会儿以后她问道：

"你说真心话，他爱她吗？"

黛妮丝感到脸上泛起了一片红潮。她完全懂得她指的是柯龙邦和克拉哈。可是她装作吃惊的样子。

"亲爱的，你说的是谁呀？"

日内威芙现出一副不相信的神情摇了摇头。

"不要装假啦，我求求你吧！帮我点忙，给我一个确实的话吧……你一定知道，我已经感觉到了。是的，你曾经是那个女人的伙伴，而且我看见了柯龙邦追着你，跟你小声谈话。他叫你向她传消息，不是吗？……啊！做做好事，跟我讲真话吧，我向你保证，这样对我会有好处的。"

黛妮丝从来没有碰到过这样为难的事情。她在这个一向哑口无言而又窥察出一切的女孩子面前放低了眼睛。可是她仍然打起精神来哄骗她。

"可是他爱的是你呀！"

这时日内威芙做出了绝望的姿势。

"好啦，你什么话都不肯跟我讲……再说，这在我是一样的，我已经看见过他们了。他常常跑到马路上去看她。而她呢，在楼上，笑的样子像是个坏女人……毫无疑问他们在外头见过面了。"

"说到这个，可没有过，我对你发誓！"黛妮丝叫着，她为了至少要给她这点安慰便忘记了自己。

年轻的姑娘呼吸了一口大气。她软弱无力地微笑了一下。然后发出稍为平复的软弱的声音说：

"我很想喝一杯水……原谅我，我麻烦你啦。在那儿，在橱柜里。"

等到她接过了水瓶子，一口气喝光了一大杯。她用一只手推开了黛妮丝，后者怕她这样喝法会对她有害的。

"不，不，随我去吧，我老是干渴……夜里我还起来喝水。"重新是一阵静默。她又温柔地说：

"你要知道，十年以来，结婚这个念头都在缠着我。我还在穿短衣服的时候，柯龙

165

邦就已经对我有意了。我几乎都记不起这件事情是怎么发生的。始终生活在一起，彼此不离，守住这个地方，我们之间从来未曾有过分心的事，结果，我是在时间未成熟以前就相信他是我的丈夫了。我不知道我是否爱他，我只知道我是他的妻子，再没有别的……可是今天，他去找另外的一个女人了！啊！天哪！我的心裂开了。你瞧，这一种痛苦是我未曾感觉过的。它进入了我的胸部，进入了我的头脑里，然后遍及我的全身，正在要我的命。"

泪浮在她的眼里。黛妮丝出于怜悯，眼里也湿润了，便问她：

"伯母疑心到什么没有？"

"是的，妈妈已经疑心了，我相信……至于爸爸，他的事太多，并不了解他延迟结婚所给我的痛苦……有好几次妈妈问过我。她看我这样憔悴很是不安。她本人就从来不健壮，所以她常常跟我说：'我可怜的女儿，我没有把你养得很结实。'可是她一定发觉我是瘦得太厉害了……看看我的腕子，这还成话吗？"

一只手颤抖着，她又拿起了水瓶。她的堂妹想要拦阻她不叫她喝。

"不，我非常渴，让我喝吧！"

她们听见鲍兑提高了嗓门在谈话。黛妮丝任凭她心情的冲动，跪在地上，友爱地抱住了日内威芙的膀子。她吻了她，向她保证一切都会好起来的，她将同柯龙邦结婚，她的身体会健康起来而且会幸福的。她急忙又站起身来。伯父在叫她了。

"日昂在这儿，你来吧！"

果然是日昂，他惊惊慌慌地到这儿来吃饭。人们告诉他已经八点钟啦，他大吃一惊呆住了。不可能的，他刚才从他东家的家里出来。人们跟他开玩笑，不错，他是从万神森林这条路上来的。可是等他走近他姐姐的身边，他悄声下气地向她说：

"一个洗衣服的小姑娘，她去把她的衬衣取回来……眼前有一辆车子在等我。给我五个法郎吧！"

他出去了一会儿，又回来吃饭，因为鲍兑太太不愿意他什么都不吃便走开，至少也得喝盆汤吧！日内威芙又出现了，依然是她那副照例的沉默和忍让的神情。柯龙邦在柜台后面打盹儿。这一晚过得又凄凉又缓慢，只有鲍兑在这个空店里从这一头走到那一头的脚步声算是添点生气。一盏单头的煤气灯在燃烧着，低低的天花板的阴影大片大片地垂下来，仿佛是洞穴的黑地面。

几个月过去了。黛妮丝几乎每天都来使日内威芙高兴一阵。可是鲍兑的家里愈来愈凄凉了。对面人家的工作是增添他们的不幸的一桩经常的苦恼。即便他们有一时一刻的希望，有一场意外的快乐，而一辆砖车倒砖的响声，切石工人的锯子的响声，或者仅仅是泥水工人的一声呼唤，就足够打破了他们的快乐。事实上，附近一带的人全部在受着刺激。从阻碍了交通排列在三条街上的木板的围圈里，发出了一片火热的活跃的震动。虽然建筑师是在利用现存的建筑，可是为了翻造，他把房子的各部分全都开凿了；正中央在院子的空地里，他建造了一间中央陈列室，庞大得像是一座教堂，那儿将在圣奥古斯丹新街的门面中间，开出一面正门。他们在建立地基的时候首先遇到很大的困难，因为他们碰到了排水道的渗入部分和死人骨头的葬地。其次掘井使邻近的人家非常地担心，这口井有一百公尺深，排水量每一分钟要有五百升。现在二层楼的墙已经筑起来了；台架子，盘旋的木材的骨干，包围了整个房屋的面积；人们不停息地听见绞盘机向上起运石材的轧轧声和突然间卸下铁板的声音，成群的工人的喊叫，又伴奏着锄锹和锤子的声响。然而最令人震耳欲聋的是机器的震动声；全部机器是由蒸汽发动的，尖锐的呼啸声把空气都裂开了；同时只要有一阵风吹来！便飞起一片石灰的云雾，像下雪一样降落在周围的屋顶上。鲍兑一家人绝望地观望着这些令人深恶痛绝无孔不入的灰尘，灰尘连最细密的壁板也进得去，弄脏了小店的布匹，甚至溜到他们的床上去；想到自己还要把它们呼吸进去，而它们结果会杀害了他们，这个念头就成了他们的生存的毒素。

　　而且情况是愈来愈恶化了。到了九月间，建筑师怕时间来不及，决定夜间也进行工作。强烈的电灯设立起来了，转动的声音不再停止；工作的人接连换班，锤子的声音一刻不停，机器继续不断地呼啸，始终不息的嘈杂声响也更喧腾了，像是把石灰扬起来向各处散布。这时鲍兑一家人气愤得不得了，他们甚至要放弃了睡觉的想头；他们躺在床上动荡不宁，等到疲劳使他们昏昏沉沉睡去以后，喧嚣声便变成了梦魇。然后为了镇定他们的烦躁，如果他们光着脚走下床去打开窗帘，他们便会在妇女乐园的幻影面前吓呆了，它在黑暗里燃烧着，像是一个正在铸造他们的毁灭的铁工厂。在开了一些空洞和刚刚造了一半的墙壁中间，电灯投射出大片的蓝光，光线的强烈令人睁不开眼。早晨两点钟的钟声响了，然后是三点，然后是四点。当附近一带的人在苦闷的睡眠之间，月光照耀的工作场地显得大起来，变成又巨大又奇形怪状的，黑影憧憧，发出工人们的喧声，他们的影子映在新建的墙壁的不调和的白粉上。

　　鲍兑伯父的话说对了，邻近几条街的小买卖又受到一次可怕的打击。妇女乐园每次创设了新的部门，周围的小店家便是一次新的崩溃。灾难扩大了，人们听见老的店家轧轧欲坠的响声。沙奢胡同的内衣商塔丹小姐已宣布破产了；手套商奎内特几乎再

支持不了六个月；皮货商人王普义被迫又租出去一部分店面；帽袜商贝多雷兄妹，始终还在盖容街上支持着，他们显然是在吃他们过去储蓄的底子。目前的情形，是在老早预见到的一些崩溃之上又在追加着另外的崩溃：巴黎产品部威胁了圣洛施街上的一个玩具商——

一个多血质的大胖子戴里尼埃；同时家具部打中了皮奥和李瓦尔的要害，他们的店家死气沉沉地睡在圣安胡同的阴影里。人们甚至害怕玩具商会中风，因为他看见妇女乐园把钱袋的标价减低了百分之三十，他的怒气便压服不住了。家具商人是比较冷静的，他们假装着讥笑这些卖布的，说他们多管闲事也作起桌子椅子的生意来了；然而顾客们已经离弃了他们，这一部的成功作了惊人的预报；一切都完了，他们必得认输了；从此以往，别的人家也将被扫除掉，而且没有什么理由要说每一行生意不该顺序地从他们的柜台里被赶出来。总有一天只有乐园的屋顶罩遍邻近的一带。

目前早晨和晚间，当成千的职工出出进进的时候，他们在盖容广场上列成那么长的一排人，大家都会停住脚步观望他们，仿佛在看军队的队伍。有十分钟光景，人行道被他们阻塞着；一些小店主站在他们的门前，替他们那仅有的店员在发愁，他们已经不知道怎样活下去了。这家大店的最后一次报表，出现了四千万的营业数字，这又给邻近人家一场激动。这事在惊奇和愤怒的喊声中，传遍了家家户户。四千万！这可是想得到的事吗？毫无疑问，他们的纯利是不会超出百分之四的，因为他们通常的费用相当大而且还有他们例行的大廉价。然而一百六十万的利润依然是一笔很可观的数字，人们要是用这样大的资本去经营的话，谁也会满足于百分之四的利润。传说慕雷起初的资本是五十万法郎，每年把全部的利润增加进去，目前的资本必然达到四百万了，所以从他们的柜台里出去的货物已有资本的十倍。当罗比诺饭后在黛妮丝面前计算这笔账目的时候，两眼望着空盘子，意气消沉地呆了一会儿：她说的话是有道理的，就是这种资本的不断的反复流通发挥了新型商业的不可抵抗的力量。只有布拉不承认事实，拒绝理解，像一座里程碑似的牢固而又痴呆。整个的是一伙强盗！是一群骗子！是人们总有一天从水沟里捞出来的吹牛大王！

不过鲍兑一家人，尽管在老埃尔勃夫店里不愿意改变他们的惯例，却也在设法支持这场竞争。顾客已经不到他们的店里来，他们要通过跑街去找顾客了。当时在巴黎的市场上有一个中间人，他跟所有的大裁缝都有来往，当他肯惠然介绍的时候，他就救济了那些卖布的和卖法兰绒的小店家。自然大家都在争夺他，他摆出了一副了不起的架子；鲍兑跟他讲过价钱，可是不幸看见他同小田园十字街上的马蒂农一家店谈成

了。一次又一次，另外的两个中间人骗了他；第三个是一个诚实的人，可是没有作成生意。这是一种没有激变的慢性死亡症，是一种继续不断的生意的减退，顾客一个接着一个地不见了。终于有一天，支付的限期成了严重的问题。直到如今他们是用他们从前的积蓄生活过来的；现在开始负债了。十二月间，鲍兑被他应付的单据的数字吓昏了，便忍心来一次最残忍的牺牲：他卖掉了他在兰布义耶乡下的房子，为了常常的修理这所房子消费了他大量的金钱，而且当他决心出手的时候，他连房客的租金都还未曾收到过。这一次的出售毁灭了他唯一的生活的梦想，他的内心里在流血，像是死掉了一个亲人。这所消费了他二十万法郎以上的房子，他必得为了七万法郎就割舍了。而且他能够找到了他的邻居郎姆一家人，还认为是幸运的，郎姆家很想扩大他们的地面，事情便决定了。这七万法郎暂时可以把这个店家维持一些时间。尽管有过一再的失败，而斗争的念头又复活了：目前守着本分，大概还会胜利的。

在郎姆家付款的那个星期天，他们居然肯到老埃尔勃夫店里来吃一顿饭。奥莱丽太太是第一个来到的；他们必得等待那位会计，他迟到了，被整整一个下午的音乐弄得心神不定；至于年轻的阿尔倍，他是接受了邀请的，可是他没有露面。再则，这一晚是闷人的。鲍兑一家人一向是同外界隔绝地生活在他们那间狭窄的餐室里，而郎姆家人带来的这阵风，以及他们那四分五裂的家族和他们那种自由生活的风趣，都使鲍兑家人感到痛苦。日内威芙对于奥莱丽太太那种神圣不可侵犯的态度感到极不愉快，没有开过口；同时柯龙邦想到她是支配克拉哈的，便佩服得直打哆嗦。

那天晚上，因为鲍兑太太早就上了床，鲍兑便在入睡以前，在他的寝室里来回地踱了好久。天气温暖起来了，正是解冻和潮湿的时间。虽然关上窗户和挂着窗帘，从窗外却听得见对面作工事的机器轰隆轰隆响。

"伊丽莎白，你知道我在想什么？"他终于说。"好吧！尽管叫郎姆这家人赚进大批的钱去吧，我却情愿守我的本分也不愿像他们那样……他们成功啦，这是真的。他的女人说过的，是吧？这一年她赚进了几乎两万法郎，这才使得她能够买了我的那所可怜的房子。没有关系！我的房子是卖出去啦，可是至少我不会独自去玩音乐而你却找别的人去胡调……不，你瞧着吧，他们不会幸福的。"

他的牺牲依然使他有很大的苦恼，他对于那些买了他的美梦的人抱着一种怨恨。当他走近床边，他做着手势，面向他的妻俯着身子；然后又回到窗口，静默了一会儿，他倾听建筑工地的喧骚。他又谈起他对于新时代的那些老的控诉，那些激烈的怨言：从来也没见过这样的事情，眼前小店员比开店的赚钱还多，会计买了做老板的产业。

一切都不成体统了，一家人没有了生活，大家不在自己家里正正当当地用餐，却过着旅馆似的生活。最后他下了一个预言，说年轻的阿尔倍以后会同一些女戏子吃光了兰布义耶的房产。

鲍兑太太静听着他讲话，头直挺挺地躺在枕头上，面色那么苍白，如麻布一样的颜色。

"他们把钱付给你啦，"她终于温柔地说

鲍兑猛然哑口无言了。他眼看着地面，走了几秒钟。然后他又说："他们把钱付给我啦，这是真的；不管怎么说，他们的钱也跟别人的钱是一样有用的……拿这笔钱要是把店兴旺起来，这倒是蛮有趣的。啊！如果我不是这么老，这么疲惫呀！"

沉默了好半天。一些漠然的计划缠住他。他的妻子，眼睛向着天花板头一动也不动，突然讲话了。

"近些时，你可曾注意到你的女儿吗？"

"没有，"他回答

"喔！她有点叫我不安心……她面无人色，她似乎心灰意懒了。"

他满怀着惊讶停在床前。

"怎么！为了什么呢？……她要是有病，她应该说出来呀 明天必须去找医生。"

鲍兑太太老是躺着不动，停了好一会儿，她像是很有心思的样子自言自语地说：

"她同柯龙邦的这场婚事，我看顶好是早点办了吧！"

他望了她一下，然后又开始来回地走。他记起了一些事情。他的女儿可能是为了这个店员的缘故害了病吗？她爱他爱到不能再等待了吗？这又是一方面的不幸！由于他自己对于这场婚事已经拿定了主意，所以这就愈加使他心烦意乱。在目前的情况下，他是绝对不愿意去做这件事。可是他的不安却使他心平气和了。

"好吧，"他最后说，"我要跟柯龙邦谈谈。"

一句话不再说，他又继续踱来踱去。他的妻立刻阖上了眼睛，满面惨白像是死人一样睡着了。他还在来回走。在他上床以前，他拉开窗帘，向外看了一眼：在街道的对面，杜威雅尔老旅馆张着大嘴似的窗口透出了工事场地上的一些空洞。空洞里在炫人眼目的电灯下，一些工人在动来动去。

第二天早晨，鲍兑带着柯龙邦到夹层楼一间狭窄的房间紧里边去。一夜间，他已经决定了要同他讲什么话。

"我的孩子，"他开始说，"你知道我把我在兰布义耶的产业卖掉了。这样可以使我们的腰板硬起来……可是，预先我要跟你谈一谈。"

年轻人像是害怕这场谈话，呆头呆脑地在等待着。他那双小眼睛在他那副大面孔里眨来眨去，他张开嘴呆住了，这正是他怀有深刻烦扰的表征。

"你好好地听我讲，"布商人又说。"当奥施柯诺老爹把老埃尔勃夫交给我的时候，这店家是兴旺的；他本人从老菲内手里接过来，也是情况很好的……你了解我的意思：如果我把这一家族的委托转给我的孩子们有了减少，我相信我就是作了一件下流的事；因此我老是在延迟你同日内威芙的婚事……是的，我是不服输的，我希望复兴旧时的盛况，在我把账本交到你的面前的时候，我要说：'你瞧！我接手的那一年，卖了多少多少布，今年，我退出的这一年，卖出增加了一万或是两万法郎……'总之你明白，这是我跟我自己起的誓，这种心愿也是很自然的，我要证明这个店在我的手里未曾有过损失。否则的话，我便好像是抢夺了你们。"

一阵感动哽住了他的声音。他擤了鼻涕，恢复过来，问道：

"你没有什么话说吧？"

可是柯龙邦是没有什么话可说的。他摇了摇头，他在等待着，愈来愈觉得为难了，相信他已经猜中老板所要谈的是什么。也便是赶快结婚。他怎么拒绝呢？他绝对没有这股勇气。可是还有另一个姑娘呢，他夜里常常梦见她，有那么一团火焰烧着他的肉体，使得他怕是就要断了气光着身子投在地面上！

"今天，"鲍兑接着说，"有一笔钱可以拯救我们了。情形是一天一天地坏下去，可是要再做一番最大的努力，也许……总之，我要预先向你讲明白。我们要冒一次孤注一掷的危险。如果我们被打倒，好吧！我们也就被断送了……不过，我可怜的孩子，你们的婚事又不得不延期一次，因为我不愿意使你们单独投进这场大斗争里去。那样做，我将是太怯懦了，你说是吧？"

柯龙邦安下心来，他坐到麦尔登呢的布匹上。他的两腿依然在发抖。他怕被人看出了他的欢喜，低下头，手指在他的膝上滚动着。

"你没有什么话说吧？"鲍兑又说。

不，他没有什么话说，他找不到什么话可说。这时布商又慢慢谈起来：

"我相信这样一定会叫你伤心的……你必须鼓起勇气来。你稍微振作一下，不要这样无精打采的……最要紧的，好好地了解我的处境。我能够把这样一副担子吊在你的脖子上吗？也许我不但没有留给你们一个好买卖，反倒留给你们个破产呢。不，只有无赖才会这样做……毫无疑问，除了你们的幸福，我没有别的愿望，可是谁也不能

171

世界传世藏书 世界禁书文库 妇女乐园

叫我违背着我的良心去做。"

他就这样子谈了大半天，自己在矛盾的词句中间挣扎着，仿佛一个人很想用一句话就叫人理解他，而又不得不倾吐出来。既然他约定了要把他的女儿和这个小店在良好的状况下——前者没有缺点后者没有负债——交出去，那么他便要严格诚实地这么去做。可是他已经疲倦了，这个负担在他似乎太重了，从他那含混不清的声音里都表露出哀恳。他嘴里吐出来的话愈加混乱了，他等待柯龙邦来一次热情的奋发，一次内心的号叫，可是却没有等到。

"我很了解，"他叽叽咕咕地说，"老人是缺乏激情的……至于年轻人，做事容易发火。他们身上有火力，这是自然的……可是，不，不，老老实实地说，我不能够！如果我把事情交给你，将来你会责备我的。"

他颤抖着停住了；可是因为年轻人始终低着头，他便在一阵难堪的沉默之后，又问了第三次：

"你没有什么话要说吧？"

柯龙邦并不望着他终于答话了：

"没有什么话可说……你是主人，你比我们考虑得更周到。既然你要这么做，我们就等着吧，我们将努力说服自己。"

话讲完了，可是鲍兑还在希望他投到他的怀抱里叫道："父亲呀，你休息吧，我们来代替你战斗，就照现有的样子把店给了我们吧，好让我们做出奇迹来拯救它！"然后他注视着他，感到一阵惭愧，他暗中责备自己存心叫孩子们上当。老式店主的诚实的癖性在他的心里又觉醒了；这个谨慎的孩子是明理的，因为在商业上是不讲情感的，要的是数目字。

"跟我握握手，我的孩子，"他作为结束说。"就这么决定了，在一年以内我们不再谈结婚的事。最要紧的是考虑正经事。"

当天晚上，在他们的寝室里，当鲍兑太太向她丈夫问到谈话的结果的时候，鲍兑那股要亲自战斗到底的顽强心愿又起来了。他大为赞美柯龙邦：一个稳重的孩子，他的主意是牢靠的，再则他已养成了卓越的见识，例如说吧，他不会像乐园里那群小白脸那样同顾客们嬉皮笑脸。不会的，他是正派的，他是属于这一家族的，他做生意是不儿戏的，不像在交易所里讲行情那样。

"可是，什么时候结婚呢？"鲍兑太太问。

"再迟一些，"他回答，"等到我有办法履行我的诺言的时候。"

她没露声色，单单说：

"我们的女儿会死掉的。"

鲍兑压制着自己，他的怒火上升了。如果人们这样继续不断地来麻烦他，要死的该当是他！这是他的过错吗？他是爱他的女儿的，他说他情愿为她送命；可是在店家这么没起色的时候，他暂时不能不把它弄活起来呀！日内威芙应该有点理性，耐心等到一张更好的资产负债表出来。鬼东西！柯龙邦留在那儿呀，谁也不会抢了他去呀！

"这真是不可相信的事，"他反复说，"一个受了这么好的教养的姑娘！"

鲍兑太太不再讲话。毫无疑问她已料中日内威芙那种妒忌的痛苦了；可是她不敢向她丈夫讲明。一种女性特有的谨慎老是阻止她同他接触到某些微妙的情感问题。当他看见她一声不响的时候，他把他的怒气转向对面的人们身上去，他对着工事场地向空中伸出了他的拳头，在那一夜，人们在场地上大声捶着锤子，搭起了铁的骨干。

黛妮丝又准备回妇女乐园去了。她已经明白虽然罗比诺夫妇被迫要紧缩人手，可是却不知道如何把她解雇。为了支持下去，他们必须亲自做一切的事；高日昂还固执地保持着他的怨恨，放长了他的信用贷款，甚至应允给他去找资金；可是他们害怕了，他们想法节省开支减少订货。半个月以来，黛妮丝同他们在一起很感到窘困；她不得不首先开口了，说她在别的地方找到了位置。这是一件大快人心的事，罗比诺太太非常感动地拥抱了她，说她将永远想念她。可是当年轻的姑娘在回答问话的时候，说她要再回到慕雷那边去，罗比诺的脸色变白了。

"你做得对！"他激烈地叫起来。

把这消息通知老布拉不是那么容易的事。可是黛妮丝又必须跟他解约，她吓得浑身打战，因为她对于他抱着非常的感激心理。在这时期，布拉在隔壁工事场地的喧闹声中，正气愤得不得了。运材料的车子妨碍他的小店；锄头击打着他的墙壁；在他的店里，无论阳伞或是手杖，所有的东西都随着铁锤的响声跳动着。仿佛在这场破坏中那顽强支持着的破小屋就要裂开了。然而最坏的是，建筑师为了把这店家现存的各部同在杜威雅尔老旅馆里新设的各部接连起来，打主意从把它们分开的这座小房子下面开辟一条通道。这座房子是属于慕雷公司的，面按照租约住户要容忍修理的工程，于是一天早晨工人们就出现了。布拉当场几乎昏厥过去。左右前后四面八方来扼杀他还不够吗？人们还要占领他的脚底下，还要吞掉他身子底下的地面！他把泥水工人赶走了，他要打官司。不错，这是修理！然而这是锦上添花的装潢。附近一带的人认为他会胜利，可也不敢保证。不管怎么说，这场官司威胁着要长期僵持下去，人们热烈地注意着这场不得开交的决斗。

黛妮丝终于下了决心来向他宣布解约的那一天，正好布拉刚刚从他的辩护人那里回来。

"你相信吗！"他喊叫着，"现在他们说这座房子不坚固啦，他们借口地基必须重修……鬼东西！他们用那些倒霉的机器震动这房子也有不少时候啦。所以说如果要坍下去，那也没有什么奇怪的。"

后来，年轻的姑娘向他宣布她要走了，她再回到妇女乐园去，每年将有一千法郎的收入，这时他是那么惊愕，单单向着空中举起了他那老人的颤抖着的双手。他激动得跌坐在一张椅子上。

"你！你！"他喃喃地说。"到头来就是我一个人，除了我没有人留在这儿！"

沉默了一会儿他又问道：

"小孩子怎么办呢？"

"他再回到戈拉太太家里去，"黛妮丝回答。"她是非常喜欢他的。"

他们又沉默下来。她宁愿他骂着敲着拳头大发脾气；老人这样窒息着苦恼着，使她心痛。可是他渐渐恢复过来，他开始叫着：

"一千法郎，这是不能拒绝的……你们全都去吧！走开吧，让我一个人在这儿。是的，一个人，你记住吧！总有一个人他是绝不会低头的……你去跟他们说，即便我吃光我最后的一件衬衫，我也要把官司打赢！"

黛妮丝要到月底才能离开罗比诺。她又跟慕雷见了一面，一切都已经讲定了。一天晚上，她正要上楼到她的房间里去的时候，杜洛施在大门口暗中等着她，从过道里把她拦住。他非常快乐，这个好消息已经传到他的耳朵里了，他说店里所有的人都在谈论这件事。而且他很快活地讲述了各柜台的纷纷议论。

"你知道，时装部的那些女人都垂头丧气哩！"

接着他打断了自己的话头又说：

"顺便跟你讲一声，你还记得克拉哈·普瑞内尔吧！听说老板要和她……你明白吧？"

他的脸红起来。她脸色惨白地叫道：

"慕雷先生么！"

"这种趣味可滑稽，你说是吧？"他又说。"一个像一匹马的女人……内衣部里那个小女人，去年跟他有过两次，至少还算是可爱的。总之，这不关我们的事。"

黛妮丝回到了她的房间，似乎昏昏倒倒的。这一定是由于她上楼时跑得太快了。她倚在窗口，猛然间她见到了瓦洛额的景象，那条荒凉的街巷，铺道上长着薜苔，她在幼儿时常常从她的寝室望着它；她起了一种欲念要重回到那里去，在乡下的和平而与世隔绝的生活里寻求庇护。巴黎叫她生气，她憎恶妇女乐园，她不明了她为什么答应再回去。她在那里定然还是要受痛苦的，自从杜洛施讲了那些话以后，她已经受着一种不可解说的烦闷的痛苦了。说不出为了什么缘故，一阵汹涌而起的眼泪使她离开了窗口。她哭泣了好久，才重新得到一些勇气再生活下去。

第二天早晨在早餐的时间，罗比诺派她到外边去办事，她从老埃尔勃夫门前走过，她推开门，看见柯龙邦一个人在这个小店里。鲍兑一家人正在吃早饭，可以听得见小餐室里响着刀叉的声音。

"你可以进去，"那个店员说。"他们在吃饭。"

可是她叫他别作声，领他到屋角里。于是放低了声音说：

"我要找你谈谈话……你可是没心肝的吗？你不曾看见日内威芙是在爱你而且正要死掉吗？"

她浑身发抖，她昨晚上的那股热情又重新激动着她。而他呢，惊惊慌慌的，被这种突然的攻击吓呆了，找不到一句话来说。

"你听着，"她继续跟他说，"日内威芙已经知道你在爱着别的人。她向我谈过啦，她哭得像一个泪人儿一般……啊，可怜的孩子！她再受不住更大的痛苦啦，你去看看吧！如果你看见她那只小胳膊呀！那是令人难过的……你说，你不能就这样子叫她死去吧！"

他终于十分慌乱地说话了。

"可是她并没有害病呀，你夸大其词了……讲到我，我看不出什么来……而且是她父亲要把婚事延期的呀！"

黛妮丝不客气地拆穿了这种谎话。她已经感觉到只要这个年轻人表示一点点的固执就可以使她的伯父决定下来的。至于讲到柯龙邦的惊讶，那倒不是假装的：他真正从来没有看出日内威芙那种慢性的苦痛。在他，这一种揭露是非常不开心的。只要他还不知情，他便不会太厉害地责备自己的行为。

"而且是为了什么人呢？"黛妮丝又说，"为了一个最没有价值的女人！……可是你不知道你所爱的是个怎样的人吗？直到如今我不愿意叫你心里难过，你继续不断问我的话，我常常避免答复你……好吧！真的，她跟所有的人都有来往，她在嘲笑你，你绝不会得到她的，或者也像别的人一样，不过来往一次就完。"

他面色惨白地听她讲；她的谈话每向他那咬紧牙关的面孔上扑来一次，他的唇便抖动一下。她在一阵残酷的发作中发泄了自己未曾意识到的激昂。

"老实说吧，"她发出了最后一声的呼喊说，"你要是想知道的话，她跟慕雷先生打在一块儿啦！"

她的声音哽咽住了，她脸色比柯龙邦的还苍白。两个人互相观望着。

然后他嗫嚅着：

"我爱她。"

这时黛妮丝觉得羞愧了。为什么她要向这个孩子这样讲话呢？为什么她要这样的激烈呢？她一声不响停住了，他刚才答出来的简单的一句话响在她的心里，如远方的钟声使她耳聋了。"我爱她，我爱她，"这句话在扩大：他是有道理的，他不能同另外的人结婚。

及至她转过身来，她瞥见日内威芙正站在餐室的门槛边。

"别作声！"她急忙说。

然而已经太迟了，日内威芙必然听到了。她的面上没有了血色。正在这时一个顾客推门进来，来的是布尔德雷夫人，她是老埃尔勃夫的最后一个忠实顾客了，她到这里来买结实的物品；许久以来，德·勃夫夫人就随着时髦转到乐园去了；就连玛尔蒂夫人也不再来，她完全被对面陈列的商品的诱惑所征服了。于是日内威芙不得已走向前去，发出她那微弱的声音说：

"夫人要什么？"

布尔德雷夫人要看一看法兰绒。柯龙邦从架子上取下了一匹，日内威芙把料子展开；这两个人，手冰冷的，又发觉在柜台后面站在一起了。同时，鲍兑随着他的妻最后一个从小餐室里走出来，他的妻坐到账桌的位置上去。他起初并不干预这次的生意，只向黛妮丝笑了笑，站在一旁观望着布尔德雷夫人。

"这个不够漂亮，"后者说。"把你们最好的拿给我看看。"

柯龙邦又另外取下了一匹。暂时沉默了一会儿。布尔德雷夫人查看着料子。

"多少钱？"

"六法郎，夫人，"日内威芙回答。

这位女顾客猛然动了一下。

"六法郎！可是对面有同样的东西，卖五法郎。"

鲍兑的脸上轻轻地抽搐了一下。他禁不住要恭恭敬敬地来参与这件事了。毫无疑问是夫人弄错了，这种东西应该卖六法郎五十生丁哩，别人卖五法郎是不可能的事。所谈的一定是别种料子。

"不，不，"她反复固执地说，像一个以识货为自豪的城里人那样。"料子是一样的。也许比这个还更厚实些。"

争论变得尖锐了。鲍兑脸上现出肝气，却努力保持着笑容。乐园给他尝到的苦味在他的喉头里破开了。

"说真的，"布尔德雷夫人最后说，"你们一定要对待我更好一些，不然的话，我也像别人一样要到对面去了。"

这时他控制不住他的头脑了，他被阵阵的怒气激动着，喊起来：

"好啦，你到对面去吧！"

听了这话，她非常不开心，站起身来，头也不回地走去了，口里说着：

"我就要这么去做，先生。"

大家都麻木在那里。老板的凶暴把所有的人都吓住了。就连他自己也吃了一惊，对他刚才说过的话发抖。他在长期积累的怨恨的爆发中，这句话非出于本心就脱口而出了。现在鲍兑一家人垂着手动也不动用目光追随着布尔德雷夫人，看她穿过马路去。她似乎带走了他们的幸运。当她迈着斯斯文文的脚步走进了乐园的高大门口的时候，当他们看见她的背影消失在人群里的时候，仿佛从他们身上抢走了一件东西。

"他们又从我们这里抢走了一个客人！"布商喃喃地说。

然后他转身对向黛妮丝，他已经知道她重新被他们雇用了：

"连你也是的，他们又叫你回去啦……啊，我不要讲你什么话……既然他们有钱，他们就是最强的。"

正在这时，黛妮丝依然希望日内威芙未曾听到柯龙邦的谈话，便对着她的耳朵说：

"他是爱你的，更快活一些吧！"

可是年轻的姑娘发出裂心的声音非常低地对她答道：

"为什么你要说谎呢？……你瞧！他情不自禁了，他向高头望哩……我知道他们从我手里把他抢走了，正如他们从我们这里夺走了一切。"

她走去靠近她的母亲坐在账桌的位置上。她的母亲显然窥察出年轻的姑娘又受到了新的打击，因为她的眼睛哀伤地看看她又看看柯龙邦，然后再转向乐园。这是真话，他们抢走了一切：从老头子手里抢走了财富；从母亲手里抢走了濒于死亡的孩子；从

女儿手里抢走了她等待了十年的丈夫。黛妮丝面对着这一个受难的家族，她的心怀着深厚的同情，感到一阵怕自己做了坏事的恐惧。她不是又同那个机器携手合作了吗？那个机器却粉碎了这些可怜的人们！然后她发觉她像是被一种力量带着走的，而她觉得她所做的不是坏事。

"呸！"鲍兑为了振作自己的勇气又说，"我们不会就死掉的。失掉一个顾客，又会找到两个……你听着，黛妮丝：我有七万法郎放在那里，那会叫你们的慕雷夜里睡不着觉哩……喂喂！你们大家不要这么哭丧着脸子！"

可是他不能叫他们快活起来，就连他自己也陷于面无人色惘然若失的状态里；大家都被吸引着，中了魔似的，满肚子的不幸，眼睛盯在那个怪物上。工事就要完成了，正面搭的架子已经拆除，在巨大建筑的一面，白色的墙壁和明亮的大橱窗的洞口，显现出来。正在这时，货物的流通终于恢复了，沿着人行道停着八辆车子，在送货部前面一些小伙计正一件又一件地把货物装上车。在太阳下，有一注光线穿射着街道，画着红黄彩色的绿色的车嵌板，如镜面一样发射着光芒，把令人眼花的反光一直送到老埃尔勃夫店里面来。穿着黑色衣服的驾车的人，态度端庄，悠然地牵着一排排的骏马，马在摇动着它们的银衔辔。每逢一辆车子被装满了，马路上便起了一片响亮的滚动声，这声响使邻近的小店家发抖。

面对着这个胜利的行列，鲍兑一家人的心破裂了，他们每天必得忍受痛苦目睹两次。老头子昏迷不醒地问着自己这继续不断流出去的货物能够送到哪里去；同时那个为女儿苦痛不堪的母亲，眼里浸着晶莹的泪水，视若不见地继续注视着。生意好转以前，人家是不会给她定薪水的。

"听我说，你可不能再像这样子过下去，"保丽诺说，"若我遇到你这种情形……"

但是走廊里传来了响声，她把话停住了。这大约是玛格丽特，大家都说她夜里穿着短衣服来回走侦查别人睡觉的情形。那个内衣部的女职工，一直抓住她的朋友的手，用耳朵静听着，默默地注视了她一阵子。然后，把声音放得很低，露出温柔而有自信的样子，开始说：

"若我遇到你这种情形，我就要找一个人。"

"什么，找一个人？"黛妮丝喃喃说，起初并不了解她的意思。

等到她明白过来，她抽出了她的手，迷茫地愣住了。这番劝告令她很不舒服，她从来也没有起过这种念头，而且也看不出那会有什么好处。

"啊！不，"她简单地答道。

"那么，"保丽诺继续说，"我跟你讲吧，你就过不了门！……数目字是明摆着的：那个小的要四十法郎，大的常常要一个五法郎；还有你自己，你不能老是穿得像一个女叫花子，还有那双靴子，叫别的姑娘们来开玩笑；是的，的确，你的靴子给了你很大的妨碍……找一个人吧，那将好得多了。"

"不，"黛妮丝反复地说。

"好吧！你没有想得开……这是没有办法的，亲爱的，也是那么自然的！我们大家都是过来人。你看看我！我也跟你一样，曾经是一个见习生。一个铜板也没有。的确，我们有房子住，有饭吃；可是还要服装哩，而且一个人老是一文钱没有，关在自己的房间里看苍蝇飞，也不是长久的办法呀！天哪！这实在是没有办法的事呀……"

于是她谈起她的第一个情人，一个律师的书记，是她在墨东城的一次宴会上认识的。这个人以后，她又靠上一个邮政局的办事员。最后，自从秋天以来，她又跟好公道的一个售货员常常来往，那个小伙子身材高大，很文雅，她的空余时间整个是跟他在一起的。不过，在同一个时候从不有两个情人。她认为自己很诚实，当她听见人们谈起有些姑娘碰到第一个男人便割舍不掉，她就要生气。

"我一点都不想教你向坏道上走！"她急忙接着说。"因此我就不愿意教人家看见我跟你们的克拉哈在一块儿，怕的是人家会说我跟她一样地放荡。可是若规规矩矩地跟着一个人，那就谁也说不出她的坏话来……你觉得这样做是下流吗？"

"不，"黛妮丝回答。"我不能这样做，别的并没有什么。"

重新又是一阵沉默。在这间冰冷的屋子里，两个人彼此微笑着，为这场小声谈话所感动。

"而且首先要对某一个人有感情才行啊，"她又说，脸蛋羞得绯红。

那个内衣部的女职工很表示惊异。然后她笑了，又拥抱了她一次，说道：

"可是，亲爱的，你遇到一个人的时候彼此就会喜欢啦！你真有趣！谁也不勉强你……我说，这个礼拜天你要包杰领我们到一个乡下地方去吗？让他约一个朋友。"

"不，"黛妮丝温和而固执地回答。

保丽诺便不再坚持了。每一个人是要本着自己的兴趣去作的。她所说的话原是出于一番好意，因为看见一个伙伴那么不幸，她感到了真的难过。这时快到午夜，她站起身来要走了。可是在这以前，她逼着黛妮丝收下她所需要的那六个法郎，求她不要挂念这件事，到她钱赚得多的时候再还。

"现在，"她接着说，"把蜡烛吹灭了，别让人看出来开的是哪一扇门……过后你再

179

点上。"

蜡烛熄灭了，两个人又握握手；保丽诺轻轻地走出去，回到她的房里，别的小房间，人们都已沉入疲劳的酣睡里，这时除了她瑟瑟的衣衫，再无别的声响。

黛妮丝要在上床以前，缝好她的靴子，洗好她的东西。夜渐渐深了，寒气愈加来得猛烈。但她麻木了，这次谈话鼓动起她内心的血潮。她并没有反感，她好像觉得当一个人孤独而无牵挂地活在世上的时候，她就可以随意安排自己的生活。她从来没有顺从过这些观念，她那正直的理性和她那贤明的天性，简单地把她拘束在她所生活过来的诚实里。将近一点钟的时候，她终于睡下了。不，她不去爱什么人。破坏她对她两个弟弟所宣誓的母性的忠诚来改变她的生活，又有什么好处呢？但她睡不着，一阵阵微温的战栗袭上了她的脖颈，失眠使得一些模糊的形象浮现在她的眼前，又消失在夜的黑暗里。

从这个时间起，黛妮丝对于她那一部里的恋爱故事有了兴趣。在忙碌的工作时间以外，她们经常用心在同男人们的关系上。流言到处散播，浪漫的故事会使姑娘们开心一个礼拜。克拉哈丑声四溢，据说她有三个姘头，这还不算跟在她身后边的一大串临时的情人；若说她还没丢掉这个店家，那只是因为她要用这来遮盖她家里人的眼目，她在店里尽量少做活儿，在外边得钱要容易得多，所以看不起这点钱；她时刻都在害怕老普瑞内尔，他恫吓她说要到巴黎来拿木头靴子砸断她的胳膊和腿。正好相反，玛格丽特的品行很端正，没有人知道她有什么爱人；真叫人觉得奇怪，大家都知道她的浪漫故事，她到巴黎是来秘密分娩的；若说她是这么贞淑，那么，她怎么会有了孩子呢？有人说这是个偶然的事件，眼前她在守身等待她在格勒诺布城的表哥。姑娘们也拿傅莱黛丽太太寻开心，说她暗中跟某些大人物有关系；事实上谁也不知道她内心的事情；她每天晚上，搭拉着她那副硬邦邦的寡妇脸，神色匆忙地走去，可是谁也说不出她这么匆忙要跑到什么地方去。讲到奥莱丽的热情，说她装腔作势向一些恭顺的年轻人猛烈进攻，明显是一片假话；这种话是一些不满意的女售货员捏造出来当作笑话谈的。这也许是由于主任以前对她儿子的一个朋友曾经表示过过分的母爱的缘故，但到了今天，她在绸缎部的女人中间占据了重要的位置，也便不会拿这样儿戏的事情来娱乐自己了。每天晚上总有成群的人混乱地走出来，而十中之九都有爱人等在门口；在盖容广场上，沿着米肖狄埃街和圣奥古斯丹新街上，总有一些等待着的男人站着不动，东张西望；当店里人们陆续走出来，他们就伸出胳膊领走各自的女人，露出丈夫一样的稳稳静静的神气，谈谈说说走远了。

然而最令黛妮丝觉得不愉快的，便是她无意中发现了柯龙邦的秘密。她时刻看见他站在街对面老埃尔勃夫店的门槛上，扬着两只眼睛，不停地向时装部的姑娘们观望。每逢他感觉到黛妮丝窥察他，就红着脸转过头去，好像害怕这个年轻的姑娘会把秘密泄露给她的堂姐日内威芙，虽然自从她进了妇女乐园以后，鲍兑一家人同她的侄女便不再来往了。起初看见他那副羞羞赧赧的绝望的爱慕神情，她以为他是在爱着玛格丽特，因为玛格丽特人既聪明又住在店里，是很难接近的。后来，她得到确证，这个店员的一双热烈的目光是在盯着克拉哈，她简直吓呆了。他这样被欲火燃烧着站在对面的人行道上，缺乏勇气来做表示，已有好几个月了；而这种情形却是为了一个无拘无束的姑娘——她住在路易大帝街上，在她每天晚上没有被一个新男人领走以前，他很可以同她接近的！克拉哈本人好像也没有感到这个被她征服的人。黛妮丝的发现使她起了满怀痛苦的情绪。所谓爱情，就是这么糊涂的事情吗？怎么！这个小伙子，圆满的幸福就在他的手头，却破坏了自己的生活崇拜着一个放荡的女人，拿她当作圣徒一般看待！从这一天起，每一次她在老埃尔勃夫店家的淡绿色小方玻璃背后望见了日内威芙的苍白而苦痛的面容，她的心里就感到一阵绞痛。

每天晚上黛妮丝看见姑娘们陪着她们的爱人走去的时候，她总这么想。那些不住在妇女乐园里的人，要到明天才出现，她们衣裙上给各个部门带来了外边完全陌生而恼人的气味。包杰准定在八点半钟站在盖容广场喷水池的一角上等待着保丽诺，保丽诺有时向黛妮丝亲切地微笑着打招呼，这个年轻的姑娘也只好笑笑。等到最后她走出来，老是一个人悄悄地去做一次散步，而且总是她第一个先回来，或是做活计或是睡觉，有一种梦想占据了她的脑子，对于她所生疏的巴黎生活满怀的好奇心。她真的并不羡慕那些姑娘，在孤独中，在像关在避难所一样与外隔绝的无社交的生活里，她是愉快的；可是她的想象力却把她带到幻想的境界去，她猜想着一些事情，咖啡馆，酒店，剧场，消磨在水上或在乡下小别墅里的星期天，这些是别人继续不断在她面前常提到的事情。这些使她精神萎靡，使她有一种混合着倦怠的欲望；这些她从未曾尝受过的享乐，她似乎觉得已经过腻了。

但在她的劳作生活中间，很少有时间来容纳这些危险的梦想。在店里十三小时的勤苦劳作之下，男女售货员之间不会想到什么爱情的对象的。若说继续不断地为金钱的斗争还没有抹杀了两性的区别，那么，那占据了他们的头脑、疲乏了他们的四肢的、时时刻刻的繁忙，也足以扼杀了他们的欲望。从这一部到另一部不断地你拥我挤，这些男女或是友好或是敌对，很难得发生恋爱关系。所有的人都不过是随着这个机器的

回旋而转动的一些齿轮罢了，他们放弃了他们的人格，简单地把他们的精力注入在这个平凡而强有力的生产整体里。只有到了店外面，他们才又恢复了他们的个性，那觉醒了的热情才猛然地再燃烧起来。

但有一天，黛妮丝看见了主任的儿子阿尔倍·郎姆装出淡然无事的神情在内衣部里来回走了几趟以后，把一张纸条偷偷地塞进那部里的一个姑娘手里。此时，从十二月到二月的死沉沉的寒冬季节来到了；她有了休息的时间，站着消磨时间，两眼迷茫地向店里东张西望，等待着顾客。时装部的女售货员最跟花边部的男售货员接近，不过他们勉强作出来的亲密也绝不超过相互间几句悄悄地谈笑。花边部里有一个副主任，喜欢胡调，他纯粹是为了开玩笑在追求克拉哈，造出一些令人讨厌的故事来，而他骨子里却毫无诚意，连到外边去同她见面都不尝试；因此从这一柜台到另一柜台，那些先生和姑娘，便常常交换着彼此会意的眼色，说着只有他们自己懂得的一些话，有时为了欺瞒那个可怕的布尔当窦，他们半侧着身子，现出做梦的神情，在谈一些别人听不懂的话。谈到杜洛施，他多时以来每逢看到黛妮丝，仅只高兴地微笑一下；后来他的胆子大了，遇见同她擦身走过的时候，也悄悄地向她说一句亲切的话。当她发现奥莱丽太太的儿子在内衣部里递纸条的那一天，杜洛施正在向她讨好而又因为找不出更亲密的话来说，便问她早饭吃得可好。当时他也看见了那片白信纸；他用眼望着这个年轻的姑娘，两个人都为了这件在他们面前秘密进行的勾当，羞红了脸。

黛妮丝处在这一团火辣辣的气息下面，虽然不免逐渐唤醒了她的女人的心，可是她仍然保持着天真稚气的和平心境。只有遇见雨丹的时候，她是要动心的。而那也不过是在她眼里表示出感谢，她认为自己仅仅是受了这个年轻人的礼貌的感动。每逢他把一个顾客带到她这一部里来，她总要感到一阵混乱。有好几次，她从收银台回来，会惊奇地发觉自己抄了远路，毫无必要地从丝绸部的柜台边绕了过来，胸里膨胀着激动的情绪。一天下午，她在那里遇见了慕雷，他似乎含笑在她的身后望着她。他已经不再注意她，仅只偶尔说一两句话指点她的打扮和同她开开玩笑，拿她当作一个没起色的姑娘，当作像男孩子一样不知情趣的人，尽管他有一个艳福的男人的技术，他也绝不能把她当成一个卖弄风情的女人；有时他嘲笑她，甚至降低身份来戏谑她，而自己并不愿意承认这个头发那么滑稽的小女售货员是打动了他的心。面对着这种沉默的微笑，黛妮丝吓得要命，好似她犯了什么错误。当她自己都不能解说她所以要这样兜圈子的时候，莫非他已经知道她从丝绸部经过的缘故吗？

另一方面，雨丹似乎一点也没注意到这个年轻姑娘的感谢的目光。这些姑娘不合他的口味，他装作瞧不起她们的样子，愈来愈夸耀他同女顾客的一些离奇的浪漫故事：一个男爵夫人在他的柜台边跟他一见钟情，有一天他到一个建筑师的太太家里去更正尺码的错误的时候，她倒在他的怀抱里。在这种诺曼底人的吹牛的下面，他不愿说出从酒馆和咖啡音乐厅里捡来的女人。像绸缎部里所有的年轻的店员一样，他有一种浪费的狂热，他拿出无情的贪欲在他的部里整整进行一个星期的斗争，一心只想到星期天把他的金钱一下子投到跑马场上或是散在酒馆和舞厅里；他从没有想到节约或是积蓄，一得到收入便立即花光，绝不管明天的事。法威埃是不参加这些场面的。他跟雨丹在店里是那么亲密，一到门口便相互敬礼，各走各的路；大多数经常有接触的售货员，当他们走到大街上，便变成了互不相识的人，谁也不知道谁的生活。李埃纳是雨丹的好朋友。两个人同住在一家旅馆里——圣安街上的士麦拿旅馆，这个房子是阴森森的，全部住的是商业职工。每天早晨他们一起到店里；到了晚上，整理好柜台，第一个先完的，便到圣洛施街上的圣洛施咖啡馆去等待另一个，这一家小咖啡馆是妇女乐园的店员们惯常聚会的所在，他们吸着烟斗，在吞云吐雾中，大声谈笑，喝酒玩牌。他们常常在那里一直留到一点钟，到了那时，疲倦的店主人便把他们赶出去。此外，这一个月以来，每星期有三个晚上他们混在蒙玛特区的一家下等咖啡馆里；他们带去一些朋友，给女高音劳尔小姐去捧场，这位小姐是雨丹最近的女朋友，他们替她的才艺喝彩，手杖敲得那么响亮，声音叫得那么喧哗，已经有过两次警察不得不出面干涉。

冬天就是这样过去了，黛妮丝终于得到了三百法郎的固定年薪。来得正好，她那双笨重的靴子早就支持不了了。最近一个月，她甚至避免出门，怕的是靴子会爆裂开。

"老天！您的鞋子多么恼人哪，小姐！"奥莱丽太太常常气势汹汹地这么讲。"真难以忍受……您的脚有什么毛病吗？"

那一天，黛妮丝穿上一双耗费了五个法郎的呢料靴子走下楼来的时候，玛格丽特和克拉哈就表示出她们的惊奇，话声不算高，可是总叫人听得见。

"你瞧！那个蓬头散发的女人丢掉了她那双木头靴子啦，"这一个说。

"的确！"那一个回答，"她肯定哭了一场……那双木头靴子是她妈妈的。"

另外，对黛妮丝已经起了普遍的愤怒。这一柜台的人终于发现了她同保丽诺的友好，就认为这种跟敌对柜台的女售货员的感情是一种挑战行为。姑娘们说她是奸细，指责她把她们最不相干的谈话都传说出去。内衣部和时装部的战争又猛烈起来，从未曾爆发得像这么火热：互相攻击的话像炮弹一样，有一天晚上在内衣的纸匣子后面甚至打了一记耳光。这场来源已久的纷争，也许是起因于内衣部穿的是毛织品的衣裳，

而时装部却穿着绸衣裳；无论如何，内衣部谈到她们的邻人就现出老实姑娘的一副厌恶的嘴脸；其实她们不是没道理的，人们都批评说时装部女售货员的放荡是受了绸衣服的影响。克拉哈有一大堆的情人在受人嘲骂，玛格丽特也让人家害得生过一个孩子丢了丑，此时大家又指责傅莱黛丽太太也有秘密的情人。所有的这些全起因于黛妮丝！

"小姐们，小心点，别说下流话！"奥莱丽太太在她这些小臣民爆发起来的愤怒当中露出严肃的神情说。"别叫人家小看了你们。"

她是不想参加这种是非的。就像有一天她答复慕雷的问话的时候，坦白地说，这些姑娘都一样，谁也不比谁强。可是当她从布尔当寇口里听说自己的儿子跟内衣部一个女售货员私通过几封信，而且在地下室里他发现这个年轻人正吻抱那个姑娘，这时她就大发雷霆了。这事真令人气愤，于是她就不客气的攻击内衣部，说它设好了圈套在陷害阿尔倍；的确，这个打击是针对着她的，当人们看出她那一部是无机可乘的时候，便来败坏一个没有经验的孩子，试图叫她丢丑。她所以叫得这么响，是有意搅乱了这件事情，因为她从来没有对她的儿子抱过什么幻想，她很清楚他是什么混账事情都做得出来的。一时间，这件事情像是闹得很严重，手套部的职工米敖也被卷入了漩涡；他是阿尔倍的好朋友，阿尔倍把一些情妇——几个光着头的姑娘——介绍给他，他就给她们占便宜，允许她们在纸板盒子里乱翻几个钟点；另外，还有一件事情，他送给内衣部女售货员一副瑞士手套，弄得没人能摸不清究竟是怎么回事。最后，这场流言被压服下去，这是看在时装部主任的面上，就连慕雷本人对她都表示尊敬的。过了一个星期，布尔当寇找到一个借口，把那个肯让人接吻的犯罪的女售货员开除了事。若说这些大人先生对于人们在外边的胡作非为闭上眼睛不管，而在店里遇有一点点的猥亵行为也是不肯放过的。

受到这场风波的折磨的，却是黛妮丝。奥莱丽太太虽然一切都看得非常清楚，暗中对于她怀有怨恨；她曾经看见她对保丽诺笑，她相信这是一种反叛，是在给她儿子的恋爱事件散布流言。因此在她这一部里，她更加使那个年轻的姑娘孤立起来。她在兰布义耶城附近的里戈尔乡用她节省下来的第一个十万法郎置了一份产业，许久以来她就计划约请几位姑娘到那里去度一个礼拜天；她突然地决定了这件事，作为惩罚黛妮丝的一个手段，公开地表示同她疏远。只有黛妮丝是未被约请的。半个月以前，这一部里就光是谈着这次的约会：人们观望着为五月的太阳所调剂的舒适的天空，已经时刻在盼望着那一天了，大家期望着各种的娱乐——骑驴子，喝牛奶，吃黑面包。而且全部是女人，这是最有趣的！奥莱丽太太平素就是这样同几位太太到外边去消磨她的假日；因为她跟家里人在一起十分不习惯，间或有几个晚上她要同她的丈夫和儿子一起在家里吃饭的时候，她是觉得那么不舒服，那么坐卧不定，因此就连这样的晚上，她都情愿避开她的家人，跑到饭馆里去用餐。郎姆干他他自己的，很高兴又恢复了他年轻时的生活，至于阿尔倍，更是无拘无束，跟他的一些下流女人去混；因为过不惯家庭生活，遇见礼拜天大家在一起便都觉得又拘束又厌烦，三个人全把他们的住处看作他们夜里睡觉的一家普通旅馆。关于这次兰布义耶的聚会，奥莱丽太太只简单地说，按照礼法阿尔倍是不得参加的，而老头子本人乐得见机行事拒绝了赴会；这一番说明使得两个男人都很高兴。这个吉庆日子快来到了，姑娘们谈不完啦，好像要出门去做六个月的旅行一样，讲着她们所准备的衣装；黛妮丝却只好在被人遗弃中，面色苍白而静默地听着她们谈。

"她们把你气疯了吧？"一天早晨保丽诺跟她说。"我要处在你的地位，就要给她们个颜色看看！哼！她们玩她们的，我乐我的。……这个礼拜天包杰要带我到约安威尔去，你跟我们一同去吧！"

"不，谢谢，"这个年轻姑娘固执而安详地回答。

"可是为什么呢？……你还是害怕有人会强迫你吗？"

保丽诺说着大笑起来。黛妮丝也跟着她微笑。她很明白这种事会有什么结果：每一个姑娘结识她的第一个情人，总是这样偶然中由一个朋友带来的，经过总是这样；而她是不愿这样做的。

"你瞧，"保丽诺又说，"我向你保证包杰不带一个人去。就是我们三个人……当然啦，你既然不愿意，我也就不会把你嫁出去。"

黛妮丝犹豫着，一种欲望是那么苦恼着她，一股血潮涌上了她的脸蛋。每逢她的女伴们大谈她们在乡下的快乐，她就透不过气来，一种对于明朗的天空的欲念支配着她，她梦想着那可以遮住她的肩膀的高大的青草，那一片清水般罩在她身上的巨大树木的阴影。她的童年生活原是在柯当丹地区丰茂的绿野中度过的，如今又觉醒了，对于阳光生出了恋恋不舍地情愫。

"那么，好吧！"最后她说。

全都规定好了。包杰要在八点钟到盖容广场上来接这两位姑娘；从那里他们乘出租马车到文森车站去。黛妮丝的二十五法郎薪水，每个月都被孩子们用光，她只能把她那件黑色旧毛料衣服改改新，用小方格的斜条毛绸镶上边；她也给自己做了一顶帽子，一种绸面子的无边小帽，有一条蓝色丝带作装饰。她穿上这身朴素服装，显得十

分年轻，看起来像是穷人家特别洁净而身材长得过高的小女孩子，丰茂华丽的头发从素净的帽子底下突出来，使她有点羞怯怯和忸怩不安的神情。跟她恰好相反，保丽诺穿着春季的绸衣裳，有紫堇色和白色的条纹，戴着一顶华美的高顶帽，插着羽毛，颈上和手上戴着首饰，完全是富商人妻女的气派。她在店里一个星期非得穿毛料衣服，所以到了星期天穿上绸衣服，就像报复一样；同时，黛妮丝从星期一到星期六一直穿着绸制服，到了星期天却要换上她那件薄毛料子的旧衣服。"那个就是包杰，"保丽诺用手指着站在喷水池旁边的一个大小伙子说。

她把她的情人介绍给她，黛妮丝立即就觉得很安心，因为这个男人的样子很老实。包杰的身材高大，有一股耕牛似的持久的气力，他生有一副法郎德斯人的长面孔，两只没有表情的眼睛含着孩子般稚气的微笑。他诞生在敦扣克，是一个食品杂货商人的小儿子，他的爸爸和哥哥都认为他是一个很笨的东西，差不多是把他赶了出来，他就到了巴黎。眼前在好公道，他每年可以赚到三千五百法郎。他是愚笨的，可是在布行里却是非常能干。女人们觉得他十分可爱。

"租的马车呢？"保丽诺问道。

他们要一直走到林荫大道去。太阳已经热起来，美丽的五月清晨微笑在大街的人行道上；万里无云，水晶一般透明的蓝色空气里，完全漂浮着一团喜气。黛妮丝的嘴上，情不自禁地露出了微笑；她用力地在呼吸，似乎觉得六个月以来她胸里的一股闷气都被发泄出来了。她终于感觉到她身上没有了妇女乐园的令人窒息的空气和沉重的石块！在她的眼前，她可以有一整天自由的乡野生活！这是一片新鲜的健康气息，一片无限的快乐，她抱着小孩一般新奇的感觉走向里面去。可是坐到车上，她很不好意思地转过脸去，这时保丽诺在她的情人的嘴上接了一次长吻。

"你看！"她说，头一直朝向窗外，"郎姆先生，那边……看他走得多快！"

"他带着他的号角哩，"保丽诺斜出身子来说。"真是一个老疯子！人家要说他是跑去会情人哩。"

果然，郎姆胳膊底下夹着乐器匣子，鼻子朝天沿着体育场匆匆忙忙地走路，想到眼前正在等着他的这场大喜事，自得其乐地微笑着。他正要到一个朋友家里去消磨这一天，他的朋友是一个小剧场的笛师，有几个喜好音乐的人在星期天喝过牛奶咖啡以后就要举办一次室内的音乐会。

"刚刚八点钟！多么疯狂啊！"保丽诺又说。"你知道奥莱丽太太和她的那一帮人一定是坐上六点二十五分开出的到兰布义耶去的火车了……男人和老婆决定是没有碰过头。"

两个人全谈起兰布义耶的约会。她们不希望对方会遇到雨，因为她们自己也将要冷水浇头；可是若有一片云彩在那个地方裂开来而不会一直牵连到约安威尔，倒也是非常有趣的事情。然后，她们攻击克拉哈，说这 一个下贱女工不知道怎样使用她那些奸夫供给她的金钱：她不是一次买过三双长筒靴子，第二天就用剪刀剪碎丢掉了吗，而这是因为她的脚上长满了瘤子。其实，绸缎业的姑娘们并不比男人更会计算：她们把所有的钱都用光，一文钱也不积蓄，每个月把两三百法郎都耗费在零碎东西和糖果上。

"可是他只有一只胳膊啊！"包杰突然说。"他怎样吹他的号角呢？"

他的眼睛没有离开过郎姆。保丽诺时常拿他的天真来取乐，这时便跟他讲，那个会计用他的乐器抵着墙；他完全相信了她的话，觉得这办法十分聪明。可是她又懊悔起来，便向他解释，郎姆如何使用他那只废膀子挟住乐器而用一只手来奏弄的办法，他却非常怀疑地摇了摇头，说这种事叫人难以置信。

"你太笨啦！"她终于笑着说。"不过这没关系，我还照样爱你。"

马车向前转动，他们到了文森车站，正好赶上火车。包杰付了车钱；可是黛妮丝已经声明过她要自己料理她那一份的费用；到了晚上再分摊。他们坐的是二等车，车里是一团快乐嘈杂的人声。到了诺让车站，在人们的笑声中，一对新婚夫妇下了车。最后他们到了约安威尔，立马走向岛上去订早餐；他们就停在那里，在马伦河边上的高大杨树下，沿着岸边散步。荫凉下是寒冷的，阳光里有一阵强劲的风，吹向远方去，在河的对岸，光明洁净的平原上展开了一片片的耕地。保丽诺和她的爱人互相搂着腰向前走，黛妮丝慢慢地随在他们后边；她捡了一把金凤花，快乐地注视着流水，每逢包杰低着脖子吻他的女友，她便低下头，心里一阵失落。她的两眼里浮腾着泪水。然而她并不是痛苦。为什么她感到这样的气闷？她本想可以得到许多快乐的这辽阔的乡野，为什么给她带来了满怀不可解说的漠然的懊悔？后来他们去用早餐，保丽诺畅快的笑声使她感到一阵怅然若失。保丽诺像一个生活在煤气灯下和人群的混浊气息里的乡下艺人似的，崇拜着野外生活，尽管吹着冷风，也要在凉棚底下用餐。她喜欢那吹动着桌布的猛烈的风，她觉得这个花棚十分有趣，叶子还没生出来，只有油漆的格子架，菱形的阴影映现在桌布上。而且这个在店里吃不饱的姑娘，狼吞虎咽地吃着，她准备好要在外边用她爱吃的东西吃到吐为止；这是她的一个缺点，她所有的钱就消耗在这上面，在休息的时刻，她吃点心，吃不易消化的生东西，吃容易藏着吃的小东西。

187

至于黛妮丝，她好像已经吃厌了鸡蛋、炸鱼和烤鸡，她节制着自己，不敢叫一客草莓，这一种新鲜果品还是太贵的，她怕过分增加了账单。

"现在我们要做什么呢？" 等到端上咖啡来的时候包杰问道。

照往常的情形，午后他同保丽诺回到巴黎去吃饭，然后在剧院里过完他们这一天。可是为了黛妮丝的愿望，他们决定大家留在约安威尔；使自己头脑里装满了乡下的空气，也十分有趣。因此他们整个的下午就在野地里漫游。他们想去划船，争论了一下；然后又放弃这个念头，因为包杰划船划得很差。但是他们慢慢地走，没有目的地，顺着小路走，然后再回到马伦河边上来；他们对于河上的生活，十分感兴趣，看见有成队的快艇和挪威式的船，船上有一排排划船的人。太阳落山了，他们回头向约安威尔走，这时有两只快艇，你追我赶地向下游划行，彼此骂来骂去，骂声里一再喊叫着"下等酒馆的货色"和"布店伙计"。

"你瞧！"保丽诺说，"那儿是雨丹先生。"

"是的，"包杰用手遮着太阳说，"我认识他的桃花心木的快艇……另外的一条船上坐的肯定是学生。"

于是他解说学生和买卖人之间时常发生争吵的宿怨。黛妮丝听见人家说出雨丹的名字，便愣了一下；她的一双眼睛盯住那只轻快的小船，她想从划船的人中间找到那个年轻的人，可是她只能辨认出两个女人白色的衣衫，一个女人坐在舵边，戴着一顶红帽子。他们的话音淹没在河流唰唰的水声里。

"下等酒馆的货色，把他们投进水里去！"

"把这些布店伙计，投进水里去！投进水里去！"

傍晚时候，人们又回到岛上的酒馆里。但是风吹得太猛烈了，他们必得到两间关着门的大厅里的一间去用餐，厅里新洗过的桌布还被冬天的湿气浸得潮乎乎的。刚到六点钟，餐桌就全坐满了，游客们需要赶快在角落上找地方；侍者老是搬椅子，摆凳子，把座位缩紧，把人们挤进去。这时屋里气闷了，人们只好打开窗户。门外边，白昼昏暗下去，带点绿色的薄光从杨树上落得那么快，没有事先准备这么多客餐而又没有灯的酒馆主人，只得给每一张桌子上拿来一支蜡烛。一片喧嚣——笑声，呼喊声，刀叉碰碗碟声，把耳朵也能震聋；从窗口吹进来的风，吹得蜡烛火苗摇晃不定而且蜡油往下滴；食物的气味把空气弄得暖洋洋的，时有一股冷风吹过去，扑灯蛾在空中飞舞着。

"你说是吧？他们玩得多么愉快！"保丽诺说，她不断地吃着一份炸鱼饼，她声称这样菜的味道真美。

她斜过身子来接着又说：

"你没有认出阿尔倍先生吗？就在那边。"

的确是小郎姆，他坐在三个身份暧昧的女人中间，一个老太太戴着一顶黄帽子，露出一副老鸨子的恶劣形象，另有两个小雏——两个十三四岁的姑娘，也是肆无忌惮，令人生厌的一种粗鄙的女人。他已经喝得大醉了，用玻璃杯子敲着桌子，说如果伙计不马上把酒给他拿来，他就要揍他了。

"你瞧！"保丽诺又说，"整整的一家人！母亲在兰布义耶，父亲在巴黎，儿子在约安威尔……他们各走各的路。"

黛妮丝是厌恶喧嚣的，在如此的混乱当中，她微笑着在欣赏一种不费思想的快乐。可是猛然间他们听见隔壁的厅房里发出了一片吵闹的人声，把别的声音都压下去。在大声喊叫以后，一定是扭打起来，因为人们可以听见拳打脚踢和椅子倒下来的声音，打得挺热闹，河上的喊声又起来了：

"把布店伙计丢进水里去！"

"下等酒馆的货色，丢进水里去，丢进水里去！"

等到酒馆主人的大声喊叫把这场斗殴镇压下去，雨丹便忽然出现了。他穿着一件红色紧身上衣，骑士帽扣在后脑勺上，胳膊上挽着那个身材高大穿着白衣裳的姑娘，她就是那个掌舵的女人，为了表示出小船的色彩，她耳朵上插着一束罂粟花。他们一走进来便起了一阵拍掌和喝彩声；他满脸红光，挺起胸脯，大模大样迈着水兵的步伐，他显耀着脸上被拳头打的那一块伤痕，这样被人注目他十分快乐。在他们的身后边还跟随着一班人。人们你争我抢总算替他弄到了一张桌子，叫嚣声又响起来了。

"大约是，"包杰听了他身后边的人们的谈话以后解释说，"大约是那些学生认识雨丹的那个女人，她是他们邻近的老熟人，在蒙玛特区的一家小咖啡馆里当歌手。因此大家为了她打起来……这些学生，是从来不付钱给女人的！"

"不管怎么讲，"保丽诺露出冷淡的神气说，"这个女人真丑，看看她那份胡萝卜的头发……我真不知道雨丹先生从哪里把她捡来的，不过这些女人总是一个比一个龌龊。"

黛妮丝面无血色。她感到一阵冰冷，好像她心里的血液一滴一滴地流出来。在岸上的时候，看着那只快艇，她已经感到了头一阵冷战；现在，她不怀疑了，那个姑娘是跟雨丹在一起的。她的喉头哽咽住，两手发抖，她吃不下东西去。

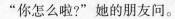

"你怎么啦?"她的朋友问。

"没什么,"她喃喃地说,"我觉得有点热。"

但是雨丹的桌子就在他们旁边,他是认识包杰的,等到他看见了包杰,为了叫厅里别的客人也听见,便发出尖锐的嗓门,同包杰谈起来。

"我说,"他大声叫着,"你还老是那么规规矩矩地在好公道吗?"

"也不完全那样,"对方满脸通红地回答。

"这怎么行!他们专收一些处女,而且经常设立一间忏悔室,谁要敢看她们一眼就被请进去……这一个店家是把你们的婚姻都包办啦,谢谢吧!"

人们都笑起来。李埃纳也在那一班人里,接着说:

"那还不像在卢浮商店里……他们在时装部的柜台里附设一个接生婆。这话是真的!"

人们更加兴奋起来。就连保丽诺都大笑了,她觉得接生婆的事十分有趣。可是这样毫无道理地拿包杰的店家开玩笑,就惹恼了他,他猛然跳了出来。

"你们在妇女乐园里并不好,说一句错话就被丢到门外头去!还有一个老板,老是跟着女顾客身后边转!"

雨丹早就不听他讲话了,开始在称赞监狱商场。他认识那里的一个年轻的姑娘,她的人品是那么高尚,一般女顾客都不敢向她开口,怕的是辱没了她。接着,他更向跟他谈话的人靠拢一些,又说他这一个星期里捞到了一百一十五个法郎,啊!这个星期真棒,法威埃要少得五十二个法郎,超出了整个平常的记录;这不是很清楚的吗?他腰包里钱装得满满的,要不把这一百一十五个法郎都用光,他绝不肯去睡觉。后来他渐渐有点醉意,便骂起罗比诺来,这个穷酸的副主任,装模作样不肯跟人家来往,甚至在大街上都不肯跟他一部里的售货员一起走路。

"别说啦,"李埃纳说,"好朋友,你讲得太多啦。"

热气升腾起来,蜡烛油流到酒斑的桌布上;当饭厅里的人声突然停住了的时候,从敞开的窗口,传来一片遥远的漫长的声音,那是河水的声音,是高大白杨树在静静的夜里酣睡的声音。包杰招呼人拿账单来,他看见黛妮丝的样子不大自在,满脸惨白,为了眼里含着泪水下巴抽搐着;可是茶房没来,她就还得忍受着雨丹的响亮的话声。现在他正大谈他比李埃纳怎样高明,说李埃纳只会用他爸爸的钱,而他呢,用他自己赚来的钱,那是他自己聪明能干的结果。最后,包杰付了账,两个女人走出去了。

"那一个就是卢浮商店里的,"保丽诺走到第一间厅房里悄悄地说,她看见一个身材高大而瘦削的姑娘正在穿大衣。

"你不认识她，你不知道她是什么人，"年轻的男人说。

"真的嘛！看看她们那分打扮……她就是接生婆那一部里的！若她听见了，她肯定会很开心！"

他们到了门外。黛妮丝松了一口气，安下心来。在闷人的热气里，在喊叫声中，她相信她要断气了；她一直解释说她的烦闷是由于空气缺乏。现在她喘过气来了。星光的天空降落着新鲜的气息。等到两个年轻的姑娘离开了酒馆的花园，从阴影下有人悄悄地发出怯懦的声音：

"晚上好，两位小姐。"

这人是杜洛施。他为了消遣，从巴黎徒步走到这里，一个人坐在第一间厅房里用餐，而她们没有看见他。当黛妮丝在痛苦中辨认出这个朋友的声音的时候，一种找人援助的需要便机械地支配了她。

"杜洛施先生，你跟我们一起来，"她说。"把你的胳膊递给我。"

保丽诺和包杰已经走在前面了。他们吓了一跳。他们不相信会有这样的事情，而且还是同着这么一个小家伙。但是既然离上火车还有一个钟头，他们就一直走到岛上的边头去，他们在高大的杨树下，沿着岸边走；可是他们又不时转回来，悄悄地说：

"他们在什么地方？啊！在那边……但这倒真是有趣。"

黛妮丝和杜洛施开始保持着沉默。酒馆的喧哗慢慢地消失了，在深远的夜色里变成了一种甜蜜的音乐；他们还带着火炉的温暖，更向前行，走进了树木荫凉里，在树叶的后方，烛光一个接着一个地不见了。在他们的面前，像是一面黑暗的墙壁，一团阴影那么浓重，他们就连微弱的小路的痕迹都分辨不清了。但是他们并不害怕，悠然地向前进。后来他们的眼睛渐渐地习惯了，他们看见在右首那些杨树的树干，像是撑着枝叶的穹隆的圆柱，有星光透漏进来；同时在右首的黑暗中，河水不时如涂汞的镜面一般闪着光。风停了，他们只听见河水的潺潺声。

"我碰到你很高兴，"杜洛施终于喃喃地说，他下了决心首先讲话。"你不知道你答应跟我一起散步给了我多么大的快乐。"

于是借黑暗的帮助，他含混不清地说了好半天的话，后来大胆说出他是爱她的。他本要写信给她；可是若不恰巧碰到这样美丽的夜，如果没有这歌唱的流水，若没有这些树木拿阴暗的影幕掩罩着他们，她恐怕永远也不会知道他这番心意。但，她并不答话，她继续挽着他的胳膊走，走路的样子还是那么不开心。他试想望望她的面孔，

这时他听见了轻轻的泣声。

"上帝哪!"他又说,"您哭啦,小姐,您哭啦……我使您生气了吗?"

"不,不,"她喃喃说。

她尽力止住她的眼泪,可是她做不到。在餐桌的时候,她已经以为她的心都要爆裂开了。现在到了黑暗中,她尽情发泄出来,哭得哽哽咽咽的,心里寻思着若是雨丹而不是杜洛施向她说这些温柔的话,她就无力拒绝了。这番自我的招供终于使她起了满怀的迷惘。一阵羞愧烧着她的面孔,好似在这些树木下她已经倒在那个正跟几个姑娘在寻欢作乐的年轻人的怀抱里。

"我不想叫你生气,"杜洛施又说,他也涌出了眼泪。

"不,听我说,"她说,声音里还在发抖,"我一点都不生你的气。只是我请你不要再讲你刚刚讲过的话……你要求的事情是不可能的。啊!你为人很好,我很愿意同你做朋友,但是不能再有什么……你明白吧,做你的朋友!"

他打了一个冷战。在沉默中又走了几步以后,他结结巴巴地说:

"其实,您是不爱我吧?"

因为她避免粗暴地说一声"不"使他痛苦,他便发出温柔而痛心的语声接着说:

"我早已料到了……我从来未有过好运气,我知道我是不会有幸福的。我小的时候,就挨打受气。在巴黎,我永远是辛辛苦苦地生活着。您想想看,一个人既不知道怎样抢夺别人的情妇,又笨得不能像别人赚一样多的钱,那么好啦,他就应该躲到墙角里去死掉……啊!您放心吧,我再不会来麻烦您。至于说到我爱你,你不能阻止我吧,是不是?我什么都不要求地爱着你,像一个牲畜那样的……你看,全完了,这是我在人生里注定了的。"

他也哭泣起来了。她安慰他,而在他们友情的表白中,他们知道了他们是一个省份的人,她在瓦洛额,他在布里克贝克,相距只有十三公里。这又有了一个新的联系。他的父亲是一个贫穷的小管家,一个病态的生性嫉妒的人,骂他是一个野种,常常打他,一看见他那副苍白的长面孔和亚麻色的头发就非常生气,他父亲说,这些不是他一家人所有的。然后他们又谈到用青篱围成的大牧场,谈到在榆树荫凉下边曲曲弯弯的小路,谈到那像公园里人行道一样铺着草皮的大路。他们的四周,夜色越来越暗了,他们只辨得出河岸上的灯芯草,犬牙交错的树荫成了黝黑的一片,上方闪耀着星光;他们又恢复了平静,忘记了他们的忧愁,在一种亲密的友爱中,因为他们的不幸使他们更接近了。

"怎么样？"当他们到了车站，保丽诺把黛妮丝拉到一边高兴地问道。

这个年轻的姑娘是懂得那种微笑和那种温柔而好奇的声调的。她满脸绯红，答道："但是绝没有什么，亲爱的！我已经跟你讲过我是不愿意那样的！……他是我们家乡人。我们在谈瓦洛额的事情。"

保丽诺和包杰迷惑住了，被弄得不明所以，不知道如何想法了。杜洛施在巴士底广场上跟他们分了手；他像所有年轻的见习生一样是住在店里的，十一点钟一定要回去。黛妮丝因为不愿跟他一起去，而且她已经得到店里看戏的许可，她便应允陪着保丽诺到包杰的家里去。包杰为了靠近他的情人，已经搬到圣洛施街上来了，他们雇了一辆马车，在路上黛妮丝听说她的朋友要同那个年轻人过一夜，她吓坏了。这是非常容易的事情，只要给卡班太太五个法郎就行，所有的姑娘都常常这么干。包杰领她们进了他的房间，里边摆着他父亲送给他的帝国时代的家具。当黛妮丝谈到要平分花费的时候，他十分生气，最后他还是接受了黛妮丝放在橱柜上面的十五个法郎六十生丁了事；可是这时他要请她吃一杯茶，他费了一番气力去弄酒精灯，还得重下楼去买了糖来。他向杯子里倒茶的时候，午夜的钟声响了。

"我该走啦，"黛妮丝一再说。

保丽诺却答道：

"来得及的……戏院子不会散得这么早。"

黛妮丝留在这个单身汉的房间里觉得不舒服。她看见她的朋友换了上下衣裳，看着她光着膀子准备床铺，铺上床单，舒平了枕头；这种显现在她眼前的小夫妇的一夜温存的情景，使她心乱如麻，引起一阵羞愧，在她那受伤的心里，又重新展现出关于雨丹的回忆。像这样的生活对人是没有好处的。最后到了十二点一刻，她离开了他们。可是她昏昏沉沉地出了门，这时因为她无心地说了一声祝他们一夜快乐，保丽诺就毫无思虑地大声叫着：

"谢谢，这一夜肯定会快乐！"

专通慕雷住屋和职员卧室的一道门是在圣奥古斯丹新街上。卡班太太开了门，然后用眼一扫，记上进门的人。走廊里燃着一盏昏暗的夜灯，黛妮丝置身在这片摇荡的微光里，有些犹豫，感到一阵不自在，因为她从街角上转过来的时候，看见有一个男人的模糊的影子进来，门才又关上。必定是老板晚会后回家来；想到他就在黑暗中停在那里，也许是在等她，这给了她一种奇怪的恐惧，虽然说不出正当的缘由，她还是见了他就要惶乱的。有人在二楼上走动，靴子吱吱响。这时她的头脑昏乱，推开了通

向店面的一道门，这道门为了稽查的巡查一向是开着的。她到了棉纱部里。

"上帝哪！这可怎么办？"她在情绪波动中悄悄地自言自语着。

她偶然想起上边另外还有一道门可以通到寝室去。但那就要穿过整个的店面。虽然走廊上是黑压压的一片，她也情愿走这条路。里边没有燃起一盏煤气灯，只在相隔很远的地方，有几盏油灯挂在吊烛台的权枝上；这些零星的灯光跟一些黄色的斑点没有两样，像是吊在矿底下的灯笼，各部都被黑暗淹没了。大片的阴影在四处漂浮着，分辨不清堆积的商品，它们现出令人害怕的形状，像是倒落的柱子，蹲伏的野兽，潜藏的盗贼。这片阴沉的寂静，时被远方的气息冲破，愈加增强了黑暗。但是她定准了方位：麻布部在她左首，形成汪洋一片的青白色，像是在夏日的天空下大街上变成带点蓝色的一些店面；于是她要立刻从大厅里穿出去，可是撞上了几堆印花布，她便想从帽袜部走过去更有把握一些，然后再走毛织品部。一阵雷鸣使她吓了一跳，这是小伙计约瑟的响亮的鼾声，他睡在一些丧葬用品的后头。她赶忙跑进大厅里，玻璃闪出薄明的光；厅房似乎放大了，充满教堂里夜间的恐怖，有一些固立不动的架子，有一些大尺子的侧影，映出的形象如倒置的十字架。此时她跑起来了。在零星杂货部和手套部里她又不得不从几个服杂务的小伙计身上跨过去，当她最后到了楼梯口的时候，她才觉得安全。但是到了上头，在时装部的前面，她看见一盏灯笼，闪着一眨一眨的光亮向前走，又使她吓了一跳；这是一次巡查，有两个消防手在他们的巡查时间表上记入他们查看的经过。她不明所以地站了一分钟，看着他们从披肩部到了室内装饰部，然后又到内衣部，对于他们的一些怪举动很惊奇，他们轧轧地磨着钥匙，重新关紧了铁板门发出鬼哭神嚎的响声。当他们走近了的时候，她藏到花边部的房间里去，可是猛然一声呼唤，又逼得她立即逃出来，她向着外边的门跑去。她辨认出这是杜洛施的声音，他在他的部里睡在一张小铁床上，每天晚上亲自把床搭起来；他还没有睡，睁着两只眼睛在回想当天晚上的快乐时刻。

"怎么！是你吗，小姐，"慕雷说，黛妮丝看见他手里拿着一支随身携带的小蜡烛站在她面前的楼梯上。

她的话含混不清，想要说明她是到部里找一件什么东西。但是他并没有生气，他露出作长辈而同时又好奇的神情看着她。

"你得到去看戏的许可了吗？"

"是的，先生。"

"你看得十分开心吧？……你到哪一家剧院里去的？"

"先生，我是到乡下去啦。"

他听了这话笑起来。然后他又加重了语气问道：

"独自一个人吗？"

"不，先生，同一个女朋友，"她回答，他脑子里必定有的一种想法使她害臊，脸羞红了。

他沉默不语。但是依旧在望着她，望着她身上那件黑色短小的衣裳和她头上只有一条蓝色丝带装饰的帽子。这个野生野长的女孩子会变成一个标致的姑娘吗？她似乎过了这一天野外的生活似乎更好看了，落在她前额上的美丽的头发使她显得娇媚。而在他这方面，六个月以来，拿她当一个孩子对待，有时指点指点她，受着要看看自己经验如何的诱惑，怀着不正当的欲望要知道一个女人怎样发育，又怎样堕落在巴黎里，他不再笑了，他感到一种难以说明的情绪，惊奇和恐惧而又混合着柔情。把她这样美化了的，毫无疑问必定是一个情人。想到此，他仿佛觉得他所玩弄的心爱的鸟儿锐利地刺痛了他一下。

"晚安，先生，"黛妮丝喃喃地说，她不再等待，继续上楼去了。

他没有答话，望着她不见了。接着，他走回他自己的房间。

九

三月十四日星期一，妇女乐园新店开张，将有为期三天的夏季时货大倾销。户外吹起一阵刺骨的冷风，路上行人系上大衣钮扣，顺风疾行，这次冬天的重返，令人诧异。可是在邻近的一些小店里全都沸腾着一种激动；可以望见一些小商人的苍白面孔对着玻璃窗专心计算在圣奥古斯丹新街上新开的正门前面停放着的最先到来的车辆。这座门又高又深像是教堂的门廊，在风雨板的遮挡下，门廊上方在复杂的象征中浮现出工商业携手的雕像，新涂的金箔似乎放射出一道阳光照耀着人行道。一间一间的店面，涂刷的白粉还未修整，向左右两方伸延出去，环抱了蒙西尼街和米肖狄埃街，占据了整个的一区，只有十二月十日街的一边除外，不动产信托公司要在那里造房子。当那些小商人朝这一片兵营似的发展抬头远看的时候，他们从未涂锡膜的玻璃窗口望得见成堆的商品，这些窗口使这个店家从底层间到二楼沐浴着了阳光。而这个面积广阔的立方体，这个庞大的百货商场，把天空给他们掩盖了，他们似乎被什么东西笼在寒气里，使他们在自己的冰冷的柜台里直打冷战。

从六点钟的时候，慕雷就到了店里，发出他最后的命令。正中央，在正门的轴心里，从这一头到那一头有一条摆设商品的大走廊，左右两侧有两条更狭窄的走廊——蒙西尼走廊和米肖狄埃走廊。几个院子装上了玻璃篷，变成了厅房；几座铁楼梯从底层间向上升起，几座铁桥在二层楼上从这一端搭到另一端。建筑师刚好是个聪明人，是喜爱现代化的一个年轻人，只把底层的地面和四角的柱子用石头建造，其余的全部骨干用铁构成，大梁和橡木的组合部分用柱子支着。天花板的穹隆，分隔内部的短墙，是用砖砌的。人们在各处可以得到空间，空气和光线自由地流进来，在长梁的奔放的射程下，大众可以毫无拘束地环行。这是给成群的顾客造成的现代化的大礼拜堂，又坚固又轻松。楼下在中央的走廊里，在大门口的廉价物品的后方，有领带部，手套部，丝绸部；蒙西尼走廊上是麻布部和棉纱部，米肖狄埃走廊上是零星杂货部，帽袜部，呢绒部和毛织品部。然后，在二层楼上，有时装部，内衣部，披肩部，花边部以及新设的各部，同时寝具部，地毯部，家具部，所有不好搬动的笨重的物品都摆

放在三楼上。在目前，各部的数目是三十九个，职工达到一 千八百人，内中有两每个女人。在发出高大殿堂的如金属般嘹亮的声音的生活里，那里自成一个世界。

慕雷仅有的热情就是征服女人。他要女人成为他的店里的皇后，他为了控制住她们，替她们建筑了这个庙堂。用求宠的意图使她们痴迷，利用她们的欲望，发掘她们的狂热，便是他的全部策略。因此，他白天夜里绞尽脑汁为她们探求新的设计。他要替纤弱的妇女免去登楼的疲劳，已经装置了两架铺着丝绒的电梯。然后他开设了一个食堂，人们可以不出代价喝些糖水和吃些饼干，又设了装潢非常豪华的一间阅览室——

一个宏大的走廊，他甚至大胆地在里边展览了油画。然而他最深刻的主意是对于不赶时髦的女人，通过孩子来征服母亲；他不错过任何发挥力量的机会，细心考察所有的情感，为少男少女创办了几个部，拦住过路的母亲们，把图片和气球分发给她们的小孩。给每一个女顾客赠送气球的这种办法，是天才的创举，气球是用弹性橡皮薄膜制成的，用大字印上店家的名字，一头拴着线，飘浮在空中，游行在街道上，形成一幅活广告！

发挥了最大功效的是广告。慕雷每年用在目录、广告和招贴上的经费达二十万法郎之多。为了他这次夏季时货的大倾销，他发出了二十万份的目录，内中有五万份译成各国文字发到外国去。现在他在目录上印了版画的插图，甚至在各页上附上样品。这是个夸耀性的宣传，妇女乐园这块招牌展现在全世界人的眼前，它侵占了各个墙壁，各家报纸，一直到各家戏院的舞台幕上。他公开地说，女人是没有抵抗广告的力量的，她们注定终归要随着时尚走的。不仅于此，他把女人诱惑进最巧妙的圈套里，他像伟大的伦理学者那样分析她们。由此他发现女人是抵抗不住便宜的，当她们认为自己是讨了便宜，她们并不需要也会把东西买了来；根据这种观察，他建立了他的降价的体系，他逐渐减低未卖出的商品的价格，信守着他那快捷更换商品的原则，宁愿亏损卖出。其次，他向女人的心情里更深入了一步，想象出"退货"的办法，这真是一种狡猾的诱惑的杰作。"不管怎样您先拿去吧，太太：如果您不喜欢的话，可以把东西退还给我们。"于是那些犹豫不定的女人便找到了一个最后的借口——补救一时可能发生的差错；她们良心安然地把东西拿走了。现在这种退货和降价形成了新型商业的典型的运用的一部分。

然而慕雷把自己表现成为一个无可比拟的大师，是在商店内部的布置上。他定了一条法规，要妇女乐园的每一个角落都不得顾客稀少；每一块地方都要喧闹，都要

人群，都要生命；因为他说，生命吸引生命，产生生命，繁殖生命。从这个规律，他引出了各种应用方法。首先，在进门的地方要拥挤，一定要街上的人们相信里边是挤得满满的；他在门口摆了一些廉价物品，把架子上和篮子里堆满廉价的东西造成了这种拥挤；这样就使得一些无聊的人们愈来愈多，挡住了门口，常常当店内只满了一半的时候，会叫人以为店里已经挤满了人。其次，他想出巧妙技术在走廊里把没有生意的各部隐蔽起来，例如，夏天的披肩部和冬天的花布部；他使活跃的部门包围住它们，把它们埋没在喧嚣里。他别具匠心又想出了把地毯部和家具部放在三楼上，在这些柜台上，顾客是比较稀少的，要把它们摆在底层间便会造成空旷和冷落。如果他能够想得出办法的话，他会让大街从他的店里穿过去。

恰在这时，慕雷一阵冲动不能自拔了。星期六晚上，当他把人们一个月以来进行的、下星期一的大廉价的准备作最后一次察看的时候，他突然感到他所决定的各部的分类是不妥当的。不过那却是绝对合乎逻辑的一种分类，纺织品在一边，制成品在另一边，这种有条不紊的秩序会使顾客自己找到方向。从前在埃杜安夫人的混杂狭窄的小店里，他曾经梦想着这种分类的次序；而到了他把这实现出来的一天，他却感到他的信念动摇了。他突然喊叫起来，必须"把一切从头搞过"。他们还有四十八小时的时间，在这时间里要解决店内一部分布置的移动问题。职员们慌张忙乱起来，在一片恐怖的纷乱中间，必须耗费两个晚上和整个的星期天。即便在星期一的早晨，在营业的前一小时，仍旧有一些商品未曾安排好。老板必定是发疯啦，职员们困惑不解，这真是一场普遍的惊慌失措。

"来呀，加油啊！"慕雷喊叫着，带着他天才的不动摇的信念。"那里还有一些服装要运到楼上去……那些日本货摆到楼梯口上了吗？……孩子们，最后一次努力呀，你们的生意就要开始啦！"

布尔当窛也从凌晨就到场了。他也并不比别人更有所理解，他露出不安的神色用目光追随着经理。他知道在这种千钧一发的时刻，人们会遭到怎样的对待，所以他不敢向他提出任何问题。可是他下了决心，温和地问道："在我们的大展览的前夜真有必要弄得这么乱七八糟吗？"慕雷起初耸耸肩膀没有答话。可是对方坚持地问下去，他便发脾气了。

"那么你是要所有的顾客都堆在一个角落里吗？我想出来的这个办法真是几何学者的一个好主意！我将永远不会原谅我自己的……你要明白我那样做就是把人群限制在一块地方啦。一个女人走进来，一直走向她要去的地方，看过裙子就是袍子，看过袍

子就是大衣，然后她退出去，连一点的时间也不浪费！……没有一个人会把我们的店整个看一遍！"

"可是，"布尔当寇指责说，"现在你把什么都搞乱了，一切都分散在四面八方，店员们领着顾客从这一部到那一部要把腿累断的。"

慕雷露出了傲慢的姿势。

"这个我可不管！他们是年轻的，这样做会使他们强壮起来……他们在各处走动倒是更好！会显得人更多，会扩大人群。人们挤得厉害，就是一切顺利！"

他笑了，降低声音，解说着他的念头：

"注意！布尔当寇，听听这样做所造成的结果……第一，这种顾客继续不断的来来去去，把他们分散到了各处，使他们人数增多，使他们的头昏眼花；第二，既然必须领着他们从店的这一头到另一头去，例如吧，如果说他们买完了袍料又要买里子，这种向各处走去的途径就使他们觉得这个店的面积要扩大了三倍；第三，他们被迫要经过各部，否则的话，那些部门他们是不会走到的，在他们走过去的时候，有一些诱惑便把他们勾引住，然后他们屈服了；第四……"

布尔当寇跟着他笑了。慕雷很高兴，停住话向小伙计们喊道：

"很好，孩子们！现在打扫一下，这就很不错啦！"

可是当他转过身来的时候，他望见了黛妮丝。他和布尔当寇正在时装部的前面，刚刚把这个部搬迁了，把各种服装和衣裳送到二楼的另一头去。黛妮丝是第一个下楼来的，张着大眼睛，被这些新的摆放给迷惑住了。

"这是怎么回事？"她喃喃地说，"我们搬了家吗？"

这种惊奇的神色像是使慕雷很愉快，他爱好这些戏剧的场面。从二月初，黛妮丝又回到妇女乐园来了，她在惊讶中幸运地发觉职员们对她很有礼貌，几乎是恭敬。奥莱丽太太特别地表示了好感；玛格丽特和克拉哈似乎是屈服了；甚至茹夫老头子，背脊也直不起来了，仿佛希望忘掉旧时的记忆，露出窘困的情态。只要慕雷说一句话，这就足够了，大家在小声议论，眼睛随着她瞧。在这种一般的亲善之中，使她有点难过的，是杜洛施那种古怪悲哀的样子和保丽诺那种不明所以的微笑。

这时，慕雷现出兴高采烈的神情一直注视着她。

"你在找什么，小姐？"他终于问话了。

黛妮丝未曾望见他。她脸上微微地泛红。自从她回来以后，他曾经对她有过几次亲切的谈话，这使她大受感动。也不知道为了什么原因，保留诺详尽地向她讲述了老

板和克拉哈的恋爱：他在什么地方跟她见面，他给了她多少钱；而且她常常反复地谈，甚至说出他另外还有一个情妇——店里大家都认识的戴佛日夫人。这样的故事使黛妮丝受着打击，她在他面前又感到了从前的恐惧，仿佛她的感谢和她的愤怒在一种不舒服的心境里打架。

"这个变动可真不小，"她悄悄地说。

可是慕雷走到她的身前放低话声说：

"今天晚上停业以后请你到我的写字间里来。我有话要跟你讲。"

她觉得为难，沉默不语，低下了她的头。于是她走向她的部里去，别的女售货员已经到达了。但是布尔当寇听到了慕雷的话，含笑注视着他。到了只剩他们两个的时候，他大胆地向他说：

"又是她！你要当心哪，这种事结果会变成严重的！"

慕雷赶快替自己辩护，在一种十分冷淡的态度下掩盖起他的感情。

"管它呢，一次玩笑！我的朋友，要捉住我的那个女人还没生下来哩！"

这个店终于营业了，他急忙跑向各个柜台做最后的一次巡视。布尔当寇摇了摇头。这个单纯面柔和的黛妮丝开始使他感到不安了。第一次，他曾经用野蛮的辞退把她征服。可是她又出现了，他待她如待一个严重的对头，在她面前沉默不语，重新等待着。

他随着慕雷走去，在楼下面对着正门的圣奥古斯丹大厅里，慕雷喊道：

"大家是要跟我作对么！我说过把蓝阳伞放在边缘上……给我把这个全拆掉，赶快！"

谁的话他也不肯听，一队小伙计必须把摆放的阳伞重新布置过。因为看见顾客们来到了，他甚至把大门又关了片刻；他一再说他宁可不开门，也不肯把蓝阳伞摆在中间。这破坏了他的结构。几个有名的陈列家

——雨丹，米敖和别的人，抬起眼睛走来观看；然而他们装作不懂的样子，他们是属于不同的一派的。

最后人们开了门，潮水一般的人流进来。从一开门起，在店里还未人满的时刻，门廊下就发生了那么的拥挤，为了恢复人行道的交通就必得找警察来维持秩序。慕雷的设想是正确的：所有的家庭主妇——密密匝匝的一大群小市民的妇女和女佣，都向廉价物品去进攻，这些便宜东西和零头货一直展览到大街上。手继续不断地向前伸出，摸着门口的"剔除货"，一块花布三十五生丁，一块灰色棉毛织品四十五生丁，尤其是一块奥尔良布三十八生丁，这些东西掏光了那些穷人的腰包。在摆着降价物品的架子

和篮子的四周，人们摩肩擦背形成一片狂热的拥挤，那里有花边十生丁，丝带二十五生丁，袜带十五生丁，手套、衬裙、领带、短筒袜和线袜子，如冰雪融化一样地不见了，像是被一群饿鬼吃掉了。尽管时令寒冷，在露天路上卖东西的店员都是应接不暇。一个胖女人挤得直喊叫。两个小姑娘差点闷死。

整个的早晨，拥挤在继续增加。将近一点钟的时候，有一大串人挤不进门，马路被阻塞了，简直像是在暴动的时期。正在这时，德·勃夫夫人和她的女儿勃郎施停留在对面的人行道上，犹豫不决，她们碰到了玛尔蒂夫人，她也同样有她的女儿瓦郎蒂诺陪伴她。

"你瞧，多么多的人哪！"前者说。"在那里人快要挤死啦！……我不应该来的，我本来还躺在床上，为了换换空气才起来的。"

"我也是一样，"对方说。"我跟我的丈夫讲我要拜访住在蒙玛特区他的姐姐去……可是路过这里，我想起我需要买一条纽带。在这里买不是比在别的地方更好吗？啊！我不能再多花一生丁！再说，我也不缺什么。"

可是她们的眼睛不离开那个门口，她们被吸引住了，被运到做生意的人群里去。

"不，不，我不进去，我有点怕，"德·勃夫夫人喃喃说。"勃郎施，我们走吧，我们会被挤扁的。"

可是她的声音没有气力了，她逐渐被一种欲望打败了，要跟别人一样走进去；她的戒惧在这场拥挤的不可抵抗的诱惑下消失了。玛尔蒂夫人也无法控制了。她一再说：

"牵住我的衣裳，瓦郎蒂诺……好吧！我从来没有见过这样的事。人们把你抬起来啦。里边的情形不知道又是怎样哩！"

这几个女人被人流捉住了，不能够再退回来。正如河流把山谷间不定的流水诱引过来一样，这股向人满的门道里注入的顾客的潮流像是吞没了街上的行人，从巴黎的四面八方里把居民吸引了来。她们只得非常缓慢地往前走，被挤得喘不过气来，竖直了肩膀和肚子，她们感到一种柔软的热气；这种艰苦地向门里挤进使她们被满足了的欲望得到享乐，愈加刺激起她们的好奇心。这一场杂沓，包含着穿丝绸衣服的太太小姐，穿平常衣裳的小市民阶层的女人，光看头的姑娘，全都被同一的热情激昂起来，晕头转向。有几个男人淹没在这些膨胀的女人群里，向他们的周围投射出不安的眼光。一个保姆在更拥挤的地方，把她的婴儿举得非常高，孩子乐不可支地笑着。只有一个瘦女人发起脾气来，吐出了一些咒骂，指责她的邻人顶进了她的身子里去。

"我简直相信我的裙子要挤下来了，"德·勃夫夫人反复说。

玛尔蒂夫人一言不发，她的面容还保留着室外空气的新鲜气色，她踮起脚来从人头上向前面远观，望到了店的内部。她的灰色的眼皮薄得像是光天化日下的猫眼；她的皮肉平静不动，明亮的目光像是一个人刚刚醒来。

"啊！总算进来啦！"她呼出了一口气说。

这几个女人总算脱出身来了。她们到了圣奥古斯丹的大厅里。她们十分惊讶里面几乎是空的。可是一种安宁的感觉侵袭了她们，她们像是走出街上的冬天进入了春天。在外面，正刮起凛冽的寒风的时候，在乐园的走廊里，已经是美好的季节了，有轻软的织品发出暖气，有柔和彩色的花卉在开花，有夏季时装和阳伞的田园的快乐风趣。

"看哪！"德·勃夫夫人两眼望着空中动也不动地喊着。

这是阳伞的展览。全部撑开来，圆圆的像是一些降落伞，布满了大厅，从天井的玻璃窗口一直到油漆橡木的波状花纹。围着楼梯口上层的拱廊，它们描出了一些花彩；顺着圆柱子，它们向下垂成花环；在走廊的栏杆上，一直到楼梯的阶段上，它们密密层层一排一排地伸展开来；四面八方，排列得有条不紊，给墙壁涂上了红、绿、黄各种颜色，它们像是为了某一次巨大庆祝会点燃起来的威尼斯式的大灯笼。在四角上，是一些复杂的样式，价值一法郎九十五生丁的阳伞组成了闪烁繁星，有灰蓝色，乳白色，粉红色，这些清朗的色彩如夜灯的甜蜜的火苗那样燃烧着；同时在上方，是大型的日本伞，伞上有金黄色的仙鹤在喷火的反射烧成红色的天空里翱翔。

玛尔蒂夫人想找出一句话来表现她的欣喜，可是只能叫了一声：

"真是仙境！"

然后努力辨别了方位：

"你看，纽带在零星杂货部里……我去买了我的纽带就要走啦。"

"我陪着你去，"德·勃夫夫人说。"你说好吧？勃郎施。我们就在店里转转，再没有别的事。"

可是这几个女人一进门便迷失了方向。她们转向左方；零星杂货部移了位家，她们到了裙饰中间，到了首饰中间。有顶盖的走廊下非常热，一种又潮湿又闷人的暖房热气含着各种织物的淡淡气味，在这种热气里人群的踏步声被压低了。于是她们又回到门口，那里已形成如潮水般向外走出的人流，好长的一排女人和小孩子，在他们的上方飘着如云一般的红色气球。店里准备了四万个气球，有几个小伙计专管赠送。眼看着这些走出去的女顾客，人们会以为在看不见的线的顶端，空中有巨大的肥皂泡在飘荡，反射着阳伞上的红光。整个的店都被照明了。

"好多的人，"德·勃夫夫人大声说。"简直弄不清你在什么地方了。"

可是这几个女人不能停留在门口的急流里，那里正是进进出出挤得人山人海的。幸而稽查茹夫走来解救她们了。他严肃而警惕地站在门廊下，仔细观察每一个走过去的女人。他专门负责内部警察的责任，防备小偷，尤其是盯住那些肥大的女人，当她们眼里的那团热火使他感到不安的时候。

"太太们，要到零星杂货部吗？"他毕恭毕敬地说，"向左边走，看！就在那边，在帽袜部的后头。"德·勃夫夫人道一声谢。可是玛尔蒂夫人转过身来的时候，她在身边再找不到她的女儿瓦郎蒂诺了。她紧张起来，这时她望见女儿已经离得很远，在圣奥古斯丹大厅那一头，站在一张推荐台子面前，被深切地吸引住，台子上堆积着九十五生丁一条的领带。慕雷用推荐的办法，用大肆宣传的提供品，勾引和盗取顾客；因为他是利用各式各样的广告方法的，他嘲笑某些守口如瓶的同业，那些人们的意见是，商品应该完全让它们自己去做说明。一些专门的生意人，一些懒惰而会吹牛的巴黎人，就这样把叫贩的小物件大量地销出去。

"啊！妈妈，"瓦郎蒂诺悄悄说，"看看这些领带……角上有一只刺绣的鸟儿哩。"

店员炫耀着这种商品，赌咒说这是全丝的，说制造的厂商破产了，人们将永远再碰不到这样的一次机会。

"九十五生丁，这是可能的吗！"玛尔蒂夫人说，她像她的女儿一样地受了勾引。"唉！我买两条吧，也不会因此就毁了我们的。"

德·勃夫夫人表示不屑的样子。她讨厌推荐的物品，一个店员过来招呼她，吓得她逃走了。玛尔蒂夫人很诧异，这种对于耍花招所起的神经质的害怕，她是不理解的，因为她的性格不同，她属于一种幸运的女人，允许自己受人强迫，使自己浸润在甜言蜜语的公开的奉承里，她用手到处摸摸，把她的时间耗费在无聊的谈话里，是使她感到快乐的。

"现在，"她又说，"赶快去买我的纽带……什么我都不想再看了。"

可是当她从罗纱部和手套部走过的时候，她的心又软下来了。在散乱的光线下，那里有一种摆设，具有各种生动和喜悦的彩色，发出勾魂夺魄的效果。均衡排列的几个柜台，仿佛是一些花坛，把这间厅房改变成一座法国式的花园，园里音阶柔和的花卉带有喜色。在裸露的木料上，在敞开的盒子里，在装得太满的架子外面，有大量的罗纱展现出天竺葵的鲜红色，朝颜花的乳白色，菊花的金黄色，马鞭草的天蓝色；

更高的地方，在铜轴上，用铺开的披肩，用卷起来的丝带，扎成另一个花环，全是好看的饰带延展开来，围着柱子向上缠，在镜子里有了无数的影像。但在手套部里最令人群受感动的，是完全用手套造成的一间瑞士小屋：这是米敖的杰作，他费了两天时间才作成。首先，黑色手套垫作底层；然后是麦草色的、木樨草色的、牛血红色的手套，分配成为装潢，划出窗户，表示阳台，充作瓦片。

"太太要什么？"米敖看见玛尔蒂夫人站在小屋前便问道。"这儿是一些瑞典手套，每双一法郎六十五生丁，最好的货色……"

他尽力热衷地推荐，从他的柜台里边招呼过往的顾客，用他的礼貌来迷惑他们。当她摇头拒绝的时候，他便继续说：

"提罗尔手套，一法郎二十五生丁。……小孩子戴的都灵手套，各种颜色的绣花手套……"

"不，谢谢，我什么都不要，"玛尔蒂夫人表示。

可是他觉得她的语气犹豫不决，他便更激烈地向她进攻，把绣花的手套拿到她的眼下；她没有力量了，她买了一副。然后当德·勃夫夫人含笑看她的时候，她的脸红了。

"我真和小孩子一样，你说是吧？……如果我不赶快去买了纽带就走，我可要陷下去了。"

不走运，零星杂货部里是那么拥挤，以致她找不到服务的人手。两个人等了十分钟，有点不耐烦了，这时她们碰到了布尔德雷夫人和她的三个孩子，这才算是有了事做。布尔德雷夫人拿出一个老经验的漂亮女人的安闲态度向她们解说，她是带孩子们来开开眼界的，玛德兰十岁，爱德蒙八岁，吕西安四岁；他们都在高兴地笑着，这是老早就跟他们约定的一次廉价的招待。

"这些东西真有趣，我要去买一把红阳伞，"玛尔蒂夫人突然说，她留在那里无所事事站得不耐烦了。

她选择了十四法郎五十生丁的一把。布尔德雷夫人用责备的眼光看着她买了以后，跟她温和地说：

"你这么忙着买是大错的。在一个月以内，你可以用十个法郎买到它……他们欺骗不了我！"

她有一套巧妙的管理家务的理论。既然各家店都在减价，那么就得等待。她不想被他们剥削，在他们真正降价的时候，她去讨便宜。她甚至把这种事看作一种恶狠的斗争，她自夸她从来没有让他们赚到一文钱。

"来呀，"最后她说，"我答应带小孩子们到楼上大厅里去看看图画的……跟我一道来吧，你们还有的是时间哩。"

于是纽带的事便被忘记了，玛尔蒂夫人马上屈服，而德·勃夫夫人却拒绝了，她宁愿在底层先绕一个圈子。再说，这几位太太肯定会在楼上见面的。布尔德雷夫人在寻找楼梯，这时她却望见了电梯；为了把这次款待做得更完美，她推着孩子们进去；玛尔蒂夫人和瓦郎蒂诺也走进了那个狭窄的笼子里，里边已经拥挤不堪了；可是那镜子，那丝绒座位，那镂花的铜门，占据了她们的心神，以致她们到达了二楼都未曾感觉到机器的平稳的移动。此外，在花边部的走廊里另有一件乐事在等待着她们。当她们从食堂前面走过去的时候，布尔德雷夫人不肯错过机会给这个小家族饮些糖水。这是一间方方正正的厅房，有一个大理石的大柜台；在两头上有银喷泉放出了一股细水流；在后面，在搁板上，排列着一些瓶子。三个小伙计接二连三地抹杯子向杯子里倒满。为了维持这些干渴的顾客的秩序，必须排起队来，正像在剧院门口那样，立起一个罩着丝绒的障碍。人群在那里拥挤不堪。有些人面对着这种不要钱的款待丧失了羞耻心，一直喝得肚子痛。

"好啦！她们在哪儿呀?"布尔德雷夫人从人群里挤出来给孩子们擦了嘴以后大声说。

可是她望见了玛尔蒂夫人同瓦郎蒂诺在另一个走廊的一端，已经非常远了。这两个人，埋在衬裙的货物堆的下面，还在购买。无可救药了，母女两个融化在使她们忘形的消费的狂热里。

当布尔德雷夫人终于到了书报阅览室的时候，她把玛德兰、爱德蒙和吕西安安置在一张大桌子前面；然后她亲自从书架上取了几本照相簿子递给他们。这间长厅的穹顶镀着金；两端上宏大的壁炉烟囱面对着面；一些普通的图画，框子很富丽，遮着墙壁；在各个柱子中间，在朝向各个店面开出的每一个拱形的出口前面，有插在马约里卡岛花瓶里的高大的绿植物。一大群不语的人围绕着桌子，桌子上乱七八糟地摆着一些杂志和报纸，备有文具匣子和墨水壶。有几个女人脱掉了她们的手套，在印着这店家名字的纸上写信，她们用笔一画把店名涂掉。有几个男人仰在太师椅里读报纸。但大多数的人们留在那里是无事可做的：丈夫等待着在各部里走失的妻子，谨慎的年轻女人在窥伺情人的到来，年老的亲属们被安置在那里像摆在更衣室里一样，等着人们来领，再出去。这些人坐得很舒服，在那里休息，通过敞开的出口用眼向走廊和大厅

的深处望去，在笔的悄悄响声和报纸的瑟瑟声中，远处的声音升腾着。

"怎么！你在这儿！"布尔德雷夫人说，"我没有看清楚你。"

靠近孩子们，一位太太躲藏在杂志的册页中间。这是居巴尔夫人。她似乎不乐意这次的会面。可是她立刻就转变过来，说她为了逃开人群的拥挤到上边来坐一会儿。可是当布尔德雷夫人问她是否要去买东西的时候，她眼睑里压制着目光中那种冷酷的自私，现出垂头丧气的神情答道：

"啊！不……正好相反，我是来退货的。是的，几幅门帘，我认为不称心。不过，那里有那么多的人，我要等那个部能够走得进去。"

她谈起来，说这种退货的办法真是方便；从前，她绝不买东西，而现在她有时也允许自己受一次勾引。实际上，她买五件东西要退回四件，由于她这种奇怪的交易，她在所有的各部里都开始出名了，大家都预知她是永远不称心的，把东西在她手里保存几天以后，逐件地送回来。可是在谈话的当儿，她那双眼睛从没有离开厅房的门；当布尔德雷夫人转身对向孩子们给他们解说相片的时候，她像是轻快了。差不多就在同时，德·勃夫先生和保尔·德·瓦拉敖斯走进来。伯爵假装领着这个年轻人在参观这家新店的各部，迅速地跟居巴尔夫人交换了眼色；于是她又埋头去看她的杂志，仿佛未曾看到他。

"喂！保尔！"在这两位先生背后有人说话了。

这人是慕雷，他正在各个部门进行巡视。他们握了手，他立刻问道：

"德·勃夫夫人是不是给个面子也到我们这儿来了呢？"

"啊！没有，"伯爵回答，"她是非常失望的。她不大舒服，不过，没有什么严重。"

可是突然间他装出看见了居巴尔夫人的样子。他赶快摘下帽子走到她的跟前；同时另外两个男人仅只从远处向她施礼。她也同样地装出偶遇的神情。保尔微微地一笑；他算是明白了，他悄声向慕雷述说，他是怎样在李奢留街上偶然碰到了伯爵，伯爵竭力要躲开他，然后借口一定要他到乐园里来看看，便把他拉来了。一年以内，那位太太从德·勃夫身上吸取了金钱和她所能有的享乐，绝不写信给他，指定公共场所，如教堂、博物馆或店家，作为他们互相商谈的见面场所。

"我相信每一次幽会，他们都要改变旅馆，"年轻人悄悄说。"上个月，他出去作巡游视察，每隔两天都有信给他的太太，从勃洛瓦，李蓬，塔尔伯等等地方；可是我确定曾经看见他们进到巴蒂敖尔一家中等的寄宿舍里去……可是你看看他那副神气！站在她的面前，他那副端正的官吏架势，不是很漂亮么！古老的法兰西！我的朋友啊，古老的法兰西!"

"可是你们的婚事怎么样了?"慕雷问道。

保尔的眼睛仍旧瞧着伯爵,便答说,他们还在等待姑母的去世。然后,他现出了胜利的神情:

"不错吧?你看见了吗?他弯着腰,向她手里塞进一个地址。她在那儿露出最贞淑的风度把它接过来:一个可怕的女人,这个态度大大方方的红头发美人儿……好啊!在你的店里有这些好戏在上演!"

"啊!"慕雷笑着说,"这些女人不是在我的店里,是在她们自己的家里。"

接着他开玩笑了。爱情像是一些燕子,给每庭每院带来了幸运。毫无疑问,他是懂得她们的,那些在各个柜台跑来跑去的姑娘,那些偶然碰到一个朋友的妇女;如果说她们不买东西,她们也可以充数,她们使这个店暖热起来。仍然谈着话,他领他的老同学走开了,他把他安置在大厅的门口,面向着中央的大走廊,连续的各个厅房在他们的脚底下展开了。在他们背后,厅房里保持着泰然安静,只有沙沙不停地笔声和报纸的瑟瑟声响。一位老先生在指针报上睡着了。德·勃夫先生在用心观看绘画,显然存心要把他未来的女婿遗落在人群里。在这一片安静之中,布尔德雷夫人独自高兴十足地哄着她的孩子们,仿佛是置身在被征服的国土里。

"你看,她们像是在她们的家里,"慕雷说,他把手张得大大地指着在各部里挤来挤去的大堆的妇女。

正在这时,戴佛日夫人险些儿把大衣掉在人群里,后来总算是进来了,走出了第一间厅房。等到走到大走廊上,她抬起眼睛扫视。这像是一座火车站的栈桥台,围绕着两层的栏杆,交叉着悬空的梯子,横越着浮桥。铁的梯子是双重回旋的,展开硬角度的曲线,加大了梯顶上的位置;铁桥悬在空间,直线地贯穿过去,非常高;这全部的铁材构成了一座轻便的建筑物,一片通阳光的复杂的网络,一种梦想的皇宫的现代化的实现,像是一座层层累积起来的巴比伦的塔,在玻璃门窗的白光下,扩大了各个厅房的面积,没有边际地开通了另一阶段和别个厅房的远景。再说,铁在支撑着一切,那个青年建筑师既正直而又刚强地并不把铁伪装上一层模仿砖石和木材的涂色。在下面,为了不妨碍商品的观瞻,装潢是朴素的,有大片清谈的空间,颜色是匀合的;其次,金属的结构愈向上去,柱子的柱头变得愈加富丽了,帽钉头形成花形,支柱和壁龛充填着雕刻;最后在顶上,有波浪式的黄金,丛堆形的黄金,一直到橱窗上,玻璃都涂饰着、镶嵌着黄金,而在这片富丽的黄金中间,红绿的图画放着光彩。在走廊的

顶盖下，穹隆上裸露在外面的砖，也全部涂着鲜明的色彩。木细工和陶器加入装潢里，使壁上或柱子上的绘带显得有了活力，用它们新鲜的色调照明庄严的集体；同时那些楼梯，栏杆上罩着红丝绒，装饰上一道削光而电镀过的铁条，像是钢盔一般闪着光。

虽然戴佛日夫人早已见过这个新的装置，可也愣住了，被当天使这个巨大的殿堂具有活力的热烈的生命所吸引。下面在她的周围，人群的急流继续不停，一直到丝绸部，进进出出的两股潮流都令人感觉得到；尽管自从午后在那些小市民妇女和一些家庭主妇中间，吸引了愈来愈多的贵妇人，而人群仍旧是非常混杂的；有很多穿着孝服的女人，披着大片的面纱；老是那一些迷了路的保姆，伸着胳膊保护着她们的婴儿。这座人海，这些五光十色的帽子，这些金黄或乌黑的裸露的头发，从走廊的这一端滚向另一端去，混合在各种货品的动荡的光彩中间，失掉了色彩。戴佛日夫人从周围只看见那些写着大字的大标价牌子，一块一块的刺眼的纸片附在鲜艳的印花布上，发光的丝绸上，深颜色的毛织品上。累积起来的丝带半遮着人头，如一面墙似的法兰绒突出成为海岬，到处都是镜子，看起来好像店更大了，反映出摆设品和一部分的人群，他们仰着脸，露出一半的肩膀和手腕；同时左右两方侧面的走廊展现出狭长的空间，有麻布部雪白的背景，有帽袜部深远的斑斑点点，有被几个玻璃窗口的光线照明的不清的远景，那里边的人群不过像是人类的尘芥。其次，当戴佛日夫人抬起眼睛的时候，望见沿着楼梯，在浮桥上，围绕着每一阶段的栏杆，有继续不停嗡嗡向上的声响，空中好一大群人，行走在巨大金属结构的镂空的地方，在发出散乱亮光的装嵌饰物的玻璃上浮现出黑影。从天花板上降落着大片金黄色的光芒；挂毯、绣花丝绸、撒金织物的一片彩饰，向下倒垂，覆盖着插有彩旗的栏杆。从这一头到那一头，有花边的飞舞，洋纱的悸动，丝绸的胜利夸耀，半裸体的人体模型的膜拜；在紧上头，在这一片混乱的上方，像是浮在空中的寝具部，展出了一些铺着垫子挂着白色帐子的小铁床，仿佛在顾客的踏步声中睡眠的一间寄宿舍的寝室，愈是在上面的各部，顾客也就愈加稀少了。

"太太您要便宜的袜带吗？"一个售货员看见戴佛日夫人站着不动便向她问。"全丝的，一法郎四十五生丁。"

她不屑于回答他。在她的周围，人们叽叽喳喳地向她兜售，愈来愈狂热了。可是她要辨别方向。阿尔倍·郎姆的收银台正在她的左首；他一看就认识她，大胆地向她亲切地微笑了一下，在那围攻着他的大量的货单中间，他是一点不紧张的；同时在他的身后，约瑟努力在捆盒子，简直来不及包装那些商品了。这时她看清楚了，丝绸部一定就在她的前面。然而人群是那么没有边际，她费了十分钟的时间才到了那里。在空中，用看不见的细线拴着的红气球增多了；它们汇聚成紫色的云，轻轻地飘向各个出口，继续分散到巴黎市中去；所有的小孩在他们的小手上都缠着线持着气球，而在它们的飘荡下，戴佛日夫人就必须弯下头来。

"怎么！夫人，你敢冒这个险？"布特蒙一看见戴佛日夫人便愉快地喊叫着。

现在慕雷亲自把这位部主任介绍给她了，有时他去参加她的茶会。她认为他很平凡，可是非常和气，是属于一种热性子好脾气的人，这使得她诧异而又有趣。此外，在前天，他毫无心计地出于一个爱开玩笑的大傻瓜的一时糊涂，把慕雷同克拉哈的爱情事件原原本本地讲给她听了；她被嫉妒心咬住了，在蔑视的态度下掩蔽起她的创伤，她到这儿来试图发现这个姑娘，他曾经简单地告诉她那位小姐是时装部里的，而拒绝说出名字来。

"在我们店里您要买什么东西吗？"他又说。

"当然啦，否则我就不会来了……你们有作晨装的薄缎子吗？"

她希望从他口里听到那个姑娘的名字，她下定决心地要看看她。他立刻招呼了法威埃；他等待着那个售货员，便又回来同她谈话，法威埃在替一个顾客服务还没有了结，刚好是那个"漂亮太太"，那个金发美人，这一部里所有的人时时会谈起她的，可是并不清楚她的身世，连她的名姓也不知道。这一次，这位漂亮太太穿着一身重孝。你瞧！她家死了人啦，是她的丈夫还是她的父亲呢？有用问不是她的父亲，因为那样她会露出更悲哀的样子。可是他们怎么说呢？原来她不是一个不规矩的女人，她有一个真正的丈夫哩。至少她总不会是给她的母亲穿孝吧！尽管工作十分忙，这一部的人也浪费了几分钟的时间交换了这些假想的话。

"你赶快些吧，这样不行啊！"雨丹刚刚领着一个顾客到收银台去又回来便对法威埃喊叫着说。"这位太太一到了这里，你便老是搞不完啦……她真瞧不起你哩！"

"她不见得比我瞧不起她更瞧不起我，"那个受了气的售货员回答。

可是雨丹威胁他说，如果他不对女顾客更加恭敬的话，便要向经理室去报告了。自从这一部的职员结成联盟给他得到了罗比诺的位置，他便变得恐怖了，严厉到阴险的程度。他以前用甜言蜜语哄着他的同事，约定协力合作，而到了后来，他表现得那么令人难堪，以致他的同事从此暗中在支持法威埃来反抗他。

"去吧，不许反驳，"雨丹又严厉地说。"布特蒙先生要你去拿薄缎子，花样要最清爽的。"

在这一部中间，一片夏季丝绸的展览发出曙光的光彩照耀着厅房，仿佛是在最纤美彩色的光辉里升起的明星，有清淡的蔷薇色，柔和的黄色，浅蓝色，有霓虹所浮现的全般彩色。这里有一些如云霞一般精密的薄缎子，有一些比树上飞下来的柔毛还更轻飘的斜纹绸子，有一些如中国少女的柔嫩肌肤一般的北京缎。而且还有日本的茧绸，印度的野蚕丝和软绸，成千种条纹的，各种小棋盘格子的，各样花形的，全般幻想的图样的，令人想起一些穿着华丽裙饰服装的贵妇人于五月的清晨时光散步在公园里高大的树木下。

"我要买这一种，路易十四式有蔷薇花束的，"戴佛日夫人最后说。

当法威埃在量布的时候，她又向站在她身边的布特蒙作最后一次的试探。

"我要到楼上时装部去看一看旅行大衣……你谈起的那位小姐可是金发的吗？"

这位部主任见她难以释怀开始感到不安了，仅仅微笑了一下。可是正在这时，黛妮丝走过去。她刚刚把布塔莱尔夫人交给主管羊毛呢的李埃纳的手里，这位乡下女人，每年到巴黎来两次，把她主管家务节省下来的钱散到乐园的各部里去。当法威埃已经拿起了戴佛日夫人的薄缎子的时候，想跟他找麻烦的雨丹把他拦住了。

"你不必去啦，这位小姐可以顺便领着这位太太去的。"

黛妮丝觉得很尴尬，可是马上把那小包和发票接过来。每逢她面对面碰到这个年轻人便不能不感到一阵羞愧，仿佛他使她想起了昔日的过错。不过，她只是在梦想中犯了罪过的。

"跟我讲，"戴佛日夫人悄声地问布特蒙，"是不是这个很可笑的姑娘？他又把她弄回来啦？……是的，就是她，这个浪漫事故的女主人公！"

"也许是，"部主任一直微笑着说，他下定决心不泄漏实话来。

于是，黛妮丝领先，戴佛日夫人慢慢地登上楼梯。为了不让潮水一般走下来的人冲下去，她每隔两三秒钟就必须停一下。在整个店家的活跃的震动中，可以感觉到铁架子在脚底下有了晃动，像是被人群的呼吸吹得发抖。每上一阶，便有一个安装得牢牢的人体模型，撑着一件整整齐齐的服装 ——成套的衣裳、大衣或是睡衣；人们会以为这是列成胜利的队伍的两排士兵，小小的木头膀子像是短刀柄，插在红色的麦尔登呢里，从颈项的柔嫩部位刺出血来。

戴佛日夫人终于到达了二楼，这时一阵比其他地方更为汹涌的拥挤，使她又停了一会儿。现在，在她的下方，有底层的各部，有她刚刚从中走过来的弥漫的大群顾客。这是一种新的展望，是遮住了身体、蠢动在骚扰不安的蚁冢里、缩短了配景的人头的海洋。白色的标价牌子仅仅成了一些细线，一堆一堆的丝带堆得高高的，法兰绒的海岬形成一面直墙隔开了走廊；像旗子那样装饰着栏杆的挂布和绣花丝绸，仿佛是悬挂在礼拜堂十字架坛下的一行一行的旗子那样垂在她的脚底下。在远方，她望得见侧面走廊的转角，像是人们从钟楼格子的高处识别出有黑色斑点的行人在行动的邻街的转角。她的一双眼睛被各种颜色的光彩照得发昏，可是当她阖上眼睑，最使她吃惊的是，在她的酸涩的眼里愈加感觉到那如汹涌的潮汐般发出闷重的声响而且蒸发着人类的热气的人群。一片似雾的尘埃从地板上升起来，内中装着女人的气味，她的衬衣和脖颈的气味，她的裙子和头发的气味，这一种刺鼻的气味，像是这个庙堂为了顶礼参拜女人的身体而点燃的香烛气味那么袭人。

这时，慕雷始终陪着瓦拉敖斯站在阅览室的前面，呼吸着这种气味，受着陶醉，不断地说：

"她们像在自己家里，我知道有些人整天在这里打发时间，吃着点心写她们的信……只差给她们一个床铺了。"

这个笑话使保尔微笑了，他在他悲观主义的倦怠中，一直觉得这些人为了这些破东西在纷纷扰扰是愚蠢的。每逢他同他的老同学接近的时候，看见他在风骚女人群中那么受着生命的鼓舞，他几乎不由得就要烦恼起来。这些头脑简单心灵空虚的女人，内中没有一个会叫他懂得人生的愚蠢和无聊吗？恰好在这一天奥克塔夫似乎丧失了他那令人欣羡的心灵的平衡；他平素是用一个技师的平静的优美把狂热倡导给他的顾客们，而如今他在这个店家逐渐燃烧起来的热情的发作里，似乎被捉牢了。自从他看见黛妮丝同戴佛日夫人上了大楼梯，他的话声便愈加提高了，不由自主地在做着手势；而且他完全装模作样地并不转过脸去对向她们，而随同他感觉她们迫近的程度，他愈来愈加充满活力了。他的面容现出了红光，他的眼睛里有了少许在那些女顾客的眼睛里摇荡着的狂热的欢乐。

"你必定受到人们毫不客气的偷盗，"瓦拉敖斯悄悄说，他感觉到在人群里有着犯罪的气氛。

慕雷把两只膀子张得大大的。

"好朋友，这是不可想象的事。"

他神经质地因得到一个话题而感到愉快，便讲了一些详细的情节，述说了某些事故，做出了一个分类。首先，他提出了专业的女小偷，她们最不能为害，因为警察差不多全部认识她们。其次，是那些一时精神不正常的女小偷，她们是出于欲望的癫狂，

是一个神经病医生所分类的一种新型的神经病狂，从此可以证实了大店家所发挥的诱惑的尖锐的影响。最后，是一些孕妇，她们的偷盗是专业化的：以致在这样一个女人家里，警官曾经发现从巴黎各个店里偷来的二百四十八副玫瑰色的手套。

"也就是因此在这里的这些女人，眼睛里显得那么奇妙！"瓦拉敖斯喃喃说。"我注意看着她们，她们那份贪婪羞涩的样子，像是发了狂的动物……这真是一座训练正直的美好的学校！"

"妈的！"慕雷回答，"尽管我们使她们像是在家里一样，可是我们不能让她们在大衣里面把商品带走啊……而且有些人是非常有身份的。上一个星期里，我们曾经捉到一个药剂师的妹妹和一个宫廷顾问的妻子。我们竭尽全力妥善处理这些事情。"

他把话中断了，指着稽查茹夫，他在楼下丝带的柜台边正紧紧地追随着一个孕妇。这个孕妇带着大肚子，在人群的拥挤下十分苦恼，有一个女朋友陪着她，无疑是遇有汹涌的冲击的时候负责保护她的；她每次在一个部前停下来，茹夫的眼睛便不离开她，同时在她身边的那个女朋友在架子里挑来捡去。

"啊！他要捉到她啦，"慕雷又说，"他懂得她们的全般的花招。"

可是他的声音颤抖了，他发出了不自然的笑声。他始终没有停止窥望的黛妮丝和昂丽叶特，费了九牛二虎之力从人群里挤出来以后，终于走到了他的背后。他转过身来，用一个朋友的谨慎态度向他的顾客敬礼，他不愿意在公共场所缠住一个女人使她颜面尽失。可是后者却机警地立刻看穿了他首先罩住了黛妮丝的那种目光。一定就是这个姑娘，她怀着好奇心要来看看的对手正是这个人。

在时装部里，几个女售货员忙得晕头转向了。两位小姐害了病，副主任傅莱黛丽太太在昨天一声不吭地辞职了，走到会计室算了她的工资，一刻不留地离开了乐园，像是乐园本身解雇它的雇员一样。自从清早起，尽管在狂热的生意里，人们一直在谈论这次的意外事件。在这部里为慕雷的放纵所支持的克拉哈，觉得这"太妙啦"；玛格丽特述说布尔当寇是多么生气；同时奥莱丽太太很是烦恼，扬言傅莱黛丽太太至少应当提前告诉她，因为谁也不会想到她会有这样的虚伪。尽管傅莱黛丽太太未曾同任何人讲过体己话，人们却猜测她是为了要嫁给哈雷附近的一家浴室的老板而放弃了绸缎业的。

"太太要的是旅行大衣吗？"黛妮丝请戴佛日夫人在一张椅子上坐下了以后向她问。

"是的，"后者用不带感情的声调回答，她决心不讲礼貌。这一部的新装置富丽而又严肃，有橡木雕刻的高大的衣橱，嵌板里装着宽大的镜面，一方天鹅绒地毯压低了顾客们接连不断的脚步声。在黛妮丝去找旅行大衣的时候，向自身周围观望的戴佛日夫人，在一面镜子里望见了自己；她就仔细端详着。难道她真的老了吗？他居然瞒着她去和随便什么人要好。镜子里把这纷纷扰扰的整个的一部反映出来；然而她却只看见她那苍白的面孔，她没有听见在她背后克拉哈正跟玛格丽特在谈话，谈的是傅莱黛丽太太的一件隐私，说她早晨和晚上故意绕着沙奢胡同走，以便叫人认为她或许是住在河左岸的。

"这是我们最新的款式，"黛妮丝说。"我们有好多种颜色。"

她摊出了四五件大衣。戴佛日夫人现出一种看不起的神情察看着这些衣服；每看一件，她就更加奇刻。为什么这些绉边把衣服显得瘦长？而且另一件，肩膀是四方的，人们不会说这身段是用斧子劈成的吗？就说是出外去旅行吧，可也不能穿得像是一个哨兵小屋的样子啊！

"另外再拿些来给我看，小姐。"

黛妮丝把衣服铺平又折起来，不使自己露出不高兴的样子。她这种心平气和的耐性愈加令戴佛日夫人生气。她的目光继续转向她对面的镜子去。现在她看见自己同黛妮丝在一起了，她进行了一次比较。比起自己来他会更喜欢这个没志向的奴才，这是可能的吗？她回想起这个奴才就是她从前曾经看见过的，当时她初来乍到带着那么一分蠢相，笨得像是刚从乡下来的一个养鹅的女人。当然，今天她的样子好看一些了，穿着她那件绸衣服，态度是端正而又冷淡。不过她是多么的穷酸，又是多么的庸俗啊！

"我去给太太取别的款式来，"黛妮丝平静地说。

当她又回来的时候，一场戏又重新上演了。说那布料太厚了，不值一穿。戴佛日夫人转过身去，提高了嗓门，想法要叫奥莱丽太太听见，希望她来把这个年轻的姑娘训斥一顿。可是黛妮丝，自从她重新回来，渐渐地把这个部征服了；如今她是不受约束的，就连主任都承认了她当一个女售货员的优秀品质——一种顽强的温柔，一种容忍的确信。因此奥莱丽太太仅只耸耸肩膀，约束自己不来干涉。

"太太可以讲明您要哪一种款式的吗？"黛妮丝拿出她那绝不气馁的坚定的礼貌重新又问。

"可是你几乎什么都没有啊！"戴佛日夫人喊叫着。

她的话被打断了，惊讶中感到一只手放在她的肩膀上。原来是玛尔蒂夫人，购物的狂热带着她走遍了这个店的各部。自从她买了领带、绣花手套和红色阳伞以后，她的购物已经有那么一大堆了，使得最后一个售货员只得决心把她的包裹摆在一张椅子

上，因为这些东西要累断了他的胳膊；于是他拉着那把椅子走在她的前面，椅子上堆积着裙子、餐巾、门帘、一盏灯、三顶草帽。

"喂！"她说，"你在买一件旅行大衣吗？"

"啊！天哪！不，"戴佛日夫人回答。"他们真叫人恐怖。"

可是玛尔蒂夫人却看上了一件有条纹的大衣，她觉得这东西可不错。她的女儿已经在仔细察看它了。于是黛妮丝招呼玛格丽特来把这件大衣出售出去，它已经是去年的款式，黛妮丝向玛格丽特使了个眼色，后者便作为特价品向外兜售。她发誓说，这件东西已经减过两次价了，从一百五十法郎减到一百三十，而现在卖到一百一十法郎，这时玛尔蒂夫人便没有力量抵抗这种廉价的诱惑了。她买了它，那个陪她来的售货员便放开了椅子和所有的包裹，把发票附在商品上。

在这同时，两位太太的背后，在生意的繁忙之中，这一部里的人还在继续着关于傅莱黛丽太太的瞎聊。

"真的！她弄到一个男人吗？"部里新来的一个小女售货员说。

"哼！浴室的那个男人，"克拉哈回答。"这些假正经的寡妇真不能相信。"

可是当玛格丽特开大衣发票的时候，玛尔蒂夫人转过头去；眼睑轻轻地一动指着克拉哈，她向戴佛日夫人声音很低地说：

"你知道，这个就是慕雷先生喜欢的人。"

对方惊了一下，注视着克拉哈，然后又把两眼转向黛妮丝，答道：

"不，不是那个大的，是这个小的！"

等到玛尔蒂夫人不敢确定到底是哪一个的时候，戴佛日夫人便现出了太太对待侍女的一种无礼把声音提得更高说道：

"也许大的和小的都跟他有一手！"

黛妮丝全都听见了。她抬起她那一双纯净的大眼睛望着这位如此伤害了她而她又不认识的太太。不用问，这个就是人们跟她谈过的那个女人，老板在外边常常见面的那个女朋友。在她们互相交换的目光里，黛妮丝表露出那么悲哀的一种高贵性，那么坦白的一种天真，使得昂丽叶特感到好一阵尴尬。

"你既然拿不出什么来能给我看，"她突然说，"那么就领我到服装部去看看。"

"唉！"玛尔蒂夫人喊着，"我跟你一块儿去……我要给瓦郎蒂诺去看一套衣服。"

玛格丽特把住那个椅子背，倒仰着，在椅子后腿上拖走，椅子如此地被拖来拖去，腿有些损坏了。黛妮丝只拿着戴佛日夫人买的几米薄缎子。这是好长的一段路，现在服装部设在三楼上，在店里的另一端。

于是这漫长的旅行开始了，沿着混杂的走廊走去。玛格丽特领头走，拖着那把椅子像是一辆小车子，慢慢地开辟出一条路。从衬衣部起，戴佛日夫人就在抱怨了：这不是滑稽嘛，在一个商场里要把一点点东西买到手就得跑八里路！玛尔蒂夫人也说她疲惫不堪了；可是在这种没有穷尽摆设出来的商品中间，这种累，她的力气的这种慢慢地消耗，却给了她不少的深厚的快乐。慕雷的天才的设计整个地把她捉住了。在行进中，每一部都使她停下来。她首先停在嫁妆部，受了女衬衣的勾引，保丽诺卖了一件给她，于是玛格丽特便得以摆脱了这把椅子，应该保丽诺接过来了。戴佛日夫人要是想早点摆脱黛妮丝，本来可以继续前进；但是她感觉到当她这样留下来同她的朋友在聊天的时候，有黛妮丝动也不动而且耐心地待在她的身边，她似乎是快乐的。在襁褓部里，这几个女人大大地玩乐了一阵，什么东西都没有买。然后，玛尔蒂夫人的老毛病又发作了：她连续地被一件黑缎子的胸衣、一副由于季节关系减价卖出的皮袖口、一些当时用以镶桌布的俄罗斯花边所征服了。所有这些东西都堆在椅子上，包裹堆得高高的，压得那把木椅子咯吱咯吱响；售货员不断轮换，装的货物愈来愈重，拖起来也就愈来愈困难。

"这边走，太太，"黛妮丝在每一次的暂停以后毫无怨言地说。

"可是这真荒唐！"戴佛日夫人大声说。"我们将永远也走不到了。为什么不让时装部和服装部靠在一道呢？……这真是混账！"

玛尔蒂夫人张大着眼睛，在她面前跳跃着的一排排富丽的东西使她痴迷，她悄声说：

"天哪！我的丈夫要怎么讲呢？……你的话有道理，这个店里是没有秩序的。弄得人们掏空了腰包，做出一些傻事。"

在中央楼梯的大过道上，那把椅子简直通不过去了。慕雷恰好在这楼梯过道上用巴黎产品的摆设占据了空间，有镶金的锡托盘上摆着的杯子，有一些粗糙的化妆匣子和香水瓶子之类的东西，因为他认为人们在那里往来得太方便了，人群不够热闹的。而且他指挥一个店员在一张小桌上摆出了一些中国和日本的古玩，都是些廉价的小玩意，顾客们抢着购买。这些东西得到意外的成功，他已经想到扩大这种生意了。当两个小伙计把椅子抬到三楼去的时候，玛尔蒂夫人买了六个象牙钮扣，几个丝制的小老鼠，一个珐琅瓷的火柴匣子。

到了三楼又继续了行程。黛妮丝自从早晨便像这样陪着顾客行走，简直疲惫不堪；

215

可是她依然用她那温柔的礼貌保持着端正。她还必须在室内装饰用品部等待着这几位太太，那里有一种鲜艳的印花棉布把玛尔蒂夫人诱惑住了。其次，在家具部里，一张针线台又中了她的意。她的两手发抖，她笑着乞求戴佛日夫人阻止她再多买下去，这时她碰到了居巴尔夫人，又给了她一个借口。居巴尔夫人终于到了地毯部来退还她五天前所买的一份东方门帘；她正站在一个售货员面前谈话，那个店员是一个大汉子，从早到晚用他那大力士的膀子搬动着足以累死一头牛的物件。自然这次的"退货"使他很困窘，剥夺了他的佣金。他探寻出几桩可疑之点，竭力跟这位女顾客打麻烦，不用问这些从乐园里买去的门帘曾经用过开了一次舞会，然后又退货，以便避免到毡毯店家去租用；他很知道在一般节俭的中产人家里有时是会做这种事的。太太要退货，必须有一个理由；如果说太太不中意这些花样或是颜色，他可以拿别的给她，他有非常齐全的各式各样的。不管他怎么费尽口舌，居巴尔夫人却拿出她那皇后一般毫无反应的态度，安详地说她不中意这些门帘，不屑于多加解释。她拒绝再看别的，于是他只得放弃了，因为各个售货员都受到命令即便他们看出了那些商品曾经被使用过，也得把它们收回来。

当这三位夫人一起离开而玛尔蒂夫人很后悔买了那张她毫不需要的针线台的时候，居巴尔夫人便拿出不紧不慢的腔调跟她说：

"好的！你把它退回吧……你没看见吗？就是费这么点事……照样让人们把东西送到你的家里去。把它摆在你的客厅里，收下它；然后你觉得厌烦了，便把它送回来。"

"这是一个好办法！"玛尔蒂夫人喊叫着。"如果我的丈夫闹得太厉害，我把所有的东西都退还给他们。"

这给了她最好的借口，她不再盘算了，继续消费去，骨子里要把所有的东西都留下来，因为她不是一个肯退货的女人。

最后，她们到达了服装部。可是当黛妮丝把戴佛日夫人买的薄缎子去交给一个女售货员的时候，那位夫人似乎又改变了主意，宣称她决定买一件旅行大衣，要那件银灰色的；于是黛妮丝就得耐心地等待着，再把她领到时装部去。这个年轻的姑娘从这位蛮横的顾客的任性之中，感觉到她是故意要拿她当女仆来对待的；可是她下定决心要尽自己的职责，她保持着祥和的态度，虽然她的内心在汹涌而且她的自尊心在起着强烈的反感。戴佛日夫人在服装部里什么东西都没买。

"啊！妈妈，"瓦郎蒂诺说，"那边的那套小衣服，像是很合我的身材！"

居巴尔夫人声音十分低向玛尔蒂夫人解说她的计谋。每逢在一家店里有一件衣裳使她欢喜的时候，就叫人把它送回家，把样子剪下来，然后再退回去。玛尔蒂夫人替她女儿买了这套衣服，悄悄说：

"好主意！你，亲爱的太太，你是讲究实惠的。"

她们必得放弃了那把椅子。椅子不成样子了，留在家具部的那张针线台的旁边。分量太重了，椅子腿儿几乎要断了；决定把全部买的东西集中在一个收银台，然后再发到下边的送货部去。

始终由黛妮丝领路的这几位太太到处闲逛。她们重新在所有的各部里走了一遍。她们似乎到各个楼梯和各个廊道里都走遍了。每时每刻她们碰到什么就又停住。在这样的情形下，到了阅览室的附近，她们又遇到布尔德雷夫人和她的三个孩子。几个小东西都带着小包：玛德兰胳膊下夹着一件给自己买的衣裳，爱德蒙拿着一双小短筒靴子，最小的一个吕西安，头上戴着一顶学生帽。

"你也来啦！"戴佛日夫人笑着向她的老学友说。

"可别跟我谈这个啦！"布尔德雷夫人叫起来。"我气得不得了……现在，他们用这些小孩子把你捉牢！你知道我对自己是多么斤斤计较！可是你想我怎能抵抗得住这几个孩子，他们什么都要！我原是带他们来逛逛的，可是却把这家店抢光了！"

这时，慕雷陪着瓦拉敖斯和德·勃夫先生依然站在这里，和颜悦色地听她讲话。她看见他了，她骨子里也带着几分真正的气愤可是快乐地在抱怨着这些给温柔的母亲们所设下的圈套；想到她刚刚受了广告的怂恿，她就激昂起来了；而他呢，始终笑容满面，曲着身子，享受着这种胜利的快乐。德·勃夫先生曾经用计同居巴尔夫人接触过以后，一直想随她去，便作第二次努力要丢掉瓦拉敖斯；可是后者在这种混乱中感到累，又急忙跟伯爵汇合在一起。黛妮丝重新又停下来，等待着这几位太太。她转过身去，而慕雷本人也佯装没有看见她。具有一个嫉妒女人的直觉的戴佛日夫人，从此便不再有所疑惑了。他向她施礼，而且现出豪爽的店主人的气势向她身前走近几步，这时她心里思忖着，问着自己她将如何战胜他的背叛。

同时，德·勃夫先生和瓦拉敖斯随着居巴尔夫人向前走去了，他们到达了花边部。这是靠近时装部的一间豪华的大厅，设置着一些架子，上边雕花橡木的抽屉时时开出来。在罩着红丝绒的柱子的周围，螺旋形的白色花边向上盘旋；从房间的这一头到另一头，一条线一条线似的飘舞着镂空花边；同时在柜台上有东一堆西一堆的大板的花边，全是瓦郎西恩式、马林式和手工刺绣的各种线团子。在紧里边，有两个女人坐在一片透明的紫色丝绸前面，杜洛施向那上面丢着善替依刺绣；她们默默地注视着，拿

217

不定主意。

"你瞧!"瓦拉敖斯大吃一惊地说,"你说德·勃夫夫人在害病……可是你看那边,她同勃郎施小姐站在那里呢。"

伯爵不禁惊讶不已,从侧面向居巴尔夫人丢了一个眼色。

"果然不错,"他说。

在这间厅房里非常暖热。一些顾客像是要窒息,面容苍白,眼里发出火光。真可以说这个店家的全般的引诱都集合在这一种最高的诱惑上,这是一间叫人堕落的痴迷的爱情的寝室,这是令最坚强的人都要屈服的倾家荡产的一角。女人们持有一阵陶醉的颤栗把手伸进一段一段的花边里去。

"我相信这两位太太小姐要把你害得倒闭啦,"瓦拉敖斯又说,他对于这次偶遇颇感兴趣。

德·勃夫先生做出一个对于自己的妻子的理智有十分把握的丈夫的姿势,其实他是一文钱也没有给她的。德·勃夫夫人跟她的女儿什么东西都没买在各个部里闲逛了一遭以后,怀抱着一种未满足的欲望的狂热,便搁浅在花边部里。她已经非常劳累了,然而仍旧靠在一个柜台边上。她在一大堆花边里探索着,她的手变得柔软了,热气一直升到她的肩膀上。然后,突然间,当她的女儿转过脸去而店员也离开了的时候,她就想把一段阿郎松绣藏到她的大衣里头去。可是她打了一个冷战,她放开了那段刺绣,听到瓦拉敖斯的声音高兴地说:

"我们可把你捉到啦,太太。"

有几秒钟她满脸惨白哑口无言一动不动的呆立在那里。接着她解释说,她觉得好多了,她希望出来换换空气。等到她最后注意到她的丈夫是跟居巴尔夫人在一起,她便完全镇静了,用那么高贵的一种态度注视着他们,以致居巴尔夫人认为必须表示:

"我刚刚跟戴佛日夫人在一道,这两位先生碰到了我。"

恰好另外的几位太太来到了。慕雷在陪伴着她们,他把稽查茹夫指给她们看,又把她们留住了片刻,茹夫始终在追随那个孕妇和她的朋友。这是非常有趣的,简直想象不出他们在花边部里捉到的小偷的数目。静听这番话的德·勃夫夫人,像是看见自己虽然年已四十五岁,穿得那么讲究,而且有她丈夫的高贵的地位,却被夹在两个宪警当中;可是她并不后悔,她想她应该把那板花边藏到她的袖子里去。这时茹夫想把那个孕妇当场抓到的希望已经断绝了,而又疑心在他疏忽的时候,她的手指非常巧妙地一转便把东西装进她的口袋里去,所以打定主意抓住这个孕妇。可是当他把她领到一边加以搜查的时候，他却尴尬地发觉她的身上是什么也没有，没有一条领带，也没有一个钮扣。她的朋友不见了。他突然间明白过来：这个孕妇是打他的马虎眼的，而偷盗的人是她的朋友。

这件事故使这几位太太很觉得有趣。有点生气的慕雷笑着继续说：

"这一次茹夫老头子上当了……他会报仇的。"

"啊！"瓦拉敖斯总结地说，"我相信他没有这个本领……再说，你们为什么要摆放出这么多的货物呢？如果人们偷你们的，那也是活该。你们不应该像这样地勾引这些无抵抗力的贫穷的女人哪。"

在这个店家的逐渐高涨的狂热里，这最后的一句话，像是当天的一声尖锐的声调鸣响着。太太们分开了，她们在各个拥挤的柜台中走了最后的一趟。这时四点钟了，夕阳从正面大窗口间斜射进来，照亮了几间大厅的玻璃门窗的侧面；而且在这一片如血的红光里，升腾着从早晨起人们的脚步掀起来的浓重的尘埃，仿佛是一片金黄色的蒸气。穿射过中央大走廊的一片光潮，在如火焰的背景上浮现出阶梯、浮桥以及全部悬在空中的铁网孔。木细工和陶器的图案发出了反射，红绿色的绘画燃起过多的黄金的光亮。像是一团火红的烧炭，这时正在燃烧着那些摆设品——那些构成宫殿形状的手套和领带，那些如一串宝石似的丝带和花边，那些堆得高高的毛织品和印花布，那些如花坛上开放的各色花卉的绸子和缎子。墙上的镜子闪闪发亮。如盾牌一般圆地撑开的阳伞，投射出金属物的反光。在远处，在遮断的阴影的前方，有一些望不见的柜台，一团照耀在金色阳光下的混杂的人群，发出轰轰的声响蠢动着。

在这最后的时刻，在过热的空气中间，女人们控制着一切。她们席卷了整个的店，驻扎在那里如在被征服的国土上，正像是侵略的游牧民族置身在混杂的商品里。那些售货员，腰板断了，耳朵聋了，简直也变成了她们的物件，她们用一种女皇的蛮横任意使唤他们。肥胖的太太们在人群中东冲西撞。比较瘦小的把持住她们的位置，变得专横无理。所有的女人，头抬得高高的，匆促地做着手势，跟在她们的家里一样，彼此之间没有礼貌，尽她们的可能来利用这个店家，甚至把墙壁上的灰尘都带走了。布尔德雷夫人希望补偿她的消费，重新领着三个孩子到了饮食间；现在顾客们饿慌了似的在那里拥挤，就连一些做母亲的都大口吞着白葡萄酒；自从开门以来，人们已经喝了八十公升的甜水和七十瓶的葡萄酒。戴佛日夫人买了她的旅行大衣以后，在收银台得到几张铜版画的赠品；她走出去，一面在盘算着把黛妮丝弄到她的家里去的办法，她要在慕雷本人的面前羞辱她，由此察看他们的面容而得到一个确证。当德·勃夫先

生终于能够做到在人群里走散而同着居巴尔夫人不见了的时候，德·勃夫夫人身后随着勃郎施和瓦拉敖斯，尽管她什么东西都没有买，却异想天开地索取了一个红气球。她始终是这样的，空着手是不肯出门的，她要同她的看门人的小女儿交一次朋友，分发气球的柜台正在开始分发第四万了：在这个店家的暖热的空气里飞起来的四万个红色气球，完全像是一片红气球的云彩，在这时刻从巴黎的这一端飘向另一端去，天空里传递着妇女乐园的名字！

五点钟响过了。在所有的太太们之中，唯有玛尔蒂夫人和她的女儿还留在这场生意的最后的热闹里。尽管她疲惫不堪，却离不开了，她被那么牢固的千丝万缕所纠缠住，以致虽然没有要求，却一再地退回来，怀着没有究尽的好奇心在各部里奔走。这是那受了广告怂恿的混乱人群达于狂乱的极点的时刻；付给报纸的六万法郎的广告，贴在墙壁上的一万张海报，散布到寰球各地去的二十万本目录，在掏完了女人的钱包以后，给她们的神经上留下了痴迷的震动；慕雷的各种创举，减低定价，退货，无休止构想出来的慷慨举动，依然在摇撼着她们。玛尔蒂夫人在售货员的沙哑的呼声里，在收银台的黄金的响声里，在包裹倾入地下室的轰响里，滞留在各个推荐品的桌前；她再度从底层的麻布部、丝绸部、手套部、毛织品部走了一遍；然后，她又上楼，使自身受着悬空楼梯和浮桥的金属的震动，重新回到时装部、内衣部和花边部去，甚至登上三楼，到了高高在上的寝具部和家具部；散在四处的、四肢都麻木了的那些店员，雨丹和法威埃，米敖和李埃纳，杜洛施，保丽诺，黛妮丝，努力打起精神，从顾客们的最后狂热中抓取胜利。这种狂热，从早晨起，一点一点地扩大着，仿佛是从混乱的织物中发放出来的一种痴迷。人群在五点钟的太阳的火光下被烧烤着。这时玛尔蒂夫人的面孔是活力十足而又神经质的，像是一个小孩子饮过了纯葡萄酒。她进门时，两眼明亮，由于街道上的寒气肤色是新鲜的，可是这些豪华的强烈色彩的摆设，以及那激动着她的热情的继续不断的奔驰，使她的眼光和颜色燃烧起来。她被她的账单的数字吓坏了，她的脸扭曲着，她的眼睛像一个病人那样张大了，当时她说了一声到家里去付款以后，终于走出来。她必须从大门口的你拥我挤下奋斗着挤出来；在那些便宜货的屠杀下，人们都要挤死了。然后，到了人行道上，她又找到了她那个曾经不时走散的女儿，新鲜空气使她打了个冷战，在这种如害神经病似的大百货商场的狂乱中间，她惶恐地呆住了。

当天晚间，当黛妮丝吃完饭走回来的时候，一个小伙计来叫她。

"小姐，经理室叫你去。"

　　她忘记了慕雷在早晨所给她的命令 ——要她在休业后到他的办公室走一趟。他站立着等待她。她进去以后未曾把门再关上，门仍然敞开着。

　　"你令我们很满意，小姐，"他说，"我们想把我们的满意向你表示一下⋯⋯你知道傅莱黛丽太太是用了怎样无情义的方式离开了我们。从明天起，你来接替这个副主任的位置。"

　　黛妮丝静听着，惊讶得一动不动了。她的声音颤抖，喃喃说：

　　"可是，先生，部里有许多比我资格更老的女售货员哩。"

　　"怎么样呢？那又有什么关系？"他又说。"你是最能干的，最诚实的。我选中了你，这是十分自然的⋯⋯你不满意吗？"

　　这时她的脸红了。她又感到了在最初使她起了恐惧的那一种快乐和那一种甜蜜的尴尬。为什么她从一开头就有了假定，料想到会有这种不敢希望的恩惠在等待她呢？虽然她的感谢在内心里跃动着，她却惊慌地呆在那里。他含笑注视着她，她穿着非常简单的绸衫，没戴一粒珠宝，仅只有她那如帝王般华奢的一头金发。她已经打扮得秀丽了，皮肤白白的，态度柔媚而又严肃。从前她那种瘦弱而卑微的样子变成了一种具有沁人肺腑的谨慎的优美。

　　"您真太好啦，先生，"她吞吞吐吐地说。"我不知道怎样向您讲⋯⋯"

　　可是她的话声被打断了。郎姆站在门框边上。他那只好手提着一个皮子的大会计包，他那只被切断的膀子抵着胸口夹着一个大纸夹子；同时在他的背后，他的儿子阿尔倍搬来几个满满的袋子，他的手脚都直不起来了。

　　"五十八万七千两百一十法郎三十生丁！"那个会计喊叫着，他那软绵绵而又疲倦的面孔上似乎受了这样一笔大数字的反射闪耀出一道阳光。

　　这是当天的收入，乐园还未曾做过比这更多的数字。在远方，在各个部门的内部，当郎姆如一头载重过甚的牛拖着沉重的脚步缓缓走过来的时候，人们可以听得见一阵欢呼，一股当这笔巨大的收入经过时发放出来的惊喜的波浪。

　　"这可好极啦！"慕雷得意扬扬地说。"我的亲切的郎姆，放在这儿吧，你休息一下，因为你像是一点力气都没有了。我会叫人把这些钱送到总会计室去⋯⋯是的，是的，全摆在我的台子上。我要看看这一堆。"

　　他有了一种幼儿般的欢乐。会计和他的儿子把钱包卸下来。会计包发出黄金地响亮的声音，两个袋子裂开了流出银子和铜钱，同时那个纸夹子露出了纸币的边角。大台子的一端整个被盖住了，这像是如土崩瓦解的一笔财富，是在十小时以内抢夺来的。

当郎姆和阿尔倍揩着脸退出去的时候，慕雷失神地有片刻站着不动，他的眼睛望着金钱。然后他抬起头来，望见黛妮丝远远地离开他。不过他又开始微笑了，他逼着她向前进，而最后他说，他要把她一只手所抓得住的金钱都给她；在这种开玩笑的本质里是有一种爱情的交易的。

"你拿吧！在那个会计包里，我打赌你拿不了一千法郎，你的手是那么小啊！"

可是黛妮丝仍旧向后退。他爱她吗？突然间，她明白了，她感觉到自从她再度回到时装部以来他用以包围着她的那逐渐升腾的一股欲望的火焰。使她愈加慌乱的是，她感觉到她的心都要跳出来了。当她满怀的感谢而只要他随便说一句亲切的话就可以使她失控的时候，为什么他要用这些金钱来伤她的心呢？他向前迫进，继续开着玩笑，这时布尔当寇出现了，使他很不高兴，布尔当寇的借口是，向他报告顾客进门的数字，这数字是巨大的，当天有七万顾客进过乐园。于是她重新道了一声谢，急忙走出去。

✝

八月的第一个星期天，人们进行盘点存货，这工作必须在当天晚上做好。像普通的工作日一样，从早晨起全体店员都到了他们的工作岗位上，关上店门，在没有一个顾客的店里，工作开始了。

黛妮丝在八点钟的时候并没有同别的女售货员一起下楼。自从星期四，她因为上楼到工作间去扭伤了脚，便幽闭在自己的寝室里，现在她已经好得多了；可是，既然奥莱丽太太在宠幸她，她便不紧不慢，然而她还是艰难地穿上了鞋子，打定主意到部里去。现在，姑娘们的寝室是在新房子的第六层楼，沿着蒙西尼街；在一道通廊的两边，寝室的数目有六十间，比以前更舒服了，然而家具仍旧是铁床、大衣橱和胡桃木的小化妆台。女售货员在那里的内部生活是清洁而优美了，她们学会了使用高级香皂和穿精致的内衣的气派，这是随同她们的境况的改善向着资产阶级转化的一种完全自然的趋势；不过早晨和晚上她们出去的时候，仍旧带有包月旅馆里的习惯，人们可以听得见你一言我一语的粗话和关门声。再说，有了副主任头衔的黛妮丝，占用了一个最大的房间，有面临街道的两扇阁楼的窗户。目前她手头宽松了，给自己备办了一些奢侈品，有一床罩着镂空花边的红色鸭绒被，衣橱前有一方小地毯，化妆台上有两个蓝色玻璃花瓶，玫瑰花在上边枯萎。

她穿上了鞋子，在屋里试着走路。她必须扶着家具走，因为她还没有彻底好。可是这样走走可以使她身体暖和。昨天晚上她伯父约她去吃饭，她拒绝了，这不能说她是没有理由的，她请求她的伯母带北北出去散步，现在她又把北北送回到戈拉太太家里去。昨天来看过她一趟的日昂，也在伯父家里吃了饭。她轻轻地继续试着走路，老早就打算早点睡觉好让她的腿休息，这时宿舍管理人卡班太太敲门了，露出一种神秘的表情递给她一封信。

门又关上了，这个女人的神秘的微笑使黛妮丝很惊讶，她打开了信。她倒在一把椅子上：这封信是慕雷写的，他在信里说知道她恢复了健康，他很高兴，而且因为她不能外出，所以今天晚上请她下楼来同他一起用餐。这封短笺的口气是既亲密又带有

长辈的爱护，绝没有伤人的意味；可是这叫她不可能不了解它的意义，乐园里的人都心知肚明这种约请的真实意思，就从这上边传出了流言蜚语：克拉哈曾经陪他吃过饭，别的女人也陪过，所有被老板看中的女人都有过这一手。正如一些爱说俏皮话的店员所说，吃过饭以后还要吃吃点心。于是这个年轻姑娘的白脸蛋上渐渐有一股血潮涌上来。

这时那封信落在她的膝头中间，她的心扑通扑通地跳，黛妮丝的眼睛凝神望着一个窗口的令人眼花的光线。这是她在这个房间里、在她不能睡眠的时刻必须向自己做出的一个自白：如果说他从她身边走过时她还在发抖的话，现在她也已经懂得那并非是由于害怕；她从前的不安的感觉，她昔日的畏惧，在她那不懂世事的幼稚的心灵里，只能说是由于她那无知的爱情受到了一惊，她那逐渐生长的柔情起了烦恼。她不再深加研究，她只感觉到自从她在他面前颤抖着不能流利地说话的时候，她早就爱着他了。当她拿他当作一个无情的主人而在畏惧他的时候，她是爱着他的，当她那纷乱的心无意识中放纵着爱情的要求而在梦想着雨丹的时候，她是爱着他的。也许她会舍身给另外的一个人，然而除了这个目光使她害怕的男人，她却绝未曾爱过别的人。于是她过去的生活全部复活了，在窗口的亮光下展开来：她初来时的艰辛，在屠勒利花园的黑影下的甜蜜的散步，最后自从她再度回来的时刻起他时常触动她的那些欲望。那封信一直滑到地下去了。黛妮丝始终望着窗口，那满满的阳光使她眼花缭乱。

突然有人敲门了，她急忙把信拾起来，藏到她的口袋里去。来的是保丽诺，她找了一个借口从她那一部里溜出来，到这儿来谈一会儿。

"亲爱的，你好了吗？我们好久没见面啦。"

但是工作时间回到寝室里来，尤其是两个人关上房门谈话，是不允许的，因此黛妮丝拉她到通廊另一头去，那里有一间客厅，是经理给这些姑娘的一个特别优待，在晚十一点钟以前人们可以在那里谈话或是做活计。这个房间是金黄色和白色的，像是旅馆里一间什么都没有的普通的大厅，里边摆着一架钢琴，一张摆在中央的圆桌，几把罩着白布套的太师椅和沙发。可是这些女店员，只是在最初的新鲜劲儿之下曾经在这儿欢聚过几个晚上，以后每次的聚会总是马上就会引起了不愉快的争吵，因此大家便不再到这儿来见面了。这是要想办法来教育的一件事，这个集体的小城市是缺乏和睦的。到目前为止，每天晚上只有胸衣部的副主任包威尔小姐到那里去，她笨拙地在钢琴上弹着肖邦的曲子，而她这份令人妒忌的才能算是把别的人彻底赶走了。

"你看，我的脚好了一些"黛妮丝说，"我要下去啦。"

"真不错!"内衣部的女店员大声说,"何必这么热心!……如果我有了一个借口,我就乐得多享会儿福!"

两个人一起坐在一张沙发上。保丽诺的态度,自从她的朋友当了时装部的副主任以后,早已改变了。在这个善良姑娘的亲切里面,掺进了一种尊敬的意味,她对于这个从前瘦弱而现在正走上幸运之路的小女售货员感到一种惊异。可是黛妮丝非常爱她,现在在这个雇有两百个时刻在匆忙走动的女人的店里,她只对她说过一些体己话。

"你怎么啦?"当保丽诺看出了这个年轻姑娘的烦恼神色便急忙问。

"没有什么,"黛妮丝不好意思地微笑着肯定地说。

"不,不,你一定有什么事……你不信任我吗,你不肯把你烦恼的心事跟我讲了吗?"

黛妮丝心里汹涌着动荡的情绪,她无法遏制下去,在这种情绪之下她便屈且了。她把那封信交给她的朋友,喃喃说:

"你瞧!他刚刚写给我一封信。"

在她们之间还未曾公开地谈到过慕雷。不过这种不语本身上就像是她们的秘密心事的一种自白。保丽诺是什么都知道的。她读完了信以后,凑向黛妮丝身前把她抱住,轻轻地嗳喃着:

"亲爱的,如果你要我坦白地说出来的话,我以为这事早已做过了……你不要沉不住气,我向你保证整个店里必定都像我一样这么相信的。哼!他那么快就把你提升作副主任,然后他老是追着你,这是谁都看得透的事!"

她在她的脸蛋上热烈地吻了一下。于是她问她:

"今天晚上你自然要去啦?"

黛妮丝并不答话注视着她。突然间放声大哭了,她把头抵在她的朋友的肩膀上。保丽诺十分惊讶地呆住了。

"来,你要镇静。这种事没有什么该叫你这么激动的。"

"不,不,让我哭吧,"黛妮丝结结巴巴地说。"你要知道我是多么烦恼啊!自从我接到这封信以后,我就不知道怎么办才好了……让我哭一场吧,这样会使我畅快些。"

内衣部女店员并不了解,可是非常同情便想法安慰她。首先他已经不要克拉哈了。尽管人们说他在外面常常到一个贵妇人的家里去,可是这是没有证据的事。因此她解释说,像他这样身份的男人,是不能够嫉妒他的。他有太多的钱,不管怎么说他是主人。

黛妮丝谛听着；虽然她还不知道自己的爱情，但她却没有疑心是克拉哈的名字和戴佛日夫人的暗示绞痛了她的心。她又听到了克拉哈那令人不舒服的声音，她又看见了戴佛日夫人摆出一个贵妇人的蔑视态度拖着她在各部里走。

"要是你的话你去吗？"她问。

保丽诺脱口而出：

"这当然啦，另外还能有什么作法呢！"

然后她回想了一下，又接着说：

"不是说现在，要是在从前的话，因为现在我要同包杰结婚了，再这么做便不对啦。"

的确的，包杰不久以前离开了好公道进了妇女乐园，他们在本月中旬就要结婚了。布尔当寇是不喜欢结了婚的雇员的；可是他们得到了许可，他们甚至希望能得到十五天的假期。

"这你就说对啦，"黛妮丝大声说。"当一个男人爱你的时候，他就该同你结婚……包杰就要同你结婚啦。"

保丽诺大笑起来。

"可是亲爱的，这不是一样的事情啊！包杰同我结婚，因为他是包杰。他和我是一样的人，这无可厚非……可是慕雷先生呢！慕雷先生能够同他的女店员结婚吗？"

"啊！不，不，"这个问题的怪异使年轻的姑娘激动起来了，她喊道，"因此他就不应该写信给我。"

这种理论使内衣部女店员惊诧不已。她那有一双温柔的小眼睛的厚实面容现出了一种母亲的体贴。然后她站起身来，打开钢琴，用一只手指轻轻地弹《国王达果贝尔》的曲子，无疑她是要把这场面弄得快活一些。在这个空荡荡的厅房里，那些白色的布套似乎更增加了房间的空荡，街道上的声响，从远处一个商贩喊卖豌豆角的叫声，传进房间里来。黛妮丝倒卧在沙发里，头抵着木把手，身子颤抖着重新哭了一阵，自己用手帕闷住了哭

"又来啦！"保丽诺侧着身子说。"你真是没道理……为什么你把我带到这儿来？我们留在你的寝室里要好多了。"

她跪在她的身前，又开始对她劝导。别的人是多么希望处在她的这种位置！再说，如果她不喜欢这种事，那也是非常简单的：她只说一声"不"就行了，用不着有这么大的烦恼。不过，要是拒绝的话，是不会得到原谅的，既然她没在别的地方找到了位

置，在她拿她的地位来冒险以前，她要好好地思考一下。这是那么恐怖的事吗？这场说教用快乐的唧唧咕咕的开玩笑作了结束，这时通廊里传来了脚步的响声。

保丽诺跑到门口去窥控了一下。

"别响！奥莱丽太太！"她悄悄说。"我要走啦……你呀，揩干你的眼泪。没有叫人家知道的必要。"

剩下了黛妮丝一个人的时候，她站起来，吞下了她的眼泪；她的两手仍旧在颤抖，怕这样被人觉得奇怪，她关上了她的朋友曾经打开的钢琴。可是她听见奥莱丽太太在敲她的房门。于是她离开了厅房。

"怎么！你起来啦！"那个主任喊道。"亲爱的孩子，这是太不当心啦。我刚刚上来看看你的状况怎样，要跟你讲我们底下不需要你去啦。"

黛妮丝向她保证说，她已经好得多了，起来找点事做散散心是对自己有好处的。

"太太，我不会叫自己累着。你给我一把椅子坐，我做记账的工作。"

两个人下楼去。奥莱丽太太非常好心地要黛妮丝依在她的肩膀上。她必定看出了年轻姑娘的那双红眼睛，因为她偷偷地在观察她。不用说她已经知道这些事情了。

这是一种意料不到的胜利：黛妮丝终于征服了她那一部。往时在她那过度辛劳的苦痛中，奋斗了约有十个月，也未曾平复了她的伙伴们的狠心肠，而后来，不出几个星期便能掌控了她们，眼见她们在她的周围是又顺从又恭敬的。奥莱丽太太的突然的宠爱，在黛妮丝进行和缓她们的心情这一白费力气的工作上，起了很大的帮助；人们悄声地传说主任是慕雷的狗腿子，她给他办理一些秘密的事情；她如此热烈地爱护着这个年轻的姑娘，事实上必定是这姑娘有一种特别的关系要叫她当心的。但是黛妮丝为了解除她的敌人的仇视也用尽了她的全部的魅力。由于她被提升为副主任而不得不求得她们的谅解，这种努力便愈加艰苦了。这些姑娘喊叫着说这件事是不公平的，还说这是因为她同老板吃了点心才获得了这个位置；她们甚至造出一些不能记忍受的情节。不过尽管她们在讥议，副主任的头衔在她们身上却发挥了影响，黛妮丝采取了一种权威的姿态使得最敌对的人都惊讶而顺从了。不久她看到一些新进来的人向她奉承了。她的柔媚和她的谦虚完成了她对她们的征服。玛格丽特倒在她这一边来了。唯有克拉哈继续表示敌对，依然大胆地说出昔日侮辱的话："蓬头散发的女人"，而现在谁也不认为这种话是有趣的了。在慕雷勾搭她的短期间，她就像一个爱面子而整天饶舌的懒汉那样仗势怠工；后来当他突然厌弃她的时候，她甚至毫不在意，在她那一塌糊涂的放荡生活里，她是无能嫉妒的了，她只满足于借此人们容许她什么事都不做的便

227

利。不过，她认为黛妮丝是从她手里抢走了她从傅莱黛丽太太那里得来的位置。她绝不愿意承受这个位置，因为她怕辛苦；可是她感到失了体面的恼愤，因为她和别人一样是有这个资格的，而且她有领先的资格。

"瞧啊！那边出来一个产妇，"当她看见奥莱丽太太用膀子架着黛妮丝的时候，她悄悄地说。

玛格丽特耸了耸肩说道：

"你好像认为你的话很可笑哩！"

九点的钟声响了。在外面，蔚蓝色的天空里炽烈的阳光照着街道，马车向着车站的方向滚去，穿着星期日服装的全部居民形成长长的队伍涌向郊外的森林。在商店里，从敞开的大门窗口充溢着阳光，囚在里面的人刚刚开始盘存。店门上了栓，有一些人逗留在人行道上，对于这样的关门方式觉得好奇，从玻璃窗口张望，这时他们看得出内部正是异常的活跃。几道走廊从这一端到那一端，几层楼从上到下，店员们匆忙地奔走，胳膊扬在空中，包裹从头上飞过去；在这场如暴风雨一般的呼喊和报告数目字的声中，混乱的情形高涨起来，成了震耳欲聋的吵杂。三十九部的每一部不管它邻近部门的事分别在作各自的工作。而且人们差不多还没有开始触到那些架子，地面上才只有一些布匹。如果人们想在当天晚上完工的话，所有的人就得加把劲儿。

"你干嘛要下楼来呢？"玛格丽特向黛妮丝亲切地说。"你会把自己弄伤了，我们的人手足够了。"

"我也跟她这么讲过，"奥莱丽太太扬声说。"可是她照样要来帮我们的忙。"

姑娘们都过来围住了黛妮丝。工作暂时中断了。人们向她问候，发出了感叹声静听她的脚挫伤的经过。最后奥莱丽太太让她坐在一张桌前；只请她把店员报出的物品记下来。本来在盘点存货的这个礼拜天，凡是能够拿笔的店员如稽查、会计、簿记员，一直到店里的小伙计，都被聚集了来的；然后把他们分配给各个部门帮忙一天，以便火速做好这件工作。因此黛妮丝就被安置在会计郎姆和小伙计约瑟的旁边了，那两个人都伏在大张的纸头上写着。

"大衣五件，布料，皮边，三号，两百四十法郎！"玛格丽特喊着。"同样物品四件，头号，两百二十！"

工作重新开始了。在玛格丽特的背后，三个女售货员在清点衣橱，把物品加以分类，把一包一包的东西递给她；当她报告了以后，就把东西扔在桌子上，渐渐地积成了好大的几堆。郎姆记下来，约瑟给清算室另行登记。在这时刻，奥莱丽太太本人由另外三个女售货员帮忙在一边清点丝绸衣服，由黛妮丝记在单子上。克拉哈整理那些堆积起来的东西，把它们加以排列，分成几组，尽可能想办法叫它们在桌子上少占地方。可是她并没有做好，有几堆东西已经东倒西歪的了。

"我说，"她问一个去年冬天进来的小女售货员，"他们要给你加薪水吗？………你知道副主任一年可以得到两千法郎哩，加上她的佣金和奖金差不多要有七千了。"

那个小女售货员，不断地传递那些圆形外套，答说如果每年不给她八百法郎，她就要离开这个穷店了。一般的加薪是从盘点存货的第二天开始的；一年来所做的生意的数字也同样从这个期限结算出来，各部主任按照同上年数字的比较从增加的数字里取得他们的佣金和奖金。因此，尽管在工作的混乱和沙杂当中，他们还是一股劲儿地热心议论着。在报出两件东西之间，人们只是谈着金钱的事。谣言奥莱丽太太将拿到两万五千法郎以上；这样的一个数目使得这些姑娘非常激动。次于黛妮丝的最优秀的女售货员玛格丽特，得到了四千五百法郎——

一千五百的薪金，约计三千的佣金；而克拉哈总共还拿不到两千五百。

"我呢，我真不在乎他们的加薪哩！"克拉哈又向那个小女售货员说。"如果爸爸死了，我就马上辞职！……不过有 一件事情是叫我生气的，那个小女人竟得到七千法郎。你说是吧？"

奥莱丽太太严厉地打断了这场谈话。她拿出那份上司的架式转过身来。

"安静，小姐们！说老实话，什么都听不见了！"

然后她又开始呼喊：

"七件旧式大衣，西西里的料子，头号，一百三十！……三件皮披风，斜纹绸的，二号，一百五十！……鲍兑小姐，你写好了吗？"

"写好了，太太。"

这时候，克拉哈要去整理堆积在桌子上的几大堆衣服。她推挤着衣服，空出位置来。可是她立刻又不管它们了，向一个来找她的男售货员去答话。这人是手套部的米敖，他从他的部里跑来了。他悄声向她借二十个法郎；他本来已经欠了她三十法郎了，上一次的借款是他赌一匹马输掉了一周的所得之后为了第二天赛马用的；这一次，他把昨天拿到的奖金提前花光，没有留下十生丁留作礼拜天的用项。克拉哈身上只有十个法郎，她十分大方地把钱借给他。于是他们闲扯，谈到他们在布吉瓦尔酒店举行的一次六个人的会餐，女人各自付她们的食费：这样是更好的，所有的人都很高兴。然后，米敖还要凑足他的二十个法郎，走去伏在郎姆的耳边上。正在写字的郎姆停下来，

229

現出非常不情愿的样子。可是他不敢拒绝，他从他的钱袋里去找一个十法郎的银币，这时奥莱丽太太很奇怪没有听到玛格丽特的声音，料想必定是被什么事情打断了，一望见米敖，她明白了。她很不客气地叫他回到他的部里去，她不愿意人们走来分散几个姑娘的心。事实上她是怕这个年轻人的，米敖是她的儿子阿尔倍的好朋友，是他做一些坏事的合伙人，她看见这些事就要发抖，料定总有一天要坏事的。因此当米敖拿到十个法郎走了以后，她就忍不住跟她的丈夫说：

"这种事行吗！你就由着人这样骗你！"

"可是，亲爱的，我实在不能拒绝这个小伙子……"

她把她那健壮的双肩向上一耸封住了他的嘴。于是当几个女售货员对于这场家庭的吵闹暗地里很觉得开心的时候，她便严厉地说道：

"喂，瓦冬小姐，你睡着了吧！"

"二十件外套，双料开斯米的，四号，十八个半法郎！"玛格丽特用她那唱歌似的声音又报货了。

郎姆低着头重新写起来。他的薪金已经逐渐提升到每年九千法郎；可是他在奥莱丽太太面前保持着他的恭顺，他的妻子始终给家里赚来了几乎比他多上三倍的钱。

暂时之间工作在进行。数目字满天飞，衣包如落雨似的在桌子上越落越密。可是克拉哈又另想出一个娱乐的办法：她揶揄小伙计约瑟，人们说他对于样子间雇用的一个姑娘怀有一股热情。那位姑娘又瘦又苍白，已经二十八岁了，是戴佛日夫人的一个养女，夫人造出一段动人的故事谈给慕雷听，要他雇用她当女售货员；说她是一个孤女，是巴都省老贵族芳特奈尔家最后的一个人，她同着一个醉鬼的父亲来到了巴黎的马路上，在衰落的境况里还保持着正直，可是不幸因为她所受的教育不够，没能力去当一个教师或是去教人家弹钢琴。每逢有人向慕雷推荐这种破落户的女孩子们的时候，他照例是很生气的；他说，再也没有像这班人那么无能，那么令人讨厌，精神那么虚伪的了；再说呢，成为一个女售货员不是马上可以办得到的事，必须要经过学徒的阶段，这是一种复杂而又细致的活儿。可是他接受了戴佛日夫人的养女，只是把她派在样子间里去工作，这正和他碍于朋友的情面已经在广告部里安置了两个伯爵夫人和一个侯爵夫人让她们在那里贴贴东西写写信封的情形是一样的。芳特奈尔小姐每天赚三个法郎，刚刚够她维持居住在阿让蒂街上的一间小屋里的低微生活。看见她那副悲哀的神情和粗劣的服装，使得约瑟的心终于受了感动，约瑟在一个老退伍军人的少言寡语的生硬态度下是具有温柔气质的。每逢时装部里的几个姑娘拿他开玩笑的时候，他

并不承认，可是脸红；因为样子间的大厅就临近时装部，她们常常看见他不断地在门口走来走去。

"约瑟的心绪不宁啦，"克拉哈悄悄说，"他的鼻子老是转向内衣部。"

人们也征用了芳特奈尔小姐，她在嫁妆的柜台上帮助盘点存货工作。果然那个小伙计不断地把眼睛投向那个柜台去，所以女售货员们都笑了。他很不好意思，埋头写他的账；同时玛格丽特为了把那惹得她的喉咙发痒的阵阵欢笑压制下去，便叫得更响亮了：

"十四件短衣，英国布料，二号，十五法郎！"

这时奥莱丽太太正要叫出几件圆形外套，而她的声音被淹没了。她不大高兴的样子，庄严而缓慢地说道：

"声音放低一点儿，小姐。我们不是在市场上啊……你们大家要有点自觉，在我们的时间这么紧急的时候，还老是这么胡调。"

正当克拉哈没有照料那些衣包的时刻，一场意外的事情发生了。几件大衣掉下来了，桌上堆积的东西全被拖下来，一件压着一件。地毯上撒得满处都是。

"瞧吧，我说得怎么样！"主任生气地喊起来。"稍微当心一点吧，普瑞内尔小姐，这简直是叫人忍耐不下去啦！"

但是一阵响声传来了：慕雷和布尔当寇在进行他们的巡查，刚刚出现。报货的呼声响亮起来，笔发出沙沙的声音，同时克拉哈急忙收拾那些衣服。老板不去打断人们的工作。他微笑着没说话停留了几分钟；逢到这种盘存的日子，在他那快乐而胜利的面容上，只有嘴唇现出了热情的颤动。当他望见黛妮丝的时候，他差不多泄露出惊异的形态。她下楼了吗？他的眼睛跟奥莱丽太太的眼睛打了一个照面。然后，短短地犹豫了一下，他离开了，走到嫁妆部去。

可是这种轻轻地响声引起了黛妮丝的注意，她抬起头来。在认出了慕雷以后，她只是又重新伏在她的纸片上。自从她在这种有规律的报出商品声中用机械的手写字以后，她的心境又恢复平静了。她总是在最初的时刻感觉十分锐敏而又那么无法遏制的：泪水哽咽了她，她的热情增加了她的痛苦；然后她恢复了她的理性，心情平静了，有了勇气，有了一种柔顺而刚强的意志。现在，她的眼睛是明亮的，她的肤色是苍白的，身上不感到颤栗，一门心思从事她的工作，打定主意抑制住她的心情，按照她的意志去行事。

十点的钟声响了，在各部的忙乱之下，盘存的喧嚣升腾起来。在周围你来我去没

231

完没了的喊声中间，却超速度地流传着一个消息：每一个店员都已经知道慕雷当天早晨写信邀请黛妮丝去吃饭。这种不谨慎是出自保丽诺。她依然在兴奋中下了楼，在花边部里碰到了杜洛施；她没有注意到李埃纳在跟他谈话，便脱口而出了。

"完结啦，好朋友……她刚刚收到一封信。他今天晚上邀请她。"

杜洛施面色惨白。他明白了，因为他常常询问保丽诺，两个人每天谈着他们所熟悉的朋友，谈到慕雷的恋情，谈到那最后结束这场事件的人人都知道的邀请。此外，她责备他对黛妮丝的秘密的爱情，说那是永远不会成功的，而且每逢他称赞那个年轻姑娘对于老板的抗拒，她就耸耸肩膀。

"她的脚好起来啦，她下了楼，"她继续说。"不要这么闷闷不乐的……这是她的一个机会，早晚总是这么一个结果。"

说着她急忙回到她的部里去。

"好啊！"李埃纳听到了这番话悄悄说，"你们谈的是那个跌伤了脚的姑娘……好啊！昨天晚上，你在咖啡馆里那么急躁，你替她辩护，原来是有原因的！"

接着他也走开了；然而在他回到毛织品部以前，他已经把这封信的事情讲给四五个售货员听了。之后，不到十分钟，这事就传遍了整个店。

李埃纳刚才讲的最后的一番话指的是昨天晚上在圣洛施咖啡馆里的一场口角。现在，杜洛施和他是分不开了。当雨丹升为副主任租了一套有三个房间的公寓房子的时候，杜洛施便搬到士麦拿旅馆的雨丹的房间里去；于是这两个店员每天早上一起到乐园，晚间互相等待一起回家。他们的住房是紧连的，面向着同一个黑暗的院子，那里有一口小井，臭气熏坏了这个旅馆。尽管他们的性格各异，却相处得很好，这一个毫不在乎地耗掉从他父亲那里得来的钱，另一个不名一文，想方设法节省受着痛苦，不过这两个人有一点是相同的，作为店员他们都是笨蛋，这就使得他们在他们柜台上碌碌无能加不到薪水。在他们走出了店门以后，他们大部分的时间是在圣洛施咖啡馆里打发。这个咖啡馆在白天是没有顾客的，快到八点半钟的时候便拥挤着大群的商店职工，这一大群人从盖容广场的大门里涌到街上来。从这时起，在烟斗的浓重烟雾中，便响起了骨牌声、欢笑声和震耳欲聋的怪叫声。啤酒和咖啡流着流着。两个人坐在左面一个角落上，李埃纳叫价钱贵的食品吃，而杜洛施只要一杯啤酒，他要花上四小时才把它喝光。就是在这个地方，杜洛施听见邻桌上的法威埃讲了一些关于黛妮丝的下流话，说她每逢在老板前面走上楼梯的时候，如何把衣服撩起来"勾搭"他。他竭力控制着自己才没有打他耳光。及至法威埃继续说那个小人儿每天夜间下楼去会她的情

人的时候，他便气得发疯，骂他是说谎。

"多么下流的东西！……你听着，他在说谎，他在说谎！"

他在激动的情绪之下，声音结结巴巴地敞开了胸怀说出了真心话。

"我是知道她的，这事情我清楚……除了一个人她绝对没有爱过任何人：是的，她爱的是雨丹先生，可是他还没有看出来，就连他也不能自夸曾经摸过她的手指尖。"

当慕雷写信的事传出来的时候，这场争吵的事故早已被夸大其词，被改变了性质，使店里的人闹得火热了。首先听到李埃纳说出这消息的恰好又是一个丝绸部里的售货员。丝绸部里盘点存货的工作正在迅速进行。法威埃和两个店员登在踏脚凳上倾空了架子，一件又一件地把几段料子传给雨丹，后者站在一张桌子的中间，对照过标签以后喊出了价码；随后他把那些料子扔在地上，料子像秋天的潮水一样升腾着，渐渐占满了地板。另外一些店员在记数，阿尔倍·郎姆帮着他们几位，他因为在夏佩尔区的一家小酒店里过了一夜，脸色显得很难看。一道阳光从大厅的玻璃窗上射下来，穿过它可以望得见的火热的蓝天。

"把百叶窗拉下来！"布特蒙喊道，他非常忙碌地在照顾着工作。"这种太阳，真叫人难以忍受！"

法威埃正在伸长手去取一段料子，暗地里抱怨着：

"这样好天气把人关在房里好像是应该的！在盘存的这一天倒是不怕下雨哩！……整个巴黎的人都在闲逛的时候，他们拿你当犯人似的关在牢里！"

他把那段料子递给雨丹。在标签上记着尺寸，每一次售货都把销出的数量减去；这使工作简化了许多。副主任喊道：

"花绸子，小格子的，二十一米，六法郎五十生丁！"

绸子在地上堆得高起来。于是他又继续刚才没讲完的谈话，向法威埃说：

"那么，他要揍你吗？"

"可不是吗？我安安静静地喝我的啤酒……反驳我差不多是没有毫无意义的，那个小人儿刚刚收到老板一封信，请她去吃饭……整个店里都在议论这件事。"

"怎么！这事还没做过！"

法威埃又递给他一段布。

"谁说不是呢？谁都会发誓赌咒要这么讲。这好像早就是一段老关系啦。"

"同上物品，二十五米！"雨丹叫着。

可以听得见那一段布发出的闷声，同时他更低声地接着讲：

"你知道她在老疯子布拉的家里过得好畅逸哩。"

现在这一部里的人都在凑热闹，可是并不让工作中断。他们小声地谈着年轻姑娘的名字，他们躬着背，他们的鼻子像是嗅到了美味。布特蒙本人，对于这一类无聊的故事是颇感兴趣的，也不禁开起玩笑来，这种恶趣味使他舒服。阿尔倍也醒了，赌咒说他在戈洛斯·凯如看见了时装部的副主任陪着两个军人。刚好这时候米敖带着他刚刚借到的二十法郎走下来；他停下来向阿尔倍手里塞进了十个法郎，同他讲定今天晚上的约会：一次定好计划而因为缺乏金钱受了障碍的游乐，尽管数目微小，却终于有了可能。可是这个漂亮的米敖，当他听到这封信的事的时候，说出了那么无耻的话，以致布特蒙不得不出头干涉了。

"到此为止啦，先生们。这不干我们的事……报下去呀，雨丹先生。"

"花绸子，小格子的，三十二米，六法郎半！"后者喊道。

笔重新动了，布匹有规律地摔下来，布料的海洋始终向上升，仿佛河水向那里倾注。于是花绸子的呼声便不停止了。法威埃悄声地说，存货的情形真不错：经理室要开心啦，布特蒙这个笨蛋大概是巴黎的第一流的进货员，可是要谈到售货，谁也没见过像他这样的一个木头人。雨丹微笑了，很得意，露出亲切的眼色表示赞成；因为从前为了赶走罗比诺，他曾经把布特蒙引进妇女乐园里来，而这时又轮到他固执地想要抢夺他的位置又在破坏他了。这跟前一次是同样的斗争，向主管人的耳朵里输送一些捕风捉影的暗示，表现出过度的热心以便提高自己身价，总之是用讨好的阴险手段进行的一种有计划的战役。雨丹对于法威埃又重新表示亲切了，他从下方注视着这个又瘦又冰冷、面上露着恼怒的人，仿佛在转这个矮胖的小男人的念头，可是法威埃却露出一副神气，在等待着他的伙伴吃掉了布特蒙，然后再来吃掉他。如果雨丹作了部主任，他希望得到副主任的位置。底下的事再看吧！这两个人被那冲动着整个店家的狂热所占有，一面不停止呼喊花绸子的存货，一面谈起那可能的加薪：他们猜测布特蒙在这一年会拿到三万法郎；雨丹将超过一万；法威埃猜测他的薪水和佣金将有五千五百。每一季节，部里的生意在兴旺，店员们的职位被提升，他们的薪俸加了一倍，仿佛作战时的军官一样。

"啊！这种零碎绸子，还没完吗？"布特蒙现出急躁的神情突然说。"多么讨厌的春天，老是下雨！人们光是买黑色绸子。"

他那嬉笑的胖面孔现出了一团阴气，他注视着在地上扩大起来的堆积，同时雨丹发出嘹亮的声音更大声地呼叫，从这声音里可以听得出他的胜利：

"花绸子，小格子的，二十八米，六法郎半！"

还有满满的一架子。法威埃的胳膊要累折，他慢吞吞地进行。当他把最后的几段布递给雨丹的时候，他又低声说：

"我跟你说，我忘记了……你可曾听见人说时装部的副主任曾经喜欢上了你吗？"

那个年轻人似乎大吃一惊。

"什么！有这回事吗？"

"是的，杜洛施那个傻瓜跟我讲的……我也想起了她从前偷偷地看你哩。"

雨丹自从当了副主任，便放弃了咖啡馆音乐厅的女歌手，吹嘘着他同某些女教师的关系。他心里头虽然非常得意，可是却露出轻蔑的态度答道：

"我倒是要她们有点真材实料啊，人们并不像老板那样随便什么人都成哩。"

他停止了谈话，喊道：

"白色绉绸，三十五米，八法郎七十五生丁！"

"啊！总算完啦！"布特蒙松了一口气喃喃说。

但是铃声响了，这是开第二桌饭，法威埃就在这一班。他从踏凳上走下来，另一个售货员接替了他的工作；他必须从那些在地板上堆积着的料子跨过去。现在在所有的各部里，地板上都同样堆满了东一堆西一堆的东西；架子，盒子，橱柜渐渐地被掏空了，同时在四周，脚底下，桌子中间，却堆挤着各种商品，继续地增多。在麻布部里，可以听得见成堆的洋布摔下来的闷重响声；在零星杂货部里，有清脆的罐子声；从家具部远远地传来滚动的声响。所有的声音

——尖锐的和沙哑的声音全都一起发出来，数目字在空气里呼啸，像降霰似的骚音侵袭着这个巨大的殿堂，仿佛正月里风吹树动所发出来的森林的喧哗声。

法威埃终于脱出身来登上了去食堂的楼梯。自从妇女乐园扩建以来，食堂便设在新建筑的五层楼上。正在他匆忙走路的时候，他碰到杜洛施和李埃纳走在他的前面；于是他便退回来跟在他身后边的米敖走在一起。

"鬼东西！"他到了厨房的通廊里站在写着菜单的黑板前说道，"谁都知道这是盘点存货的日子。好一顿款待！仔鸡或是薄薄的一片羊腿，还有油拌生菜……他们的羊腿会使人非常失望！"

米敖冷笑了一声，喃喃说：

"那么大家都是一条藤地要鸡吗？"

杜洛施和李埃纳拿到他们的菜之后，就走了。于是法威埃靠着耳门大声说：

"仔鸡。"

可是他必须等待，一个切菜的小伙计刚刚割伤了手指，这就引起了一场嘈杂。他望着洞口，朝厨房里边探视，这是一种巨大的装备，中央是炉灶，炉灶上方天花板钉着两道横条，用滑车和锁链等玩意儿吊着几口大锅，这种锅是四个人都抬不起来的。几个厨师，在暗红的火光里显得苍白，拿着长柄的汤勺，登在铁梯子上，正在调制晚餐的汤锅。其次，抵着墙是一些足以烤得下殉道者的铁网子，一些盛得下一只羊的平底锅，一个庞大的用来烘干碟子的东西，一个由不断的流水装得满满的大理石钵子。在左首还可以看得见一个洗濯场，有一些大得像是游泳池似的水池；在右首，有一个用来存放食物的架子，模糊地可以望得见里面钢钩上吊着血红的肉。一架剥土豆皮的机器在开动着，发出如磨坊的轧轧响声。两辆满装着新摘的野菜的小车子，由厨师助手拉着走过去，送往喷泉下的清凉地方。

"仔仔鸡，"法威埃不耐烦地又重复了一遍。

然后他转过身来低声接着说：

"有一个人割伤了手啦……这可倒霉，血流到菜里去了。"

米敖要看一看。有好长一排的店员蜂拥而至，人们你拥我挤谈笑风生。这时头探在耳门里的两个青年，面对着这个集体的厨房互相谈天，厨房里最小的器具，一直到铁串子和肉签子都是硕大无比的。不算每个星期陆续增加的职工的人数，便必须开出两千客午餐和两千客晚餐。这是一个无底洞，它每天要吞进一千六百公斤的土豆，一百二十磅的牛油，六百公斤的肉食；而且每一餐还得钻开三桶酒，有近七百公升的酒从食堂的柜台上流出去。

"啊！终于来啦！"当法威埃看见厨师端着一个锅又出现的时候，他喃喃说，厨师从锅里叉了一块鸡腿递给他。

"子鸡，"在他身后边的米敖说。

两个人端着碟子，从柜台上取了他们那份葡萄酒以后，走进食堂里去了；同时在他们的背后是没完没了地叫着"子鸡"，人们听得见厨师的叉子发出迅速而有韵味的细小声响叉着鸡肉。

现在店员的食堂是一间庞大的厅房，三班伙食的每一班五百个座位，可以宽松地摆得下来。在长长的桃花心木的桌子上座位形成一条线，桌子是平行地横摆着；厅房的两端，有同样的桌子是保留给稽查和部主任的；在正中央，有一个柜台是叫额外食物的。左右两面高大的窗户射进一道白光照耀着厅房，厅房的天花板尽管有四米高，却被另外过分夸张的宽大面积压着显得低矮了。涂着亮光光黄色油漆的墙壁上，唯一的装潢就是摆餐巾的架子。跟这第一间食堂相连，是店里小伙计和马车夫的食堂，那里开出的客饭是没有固定时间的，要看要求来供应。

"怎么！米敖，你也弄到一只鸡腿！"当法威埃面对着他的同伴在一张桌子旁坐下时他这么说。

另外的一些店员在这两个人的四周入了座。桌子上没铺桌布，碟子在桃花心木上发出格楞的响声；在这——大家都叫起来了，因为鸡腿的数目确实多得惊人。

"这些鸡光是腿！"米敖说。

那些拿鸡骨架子的人很不满意。不过从上次的调整以后，伙食改善了许多。慕雷不再把固定的钱数交付给一个包饭的人；他也管理了厨房，他拿它当一部那样地组织成一个单位，有一个厨师头目，几个副手和一个检察员；如果说这使他增加了支出，他却可以从得到较好营养的职员获取更多的劳动——这种实际的合乎人道主义的打算使得布尔当寇许久以来都在惊叹不已。

"瞧，我这一份还算是很嫩，"米敖说。"把面包递过来！"

大块面包被传来传去，当他最后一个切了一薄片以后，他把刀子叉进面包皮里。一些迟到的人相继跑来，猛烈的食欲被早晨的工作增加了一倍，从食堂的这一头到另一头喘着气走过长长的桌子。叉子的响声逐渐高涨，有从瓶子倒酒的咕咕声，有太用力放杯子的抨击声，有五百张结实的牙床用力咀嚼的响声。不多的谈话声被满嘴的东西闷住了。

坐在包杰和李埃纳中间的杜洛施，发觉自己几乎就坐在法威埃的对面，相离不过几个位置。两个人互相投以敌视的眼光。左右的人在叽叽咕咕地讲话，都很清楚他们昨天的口角。其次，人们嘲笑杜洛施的坏运气，他老是吃不饱，而由于一种可诅咒的命运的作弄，总是拿到全桌最坏的一份菜。这一次，他刚好拿到一个鸡脖子和一块瘦骨头架子。他一声不吭，随便他们去打趣，大口地吞着面包，拿出一个很重视肉食的小伙子的异常技术剥着鸡脖子。

"为什么你不提出抗议呢？"包杰向他说。

可是他耸耸肩膀。有什么用呢？那是永远不会好转的。当一个人不忍受的时候，事情就会变得更糟糕。

"你们知道那些卖轴线的现在有了他们的俱乐部啦，"米敖突然说。"真的，就叫轴线俱乐部……是在圣昂诺莱街上一个卖酒商人的店里创办的，每个星期六他们在那里

租一间厅房。"

他谈的是杂货部的售货员。于是全桌的人都提起兴致来了。每个人一嘴食物还没咽下去，声音粘巴巴的，都说一句话，插一个嘴；只有那些坚持看报的人保持着沉默，入迷似的把鼻子埋在一张报纸里。这是要承认的：这些商业的职工每一年都逐渐养成更高尚的趣味。目前有近半数的人会说德语和英语了。到下流场所去胡闹，在咖啡馆音乐厅里鬼混，去勾搭些丑怪的歌女，已经不时髦了。不，他们二十来人一群，结成了一个团体。

"他们跟那些卖麻布的一样也有一架钢琴吗？"李埃纳问。

"我倒很相信轴线俱乐部会有一架钢琴的！"米敖大声说。"而且他们演奏，他们唱歌！……甚至有一个，就是那个小巴乌，他还朗诵诗歌哩。"

大家加倍地高兴了，开那个小巴乌的玩笑；可是在这种嘲笑中却含有不同寻常的尊敬。其次，人们谈到通俗剧院的一出戏，戏里把卖布的扮演成为一个卑鄙角色；许多人很愤慨，同时另有一些人却在担心思今天晚上什么时刻才能放他们出去，因为傍晚时他们要到某些有钱的人家里去。在逐渐高涨的碗碟的嘈杂声中，这个巨大厅房的各方面都在谈说着类似的话。为了赶走食物的气味，为了赶走从五百客乱七八糟的杯盘升腾起来的温暖的水蒸气，人们打开了窗口，放下来的百叶窗在八月的郁热的阳光下仿佛在燃烧着。从街道上吹来灼热的气息，金黄的反光把天花板照黄了，红色的光线使吃饭的人们汗流浃背。

"这么好天气的一个礼0拜日把人们关在房里真是毫无道理！"法威埃重复说。

这一句话又使这些先生们想到了盘点存货。这一年是出色的。他们便谈起薪金和加薪，这个没完结的题目是使大家都动心的一个热衷的问题。在每一次有鸡肉招待的日子，总有一场过度的兴奋，嘈杂声终于变成令人无法容忍了。当侍役拿来油拌生菜的时候，人们简直什么都听不见。上级指示供职的稽查今天要原谅他们。

"我说啊，"法威埃喊道，"你们知道那个消息吗？"可是他的话声被埋没了。米敖在问：

"谁不喜欢吃生菜？我拿我的点心来交换。"

没有人回应。所有的人都喜欢生菜。这一道菜被认为是好的，因为大家都已经看见点心不过是桃子。

"朋友，他请她吃饭啦，"法威埃要把他的话讲完便向右边邻座的一个人说。"怎么！你不知道这件事吗？"

全桌的人都知道，人们从早晨起已经厌烦了。于是那老一套的玩笑，又东一嘴西一嘴地谈起来。杜洛施的脸色变得惨白，他的眼睛盯住了法威埃，而后者还在坚持地重复讲：

"如果说他还没有把她弄到手，他就要弄到啦……而且他不会是第一个，啊！不，他不会是第一个。"

他也注视着杜洛施。他做出挑衅的姿态接着说：

"喜欢瘦骨头的人花上一百个铜子就可以弄到手。"

突然间他低下头。杜洛施被一阵无法遏制的冲动所支配，对准他的脸把自己最后的一杯酒泼过去，结结巴巴地说：

"胡言乱语的无耻东西，我昨天就应该泼你一脸的！"

这引起了一场大骚动。法威埃仅仅头发上轻微地被撒湿了，有几滴溅到他左右的人：酒泼出去，手势太笨，便落到桌子那边去了。但是人们很气愤。他这样地替她辩护，莫非他同她有关系吗？多么野蛮！为了叫他学学礼貌，他应该挨一顿揍。可是声音低落下来，人们互相通知稽查来到了，使管理人加入这场纷争是没有好处的。法威埃只得笑着说：

"如果打中了我，就要叫你尝尝滋味啦！"

于是这件事以讥笑作了结束。同时杜洛施还在颤抖，为了掩饰他的紧张，想喝一点酒，他机械地用一只手拿起那只空杯子，大家哄笑了。他又笨拙地把杯子放下，开始咂他刚才已经吃过的菜叶子。

"把水瓶递给杜洛施，"米敖像没发生什么事似的说。"他渴啦。"

笑声加倍扩大了。这些先生们从一叠叠距离平均地摆在桌子上的碟子里，各自取了洁净的碟子；同时侍役在分配点心，那就是篮子里的一些桃子。所有的人都坐好，这时米敖接着说：

"各有所好，杜洛施要拿桃子跟葡萄酒一道吃。"

杜洛施纹丝不动地坐在那里。像聋子一样垂着头，他似乎不曾听见这些笑话，他刚刚做过的事，使他后悔不已。这些人讲得有道理，他有什么资格替她辩护呢？人们会有各种无耻的想法，为了要证明她是纯洁的反而如此给她惹了不白之冤，他宁可杀掉自己的。这是他照例的命运，他真情愿立刻把自己五马分尸，因为他没有一次不是因为听凭了自己的情感而不立刻做出了傻事来的。泪水涌上了他的眼睛。如果店里都

在谈老板写信的事，这不又是他的过错吗？他听他们尽情地讥笑，用粗鄙的话谈论着这次的邀请。而这件事只有李埃纳一个人听到过；他责备自己，他不应该让保丽诺在李埃纳面前谈这件事，这次的不小心，他自己要负责的。

"你为什么把这件事情传出去？"他最后发出懊悔的声音喃喃说。"这实在太糟糕啦。"

"我吗！"李埃纳回答，"可是我不过说给一两个人听过，而且要他们保守秘密的……这种事情是怎样传出去的，谁也不名所以！"

当杜洛施决心喝一杯水的时候，全桌的人又大笑起来。店员们已经吃完了饭，仰在椅子上等待催他们离开饭厅的铃声。中央大柜台上很少有人叫额外食物，尤其是因为在这一天咖啡是由店里请客的。杯子里冒着热气，大汗淋漓的面孔，香烟散出的蓝色云雾在一般的轻淡水蒸汽下发着光。落下了百叶窗的窗口，静止地没有一点浮动。一扇百叶窗被卷上来了，阳光射入了厅房，烤着天花板。叽叽喳喳的声音那么嘈杂地打着墙壁，以致最初只有坐在邻近门口的人才听见了铃声响。大家起身了，向外走出的混乱的人有好半天装满了通廊。

可是杜洛施为了躲避还在继续讲着的难听话仍旧迟迟不去。甚至包杰都比他先出去了；包杰照例是最后离开餐厅的，他要兜一个圈子同保丽诺见见面，在这时刻她要到女餐室去的：他们之间规定好这个办法，这是他们在工作时间以内唯一可以有片刻会面的方式。可是这一天，他们在通廊的一个角上几乎还没有接完吻，黛妮丝也同样上来吃饭了，这使他们吃了一惊。她为了伤脚的缘故，行动很感不便。

"啊！亲爱的，"保丽诺满脸通红嗫嚅着，"你不会说出去吧？"

四肢粗大像个巨人的包杰这时却像一个小男孩子那样颤抖着。他喃喃说：

"他们不久就会把我们扔到门外头去了……尽管我们宣布了结婚，他们却不许我们接吻，这些畜生！"

受到非常感动的黛妮丝，装作没有看见他们。包杰逃走了，这时绕了最长的路的杜洛施，接着也出现了。他要向她道歉，他吞吞吐吐说了一些话，黛妮丝起初都听不懂。及至他责备保丽诺不该在李埃纳面前说出了那件事，年轻的姑娘惊呆了，她终于明白了自从早晨以来人们在她背后窃窃私语的道理。原来传播的是那封信的事故。她又感到了那封信曾经激动过她的颤抖，她仿佛看见自己被所有的男人剥光了身子。

"我呢，当时我没有注意到啊，"保丽诺一再说。"再说，那封信里没有什么羞于见人的地方啊……让他们去谈吧，他们全气得发疯啦，鬼东西！"

"亲爱的，"黛妮丝终于现出持重的态度说，"我不责怪你……你说出去的是真实的事情。我收到了一封信，这事该由我来答复。"

杜洛施理解到这个年轻的姑娘接受了这种邀请而且当天晚上要去赴约，便难过地走开了。在大厅的隔壁有一间小餐室，在那里女人们被款待得更周到，当这两个女售货员吃完了饭，因为黛妮丝的脚受了累，保丽诺便挽着她下楼去。

楼下，在午后的蒸腾里，盘存的声音愈加嘈杂了。人们要加油的时刻来到了，这时看到早晨的工作进行得缓慢，为了当天晚上完工，所有的人都拿出了干劲儿。声音叫得更响，人们只看见胳膊的动作，老是倾空了箱子，把商品投出来，地板上泛滥着东一堆西一捆的东西，升到跟柜台一般高，人们都不能走路了。一片波浪似的脑瓜子、挥动着的拳头和飞舞的手脚，像是在远方的一场混乱的暴动，消失在各部的深处。这是战斗准备的最后的狂热，这架机器几乎爆裂了；同时围绕着这个关闭的店家，沿着未涂锡膜的玻璃，继续走过一些稀少的散步者，他们被礼拜天的闷人的厌倦弄得脸色惨白。在圣奥占斯丹新街的人行道上，站立着三个光着头、样子很不整齐、身材高大的姑娘，她们丝毫不觉地羞耻地把脸贴在玻璃上，试图探视关在门里的人们的有趣的工作。

当黛妮丝又回到时装部里的时候，奥莱丽太太把没报完的衣服交给玛格丽特去报数。还有一些查对的工作要做的，而这种工作需要清静，她便领着年轻的姑娘退到样子间的厅房里去。

"跟我来，我们去核对一下……然后，你可以做结算。"

但是为了要监督那些姑娘，她要把门打开，喧闹声便拥进来，在这个厅房里也是什么都听不到。这是一间正正方方的大房间，有几把椅子和三张长桌子的设备。在一个角上，有几把切样子用的大机器切刀。全部的料子都通过这里，像这样把料子切成样品，每年要送出价值六万法郎的样品。从早到晚切刀发出镰刀似的声音切着丝绸、毛织品和麻织品。其次，照着样本汇集起来，或是粘贴或是缝织。在两个窗口之间，还有一架小小的印刷机器，是用来打标签的。

"声音小点吧！"奥莱丽太太停一下叫一下，她听不到黛妮丝念出的物品了。

当最初的几张表的查对做完了的时候，她把年轻的姑娘留在一张长桌子前，让她拼命去计算。可是她将近立刻又回来，把芳特奈尔小姐找来了，因为嫁妆部已经不需要她，于是就把她送过来。她也可以计算数目，可以省些时间。但这位侯爵夫人

——克拉哈是这么恶意地称呼她的——

241

的出现，使得这一部里的人又兴奋起来。人们笑着在开约瑟的玩笑，一些话声直传到门口。

"你别离得这么远，你一点都不妨碍我的事，"黛妮丝非常怜悯地说。"你看！一瓶墨水够用了，你就用我的墨水吧！"

芳特奈尔小姐因她那衰败的状况而变得感觉迟钝了，她甚至都找不出一句感谢的话来。她一定是一个喝酒的女人，她那瘦弱的容貌带有铅色，只有她那又白又细的双手还证明她的血统的特点。

笑声立刻停止了，又听到工作恢复了那有规律的喊声。慕雷重新到各部来查看。但是他站住了，他在找寻黛妮丝，很吃惊没有看见她。他做了一个手势把奥莱丽太太叫了来；两个人退到一旁，小声谈了一会儿。他一定是问过她了。她的两眼指向样子间，然后似乎在汇报什么。无疑她讲出那个年轻姑娘在早晨哭泣过。

"好极啦！"慕雷更走近一步大声说。"让我看看表格。"

"请到这边来，先生，"主任回答。"我们可以避开喧嚣声。"

他随着她到了隔壁的房间里。这种做法是瞒不过克拉哈的：她悄悄说顶好是赶快抬一张床来。可是玛格丽特更快迅地用手把衣服投给她，以便叫她有事情做和闭上她的嘴。副主任不是一个好伙伴吗？她的事情跟谁也不相干。这一部里的人必然都是心照不宣了，女售货员们越加奋发，郎姆和约瑟弓着背，像聋子一样。稽查茹夫从远处注意到奥莱丽太太的策略，来到样子间的门前，像是一个守护上级的寻欢作乐的警卫那样迈着整齐的脚步来回走。

"把表格拿给先生看，"主任一进门就说。

黛妮丝递过来，扬起眼睛坐在那里。她露出一点点惊讶，可是她内心里在压抑着自己，她脸色苍白，保持着十分的平静。慕雷暂时似乎专心在查对商品数目，一眼也没有看那个年轻的姑娘。全屋在沉默中。芳特奈尔甚至连头都不曾转动过，似乎在认为她的计算有错误，这时奥莱丽太太走到她的身边，悄声地跟她说：

"你帮忙打包去……数目字的事你作不惯。"

她转身回到部里去，那里有叽叽喳喳的声音在迎接她。约瑟在这些姑娘的嘲笑的眼光下，把字写得歪歪倒倒的。克拉哈很高兴有人来帮忙，可是并不给她好脸色看，她恨她正如她恨店里所有的女人一样。既然是一个侯爵夫人，竟肯降格同一个劳动者去恋爱，这人不是个傻瓜吗！而她却在妒忌她的这种爱情。

"很好！很好！"慕雷始终假装看表格反复说着。

这时轮到奥莱丽太太不知道用怎样的方式退出去。她慢步向摆着几把机器切刀的地方走过去，心里在气她的丈夫不撰出一个借口把她叫出去；但是他是从来也不懂得如何对付这些紧要的事情的，他是一个在水池边上会渴死的人。倒是玛格丽特够乖巧的，她来询问一件事情。

"我来啦，"主任回答。

如今在那几个窥视着她的姑娘们眼前她应该是有了一个借口，她的尊严保持住了，她终于留下了慕雷和黛妮丝两个人，让他能够同她去接近了，她迈着仪表堂堂的脚步走出来，容貌那么高贵，使得女售货员们都不敢有笑脸了。

慕雷慢慢地把表格摆在桌子上。他注视着年轻的姑娘，她还是坐在那里，手里拿着笔。她并不移动她的目光，只是她的脸色越发苍白了。

"今天晚上你来吗？"他悄声地问她。

"不，先生，"她回答，"我来不了。我的两个弟弟要在我们父家里跟我会面，我已经约好跟他们一起吃饭了。"

"但是你的脚呢！你走起路来太费劲啦。"

"啊！那点路还走得了，从早晨我就感觉好多了。"

遇上这种斯文的拒绝，现在又轮到他脸色发白了。一种神经质的激动刺激着他的双唇。可是他抑制着自己，他恢复了一个只是仅关心着他的女店员的亲切的老板的态度，又说：

"来吧！我请求你啦……你知道我是多么地在乎你。"

黛妮丝保持着她那让人起敬的态度。

"你对我这番好意，先生，我是很感动的，我谢谢你的这次邀请。可是我再说一次，这是办不到的，今天晚上我的两个弟弟在等我。"

她顽固地不肯答应。门仍然敞开着，她清楚地感觉到整个的店都在推动着她。如果她回拒了这次邀请，保丽诺会亲切地说她是一个大傻瓜，别的人们便会讥笑她。她知道：已经走开了的奥莱丽太太，听得见提高了声音的玛格丽特，看得见一动也不动谨谨慎慎背对着她的郎姆，他们全愿意她倒下来，全都希望她投向老板的怀抱里去。远远的盘存的嘈杂声，连续喊叫出来的、手头搬动的几百万的商品，仿佛是一阵热风把热情的气息一直吹到她的身边来。

沉默了一会儿。慕雷的话声跟那报出了在几次会战中获得来的如帝王般的财富的、可怕的喧嚣声伴奏着，时时嘈杂声掩罩了他的谈话。

"那么，你什么时候来呢?"他重新问她。"明天好吧?"

这个简单的问题把黛妮丝难住了。她暂时失掉了她的平静，喃喃地说:

"我不知道……我不能够……"

他微笑了，他试图握住她的 一只手，她把手拿回来。

"你怕的是什么呢?"

可是她再一次抬起头来，面对面地注视着他，现出甜蜜且善良的神情微笑着说:

"我什么都不怕，先生……一个人只作他喜欢做的事，不是吗? 我呢，我不愿意这样，没有别的!"

她刚刚讲完，一阵轧轧声使她吃了一惊。她转过身来，看见门悄悄关上了。这是稽查茹夫担负起关门的责任了。所有的门是由他来看的，每一扇门都不能够打开。然后他开始严肃地执行他的警卫。如此简单地关上了门，似乎谁也未曾注意到。只有克拉哈对着芳特奈尔小姐的耳边说了一句不好听的话，而后者面色依然惨白，死板极地毫无表情。

可是黛妮丝站起来了。慕雷声音发抖悄悄地向她说:

"听我讲，我爱你……你老早就知道了，不要装糊涂跟我开这样残酷的玩笑……而且不要怕。有多少次我很想把你叫到我的办公室去。我们将独自在一起，只要我闩上了门。可是我不愿意那么作，你很明白我在这儿同你谈话，什么人都可以进得来……我爱你，黛妮丝……"

她面孔发白站立着听他讲话，始终面对面地注视着他。

"与我讲，你为什么要拒绝呢? ……你有什么要求吗? 你的两个弟弟是一个沉重的包袱。这一切你都可以向我要求，这一 切我都可以替你负担……"

她插了一句嘴截止了他的话:

"谢谢，我现在的收入超过我所需要的。"

"但是我要奉献你是我的自由，我要给你一种快乐和奢华的生活……我要给你成一个家，我一定给你一笔小小的财产。"

"不，谢谢，我没有事做便会厌烦的……我在未满十岁的时候就为自己谋生了。"

他现出一种发疯的神态。这是第一个不肯屈服的人。以往他只要弯下腰来就可以把别人弄到手，所有的人都像顺从的奴隶一样等待着他的调戏;可是这一个女人却说不，甚至不提出可以辩解的借口。他许久以来在压制着的欲念，受了这次抗拒的刺激，激动起来了。也许他提出的条件还不够吧;他又把他的出价加了一倍，他越来越逼迫她。

"不，不，谢谢，"她每一回都毫不动摇地回答。

这时他从他的心里嚷出了一声呼喊：

"你没有看见我在痛苦吗！……是的，这是愚痴的，我像一个孩子那么痛苦！"

泪水湿了他的眼睛。又是一阵沉默。他们还听得到在紧闭着的门后渐渐平息下来的盘存的嘈杂声。这像是一片濒于死亡的胜利的声响，是在老板的失败中变得谨慎了的伴奏。

"但是如果我愿意呢！"他抓住她的双手用激动的声音说。

她让他握着她的双手，她的眼睛黯然失色了，她的全部力量都离开了她。从这个男人的温暖的手传给她一股热情，使她充满了甜蜜而软化的感觉。天哪！她是多么爱他，她靠在他的脖子上，倒在他的怀里，她将体会到多么甜蜜的滋味呀！

"我要这样，我要这样，"他狂乱地不断说。"今天晚上我等你，不然我就采取手段……"

他撒野了。她轻轻地叫了一声，她手腕子上感到的一阵苦痛使她恢复了勇气。她颤抖了一下，脱出身来。于是站得直挺挺的，在她软弱中现出了庄严的态度：

"不，放开我……我不是一个克拉哈，让人家第二天就丢弃。而且，先生，你爱的是另一个人，是的，那位到这里来过的太太……你就跟她在一块儿吧！我呢，我不能叫人分两半。"

他吃惊得不能动弹了。她是什么意思呢，她要的是什么呢？他在各部里搜罗来的那些姑娘从来也不曾要求他来爱她们的。他本该要笑起来的，可是这种对爱情的态度完全扰乱了他的心。

"先生，"她又说，"把门打开。这样子呆在一起是不妥当的。"

慕雷服从了，两个太阳穴悸动着，不知道如何隐藏起他的苦恼，他又把奥莱丽太太叫了来，对于圆形外套的存货大发脾气，他说必须减低定价，要减到每一件都得脱手为止。这是这个店家的规矩，每一年要全部出清，与其保存了旧样式和过时的料子宁可亏本百分之六十卖出去。恰好布尔当寇求找经理，他在关闭着的门前被茹夫拦住了，他在那里等了一会儿，后者态度严肃地向他的耳朵里叽咕了一两句。他是有些不耐烦的，可是又没有胆量来打扰这次密谈。这是可能的吗？在这么一个日子，同着这么一个骨瘦如柴的东西！门终于又开了的时候，布尔当寇谈起了存货量相当巨大的花绸子。这给了慕雷一个机会，他可以自由自在地喊叫了。布特蒙是怎么个想法呢？他走开了，扬言他不准一个进货员这么缺乏嗅觉，以致发昏到买进了销货需要以上的货物。

"他怎么啦？"奥莱丽太太被骂得简直手足无措，喃喃地说。

几位姑娘惊诧地互相观望着。到了六点钟，盘存结束了。太阳依旧照耀着，一片金黄的阳光带着黄金一般的反光，从各个厅房的玻璃窗口射进来。在街道的郁闷的空气里，一个个全家疲倦了的人又从郊外回来了，携带着孩子，满载着花束。各个部门一个挨一个，沉静下来。在走廊里只听得见落在人后的几个清理最后箱笼的店员的呼唤。然后就连这些声音也静止了，在这些怕人的崩溃的商品的上方，当天的喧闹只留下了令人胆战心惊的气氛。现在，架子、衣橱、匣子、箱子全都空了：没有一米的料子或任何一种物件还留在它原来的位置上。这个庞大的房子只呈现出在装备时的一个空架子，像在落成的那一天一样。这种干干净净的情形是盘存的正确而彻底清理的一个明显证据。在地面上，堆积着一千六百万的商品。像是终于淹没了桌子和柜台的汹涌的海洋。一直被淹到了肩膀上的店员们开始又把每一种物件归还原处。他们希望在十点钟左右结束这工作。

参加第一批吃饭的奥莱丽太太从食堂回来的时候，她宣布了这一年所达成的业务数字，各部的总合的数字刚刚结算出来。总数是八千万，比上年度增加了一千万。只有花绸子一项是真正地降低了。

"如果说慕雷先生还不觉得满意，我倒想知道他究竟还要多少呢，"主任接着说。"你瞧！他正在中央楼梯口那里，看他那种愤怒的样子。"

姑娘们走去看看他。他的面容暗淡，几千万的财富散在他的脚下，他独自在上方站立着。

"太太，"这时黛妮丝过来问话了，"您能不能答应我先走一步呢？我因为伤脚的关系，再也做不了什么，并且我还得同我的弟弟到伯父家里去吃饭……"

这话使人一惊。她还没有让步吗？奥莱丽太太踌躇着，像是要禁止她出去的样子，话声尖利而且不愉快；同时克拉哈耸耸肩膀，十分不相信：让她去吧！这是非常简单的，他不想要她啦！当保丽诺知道前后情形的时候，她正同杜洛施站在褪袄部里。那年轻人突然现出的那种快乐神情，使她生气了：这样做不是给了他方便吗？他的朋友蠢到失去了一次好运道，也许他正高兴哩？布尔当寇，不敢走去打扰那正在厌烦的孤独中的慕雷，他在东一言西一语的风声里徘徊着，连他自己也不高兴了，满怀着不安。

可是黛妮丝下楼去了。当她慢慢地扶着栏杆到了左首小楼梯下面的时候，她碰到一群正在说刻薄话的售货员。他们道出了她的名字，她好像还听见他们在谈她的这次事故。人们并没有看见她。

"去她的吧！这些诡计！"法威埃说。"她是一肚子的坏主意……是的，我知道她要强暴地占有某一个人。"

说着他看了雨丹一眼，雨丹为了维持他那副主任的尊严，不跟他们混在一起开玩笑，站在相距有几步远的地方。可是别人谈他的那种妒忌的神情使他觉得那么得意，他便屈服地悄悄说。

"那个女人叫我厌恶！"

黛妮丝内心伤痛地把住了栏杆。人们必定是看见她了，全班人笑着散开了。她想他是说得对的，她责备自己从前想着他的时候的不认识人。可是现在他是多么不要脸，而她又是多么看不起他！她心里想着一个大难题：从前她认为自己是那么软弱，遇上了这个可怜的小伙子，她只能在梦想中去爱他，而如今她却突然有了力量能够抗拒一个她所崇拜着的男人，这不是奇怪吗？她自身上的这些矛盾，把她的理性和她的勇气罩住了，她是不能分析得清楚的。她急忙从大厅里走过去。

当一个稽查去开从早晨就关闭了的门的时候，她出于本能地抬起头来。于是她看见了慕雷。他始终站在俯瞰着大厅的中央楼梯顶上。然而他忘掉了盘存，他看不见他的帝国了，看不见这个要被财富挤破了的店家了。全部都消失了：昨天的声势煊赫的胜利，明天的庞大的财富。他用绝望的目光追随着黛妮丝，当她迈出门去的时候，等于什么都没有了，这座房子变成了乌黑的一片。

十 一

　　那一天，在戴佛日夫人家里的四点钟的茶会，布特蒙是第一个到来的。那间路易十四式大厅里的圆桌的铜镶边和锦斑大理石发出明亮愉悦的颜色，厅里还只有她一个人，她露出不耐烦的神情起身说道：

　　"说定了吗？"

　　"说定了！"那个青年人回答，"我告诉他我是肯定要来拜访你的，那时他正式地答应我他也来。"

　　"你可曾让他知道今天我请了男爵吗？"

　　"当然……他像是因此才决定的。"

　　他们说的是慕雷。自从去年，慕雷突然喜欢上布特蒙，因此带他参加了他的娱乐；甚至把他介绍到昂丽叶特的家里来，他很高兴有一个爱奉承的伴侣留在手头，给他厌烦了的这一种男女关系上助一点兴。所以这位丝绸部主任完全变成了他的老板和这位风流寡妇的亲信：他帮他们做些零碎事情，把这一个人的话传给另一个，有时替他们拉拢。昂丽叶特在她的妒嫉的发作中，竟至放纵自己做出一种使他感到惊讶而又慌张的亲密，因为她已经丧失了一个上流社会女人的谨慎，正在用她的技术来维护她的体面。

　　她激动地喊道：

　　"你应该带他来。那样我才拿得稳。"

　　"嘿！"他发出一个诚实小伙子的笑声说，"如果说他总是逃掉，那也不是我的过错，目前呢……啊！不管怎么说，他是喜欢我的。要不是他，我在店里就糟糕了。"

　　确实是的，自从上次盘存以来，他在妇女乐园的地位受到动摇。尽管有季节多雨的一个借口，人们但不原谅他那花绸子的大量存货；而且雨丹利用这个机会用加倍阴险的煽动向当局方面去破坏他，他非常清楚地感觉到他身下的地面在动摇着了。慕雷已经在疏远他，毫无疑问他现在是讨厌这个妨碍着他同这女人切断关系的证人，而且厌烦了这种根本无利益的亲密关系。可是按照他一贯的策略，他鼓动布尔当寇来出头：在每一次会议上要求解雇他的是布尔当寇和其他的关系人；同时他卸抗争，自有他的一番话，说他是冒着惹起许多大纠纷的危险，极有力地替他的朋友辩护。

"没话说，我就等着吧，"戴佛日夫人又说。"你知道那个姑娘在五点钟一定会到这儿来的……我要看一看他们在一块儿的情形。我必须知道他们的秘密。"

她又谈起了这个缜密考虑的计划，她在高兴之下讲述了她曾经请求奥莱丽太太派出黛妮丝来看看她穿着不合适的一件大衣。当她把那个年轻的姑娘引到她的寝室里去的时候，她就会想法把慕雷叫了去；接着她就采取行动。

布特蒙坐在她的对面，用他那美丽的笑眼注视着她，他努力现出严肃的神情。这个长着碳一般黑的胡髭的随和男人，这个吹牛的放荡子，他那加斯科尼省人的热血把脸染得红红的，心里寻思这些上流社会的女人真不高明，当她们倾空了她们的口袋的时候，会倒出了好大一堆的货色，他的朋友的那些情妇——

店里的姑娘们，断然不敢这样整个地倾吐出这些秘密。

"你看，"他终于壮着胆子说，"你做这种事干吗呢？我向你赌咒说他们之间绝对没有过什么关系。"

"就为的是这个！"她喊道，"他是爱她的，那个女人！……我倒瞧不起另外的那一些人，那些逢场作戏，萍水相逢的胡调！"

她轻蔑地谈起了克拉哈。人们早已跟她讲过，慕雷在受了黛娩丝的拒绝以后，又倒向那个长着一个马脸红头发的高大女人去，毫无疑问是别有用心的；因为为了拿她叫别人看，他在她那一部里支持她，大批地送礼物给她。此外，在最近三个月以来，他过着怕人的放荡生活，挥金如土，那种浪费使得人们纷纷议论：他给一个卖淫的女戏子买了一所大房子，他同时跟另外的两三个下流女人鬼混，好象在拼拼命地做一些耗费金钱而又糊涂的放荡事情。

"这就是那个女人的罪过，"昂丽叶特反复说。"我觉得就因为她拒绝了他，他就用别的女人来糟蹋自己……再说呢，我何尝重视他的金钱！他要穷一点，我会更爱他的。你现在已经变成了我们的朋友，你理解我是多么爱他呀！"

她停住了，憋闷着，几乎要迸出眼泪来了；她出于一种恣情任性的行动把她的双手伸给他。这是真的，她崇拜慕雷，为了他的青春和他的胜利，从来没有一个男人像这样地整个把她捉牢，使她的血肉和她的自尊心陷于战栗中；但是每逢想到要丢掉他，她也就听到了她的四十岁的丧钟声，她恐怖地问着自己如何来代替这种伟大的爱情呢。

"啊！我要复仇的，"她喃喃说，"我要复仇的，如果他的做法对不住人！"

布特蒙依然在握着她的双手。她依然是美丽的。只是她会是一个纠缠不清的情妇，而他不喜欢这种样式的女人。可是这件事情值得考虑一下，也许大胆找些麻烦还是有利可图。

249

"为什么你不给自己成立一个事业呢?" 她把手抽回来突然说。

他惊得呆住了。然后他回答:

"可是那需要大批的资金啊……去年我脑子里倒想过这么一个念头。我认为在巴黎开一两家大店还是找得到顾客的;只是必须选择地区。好公道在河的左岸;卢浮占据了中部;我们的乐园占据了西部的富有地区。剩下的是北部,那里在监狱广场上可以开一个足以跟别人竞争的店。而且我在歌剧院旁边已经发现了一个很好的位置。……"

"那么怎么样呢?"

他开始大笑起来。

"你想想看,我是多么笨,把这件事情告诉了我的爸爸……是的,我太天真的,要请他到土鲁斯去找一些股东。"

于是他开心地述说了那个老人的愤怒,老布特蒙在他乡下的小店里对于巴黎的大百货商场气愤极了。他儿子每年赚到的三万法郎把他憋死了,他说他宁愿把他和他朋友的钱送给医院,也不肯分出一生丁来给这种商业上私娼式的店家。

"再说呢," 那年轻人总结说,"那是需要好几百万的。"

"如果有人搞得到的话呢?" 戴佛日夫人简单地说。

他注视着她,突然间严肃起来了。这只是一个妒忌女人的话吗?可是她不给他问话的时间,接着说:

"总之,你知道我对你是多么关切……我们将来再谈吧!"

接待室的铃声响了。仿佛使他们吃了一惊,她站起身来,而他出于本能的动作靠在他的椅子上。一片静默笼罩着这个房间,里边挂着鲜丽的帷幕,在客厅的两个窗口中间放满了那么多花草,简直可以说是一个小树林。她站在那里耳朵偏向门口谛听着。

"是他," 她悄悄地说。

仆人扬声说:

"慕雷先生,德·瓦拉敖斯先生。"

她忍不住露出厂一种愠怒的表情。为什么他不一个人来呢?他一定是怕同她可能有一场密谈,就去找了他的朋友。然后她微笑着,向着两个男人伸出手去。

"你竟成了稀客啦!……我也要向您讲同样的话呢,德·瓦拉敖斯先生。"

使她难过的事就是她长胖了,为了减缩那日复一日地肥满,她把自己紧箍在黑色绸子的衣服里。不过她那一头漂亮的黑发还保存着令人喜爱的风度。于是慕雷用目光罩着她跟她很亲密地说:

"用不着问你近来怎样啦……你像一朵蔷薇花那么鲜艳。"

"啊!我过得可真好哩," 她回答。"说起来呢,我或许会死掉,而你也什么都不知道。"

她也在打量他，觉得他心神不宁而且疲倦，他眨着眼，面容带有铅色。

"喔!"她努力发出使大家高兴的声音说，"我可不能用你的恭维话来回报你，今天晚上你的面色不很好。"

"辛苦啦!"瓦拉敖斯说。

慕雷并不搭腔，做出一种令人捉摸不定的姿势。他刚刚看见布特蒙，热情地点点头向他打招呼。在他们非常亲密的时期，他甚至在午后工作繁忙的时刻，从部里叫他出来，带他到昂丽叶特的家里。但是这种时期已成过去了，他悄声地向他说：

"你出来得太早啦……你知道他们看见你出来的，他们在那里生你的气。"

他谈的是布尔当寇和其他的关系人，好象他不是老板似的。

"啊!"布特蒙不安地嗫嚅着。

"是的，我有话要跟你讲，……等着我，我们一起走。"

这时昂丽叶特重新坐下了；瓦拉敖斯向她宣告德·勃夫夫人或许会来拜访她，她一面听他讲话，一面眼睛不离开慕雷。后者又沉默了，注视着家具，好象在天花板上找什么东西。其次，当她笑着抱怨说，参加她的四点钟茶会的，仅只是一些男人的时候，他忘形了以致信口说出了这么一句：

"我想我可以遇得到哈特曼男爵吧!"

昂丽叶特黯然失色了。当然她知道他到她家里来专门为的是同男爵见面；但是他不应该当着她的面如此地表示出他对于她的冷淡。正在这时，房门开了，仆人站在她的背后。当她把头一动向他询问的时候，他弯着腰非常小声地说：

"就是那件大衣的事情。太太您关照我预先提醒您……那位小姐来了。"

于是她提高声音以使叫人们听得见。她全部妒忌的痛苦用一种刻毒的侮蔑发泄在这一句话里：

"叫她等着吧!"

"要领她到太太屋里去吗?"

"不，不，叫她留在接待室里!"

仆人走出去以后，她又若无其事地同瓦拉敖斯谈话。慕雷又陷入他那无精打采的状态里，他曾经三心二意地侧耳听着，可是毫不理解。预先就为这件事担着心思的布特蒙在沉思默想。可是不到片刻门又开了，领进两位太太来。

"多么巧，"玛尔蒂夫人说，"我从车上下来，正好看见德·勃夫夫人走到了门廊下面。"

"是的，"后者解释道，"天气很好，我的医生常常叫我出来散散步……"

251

大家握过手以后，她又问昂丽叶特：

"你又雇了一个新的侍女吗？"

"没有，"昂丽叶特诧异地回答。"怎么呢？"

"我刚刚看见接待室里有一个年轻的姑娘……"

昂丽叶特笑着打断她的话。

"可不是吗？所有店里的姑娘都带着侍女的神气……是的，那是来改大衣的一位小姐。"

慕雷凝神看着她，心里起了疑。她继续露出一种勉强的兴致，细说她上个星期在妇女乐园买了那件现成的衣服。

"怎么！"玛尔蒂夫人说，"你不叫骚佛替你做衣服了吗？"

"不是的，亲爱的，我只是想做一次试验。而且我第一次买过的一件旅行大衣，曾经使我十分满意……但是这一次，完全不行。随你们怎么说吧，在你们的店里衣服做得不成样子。啊！当着慕雷先生的面，我不客气地说吧……你们从未有过一件可以让一个考究女人穿的衣服。"

慕雷并不替他的店辩护，两眼一直盯着她，心里安然地想她过去绝不敢做这样的事的。布特蒙出头替乐园争辩了。

"如果说所有的时髦女人都在穿我们店里的衣服，我们也就可以自豪了，"他高兴地解释说，"我们的主顾会使你们大吃一惊的……在我们店里定做一件跟骚佛店里一样的衣服，你们却要少付一半的价钱。但是也就因为没有那么贵，也就觉得没有那么好了。"

"你说的那件衣服穿着不合身吗？"德·勃夫夫人又说。"现在我记起那位小姐来了……你的接待室里有点黑。"

"是的，"玛尔蒂夫人接着说，"我想来想去像是在哪里见过那副相貌……好啦！亲爱的，你去吧，不要跟我们客气。"

昂丽叶特露出满不在意的轻蔑的神气。

"啊！停一会儿再说，用不着忙。"

这几位太太继续谈论大店家的衣服。然后德·勃夫夫人说到她的丈夫，据她说他出外到圣洛市养马场去视察了，而在这同时，昂丽叶特讲出居巴尔夫人有一个姑母害了病把她叫到弗兰施·孔德省去了。此外，这一天她没有预计布尔德雷夫人要来的，那位夫人在每一个月底要跟一个女工关在房里查看她一家人的内衣。可是玛尔蒂夫人似乎暗中有一种忧虑在坐立不安。玛尔蒂先生在波拿巴特高等学校的位置受了威胁，这是因为这位贫穷的人在一些简直拿学士的毕业文凭当生意作的不三不四的学院里授课的结果；他为了维持那把他的家庭弄得一团糟的消费的狂热，尽他的可能使劲地去找钱；有一天晚上，她看见他因为怕被解职在哭泣，她于是想了一个主意，请她的朋友昂丽叶特向她相识的教育部部长去说情。昂丽叶特为了使她安心终于谈了一两句。再则，玛尔蒂先生本人也要来了解他的命运并表示他的谢意。

"看样子你不太舒服，慕雷先生，"德·勃夫夫人说。

"太辛苦啦！"瓦拉敖斯用他那冷静的讥讽反复说。

慕雷急忙站起身来，他像是很抱歉：自己竟会这样忘形。他坐在原来的位置上，在这几位太太中间又重新恢复了他的全部神采。他专心在冬季的时货上，他谈到大批花边的上市；德·勃夫夫人问他阿郎松绣的价格：她想大概会买一些的。现在她连一法郎半的车钱都非节省不可了，脑子经常被陈列的商品吸引着，回到家很不舒服。她身上的一件大衣已经穿了两年，她在梦想中把她所见到的珍贵的料子都在那女皇般肩膀上试穿过了；当她穿着她那些破烂的衣服清醒过来，但又知道绝无希望能够满足她的愿望的时候，她简直伤心得像是被人家剥了皮。

"哈特曼男爵先生，"仆人扬声说。

昂丽叶特观察着慕雷是多么快乐地同这个新来的人在握手啊！男爵向几位太太行了礼，用细致的表情注视着那个年轻人，这种表情有时会使他那阿尔萨斯人的肥大面容发出了光彩。

"老是拜倒在女人裙下！"他含笑悄悄说。

然后，像是很熟悉这家人家似的接着又说了一句：

"接待室里有一个非常标致的小姑娘……她是什么人？"

"啊！不相关的人，"戴佛日夫人发出不高兴的声音说。"一个店员，她在等着我哩。"

可是门在半开着，仆人端了茶来。他出去了又回来，把瓷器摆在圆桌上，接着又摆上几碟三明治和饼干。一道强烈的光线被绿色的花草柔化了，照亮了铜具，使室内装饰的丝绸浸上了柔和的颜色；门每开一回，可以望得见那仅有毛玻璃透光的接待室的昏暗的一角。那房里，在黑暗中，闪出了一个人的黑影，一动也不动而且在耐心等待着。黛妮丝一直没坐下；那里本来有一张皮面子的凳子，可是由于自尊心的缘故，她不去触它。她感觉到了这种侮辱。她在那里已有半个钟头了，没有动作，不说一句话；几位太太和男爵在经过的时候曾经盯着她的脸瞧；现在厅房里的话声一阵阵轻微地传过来，这一切可爱的荣华具有一种冷漠使她痛苦；她始终动也不动。突然间从半开着的门，她辨认出慕雷。而在他那方面，终于也料想到是她了。

"她是你们的一个女店员吗？"哈特曼男爵问道。

慕雷打起精神来隐藏了他的大烦恼。只是他的不安的情绪使他的声音发抖。

"一定是的，可是我不知道是哪一个。"

"是时装部的那个小金发女人，"玛尔蒂夫人紧接着回答，"我想就是那个副主任。"又轮到昂丽叶特在注视着他了。

"啊！"他只简单地说。

他试图谈一谈前些天普鲁士国王在巴黎举行的宴会。但是男爵又恶作剧地谈起了大商店的一些小姐。他假装要了解情况的样子，提出了几个问题：一般地说她们是从哪儿来的呢？她们的行为果真像人们所说的那么坏吗？这时大家就纷纷讨论起来了。

"说真话，"他又说，"你相信她们是品行端正的吗？"

慕雷用一种自信的态度替她们的品德辩护，这使得瓦拉敖斯笑起来。于是布特蒙为了给他的上司开脱插嘴说话了。天哪！她们中间各式各样的都有一些，下流姑娘和诚实姑娘。再说呢，她们的道德水平是提高了。从前只有一些商业上的落伍分子，一些身份不明和贫穷的姑娘溜到绸缎业里来；可现在呢，比如说吧，赛福尔街上的名门都把他们的孩子送到好公道去了。总之，如果她们想要洁身自好，她们是做得到的；因为她们不像巴黎街道上的那些女手艺人必得自己烧饭和找房子住：她们有饭吃有床睡，她们是有保障的，当然这一种生活非常艰难。最可怕的是她们的位置是处在女店员和贵妇人之间的一种中间的位置，因此她们投身在奢华里，而往往预先并没有那种知识，她们形成一个单独的无以定名的阶层。她们的不幸和她们的恶习就是从这里来的。

"要我说呢，"德·勃夫夫人说，"我简直没看过比她们更讨人厌的东西……有时真叫人想打她们的耳光。"

这几位太太便发泄了她们的怨气。出于金钱和美丽的尖刻竞争，她们在柜台前面互相吞噬，女人吃着女人。女售货员们对于上等衣装的女顾客——那些贵妇人们，怀有恶狠的妒忌，但她们却努力模仿贵妇人们的风度，另外一般市民衣装贫穷的女顾客们，对于女售货员——那些穿绸衣服的姑娘们，却是怀着更锐利的妒忌，她们买半法郎的东西都要女售货员们拿出如仆人般的卑屈。

"不谈这个吧！"昂丽叶特结束说，"一切这些坏女人都像她们的商品一样在出卖！"

慕雷强打精神微笑着。男爵仔细打量他，被他自我克制的那种优美所感动。所以男爵改变了话题，谈起普鲁士国王举行的宴会：这些宴会真是好极啦，巴黎的全部生意都将有利可图。昂丽叶特默不作声，似乎心事重重，一半拼命希望忘记了在接待室的黛妮丝，一半又怕慕雷现在已有预见会离开了。因此她最后从椅子上站起来。

"你们可以允许我去一会儿吗？"

"亲爱的，这有什么关系！"玛尔蒂夫人说。"去吧！让我来替你招待客人。"

她起身拿着茶壶给各个茶杯倒茶。昂丽叶特转身对着哈特曼男爵说：

"你能多留几分钟吗？"

"可以，我要同慕雷先生谈谈。我们又要打扰你的小客厅啦。"

于是她出去了，她那黑绸子的衣服触到门框像一条蛇爬过荆棘丛中发出沙沙声响。

男爵立刻想办法领开了慕雷，把那几位太太留给布特蒙和瓦拉敖斯。接着他们站在隔壁厅房的窗前低声地谈话。他们谈的是一件新的事情。多时以来慕雷怀抱着实现他那旧有的计划的梦想，也便是妇女乐园要侵占整个那一带的房屋，从蒙西尼街到米肖狄埃街，从圣奥古斯丹新街到十二月十日街。在最后一条街上，在那一大片房屋之间，边缘上还没有被他占有的广大地面；而这就足以损害他的胜利，他处心积虑地要完成他的征服，要在那里营造起惊人的堂皇店面。只要店的正门是留在古老的巴黎的一条黑暗的街道圣奥古斯丹新街上，他的工作便是残缺的，是不合逻辑的；他要这店面朝向新巴黎，设在这个世纪末的纷忙人群在大太阳底下通行的一条顶新的街道上；他要看见它统领一切，使它显得像一座巨大的商业皇宫，要比古老的罗浮宫在这个城市上还投射出更大的黑影。然而直到如今他还是被不动产信托公司的顽固所拒绝，这家公司依然保持着它最初的看法，要沿着边界的地面建造一家能够同大旅社竞争的旅馆。计划已接近事实，只在等待着清除十二月十日街的街面来打地基了。慕雷作了最后的一次努力，终于几乎就要说服哈特曼男爵了。

"好！"男爵开始说，"昨天我们开过一次会，所以我想现在来和你见见面，并且希望叫你明了一些情形……他们仍然在拒绝。"

那年轻人不自觉地露出了一种神经质的手势。

"这是不合乎情理的……他们怎么说法？"

"天哪！他们的意思就是我自己同你讲过的话，我也还是有点这种念头……你的门面不过是一种装潢，新的建筑仅只把你那家店的面积扩充了十分之一，而在这一种单纯的广告上就要投入好大一笔款项。"

慕雷一下子嚷起来。

"一种广告！一种广告！……无论怎么说，它是用石头造起来的，它要比我们所有的人都要寿命更长。要明白它会把我们的业务增加十倍！在两年以内我们就可收回这笔投资。如果这个地面给你们带来了大量的利息，你们即便说这个地面是丧失了，那又有什么关系呢！……那时你便会看到人群，不像我们如今的顾客那样在圣奥古斯丹新街上挤得要死，而是在可以轻松地通过六辆马车的大道上自由地行动了。"

"当然，"男爵微笑着又说。"但你是一个诗人哩，你自有你的风度，让我再跟你讲

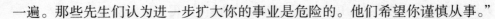

一遍。那些先生们认为进一步扩大你的事业是危险的。他们希望你谨慎从事。"

"什么！说是谨慎吗？我简直不懂了……数目字不是摆在那里吗，不是表明了我们的生意经常在进步吗？首先用五十万法郎的资本，我做了两百万的业务。资本流通了四倍。其次，它变成了四百万，流通了十倍，造成了四千万的业务。最后，经过继续的增加，在这次盘存的时候我才知道今天业务的数字总计已达八千万；所以只增加了一点点的资本——因为它不过是六百万——

在我们柜台上商品的流通已经超过了十二倍。"

他抬高了话声，他用右手的手指在他左手的手掌上敲击着，像是要敲破胡桃似的敲打着那千百万的数字。男爵打断了他的话说：

"我知道，我知道……但你或许不会希望始终像这样子增长上去吧？"

"为什么不希望呢？"慕雷天真地说。"没有任何理由说它就此停住的。资本能够流通十五倍，这是我早预见到的。甚至在某些部门里，它可以流通到二十五倍到三十倍……以后呢，好吧！以后，我们想出方法来使它有更多的流通。"

"那么你像喝一杯水一样最后要把巴黎的金钱都喝光吗？"

"当然啦。巴黎不是属于女人的吗，而女人不是属于我们的吗？"

男爵把双手放在他的肩膀上，用一种长辈的神情专注地凝视着他。

"听我说！你是一个可爱的孩子，我喜欢你……谁也不能拒绝你的。让我仔细研究研究这个主意，我希望能叫他们明白这个理由。到目前为止，我们只有赞美你。你们的红利吓坏了金融界……你必然是对的，与其冒险从事耀带有危险性地跟大旅社的竞争，还是把金钱投到你的机器里更好些。"

慕雷的激动立马缓和了，他向男爵道了谢，可是并没有他平素那种焕发的热诚；男爵看见他把眼睛转向邻室的门口，他暗中隐藏着的不安又把他缠绕住了。瓦拉敖斯明白他们不再谈事情，便走过来。他站到他们的近旁，他谛听男爵用一个老浪荡子的豪爽神情悄悄说：

"我说，我相信她们要复仇了。"

"谁呀？"慕雷诚惶诚恐地问。

"那些女人哪……她们不愿意再属于你，而你是属于她们了，我的好朋友：这是公正的报复！"

他开起玩笑来，他很明白这个年轻人闹得沸沸扬扬的恋爱事件。如慕雷给卖淫的女戏子买了的大房子，如在饭馆的小房间里找到一些姑娘并在她们身上花费了巨大的款项等等，仿佛这些事给他自己当年做过的一些放荡行为作了辩解似的使他开心。他的老经验又欣然跃动起来了。

256

"说真话，我不明白，"慕雷一再说。

"啊！你是非常懂得的。她们永远是最后的发言人……因此我想：这是不可能的，他在吹牛，他没有那么坚强！而你已经到了这一步！榨取所有的女人吧，拿她们当作一座煤矿那样地采发，以便她们事后再来剥削你，叫你再吐出来！……小心哪，因为她们抽取你的血和金钱要比你曾经吸取她们的更多。"

他更加大声笑了，站在他身边的瓦拉敖斯虽然一句话也没讲却在冷笑着。

"天哪！一个人必须把什么都要体验一下的，"慕雷也装作同样的开心终于这样自白了。"如果一个人不花费金钱，金钱便是没用的东西。"

"这一点，我同意你，"男爵又说。"好朋友，你好好地玩吧！我不是一个讲道德经的人，也不会为了我们信托给你的大批金钱而害怕。一个人在年轻时候是应该放荡的，事后他的头脑便可以更清醒了……而且当一个人认为自己有能力重新创造他的财富的时候，他先糟蹋了自己也没有什么令人不愉快的……可是假如说金钱算不了什么，而这些事却会给人一些痛苦的……"

他止住了，他的笑变成了悲哀，昔日的苦痛从他那怀疑主义的冷嘲中浮现出来。他曾经冷眼旁观昂丽叶特和慕雷的决斗，他对于别人的热烈心情的战斗还是感觉着兴趣的；他清楚地感觉到危机来临了，他预见到这场戏，他十分了然他在接待室里看见的那个黛妮丝的事故。

"啊！讲到痛苦吗，那并不合我的胃口，"慕雷发出挑战的声调说。"付出的代价已经够可观的了。"

男爵默默地凝视了他几秒钟。不愿意坚持自己的主张，他慢慢地接着说：

"不要说得比你自己的实际更坏……这种事，除了你的金钱之外，你还付出了别的东西。是的，我的朋友，你还付出了你的血肉。"

他把话停住重新开玩笑地问道：

"不是吗？德·瓦拉敖斯先生，不常常是这样吗？"

"大家是这么说，男爵先生，"后者只简明扼要。

正在这时房门打开了。正要答话的慕雷，微微地吃了一惊。三个男人转过身来。这是戴佛日夫人，她神情非常快乐，仅仅把头探出来，发出急促的声音在招呼：

"慕雷先生！慕雷先生！"

然后，当她看见了他们的时候，说：

"啊！先生们，请允许我把慕雷先生请走一会儿工夫。他既然卖给我一件丑陋的大衣，至少他就该把他的本领拿出来给我看看。那个姑娘是呆头呆脑的，她什么主意都没有……来呀，我在等着你哩。"

他犹疑不决，内心斗争着，在这个他已预见到的场面前向后退缩。可是他必须遵命。男爵露出了既是长辈的又是嘲笑的神情向他说：

"去，去吧，好朋友。夫人在找你哩。"

慕雷随着她去了。门又关上，他觉得他听见了瓦拉敖斯那被帷幕挡住了的讥笑声。而且呢，他的勇气是用尽了。自从昂丽叶特离开了客厅而且他知道黛妮丝是在这座住房里落在嫉妒的手掌中以后，他便感到一种不断升温的不安，一种神经上的苦楚，使得他的耳边像是听到了一阵从远处传来的惊心动魄的哭声。这个女人能想出什么手段来折磨她呢？于是他对那个年轻姑娘的整个爱情，这种依然使他惊疑的爱情，便成了他的支柱和安慰。他从未这样地爱过，于痛苦中有这样强大的魅力。他这个忙人的爱情，就连他对于昂丽叶特的爱情，那是那么纤细，那么精美，占有她使他的自尊心感到舒服，也不过是一种游戏，有时还是有打算的，从其中他专心去求有利可图的娱乐。他会平静无事地走出了他的情妇的家门，回去睡觉，感觉到他的独身者的自由的幸福，心里没有懊悔也没有忧虑。而现在呢，他的心痛苦地悸动着，他的生活受了骚扰，他躺在他那张孤独的大床上，辗转难眠。黛妮丝始终掌握着他。即使在此时此刻他心里只有她，而且他想，他甘愿到那里去保护她，虽然他害怕同另一个会要闹出一些可恼的局面。

首先他们从寂静和空无一人的卧室里走过去。然后戴佛日夫人推开了一扇门，走进内室，慕雷跟在她的身后。这是一个相当大的房间，挂着红色丝绸的窗帘，摆着一张大理石的化妆台，一个有三扇橱门镶着大镜子的衣橱。窗户面对着院子，院子里已经昏暗了；在衣橱的两边，伸出两个镍托子燃着两盏煤气灯。

"来吧，"昂丽叶特说，"这样也许会使我们进行得更好一些。"

慕雷一进门便在明亮的光线中看见黛妮丝笔直地站立着。她的面色非常苍白，穿着一件朴素的开斯米紧身上衣，顶着一顶黑帽子；她的一只腕子上搭着从乐园买来的大衣。当她看见了这个年轻人，她的双手微微地颤抖了。

"我要请这位先生来评判一下，"昂丽叶特又说。"帮帮忙，小姐。"

黛妮丝走向前把外套给她穿上。在第一次试身的时候，她已经把肩膀上不合适的地方用针别起来。昂丽叶特回转着身子对着衣镜研究。

"这个可以吗？坦白地说吧！"

"事实上，太太，这件衣服是不适宜的，"慕雷直截了当地说。"这个非常简单，这位小姐可以给你量量尺寸，我们再给你做一件。"

"不，我要这一件，我立刻就要穿的，"她又急忙说。"只是，胸部绷得紧，同时，这里，肩膀中间，有一个绉。"

然后发出她那冷冷的声音：

"你这么看着我，小姐，是克服不了衣服的缺点的！……想办法，找出毛病来。这是你的事情啊！"

黛妮丝并不开口又重新把针别上。这就要相当长的时间了：必须从这一个肩膀到另一个肩膀；甚至有一会儿她必须屈下身子，几乎跪下来，拉平大衣的前襟。戴佛日夫人现出一副难以伺候的主妇的严厉面容。使这个年轻的姑娘降低身份做这种仆人的事情，她很高兴，她一面对她发出简短的命令，一面探视着慕雷脸上所现出的最轻微的神经质的表情。

"这里别一根针。啊！不，不是那里，这里，靠近袖口。你不懂得吗？……不是这样的，那个绉又现出来了……注意点哪，你现在戳到我啦！"

慕雷为了结束这个场面，有两次又出面来试图干涉，可是无效。他所爱的人受着这样的屈辱，使得他的心脏扑通扑通地跳；如果说年轻的姑娘在他面前被人家这样对待、她的两手始终有点发抖的话，她却是拿出了一个勇敢姑娘的高尚的谦虚来承受职业上要她必须做的工作。当戴佛日夫人看出他们不会露出了什么形迹的时候，她又想出了别的方法，她极力向他微笑，明白表示他就是她的情人。这时正好别针不够用了：

"我说，亲爱的，到化妆台上象牙盒子里去看看……真的！它是空的吗？……劳你驾，到卧室的壁炉架上去看看：你知道的，在镜子的那一角上。"

她显示出他是什么地方都知道的，拿他当作一个在这里睡过觉连梳子和刷子的位置都知道的男人那样任用他。当他拿来一把针给她的时候，她接二连三地接过来，强迫他站在她的近边，注视着他，小声向他讲话。

"大概我还没有驼背吧……拿你的手摸摸我的肩膀，叫我高兴一下。我是这么不成样子了吗？"

黛妮丝慢慢地抬起眼睛，面色更苍白了，默默地又开始别那些针。慕雷只看见盘结在她那白嫩的脖子上的浓密的金发，可是他从她头发上所起的寒颤，相信自己看见了她面容上的含羞和伤心。现在，她将抗拒他了，她将把他交还给那个即使在陌生人面前都不隐藏同他的关系的女人了。他真想撒野动手来打昂丽叶特。怎样阻止住这件事呢？怎样向黛妮丝说明呢：他是敬仰她的，在此时此刻只有她是存在的，为了她他要把他已往一切短暂的爱情牺牲掉。一个姑娘是不会见过像这个资产阶级女人的那种暧昧的亲密。他把手抽回来，他说：

"你这样固执是不对的，太太，既然连我自己都认为这件衣服是做坏了。"

一盏煤气灯发出呼呼的声音；在这个房间潮闷的空气里，人们只听到那股灼热的气息。衣橱的镜面在红丝绸的窗帘上反射出大幅活跃的亮光，两个女人的黑影在上面

跳动。一个忘记了塞上瓶塞的香水瓶子，发散出如枯萎的花束那样捉摸不定的气味。

"太太，我已尽己所能了，"黛妮丝终于抬起身来说。

她觉得自己有气无力了。有两次她把针戳到自己手上，两眼眩晕像是什么都看不见了。他是参加这次阴谋的吗？他是为了报复她的回绝便叫了她来给她看看别的女人怎样爱他吗？这个想头使她浑身冰冷，在她的记忆里，即便当她的生活在缺乏面包的那可怕的时刻，她也不需要有这样多的勇气。这样受人屈辱倒还算不了什么，只要不亲眼看见他几乎就在另一个女人的怀抱里仿佛忘记了她的存在一样！

昂丽叶特对着镜子仔细察看。重新又说出苛刻的话。

"这是开玩笑，小姐。这比以前更坏了……你看看我的胸是绷得多么紧。我的样子像是一个奶妈了。"

被逼得无法可想的黛妮丝说出了一句有点儿懊恼的话。

"太太有点胖啦……可是我没有办法叫太太更瘦一些。"

"胖，胖，"昂丽叶特反复说，这一次她的脸色变得惨白了。"小姐，你简直不懂规矩……老实说，你还是去评判别的人吧！"

两个女人面对面颤抖着互相睨视。从此这里再没有什么贵妇人也没有女售货员的分别了。只有两个女人，在她们的对比中是平等的。这一个凶暴地脱下了大衣把它甩在一把椅子上；同时另一个把留在她手指间的几根针随手抛在化妆台上。

"这真令人奇怪，"昂丽叶特又说。"慕雷先生竟会允许这样无礼的举动……我想，先生，你对你的店员应该更严厉些。"

黛妮丝又恢复了她那冷静的勇气。她柔和地答道：

"如果慕雷先生留用我，那是因为他没有可以责备我的地方……如果他认为需要的话，我可以向你道歉。"

慕雷静听着，被这场争吵吓呆了，想不出一句话来了结这件事。这种女人之间的争吵使他惊愕，这种粗野有伤他平素的对文雅的要求。昂丽叶特要逼他说出责骂那年轻姑娘的话；既然他还在犹疑不决地沉默着，她便用最后伤害的话来刺他。

"好吧，先生，好像我应该在我的家里都要忍受你的姘头的无礼！……从小沟里捡来得这么个丫头！"

两滴大泪珠涌上了黛妮丝的眼里。她已经压抑着泪水有好多时候了；但在这样的侮辱之下，她整个的人软下来。当他看见她如此哭泣着而不再针锋相对，保持着一种沉默和绝望的尊严，慕雷便不再踌躇了，他的心起了无限的柔情，他走向她去。他握住她的双手，悄悄说：

"快走开，我的孩子，忘记了这个人家吧！"

昂丽叶特完全呆滞了，气得哽咽住，注视着他们。

"等一下，"他亲自把大衣叠起来继续说，"把这件衣服拿走。太太可以到别的地方去买一件……不要再哭啦，我请求你。你知道我一向是多么尊重你的。"

他一直送她到门口，然后把门关上。她没有说过一句话；只是，一团红色的火焰燃烧了她的面颊，同时一种甜蜜的新泪水润湿了她的眼睛。

昂丽叶特窒息住了，拿出她的手帕，压住她的嘴唇。这是她的算计的反复，她自己落进了她所设的陷阱里。她悔恨把事情做得太过分了，受着嫉妒的苦恼。为了这样的一个无价值的女人而被人遗弃吗！在她的面前被人瞧不起！她的自尊心比她的爱情受了更大的苦痛。

"那么，你爱的就是这个姑娘吗？"当他们独自在一起的时候，她费劲地说。

慕雷并不立刻答话，他在窗户和门口之间来徘徊，想法克制住他那激烈的情绪。最后，他停下来，非常有礼貌地用一种试图做得冰冷的声音，简单地说：

"是的，夫人。"

煤气灯头始终在这间内室的闷人的空气里嘘嘘响。现在，镜面的反光在没有动荡的黑影穿过去，这个房间似乎空了，笼罩着一片沉重的悲哀。昂丽叶特突然间倒在一把椅子上，她那滚烫的手指拧着她的手帕，在泪声中反复地说：

"天哪！我是多么不幸啊！"

他不动地凝视着她有几秒钟。然后他从容不迫地走出去。她独自一个人面对着撒在化妆台上和地板上的那些针默默地悲泣。

当慕雷回到小客厅里的时候，他只看到瓦拉敖斯一个人，男爵已经回到几位太太那边去了。他觉得自己还是异常的激动，便坐到这房间紧里面的一张沙发上；他的朋友看见他衰颓不堪，慈爱地走过来停立在他的面前以便挡住那些好奇的目光。首先，他们没有交换一句话在互相观察。其次，瓦拉敖斯对于慕雷的烦恼内心里似乎很感兴趣，终于发出了他那调侃的声音问道：

"你活得有趣吗？"

慕雷好像并未立刻听懂。可是当他回想起他们从前关于人生的无聊的空虚和无益的烦恼的一场对话时，他便答道：

"当然，我从来没有过更多的阅历……啊！老朋友，不要嘲笑，人们死于痛苦的时间是比这要短促得多了！"

他压低了声音，在他那没有完全擦干的泪眼下，继续快活地说：

"是的，你不是全知道了吗？她们来了，她们两个把我的心撕裂了。可是你瞧，这还是舒服的，几乎如爱抚一样舒服，她们所留下的伤痛……我是疲惫不堪了，我再没

有更多的气力；没有关系，你想不出我是多么热爱生活！……啊！我终于要占有她——那个还表示不愿意的孩子！"

瓦拉敖斯简单扼要地说：

"以后呢?"

"以后吗? ……喔！我要得到她！这还不够吗? ……如果因为你拒绝受人愚弄、拒绝痛苦，便相信自己是坚强的，你仅仅是一个糊涂蛋，再也说不上别的！……试图去渴望一个女人而最后你把她捉到吧：一刻之间会偿还了你一切的不幸。"

可是瓦拉敖斯又神侃他的悲观主义了。既然金钱不能获得一切，这么辛苦地工作是为了什么呢? 要是他的话，在他看清楚了用他的几百万甚至不能买到一个他所期冀的女人的那一天，他便会关了店躺下来连一个手指也不愿再动弹了！慕雷静听着他的话，变得严肃了。然后他又激烈地谈起来，他相信他的意志的万能。

"我要她，我就要得到她！……如果她逃出我的手去，你便看见我将造出怎样的一个机器来养息我自己。那样也同样是辉煌的……老朋友，你不懂得这种话：否则你便会知道行动在它的本身里是含有它的报酬的。行动，创造，同事业斗争，被它们战胜或是战胜它们，人类的一切快乐和一切健康就在其中！"

"这是自己排解的简单方式。"另个嘟嘟说。

"好吧！我更愿意排解自己……为了破灭而破灭，我与其为厌倦所破灭，孰若热情所破灭！"

两个人全会心地笑了，这使他们回想起他们当年在中学时的谈话。瓦拉敖斯发出软弱无力的声音自得其乐地叙述了事情的乏味。他把他生活的单调和空虚罩上了一番虚玄。是的，他在政府机关服务，无精打采地度过了昨天，又将同样无精打采地度过明天；在三年间，人家给他增加了六百法郎的薪水，现在他每年有三千六百法郎了，这一笔还不够他用来抽上等的雪茄烟；这样就使他愈来愈没趣，如果他还不自杀，简单地是出于懒惰，避免麻烦。慕雷向他谈起他同德·勃夫小姐的婚事，他答说，尽管那位姑母顽固地不愿死掉，这件事情也要结束了；起码他是这么想，她的父母已经同意，而他自己像是没有什么意志的。既然事情从来也不会如人愿，那么，为什么还要有所愿望或是无所愿望呢? 他举出了他未来的岳父的例子，他岳父原本把居巴尔夫人看作是一个任人摆布的金发女人，可以从她身上找到一时的欢乐，可是那位太太鞭打他像鞭打一个使出了最后气力的老马一样。当大家以为他是专心致志去视察圣洛市的养马场的时候，她却住在他给她在凡尔赛租的一座小房子里把他最后的金钱都挥霍光。

"他比你更幸福，"慕雷站起身来说。

"啊！在他来说，那是毫无疑问的！"瓦拉敖斯坦白地说。"也许只有做些坏事才会得到点趣味。"

慕雷的精神恢复过来了。他想要告别，可是他不愿意他的离开露出像是要逃走的样子。因此决心去喝一杯茶，他同他的朋友互相开着玩笑回到大客厅里去。喻特曼男爵问他大衣可弄好了；慕雷毫不在意地回答，从他这方面来说，他是放弃了那件东西。大家都表示惊讶。同时玛尔蒂夫人赶快给他倒茶，德·勃夫夫人在抱怨那些店家老是把衣服做得太紧。最后他想法在那未曾移动过的布特蒙身边坐下来。人们忘记了他们，布特蒙极想知道他的命运，不安地向他提问，他便无须等待到了街上以后再说，告诉布特蒙出席会议的先生们已经决定取消他的职务。他每说一句话，喝一匙茶，用来在表明他是失望的。啊！他几乎要跟他们争吵起来，因为他曾经沉不住气地离开了会议厅。只是这有什么办法呢？他不能够为了一种简单的人事问题同那些先生们不和。布特蒙，面色惨白，还必须向他道谢。

"这真是一件怕人的大衣呀，"玛尔蒂夫人评判道。"昂丽叶特还不出来。"

事实上，这样拖延时间迟迟不出来，开始使大家不耐烦了。可是就在这一刹那，戴佛日夫人出现了。

"你终于放弃了那件东西吗？"德·勃夫夫人激动地喊道。

"怎么讲？"

"是的，慕雷先生跟我们讲你对于那件东西没办法可想了。"

昂丽叶特表示出最大的惊异。

"慕雷先生在说笑话。那件大衣完全合身。"

她似乎非常冷静，微笑着。无疑她已经洗过她的眼睑了，因为它们是清新的，不带微红的痕迹。她的全身还在战栗，还在流血，而她却找到了力量，在她那时髦的优美动人的假面具下，隐藏起她的痛苦。她以一贯的笑容，拿三明治给瓦拉敖斯。只有十分了解她的男爵，看出了她嘴唇上的轻微的痉挛和她眼里头未能熄灭的阴郁的火焰。他料想到了那个场面的整个情 形。

"天哪！各人有各人的嗜好，"德·勃夫夫人说，她也接了一块三明治。"我知道有些女人在别的地方连一条丝带都不肯买，除非是在卢浮。另有一些人拿定主意单去好公道……当然这是各人脾胃的问题。"

"好公道太乡气，"玛尔蒂夫人自言自语地说，"在卢浮又是那么挤！"

几位太太又谈起那些大商店了。慕雷必须表示出他的意见，他回到她们中间，谈话装作很公正的样子。好公道是一个一流的店家，正派、规矩；但卢浮是一定的有更高尚的顾客。

"总而言之，你是更赞成妇女乐园的，"男爵微笑着说。

"是的，"慕雷安详地回答，"我们的店是爱我们的顾客的。"

在座的女人毫无异议对他的意见。真可以这么说，她们形成乐园的一个私党，她们在那里感到一种不断的谄媚的恭维，使得最诚实的女人到了这家店都要留变忘返。

"顺便谈谈，"昂丽叶特要表示她的心情非常轻松便问道，"慕雷先生，在你们那里工作的我的养女怎么样啦？……你们知道，德·芳特奈尔小姐。"

说着她转身对着玛尔蒂夫人：

"一个女侯爵，亲爱的，一个落在窘困中的贫穷的姑娘。"

"啊，"慕雷说，"她贴样本每天赚三个法郎，而且我相信我可以想办法叫她嫁给我们店里的一个小伙计。"

"呸！真怕人！"德·勃夫夫人叫道：

他凝视着她，声音冷静地又说：

"为什么呢，夫人？要她嫁给一个能干的小伙子，一个勤勤恳恳的职工，不比要她冒险被马路上的一些懒汉骗了去更好吗？"

瓦拉敖斯想插嘴开个玩笑。

"夫人，别再逼他啦。他会说出所有法国古老的世家都应该去卖洋布了。"

"可是，"慕雷扬言，"她们中间的大部分人如果能这样，至少是一个可尊敬的结局。"

结果大家笑起来，这个怪论似乎有点过火了。他继续赞扬他所谓的劳动的贵族。德·勃夫夫人的脸蛋儿微微地镶上了一片红潮，她那穷于应付的节省使她气疯了；反之玛尔蒂夫人却是赞成的，想起她那可怜的丈夫不免满怀的悔恨。正在这时仆人把那位教授领进来了，他是来接她的。为了艰苦的工作，他愈发枯干，愈发消瘦了，身上穿着那件磨出了亮光的薄燕尾服。当他向戴佛日夫人道谢给他在部里说情的时候，他怯懦地瞥了慕雷一眼，仿佛他遇见了一个正在杀害他的恶魔似的。他听见慕雷向他讲话，他简直愣住了。

"先生，工作不是主宰一切的吗？"

"工作和节约，"他浑身发出了轻微的颤抖在答话。"要加上节约，先生。"

这期间，布特蒙动一动不动地一直坐在他的圆椅里。慕雷刚才说的话依然响在他的耳朵里。最后他站起来，走过去，声音非常低地向昂丽叶特说：

"你知道，他通知解雇我了，啊！非常客气……可是该死的，如果不叫他后悔呀！我刚刚想出了我的招牌：四季商店，我就在歌剧院附近创业！"

她现出忧郁的眼色盯着他。

"算我一份，我同你合伙……等一下。"

她把哈特曼男爵领到一个窗口去，直截了当地向他推荐了布特蒙，把他说成是一个有为的青年，他不甘人后要为他自己创办一番轰动巴黎的事业。当她说出要替她的新的被保护人筹资的时候，男爵虽然毫不觉得惊奇，却不禁表露出一种慌张的声色。这是她介绍给他的第四个有才干的年轻人，他开始觉得有些滑稽了。可是他不直接地拒绝她，创立一个同妇女乐园竞争的商店这个主意，甚至使他感到相当高兴；因为他在处理银行业务的问题上，已经使用过这样竞赛的方法，以便给另外的方面以刺激。而且这种冒险的事情使他觉得有趣。他答应考虑考虑这件事情。

"今天晚上我们必须谈一谈，"昂丽叶特走回来向布特蒙的耳边说。"九点钟左右，不要失约……男爵跟我们在一块儿。"

就在这时刻，这间大屋子里充满了说话的声音。慕雷已经恢复了他那优美的态度，始终站在几位太太的中间：谈到他用装饰品来塑造人的这种说法，他快乐地在替自己辩护，他提出了具体数字来做证明，在人们的购物时，他替人们节省了百分之三十。哈特曼男爵注视着他，又起了一个以往过惯了花天酒地的人的那种兄弟般的欣赏。算了吧！这场决斗已经结束，昂丽叶特倒在地上了，她的确不是那个得到胜利的女人。他相信他又看到了他路过接待室时曾经看到的那个年轻姑娘的谦逊的身影。她独自忍耐地留在那里，在她的甜蜜中含有危险性。

十二

　　妇女乐园的新门面在九月二十五日开始动工装饰。哈特曼男爵依照他的诺言，在不动产信托公司最近的一次会上通过了这件事情。慕雷终于实现了他的梦想：这个将在十二月十日街上兴建的门面简直像是他的幸运在开花。因此他要举行奠基典礼。他要开一次庆祝会，给他的店员们分发礼物，晚间给他们吃野味喝香槟酒。大家都看得出他在建筑场地上的快乐的心情，他用胜利的姿态把铲子一挥封了基石。几个星期以来，他都在不安，受着一种精神上的折磨的激动，他是不能经常地隐藏得住这种痛苦的；他的胜利给他在痛苦中带来了一次休息，一次消遣。整个下午，他似乎又恢复了他那健康人的兴致。可是在餐后，当他走过食堂跟他的职员们去喝杯香槟酒的时候，他又现出了郁闷，露出一种难言的神情微笑着，他的脸被那折磨着他的不能表露的痛苦扭曲着。他又被忧郁缠住了。

　　第二天，在时装部里，克拉哈·普瑞内尔试图跟黛妮丝找茬。她已经注意到柯龙邦的那种含羞带愧的爱情，她起了要跟鲍兑一家人开一次玩笑的念头。当玛格丽特削铅笔在等待顾客的时候，她大声向她说：

　　"你知道，我对面的那个情人……他呆在那个阴暗的店里真叫我伤心，那里从来没有人进去过。"

　　"他并不是那么不幸的，"玛格丽特回答，"他就要跟老板的女儿结婚了。"

　　"哼！"克拉哈又说，"那么把他抢过来将是很有趣哩！……绝不说假话，我要开他一次玩笑！"

　　她就这么念叨说下去，感觉到黛妮丝在受着刺激，她很开心。黛妮丝是什么事情都原谅她的；可是想到她那濒于死亡的堂姊日内威芙将被这种残忍所害，她就按捺不住了。正在这时来了一个女顾客，而且因为奥莱丽太太刚好到地下室去，她便掌握了柜台的管理权，她招呼了克拉哈。

　　"普瑞内尔小姐，你与其聊天还是给这位太太做点事吧！"

　　"我没有聊天。"

　　"我请你别再顶嘴。立刻去招待这位太太。"

克拉哈让步了，当黛妮丝并不提高嗓门采取压制行动的时候，谁也不抵抗。她用她的柔和获得了一种绝对的权威。她在这几个变得严肃的小姐中间沉默着来回走了一会儿。玛格丽特又开始削她的铅笔，笔尖老是断掉。只有她一个人继续赞成副主任对于慕雷的拒绝，她摇头否认她曾经意外生出的婴儿，可是她扬言如果有人能够懂得做一件荒唐事所遭遇的艰难困苦，那人就会更爱好端正的品行了。

"你在生气吗？"黛妮丝的背后有人说。

这是保丽诺，她正从这一部里经过。她看见了那个场面，她微笑着，声音很低。

"但这是不得已的，"黛妮丝也用同样的语调回答。"我不能被这一小伙人弄得毫无办法呀！"

内衣部的女职工耸耸肩膀。

"随她们去吧，当你愿意的时候，你将是我们全体的皇后。"

她依然不理解她的朋友的拒绝。自从八月末，她已经同包杰结了婚，正如她高兴地说，这是一桩真正的糊涂事情。现在那个可怕的布尔当寇拿她当作一个不中用的人，当作一个不能做生意的女人来看待了。她的恐怖就是怕人家会有一天请他们到外边去恋爱了，因为主管先生们的信条是把恋爱看作生意上最可诅咒的事，是致命伤。她怕到了这种地步，每逢她在走廊里碰见包杰的时候，她装作不认识他。在这时她刚好遇到一件惊恐的事情——她同她丈夫在一堆抹布后面谈了几句话，几乎被茹夫老头子当场捉到。

"注意！他跟着我哩，"她急忙把所遭遇的事向黛妮丝讲了以后又接着说。"你看看他扬着那只大鼻子在追踪着我哩！"

果然，茹夫端正地打着白领带从花边部里走出来了，他在寻找某些人的错误。可是当他看见了黛妮丝的时候，他弯下了腰现出一种和蔼的神情走过去了。

"得救啦！"保丽诺喃喃说。"亲爱的，是你才能叫他把这口气憋下去……我说，如果我遇见了什么不幸的事，你给我说一句话好吧？是的，是的，不要露出你那份不知所措的样子，大家都知道你要说一句话，这个店就会起根本的变化。"

她说着匆匆忙忙地又回到她的柜台上去了。黛妮丝的脸红了一下，这种亲切的暗示使她不好意思。不过这却是真话。她在那包围着她的奉承之中，关于她的权力，她已有一种漠然的意识。当奥莱丽太太上楼来的时候，她发现这一部在副主任的管理之下既安静又各司其职，她亲切地向她微笑着。她甚至对于慕雷本人都懈怠了，而对于这一个职属的亲切却与日俱增，这个下属早晚总有一天会把她的主任的位置弄到手的。黛妮丝的统治开始了。

只有布尔当寇还未被缴械。在他对这个年轻姑娘所进行的沉默的战斗里，首先是

存在着一种自然的反感。因为她的甜蜜和她的娇媚，他厌恶她。其次他把她看作是一种不吉利的影响，在慕雷将倒下来的那一天，她会使这个店受到损害，所以他同她搏斗。老板在商业上的才能似乎要在这一次无聊的爱情中变得晦暗了：人们曾经从女人身上赚到的钱将被这个女人如数取走。他对于所有的女人都是冰冷的，他用一个没有热情的男人的轻蔑来对待她们，而他的行业却是依赖她们而生存的，他在他那不幸的买卖中赤裸裸地看透了她们，使得他的最后的幻想都破灭了。七万女顾客的气味，不仅不使他感到陶醉，反倒给了他一种不胜其苦的头痛；他每次回到他的住处去便殴打他的情妇。在这个逐渐变得那么可怕的小女售货员之前，最使他感到不安的是，他并不相信她的拒绝是无情欲的，是出于真诚的。在他看来，她是在扮演一个角色，一个最巧妙的角色；因为如果她第 一天就屈从了，慕雷毫不犹豫第二天就会忘记了她；而她这样的拒绝便是在鞭策着他的欲望，令他发昏，令他能够做出一切荒唐事情来。一个放荡女人，一个精通坏主意的姑娘，也不会比这个天真无邪的人更做出与众不同的方法的。因此布尔当寇每一看到她，看到她那明亮的眼睛，她那甜蜜的面容，她一切的简单的态度，无不立即被一种真正的恐怖缠住，仿佛在他的面前他看到了一个伪装的女吸血鬼，一个女人的阴暗的谜，一种用少女姿态出现的死神。用什么方法打败这个伪装的天真无邪的人的诡计呢？他一直在想办法拆穿她的诡计，希望把它们暴露在光天化日之下；她必定会犯某些错误的，在她跟一个情人在一起的时候，他要当场捉到她，于是把她重新驱逐出去。那时这个装置着优良机器的店家会再恢复它那良好地运转。

"用心监察，茹夫先生，"布尔当寇一再向稽查说。"我要回报你的。"

可是茹夫表现出无精打采的样子，因为他对女人是有实际经验的，他如想倒在那个女孩子的一边去，她将来将成为至高无上的主妇。虽然他已经不敢再触犯她，可是他却觉得她是如此出众的美丽。从前他的连队长，曾经被同样的一个小女孩害得要死，那一副没有什么了不起的纤巧而温顺的姿容，只要看上一眼便把人家的心迷得颠倒了。

"我留心吧，我留心吧，"他回答。"可是说老实话，我什么也没有发现。"

不过有一些流言蜚语在传播着，黛妮丝感觉到正在她周围上升的恭维和尊敬之下，流传着一些令人厌恶的毁谤。目前店里全体人传说雨丹是她从前的情人；人们讲不定这种关系是否在继续，只是人们疑心他们偶尔还在见面。而且说杜洛施也跟她睡过觉：他们不断地在黑暗的角落里会面，一谈就是几个钟头。这是一种地地道道的流言！

"那么，丝绸部主任没事吗，花边部的那个年轻人没事吗？"布尔当寇一再追问。

"没有，先生，什么事都没有，"稽查肯定地说。

布尔当寇精心打算用杜洛施叫黛妮丝受一下打击。一天早晨他亲眼看见他们在地下室里放声大笑。事到如今，他已经以对等的地位来对待这个年轻的姑娘了，因为他不轻蔑她了，他非常强烈地意识到尽管有他十多年的服务，如果他在这次的角逐中失败了，连他自己都会被打倒的。

"我要你注意花边部的那个年轻人，"他每一次最后都这样说。"他们始终在一块儿。如果你抓到他们，便去找我，其余的事由我来办。"

这期间慕雷是过着烦恼的日子。这是可能的吗？这个孩子会把他弄到如此地步！他老是回想着她到乐园来时的情景，她那双大短筒靴子，她那单薄的黑色衣服，她那乡野的气派。她说话含混不清，大家都在嘲笑她，他自己最初都认为她是难看的。说她丑嘛！现在她只要用眼一扫就可以叫他跪下了，他只看到她浑身上下发出的光彩！而且她在这店里依然是最后一个令人失望的、当作笑话谈的、叫他用糊涂的好奇心来对待的人。好久以来，他想要看一看一个女人如何的开花，他以这种过程来娱乐自己，他可未曾想到这正是他在戏弄着自己的心情。她渐渐地长大起来，变成可怕的了。也许就从最初的时刻，在他相信不过是怜悯她的那个时期，他已经爱上她了。可是要到他们在屠勒利宫的栗子树下散步的那天晚上，他才对她有了这种感觉。他的生命是从那里开始的，他还听得见在那温热的黑影里她默默地走到他身边时候有一群小姑娘们的笑声以及远方一个喷泉的流水声。以后他全然不知道了，他的热火时刻在升腾，他全身的血液，他整个的生命，都被捉去了。对于这样的一个孩子，这是可能的吗？在目前当她走过去的时候，她的衣服的轻微的响声对于他都是那么地有吸引力，使得他眼晕了。

许久以来他在挣扎着，有时还跟自己生气，他要从这种愚痴的包围里脱出身来。她有什么能够这样地捆绑住他呢？他不是见到她连鞋子都没有得穿吗？她不是被人几乎出于慈悲心收容下来的吗？如果说他是被一个能够蛊惑人心的高贵女人所迷惑，那还说得过去！然而却是这么一个小姑娘，这么一个什么都说不上的人！总而言之，她有一副谁也不会注意的如绵羊一样的容貌。甚至不能说她是活泼、聪明，因为他常常会想起她作为一个女售货员的愚笨的开端。在他每一次的愤怒之后，他便有一次热切的复发，仿佛是他的偶像受了侮辱而起的一种神圣的恐怖。她具有在女人身上所能找到的一切美点—— 勇敢，喜悦，单纯；而且从她的甜蜜里，发散出一种妩媚，一种香气袭人的微妙。人们在第一次见到她的时候，会看不见她，会用肘把她推开；尽管如此，那种柔媚却以一种无形的缓慢的力量在活动着；如果她肯嫣然微笑一下，人们便永远是属于她的了。那时，她的细白的面容，她那如常春花似的眼睛，她那露出笑靥的脸蛋和下颚，全部在微笑了；同时她那浓密的金发也焕发出了光彩，发出威仪而压倒人的美感。他承认自己被征服了，她是聪明的正如她是美丽的，她的聪明是来自她

那最优秀的生命。在别的一些女售货员身上，仅仅有一种磨炼出来的教育——这些姑娘只有一些像鳞一样可以剥落得掉的釉彩，而她呢，没有虚伪的文雅，却保持着一种优美，那是她先天生成的风韵。在这个狭小的额头下，从实际经验生出了最雄大的商业的理念，这个额头上一些纯净的纹路显示出坚强的意志和对秩序的追求。为了在他反感的时刻他对她的亵渎能得到她的原谅，他要合掌礼拜。

她为什么仍旧这样固执地拒绝呢？他无数次向她哀求，增加他的献礼，贡奉金钱，更多的金钱。其次他想，她必定是有虚荣心的，他许诺她一旦某一部的位置空出来的时候就任命她做主任。可是她拒绝，她照样拒绝！这在他是一种可怕的行为，是一种使他的欲望发狂的斗争。他似乎认为这种事例是不可能的，这个孩子终于要让步的，因为他始终把一个女人的贞淑视为一种相对的东西。他再也看不见别的目标，在这个要求下一切消失了：最后要把她捉到他的身边来，要她坐在他的膝头上，要吻她的双唇；在这个幻象之前，他血管里的血液鼓动着，颤抖不停，他的无能使他恐慌。

从此他的白昼就在这一种苦恼的梦魇里度过去。黛妮丝的形象浮现在他的面前。在夜间他梦见她，然后她随着他到他的办公室的大写字台前，他每天从九点钟到十点钟在那里签署单据和命令：他机械地完成这一种工作，时刻不停地感觉到她在眼前，她永远用平和的态度说"不"。其次在十点钟是会议，一次主管人的真正的会议，这店里十二个关系人都要出席，而他必须去当主席的：人们讨论内部布置的一些问题，检查购货，规定陈列品；而她还是在那里，他在数目字声中听见了她那甜蜜的声音，他在这些最复杂的经济业务里看见了她那明朗的笑容。会议以后，她陪着他，同他一起进行各个柜台的日常视察，午后又随他回到经理室，从两点到四点就留在他的太师椅的旁边，而在这期间他接见了一大群人，全部法国的厂商，高级的实业家，银行家，发明者：阔人和智慧的人不断地来来去去，千百万的金钱在狂热地舞蹈，从简短的会谈里人们图谋了巴黎市场的最大的事业。如果说在他决定某一种工业的毁灭或是繁荣的时候，他曾经有一瞬间忘记了她，但只要他的心起一阵刺痛，他便又看见她站在那里了；他的声音消沉了，他问自己，既然她不肯应允，这大批的财富又有什么用呢。五点的钟声响了，这时，他必须在信件上签字，他的手又开始了机械的工作，这时她更有统御力量地耸立着，以便到夜间在孤独和热烈的时刻独自占有他，整个地把他抓牢。第二天，又开始了同样的一天，这种日子是那么活跃，是那么充满了大事业的劳动，而只要一个孩子的朦胧的阴影就足以使它被苦恼破坏了。

然而特别是在他进行店内各部的日常视察的时候，他最能感受到他的悲惨。曾经创立了这么一个巨大的机器，统御了这样的一大群人，而只为了一个小姑娘不肯要你，你就痛心得要死！他瞧不起自己了，他拖着他那狂热的和羞愧的苦恼行动着。某些日子，一种对于他的权力的厌恶捉住了他，一看见从这一头到那一头的那些走廊他就不能不发恶心。在另外的时光，他想要扩大他的帝国，把它扩张得更大，使得她出于赞赏和畏惧或许就屈从了。

在下面，在地下室里，他首先停在滑道的前面。滑道始终是在圣奥古斯丹新街上；可是人们必得把它扩大了，如今是像一个河床的样子，在那里像波浪似的商品不断发出激流的轰响滚动着；那里有全世界的货物，有从所有的车站开来的成排的车辆，在永不停息地装卸，有如流水似的箱笼和包裹流在地面下，被这个不知饱满的房子吞进去。他注视着这股落入他的店里的洪流，他想，他身为这个公众财富的一个主人，他手里掌握住法国制造业的命运，而他却不能得到他的一个女售货员的接吻。

然后他走到了收货部，在目前它占据蒙西尼街边缘上地下室的一部分。在通风孔的忽明忽暗的亮光下，那里摆出了二十张桌子；有一大群的店员忙碌着，倒空了箱子，核对商品，记录数字；人们听得见附近滑道上不停息地发出来的轰响，几乎淹没了话声。各部主任留住他，他必得解决一些困难，批准一些文件。地下仓库里装满了光彩柔和的缎子，雪白的麻织品，在卸下的大批货里，皮货和花边混在一起，巴黎产品和东方的门帘混在一起。他在无秩序投扔的、狼藉状态下堆积起来的财富中间慢慢地行走。这些物品到了上面便将使橱窗大放光彩，便会使奔驰的金钱流入柜台里，在这个店家的生意的激流中，只要一摆出来就会立刻被人运走。而他呢，他却想起他曾经向这个年轻的姑娘献出了绸子、丝绒，以及从这些巨大的堆积里凡是她的双手所能抓到的一切，而她仅只轻微地动一动她那金发的头便拒绝了。

其次，为了照例去看一看送货部，他走向地下室的另一头。漫长的走廊，点着煤气灯，伸延出去；左右两方，一些被栅栏封住的储藏室，像是一些地下的小店家，形成整个的一个商业区，有零星杂货、内衣、手套、帽袜等等，睡眠在阴影里。更远处装置着三个暖气炉中的一个；再远一些，有一个防火的设备，里面存放着装在金属笼子里的计量器。在送货部里，几张分列物品的桌子已经被堵住了，装载着包裹、纸盒子和木箱子，这些东西是用笼子不断地送下来的；主管人康皮昂向他说明目前工作的情况，同时在主任指挥下的二十个人把那些包裹分派到写着巴黎每一区的名字的分区里，然后有一些小伙计从那里把它们送到排列在人行道上的车子里去。一片喧闹声中，有发出去的街道的名字，有大声呼喊的叮咛言语，整个是一片沸腾，整个是邮船正在起锚时的一场激荡。他站着不动停留了片刻，他注视着那些商品又吐了出来，那是他刚才在地下室对面的一端看见吞进来的：一股洪流到达了那里，在使金库里装满了金子以后，又从那里流到街上去。他的眼花了，再也感觉不到这种大规模发货的重要性，他心里只有一个想旅行的念头——走向隔绝一切的遥远的地方去的念头，如果她固执

地说"不"。

然后他又上楼去，继续他的视察，谈话愈加激动，无法排解自己。在三楼上，他进入了邮购部，想找些岔子，暗中对于他自己创设的这部机器的井然秩序很是生气。这一部是天天都承担着最重大的任务的一部：它目前需要两百个职工，有些人在拆信、念信，把从内地和国外寄来的信件加以分类，另有一些人把发信人所要的商品集合到各个分区里。信件的数目增加得那么多，以致人们不再计算它们了；拿它们用磅秤来称，每天到达的信件简直有一百磅。他烦躁地走过了这一部的三个房间，向主任勒瓦奢询问信件的重量；八十磅，有时九十磅，星期一是一百磅。数字每天上升，他应该是非常激动的。可是他在邻近一班包装人钉箱子的喧嚣声中，一直地在打寒颤。他在这房子里东奔西走也是枉然：一个坚定的观念深深地印在他的眼前，随同他的权势的展现，随同各个部门的机关和大队职员在他面前的穿梭，他就愈加感觉到他的无能为力的耻辱。整个欧洲的订货单流进来，为了运送信件必须使用一辆专用的邮车；可是她说"不"，始终说"不"。

他又下楼进入总账房间，那里有四个会计看守着两个巨大的保险箱，箱子里在上一年出出进进有八千八百万。他向验证室望了一眼，那里现有二十五名职工，都是从最诚实可靠的人手中挑选出来的。他走进了核算室，这一部有三十五个年轻人，都是一些初学的簿记员，他们检查发票和计算售货员的佣金。他又回到总账房间，看见那些保险箱就觉得愤怒，他在这千百万的金钱之间行走着，而这些金钱的无用使他疯狂。她说"不"，始终说"不"。

在所有的柜台里，在售货的各个走廊里，在各个大厅里，在整个的房子里，始终是"不"！他从丝绸部走到呢绒部，从麻纱部走到花边部；他登上几层楼梯，滞在浮桥上，他用一种癫狂而悲惨的细腻拖长他的视察。这个店家无限制地在扩充，创办了这一部，又创办了另一部，他统治着这个新的领土，他在这一种最后被征服的工商业里扩张着他的帝国；可是即便如此，还是说"不"，始终说"不"。在今天他的职工可以装满了一个小镇：有一千五百个售货员，有一千名各种类别的职工，内有四十个稽查和七十个会计；单单是厨房就用了三十二个人；十个店员专事广告工作，三百五十个穿着制服的小伙计，二十四个驻在店里的消防人员。在店的对面，蒙西尼街上，设有一些马房，像是皇家的马房一样，内有一百四十五匹马，完全是一些驾车的骏马，这已经很出名了。从前当这个店只占有盖容广场的一角的时候，曾经使附近一带的商家受了激动的最初的四辆车子，逐渐增加到六十二辆的数目：有小的手拖车，有一匹马的单车，有两匹马的重货车。这些车子被身穿黑色衣服的车夫端端正正地驾驶着，继续不断地在巴黎市内奔驰，把金黄和紫红色的妇女乐园的招牌炫示给人。它们甚至走出了城区，在郊外奔驰；人们在沿着马尔纳河岸直到圣日耳曼森林阴影下方的比塞特尔村的荒僻小路上，都会碰到这些车子；有时候，可以看见它们从十分荒僻、十分寂静、闪耀着阳光的路中浮现出来，那些骏马奔驰过去，用它们涂着油彩的嵌板在大自然神秘的和平里辉映出强烈的广告宣传。他曾经梦想把它们放到更远的地方去，放到邻近的各县去，他愿意听见它们在法国所有的路线上运转，从这一边境到另一边境。可是他甚至不再下去看看他所热爱的那些马匹了，既然她说"不"，始终说"不"，这种征服的世界又有什么用处呢？

现在每天晚上当他到了郎姆账桌前的时候，他依然照例看一看记在一张纸片上的收入的数字，会计把那纸片又在他近边的一支铁扦子上；这数字很少低过十万法郎，有时在大展览的日子会升到八十万或是九十万；这数字在他的耳朵里已经不再像喇叭那样轰响了，他后悔去看这数字，他带着一种对于金钱的憎恶和轻蔑的苦味离开了。

然而慕雷的痛苦必然是要扩大的。他变得妒嫉的了。一天早晨，在办公室里，在会议以前，布尔当寇壮着胆子向他说时装部的那个小姑娘是在愚弄他。

"怎么会有这种事呢？"他问道，脸色异常苍白。

"是这样的！她甚至在此地都有几个情人。"

慕雷勉强地笑了笑。

"好朋友，我不再想念她了。你爽快地说吧……那几个情人是谁？"

"雨丹，大家都这么说，还有花边部的一个售货员，杜洛施，那个大傻瓜……我还不能肯定，我没有看见过他们。不过，像有这么回事，这是非常清楚的。"

沉默了一阵。慕雷假装整理他的写字台上的纸张，以便隐藏起他两手的发抖。最后他并不起头说道：

"事情一定要有证据，想法给我拿出一些证据来……啊！至于我呢，我再跟你说一遍，我是不在乎这种事的，因为她早就不能取得我的欢心了。可是我们决不允许我们的店里有这样的事情。"

布尔当寇简单地答道：

"别心急，总有一天你会得到证据的。我在监视着他们。"

从此慕雷丧失了所有的平静。他再没有勇气来想这场谈话，他一面生活一面等待着一场灾难的降临，到那时他的心将粉碎无余。这种苦恼使他变成可怕的了，整个的房子都在颤抖。他已经蔑视自己藏身在布尔当寇的背后，在一种神经质的发泄怨恨的要求下，他亲自去执行，以滥用他的权力来排遣自己，为了他那唯一愿望的满足，这种权力却是无能为力的。他每次的视察变成了一次屠杀，他的出现没有一次不引起各个柜台的恐慌和战栗。正在这时冬天的萧条季节到了，他扫荡了各部，他累积了牺牲

273

者，把所有的人扔到街上去。他的第一个念头就是赶走雨丹和杜洛施；然后他又反想，如果不把他们留下来，他将什么都得不到了；于是别的人替他们受了罪，全体职工的位置都动摇了。到了晚间当他独自一个人的时候，泪水涌满了他的眼眶。

特别是有一天，恐怖笼罩了一切。一个稽查相信他看见了手套部的米敖偷了东西。老是有一些形迹可疑的姑娘在他的柜台前面徘徊；而且其中有一个刚刚被人捉到了，她的腰上缠的，她的胸里塞的，有六十副手套。从此组织成一种监视网，稽查在米敖犯罪的现场把他捉到了，他跟一个身材高大的金发女人玩弄了一套手法，这个女人是从前卢浮的女售货员，现时流浪在街头：他们使用的手段是简单的，他假装给她试手套，等着她把身上塞满，然后领她到收银台去，在那里她付出一副手套的钱。恰巧慕雷也在场。按照以往，他是不情愿参与这一类的事故的，这种事很平常；因为尽管这架机器的运转有严谨的规则，在妇女乐园的某些部里却流行着大混乱，而且不出一个星期总有一个店员为了偷盗被解雇。主管方面宁愿尽可能把这些偷盗事件压下来，他们认为要警察出面干涉是无用的，那样会把这些大百货商场的一个致命伤暴露出来。可是这一天，慕雷非常想向人发脾气，他非常凶猛地对待那个漂亮的米敖，使得后者怕得直打哆嗦，面无人色。

"我要叫一个警察来，"他当着别的售货员的面大声喊叫。"可是你说呀！那个女人是谁？……我向你发誓，如果你不把实情对我讲出来，我就找警官来。"

人们把那个女人带走了，两个女售货员剥光了她的衣服。米敖结结巴巴地说：

"先生，我是不认识她的……是她到这儿来的……"

"不许撒谎！"慕雷面貌狰狞地插嘴说。"而且我们要警告所有在这儿的人！我敢说，你们大家都明白的！我们是处在一个真正的强盗窝里，偷，抢，剥光！照这种情形叫我们怎能让大家出去之前不搜查每个人的腰包！"

这时听见了一阵叽叽喳喳的声音。三四个正在买手套的顾客吓慌了。

"静一些！"他又狂怒地喊着，"不然我就把所有的人都赶出去！"

可是布尔当寇跑来了，他担心怕这件丑事传出去。他向慕雷耳语了几句话，这事件是应该予以特别严重的处理；他说服慕雷把米敖带到稽查办公室去，这个房间在街面的一层，靠近盖容街的门口。那个女人也在那里，正在静静地穿她的胸衣。她刚刚说出了阿尔倍·郎姆的名字。米敖又重新被审问，他昏了头，哭泣着；他是没有罪的，是阿尔倍把他的一些情妇派到他这儿来；起初他只简单地给她们一些方便，让她们占些廉价的便宜；后来，当她们最终进行偷盗的时候，他早已受到牵连，无法把这种事报告给主管人了。从这件事，主管人侦查出一连串不平常的偷盗：姑娘们把商品取走，去到靠近饮食间那用绿花草环围着的厕所里去，把东西缠在衬裙里；还有，售货员领着顾客到了收银台，并不把购物报给他，然后他同收银员平分那笔钱；甚至有假"退货"，人们报出一些商品说是已经退还到店里来，以便把虚构的退款装进腰包里；更不用提有一些典型式的盗窃，如同晚上出门时把小包藏在衣袋里，缠在身子上，有时甚至吊在裤筒里。十四个月以来，由于米敖和一些他们如何不肯指出名姓的别的售货员，在阿尔倍的收银台上，就这样地进行了一场暗中的骗局，这简直是无耻的一团糟，讲到总数是谁也无法知道确切的数字的。

转眼之间这件新闻传遍到各部里去。那些不安的良心在战栗，那些最可靠的诚实的人也在害怕这场全面的大清除。人们看见阿尔倍消失在稽查的办公室里。接着是郎姆走过去，他恐慌着，满面充血，像患了中风症，脖子已经挺不起来了。其次是奥莱丽太太本人也被叫了去；她的头被耻辱压倒了，肥满苍白鼓鼓的面孔罩上了一层蜡似的假面具。这场解释进行了很长的时间，谁也不知道确切的情节：人们传说时装部的主任打了他儿子的耳光，乱抓他的头，那个正直的老头子流了泪，同时老板一反他平素的文雅，骂出一些不三不四的话，坚决地要把几个窃贼交到法院去。可是人们决定把这件丑事压下去。只有米敖当场被解雇。阿尔倍要到两天以后才不见了；毫无疑问这是他母亲求得的许可，不要立即执行叫她的一家人丢面子。可是这场可怕的风还吹了好几天，因为在这件事情发生之后，慕雷老是从店的这一头走到那一头，眼神令人害怕，凡是有人敢在他面前扬起眼睛来，他就把他撵走。

"你在那里做什么，先生，在看苍蝇吗？……去算账吧！"

最后，一天这场风暴打在雨丹本人的头上了。被提升为副主任的法威埃在挖主任的根，以便除掉他的位置。这种策略是永远没完的，如向主管方面做一些阴险的报告，或是利用各种机会叫人捉到部主任的过失。因此一天早晨，当慕雷从丝绸部走过的时候，他站住了，惊讶地望见法威埃正在更正所有黑丝绒零头料子的标价。

"你为什么要降低价码？"他问道。"谁命令你这么作的？"

副主任在做这件工作的时候叫得很响，像是有意要引起路过的经理的注意，一场纠纷是在他的预料中，可是他却露出一种惊异的天真神态答道：

"可是，这是雨丹先生命令我的，先生。"

"雨丹先生！……雨丹先生在哪儿？"

等到一个售货员下楼去找而雨丹上楼来见了面的时候，便引起了一场热烈的争辩。怎么！现在他自己降低价格了吗！可是反过来雨丹却现出了非常吃惊的样子，他只简单地同法威埃谈过减价的事，并未发出肯定的命令。于是法威埃做出一个下属的委屈的神情，表示他跟自己的上司发生冲突是出于不得已的。可是如果他能够给人解脱了僵局，他是情愿代人受过的。这一来事情就变得险恶了。

275

"你好好听着！雨丹先生，"慕雷大声喊叫，"我绝对不允许这种自作主张的企图……只有我们才能决定价格。"

他发出尖叫的声音继续说出了一些故意伤人的话，这叫售货员们很吃惊，因为平素这一类的讨论是在与人隔离的地方进行的，而且这种情形确实最可能是出于误会。人们从他的身上感觉到他是有一种说不出口的要满足的怨恨。他终于抓到了雨丹短错处，而据说雨丹就是黛妮丝的情人！这样他可以稍微安慰了自己，叫雨丹清楚地感觉到他是此地的主人！他把这种事情夸大起来，最后他暗示出这种低价是暗藏着一些不诚实的意图。

"先生，"雨丹又说，"我本想跟您商量这次减价的事……您是知道的，这事很有必要，因为这些丝绒是不好的。"

慕雷要用最后一次的不顾情面快言快语地打断他的话。

"这很好，先生，我们可以考虑考虑这件事……可是如果你想留在这个店里，可别再这么做。"

他转身走开了。茫然而又愤怒的雨丹，只有向法威埃来倾吐他那一肚子的牢骚，他对他发誓说他要把他的辞职书摔到那个畜生的头上去。然后他不再谈离开的事，他只提到一般售货员反对他们的主任所做的那些令人憎恶的控告。于是法威埃的眼睛亮起来了，他露出非常同情的表情替自己辩护。他必须答话吧，是不是？而且谁能料想到为了这么无聊的事会引发这样的一场风波？近些时候，老板究竟是怎么回事？他变得真叫人受不了！

"啊！他究竟是怎么回事，大家都知道的，"雨丹又说。"如果说那个时装部的小娼妇弄得他颠三倒四，这是我的过错吗！……好朋友，你看得明白，事情就从那里来的。他知道我同她睡过觉，这就叫他不开心；或者是她很想把我丢到门外去，因为我妨碍她……我向你赌咒，如果她一旦落在我的手里，要她知道知道我的厉害。"

两天以后，当雨丹到顶上一层的时装工作间去找一个工人亲自商谈一件事情的时候，他微微地惊了一下，望见在穿廊的顶端黛妮丝和杜洛施伏在一面敞开的窗前，他们那么专心亲密地谈话，以致连头也没有回过来看看。他心里突然起了这可把他们捉到了的念头，这时他惊讶地望见了杜洛施在流泪。于是他无声无息地退回来；在楼梯上他碰到了布尔当寇和茹夫，他告诉他们一件事故，说一个灭火机口上似乎裂开了：用这样的方式，叫他们上楼去，他们就会捉到这两个人。布尔当寇第一个便发现了他们。他立刻停住，叫茹夫去找经理，同时他留在那里。稽查必须遵命，而他是非常不愿意自己牵连到这样的一件事情里去。

这里，在妇女乐园的大众所活动的大世界里，是个偏远的角落。人们要经过错综复杂的楼梯和廊道才能到达那里。工作间占有顶上的一层，是一连串的屋脊倾斜的矮房间，从铅皮屋顶上开着大窗口照耀着阳光，一律摆着长桌子和大铁炉；做内衣的、做花边的、做室内装饰品的、做时装的一些女人列成一排，她们无论冬夏被这种手工业特有的气味包围着，生活在一种闷人的热气里；人们必须一路上沿着边道，从女裁缝室后面的左首，爬上五层楼梯，才能到达这个廊道的偏远的一端。到这儿来的人是稀少的，有时一个售货员送上一张订货单，便要累得上气不接下气，惊恐而且狼狈，觉得转了好几个钟头的圈子，像是在马路上走了一百里路。

已经有好多次，黛妮丝发觉杜洛施在等待着她。作为一个副主任，她专管她那一部和工作间的联系，工作期间是只负责样式和修改的；因此为了送去一些订货单，她总是要到上边去。他暗中在那里等待她，捏造出一些借口跟随着她；每逢他在女裁缝室的门口碰到她，他装作出乎意外的神情。最后她也就心照不宣，这像是已被默许了的幽会。这个廊道跟那装有六万公升水的巨大铁槽的贮水池并行；而且在屋顶的上方，另有同样大的一个，可以从铁梯子爬上去。杜洛施谈了一会儿，他的一只肩膀凭依着贮水池，他那疲惫得弯曲了的身子继续向下溜。水在歌唱，这种神秘的声响是那铁槽永远保持着的音乐的波动。尽管是一片深沉的静寂，黛妮丝却不安地转过身来，像是看见在光亮黄色油漆的赤裸墙壁上过去了一个黑影。可是窗口立刻又吸引住他们，他们伏在窗上，在欢乐的聊天里，在那时时延续的关于他们儿时故乡的回忆里，就把这忘记了。在他们的下方，展开了中央走廊的庞大的玻璃天窗，远方的屋顶像是山岩的边缘，把它围成一个玻璃湖面。在对面他们只看见天空，一片布似的天空，它在静穆的玻璃的水面里反映出云彩的飘浮和蓝空的柔和。

在这一天，杜洛施碰巧谈起了瓦洛额。

"那一年我六岁，我的母亲带着我乘一辆小马车到城里的市场去。你知道那段路有十三公里多，我们必须在五点钟从布利克贝克出发……我们那地方非常美丽哩。你可认识吗？"

"是的，是的，"黛妮丝缓慢地回答，她的目光朝向远方。"我有一次到过那里，不过当时我很小……一路上左右都是草地，你说是吧？时时有一对一对的羊用绳子拖着足枷跑……"

她停住了，然后又现出微笑似的接着说：

"我们的道路也是这样，我们有笔直地伸出去好多里的道路，两旁有树木遮阴……我们有树篱圈着的牧草，树篱比我的人还高，草上放马和牛……我们有一条小河，在矮树丛下，在一块我非常熟识的地方，水很冷。"

"这跟我们那里一样！这跟我们那里一样！"杜洛施快乐极了喊叫着。"到处都是青

世界传世藏书 世界禁书文库 妇女乐园

277

草，每人都用山楂树和榆树圈起一块小地方，便算是他的家了，全部是绿的，啊！那一种绿跟在巴黎见到的不同……我的天啊！在那凹下去的道路里，在左首，从磨坊跑下来，我曾经玩得多么痛快呀！"

他们的声音低沉下来了，他们的眼睛呆滞地盯在太阳照耀的玻璃湖面上。从这令人眼花的水上给他们升起了一个空中楼阁，他们望见了广袤无沿的牧场，柯唐丹一带的地方被海洋的气息浸湿了，罩着一片明亮的雾气，使水平线如浮现在灰色细工的水彩画里。在下方，在巨大的铁的骨干下面，在丝绸部的厅房里，闹哄哄地做着生意，正在工作的机器震动不停；整个的店里，人群的脚步，售货员的纷忙，以及在那里拥挤的三千个职工的生活，激昂地震动着；可是他们，被他们的梦想迷住了，感觉到从这一片使屋顶战栗的深远闷重的喧嚣里，像是听见了广漠的一片风声从青草上吹过去，在摇撼着巨大的树木。

"天哪！黛妮丝小姐，"杜洛施气喘吁吁地说，"你为什么不待我更好一些？……我是那么爱你！"

她热泪盈眶，及至她做出一个手势要打断他的话的时候，他急忙继续说：

"不，再让我把这事跟你谈一次……我们在一块儿彼此可以十分了解的！出自一个乡土的人们，总是谈得来的。"

他闷住气了，这时她才能柔和地说道：

"你又失掉了理性，你答应过我不再谈这种事……这是不可能的。我对你怀有非常的友爱，因为你是一个诚实的青年；可是我要保持自由。"

"是的，是的，我知道，"他发出伤心的声音又说，"你是不爱我的。啊！你会这么讲的，我很明白，我没有什么叫你爱我的……听我说！在我的生活里只有过一小时的幸运，就是我在约安威尔同你见面的那一晚，你还记得吗？在树下，那里是那么黑暗，有过片刻，我相信你的腕子在颤抖，我真够蠢的会想象着……"

可是她重新截断了他的话。她那锐敏的耳朵这时听到布尔当窦和茹夫在走廊的一端上来的脚步声。

"你听听看，有人来啦。"

"不，"他说，拦阻她离开窗口。"这是贮水池里的声音：它老是发出各种奇怪的响声，叫人相信那里边是有人的。"

他继续讲述他那怯懦而深情的哀怨。她已经不再听他讲话了，浮沉在爱情的梦境里，她的目光漂游在妇女乐园的屋顶上。在玻璃顶的走廊左右两方，另有一些走廊，另有一些厅房，闪耀着阳光，它们像是兵营伸出去的羽翼，夹在开有窗口和均衡排列的顶楼中间。铁的骨骼耸立着，一些梯子和浮桥在蔚蓝的空中搭成了网；同时厨房的

278

烟囱发出如工厂般的一柱巨烟，四方形的大贮水池架在铁柱子上悬在正空中，构筑成一种奇怪的外形，仿佛是一个人傲然地挺在那个地方。在远方，巴黎轰轰响。

当黛妮丝从空想中，从她那像隔离了世人浮现在乐园的广大面积中醒过来，这时她发觉杜洛施抓住了她的手。他的面容是那么失常，使得她不好意思把手抽出来。

"原谅我，"他嘟哝说。"现在一切都完了，如果你用绝交来惩罚我，我将是很悲惨了……我向你发誓，我本来是要讲一些别的话的。真的，我约束自己要明了情况，而且尽量做得聪明一些……"

他又流着眼泪，他竭力稳住了他的语气。

"因为我终于在人生里理解了我的命运。现在我的命运已经不能有转机了。在乡下挨打，在巴黎挨打，在所有的地方都挨打。到如今我在这里已经四年了，依然是一部里最没出息的……可是我要跟你讲，不要为了我心里难过。我不想再来麻烦你了。好好的过活吧！去爱别的人；是的，那样会使我高兴的。如果你快乐，我也会感到快乐……那将成为我的幸福。"

他止住了。仿佛为了保证他的诺言，他吻了年轻姑娘的手，他是用一个奴隶的谦卑的接吻去吻她的。她受了深切的感动，她用一种冲淡了言语的慈悲心的令人哀伤的友爱简单地说：

"我可怜的孩子！"

可是他们吃了一惊，他们转过身来。慕雷站在他们的面前。

茹夫到店里的各处去找经理约有十分钟。经理是在十二月十日街新门面的工地上。他每天在那里度过好几个钟点，试图亲自参与那工作，这是他那么长期以来的梦想。他处在那些垒起石柱子的泥水工人和搭建巨大的铁骨干的锻冶工人之间，这是他逃避苦恼的一种方法。门面已经从地面上出现了，描绘出庞大的门廊和二层楼的一些窗口，那是如在素描状态下的一种皇宫似的局面。他爬上梯子去同工程师讨论那要作成崭新样式的装潢，他跨过铁块和砖石，一直下到地穴里去；环绕着嚣宣的地面，这个巨大的牢笼所发出的蒸汽机的轧轧声，绞盘机的格格声，成群工人的喧嚷，可以使他减轻片刻的苦恼。他走出来的时候，浑身白粉末和黑碎屑，脚下是水唧筒嘴上溅出的泥水，如果说他的症状少许治好了一些，但是随同工地的喧嚷声从他的背后消失之后，他的苦闷便又回来而他的心脏会跳动得更剧烈。恰好在这一天，一种开朗的心情恢复了他的愉快，他在热心地注视着细木工图案和那将用以装潢顶柱饰带的珐琅烧瓷图案的簿子，这时茹夫上气不接下气非常担心这些建筑材料会把他的礼服弄脏了，跑来找他。起初慕雷喊了一声叫他们多等一会儿，后来听见稽查悄声地说了一句话，他便跟他走了，他颤抖着，又完全成了情感的俘虏。一切不复存在，这个门面还未竖立起来便垮

下去了：如果仅仅把一个女人的名字向他悄悄地说出来便把他折磨到如此程度，那么他的虚荣心的至上胜利又有什么用处呢！

到了楼上，布尔当寇和茹夫认为应该谨慎地避开了。杜洛施已经逃走了。黛妮丝脸色比平素愈加苍白，跟慕雷面对面地站着，可是她坦然地抬起眼睛面对他。

"小姐，请你跟我来，"他发出严厉的声音说。

她随着他，他们下了两层楼，穿过了家具部和地毯部，未曾说一句话当他来到他的办公室前，他把门全面地敞开。

"进来，小姐。"

他关上了房门，径直走向他的写字台去。这间新的经理室比旧的更豪华了，花毡子的帷幕换上了绿色丝绒的，一排象牙镶边的书架占据了整个一面墙板；可是在墙壁上，始终只能见到埃杜安夫人的肖像，那是一个文静的、面容美丽的少妇，她在她的金色镜框里微笑着。

"小姐，"他终于开口了，努力保持一副冷峻的神色，"有些事情是我们所不能容许的……这里是严格地要求端正的品行……"

他顿了一下，为了不要发泄出在他内心汹涌的怒气，在选择着语言。怎么说！她爱这个家伙，这么没起色的一个售货员，他那一部里的一个笑柄！她对这个在所有人当中最低微最没出息的人比对他

——店的主人

还要偏爱。因为他已经看得明白，她把手递给他，他在那只手上吻了吻。

"我待你是非常好的，小姐，"他重新努力继续说，"我没有料想到会得到这样的回报。"

黛妮丝自从进门来，她的眼睛便被埃杜安夫人的肖像吸引住了；虽然她在非常地为难，而她的心神还是被这张相片夺了去。她每一次走进了经理室，她的眼光总要和这个画像的眼光打个照面。她有点心惊肉跳，可是她觉得她非常善良。这一次，她拿她当作一个护卫。

"事实上，先生，"她温和地回答，"我停下来聊天是我不好，我请求你原谅这次的过错……那个年轻人是我的同乡……"

"我要辞掉他！"慕雷喊起来，在这一声愤恨的喊叫里涌出了他全部的苦痛。

他不能自主了，超出了一个告诫违反规章的有罪的女售货员的经理身份，倾吐出凶暴的言辞。她没有廉耻吗？像她这样一个年轻的姑娘委身给这么一个家伙！他提出了一些残酷的指责，他骂了雨丹，还有别的人，他随说下去，使得她甚至无法替自己申辩。可是他要把这个店弄干净，他要把这些人一脚踢出去。在他随着茹夫来时，他

曾经约束自己要进行严肃的解说，如今却变成了一场野蛮的争风吃醋的场面。

"是的，你的那些情人！人们老早跟我讲过，可是我真够糊涂还在怀疑……只有我一个人是这样的！只有我一个人是这样的！"

黛妮丝，憋着气，茫茫然，静听这些可怕的咤责。她最初简直不理解。天哪！他把她看成这么一个坏女人吗？及至听见一句更难堪的话，她便默默地朝门口走去了。由于他做出了拦阻她的手势，她就说：

"别拦我，先生，让我走……如果你相信我是如你所说的那么一个人，在这个房子里我将一刻也不能多留。"

可是他冲到房门口去。

"至少你要替你自己辩解呀！……说一些话呀！"

她笔直地停住，保持着一种冰冷的沉默。他用一种愈来愈高涨的不安情绪提出一些问题逼问了她好久；这个少女的沉默的尊严又一度表现出像是一个精通爱情策略的女人的聪明打算。她再玩不出比这更好的手段了，使他倒在她的脚下，使他更为怀疑所苦恼，使他更热烈地期望得到证实。

"你瞧，你说他是你的同乡……你也许是同他在乡下见过面的……向我起誓，他同你什么关系都没有。"

可是她顽强地保持着沉默，而且她老是要打开了门走出去，这便使他完全昏了头，他发出了伤心至极的哀号。

"天哪！我爱你，我爱你……为什么你这么虐待我而觉得开心呢？你看得十分明白一切都不复存在了，我跟你谈的这些人只有为了你的关系才能使我动情，如今在这个世界里只有你是重要的……我以为你是忌妒了，我便牺牲了我的娱乐。人们跟你讲过我有几个情妇；好吧！我眼前没有了，我几乎不大出门去。在那位太太家里我没有袒护你吗？为了只属于你一个人我不是跟她吵了吗？我还在等待着一声感谢，一点点的报答……如果你怕我又回到她身边去，那你是可以安心的了：她已经向我报仇，在帮助我们从前的一个店员成立一个敌对的店家……你说吧，是不是要我跪下来才能打动你的心呢？"

他就要走到这一步了。他这个人不容忍他的女售货员们犯少许罪过，她们有一点放纵，他就把她们扔到马路上去，而他却发觉自己卑贱到哀求一个女售货员不要走开，不要在他的惨淡中遗弃他。他挡着门拦阻她，只要她肯说谎，他便装成个瞎子，准备原谅她。而且他说的是真话，从小剧场舞台内部和从夜酒吧间捡来的那些姑娘已经使他厌烦了；他不再同克拉哈见面，他不再踏进戴佛日夫人的家门，在那里布特蒙得了势，他在等待新店的开幕：四季商店的广告已经充满在各家报纸上。

"你说吧，我一定要跪下来吗？"他重复说，他的喉头里哽咽着被压抑的泪水。

她用手拦阻他，自己也隐藏不住她的烦扰了，这种痛苦的热情使她受了深深的感动。

"你这样苦恼着你自己是错误的，先生，"她终于回答了。"我向你宣誓这些下流的传说是谎话……刚才的那个可怜的孩子是像我一样地无罪的。"

她表现出美好的坦白态度，她那双明亮的双眼直直地注视着她的面前。

"好的，我相信你，"他嘟哝说，"我不辞掉你的任何一个伙伴，既然你把他们所有的人都放在你的保护之下……可是如果你没爱上别的人，为什么你要拒绝我呢？"

一种突然的窘困，一种不安的羞愧攫住了这个年轻的姑娘。

"你在爱着某一个人吗？"他发出寒栗的声音说。"啊！你可以说出来，对于你的爱情我是没有任何权利的……你爱某一个人吗？"

她满脸绯红，她的心脏跳到唇边上来了，而且她感到说谎话是不可能的，这种感动使她不由自主了，而这种对于说谎的厌恶就使她的面容上表露了真情。

"是的，"最后她软弱无力地自白了。"我求您，先生，放过我吧，你在使我苦恼哩。"

这时轮到她感到痛苦了。她为了抵抗他而保卫自己不是已经做得足够了吗？她还要抵抗自己吗，抵抗那有时使她丧失了全部勇气的爱情的气息吗？当他对她这样谈话的时候，当她看见他那么激动、那么颠倒的时候，她不知道她为什么还要拒绝他；只有到事后她才发觉，在她那健康的女儿家的性质里，有一种自尊心和理性，不动摇地支持着她那少女的顽强。她所以还在固执，是出于求幸福的本能，这是为了满足她那一种平静生活的要求，而不是为了服从美德的观念。如果在她的生命的这种决定性的赐予之前，投身到未来的未可知之中去，她要不是感到一种抗拒——近乎一种反感——的话，她便会献出肉体，迷离地倒在这个男人的怀抱里了。爱情使她害怕，这是在女性接近男性时所感到的一种莫名其妙的恐惧。

可是慕雷现出了一种失魂落魄的悲伤表情。他并不理解。他又回到他的写字台前，他翻动着文件，而立刻他又把它们放下了，说道：

"我不强留你了，小姐，我不能够违反你的心愿叫你留下来。"

"可是我不想走开，"她微笑着说。"如果你相信我是诚实的，我就留下来……一个人永远要相信女人是诚实的，先生。我向你保证，有许多女人是这样的。"

黛妮丝不自觉地抬起双眼望着埃杜安夫人的肖像，望着这个那么美丽而又那么聪明的贵妇人，据说，她的血给这座房子带来了幸福。慕雷随着这个年轻姑娘的目光，他颤抖了一下，因为他相信他听见了那已故的妻在说着这句话，他承认这是她所讲的一句话。其实这种话都是用不着的，就连那温柔的声音，都像是一次复活，他在黛妮丝身上发现了良知，发现了他曾经丢失的那种应有的安定。他陷在惊愕里，愈加悲哀了。

"你知道我是属于你的，"他总结地无力地说。"你高兴对我怎样就怎样吧！"

可是她又很快活地说道：

"这才对，先生。一个女人，不管她是多么卑贱，只要她稍有一些智慧，她的忠告永远是值得一听的……如果你把你自己交给我管，好啦！我要把你变成一个有作为的男人。"

她现出了她那具有非常娇媚的单纯风度在嬉笑了。他这方面也露出微弱的笑容，他把她一直送到门口，像是送一个贵妇人那样。

第二天黛妮丝被提升为主任。经理室把服装部分成两部，专门为了她创办了一个童装部，设置在时装部的旁边。奥莱丽太太自从她的儿子被解雇以后便在发抖，因为她觉得主管人对她冷淡了，而且她看出这个年轻姑娘的势力天天地在胀大。他们不会为了后者利用某一个借口把她牺牲掉吗？她那脂肪肥厚的如帝王般的面具似乎由于现在玷污了郎姆王朝的羞耻瘦下来了；每天晚上她装模作样地挽着她丈夫的膀子走出去，这次的不幸使他们两个人靠拢了，她体会到这种不幸是来自他们家庭生活的混乱；同时那个可怜的男人，比她更装模作样，陷入于怕人疑心他也在偷盗的病态的恐惧里，他把收入的款子喧嚷地多数两次，用他那只坏胳膊做出了真正的奇迹。因此，当她看到黛妮丝升为童装部主任的时候，她感到那么强烈的快乐，对于后者表露出最深切的爱慕的情感。她的地位没有被黛妮丝抢走真是谢天谢地了。她尽量对她表示友好，从此拿她当作平等人物对待，常常到隔壁的部里去找她聊天，她表现的那副庄重气度，仿佛是一个皇太后去访问一个年轻的皇后一般。

不管怎么说，黛妮丝现在是登峰造极了。她被任命为主任打倒了她周围的一些最后的抵抗。如果说有些男女每次碰面便会舌头发痒叽叽喳喳，依然还讲一些中伤她的话，而当她的面却把头一直低到地面上去。被升为时装部副主任的玛格丽特，到处赞扬她。就连克拉哈，面遇这种她所不能达到的幸运，受着一种沉默的尊敬的唆使，也低下头来。但黛妮丝的胜利在那些先生身上更是完整无缺的，茹夫当前跟她讲话要把身子折成两段，雨丹是满怀的不安，觉得他的地位动摇了，布尔当寇终于变得无能为力。当布尔当寇看见她微笑着现出安详的态度从经理室走出来，而第二天经理在会议上坚决要求创办一个新的部门的时候，他便屈服了，被女人的那种可怕的恐怖所征服了。他在慕雷的面前永远是这样让步的，尽管慕雷在天才上有了漏洞，在心情上发了糊涂心思，他总承认他是自己的主人。这一次，这个女人占了优势，于是他在等待着

被席卷进这场灾难里。

可是黛妮丝和平而可爱的承受着这次的胜利。这些尊重的表征使她受着感动，她愿意把这看成为是对于她的不幸的开端的一种同情而且是她长期勇敢的最后成功。因此她用欢笑和喜悦来迎接最细微的友谊的表示，这使得她真正地为某些人所爱慕了，她是那么温柔和亲切，永远准备真心待人。她只是对于克拉哈还表露着一种不可抑制的反感，因为她听说那个姑娘照着她开玩笑时所宣布的计划，有一天晚上把柯龙邦带到她家里去寻开心；被热情迷住的那个店员，终于得到了满足，现在睡在外面了，同时悲哀的日内威芙面临着死亡。乐园里的人们在谈论这件事，人们认为这件事故很滑稽。

这是黛妮丝在外面唯一的一桩烦恼，然而这并未改变她那坦然的情趣。最能看出她的情趣的，是她在她的一部里，在成群的各种年岁的孩子中间。他极喜欢孩子，再也找不到比这更好的位置来安排她了。有时那里可以数到五十来个的小姑娘和同样多的男孩子，简直像是一个喧嚣的寄宿舍，他们发泄着对服装打扮的欲望。那些做母亲的被闹得昏了头。她劝解着，微笑着，把这些小人儿排列在椅子上；每逢在这群孩子中间有了一个粉红脸蛋儿的顽皮孩子，那面孔使她受了诱惑，她便要亲自来替他服务，拿出一个大姐姐的温柔的细心把衣服拿来，试穿在孩子的丰满的肩膀上。在哄劝声中，响起了清亮的笑声，爆发着轻微的忘我的喊叫。有时候，一个九岁或者十岁长得像大人样子的小姑娘，把一件呢子外衣披在肩上，对着镜子仔细端详，转动着身子，现出专注的容颜，两眼里闪烁着取悦于人的欲念。摊开的衣物摆满了各个柜台，有替一岁到五岁儿童作的粉红色或蓝色的亚细亚麻布的衣服，有下摆打褶儿的细毛线的水手衣和贴边装饰的麻葛棉布的工人服，有路易十五式的服装，有大衣和夹克衫，各式各样狭小的衣服，硬绷绷地显出稚气天真的优美，像是一队大玩偶的藏衣室，把衣物从衣橱里取出来任人去掠夺。黛妮丝老是在口袋里带着一些糖果，用它们哄骗一个不能拿走红色短裤子的失望儿童的哭泣，她生活在这些小孩子中间像是在她自己的家里，而这种环围着她的裙衫不断变更的天真烂漫和蓬勃生机使得她本人也变得年轻了。

现在她常常要同慕雷作长时间的友好的谈话。每逢她到经理室去取一个命令或是做一次报告的时候，他便留住她聊天，他很喜欢听她谈话的。这就是她笑着说的"把他造成一个有为的男人"的做法。在她那深思熟虑和寻根究底的诺曼底人的头脑里，萌发着各种的计划，这些关于新型商业的观念，当她在罗比诺的家里的时候已经敢于流露出来了，而且当他们在屠勒利花园散步的那个美好的晚上，她也表白了一些见解。她不能专心一件事情或是看着一件工作的进行而不感到一种要求要把那个机构加以调整或是加以改良。因此自从她进了妇女乐园以来，最使她伤心的是店员们那种不安定的态度；突然的解雇使她愤激，她认为这种办法既粗劣而又不公平，对于全体，无论对于店家和对于工作人员，都同样是有害的。她初来时的痛苦还在刺痛着她，每逢她在各部里碰到一个新来的人，伤着两脚，眼里含斗大泪珠，在绸衣服下，在旧人员的锐利的迫害中悲惨地过活，便有一种同情涤荡着她的心。这是一种丧家狗的生活，使最好的人都变坏了；于是一连串的悲哀便开始了：所有的人在四十岁以前被这种职业耗光了精力，不见了，溜到不可知的地方去，有许多人由于疲劳和坏空气，害了肺病或是贫血症，死于贫困中，另有一些人流浪在大街上，最幸运的人结了婚，埋葬在外省的一家小店里。这些大店每年所做的这种可怕的血肉的消耗，是合乎人道的吗，是公正的吗？她替这个机器的齿轮请命，而非用令人感伤的理论，而是用从老板们本身利益着想所得的辩证。要想把机器造得坚固，就必须使用好铁；如果铁碎了或是被人弄碎了，工作便发生一次停顿，继续做下去便又要花费，全然成了力量的消耗。有时她生机盎然了，想象中看见了理想的巨大百货商场——商业的合作组织，在那里各自按照他的成绩，有他正当应得的一份利益，而且借助于契约的保障，在未来是有保障的。慕雷尽管自有他的狂热，这些话却使他感兴趣。他指责她这种社会主义的性质，给她提出一些难以解决的困难的问题来烦扰她；因为她的谈话出自她那单纯的灵魂，而且她勇敢地相信着未来，而同时从她的温柔心情的实践上，她看见了一个危险的破洞。不过，这个由于自己蒙受的祸害依然在战栗的年轻女人的声音，使他受了波动，受了诱惑，当她提出整顿这个店的一些改革方案的时候，她是那么具有确信；他一面跟她谈笑，一面听她讲话，售货员们的境况逐渐地改善了，在淡季的时候用协商休假的办法取代了大批的解雇，最后人们进行设立了一种互助的基金，使雇员们得到被迫休业的救济，而且给他们有了退休的保障。这成了二十世纪庞大的工会的雏形。

此外，她不仅仅是要医疗自己曾经被刺伤的那些痛苦的创伤；她构建出各种女性的细腻的主意，灌输给慕雷，以争取顾客的欢心。她也使郎姆得到了快乐，郎姆多时以来就怀抱着一个计划，她支持他，于是便创办了一个音乐队，全体演奏者从职工中选出。三个月以后，郎姆在他的指挥下有了一百二十个队员，他一生的梦想实现了。店里举行了一次大型庆祝会——音乐演奏和跳舞，以便把乐园的音乐介绍给顾客，给整个世界。各家报纸大肆渲染了这件事，就连被这些革新弄得惊慌失措的布尔当寇，在这种大肆宣传之下也不得不低下头来。其次，给店员们设立了一间娱乐室，有两张台球桌，几张玩骰子和象棋的桌子。还开办了补习班，有英文和德文课，有文法、数学和地理课；甚至还有骑马和剑术的课程。一个图书馆也成立了，给店员们配备了一万本书。又增加了免费给人看病的特约医生，浴室，酒吧间和理发厅。那里有了生活的全部，人们无须出门就可以得到一切——学习，吃饭，睡觉，穿衣。这个为纷纷扰

扰所占有的属于这个劳动城市的妇女乐园，在大巴黎的中心，无论娱乐和需要都可以自给自足，这个城市正那么雄伟地从肮脏的旧街道上站立起来，终于沐浴着充足的阳光。

于是对于黛妮丝起了一种有利的新的舆论的转变。布尔当寇既然被打败了，他便绝望地一再向他的老伙伴表示，他要尽力亲自把她送到慕雷的床上去，他所以这样决定，是因为他相信她还不肯让步，而她的一切权势正是由于她的回绝而来的。从这时刻起，她获得了人缘。人们不能忘记她的美德，人们赞美她的意志的坚强。至少这里有一个人，她用脚踩住了老板的咽喉，她替大家报了仇，而且她知道从他身上榨取约束以外的东西！她果然来了，她要叫他对那些可怜的小鬼头付出些尊敬了！当她现出她那美丽而顽强的面貌，她那温柔而不可战胜的态度，从各柜台走过去的时候，人们向她微笑，因为她而骄傲，心甘情愿地要把她介绍给群众。幸福的黛妮丝听任自己承担着这种愈来愈高涨的赞赏。天哪，这是可能的吗！她还看得见自己穿着贫穷的裙衫到来时的情景，惊惊慌慌，迷失在这个可怕的机器的车轮子中间；她长期间都有一种感觉，认为自己是算不了什么的，在那个磨碎了一个世界的磨臼下自己几乎连一粒米也算不上；而在今天，她成了这个世界的真正的灵魂，只有她是重要的，主宰着她的小脚下的巨大机器加速或是放慢。可是她并非愿意占有这些东西，她毫无企图地表示出她那无比的甜蜜的娇美。她的至高无上的权能有时使她感到一种不安的惊奇：为什么他们全体都服从她？她并不美丽，她没有做过狠毒的事。然后她微笑了，心情平静下来，在她身上只有善良和理性，只有一种成为她的全部力量的对于真理和逻辑的爱好。

一件使黛妮丝非常快乐的事情便是在她的照顾下能够给保丽诺得到便利。后者在怀孕，她怕得直发抖，因为在半个月当中有两个女售货员因为有了七个月的身孕都被遣散了。主管人是不容许这种事故的，把做母亲看作一种不顺眼和不高尚的事情；照规矩讲，结婚是允许的，可是不许有小孩子。当然，保丽诺是有她的丈夫在这个店里的；可是她还是担心，她几乎不可能在柜台间露面了；为了拖延这次可能的被遣散，她把身子扎得紧紧地而喘不过气来；她决心尽可能长久地把这种情况隐藏起来。两个被解雇的女售货员，有一个就因为这样捆绑着身子，不久以前养出了一个死孩子；人们认为连挽救她本人也是无望的。布尔当寇注意到保丽诺的容颜变成铅色了，而且发觉她走起路来显得艰难困苦。一天早晨，他在嫁妆部站在她的近边，这时店里的一个小伙计抬着一个包裹，猛然一下子撞到她，她发出一声哀，用两手抱住了她的肚子。他立刻把她带走，她坦白了，借口她需要乡下的良好空气，向会议上提出了她的解雇的问题：如果她流产了，这事故立刻会宣扬出去，将会给大众很有害的影响，因为在去年褓褓部里已经有人流产了。慕雷未曾出席这次会议，要到晚间才能表示他的意见。而黛妮丝却抓紧时间出头干涉了，她为了店的本身利益起见，封住了布尔当寇的嘴。他们要把一些做母亲的煽动起来吗，他们要使顾客中一些年轻的产妇心寒吗？于是庄重地决定了所有已婚而怀孕的女售货员，只要她在柜台里有伤于善良风俗，便把她送到一个指定的接生婆那里去。

保丽诺受到那一撞立刻必需卧在床上，第二天当黛妮丝上楼到病房去探望她的时候，她热烈地吻了黛妮丝的两个脸颊。

"你是多么好心肠啊！不是你，他们会把我扔到门外去了……你不要替我担心，医生说并不要紧。"

从部里溜出来的包杰也在那里，他站在床那边。他也结结巴巴地向她致谢，他在黛妮丝面前诚惶不安，现在他把她看成一个成功的和高人一等的人了。啊！如果他在他的柜台里再听到那些不干不净的话，他便会封住那些吃醋的人的嘴！可是保丽诺亲切地耸耸肩膀叫他走出去。

"可怜的亲爱的，你只是说一些傻话……喂！让我们谈谈吧！"

病房是一个明亮的长房间，排列着十二张床铺，挂着白色的垂幕。住在店内的生病的店员们，当他们不表示愿意回家去的时候，便可以在这里养病。可是这一天，只有保丽诺一个人睡在那里，靠近开向圣奥古斯丹新街的一面大窗口。于是在这些洁净的白布中间，在这发散着飘忽、薰香、像催眠似的空气里，她们推心置腹，谈出一些温柔而不连贯的话。

"你要他怎样他就怎样吗……你多么无情，使他受了那么大的痛苦！来，跟我说明一下，我这才敢触到这个问题。你讨厌他吗？"

她握住黛妮丝的手，后者坐在床边，胳膊肘架在长枕上；一阵突然来感动把黛妮丝缠住了，两片脸颊涌上了红潮，她对于这个未曾预料到的直截了当的提问感到了怯懦。她的秘密被拆穿了，她把头埋在枕头间，悄悄地说：

"我爱他！"

保丽诺吓了一跳。

"怎么！你爱他吗？可是这很简单哪：说'是'就行啦。"

黛妮丝老是埋着脸，用力摇着头，回答"不"。而她所以说"不"，正是因为她爱他，却解说不出一个道理来。当然这是可笑的；然而她是有这样的感觉，也就不能有别的做法。她的朋友愈加诧异了，最后便问道：

"那么，你这一切的做法是为了作到要他同你结婚吗？"

年轻的姑娘蓦然跳起来。她是慌乱至极了。

"要他同我结婚！啊！不，啊！我向你发誓，我绝对没有期盼过这样的事情！……不，我的头脑里绝对不曾有过这样的一种打算，而且你知道我是多么憎恶说谎的！"

"我的亲爱的，"保丽诺又温柔地说，"你必然会有结婚的念头，除此以外你不会再有别的办法……这样的结局是很好的，而且既然你另无别的想头，也就只有结婚了……听我说，我必须警告你，所有的人都是这么想：是的，大家都相信，你为了要带他到市长先生面前去结婚，所以你要他付出了很大的代价……老天爷！你是一个多么滑稽的女人哪！"

于是她安慰黛妮丝，黛妮丝又把头伏在长枕上，呜咽着，一再说既然大家不断地把她脑子里想都没想过的各种事情推到她身上，她终究要走开了。当然，一个男人爱上了一个女人，他就应该同她结婚。可是她没有什么要求，她没有什么打算，她只请求人们让她安安静静生活下去，像所有的人一样爱着她的烦恼和她的快乐。她要走了。

就在这一时刻，慕雷在楼下从店里的各部门走过去。他要把各种工作再看一遍散散心。几个月已经过去了，在挡住了大众眼界的木板围墙后面，门面的重要轮廓竖立起来了。一大队搞装潢的人正在工作：有雕大理石的、作陶器的和细木工；人们在给门上的中央群像镀金，同时在墩座上，人们已经胶上了那将承担法国各工业城市的雕像的托盘。从早到晚，沿着近来才开放的十二月十日街，站立着一群游玩的人，仰面朝天，什么也看不见，可是却专心致志地要看一看人们所传说的关于这个门面的一些奇景，这个门面的揭幕将变革了巴黎。而就在这个狂热进行工事的场地上，在泥水工人开始的、艺术家正在完成他们的梦想的时候，慕雷愈加伤痛地感觉到从来未曾有过的、对于自己幸福的空虚感觉。对黛妮丝的想念会蓦然使他难受，这种没有松弛过的一团火似的想念从他身上穿过去，仿佛是一种不可医治的疾病的复发。他逃走了，他找不到一句话来满足自己，怕自己的眼泪叫别人看见，在他身后边，留下了对于胜利的厌恶。这个终于即将建成的门面，在他眼里似乎小得像是顽童们筑造的一面沙墙，而且人们还能够把它从城市的这一区放长到另一区去，把它高扬到群星上去，可是这却不能填补他的心情的空虚，而只有一个孩子说一声"是"才能把它弥补上。

当慕雷再回到他的办公室的时候，压抑的泪水使他哽住了。她要的是什么呢？他不敢再拿金钱向她奉献，在他的独身青年的反感中间，茫然的结婚念头浮现出来了。而且在他的无能为力的颓废之下，他的眼泪流出来了。他是不幸的。

十三

十一月的一天早晨，黛妮丝正在她那一部里做出一些初步的指示的时候，鲍兑家的使女走来向她说，日内威芙小姐昨晚的情况非常不好，而且她要立刻见到她的堂妹。近些时候，那个年轻的姑娘一天一天地衰弱下去，在前天她不得不卧在床上了。

"说我马上就来，"黛妮丝焦急不安地答话了。

柯龙邦突然的失踪使日内威芙所受的打击到了顶点。最初，他被克拉哈所玩弄，到外面去过夜；然后，放纵着一般无男女经验而居心叵测的年轻人的疯狂欲望，他变成那个姑娘的顺从的奴隶，星期一他没有回家，简单地写了一封告别信给他的老板，所用的词句久经雕琢，像是一个人要去自杀了。在这种热情冲动的骨子里，大概也可以发现一个年轻人随便地要断绝一次不幸的婚姻的一种狡猾打算；布店的情形跟他的前途一样恶劣，用一种愚蠢方法同他们断绝关系，这正是好时机。而且大家都会把他说成是受了爱情的致命伤的牺牲者。

当黛妮丝到了老埃尔勃夫店里的时候，只有鲍兑太太一个人在那里。她那患贫血病的惨白的小面孔，守卫着这个寂静和空洞的小店，她动纹丝不动地坐在账桌后面。店里没有店员了；使女打扫那些架子，是否能用一个管家婆来代替她也还成一个问题。从天花板上降落着阴暗的冷气；过了好几个钟头也不会有一个顾客来干扰这片黑暗，人们不再移动那些商品了，墙壁的灰粉在商品上越积越多。

"怎么回事呀？"黛妮丝连忙问。"日内威芙很危险吗？"

鲍兑太太并未立刻答话。她的两眼饱含了泪水。然后她喃喃说：

"我不知道，他们什么也不跟我讲……啊！这就完啦，这就完啦……"

她那湿润的双眼在这个黑暗的小店里打了一圈，仿佛她已经感觉到她的女儿将同这家店一起消失了。卖兰布义耶产业得来的七万法郎，在这场竞争的漩涡里，不到两年就消失了，乐园目前在卖男人的衣料、猎服的绒料子和制服料子，为了同乐园竞争，便付出了重大的牺牲。最后，在麦尔登呢和法兰绒的竞争上 ——这一类的货在市场上曾经是谁也不能与它相比的

它彻底地被打垮了。负债日积月累；作为最后的解救，他决心把他们的祖先老菲

内创办这个店的、米肖狄埃街上古老的不动产抵押出去；现在离完全的破产，只是时日的问题了，就连天花板都要变成了碎屑崩溃下来而且飞走了，好像一座被虫腐蚀的野蛮人的建筑被风吹跑了一样。

"伯伯在上头，"鲍兑太太又发出断续的声音说。"我们每人陪她两小时；这里必须有一个人看守着，啊！不过是为了戒备，因为事实上……"

她的表情表达了她的言语。要不是他们那旧有的商业的自尊心还使他们在邻人面前撑持住，早就该关了窗板了。

"喔，我上去，我的伯母，"黛妮丝说，在笼罩着一切的绝望里，她内心里感到一阵绞痛，就连那些布匹都在发散着这种绝望。

"是的，上去吧，赶快上去吧，我的女儿……她在等你，整夜都在问你。她有些事情要与你讲。"

但就在这一时，鲍兑下来了。黄疸病使他的黄面孔染上了绿色，两只眼睛带着血斑。他依然用他离开了寝室的那样不出声的脚步走着路，仿佛楼上的人会听见他的话似悄无声息地说：

"她睡着了。"

他的身子累坏了，他坐在一把椅子上。用一种机械的手势，他擦着额头，像是一个作了苦役的人那么喘着气。沉默了一阵。最后，他向黛妮丝说：

"你马上就去看她吧……她睡着了的时候，我们像是觉得她的病好了些的样子。"

又是一阵沉静。父亲和母亲面面相觑。然后，悄声地，他回忆着他的伤心事，并不指出什么人的名字，也不是向什么人在讲话。

"我的脑袋如同刀割，我都不相信会有这种事的！……他是最后的一个，我拿他当我的儿子般养大的。谁要是来跟我讲：'他们也会把他弄走的，你会看到他也要堕落的。'我便会回答：'那么，老天爷就没有眼睛啦！'可是他做出来了，他堕落了！……啊！这个坏蛋，他那么精通真正的买卖，我的一切理想他都有！为了一个丑八怪的小女人，为了那么一个展览在不名誉的店面的橱窗里的玩偶！……不，你们瞧吧，这会叫人发疯啦！"

他摇摆着头，模糊的眼睛低垂下来，注视着那为世世代代的顾客擦坏了的潮湿的石头地板。

"你要知道吗？"他把声音放得更低继续说，"说给你听吧！有一些时刻，我觉得在我们的不幸中我是最有罪的人。是的，如果我们楼上的女儿被寒热症吞了去，这是我的罪过。要不是因为我放纵着我那糊涂的自尊心，要不是因为我顽固地不肯把不大兴旺的店门交给他们，我不是应该立刻叫他们结了婚吗！那时，她就会得到她所爱的人，而且或许用他们两个人的年轻力量便会完成了我所不能实现的奇迹……可是我是一个老傻瓜，我什么事都不懂，我不相信人们会为这样的事情病倒下来……真的！那个小伙子是不平凡的；是做生意的一把好手，而且诚实，单纯，在各方面都守本分，简单地说吧，是我的徒弟……"

他仰起头来，还在用这个背叛了他的店员，替他的观念辩福。黛妮丝不忍听他这样的自我指责，她看见他——从前作为威严而绝对的主人统御在这里的人——那么卑屈，两眼饱含泪水，她受到了强烈的感动，于是她就把这番意思向他讲出来：

"伯伯，原谅他吧，我求你啦……他从来未曾爱过日内威芙，如果你要逼他们早些结婚，他会逃得更快一些。我曾经亲自跟他谈过这件事；他完全知道我的堂姊在为他而痛苦，可是你看得明白这并未阻止他的逃跑……问问伯母看吧！"

鲍兑太太并未开口，只点头肯定了这些话。布商的脸色愈加苍白了，同时泪水使他的眼睛糊涂了。他结结巴巴地说：

"这必然是血统的关系，他的父亲在过了非常浪荡的生活以后，去年夏天死掉了。"

他的目光呆滞地向着各个幽暗的角落里打转，从空无所有的柜台转向装得满满的架子，然后又把他的眼睛盯在他的妻子身上，她始终笔直地坐在账桌边，徒然地等待着那不露面的顾客。

"啊，一切完了，"他又说。"他们抢了我们的生意，而如今他们的一件新无赖做法就是杀掉我们的女儿。"

人们不再聊天。辚辚的车声时时震动着房间，在这窒息在低矮的天花板下的静止的空气里，像是送葬的鼓声传过去。而在这间濒于死亡的古老小店的凄凉悲哀中间，却可听得见店里有人在敲着什么地方，发出闷重的砰砰声。这是刚刚醒来的日内威芙，她正用一根留在她身边的手杖在敲打。

"赶快上去吧，"鲍兑说，他惊了一下站起身来。"装出笑脸来，必须不让她知道。"

他自己在楼梯上也用力擦着眼睛。以便抹掉他的泪痕。到了二楼他一打开门便听见了一种虚弱的声音、一种狂乱的声音在喊叫着：

"啊！我不愿意一个人留在这儿……啊！别把我一个人放在这儿呀……啊！一个人在这儿我害怕哩……"

及至日内威芙看见了黛妮丝，她平静下来，发出了快乐的微笑。

"你来啦！……从昨天起我是多么在盼望你呀！我相信你已经丢掉我了，连你也丢掉我了！"

这是一片惨不忍睹的情景。年轻姑娘的卧室朝着院子，是照着惨淡白光的一个小房间。起初父母叫病人睡在临街的他们的正房里；可是对面妇女乐园的景象使她发狂，

于是他们不得不又把她送回她自己的房间里。她躺在那里，在被窝底下显得那么细小，简直令人感觉不到一个肉体的形状和存在了。她那被肺结核的寒热症烧焦了的细小手腕子，经常动着，像是急切而无意识地找寻着什么东西；同时她那重得难堪的黑头发似乎更厚实了，而且用它们贪而无厌的活力吞噬着她那憔悴的面容，这副脸孔，在一个从黑暗中发放出来的古老的家庭后面，在商业的老巴黎的这个洞穴里，渐渐退化濒临于死亡。

这时怜悯得心肠断碎了的黛妮丝注视着日内威芙。她怕流出眼泪来不敢讲话。最后她悄悄说：

"我马上就来啦……我能对你有什么用处吗？你叫我做吧……你愿意我留在这儿吗？"

日内威芙气喘吁吁，两手老是在被窝的折痕里动来动去，两眼一直瞧着她。

"不，谢谢，我没有什么要求……我只是想要拥抱你。"

她的眼饱含泪水。可是黛妮丝急忙弯下身子，吻她的那片脸颊，唇上从这两片深陷下去的火热的脸颊感到一阵寒噤。但是病人捉牢她，紧紧地扼住她，把她留在一种绝望的拥抱里。然后，病人的目光转向她的父亲去。

"你愿意我留在这儿吗？"黛妮丝反复说。"你有什么事情要我去做吗？"

"不，不。"

日内威芙的目光固执地转向她的父亲，他站着不动，神情麻木，喉头哽住了。最后他才明白，退出去了。没有说一句话，而且人们听见了他走下楼梯的沉重脚步。

"告诉我，他是和那个女人在一块儿吗？"病人抓住坐在床边上的她的堂妹的手立刻就问。"是的，我要见到你，只有你会跟我讲……他们不是住在一起吗？"

这些问题使黛妮丝大吃一惊，她结结巴巴地可是不得不把实际情形，把在店里听到的一些传闻，吐露出来。克拉哈对于那个落在她手里的年轻人厌烦了，已经不再理睬他；于是失魂丧魄的柯龙邦到处追着她，用一种丧家犬的卑屈，试图偶尔同她见一面。人们肯定说他就要进入卢浮商店了。

"如果你还在爱他，他仍然会回来的，"年轻的姑娘为了平息这个临死的人用这种最后的希望继续说。"赶快治好了病，他会认识他的错误，他会同你结婚。"

日内威芙打断了她的话。她用她整个的生命聆听着，一种无言的热情使她抬起身子来了。可是她立刻又倒下去。

"不，随他去吧，我明白一切都完了……我什么话也不讲，因为我注意到爸爸哭泣了，我不愿意叫妈妈病得更厉害。只是我就要去了，你瞧着吧，如果说夜里我去请你来，那是因为我怕天不亮就要去了……天哪！想到他也并未得到幸福啊！"

黛妮丝又表示了反对，向她保证说她的情况并没有这么严重，她第二次又打断了黛妮丝的话，用一个在死亡之前无所隐藏的纯洁处女的手势突然把她的盖被掀开了。一直裸露到腹部，她喃喃说：

"看看我吧！……这还不完吗？"

黛妮丝颤抖着离开了床边，像是害怕发出一口气就会毁灭掉这个悲惨的躯体。这是血肉的残余了，这是在期待中受了伤害的一个未婚妻的肉体，又回复到童年时期的细小的幼儿形态了。日内威芙又慢慢把被窝盖上，说道：

"你明白了，我不是一个女人了……还在惦念他，这是错误的。"

两个人全都沉默着。她们重新互相观望，找不到一句话说。倒是日内威芙又开口了：

"去吧，别再呆在这儿啦，你有你的事情。谢谢你，我受着想要知道的折磨；现在我满意了。如果你再碰到他，告诉他我原谅他了……永别了，我的善良的黛妮丝。好好地拥抱我，这是最后一次了。"

年轻的姑娘抱吻了她，一面表示不同意说：

"不，不，你不要这么灰心，你必须好好地保养，再没有别的。"

但是病人固执地摇着头。她在微笑，她是胸有成竹的。及至她的堂妹最后走向门口去的时候，她又说：

"等一等，用棍子敲一敲，叫爸爸上来……我一个人是非常害怕哩。"

随后，鲍兑上来了，到了这间他坐在椅子上度过几个钟点的惨淡的小房间，这时她做出一种快乐的神情，向黛妮丝叫着：

"明天你不要来，那是没有用的。可是礼拜天，我等着你，你要陪我过一个下午。"

第二天，六点钟，在天还不大亮的时候，日内威芙经过四小时的可怕的残喘断了气。下葬是在礼拜六，那天天气阴暗，一片煤烟似的天空罩住了这个颤抖的城市。老埃尔勃夫挂着白布，像是一块白斑在街上发光；而且燃烧在低压的日光中的一些香烛似乎是隐藏在朦胧中的繁星。一个白玫瑰的大花圈，像是珍珠冠，罩着棺材，这是一个小姑娘的细小的棺材，停放在齐着街面的店堂的阴暗的道路下面，离着下水道那么近，车辆已经把覆布溅脏了。整个古老的邻近一带散发出一股潮湿气，蒸发着洞穴的发霉的气味，而在泥泞的石道上，行人连续不断地拥挤过去。

为了留在她伯母的身边，黛妮丝从九点钟就来到了。可是当葬仪要出发的时候，已经停止哭泣而眼里燃烧着热泪的她的伯母，请求她去随着尸体并监护着她的伯父，他那沉默不语的沮丧，他那如白痴般的伤痛，使一家人都感到不安了。在下方，年轻的姑娘看见挤满了人。附近一带的小商家都要向鲍兑表达他们的同情；在这种殷勤里，也像是对妇女乐园表示一种示威，人们认为日内威芙的慢性的疾病是要由它负责的。那个怪物的全部牺牲者都到了那里，盖容街上帽袜商贝多雷兄妹，皮货商王普义兄弟，玩具商戴里尼埃，家具商皮奥和李瓦尔；就连早已倒闭被清除出去的内衣商塔丹小姐和手套商奎内都认为义不容辞要来一趟，一个来自巴蒂敖尔，另一个来自巴士底，他们在那两个地方，在别人的店里重新干活了。灵柩车耽搁了时间，人们在等待着，这一伙人穿着丧服，踩在泥泞里，扬起仇视的眼光望着乐园，它那明亮的橱窗，那发出欢悦光彩的陈列品，面对着街道对面浸沉在丧事悲哀里的老埃尔勃夫，似乎成了一个侮辱。有几个好奇的店员的脑袋从玻璃后面探出来；但是那个巨大的怪物保持着它的冷淡，用全速力驱动着它的机器，对于它在马路上所能造成的死亡是无感觉的。

黛妮丝不停眼地找寻她的弟弟日昂。在布拉的小店前面，她终于望见了他，她向他走去，请他陪着伯父走，而且如果伯父行路艰难，他就得搀扶着他。几个星期以来，日昂变得严肃了，像是有一件烦心的事在苦恼着他。目前他已是一个成人，而且每天赚二十个法郎了，这一天，他穿着一件紧身的黑色礼服，似乎那么高尚而且那么悲哀，使得他的姐姐吃了一惊，因为她从不曾猜想到他爱他的堂姐到如此的程度。黛妮丝希望叫北北避开这场无用的哀伤，就把他放到戈拉太太的家里去，约好下午再去把他接出来，以便让他吻抱他的伯父和伯母。

可是灵柩车仍然没有来，黛妮丝心里很悲伤，注视着香烛在燃烧，这时她打了一个冷战，听见她身后边有一个熟识的声音在讲话。这人是布拉。他在做手势招呼一个卖栗子的，那人就在对面一间狭小的木屋里，占用了一个酒商的小店的地面，听他向那人说：

"可以吧？维古若，给我做点儿事……你瞧，我下了门板啦……如果有人来，你要他们下趟再来吧！不过不会有什么事来打搅你的，这儿没人来。"

于是他停在人行道的边上，像别人一样地等待着。黛妮丝很尴尬，瞥了一眼那个小店。现在他已经不管这个店了，在摆设的商品上，只看得见可怜相的狼藉不堪的一堆被风吹裂了的雨伞和被煤气熏黑了的手杖。他曾经作过的那些装修，淡绿色的油漆，玻璃窗，镶金的招牌，已经肮脏了，全在摇摇欲坠，这种涂在废墟上的虚假的荣华，呈现出一种急剧而令人悲伤的衰朽。可是如果说那些旧有的裂痕又现出来，如果说在镀金下面又生出了潮湿的斑点，这个店家却仍旧固执地撑持着，它像是一个丑陋的瘤子贴在妇女乐园的侧面，尽管它是龟裂而且腐朽了，却拒绝倒落下去。

"啊！这些该死的东西，"布拉怒吼着，"他们甚至不愿意叫人家把她运走！"

灵柩车终于来到了，正好撞上了乐园的一辆货车，那些油漆的车厢鱼贯而行，向浓雾里投射出它们的灿烂的星光，两匹骏马拖着每一辆迅速地奔驰着。那个老商人斜

着眼睛向黛妮丝瞥了一下，在浓密的眉毛下眼睛非常有神

葬仪慢慢地移动了，在出租马车和公用马车突然停止的不语中，踏着泥水行走。当罩着白布的棺椁走过盖容广场的时候，送葬队伍的阴郁目光又投射进那家大店的玻璃窗里去，那里只有两个售货员跑来观望，这样的娱乐使他们感到高兴。鲍兑迈着沉重机械的脚步尾随着灵柩车；他把手腕子一扬拒绝了日昂的扶持，日昂在他的身边走着。跟在行列的最后面，来了三辆送葬车。当人们穿过小田园新街的时候，罗比诺跑来参加了队伍，他面如白纸，显得老了。

在圣洛施有很多的女人在等待着，这些是附近一带的小商家，她们怕办丧事的店家的拥挤。这种抗议游行变成了一场暴动；在祭典以后，当葬仪又开始前进的时候，尽管从圣洛诺莱街到蒙玛特墓地有好长的一段路程，全体的男人都重新随着走。人们必须走回圣洛施街而且再度路过妇女乐园的门前。这像是中了魔，年轻姑娘的可怜的尸体如同革命时期在枪弹下倒落的第一个牺牲者那样围着这个大店打转。在店门前一些红色的法兰绒像旗子一般迎风飘扬，地毯的摆放发放由巨大的蔷薇和盛开的芍药形成的一团血红的花。

黛妮丝这时登上了一辆车子，她被那么刺人的忧虑所激动，被那么一种悲哀紧紧捆搏着，使得她没有力气走路了。正在这时，队伍在十二月十日街上停在那还在阻碍着交通的新门面的工程架子前面。年轻的姑娘望见老布拉拖着两条腿落在后面，正靠近她独自乘坐的车轮子旁边。他一定走不到墓地了。他抬起头来，注视着她。然后他上了车。

"这是因为我这双倒霉的膝盖，"他喃喃说。"你不要向后退缩！……大家所厌恶的是你吗！"

她觉得他像从前一样又可亲又暴躁。他啰里啰唆地叨念着，他声言鲍兑这个鬼东西脑子里受过了这样的打击以后，还能走这样远的路，身子真够健壮。葬仪又恢复了缓慢地前进；她斜着身子得以看见她的伯父迈着机械的脚步顽强地随在棺材后面，他的步伐似乎在领着葬仪的闷重而艰困的步调。于是她靠在车角上，随着车子的机械的摇摆，倾听着这位老阳伞商人没有穷尽的谈话。

"警察像是不应该清理这条公用的街道似的！……他们的门面妨害了我们有一年半啦，前些天那里还死过一个人。这算得了什么！如果今后他们还要扩张，他们就可以在两条街道上空架上桥梁……听说你们那儿有了两千七百个职工而且今年的生意营业额要达到一亿啦……一亿！我的上帝哪！一亿！"

黛妮丝无话可说。葬仪开始走进当丹河岸街，车辆的阻碍又使他们在那里停下来。布拉，两眼模糊，现在像是大声说梦话一般，继续说下去。他始终不理解妇女乐园的

胜利，可是他承认旧式商家的失败。

"这个可怜的罗比诺完结啦，他的样子像是一个淹死鬼……还有贝多雷一家人，王普义一家人，都站不住啦，就像我一样，四肢断碎了。戴里尼埃会害脑充血死掉，皮奥和李瓦尔都害了黄疸病。啊！我们大家全够瞧的，我们这一队给这个亲爱的孩子送葬的漂亮的骷髅！人们看到这一串破产的人走过去必然会觉得可笑的……再说吧，这种大扫除似乎还要继续下去。那些无赖还要创办花卉部，女帽部，香水部，靴子部，我不知道还有什么没有呢？戈兰蒙街上的香水商人戈洛涅可以迁移啦，当丹街脑德鞋店，要我出十个法郎我都不要了。这场虎列拉一直吹到圣安街上去，在那里开羽毛和花卉店的拉卡沙纽，还有沙得易太太，尽管她家的帽子是远近闻名的，不出两年也将被打败……在这些人以后，还有别的人，而且老是还有别的人！邻近一带的商家全都要完结了。既然卖布的会开始卖胰子和木屐，他们便很可以有野心去卖油煎马铃薯。说老实话，这个世界是发疯啦！"

这时灵柩车走过了三位一体广场，黛妮丝坐在车上静听着老商人没完没了的抱怨，跟葬仪的凄惨的步调摇摆着，当走出当丹河岸街的时候，她从阴暗的车角里，可以望得见棺椁已经登上了勃郎施街的斜坡。她的伯父，像是一只要被屠杀的牛，盲目而一声不吭地在行走，在他的背后，她似乎听见了一队被领向屠宰场去的牲畜的脚步声，这是一个区域的倒闭的全体小店家，这些小生意人，在巴黎的黑暗的泥泞里，发出濡湿的破靴子的声响，拖着他们的失败局面。可是布拉发出一种更闷重的声音谈着话，仿佛走上勃郎施街的这种艰苦的爬行使这声音松弛了。

"我呢，我有我的打算……可是我照旧支持下去，我毫不气馁。他的官司输了。啊！这在我是花了一笔很大的代价的：诉讼将近两年，而且还有那些代理人，那些律师！没有关系，他不会从我的店面下头通过去了，法官已经判决这样的工程不能算是正当修理性质的。想想看，他说他要在那下面创办一间光室，以便用煤气灯验证料子的色彩，这间地下室要从帽袜部联结到呢绒部去！他沉不住气了，而且像我这么一个老混蛋阻碍他的路，这口气他是咽不下去的。因为所有的人都跪倒在他的金钱的面前了……绝不！我不愿意！这是一清二楚的事情。自从我不得不应付那些执达吏，我就知道那个无赖在搜寻我的债权，不用说他是想对我玩一次卑劣的手段。这样做是没用的，他说是，我说不，而且我将永远说不，天杀的！即便像那边那个已经死了的小姑娘一样把我钉在四块板里，我还是说不。"

到了克里西林荫大道的时候，车子滚得更快了，可以听得见大家的喘气声，葬仪要加紧结束，无意识地匆忙起来了，布拉所未曾公开谈出来的是他所陷入的那种黑暗的悲惨境况，这个小店主在退票的冰雹下，在暗无天日而又要固执维持下去的辛劳里，已经毫无退路了。黛妮丝是很清楚他的境况的，她终于悄悄地发出哀求的声音打破了沉默：

"布拉先生，不要再逞强了……让我来替你料理这些事情吧！"

他做出凶猛的手势截断了她的话。

"住嘴吧，这件事跟谁也不相干……你是一个善良的小姑娘，我知道你叫他过着狼狈不堪的生活，这个男人，他以为可以像买我的房子一样买了你。可是如果我劝你说'是'，你怎么回答我呢？对吧？你一定会派我跟他睡觉去……好吧！当我说'不'，你就别探头管这份闲事。"

车子停在墓地的门前了，他同年轻的姑娘下了车。鲍兑家的墓穴是在左首第一排通道上。在几分钟之内，安葬便完成了。日昂把那张着大嘴注视着墓穴的伯父拉开了。送葬的人们在邻近的坟墓间散了，这些活在他们那生气不足的店面里而缺乏血色的小店主们的面孔，在这如土色的天空下，呈现出一种痛苦地扭曲。当棺材轻轻地放下去的时候，他们那满是污斑的脸蛋，害了贫血症扁下来的鼻子，受了数目字的损害如胆汁一般黄的眼睑，避开了。

"我们应该全都跳进这个墓穴里，"布拉跟黛妮丝说，她仍旧留在他的身旁。"人们埋葬了这个小姑娘，就等于埋葬了这一区的人……啊！我说的话是不错的，做旧买卖人家应该跟那投在她身上的白玫瑰一道去了。"

黛妮丝带她的伯父和弟弟上了一辆送葬车。这一天在她看来是特别晦暗悲惨的。首先，她开始为了日昂的面无人色在担着心思；及至她明白了这又是一个女人的新事故的问题，她便打开了她的钱包叫他住口；然而他摇头拒绝，这一次的事情是严重的，那女人是一个非常阔气的点心店老板的侄女，她连堇花花束都拒绝。其次，到了下午，当黛妮丝到戈拉太太家里去领北北的时候，戈拉太太向她宣布，这孩子长得太大了，她不能再照顾他；这又是麻烦的事，必须去找一个学校，也许要跟孩子分开了。最后，在她领着北北去吻抱鲍兑夫妇的时候，老埃尔勃夫的那种悲惨苦恼的样子，把她的魂灵都撕碎了。小店关了门，伯父和伯母呆在小房间的里边，尽管这个冬天的日子是完全幽暗的，他们却忘记了点煤气灯。在这个被倒闭慢慢掏空了的房子里，就只有他们两个人了，他们面对面地呆在那里；他们的女儿的死亡愈加加深了屋角的阴影，像是最后的一声爆裂要把那为潮气腐烂了的老房梁折断了。她的伯父在这样的毁灭下，安定不下来了，用他那盲目而又没有声音的步伐，老是围着桌子走来走去；同时她的伯母，一声不吭，倒在一把椅子上，她的惨白面孔像是一个人受了重伤，血液一滴一滴地流干了。当北北热烈地吻着他们那冰冷的脸蛋的时候，他们甚至都没有哭泣。黛妮丝吞着泪哽咽住了。

这天晚上正好是慕雷找了那个年轻的姑娘来谈他要发到市面上去的、一种苏格兰和阿尔及利亚混合织品的儿童服装。她的同情心使她浑身在打战，受着很大的痛苦的激动，她忍受不了了；她首先壮着胆子谈到布拉，谈到那个他们正揪死在地上的可怜的人。然而一听到这个阳伞商人的名字，慕雷就大发脾气了。为了那个老疯子 ——他是这么称呼他的——顽固而迂腐地不肯让出他的房子，破坏了他的生活，损害了他的胜利，那间土墙的下贱的破小屋成了妇女乐园的污点，那是一大圈房子里唯一未被他收购的一角。这件事情变成了一个恶梦；除了这个年轻的姑娘，所有别的人若是替布拉说情，便要冒被丢出去的危险，慕雷是那么受了一种病态的欲念的苦恼，非要用脚踢倒这间破小屋不可。总而言之，人们要他怎样呢？他能够留着这一堆东西成为乐园的心腹的障碍吗？必须要把它除掉，这个店一定要通过去。那个老混蛋倒霉也是活该的！于是他又谈起了他的条件，他甚至向他提出过十万法郎。这个不合理吗？的确，他是不在乎钱的，人们要求的数目他肯拿出来；然而至少人们要明点理，要让他完成他的事业！有人会在铁道上挡住了火车头同它格斗吗？她两眼垂下来听他讲，除了一些感情的理由找不出别的话来说。那个傻好人是那么老了，人们可以等到他死掉的，一次倒闭会要了他的命。这时他声言他自己已经不便干涉这些事情，是布尔当寇负责办理的，因为会议决定要结束这件事。尽管她温柔的心肠怀有伤痛的同情，她却无话可谈了。

在一阵尴尬的无语以后，倒是慕雷谈起了鲍兑夫妇。他首先对他们的女儿的丧亡表示了十分的哀伤。他们是一些善良的人，非常正直，可是接二连三地遭遇到不幸。然后，他又谈起了他那套理论：究其实，他们是自找苦头吃，谁也不能如此顽固地在这种旧商业的落伍的小摊子里支持下去；那种店倒在他们的头上是没有什么可惊奇的。他预言过不下二十次了；就连她本人也应该记得，他曾经叫她提醒她的伯父，如果他不赶快结束这种可笑的老式买卖，便会有一场致命的灾难。现在大难临头了，世上的人谁也挡不住它。人们不能无理地强行要求他牺牲自己以便挽救这个区域。再说呢，如果他傻到果真关闭了乐园，另一个大店便会在紧隔壁开出来，因为这种观念是由天空的四面八方散布的，这个工业城市的胜利是由世纪的风撒下的种子，它消灭了旧时代摇摇欲坠的建筑。慕雷渐渐地热衷起来了，他发挥出感动人的雄辩替自己辩解，反驳他在不经意中造成的一些牺牲者对他的怨恨，他已经听见这些濒于死亡的小店的嘈杂的怨声在他的四周沸腾起来了，人们不能收留这些死人，应该赶快埋葬了他们；而且做着手势，他要把他们送到地下去，他要把这种旧式买卖的尸体扫除了扔进共同的墓穴里去，他们那发霉的恶臭的残余必然会变成新巴黎阳光辉耀的街道上的耻辱。不，不，他一点也不后悔，他简单地是在从事他的时代的工作，而且她，这个爱好生命的人，这个对于那用使人眼花缭乱的广告所决定的大事业具有热情的人，她是非常懂得这个道理的。她复归于不语，好半天听着他讲话，她退出去，灵魂里装满了烦恼。

那一夜黛妮丝没有睡好。梦魇来来去去使她睡不安宁，在盖被下面她辗转反侧着。她似乎觉得自己又很幼小了，而且在瓦洛额自家的花园里，看见莺吃蜘蛛，而蜘蛛又是吃苍蝇的，她放声哭起来。这是真实的吗？——这种给世界增加肥料的不可免的死亡，这种推动着生命走向永恒毁灭的收尸间去的生存斗争！她又看见自己站在人们埋葬了日内威芙的墓穴前面，她看见伯父和伯母独自坐在昏暗的餐室里。在沉寂中，一阵钝重的崩溃声响从死灭的空间穿过去：这是布拉的房子的崩倒，像是被潮水冲垮了。沉寂又开始了，愈加险恶，而且一种新的崩溃鸣响起来，然后另有一个，然后另有一个：罗比诺夫妇，贝多雷兄妹，王普义一家子，顺序地咯咯响着垮下去了，圣洛施一带的小商家发出像倒垃圾车似的轰然的雷声，在不可见的锄头下完结了。这时一阵没有边际的忧愁使她一惊，她醒过来。上帝哪！多么苦恼啊！有些家庭哭泣了，有些老人被扔在马路上，这场破产的悲痛的戏曲全演出来了！她救不了什么人，而且她意识到这样是正当的，为了巴黎的未来的健康，这些悲惨的肥料是必需的。天亮的时候，她平静了，一种没有办法控制的大悲哀使她张开两眼转向那辉耀着阳光的玻璃窗去。是的，这是本分的流血，一切革命都要有一些牺牲者，只有踏着这些死人才能前进。面对着这种属于每一个时代痛苦的产物、这种无法补救的恶害，她怕自己成为一个邪恶的灵魂，怕自己参与了屠杀她的近亲，这形成一种伤心的怜悯浮现在她的眼前。她终于找到了一些可能性的安慰，为了至少能够挽救自己的人免于最后的崩溃，她的慈悲心肠长期地梦想着一些可行的方法。

现在，慕雷露出他那热情的头脑和妩媚的眼睛耸立在她面前了。的确，他什么事也不会拒绝她，她确信他对她是许可一切合理的报偿的。于是她的思想恐慌了，试图正确地评判他。她知道他的生活，并不忽视他的爱情的原有的打算，他那继续不断地对女人的掠夺，他为了开辟自己的道路而捕获的那些情妇，以及他在要掌握哈特曼男爵的唯一目的下同戴佛日夫人的关系，还有一切别的女人，如同他跟克拉哈的遭遇，他付了钱，买来了消遣，又把她们扔到街上去。不过，店里的人所谈笑的这个爱情的冒险家的一些行为，终于被这个人的天才的作为，被他优美的胜利所掩盖了。他是诱惑的本身。她所不能原谅他的，是他从前的谎言，是在他献殷勤求宠的喜剧下他作为一个情人的冰冷。然而她不感到怨恨了，如今为了她，他在受苦。这种痛苦把他提高了。当她看见他那么艰难地为他对女人的轻蔑付出了报偿而受了苦恼的时候，她觉得他似乎弥迷他的罪过。

从这个早晨起，黛妮丝从慕雷处取得了到鲍兑和老布拉降伏的那一天她所认为合

理的补偿办法。几个星期过去了，差不多每天下午，她逃避几分钟，带着笑脸和一个善良姑娘的勇气，去看她的伯父，以便使那个幽暗的小店高起兴来。她的伯母最使她感到不安，自从日内威芙死了以后，她面无人色地停留在一种昏迷状态里；她的生命像是每点钟都更衰弱了一点；人们问她的时候，她便露出惊异的神情答说她并不痛苦，说她仅仅像是为睡眠所缠扰。在邻近一带，人们摇摇头：这个可怜的妇人是没有多久时间来为她的女儿悲痛。

有一天，黛妮丝从鲍兑店里走出来，当她在盖容广场转弯的时候，她听见了一阵大声地喊叫。人群匆忙赶向前去，掀起了一场混乱，恐怖和同情的气氛突然笼罩住一条街。那是一辆褐色车厢的公共马车，是从巴士底到巴蒂敖尔一条路线上的一辆马车，在它从圣奥古斯丹新街开出来到了喷泉前面的时候，车轮子从一个人的身体上碾过去。车夫站在他的前座上，发出愤怒的动作，牵住腾起前足的两匹黑马；他赌咒，他气得直骂街。

"鬼东西！鬼东西！……你不注意吗，倒霉蛋！"

现在公共马车停住了。人群围住了那个受伤的人，意外地正好在那里有一个警察。车夫始终站立着，请求前座上一个旅客作证明，那客人也抬起身子来，弯着腰查看那个血迹模糊的人，车夫做着激怒的手势，一股愈来愈高涨的怒气哽住了喉咙。

"这真是想不到的……怎么会叫我碰到这样的倒霉事？他在那里大摇大摆的。我喊了一声，他就钻进车轮子底下去了！"

这时，一个工人——一个画广告画的，拿着他的画笔从邻近的一家店面前跑来了，在一片吵闹声中，他发出尖细的嗓门说：

"不要发火！我看见他啦，是他自己钻下去的！……你瞧！他是这样的把头往里一戳。没有问题，这又是一个活得不耐烦的人！"

另外一些人也发话了，大家一致认为这是自杀，同时警察在记录口供。几个贵妇人面色惨白，急忙下了车，头也不回带着那轻微震动的恐惧跑开了，在车子压到肉体的当口，她们的内心里受了一惊。可是黛妮丝被她那锐敏的同情心吸引着走向前去，这种同情心使她参与了一切的偶然事件，不管是狗被压死了，马倒下了，或是瓦匠从房顶上跌下来。而且她认出了那个倒在地上昏过去的不幸的人，他的外衣上溅满了污泥。

"这是罗比诺先生！"她在惊愕的悲痛中叫起来。

警察立刻来盘问这个年轻的姑娘了。她说出了姓名、职业和住址。感谢车夫的力气，公用马车曾经打了一个转弯，因此只有罗比诺的两条腿压在车轮子底下。不过，无论哪一条腿怕是都被碾碎了。四个好心人自愿把受伤的人抬往盖容街上的一个药剂师家里去，同时那辆公共马车又缓慢地前进了。

"鬼东西！"车夫用鞭子啪的一下打着他的马说道，"这一天我可真够瞧的。"

黛妮丝随着罗比诺到了药剂师的家里。人们去找医生却找不到，药剂师一面等着医生，一面扬言暂时绝对不会有危险的，既然伤者住在附近，顶好是把他抬到他的家里去。一个人走向警察分局要求一副担架。这时年轻的姑娘思考着一个合理的想头，要领先走去，以便把这个恐怖的打击给罗比诺太太做一个预先的准备。然而人群拥挤在门前，她要从人群中穿过去走到街上是费了九牛二虎之气。渴望目睹死亡的这一群人，每一分钟都在增多；小孩子们，女人们，挺着身子，在野蛮的你推我挤当中坚持着；每一个新来的人都把这次偶然事件加以各自的杜撰，到了此时此刻已把这件事说成一个女人的情人把她的丈夫扔到窗户外边去了。

在小田园新街上，黛妮丝远远地望见了罗比诺太太正站在专营丝绸的店门前。这使她有了停下来的借口，她闲谈了片刻，在寻思着如何和缓地说出这个恐怖的消息的方式。这个店陷入濒于死亡的状态里，经过新近的几场斗争，呈现出毫无次序和衰败。这两种对立丝绸的大斗争，结局是可以预知的，"巴黎幸福"在一次降低五分钱的新减价以后击败了它的竞争者：它只卖四法郎九十五生丁了，高日昂的绸子遇到了它的滑铁卢。两个月以来，罗比诺为了防止宣告倒闭，缩减开支，过着一种地狱般的生活。

"我看见了你的丈夫从盖容广场上走过去，"黛妮丝喃喃说，她终于进入这个小店里了。

罗比诺太太似乎暗中感到一种不安，不断地把她的目光朝向街上看，她急忙说：

"啊！就在刚才吧？……我在等他，他应该回来了。今天早晨，高日昂先生来过了。他们是一起出门去的。"

她依然是妩媚的，纤巧而又高兴；可是推迟了的妊娠已经使她感到疲惫不堪了，在这种生意中，她比以往愈加惊恐愈加不安定了，她那温柔的性格是想不通这种生意的，而这种生意天天地坏下去。正如她时常反复说的，为什么要这么做呢？安安静静住在一个小房子里有一碗饭吃不是更好一些吗？

"我亲爱的孩子，"她现出那令人悲哀的微笑又说，"我们什么事情都不隐瞒你……情况可不好，我那可怜的丈夫都睡不着觉了。今天那个高日昂又拿过期的票据叫他受了烦恼……我独自一个儿被放在这儿，觉得不安心得要命。"

她又要回到门口去，这时黛妮丝拦住她了。黛妮丝已经听见远方起了人群的喧哗声。她预想到这就是人们抬来了担架和那不肯放过这次事件的好奇的群众。她喉头干巴巴地，找不到她想要说出的安慰的话，可是又不得不说出来。

"你不必担心，这不会立刻就有危险的……是的，我看见了罗比诺先生，他遭遇到

一件不幸的事……人们把他抬来啦，不要担惊，我求你。”

年轻的妇人安静地听着，脸色煞白，还不十分明了。街上已经到处是人，被挡住了路的马车夫在骂街，几个抬担架地把担架放在店门前，以便去打开两扇玻璃门。

“这是一次意外的事件，”黛妮丝决心把自杀的企图隐瞒起来又继续说。“他正走在人行道上，可是滑倒在公共马车的车轮子底下了……啊！只有两条腿。人们去找医生了。你不要担惊吧！”

罗比诺太太打了一个大冷战。她发出了几声发音不清的喊叫；然后，她不再说话了，冲到担架旁边，用她那双颤抖的手掀起覆布。那几个抬担架的人等在店门前，以便人们最后找来医生的时候，再把他抬走。罗比诺重新恢复了知觉，人们不敢去碰他，一点点的转动，他所受到的痛苦都是剧烈的。当他看见了他的妻子，两行热泪流在他的面颊上。她吻抱了他，哭泣着，双眼凝神注视着他。在街道里，混杂的人群继续增多，一层一层的面孔像是在看戏，眼睛都闪闪发光；一些从工作间逃出来的职工，为了要看得更清楚一些，几乎要把橱窗的玻璃挤破了。黛妮丝为了避开这种狂热的好奇心，而且认为这样开着店门是不合适的，她便想到把铁窗拉下来。她亲自走去转动了绞盘，齿轮发出了哀鸣，铁板慢慢地落下来，好像是厚幕掩蔽了第五幕戏的结局。及至她再走进来而且关上了身后边的小圆门，她发觉罗比诺太太在那从铁板上挖出的两颗星里射进来的朦胧薄光下，始终是狂乱地把她的丈夫抱在她的臂弯里。这个残败的小店似乎衰败到一无所有了，只有那两颗星照耀着这场巴黎街道上所发生的疾速而残忍的灾难。最后，罗比诺太太又开口说话了。

“啊！我的亲人……啊！我的亲人……啊！我的亲人……”

她只能讲得出这几个字了，他窒息着，看见她带着她那做母亲的肚子紧紧地靠着担架狂乱地跪在那里，他发出一声忏悔的喊叫坦白出来了。在他不移动的时候，他只觉得铅块燃烧着他的两腿。

“原谅我吧，我必定是发了疯啦……当诉讼代理人在高日昂的面前说明天就要下招牌，我就觉得一些火焰跳蹿起来了，仿佛各个墙壁都着了火……然后我什么也不记清了：我走下了米肖狄埃街，我想乐园里的人们在嘲笑我，那个大无赖的店家把我毁了……于是在公共马车转弯的时候，我想到郎姆和他那只胳膊，我把身子投到车子底下去了……”

这种自白吓坏了罗比诺太太，她慢慢向下坠坐在地板上。天哪！他要寻死啊！黛妮丝完全被这个场面感动得失魂了，弯腰对向她，她抓着黛妮丝的手，感情枯竭了的受伤的人，又失掉了知觉，可是医生还没有到来！有两个人已经找遍了邻近一带，看门的也跟着去找了。

"不要惊惶吧，"黛妮丝也在流着泪机械地重复。

坐在地上的罗比诺太太，头抵着担架的高头，脸蛋贴着她丈夫卧着的皮兜子，纵情地发泄了。

"啊！我一定要告诉你……他是为了我才要寻死的。他老是跟我讲：我抢了你啦，那钱不是我自己的。每天晚上他梦想着那六万法郎，他醒来流着汗，说自己没有能力。既然一个人没有头脑，就不该拿别人的财产去冒险……你知道他一向是神经质的，他的精神不安稳。最后他看见了一些使我害怕的事情，他看见我到了大街上，穿着破烂衣裳在讨饭，他爱我爱得那么厉害，他希望我有钱、幸福……"

可是等她转过头来，她看见他两眼张开了，于是她声音哆哆嗦嗦地接着说：

"啊！我的亲人，为什么你做这种事呢？……你想我是那么下流吗？唉，我们就是破了产，在我也是一样的。只要我们在一块儿，我们就不会是不幸的……让他们把一切拿去吧！我们到某一个地方去，你在那里再也听不到人们谈起他们。你还照样能够工作，你会看到我们的未来是多么快乐。"

她的额头靠近她丈夫的苍白面孔垂下来，现在两个人全在他们的感伤的苦恼里沉默不语了。一阵沉默，这个小店似乎受了淹没着它的朦胧的微光的催眠睡着了；同时在薄铁片的窗板后面，可以听得见街道上的闹哄哄的声音，那正是辚辚的马车和在人行道上通行的拥挤人群在白日下所过的生活。黛妮丝每一分钟都要走到店面的前厅上开着的小门向外望上一眼，最后她回来叫道：

"医生来啦！"

这是看门人找来的一个两眼锐利的年轻人。他要在病人上床以前先给他检查。有一条左腿从脚踝子下面断碎了。伤口不大，似乎不会担心到有任何复杂的情况出现。人们正要把担架放到寝室里面去的时候，高日昂出现了。他来传达他最后一次地奔走，在这次奔走中他是完全失败了：破产的宣告是决定的了。

"怎么回事？"他嗳嚅说，"他怎么啦？"

黛妮丝用三言两语就把事情向他说明了。于是他愕然呆住了。罗比诺有气力地向他说：

"我不怨恨你，可是这一切事情是有点受了你的骗。"

"嘿！我的亲爱的，"高日昂回答，"这种事必须要有比我们腰板更硬的人……你知道我比你也好不到哪天啊！"

人们抬起了担架。伤者还能尽力说道：

"不，不，腰板更硬的人也会完全一样被折断的……那些老顽固，如同布拉和鲍兄，还留在那里，这我是明了的；但是我们，我们是年轻的，我们要承认新事物的趋

303

向！……不，高日昂，你看着吧，这是一个世界的结束。"

人们把他抬走了。罗比诺太太因为终于能够挣脱了这些扰攘不安的生意，在一种几乎近于快乐的冲动里拥抱了黛妮丝。直到高日昂陪着年轻姑娘退出来，他向她坦白地说，罗比诺这个可怜的家伙讲的话是有道理的。再要同妇女乐园斗争便是傻瓜。他个人感觉到，如果他再不服输，他便彻底绝望了。昨天晚上，他已经跟那正准备往里昂市去的雨丹秘密地交涉过一次了。可是他认为不一定有希望，毫无疑问他很明了黛妮丝的权势，所以他试着打动她。

"说老实话！"他又说，"制造商倒霉也是活该的！当那鲁莽的汉子们竞争着用最低廉的价钱从事制造的时候，如果我还为别人的利益做斗争使自己破了产，大家都要嘲笑我了……天哪！正如你从前说过的，制造商只能用一种更良好的组织和新型的方法紧随着进步。一切都成定局了，一句话就够了，满意的是群众。"

黛妮丝笑了笑。她答道：

"你亲自跟慕雷去谈吧……你去看他会使他高兴，只要你能每一米提供出一生丁的利益给他，他这个人便不会对你有任何怨恨。"

在正月的一个阳光灿烂的下午，鲍兑太太呼出了最后一口气。半个月以来，她已经不能下楼看店了，由一个做日工的女人去照料。她坐在她的床铺中间，用枕头支着腰。在她那苍白的面孔上，只有两只眼睛还有生气；她竖着脑袋，通过窗户的小窗帘，顽固地朝向对面的妇女乐园看。鲍兑本人也受着这种折磨——这种绝望的目光凝视着的苦恼，有时他要把窗帘拉下来。然而她做出哀求的手势拦住他，她执着地要看，要一直看到她最后的一口气。现在那个大怪物把她的一切夺了去，她的店，她的女儿；她本人正在一点一点地跟老埃尔勃夫一同消逝，她的生命的丧失是跟这个店丧失它的主顾成正比例的；在这个店断气的那一天，她也就不再呼吸了。当她觉得自己要死的时候，她还有力气恳求她的丈夫把两个窗户打开。天气温和，一抹快乐的阳光照耀着乐园，可是这个老房子的寝室在黑暗里寒战。鲍兑太太瞪着眼睛一动不动，那种重大的胜利，那些明朗的玻璃，在玻璃里面有上百万的金钱在流转，使她有了满怀的幻象。她那一双眼睛慢慢地黯然无光了，被暗影包围住，当这双眼消失在死亡里的时候，它们依然张得大大的，始终在注视着，涌着热泪。

附近一带所有破了产的小商家又一次排队送葬。人们可以看得见王普义兄弟，他们为了十二月份的到期票据弄得脸色惨白，他们用了一次最大的努力付了款，可是他们不能再有这么一次了。贝多雷兄妹，支着一根手杖，那么烦恼，使得他的胃病恶化了。戴里尼埃得了一次中风，皮奥和李瓦尔默默地走着，鼻子朝着地面，像是无望的人。而且人们不敢互相询问那些消失了的人——奎内特，塔丹小姐以及其他，他们整

日埋没在灾难的洪流里，打着滚被消灭了；更不要谈那断了腿躺在床上的罗比诺。但是人们露出最感兴趣的神情用手指着那些新被这场黑死病侵袭到的商人们：香水商戈洛涅，女帽商沙德易太太，花商拉卡沙纽和鞋商脑德，他们依然屹立不动，可是已被这场必将依次扫除他们的祸害的忧虑捉牢了。在灵柩车的后面，鲍兑迈着像他护送他的女儿时同样的将被屠杀的牛的脚步；同时在第一辆送葬车里可以看得见布拉的浓密眉毛下闪闪发光的眼睛和白雪一般的头发。

黛妮丝陷于苦恼中。半个月以来，她被忧虑和疲惫累坏了。她必须送北北进学校，而且要替日昂去奔走，他是那么热恋着糕饼商的侄女，以致请求他的姐姐去求婚。其次就是这场重复的灾难——她的伯母的逝世，这要把这个年轻的姑娘压倒了。慕雷又一次顺从了她的心意：她为她的伯父和别的人要怎样作就怎样作。一天早晨，她听到布拉已被丢到马路上去而鲍兑就要歇业了，她又同他做了一次谈话。然后，在吃过早餐后，她走出来，希望至少能够安慰这两个人。

在米肖狄埃街上，布拉站立着，面对着他的店钉在人行道上，昨天人们用了一手漂亮的恶作剧——这是诉讼代理人下的功夫，把他从他的店里赶了出来：恩慕雷持有一些债权，他便很容易地得到了阳伞商人破产的症状，于是由破产管理人来出卖，他用五百法郎买了租赁权。因此这个顽固的老人把他曾以十万法郎都不愿意放弃的东西让人家用五百法郎夺走了。而且带着一队拆毁工人来的工程师，为了要把他弄到门外去。都请了警官来。货物被拍卖了，室内的家具被搬走了；而他顽强地呆在他睡觉的那个角落里，人们出于怜悯心，不敢赶他出去。拆毁工人甚至在他的头上敲打着屋顶。人们抽掉了石板，天花板崩落了，墙壁歪歪扭扭地响，可是他在这赤裸的老空架子下面，在这些残骸中间，依旧留在那里。最后，当着警察的面，他才出去了。然而在他到附近的一家公寓里过了一夜以后，第二天的大清早，他又出现在对面的人行道上。

"布拉先生，"黛妮丝温和地说。

他听不见，他那双火焰似的眼睛盯着那些拆毁工人，他们正在用鹤嘴锄啄那间破小屋的门面。现在通过那些空洞的窗口，可以看得见内部了，看得见那几间破屋子和黑暗的楼梯，太阳未曾射进那里去已有两百年了。

"啊！是你呀，"最后他答话了，这时他认出她来了。"是吧？他们做了一手好活儿，这些强盗们！"

她不敢说谈下去，她被她的老住处的这种痛心的悲惨景象所感动，连她自己的眼睛都离不开那向下落的霉臭的石块了。在上头，在她的老房间的天花板的一角下，她还看得见那用歪歪扭扭的黑字写成的名字：用一支蜡烛火焰熏成的埃尔奈斯丁；于是她的心头又起了那些悲惨时日的回忆，满怀对于一切苦恼的人们的哀怜。可是那些工

人为了要猛然一下子拉倒那面墙，正想从根基上把它挖倒。墙在摇摆了。

"如果能够把一切都毁掉啊！"布拉发出咆哮似的声音叽咕着。

人们听见了一声可怕的震动。那些工人芒张地逃到街上来。在倒落的时候，这面墙摇晃着把一切残滓都卷走了。不用说，这间破小屋在雨浸和龟裂之下已经支持不住了：只要一推就足以使它从根到顶裂开。这是一次令人伤心的崩溃，是一间血水浸坏了的泥房子的被削平。连一块壁板也不再竖立着了，地上只剩下了一堆垃圾，一堆落在街边上的过去的污垢。

"上帝！"那个老人喊叫了，仿佛是这一打击震响在他的内心里。

他张着大嘴停立着，他绝没有想到这事会完得这么快。他注视着打开的切口，在妇女乐园的侧背上终于成了无牵挂的真空，那成为它的耻辱的污点被拆除了。这个小蚊虫被压垮了，这是对无限小的恼人的坚持一次最后的胜利，整个一圈房屋被侵入了，被征服了。过路的人聚拢来，扯开嗓子在同拆毁工人聊天，那些工人正在对这些很容易害死人的老建筑大发脾气。

"布拉先生，"黛妮丝试图领他到一边去，反复说，"你知道他们不会不管你的。你的全部要求都可以办得到……"

他抑起了头。"我没有要求……是他们打发你来的吧？好啊！你去跟他们说，布拉老头子还知道怎样劳动，他到哪里都会找得到工作……真的！给他们所屠杀的人施点儿恩惠，这真太舒服啦！"

于是她向他哀求。

"我请求你，接受吧，不要让我这么苦恼。"

但是他摇动着他那毛茸茸的脑袋。

"不，不，这算完啦，再见吧……幸福地生活吧，你现在年轻，不要阻止老人带着他们的主张去见上帝。"

他向那堆垃圾瞥了最后的一眼，然后他艰难地走去了。她在人行道的拥挤中间，随在他的背后。背影从盖容广场的角上转过去，一切都完了。

黛妮丝两眼茫然地动也不动停留了片刻。最后，她进了她伯父的店里去。布商一个人在老埃尔勃夫的幽暗的小店里。管家的女人只在早晚才来，作点厨房的事和帮助上下门板。他在寂寞的深处打发时间，常常整天没有一个人来打扰他，每逢极偶然有一个顾客走来时，他紧张地也找不到所要的货物。在沉默中，在微光里，他就这样继续不断地来回走动，他保持着他在两次送葬时的机械脚步，受着一种病态的影响，一种真正被迫前进的症候所耸动，仿佛他要给他的哀伤催眠并使它醋睡。

"伯父，您好些了吗？"黛妮丝问道。

他只停了一秒钟，便又走起来，从账桌向着昏暗的屋角走。

"是的，是的，好得很……谢谢。"

她想找一个令人得到安慰的话题，找一些快乐的谈话，可是寻找不出。

"您听到那声响吗？那房子倒下来啦。"

"唉！这是真的，"他现出吃惊的神色喃喃说，"必定就是那座房子……我觉得地面震动了……今天早晨，我从屋顶上望见了，我就关上了我的门。"

他作了一个漠然的手势，用以表示他不再关心这些事情。他每一次走到账桌前，便要看一看那张空凳子，他的妻和他的女儿就在这张坐破了的丝绒凳子上长大起来的。于是当他那永远不停的脚步把他运到另一端的时候，他注视着埋没在黑暗里的那些架子，架子上有几段布已经发霉了。这里成了一个孤寡的店家，他所爱的人已经去了，他的生意大滑到耻辱的结局，只有他一个人在几次的灾难中间，带着他那颗死亡的心和被打倒的自尊心徘徊着。他向黑暗的天花板拦起眼睛来，他聆听着从小餐室的阴影里袭来的静寂，这个家庭的一角，就连它闷人的气味，从前他都是爱好的。这个老住屋里只有一种声息了。他那整齐而沉重的脚步使几面旧墙壁发出了回声，仿佛他在他心爱的人们的坟墓上行走一样。

最后，黛妮丝触及使她来谈的问题。

"伯伯，您不能这样呆下去。必须做一个决定才行。"

他不马不停蹄答话了。

"当然，可是你要我怎么办呢？我曾经努力把货卖出去，可是谁也不来……天哪！总有一天我将关了店门，然后就走出去了。"

她知道这次破产是没有什么可怕的了。在这样的顽强的命运之前，债权人情愿有所谅解。一切都已经付光了，她的伯父只有简单地走向马路上去就行了。

"可是以后你要做什么呢？"她小声说，她想转一个弯儿以便触到她不敢表明的建议。

"我不知道，"他回答。"随便人家叫我做什么吧！"

他改变了他的路线，从餐室走向店头的橱窗；现在他每一次都用忧郁的目光注视着那装着被遗忘的陈列品的令人伤心的橱窗。他甚至不抬起眼睛看看妇女乐园的胜利的门面，那一长排的建筑一望无边，从左到右全面占据了一条街的两端。这是一种彻底地被消灭，他再没有力气发怒了。

"伯伯，听我说，"黛妮丝很感到为难终于说，"或许有一个位置给您……"

她又顿了一下，结结巴巴地说：

"是的，他们派我来向您提出一个稽查的位置。"

"在哪里?"鲍兑问道。

"天哪!在那边,在对面……在我们的店里……六千法郎,一件很轻松的工作。"

猛然间,他停立在她的面前。然而,他并未如她所害怕的那样愤怒起来,却是面色变得苍白,他被压服在一种伤痛的情绪、一种辛酸的忍让之下了。

"在对面,在对面,"他叽叽咕咕地反复了好几次。"你要我到对面去吗?"

黛妮丝本人也受了这种感动的影响。她又看见了这两个店家的长期斗争,她曾经随同给日内威芙和鲍兑太太送葬,她亲眼目睹老埃尔勃夫的倒闭,被妇女乐园扼死在地上。而叫她的伯父进入对面去,戴着白色领带来回地走,这个主意使得她那怜悯而又反感的心脏跳起来。

"你瞧,黛妮丝,我的女儿,这是可能的吗?"他简单地说,同时他扭捩着他那的可怜的双手。

"不,不,伯父!"在她那公正而善良的全部生命的跃动中她喊起来。"这是不应该的……原谅我,我请求您。"

他又徘徊起来,他的脚步重新搅动了这个店家如坟墓一般的空虚。当她离开他的时,他在这种大绝望的顽强的运转里,来回地走,永远在走,这种运转是自转的,可是绝对不能够走出去。

那天夜里,黛妮丝又失眠了。她这才触到她的无能为力的深处。即使替自己的人帮点忙,她都得不到一种安慰。她从头到属地必须帮助人生的不可战胜的工作,这种工作是要有死亡作为它继续不断的种子。她不再奋斗了,她接受了这种斗争的法规;然而她那女性的灵魂,想到苦难的人类,就有满怀含泪的慈悲心和友爱的柔情。几年以来她自己被卷入这个机器的回旋里。她没有在里边流过血吗?人们没有伤害她、驱逐她、用侮辱来磨难她吗?就算在今天,当她觉得自己被这种合乎逻辑的事业所选中的时候,她有时还是害怕的。为什么要选中她呢,她那么瘦弱?为什么她那迟钝的小手突然在这个庞然大物的工作中间会那么重要起来呢?这毁灭了一切的力量,接下来也会消灭她,她的到来就像是为了复仇。慕雷发明了这个粉碎世界的机器,这机器的野蛮的运转使她愤慨;他在附近一带播撒了毁灭的种子,剥了一些人的皮,害了另一些人的命;但是她正因为他的工作的宏伟而爱他,每逢他的权力过度地发挥,她就愈加爱他,尽管在被征服者的可诅咒的悲惨之前她泪流满面。

十四

　　十二月十日街道焕然一新，街上那些粉白的房屋和一些赶不及建好的最后的工程架子，在二月的明亮的阳光下展开了；这条光辉的通路切断了旧圣洛施区的潮湿和幽暗，在这条路中，车如流水马如龙，列成征服者的大队通过去；在米肖狄埃街和沙奢街两条路中间，已经起了一场骚动，这是被长达一个月的广告煽动得火热的杂沓的人群，他们的眼睛望着空中，木头木脑地在妇女乐园的纪念碑式的门面前观望着，揭幕式在星期一举行，借机办一次白色物品的大型展览。

　　这一大片镀了金显得很有生气的多种颜色的建筑物，沐浴在它的清新的喜悦中，正在预告着内部经营的热闹和繁华，像是将吐出最活跃色彩的火焰的一种大规模的陈列那样吸引着人们的眼睛。在临街的一层，为了不使橱窗的织物褪色，全采用素淡的装潢：窗的下壁是海洋绿的大理石；角柱和台柱用黑色大理石覆盖着，这种严肃性用金黄色的漩涡装点放出光彩；其余的是不涂锡膜的玻璃砖，用铁框子嵌着，这些玻璃砖通向走廊和厅房的深处，使它们浴满了街道上的明亮的阳光。愈是上面一层，愈是光彩灿烂。临街一层的顶柱饰带是用木细工构成的，是一种红色和蓝色的花环，用大理石的石板互相间隔，石板上刻着商品的名称，无边无际地包围着这个巨大的店。其次，二楼窗口的下壁是珐琅瓷砖的，又是架着大玻璃砖的窗口，一直高耸到顶柱饰带边际，这些饰带是用法国各城市的徽章形式的和陶器图案式的、镀金的小盾牌做成的，上边的瓷釉反射出窗的下壁的明亮彩色。最后，在紧高处，柱顶线盘如整个店面的郁茂的花卉那样喜气洋洋地开着花，那些木细工和烧瓷体现出更温暖的色彩，铅板的凹槽经过雕刻和镀金，露盘上排列着一排雕像，那是一些工业大城市，它们那精细的剪影浮现在高空里。最能使好奇的人惊叹的是在正门，那是一个高大的凯旋门，也是用华丽的木细工，烧瓷和陶器装潢的，上边顶着寓意的群像，新镀的金光灿烂，一个穿着衣服的女人被一群喜笑颜开飞翔着的小爱神吻抱着。

　　将近两点钟的时候，一个交通警不得不维持人群通行的秩序和监视马车的停车场。这个皇宫被建筑起来了，这个庙堂是用疯狂的浪费方式建成的。它以君临天下的方式用阴影罩住了整整一个区。拆毁了布拉的破小屋以致在它的侧面所造成的那块伤疤，

已经被弥补得很好，人们想要找出那块旧创伤的位置是罔用心机了；顺着四条街道伸延出去的四个门面，雄伟但是孤独地挺立着，没有一个漏洞。自从鲍兑进入了养老院，对面街道上的老埃尔勃夫关了门，人们不再开启门扉，这像是一座被封闭了的坟墓；逐渐地马车的轮子把这个店溅得稀脏，招贴把它埋没了，糊得水泄不通，如奔腾的洪流似的广告似乎铲了最后一锹土投扔在旧商业上；而且在这个被街道上的痰唾弄得肮脏的、被巴黎的扰攘弄成五颜六色的、死了一般的店面中间，有一方全新的巨大的黄色招贴，像是插在被征服的帝国上的一面军旗，用两尺高的字在宣布妇女乐园的大倾销。有人说这个大怪物对于它曾经朴素地诞生下来的可是新近被它扼杀了的这一区，感到羞耻和厌恶，便把它的背转过去，让那些泥泞的狭窄街道留在后方，把它那暴发户的面孔向着新巴黎阳光辉耀和扰攘不停地大路了。现在正如广告的版画上所表现的，它像故事中的食人鬼那样肥壮起来，两个肩膀气势汹汹地要把云彩冲破了。首先在这个版画的第一个平面图里，是装满了一些小黑人影的十二月十日街、米肖狄埃街和蒙西尼街，这些街道被无限地扩大了，仿佛要使全世界的顾客都能通行过去。然后是这个建筑的本身，那幅度被夸大了，鸟瞰之下，它们的屋顶描绘出屋宇下的走廊，它们的玻璃的庭院可以让人窥察出那些厅房，这个用玻璃和铅版造成的湖面在太阳下闪闪发光。再向远方，巴黎出现了，然而这一个巴黎是被缩小了，被这个大怪物吞食了：它邻近的那些像受了屈辱的茅草屋似的房子，在模糊的烟雾下接连着模糊了；那些大纪念物似乎变得渺小了，在左首，圣母院只是两条线，在右首，伟人墓在尽头，残废军人院不过是一个曲折的符号，小得像一粒扁豆，又寒碜又不惹眼。地平线渺茫得像是成了粉末，仅仅是一个可轻蔑的框子，一直伸延到沙蒂容村的高地，伸延到广大的乡野去，那些被埋葬的远方显示出奴隶的状况。

从早晨起人群就渐渐多了。未曾有过一个店家用这样喧骚的广告鼓动过这个城市。现在乐园每年花费六万法郎在招贴和各种宣传上；发出去的目录的达四十万份，作为样品切碎的料子价值十万法郎以上。这是用报纸、墙壁或向大众耳朵里灌输的一种决定性的侵略，仿佛是一个大得怕人的铜喇叭不松懈地把扰攘的大廉价宣传吹向大地的四角。而且从这时起，这个大家在拥挤着观望的门面，同它那大百货商场的五颜六色和涂金的豪华，它那展览出妇女服装全部诗意的大橱窗，它那油漆的、雕刻的、砌石的、浪费金钱的招牌，就变成了一个活广告，从街面一层的大理石板一直到在屋顶上卷成弓形的顶板都飘扬着金黄的旗子，上边可以读到用合时的颜色写成的这个店家的名字，浮现在蔚蓝的空中。为了庆祝揭幕式，又增加了一些纪念装饰品，一些国旗；每一层都有彩色的旗帜和法国各主要城市的徽章旗；同时，在最高处，外国的各种旗子，高扬在杆子上，在空中迎风招展。最后，在下方，橱窗里白色物品的展览发出一种令人眼花缭乱的强烈的情调。除了白色物品没有别的，左首是一整套嫁妆衣和大堆的被单，右首是幕帐扎成的礼拜堂和手帕堆成的金字塔，令人眼花缭乱；在门口的"垂挂的物品"：几段麻织品、白洋布或洋纱，像纷纷的雪片流水般向下垂，在它们中间竖立着服装的版画，是些带点蓝色的硬纸板，上边有一个年轻的新娘和一个穿着舞蹈服装的贵妇人，两个全像真人一般大小，穿着真正的花边和丝绸料子做成的服装，她们那涂色的面容微笑着。不断旁观的人围成了一个圈子，从人群的惊叹里升腾出一种欲望。

更能煽动起环绕着妇女乐园的人们的好奇心的，是整个巴黎都在谈论的一场天灾，布特蒙在歌剧院附近开了几乎不到三个星期的大店——四季商店，着了火。各家报纸突出地做了详细报道：生火起因是由于夜间悬挂的煤气灯的爆炸，一些女售货员穿着睡衣惊慌地向外逃，而且布特蒙英勇地救了五个女人出来。又说，这笔巨大的损失已经有了补救，于是大众开始耸耸肩膀，说这种广告作得真出色。但是在眼前，那被各种传闻煽动得火热的注意力又关注乐园了，人们对这些百货商场到了中魔的程度，在人民的生活里这种商场占有了那么重要的位置。一切的机会都归于这个慕雷了！巴黎祝贺它的明星，既然现在火焰都负责从它的脚底下扫除掉它的竞争者，人们便都跑了来目睹它的傲然屹立；人们已经在计算它在这一季里获利的数字了，并且在估计由于那家竞争的店被迫的休业将从它的门道下跑进去的是如潮水般扩大的人群。有过那么一个时刻，慕雷是感到不安的，想到一个女人—— 那位戴佛日夫人——在反对他，使他烦闷，而他的幸运多少是有赖于这个女人的。哈特曼男爵投资到两个事业里去的这种金融上的外行作法，也使他心灰意冷。其次，最使他气愤的是，他未曾想出布特蒙的这种天才的主意：那个活跃的人竟至请了马德勒纳堂的本堂司铎率领他全部的教士给他的店作了祝福！这是一次令人惊叹的仪式，一次从丝绸部走向手套部的豪华的宗教仪式，上帝下降到女人的裤子和胸衣里来了；这个仪式并未阻止住全部的焚毁，然而它在现代顾客的心上发生了那么重大的影响，真是相当于一百万广告费的价值。从这时起，慕雷就梦想要掌握住大主教。

悬挂在门上的钟敲了三下。时逢午后的拥挤，将近十万的顾客在各个走廊和厅房里闷得喘不过气来。门外，从十二月十日街的这一头到另一头停着车辆；而且在靠近歌剧院的一边，另有一堆浓密的人群占据了死胡同，那即将要动工开辟一条新路。普通的出租马车和私人轿车混杂在一起，车夫们在车轮中间等待着，一排排的马嘶鸣着，摇摆着它们那照耀着太阳闪闪发光的辔头。在一些小伙计的招呼下，也是由于牲畜的推撞而缩小了线路，同时那些新来的车辆继续挤进去。步行的人惊惊慌慌成群结队飞逃到安全地带去，在笔直的大路的渐离渐远的远景中人行道上是黑压压的人群。而且

在这些白色房子中间升腾着一阵喧哗，这股人流在扩张的巴黎的心脏里涌动着，一股强烈而甜蜜的气息令人感到巨人的爱抚。

德·勃夫夫人，她的女儿勃郎施陪着她，正同居巴尔夫人在一面橱窗前注视着一件半成品服装的陈列品。

"啊！你瞧，"她说，"这件麻葛的衣服只卖十九法郎七十五生丁！"

那些衣服用细绢带子系在四方的纸盒子里，折叠的方式只露出了蓝色和红色刺绣的边；而在每一个纸盒子的一角上，有一幅版画表现着全制成的衣服，由一个公主模样的年轻女人穿在身上。

"天哪！这个再多也不值了，"居巴尔夫人悄悄说。"只要它一到你的手里，就会成了真正的破布片子了。"

自从德·勃夫先生由于痛风症的发作被钉牢在一张椅子上以后，她们就亲密起来了。妻子容忍了情妇，她情愿这种事发生在她的家里，因此她可以得到一点零花钱，这笔钱是她的丈夫必须竭力克制自己容忍别人盗取的。

"好啦！我们进去吧，"居巴尔夫人又说。"一定要看看他们的展览……你的女婿不是同你约好了要在里边跟你碰头吗？"

德·勃夫夫人没有答话，她的目光茫然了，专注地望着那一连串马车，这些车一辆接一辆地打开了，老是放出了一些顾客。

"是的，"勃郎施终于发出柔弱的声音说。"保尔从部里出来以后四点钟左右一定会来阅览室接我们。"

他们结婚有一个月了，瓦拉敖斯在南方度过了三个星期的休假之后，最近又复了职。这个年轻女人已经长得像她妈妈那样健壮，肉嘟嘟的像是结婚后长胖了。

"可是你看，戴佛日夫人在那边哩！"伯爵夫人望着刚刚停下来的一辆轿车喊着。

"啊！你相信会有这种事吗？"居巴尔夫人悄悄说。"在这么一些事故之后……她一定还在替四季商店的火烧流泪哩。"

果然是昂丽叶特。她望见了这几位太太，露出快乐的神情，在她那现代化安然的风度下隐藏起她的失败，向她们走来。

"唉呀！是的，我要来转一转。最好是亲自来看一看，你说是吧？……啊！我们同慕雷先生始终还是好朋友，尽管自从我参加了那个敌对的商店以后人们说他为此很生气……在我这方面，只有一件事情是我不能原谅他的，那便是他把那件婚事怂恿成了，你们知道吗？那个约瑟，同我的养女德·芳特奈尔小姐……"

"什么！这事做成啦？"德·勃夫夫人插嘴说。"多么可怕呀！"

"是的，我的亲爱的，而且专门是为了让我们丢脸。我是了解他的，他的意思就是说我们上流社会的女孩子们只配跟商店的小伙计们去结婚。"

她兴致来了。四个人全在门口的拥挤中间停留在人行道上。可是人流渐渐地把她们卷了去；她们顺随着这个潮流，没有意识地身子像是被抬起来通过了门口，为了叫对方听得见便更高声地谈话。现在她们在一问一答地谈论着玛尔蒂夫人的新闻。据说可怜的玛尔蒂先生，经过几次猛烈的家务争吵以后，害了极度的神经错乱症：他大量地挖掘了地下的宝藏，他掏空了金矿，他用金刚钻和宝石装满了些垃圾车。

"可怜的老好人！"居巴尔夫人说，"他总是穿得那么破烂，体现出他那份劳碌奔走的教师的谦卑样子！……可是那位太太呢？"

"目前她在靠她的一个叔父过活，"昂丽叶特回答，"这个叔父是一个正直的老人，在他丧妻以后，他退休到她的家里去……再说呢，她一定会到这儿来的，我们会看到她。"

一种惊奇的景象使这几位贵妇人停住不动了。在她们面前，这个店家展开了，正如广告上所说，这是世界上最大的一家店。如今中央的大厅从这一头一直到那一头，打通了十二月十日街和圣奥古斯丹新街；同时在左右两面，像教堂里的侧廊，是更狭窄的蒙西尼大厅和米肖狄埃大厅，它们也是毫无遮拦地沿着两条街贯通下去。在悬空的楼梯和浮桥的金属骨架中间，有些厅房在各处扩大了十字路口的面积。内部的布置已经发生了改变：现在，零头物品是在十二月十日街上，丝绸部是在正中央，手套部是在里面，占据了圣奥古斯丹厅房；从正门的新前厅，抬起眼睛来，始终可以望得见寝具部，这一部从三楼的这一顶端移到另一顶端去了。各部的数目高达五十个之多；几个新设的部，就在当天揭幕；另外几个已经变成非常重要的部，为了便于销货，只需简单地加以划分；由于业务的不断增高，为了应付新的销售旺季，单是职工都已经增加到三千零四十五名了。

使那几个贵妇人停下来的是白色物品大展览的豪华场面。首先在她们的四周，是那间前厅，那是一间用镶木细工铺地、用明亮的玻璃砖构成的厅房，内中的低价陈列品吸引住贪婪的人群。其次是埋没在灿烂白光的几道走廊，如北极光的狭道一般，完全是一片雪的国土，展现出悬挂着银鼠的无边无际的大平原，展现出在太阳下闪光的冰堆。人们又看见了外面橱窗里的白色，它们更有生气，更广阔，仿佛发出熊熊大火的白色火焰，从这个庞大内厅的这一头烧到另一头。一切都是白的，每一部的白色物品全集中了，这是一片白色的泛滥，一颗白色的星，它那凝固的光辉首先令人眼花缭乱，使人在这一律的白色中间分辨不出详细的情景。可是人们的眼睛立刻就习惯了：在左方，蒙西尼大厅排列成一些麻织品和白洋布的白色海角，一些床被单、餐巾和手帕的白色山岩；同时在右方，被零星杂货部、帽袜部和毛织品部占据的米肖狄埃大厅，

陈列出一些用珠母钮扣组合成的图案，一片用白色短袜建筑起来的堂皇的装潢——一间罩着白色麦尔登呢的整个的房间，有一注光射向远方。然而最耀眼的，是中央大厅里的丝带和披肩，手套和丝绸。那些柜台在丝绸和丝带、手套和披肩下淹没了。围着铁的小圆柱子，缠起一些起泡泡的白洋纱，各处系着白色的薄绢。楼梯罩着白布，交替使用白棉布和斜纹布，沿着栏杆，围着厅房，一直升到三楼去；而且这个白色的阶梯装上了翅膀，像是天鹅在飞翔，一瞬即逝。然后是从穹隆上降下来的白色，一片垂落的绒毛，一片大团子的雪花：一些白色的被头，一些白色的脚垫子，像是悬挂在教堂的旗子上，在空中飘动；横越过去的长射程的镂空花边，像是吊着的嗡嗡叫着不动的几群白色蝴蝶；各种花边在四面八方微微颤动着，像是飘浮在夏天空中的游丝，使空中充满了它们的白色气息。而且最令人惊叹的，成为这个白色宗教的祭坛的，是在正厅里丝绸部柜台上方从玻璃天窗垂下来的白帷帐的天幕。洋纱、棉纱和富有艺术性的镂空花边发出微波流动着，同时非常富丽的刺绣的绢网和撒上银箔的东方丝绸，作为这个匠心的装潢的底子，衬托出幕屋和寝室。真可以说，这个宽阔的处女的白色大床，如在传说里那样，在等待着白雪公主出现，她总有一天要披着新娘的白纱仪表堂堂地到来的。

"啊！真不寻常！"几个贵妇人反复说。"这是从来也没见过的呀！"

她们不厌其烦地歌唱着整个店的面料所唱出的白色的赞歌。慕雷还从来未曾做过比这更宏大的壮举，这是他的显示艺术天才的绝顶表现。在这种如土崩瓦解的白色下面，在这种像是从裂开的盒子偶然落出来的显然毫无秩序的织物中间，是有一种谐和的节奏，白色在它的一切调子里追随着发展着，它随同一个大师的遁走曲的复杂演奏法降生了，扩张了，喜气洋洋了，它的继续的发展带领着人们的灵魂进行一次不断高扬的飞翔。一切都是白色的，而且绝不是一色的白色，是各式各样的白色，这一种赛过那一种，互相排斥，互相竞赛，达成一种光彩，它就是光明的本身。开头是白洋布和麻织品的无光泽的白色，是法兰绒和布料子的不鲜明的白色；其次是丝绒，绸子，缎子，一种上升的音阶，白色渐渐点着了火，终于在折叠的边缝上燃起了小小的火焰；而且这白色从透明的窗帘里飞去了，带着那些洋纱，花边，尤其是那么轻飘飘的绢网——它们像是尾音听不清的音符——变成了自由的火光；同时几段东方丝绸的银箔，在巨人的寝室里，唱得更嘹亮。

这座房子显得生气勃勃，人群围攻着电梯，饮食间和阅览室里拥挤不堪，好大一群的人在这一片雪白的空间里游来游去。而且人群都是黑色的了，真可以说成是十二月里在波兰湖面上滑冰的人。在临街的一层，黑压压的波浪像是退潮时那么涌动着，从其中只能分辨出细巧而狂喜的女人的面容。在雕凿的铁的骨干中间，沿着楼梯或在浮桥上，细小的人影无尽无休地接连向上行，仿佛是迷失在雪山顶上。一阵闷人的暖房的热气，迎面扑向这些冰冻的山顶上。嗡嗡的人声形成如激流的河水般喧哗的声响。在天井上，那些贵重的金饰，那些嵌着金斑的玻璃板，那些蔷薇形金装饰，似乎是闪耀在这个白色大展览的阿尔卑斯山顶上的一柱阳光。

"来呀，"德·勃夫夫人说，"我们一定要走到前面去。不能留在这儿呀！"

从她进门来，贴着门口站着的稽查茹夫，眼睛就没有离开过她。当她转过身来的时候，他们的目光相遇。及至她又开始前进，他便让她在不远的前面走，可是从远处追随她，露出不再注意她的样子。

"你瞧！"居巴尔夫人说，在拥挤中间到了第一个收银台前她又停下来，"这些董花，可真是一个好主意！"

她谈的是乐园的新赠品，这是慕雷出的主意，各家报纸上已经大肆宣传了，从尼斯城买来了成千的白董花的小花束，分送给全部买少许物品的顾客们。靠近每一张的收银台，一些穿制服的小伙计们在一个稽查监督下分发礼品。渐渐地顾客们都插上花了，房子里充满了这种白色婚礼用的花朵，全部女人发出沁人的花香在行走。

"是的，"戴佛日夫人发出一种嫉妒的声音喃喃说，"这个主意出得好。"

然而当这几个贵妇人正想走开的时刻，她们听见两个售货员拿这些董花在开玩笑。一个瘦高的售货员在表示惊讶：老板和童装部主任的婚姻这就算是成了吗？同时另一个小胖子答说，这个谁也不清楚，不过这些花却是照样买来啦。

"怎么！"德·勃夫夫人说，"慕雷先生就要结婚了吗？"

"这是头一次听到的新闻，"昂丽叶特装作漠不关心的样子答说。"再说呢，他一定会这样收场的。"

伯爵夫人向着她的新朋友敏感地瞥了一眼。现在这两个女人全明白了为什么戴佛日夫人尽管受到了决裂的打击还要到妇女乐园来。毫无疑问，她是被一种不可克制的要来看看、要来受受罪的要求所支配了。

"我陪着你，"居巴尔夫人的好奇心被鼓动起来了，便向她说。"我们可以在阅览室里再同德·勃夫夫人碰头。"

"好的！就这么着，"德·勃夫夫人说，"我要到二楼去……你来吧，勃郎施？"

于是她上楼了，她的女儿跟着她，同时稽查茹夫始终在尾随着她，为了避免引起她的注意，他从邻近的一道楼梯跟上去。另外两个女人便消失在临街一层的稠密的人群里。

所有的柜台在售货的混杂中间，老是同时在谈着老板的恋爱。黛妮丝的长期拒绝使那些店员大为开心，几个月以来他们都在注意着，而这桩奇特事件却突然间面临了

一个危机：近两天来有消息说，尽管慕雷用了各种恳求的手段，那个年轻姑娘借口需要长时间的休息，就要离开乐园了。他们的意见是分歧的：她会离开吗？她不会离开吗？各部的人们都以下个星期天为限用五个法郎打赌。一些富有经验的老手认定他们最后总会结婚而可以在这件事上赌一顿便餐；不过，另外一些相信她会离开的人们，没有确实的根据就不敢拿他们的金钱来冒险。的的确确，这位小姐是有一个令人崇敬的女人的力量，她还在抗拒；然而在老板这方面呢，论他的财富，论他的幸运的独身生活，论他那可能激发起一次最后的强求的自尊心，他是坚强的。除此之外，不管是这些人还是那些人，都一致地认为这个小女售货员是用一个历经沧桑的人的天才技术在处理着这件事，她在赌最后的胜负，要他下一个是或否的决心。跟我结婚，不然我就离开。

然而黛妮丝却不去考虑这些事情。她绝对没有一种强迫的要求也没有一个打算。她所以决心要离开，正是人们给她的行为下了这些判断所造成的结果，这些判断不断地使她感到惊讶。这一切是她所愿意的吗？她曾经表现出自己是一个狡猾、卖弄风情和富有野心的女人吗？她只是简单地来了，人家能够这样地爱她，她是第一个感到惊奇的。即便在今天，为什么人们会把她要离开乐园的决心看成为是一种狡猾的手段呢？这不是那么自然的事吗！在这个店不断生出来的闲言碎语中间，在慕雷的火热的纠缠和她同自己所做的斗争中间，她已经害了一种神经质的病，一些不堪忍受的苦恼；她被一种恐惧牢牢捉住，怕总有一天她会做出让步，然后整个的一生要这件事情后悔，所以她情愿走开了。如果说在这中间是有一种她所不知道的巧妙的策略的话，她就绝望地问着自己要怎么样地做才能不叫人看出她有一个猎取丈夫的女人的意图呢？现在，结婚的想头使她烦躁，即便他发疯到了那种情形的话，她决心还是说"不"，永远说"不"。只有她是应该独自受苦的。非离别不可使她流了眼泪；然而她拿出了很大的勇气，反复地跟自己说，这是必需的，如果她动了别的念头，她将再得不到安宁和快乐。

当慕雷收到她的辞职书的时候，他哑然地呆住了，而且像是冰冷的，他努力控制着自己。然后他冷淡地扬言，在允许她做出这样的一件糊涂事情之前，给她八天的时间去考虑。到了第八天头上，当她又提出了这个问题表示出一种断然的决心要在大廉价以后离开的时候，他便不再恼怒，而装出一种理智的态度：她是缺乏财产的，她在任何地方也不会找到她在这个店里所占有的位置。她心目中有了另外的一个位置吗？如果这样，他就准备允许她如她所希望得到别的地方去获取成功。及至年轻的姑娘回答说，她并未找寻位置，她首先打算到瓦洛额去休息一个月，他便问她，如果说单单是健康的需要她非离开不可，那么有什么妨害了她事后再回来呢。她默不作声了，受着这种盘问的折磨。于是他想象着她是去会一个情人，也许就是一个丈夫。有一天晚上她不是向他明说过她是有一个情人的吗？从那一时刻起，他满心里装着她这句在窘困的时间被挤出来的自白，像是埋藏着一把刀子。如果那个男人一定要和她结婚，她便放弃了可以顺随他的一切了；这样可以说明了她的固执。这算是完结了，他只简单地发出冷冰冰的声音继续说，既然她不肯向他说明她离开的真正原因，他也便不再留强她了。这一番并不愤怒的苛刻的话，比她所害怕的那种暴烈的场面愈加使她怅惘。

这一个星期，黛妮丝还必得在这个店里度过去，慕雷保持着他那严酷的铁青脸色。每逢他从各部走过去，他装作没有看见她；他从来也没有像这样的超然过，像这样的埋头于工作；于是打赌又开始了，只有胆子大的人才敢把一餐饭押在结婚上。可是在这种对于他来说是那么反常的冰冷下面，慕雷隐藏着一种可怕的犹豫不决和痛苦。愤怒涌出一股血流冲击着他的头脑：他看见了鲜红的颜色，他梦想着紧紧地一把捉住黛妮丝，留住她，把她的呼喊闷下去。然后他要合理地去做，他找寻一些实际的手段以便阻止她逃走；可是他不断地感到他的无能为力而消沉，又气愤他那无用的势力和金钱。有一个想头，虽然他是反感的，却在他的疯狂的计划当中抬起头来，渐渐地占了优势。在埃杜安夫人逝世以后，他曾经立誓不再结婚，从一个女人得到了他第一次的机会，他便决心今后从所有的女人身上寻找他的幸运。在他身上，像在布尔当寇身上一样，是有一种迷信的，认为一家大绸缎店的主持人，如果他想在那大批顾客的扩张的欲望之上保持住他的男性的权势，就必得是一个独身者；引进一个女人便要改变了空气，她会带来她自己的味道，而驱逐了别的许多人。他抗拒着这种不可战胜的事实的逻辑，他宁可死掉也不愿意做出让步，他对黛妮丝起了突然的愤怒，清楚地感觉到她是来复仇的，害怕他会陷下去，在他的百万财富上被征服了，害怕到了他同她结婚的那一天，他会如草芥一样被永恒的女性所鄙视。然后他慢慢地又变得怯懦了，他分析着他的矛盾：为什么怕得发抖呢？她是那么甜蜜，那么明理的，他可以毫无戒惧地把自己交付给她。这种斗争一小时内有二十次在他那动荡不宁的心神里又开始了。自尊心刺痛着他的创伤，当他想到即便做到这最后一步的让步，如果她是爱着某一个人的话，她还是要说"不"的，永远说"不"，这时他那仅有的理性完全丧失了。在大廉价的那天早晨，他依然未能做出决定，而黛妮丝明天就要离开了。

正好在那一天，当布尔当寇依照日常习惯在三点钟左右走进慕雷的办公室的时候，意外地看见他两肘支在桌上，两手抚着眼睛，那么地专注，以致必须拍拍他的肩膀提醒了。慕雷抬起了流着泪的湿面孔，两个人互相凝视，互相伸出他们的手来，于是这两个一起进行过多次商业斗争的人突然紧紧地握手了。一个月以来，布尔当寇的态度完全改变了：他在黛妮丝面前表示恭顺，甚至暗中怂恿老板结婚。毫无疑问，他的这种策略是为了不要被一种如今他视为强过于他的力量所扫除掉。不过在这种改变的深

处另外也可以发现到一种旧有的虚荣心的苏醒，一种渐渐上升的要反过来吃掉慕雷的怯懦希望，他在慕雷面前已经弯着脊背有那么久的时间了。这种事存在于这个生存斗争的店家的空气里，继续不断的屠杀使他四周的生意热闹起来。他是被这个机器的操作弄得忘形了，被一种要吞并别人的贪欲所捉牢了，这种贪婪从上到下驱使着一些瘠瘦的人要消灭那些肥满的人。只是一种宗教性的畏惧，一种机会的宗教，直到如今阻止了他未曾一口咬下去。可是老板又变成小孩子，堕落到要进行一次愚蠢的结婚，要毁坏了他的机会，损害了他在一般顾客之上所发生的优美。当他能够那么轻而易举地接任了这个倒在一个女人怀抱里而寿终正寝的人的继承的时候，为什么他要他回心转意呢？因此他是持有一种告别的情绪，一种旧的友爱的怜悯心，紧紧地握了他的上司的手，而且反复地说：

"起来呀，鼓起勇气来，什么不用管哩！……同她结了婚，把这件事做一个结束。"

慕雷为了这一瞬间的纵情已经感到惭愧了。他站起身来，他在抗辩。

"不，不，这太糊涂啦……来吧，我们到各部去实行我们的视察。情况很不错吧？我相信这一天会是很可观的。"

他们走出来，在人群拥挤的各部中间，开始他们午后的视察。布尔当寇斜着眼向他扫视，对于这种最后奋进的精力感到不安，研究着他的双唇以便探寻最轻微的痛苦的皱褶。

果然，在地狱一样的喧嚣里生意发出了火力，它的颤动是像开动了全部机器的大汽船的动荡。在黛妮丝的柜台里，一群做母亲的率领着成群结队的小姑娘和小男孩子，淹没在他们试穿的衣服下面，闷得令人无法呼吸。这一部把它全部的白色服装都搬出来了，在这里也像在其他各处一样，是一片泛滥的白色，足够给一部队的畏寒的小爱神穿上白色衣裳：有白呢子的外衣，有白棉布、棉纱和开斯米的衣裳，有白色的水手装，甚至有阿尔及利亚步兵服。在正中央，尽管季节还没有来到，为了装潢却陈列出第一次圣餐式的服装，白洋纱的衣服和面纱，白缎子的鞋子，形成淡淡开放的花朵，像是天真无邪坦白无私而令人恍惚的大花束。布尔德雷夫人正在她的三个孩子前面，玛德兰，爱德蒙，吕西安按着次序坐着，她正同最小的一个生气，因为黛妮丝努力替他穿一件羊毛纱的夹克衫，而他在挣扎着。

"你要安静点儿呀！……小姐，你不认为这件衣服瘦了点吗？"

她用一个不会上当的女人的明亮眼光，研究着料子，评判着样式，翻着里子看。

"不，这个可以啦，"她又说。"给这些小东西穿衣服，真不是一件容易事情……现在，要给这个大女孩子找一件大衣。"

在部里非常忙碌的时刻，黛妮丝必得帮忙做生意。她在找所需要的大衣，这时她轻轻地发出了一声惊奇的呼叫。

"怎么！是你呀！有什么事吗？"

她的弟弟日昂，双手抱着一个包裹，停立在她的面前。他结婚已有八天了，他的妻子是一个黑褐色面容又俊美又爱动的小女人，在礼拜六的那一天，曾经为了买东西到妇女乐园做过一次长时间的参观。这一对年轻的夫妇要陪着黛妮丝到瓦洛额去：这是一次真正的新婚旅行，使他们回忆过去的一个月的休假。

"你想得到吗，"他答说，"泰莱莎忘记了一大堆的事情。有些东西要调换，还有一些东西要买……可是，她忙不过来，便叫我拿着这包东西……我要向你说明……"

但是她看见了北北，便打断了他的话。

"唉呀！北北也来啦！那么他的学校呢？"

"听我说，"日昂说，"昨日礼拜天饭后，我鼓不起勇气把他送回去了。他今天晚上回去……这个可怜的孩子被关在巴黎城里真够悲伤的，而我们却到乡下去。"

黛妮丝虽然有她的苦恼，却向他们笑了笑。她把布尔德雷夫人托付给一个女售货员，又回到他们身边来，停在这一部里幸而还空着的一角上。这些小东西——她至今还是这么称呼他们——此时已经长成大人了。北北十二岁，长得比她还高还胖，老是不说话，穿着他那身学校制服，像是一个甜蜜的乖孩子生活在爱抚里；同时日昂，四四方方的肩膀，比她还要高出一个头了，他还保持着他那女性的优雅，他那头金发在风的拂动下飘舞着，像是个艺术家的样子。而她呢，依然娇小，如她所说，并不比一只云雀更胖，她对于他们保持着一个担着心思的做母亲的权威，给日昂系上礼服钮扣以便不让他现出一个放荡子的样子，告诉北北一定要有一条清洁的手帕。这一天，当她看见北北的一双眼睛浮胀了起来，她就温柔地规劝他。

"要懂得道理啊，我的小东西。你的学业是不能荒废的。在休假的时候我要带你去……你是想要什么东西吗？也许你想要点钱用。"

于是她转过身子对向另一个。

"都是你，小东西，骗得他熬不住啦，你叫他相信我们去很好玩哩！……想办法懂得点道理呀！"

她曾经把她的一半积蓄四千法郎给了大弟弟，使他能够安了家。小弟弟上学也用了她很多的钱，她全部金钱像从前一样是用在他们身上。他们是她活着和劳作的唯一理由，她重新起了誓永远不结婚了。

"这里，"日昂又说，"这包里首先有一件哈瓦那式的外衣是泰莱莎……"

可是他不再讲下去了，黛妮丝转过身来看看是何事把他吓住了，她望见慕雷站在他们的背后。他已经站了一会儿在观望着她像一个小母亲似的在这两个大孩子中间做

着她的家务事，叱责着他们，拥抱着他们，像替婴儿换衬衣般使他们转来转去。布尔当寇留在远处，现出一副对于生意很感兴趣的神情；可是他的眼睛并未离开这个场面。

"这是你的弟弟吧？"慕雷在一阵沉默之后说。

他的声音是冷冰冰的，在目前他对她谈话就是采取这种严峻的态度。黛妮丝自己也努力保持着冰冷。她的微笑消失了，她答道：

"是的，先生……我给大弟弟结了婚，他的妻派他来买些东西。"

慕雷继续注视着他们三个人。最后他又谈话了：

"这个小的高得多了。我认识他，我想起有一天晚上在屠勒利花园里曾经见过他跟你在一道。"

他的声音温和下来了，发出低低的颤音。她闷住气，借口给北北整理腰带弯下腰去。两个弟弟，满脸通红，向他们姐姐的老板微笑着。

"他们很像你哩，"他又说。

"啊！"她大声说，"他们比我长得漂亮！"

暂时他似乎在比较着他们的面孔。然而他的力气已经用尽了。她是多么爱他们哪！他走了几步；然后他又转向她耳语道：

"下了班以后上楼到我的办公室里来。在你离开以前我有话要跟你谈。"

这一次慕雷走开了重新去进行他的视察。他的内心里又起了反复，因为他作了这次约会现在令他生气了。由于见到她同着她的弟弟可有什么冲动又使他让步了呢？既然他都没有了保持一种意志的力量，这真是发疯啦。最后，他想，向她道一声告别就把这件事割断吧！又跟他在一起的布尔当寇，似乎不像他那么沉不住气，可是依然用眼偷偷地察看着他。

这时黛妮丝重回到布尔德雷夫人身边去。

"那件大衣行吗？"

"好，好，很好……今天，就这样吧！这些小东西真叫人耗费不起呀！"

黛妮丝现在能够避开了，听取了日昂的说明，然后陪着他到各个柜台去，他在那些地方的确已经晕头转向了。首先是那件哈瓦那式的外衣，泰莱莎经过考虑后要调换一件同样大小同样格式的白呢子的外衣。年轻的姑娘拿起了那个小包走向时装部去，两个弟弟随在她的身后。

这一部陈列出它的淡色的服装，薄绸子和花毛织品的夏季夹克衫和短外衣。但是那里的生意是清淡的，顾客比较稀少。几乎全部女售货员都是新的。克拉哈不见面有一个月了，有些人说她被一个女进货员的丈夫骗走了，又有人说她堕落成街道上的浪荡女人。讲到玛格丽特，她终于要回家去主管格勒诺布的小店了，她的表兄在那里等待着她。只有奥莱丽太太还是不变地留在这里，穿着她那身圆铠甲一般的绸袍子，戴着她那皇帝般的假面具，这副面具保持着带点黄色的鼓胀，像是古老的大理石。她的儿子的坏品行使她受了伤，而且如果不是这个无赖使这一家人的经济蒙受了损害，以及他那恐怖的消耗威胁着一点一点地要被吞食了里戈尔的产业，她便会早已退休到乡下去了。这似乎是这个支离破碎的家庭的一个报复，那个母亲又开始了她同一些女人的雅致的聚会，而那位父亲也独自继续吹他的号角。布尔当寇已经用不满的态度来对待奥莱丽太太，很奇怪她连宣告退职的敏感也没有：她做生意是太老啦！丧钟立刻就要响了，将消灭了郎姆王朝。

"啊！是你呀，"她现出过分的亲切向黛妮丝说。"你要调换这件外衣，是吧？立刻就可以办好……啊！那边是你的两个弟弟。现在是真正的大人啦！"

虽然有她的自尊心，她却会为了求得黛妮丝的宠爱把双膝跪下来。在时装部里也像在其他各个柜台里一样，大家只是谈论着黛妮丝的离去；而这位主任对于这件事是十分的不开心，因为她在企望着她从前的女售货员的保护。她压低了声音。

"人们说你要离开了……我说，这是不可能的吧？"

"不过却是真的，"年轻的姑娘回答。

玛格丽特在静听着。自从她的婚事决定下来以后，她走起路来扬着她那酸牛奶似的面孔，露出一副比以前愈加了不起的神情。她走近一些，说道：

"你真懂道理。不管对准都要保持自己的身份，对吧？……我的亲爱的，我要向你告别。"

顾客来到了。奥莱丽太太绷着脸请她去招呼生意。及至黛妮丝取出那件外衣要亲自去做"退货"的时候，她便拦住她，而且招来一个助手。这正好是这位年轻姑娘给慕雷建议的一种改革，这些女助手是专管携带货物的，如此可以减轻了女售货员的疲劳。

"陪着这位小姐去，"主任说着把那件外衣交给她。

然后又转身向黛妮丝说：

"我请求你，再考虑考虑吧……你的离别使我们大家都很忧伤呢。"

日昂和北北在等待着，在这股如泛滥的洪流般的女人中微笑着，又随在他们姐姐的身后走去了。现在他们走向嫁妆部去，再买六件女衬衫，要跟泰莱莎在周六曾经买过的那半打是一样的东西。但是在内衣部的几个柜台里，白色物品的展览从所有的架子上像飘雪似的落下来，人们窒息着，向前进便非常困难了。

首先在胸衣的柜台里起了一场小纷乱，那里聚集了一大堆人。布塔莱尔夫人这一次同着她的丈夫和女儿从南方一起来了，从一清早就走遍了各个大厅，正在给她就要

结婚的女儿搜寻一份嫁妆。什么都要跟那位父亲协商，可是什么事也决定不下来。最后，这一家人便搁浅在内衣部的几个柜台里；当那位小姐正在一心一意仔细研究着衬裤的时候，母亲不见了，她给一件胸衣迷上了。这时布塔莱尔先生——

一个多血质的大胖子

丢开了他的女儿，慌忙地去找他的女人，总算是在一间试衣间里找到她，人们毕恭毕敬地请他坐在那个厅房的门前。这个厅房是几间狭窄的小屋，用毛玻璃围起来，由于经理室的夸大的高尚，男人们即便是做丈夫的，也不能进到里边去。女售货员们迅速地进进出出，在快速地关门的时刻，每一次都让人窥探得见一些穿衬衣或穿衬裙的女人的景象，她们露着脖子，露着膀子，胖女人，肉色发白，瘦女人是老象牙的色泽。一排男人现出厌烦的神情坐在椅子上等待着。布塔莱尔先生，当他明白了这回事的时候，他毫不客气地发脾气了，喊叫着要他的女人，他一定要知道人们在替她做什么，他断然不允许没有他在面前给她脱掉了衣服。人们试图叫他安静下来可是没有用：他似乎相信里边正在进行一些不正当的事情。布塔莱尔夫人就不得不走出来了，同时一群人在谈论，在讥笑。

可是黛妮丝带着她的弟弟终于能走过去了。女人的全部内衣，平时不给人看见的女人白色下身衣物，都在划分成各个部门的一套房间里陈列出来。一些胸衣和束腰占据了一个柜台，有缝纫的胸衣，长胴胸衣，铠甲式的胸衣，特别尤其是扇面形彩绘的白绸子的胸衣，那是那天的一种特别的陈列，一大队没有头也没有四肢的人体模型，只是排列出在绸子下面弄得扁平的身体和上胸，像是残废者的恼人的形象；而且在近边另一些木棒上面，是一些马尾毛和织花麻纱的束腰，这些笤帚柄排列成像是突出的巨大的兽尾巴，那种外形像是一幅不正当的漫画一样。可是紧接着开始了一种艳丽的便服，这种散布在这些大房间里的便服像是一堆漂亮姑娘从这一部到那一部脱下来的衣服，一直脱到裸露出她们的光滑的肌肤。这里有细麻织品的货色，有白袖口和领带，白披肩和领子，道不完的各式各样轻微的不值钱的东西，像是从纸盒子逃出来凝成了雪似的白泡沫。那里有女上衣，小衬胸，晨装，有又宽大又轻的麻织品的、绵绸的、花边的、白长袍的化妆衣，令人感觉到经过爱情的夜晚，在第二天懒散的早晨女人的偃卧的样子。接着是女人的内衣，一件跟着一件落下来：各种大小的白衬裙，束住膝部的衬裙和扫到地面的尾饰的衬裙，一片升腾的海似的衬裙，把人的腿埋没在里面；绵绸的、麻布的、葛布的衬裤，在这些白色宽阔的大衬裤里可以让一个男人跳舞；最终是那些用简单的白洋布、爱尔兰麻布或麻葛制成的女衬衫，在夜里可以扣到颈部，到白天敞出了胸怀，只在肩上联系着，这是从上胸沿着腰肢滑下去的最后的一道白色遮拦。在嫁妆部里是纷纷乱乱卸下来的物品，一些妇女，从穿着素净的麻布衣服的小市民妇女一直到浑身罩着花边的豪富的贵妇人，都从物品底下翻来翻去地看，一间寝室公开地开放了，内中隐藏的奢侈品——那些襞折，那些刺绣，那些瓦郎西恩的花边，越是涌现出贵重的新奇花样，也就愈加变成一种肉欲的颓废。女人们又穿起了衣服，这种垂挂的内衣的白色波浪又恢复了衬裙那样令人颤抖的神秘，衬衫被裁缝的手指铺得平平的，衬裤冷冰冰地保留着纸盒子的折痕，所有的这些无生气的、零乱地放在柜台上的，或是摊开来或是叠起来的绵绸和麻葛，都将活跃起来，装上爱情韵味的温暖和芳香的肤肉的生气，一片白色的云霞变成了神圣的，浸透了夜的气息，而且最轻微的飘闪，只要从白色的里面看出了粉红色膝头的闪动，这个世界便被荒废了。然后，还有一间厅房，是褓褓部，在那里，女人的淫欲的白色改变成婴儿的天真无邪的白色：一片纯洁，一片快乐，是爱人做了母亲时用的，有棉毛的小坎肩，法兰绒的小头巾，有玩具般大的衬衣和帽子，有施洗礼的衣服，有开斯米的小皮衣，诞生时用的白绒毛垫子像是白羽毛的一片细雨。

"你知道，这些是舞台里穿的衬衣，"日昂说，这些便服使他乐得心不宁了，他被埋没在这洪水似的女人衣物里。

在嫁妆部，当保丽诺望见了黛妮丝，她马上就跑过来。甚至都没有问黛妮丝需要什么，她便同她小声谈起来，整个店里在传说的流言，使她变得非常的激动。在她的部里，关于黛妮丝的离别，两个女售货员甚至发生了口角，一个肯定，另一个否定。

"我拿我的头作赌，你会留在这儿……你说，那时我可怎么办呢？"

及至黛妮丝答说她明天就要走：

"不，不，你是这么想，可是我知道没这么回事……嘻！现在我有了一个孩子啦，你一定要擢升我做副主任。亲爱的，包杰已经在打这个算盘了。"

保丽诺露出一种肯定的神情微笑了。然后，她拿出了六件衬衣；于是日昂说他们现在要到手帕部去，她便也招呼了一个助手来拿起那几件衬衣和时装部的助手留下的那件外衣。走来的那个姑娘恰好是德·芳特奈尔小姐，她新近同约瑟结了婚。由于对她的照顾，她得到了这个杂役的位置，她穿着一件黑色的大工作服，肩膀上有用黄色羊毛做出的数字符号。

"随着这位小姐去，"保丽诺说。

然后又转过身来重新压低声音说：

"好吧？给我副主任做，决定啦！"

黛妮丝笑着应允了，也同样是在开玩笑。她走了，同日昂和北北下楼去，那个助手伴着他们三个。在临街的一层，他们走进了毛织品部，这一部是在大厅的一角上，全部悬挂着白色麦尔登呢和白色法兰绒。李埃纳——他的父亲白白召他回到阿尔及利

亚去——正同美丽的米敖谈话，米敖现在当了中间人，他大胆不顾羞耻地又在妇女乐园里出现了。很明显他们是在谈论黛妮丝，因为两个人全停住了谈话急忙殷勤地向她鞠躬。此外，在她通过各部向前走去的时候，那些不能肯定她明天究竟如何的售货员们，都激动着向她哈腰。人们耳语，认为她是胜利的；于是人们又重新打赌，开始在她身上冒险赌银牌葡萄酒和炸鱼。手帕部是在顶头上，为了走到那里去，她必得穿过麻纱部的大厅。那里是一连串的白布：有各种白棉布，如粗竹布、斜纹布、被单布、白洋布；有各种白纱布，如巾纱、棉纱、薄纱；其次是一些麻布，各段布交互地搭成一堆堆巨大的、像是立方体的石材，这些用纯麻做成的、有的漂过白有的未经漂白、各种尺码的粗纱布和细纱布，像是晒在围场上；然后同样的东西又开始了，各部接连陈列出各种的麻织品，有布置房间的麻织品，餐桌的麻织品，厨房的麻织品，白色的物品继续向下崩溃，有床单子，有枕头套，有无法计算的各式各样的餐巾、餐桌布、围裙和抹布。在黛妮丝走过去的路上，人们停下来连续不断的鞠躬，包杰从麻布柜台上赶忙向她微笑，像是拿她当作这个店家的善良的女王一样。最后在她通过插满了旗子的一个房间——被单部——以后，她进了手帕部，这里的巧妙的装潢使人群拥挤得喘不过气来：这里只有白色柱子，白色金字塔，白色城堡，都是用手帕建成的复杂的建筑，这些手帕有冷纱的、甘布雷麻布的、爱尔兰麻布的、中国绸子的，有印号码的、手工凸花刺绣的、镶花边的，还加上透光的穗子和织成的小型花样，这简直是一座用变幻莫测的白砖造成的城市，它在一片白得发热的东方天空上浮现在空中楼阁里。

"你说还要买一打吗？"黛妮丝问她的弟弟。"是肖莱城出品的那一种吗？"

"我想是的，就像这个样子，"他回答，从那个包里取出了一方手帕。

日昂和北北从未离开过她的裙边，一直紧紧地依着她，正像从前他们经过了旅途的疲惫到达巴黎的时候那样。这个在她是很自在的大店家，终于使他们觉得迷惑了；他们出于一种幼儿本能的觉醒，躲藏在她的阴影里，置身在他们的小母亲的褴褛之下。人们用眼睛追随着他们，含笑望着这两个大男孩子，他们跟随着这位细小而严肃的姑娘的脚步，日昂虽然长了胡子却是惊惊慌慌的，北北穿着他那件学生服也是紧张的，这三个人如今全是一样的金发，当他们走过去的时候，从柜台的这一头到那一头，这头金发引起了人们叽叽喳喳的话声。

"这是她的两个弟弟……这是她的两个弟弟……"

然而当黛妮丝在寻一个售货员的时候，在那里又是一次会面。慕雷和布尔当寇走进了这个大厅里；当慕雷并未向这个年轻姑娘讲话可是又在她的面前停下来的时候，戴佛日夫人和居巴尔夫人走来了。昂丽叶特压制着那使她浑身的肌肉发出寒噤的震抖。她看了看慕雷，又看了看黛妮丝。他们也在看着她，这成了一次无言的决裂，这是各种心情的大戏曲的共同的收尾，这是在人群的拥挤里交换的一瞥。慕雷已经走远了，同时黛妮丝消失在这一部门的深处，她的弟弟陪伴着她，一直在找寻一个空闲的售货员。可是昂丽叶特认出了随在后面当助手的德·芳特奈尔小姐，她的肩上戴着黄色号码，而且是一副仆人的呆板而畏缩的样子，昂丽叶特为了解围，便发出愤怒的声音向居巴尔夫人说：

"你看他是怎样对待这个不幸的女人……这不是侮辱吗？一个女侯爵！他强迫她像一只狗一样地跟在他从马路上捡来的奴才的后面！"

她极力镇静着自己，装出一种冷漠的神情接着说：

"到丝绸部去看看他们的展览。"

丝绸部像是一间为爱情而设的大寝室，全都是白色的，仿佛是由于一个恋人的游浮心情要做白色的竞赛，露出了雪白的裸体。那里有令人热爱的肉体上各种青白的乳色，从腰部的丝绒一直到大腿的细绸子和上胸发光的缎子。几段丝绒悬挂在柱子中间，在如金属和瓷器的一片白覆布那样乳白色的底子上，展现出绸子和缎子；还有卷成弓形垂下来的一些凸花丝绸和粗点子的西西里绸，一些轻罗和薄绸子，从一个挪威的金发女人的重白色一直到西班牙和意大利红唇女人为太阳照热了的透明的白色。

正好法威埃在替那位"漂亮太太"量轻罗，这位雅致的金发女人是这一部的老顾客，一般售货员就只用这个名词称呼她。几年来她常常来，大家始终不了解她，不知道她的生活，不知道她的住址，甚至不知道她的姓名。再说呢，谁也不想要知道，尽管她每一次出现，所有的人单单是为了聊天，允许自己做出了一些假设。她瘦啦，她胖啦，她睡了一夜好觉或是昨晚她必定睡得很迟等等；她那无人不知的生活上的每一件小事，不管是外部的事件或是内部生活的戏曲，就像这样地有了反响而加以长篇的注解。那一天她的神情很高兴。因此当法威埃领她到了收银台又回来的时候，就把他的估量传达给雨丹。

"她大概是又要重新结婚啦。"

"她在守寡吗？"另一个问。

"我不知道……不过你一定会想得起上一次她是穿着孝来的……不然的话就是她在交易所里赚了钱啦。"

这时沉默了一会儿。接着他作了结论：

"这是她的事情……所有到这里来的女人，我们哪能都盘根究底呢。"

然而雨丹露出了想心事的神情。前天晚上他同经理室有过一番激烈的辩论，他觉得已经被判了刑。在这次大廉价以后，他的解雇是肯定的了。长期以来他的位置就在不稳了，从上一次盘存人们便指摘他落后于预定的营业数字；这最主要是那种慢性的

食欲的发作轮番着要吃掉他了，也就是在这个机器的本身的旋转中间他这部里的一切暗中斗争要把他扔出去。人们可以看得出法威埃的暧昧的苦心——一种闷在地底下的腭骨咬得吱吱响。他已经得到被擢升为主任的诺言了。雨丹是知道这些事情的，不但不打他的旧伙伴的耳光，如今倒把他看作一个非常坚强的人。一个这么冷酷而样子很恭顺的家伙，曾经是他用以暗害罗比诺和布特蒙的！这使他大为惊诧而又要表示尊敬。

"顺便跟你讲，"法威埃又说，"你知道她要留下啦。有人刚刚看见老板向她打媚眼哩……我要赌一瓶香槟酒，真的。"

他聊的是黛妮丝。从这一柜台到另一柜台，这些流言叫得更有劲儿了，从不断稠密起来的顾客的潮水中间穿梭。丝绸部是尤其激动，因为人们下了大赌注。

"倒霉鬼！"雨丹放声说，他像是从梦里醒过来似的，"我没有跟她睡觉真是糊涂！……那样我今天就会舒舒服服啦！"

及至看见法威埃在笑，这句告白就使他脸红了。他也同样假装着笑，为了挽回他那句话接着又说，就是这个家伙使得他丧失了他在经理室的希望。这时，一种浓烈的欲念捉牢了他，最后他对那些在顾客的侵袭下东奔西走的售货员们大发脾气。但是突然间他又微笑了：他刚刚看见了戴佛日夫人和居巴尔夫人缓缓地走到部里来的。

"今天，夫人，我能给您做点什么事吗？"

"不，谢谢，"昂丽叶特回答。"你瞧，我是来走走的，只是为了好奇才来。"

当他留住她，他便把话声压低了。他的头脑里想出了一个计划。他谄媚她，大骂这个店家：他对它厌烦到极点啦，情愿走开使这样的一种混乱愈加扩大。她听他讲，十分开心。她本人想要把他从乐园里挖出去，所以向他表示当四季商店复业的时候，要请布特蒙用他作丝绸部主任。这件事算是决定了，两个人都压低声音耳语，同时居巴尔夫人在浏览着陈列品。

"我可以送给您一束堇花吗？"雨丹又嚷，手指着摆着三四把作为赠品的花束的一张桌子，这是他从收银台拿来准备赠给职工的。

"啊！不，绝对不要！"昂丽叶特向后退了一步大声说。"我不愿意参加这次的婚礼。"

他们是互相理解的，他们交换着秘而不宣的眼光重新笑着分手了。

等到戴佛日夫人在找居巴尔夫人，她叫了一声，看见她跟玛尔蒂夫人在一道了。后者有她的女儿瓦郎蒂诺陪伴着，在各部里热诚地走了两个多钟头了，这是一种消费狂的发作，她总是要到精疲力竭和混乱不堪从这种发作里脱出身来。她已经逛过了家具部，那里展览的一套白漆的房间家具能改变成年轻姑娘的一间大寝室，逛过了丝带部和围巾部，那里用白皮纸包着白柱子，逛过了零星杂货部和饰纽部，那里有用纽扣纸板和针包着辛勤组成的巧妙的纪念品，用白色穗子围边，逛过了帽袜部，今年在那里人们窒息着在观望一个巨大装潢的意境，那个装潢辉耀出用三米高的字写成的妇女乐园的名字，是在红色短裤的底子上用白色短袜构成的。然而玛尔蒂夫人特别热衷于新创办的各部；没有她来参加揭幕式是不能办出一个新的部门的；她急急忙忙地走来，不管什么都买。她在女帽部已经逛了一个钟点，这一部设在二楼上一个新房间里，她翻箱倒柜，取下了装潢着两张桌子的紫檀木帽架上的帽子，她把各种白色的帽子，无边帽和头巾全都给她自己和她的女儿试过。然后她下楼到了临街一层上在靠近大厅紧里面领带部后方的女鞋部，这一个柜台是在当天开的，那些陈列的玻璃柜子使她送迷了，她站在那些天鹅绒镶边的白绸子拖鞋和路易十五式高跟白缎面子的短筒靴子和鞋子前面呆住了。

"啊！亲爱的，"她结结巴巴地说，"你们真想象不到哩！他们有各色齐备的稀少的无边帽。我选了一顶给自己，一顶给我的女儿……还有那些鞋子，你说是吧？瓦郎蒂诺。"

"真是没见过的，"那个年轻姑娘使出一个女人的豪放情态接着说。"那里有二十法郎五十生丁的靴子，啊！那些靴子！"

一个售货员随着她们，拖着那把永久不变的椅子，上边已经堆满了一大堆的商品。

"玛尔蒂先生的情形怎样啊？"戴佛日夫人问。

"我想，还不坏，"玛尔蒂夫人回答，这一句唐突的问话格格不入地投进她的消费的热潮里使她很狼狈。"他还始终在那边，我的叔父在今天早晨一定会去看他的……"

可是她的话中断了，她快乐极地叫了一声。

"你们瞧，那不是真可爱吗？"

几位夫人走了几步，发现面前在中央大厅里，夹在丝绸部和手套部中间，有一个新开办的花卉和羽毛部。在天窗的耀眼光辉下，一片巨大的花丛，一个高大得像是一棵橡树般的白花束。装饰在下面的是一些花桩子，有堇花，铃兰花，水仙花，雏菊花，各式各样花床上的纤美的白花。其次升起了一些花球，有带点肉色显得很柔和的白玫瑰，有尚未染上洋红的团团的白牡丹，有闪着黄色星点子的细丝的白菊花。而且花卉始终是向上升，神秘的大百合花，春天的苹果花枝，喷香的丁香花束，一片花海一直升到二层楼上，像是被这群白花的气息飘扬起来的一些鸵鸟毛的羽饰、一些白色羽毛，飘浮在上方。整个的一角是一些附属装饰品和橘花的花冠。那里有一些金属品的花卉——一些银制的蓟花和银制的麦穗。在那些洋纱、丝绸和丝绒中间，在簇叶和花冠里，一滴滴的胶汁作成了露水珠，成群的飞鸟当作帽子，有一些黑尾巴紫色的鸭鹃和肚子上如霓虹的那样变化的七色鸟。

"我要买一根苹果花枝子，"玛尔蒂夫人又说。"你们说好吧？这真媚感人……还有这个小鸟，你看，瓦郎蒂诺。啊！我要把它取下来！"

这时，居巴尔夫人在潮里的漩涡里停住不动，她觉得厌烦了。最后她说：

"好吧！我们让你去买你的东西。我们要上楼去啦。"

"不要，等等我吧！"另一个大声喊。"我也要上楼去……楼上有香水部。我一定要到香水部去看看。"

这一部是昨天成立的，设在阅览室的隔壁。戴佛日夫人为了怕楼梯的阻塞，就说要乘电梯上去；可是她们必得放弃了这个念头，在电梯的门口排了一长排的人。最后她们到了楼上，从饮食间前面走过去，那里变成那么骚乱，一个稽查必得节制人们的食欲了，只允许一小伙一小伙贪吃的顾客走进去。就在饮食间，这几位夫人已经嗅到香水部的气味了，一种像被包在小袋子里的沁人的香气，把一个大厅都熏香了。人们在争购一种香皂——本店特制的乐园香皂。在玻璃柜台里，在水晶板的架子上，排列着一罐一罐的润肤剂和香膏，粉盒和胭脂盒，香油瓶和化妆水瓶；同时细刷子、梳子、剪刀、香药瓶，专有一个橱柜。售货员们把他们所有的白瓷壶和白玻璃瓶子加以巧妙的装饰。但是最令人兴奋的，是在正中央的一座银喷泉，一个牧羊人站在一片花丛上，从那里继续不断地流出了一股董色的水流，在金属的盘子里发出了音乐的声响。一种绝妙的香气向四周飘散，路过的女人们向里边湿润她们的手帕。

"到那边去！"当玛尔蒂夫人装满了洗浴药、磨齿粉和美发水的时候，她说。"现在算是完啦，我跟着你们走吧！去找德·勃夫夫人。"

可是在中央正楼梯的平台上，日本货又把她们吸引了。自从慕雷拿冒险当娱乐、连他自己也未曾想到会有巨大的成功，在同一场所设置了一个摆着几件旧古董的陈列小桌以来，这一个柜台已经扩大了许多。有很少的部在创办时是像这样不起眼的，可是现在泛滥着一些古铜、古象牙和古漆器，它每年做到一百五十万法郎的生意，它把全部远东的古董搬来，有些旅行家替他到宫殿和庙堂去寻找。此外还要办几个部门，他们准备在十二月里试办两个新部，以便填充冬天萧条季节的空档：一个书籍部和一个儿童玩具部，这些部也一定会扩大起来而且扫除了邻近的买卖人家。有四年的工夫就足够使日本货部把巴黎全部爱好古董的顾客吸引来了。

即使戴佛日夫人心怀怨恨发誓什么东西都不买，这一次她却在一件细巧雅致的象牙制品前折服了。

"把这件东西给我送回去，"她在附近的一个收银台匆促地说。"是九十个法郎吧？"

及至看见玛尔蒂夫人和她的女儿埋头在挑选一些挑担子卖的瓷器，她便牵住居巴尔夫人又说：

"我们在阅览室再跟你们见面吧……我真的要去坐一会儿了。"

到了阅览室里，这两位太太必须站立着。围着那张布满了报纸的大桌子，所有的椅子都被人占去了。有些胖男人鼓着肚子倒仰着在读报，绝没有客气的念头让出他们的位置来。几个女人在写信，鼻子一直碰到纸上，仿佛要用她们帽子上的花把信纸遮起来。再说呢，德·勃夫夫人并没有在那里，昂丽叶特厌烦了，这时她看见了瓦拉敖斯，他也在找他的女人和他的岳母。他鞠了躬，最后他说：

"她们一定是在花边部里，真没法把她们拉出来……我去看看。"

并且在他走去以前他还豪侠地给她们找到了两个座位。

在花边部里，每一分钟拥挤都在增长。白色的大展览用最纤美的和最珍贵的白色物品得到了胜利。那里的敏锐的诱惑 ——一种疯狂的欲望的冲击，使所有的女人都着了魔。人们把这一部改变成一座白色教堂。一些绢网和一些镂空花边从高处垂下来形成白色的天空，有一片云纱给早晨的太阳遮阴。围着柱子挂着马林花边和瓦郎西恩花边，挂着舞女的白色裙裾，展开了一片白色颤动一直垂到地面。然后在四周，在所有的柜台上，是一片雪一样的白色，有像一阵气息那样轻飘的西班牙的绢花边，有在细密的网孔上绣着大花朵的布鲁塞尔花边，有手工的刺绣和图案颜色比较浓的威尼斯刺绣，有阿郎松刺绣和像宗教那样富丽堂皇的布鲁日花边。这像是服装之神在那里造了他的白色的天幕。

德·勃夫夫人徘徊在陈列品前，心里有一种肉欲般的渴望，要把手伸进织物里去，同她的女儿走了好半天以后，刚才决定要杜洛施拿阿郎松刺绣给她看。首先，他拿出了一种仿制品；可是她要看真正的阿郎松，她不满意这些三百法郎一米的小装饰品，她要那些上千法郎的下摆装饰，八九百法郎的手帕和扇子。柜台上立刻盖满了一笔财富。稽查茹夫在一个角落里，未曾放松过德·勃夫夫人，尽管后者表面上逍遥漫步，他却站在拥挤中间不动，露出漠然的态度，眼睛始终盯在她身上。

"有手工刺绣的围巾吗？"伯爵夫人问杜洛施。"请你拿给我看看。"

这个店员被她们耽搁了二十分钟的时间了，可是她的气派那么堂皇，有一个公爵夫人的身材和声音，他便不敢拒绝她。不过他很犹豫，因为店员受到告诫不许把珍贵的花边这样地堆压着，而且上个星期他让人偷盗了十米的贵重花边。但她同他打麻烦，他便让步了，把那堆阿郎松刺绣放开了一会儿，到他身后边一个抽屉里去取她所要的围巾。

"您看，妈妈，"勃郎施说，她在旁边搜寻着一个装满廉价的小瓦郎西恩花边的盒子，"可以拿这个作枕头。"

德·勃夫夫人没有回答。她的女儿转过了她那松软的面孔，看见她的母亲两手插入花边中间，正要把阿郎松刺绣的裙饰溜进她的大衣袖口里去。她似乎并不惊诧，她用本能的动作向前一步遮挡着她，这时茹夫突然间站到她们中间了。他弯下腰来，对着伯爵夫人耳边，发出很有礼貌的声音轻轻说：

"夫人，请随我来。"

她暂时反抗了一下。

"可是为什么呢，先生？"

"请随我来，夫人，"稽查并不提高声音反复说。

她的面孔现出了懊恼，用眼向她的周围迅速地一扫。然后她服从了，又恢复了她那高傲的风采，随在他身边走去，像是一个皇后惠然信赖着一个副官的保护。拥挤在那里的顾客甚至没有一个瞧见了这个场面。拿着围巾又回到柜台前面来的杜洛施，张开大嘴，看见她被带走：怎么！她也是的！这么高贵的夫人！真是所有的人都要搜身啦！没被人带走的勃郎施，从远处随着她的母亲，她滞留在摩肩擦背苍白面色的人群中间，一半觉得有义务不能离弃她的母亲，一半又害怕跟母亲一起被扣留。她看见母亲走进了布尔当寇的办公室，她只是在门前徘徊。

刚刚被慕雷摆脱掉的布尔当寇，恰巧正在那里。照例，这些有名誉的人所犯的这一类的偷盗，是由他来宣判的。很久以来茹夫便在窥伺她，曾经把他的怀疑略微告诉给布尔当寇听；因此，当稽查把这事草草地向他讲了一两句的时候，他并不感到惊异；再说呢，像这么特殊的一些事例，是从他的手上经办过的，他扬言女人对服装的追求一旦入了迷，便什么事都能做得出来。由于他不能不顾全经理同这个女盗窃素常的交际关系，他便对她表露出十分的礼貌。

"夫人，一时的意志淡薄，我们是原谅的……我请你考虑一下这样忘掉了自己会给你造成了什么后果。如果有别的人看见了你把花边藏进去……"

可是她愤怒地打断他的话。她，一个小偷！他拿她当作什么人啦？她是德·勃夫伯爵夫人，她的丈夫是养马场的总监，是出入宫廷的。

"我知道，我知道，夫人，"布尔当寇稳静地回答。"我很荣幸地认识您……首先请你把你身上的花边交出来吧……"

她重新表示抗议，她不许他再多讲一句，她粗鲁得很漂亮，甚至流出了一个被侮辱的高贵夫人的眼泪。如果不是他，所有别的人都会动摇了，都会害怕犯了不可挽回的错误，因为她恫吓着为了报复这样的侮辱要把这件事诉诸法庭。

"请你注意，先生！我的丈夫要向内阁报告的。"

"好吧，你并不比别的人更明白道理，"布尔当寇不耐烦地大嚷。"既然非如此不可就要搜你啦。"

她还是不让步，她拿出巨大的信心说：

"就这么办，你们搜吧……可是，我要警告你们，你们是拿你们的店在冒险的。"

茹夫走去找了两个胸衣部的女售货员来。他回来的时候，他向布尔当寇报告，这位夫人的小姐留在外面，还没有离开门口，他请示是不是也必须把她带来，虽然他并没有看见她拿什么东西。主管人永远是公正的，看在道德上，决定不必要她进来，以便不勉强一个母亲在她的女儿面前丢丑。这时两个男人退到隔壁的一个房间里去，两个女售货员便搜查伯爵夫人，甚至脱掉了她的衣裳，要看一看她的胸部和屁股。除了隐在一只袖口里的十二来每米价值一千法郎的阿郎松刺绣的据饰以外，她们在她那扁平而温和的胸口上，找到一方手帕、一把扇子和一条领带，一共约计一万四千法郎的花边。一年以来，德·勃夫夫人忍受着难以抵抗的猛烈欲望的侵扰就像这样子地偷窃。这种症状的发作，日复一日地恶化和扩大，最后变成了她生存上的一种不可少的快感，把她一切谨慎的理性都驱除了，而因为这是她在人群的眼前拿她的姓名、她的自尊心和她丈夫的崇高地位来冒险的一回事，所以满足这种快感也就使她愈加感到刺激性。现在她的丈夫是同意她掏空了他的抽屉的了，即使她满口袋装着钱，可是她还是要偷，为偷而偷，像是一个人为了恋爱而恋爱，她在欲望的促使下，在精神失常的病态里，她那未得满足的奢侈的贪心就把她从前走过大店家所感到的巨大而强烈的诱惑在她身上发展起来。

"这是设好的圈套！"当布尔当寇和茹夫又回来的时候，她喊叫着。"有人把这些花边塞到我身上来的，啊！在上帝面前，我赌咒！"

如今她拼命地大哭起来，倒在一把椅子上，穿着没有扣好的衣裳抽泣着。主管人把女售货员打发走了。然后他露出稳重的态度又说：

"夫人，我们很愿意为了你的家庭的缘故把这件遗憾的事情压下去。可是首先你要在这样写明的一张字据上签个字：'我偷了妇女乐园的花边，'以及花边的详细品种和这一天的日期……此外，只要你什么时候肯带来两千法郎赠给穷人，我便可以把这张字据退还给你。"

她又站起来，重新抗议着大声说：

"我绝对不会签字的，我宁可死掉。""你不会死掉的，夫人。不过我要预先警告你，我就要派人去找警察了。"

于是发生了一个可怕的场面。她辱骂他，她叽叽咕咕地说男人们这样折磨一个女人是卑鄙的。她那女神似的美貌，她那庄严堂皇的肉体，陷入于一种下流的愤怒。其次，她尝试软化他们，她用他们母亲的名义向他们恳求，她说她要拖住他们的脚。及至看见他们依然冷酷的，照例是铁面无情的，她便猛然间坐下去，用一只颤抖的手写

字据了。笔喷出墨来；写出几个字："我偷盗了，"她发疯似的用力写，差不多把那张薄纸都擦破了；同时发出上气不接下气的声音反复说：

"喏，先生，喏，先生……我被逼服从了……"

布尔当寇接过那张纸，小心地折起来，当着她的面收进一个抽屉里头去，说道：

"你看这种事是老一套的，因为有些太太，在她们讲过宁可死掉也不签字以后，一般地都忘记了来赎回她们所怀念的单据……总之，我保留着它看你怎么办吧？你自己估价一下吧！这个是否值两千法郎。"

她扣好了她的衣裳，她又恢复了她的全部高傲，现在她算是付出了她的代价。

"我可以走了吗？"她发出简短的语调问道。

布尔当寇已经注意到别的事情上去了。根据茹大的报告，他决定辞掉杜洛施：这个售货员是糊涂的，他经常叫人家偷了东西去，他对于他的顾客是绝对地没有威力。德·勃夫夫人又把她的问话复述了一遍，等到他们做出了一种首肯的姿势，她便用一种凶得能杀人的目光罩住了他们两个。她有一量的粗话没说出口来，只从她的嘴唇上溜出了一声像是通俗剧上的喊叫。

"倒霉的！"她说着砰的一下关上了门。

在这之间，勃郎施并未远离开那间办公室。她不明了里边进行的是什么事，茹夫和两个女售货员来了又去使她心慌了，她心上浮现出宪兵，裁判所和监牢的情景。可是她张开大嘴呆住了：瓦拉敖斯到了她的面前，这位才做了一个月的丈夫，还在使她对于他们之间的亲昵感觉到不随便；他看见她那种呆呆的样子大吃一惊便向她问话了。

"你的母亲在哪里？……你们走散了吗？……答话呀，你叫我心里不安哩。"

她口头上找不出一句合适的谎话。她在窘困中把声音放得非常低。

"妈妈，妈妈……她偷了东西……"

什么！偷了东西？最后他明白了。他妻子的浮胀的面孔——那副被恐惧弄得无人色的面具，把他吓坏了。

"偷的是花边，就如同这样子，放进袖口里，"她断断续续地继续说。

"你看见她作的吗，你在给她望风吗？"他嘀咕道，觉得她是同谋，他浑身冰冷了。

他们只好停住了谈话，因为有几个人已经转过头来。一种充满痛苦地犹豫使得瓦拉敖斯有一会儿一动也不动。怎么办呢？他刚决心要走进布尔当寇的房间，这时他看见慕雷从大厅走过去。他吩咐他的妻子等着他，他抓住了他的老同学的胳膊，用结巴的话把这件事匆忙地讲给他听。慕雷赶忙把他带进自己的办公室里去，把这事可能的后果告诉他使他平静下来。他向他肯定地说他无须出头干涉，他解说这类的事将来一定会用怎样的方式解决，他本人对于这种偷窃毫不觉得惊奇，似乎他老早就预料到了的一样。然而瓦拉敖斯，当他不再害怕会发生立刻逮捕的时候，却不能用一种漂亮的平和来承受这种变故。他倒在一把太师椅里，现在他能够讲道理了，他盘算着自己的事悲叹地大谈起来。这是可能的吗？他同一个有偷盗行为的家庭结合了！为了取得那位父亲的欢心便胡乱地结合这一塌糊涂婚姻！慕雷看着他哭泣，对于这种幼稚病的粗暴感到惊讶，一面回想起他旧时的那种装模作样的悲观主义。他不是听见他三番五次地主张人生的最后的空虚吗，不是说他在这种人生里只能找到有点滑稽的恶行吗？因此为了叫他的朋友散散心，慕雷开了一会儿玩笑，用亲切的开玩笑的声调劝他冷静。可是瓦拉敖斯猛然间恼怒起来：他断然无法保持他那濒于绝境的哲学了，他整个的资产阶级的教育变成了要求节操的愤怒冲出来反对他的岳母。只要在他身上稍微触到一点人类的不幸的考验——这种不幸是他冷冷地嘲笑的——这个大言不惭的怀疑论者便被打倒并且流血了。这是令人厌恶的——人们把他们种族的名誉拖到泥泞里去，世界仿佛在摇摇欲坠了。

"好啦，你安静点吧，"慕雷满怀着怜悯心总结地说。"我不想再跟你说一切事情发生了也就等于什么都没有发生，因为这么说在此时此刻像是不能安慰你的。但是我相信，你应该去把你的膀子伸给德·勃夫夫人，那样做要比造出流言来是更聪明的……真是见鬼！你这个人不是公开地说在宇宙的一切下流行为之前要保持冷静和蔑视的吗！"

"你注意！"瓦拉敖斯幼稚地叫起来，"那是说这种事情发生在别人身上的时候！"

可是他站起身来，他遵照着他的老同学的劝告去做了。两个人全回到大厅里，这时德·勃夫夫人从布尔当寇的房里走出来。她堂皇地接受了她的女婿的膀子，而且慕雷用一种殷勤的尊重态度向她鞠躬，他听见她说：

"他们向我道了歉。真的，这种误会是怕人的。"

勃郎施又跟他们集合了，她在他们的背后走着。他们慢慢地消失在人群里。

慕雷独自一个人沉思着重新从各部走过去。这一次的事件曾经把苦恼着他的内心斗争排遣开了，可是现在又增长了它的热力，使他决心去进行一次最大的奋斗。一种完全模糊的联想在他的心里升起来了：这个不幸的女人的偷盗，这种敲打倒在恶魔的脚下的、被征服的顾客的最后疯狂，使他想起了黛妮丝的高傲和复仇的形象，他在自己的脖子上感到了她那胜利的脚印。他在中央楼梯的高处停下来，他很长时间观望着这个庞大的内堂，他的成群结队的女人在里面挤来挤去。

六点的钟声就要响了，外面的日光退去了，渐渐地照不到里边的大厅，各个厅房里已经黯然无光，阴影悄悄地侵进来。在这尚未消灭净尽的日光里，一盏接着一盏，电灯亮了，那些不透明的白色球体如明亮的月亮星布在各个柜台的遥远的深处。这是

一片凝固得令人眼盲的白光，如褪色的繁星的反射那样散布着，杀退了迟暮。然后，当全部灯光亮起来的时候，人群中发出一阵狂欢的喃喃，在这重新的照明下，白色的大展览射出了神圣的仙境的光彩。好像是这片巨大狂放的白色也变成了光辉在燃烧了。白色的歌曲飞翔到曙光般燃烧的白色里。一道白色的闪光从麻布和白洋布的蒙西尼大厅里喷射出来，仿佛是从东方的天边首先使天空白亮起来的一条光亮亮的带子；同时沿着米肖狄埃大厅，零星杂货部和纽带部，巴黎产品部和丝带部，投射出如远方的小山的反射，有珍珠母钮扣、包银的青铜和珍珠的白光。但是中央的内堂最能歌唱出冒着火苗的白色歌曲：围着柱子的波动的白洋纱，罩着楼梯的白色斜纹布和被褥料，像旗帜那样卷起来的白色床垫子，在空中飞舞的白色花边和镂空花边，展现出一片如梦似幻的晴空，展现出如在天国般炫人眼目的白色上的一条通路，那里正在庆祝

一个不知名的女皇的婚事。丝绸部大厅的天幕像是巨人的寝室，有它的白窗帘、白纱和白绢，放出来的光彩拦住了人们可以望见新娘的白色裸体的目光。再没有比这更令人目不暇接的了，这是一片被各种白色形成的白色光辉，这是一片如在白光里落雪似的星光的粉末。

慕雷一直望着他那群在熊熊火焰中间的女人。她们的黑影充满生气地浮现在苍白的背景上。长长的漩涡冲破了人群，这一天大倾销的狂热如在一阵昏迷状态中过去了，混乱的人头像波浪似的滚动着。人们开始向门外去了，零乱的织物散布在各个柜台上，金钱在银柜里叮当响着；同时那些被剥光了、被抢光了的顾客们，半身残败地，如在一家暧昧的旅馆里喂饱了淫欲、满足了一种暗中惭愧地欲念，正要走出去了。是他把她们控制到这样的程度，是他用他那无穷无尽的成堆的商品，用他的降低价格和退货，用他的豪言和广告，使她们不得不对他表示感谢。他甚至征服了一般做母亲的，他用一个暴君的兽性统御着一切，使得这种放纵毁坏了许多人家。他的创造带来了一种新信仰，那些教堂，逐渐受到摇动，人迹稀少了，从此一些无所事事的灵魂，被他的大百货商场吸引住了。女人到他的店里来度过那些空闲的时间，度过她们从前在礼拜堂里所度过的发着寒噤和忧虑不安的那些时间：这是对消耗的一种神经质的热情的需要，这就是跟丈的抗争的一个斗争，这是超越了美的神圣性的肉体不断革新的礼拜。如果他关了他的店门，马路上将会发生一场叛乱，人们将会发出绝望的呼喊，仿佛被人禁入忏悔室和圣坛去的信徒们那样。他看见她们在十年以来逐渐增长的奢侈里，不问时间地，固执地穿过了巨大的金属建筑的骨架，沿着悬空的楼梯和浮桥。迷到最高点的玛尔蒂夫人和她的女儿，在家具部中间漫游着。被小孩子们缠住的布尔德雷夫人从巴黎产品部脱不开身了。然后又来了一伙人，德·勃夫夫人始终挽着瓦拉敖斯的膀子，后面跟着勃郎施，到了每一个部都要停下来，这位夫人依然敢用她那高尚的气派观望

着织物。但是，从这人山人海的顾客中，从这充满着生命、搏动着欲望、像给某一个王公施行众望所归的婚礼而布满堇花花束的胸腔的大海里，慕雷终于辨认出戴佛日夫人的裸露的上胸，她正跟居巴尔夫人一起停留在手套部里。尽管她充满嫉妒的怨恨，却也在购买物品，于是他感觉到他又最后一次地成了主人，他把她们拘留在他的脚底下，在炫人眼目的电灯的灯火下，她们像是他可以抽取他的财富的一群家畜。

慕雷迈着呆反的脚步顺着各个大厅走去，他是那么种情恍惚，以至于投身到人流的拥挤里去。当他抬起头来，他发现自己到了新设立的时髦商品部，这一部的几面玻璃窗朝着十二月十日街。在这里，他的额头抵着玻璃，又停了一下，他在观望人们走出门去。落日染黄了白色房屋的屋顶，这美好一天的蔚蓝色的天空暗淡了，一片辽阔的纯净气息令人神清气爽；同时在这已经淹没了街道的迟暮里，妇女乐园的电灯投射出正如日没时照耀在水平线上的凝固的星光。面对着歌剧院和交易所，排列着三排停留的车辆，笼罩在黑暗中，那些马具还保留着活跃光辉的反射，那是一盏灯笼的亮光，是银衔辔的闪烁。每一秒钟都有一个穿制服的小伙计的喊声鸣响着，于是一辆街头马车开过来或是一辆私人轿车离开了行列，带上一个顾客，然后传出嘹亮的马蹄声走远了。长排的车辆现在减少了，从这一边到另一边在关闭车门声、挥鞭声和集在车轮子当中的步行人的叽叽喳喳声之间，六部车子带头滚转着。这像是持续不停地发放，像是一片顾客的辐射，被带往这个城市的四方去，发出如水闸似的轰响把倾空了这个店家。而乐园的车辆，大金字招牌，在高空中飘扬的旗帜，在被夕阳的红光下照得闪闪发亮，夕阳的红光在这片倾斜的照明下显得那么巨大，令人想起了那个如大怪物一般的广告，这个集合体的房舍带着它不断增加的羽翼，吞没了附近一带，一直到郊区远方的森林。扩散开来的巴黎的灵魂——

一片又辽阔又甜蜜的气息，在澄清的傍晚里酣睡了，它用长久温柔的爱抚摩挲着那逐渐清除了人群的最后在街道上通行的一 大串车辆，把他们带进黑暗的夜里。

慕雷的视线茫然了，他这时感觉到在他的身上有了某一种伟大的东西穿过去；在那使他的肌肉发抖的胜利的寒噤里，面对着被征服的巴黎和被征服的女人，他突然间感到一种虚弱，他的意志的一种虚弱，这种虚弱又反过来把他打倒在一种更优越的力量下。这是在他的胜利里甘心受人征服的一种不合理性的需要，这是一个战士在他获得胜利的第二天要屈服在一 个孩子的调戏之下的无聊举动。几个月以来都在同自己战斗的他，就在今天还发誓要扑灭自己的热情的他，却猛然一下子让步了，他被强烈的头晕目眩所掌握，他要去干自己曾经相信是糊涂的事情，而且自以为幸福了。他在那么仓促之下所下的决心，使他在片刻之间有了那样的一种精力，以致他在这个世界里只看见了她是有用的，是必需的。

当天晚上，在最后一餐以后，他在他的办公室里等待着。他像一个要拿他的幸福赌输赢的年轻人那么颤抖着，坐卧不定了，他不断地回到门边侧耳听取店里的喧哗声，那些店员正在外面折叠东西，在混乱的商品中间一直埋没到肩膀上。每一次的脚步声，都使他的心脏悸动。他感到一阵情绪的激动，急忙冲向前去，因为他听见了远处一片听不清的细语声渐渐地高涨起来。

这是那个带着款子的郎姆缓慢地走近了。这一天，款子的分量是那么重，收进的现金里有那么多的银子和铜钱，都必须有两个小伙计陪着他来。在他后面，约瑟和他的一个同伴被那些袋子——硕大的袋子——压得身子直不起来。像是一些负在他们的背脊上的石灰包；同时他拿着纸币和金子走在先头，一个纸夹子装着满满的票子，两个钱袋挂在他的脖子上，那重量使他歪向右方断了胳膊的那一边。他流着汗喘着气慢慢地通过店的内部从那些情绪高昂的店员中间走了来。手套部和丝绸部的人们开玩笑地献出力气来帮他减轻他的负担，呢绒部和毛织品部的人们盼望他跌一跤，那样，金钱便会撒到各部的四面八方去。然后，他必须爬红楼梯，越过浮桥，还要向上爬，在建筑的骨骼里兜圈子，麻纱部、帽袜部和零星杂货部的人们用眼睛跟着他，张着大嘴出神地望着这笔在空中游行的财富。到了二楼，时装部、香水部、花边部、披肩部的人们像是在圣体经过的道路上虔诚地排成一行一样。这时，四处扬起了叽叽喳喳的声音，人们喧哗着向这头金牛犊致敬。

慕雷打开了门。郎姆出现了，后边跟着脚步踉跄的两个小伙计；虽然他喘不过气来，但还很有力气喊道：

"一百万零两百四十七法郎九十五生丁！"

终于做到一百万了，他在一天之内搜刮了一百万，慕雷梦想着这个数字许久了！然而他做出了愤怒的姿势，仿佛是一个人在他期待的时候受了一个讨厌的人的打扰那样露出了失望的神情。他不耐烦地说道：

"一百万，好啊！摆在那儿吧！"

郎姆知道他喜欢这样子看着巨大数额的款项摆在他的写字台上，然后才把它们存放到总账房间的金库里去。这一百万摆满了写字台，弄乱了文件，甚至翻倒了墨水瓶；金子、银子和铜钱撑破了钱袋，从袋子里流出来，堆一大堆乱七八糟的样子，像是还带有暖气和生命从顾客的手里刚跑出来似的。

老板的冷淡令那位会计很伤心，就在他走出去的那一瞬间，布尔当寇到来了，他快乐地喊叫着：

"是吧！这一次我们做到啦！……我们钓到了一百万！"

忽然他注意到慕雷那种像得了发热症似的心神恍惚，便明白了一切并静下来。他的目光里放射出快乐的光芒。短暂的沉默后，他突然说道：

"你已经拿定主意了吧？天哪！我赞同你。"

突然间慕雷立在他的面前，发出只有他在危机中才会有的那种可怕的声音叫起来：

"好男儿，我跟你说，你是太高兴啦……是吧？你相信我是完蛋啦，你正要张出你的牙齿来。你当心吧，我是不叫人家吃掉的！"

布尔当寇被这个窥查了一切的阴险男人毫不留情的攻击弄得很狼狈，喃喃说：

"怎么回事呀？你在开玩笑吗？我一向是非常敬佩你的！"

"不要说谎！"慕雷凶暴地说。"你仔细听说，我们认为结婚会葬送了我们，这种迷信是愚蠢的！难道那不是必需的健康吗？难道不是生命的力量和秩序的本身吗？……好吧！是的，我的亲爱的，我要同她结婚，但是假如你要动一动，我也会照样把你扔到门外边去。真的！你也会像别人一样的，布尔当寇！"

他做个手势叫他退出去。布尔当寇感到自己不可挽救了，他似乎已经在这一次女人的胜利中被清除掉了。他走出去，正好黛妮丝走进来，他又向她深深地一鞠躬，头脑昏乱了。

"啊！你总算是来了！"慕雷温柔地说。

黛妮丝激动得面色苍白。她刚刚尝到最后一次的烦恼，杜洛施把他的解雇通知她了；她也曾经试图留住他，甚至表示要替他去说情，可是他固执地屈服了他不幸的命运，他愿意销声匿迹了。留下来有什么好处呢？他有什么理由要来搅扰这些幸福的人们呢？黛妮丝满眼含着泪向他道一声友好的告别。她本人也不是急切地盼望叫人忘却吗？一切都要完了，她从未有过像如今这样需要鼓起她那已经精疲力竭的气力以便能忍受这次的离别带给他的打击。如果她有足够的勇气抑制住她慌乱的心情，那么在几分钟之内她便能够独自走开了，到别处去哭泣。

"先生，你要见我吗，"她现出冷淡的态度说。"再说呢，我也要来谢谢你对我的好意。"

在进门的时候，她无意间看见了写字台上的那一百万，而这种金色物体的陈列不然伤了她的心。在她头的上方，装在金框子里的埃杜安夫人的肖像，丰满的她保持着奇妙的微笑，好像是在守护着这个场景永远保持下去。

"你依然决心离开我们吗？"慕雷颤抖着问道。

"是的，先生，必须走的。"

这时他抓住了她的双手，在强制自己度过长期的冰冷之后，他的爱情终于爆发出来了，他温柔地说：

"如果我同你结婚，黛妮丝，你也一定要走吗？"

但是，她抽出了手来，像是在与大苦恼的打击抵抗着挣扎着。

"啊！慕雷先生，我求你，不要讲吧！啊！不要再给我更多的痛苦啦！……我是不能够的！我是不能够的！……上帝作证，我是为了躲避这样的一种不幸才要离开的！"

她断断续续地说想继续替自己辩解。这个店里的闲言碎语已经使她受了很多的痛苦！他难道愿意叫她在别人和他本人眼前活得像一个娼妇的样子吗？不，不，她要拿出力量来，她要拼尽全力阻止他去做这样一种让人感觉很荒唐的事情。而他，此时正受着折磨，静听她讲，热烈地反复说：

"我要这么办……我要这么办……"

"不，这是不可能的……我的弟弟们怎么办呢？我是发过誓不结婚的，我不能够把两个孩子交给你吧，是不是？"

"他们也将是我的弟弟……说'是的'，黛妮丝。"

"不，不，啊！放开我，你使我苦恼啦！"

他渐渐瘫软了下去，这最后的障碍似乎已经逼得他发疯了。为什么呢？就连付出了这样惨烈的代价，她竟还要拒绝吗！在远处，他已听见那些为他创造巨大财富的三千个职工的喧哗声。而那可怜的而又可耻的一百万也摆在这里！这笔钱更像是一种讽刺使他痛苦万分，逼得他就要把它扔到河里去了。

"你去吧！"他满眼含泪喊道。"你找你心爱的人去吧……就是这个理由吧，对不对？你预先告诉过我了，我老早就应该明白的，不应该令你再多受痛苦。"

她被这种猛烈的绝望寻象给吓得呆住了。她的心要剧烈地跳动着。然而，她如一个小孩子那么慌乱地扑上去娄住他的脖子，她流着泪，结结巴巴地说：

"啊！慕雷先生，我爱的是你呀！"

最后的一阵声响从妇女乐园升腾起来，这是人群的欢呼。埃杜安夫人的金框肖像和她那涂色的丰满的双唇仍旧在微笑。慕雷侧身坐在写字台上，坐在他不再看得见的一百万上。他没有放开黛妮丝，反而狂热地把她紧紧地娄在怀里，对她说现在可以走了，在瓦洛额度过一个月，不好压住人们的谎言，然后他亲自去接她，把万能的她完好地接回来。

世界禁书文库

格列佛游记

【英】乔纳森·斯威夫特 ⊙ 著

董 飞 ⊙ 译

线装书局

第一章　小人国历险

◉一场海难

　　一六九九年春天，我在威廉·布利查船长领航的"羚羊号"上担任随船医生，那时他正打算航行到南洋去。我们从布利斯托出发，起程一切都很顺利。布利查船长对羚羊号的功能深具信心，他用力拍拍我的肩膀说：

　　"放心吧！格列佛，这艘船坚固得像座堡垒一样，我一定让你平平安安地回到太太身边。"

　　"最好是如此！"我开玩笑地回敬他一拳："我太太玛丽还等着用这次出航的薪水添购家具呢！"

　　过去六年以来，我一直待在不同的船上当医生，来回航行于英国与东、西印度群岛等地，着实赚了不少钱，目的就是希望能给太太和孩子们比较优裕的生活。

　　每次出海，我身边总带着大批书籍，闲暇时就阅读一些经典名著打发时间，排遣思乡之苦。此外还可借机上岸观光各地的风土民情，学习该地的语言，所以从不觉得航海的日子会无聊。

　　五月里，我们正驶向东印度群岛。那一天下午，我为几名拉肚子的水手看病，再为另一名水手治疗扭伤的手臂，又帮随船厨师包扎手指上的刀伤后，决定上床好好休息一会儿。正睡得迷迷糊糊之际，有人冲进舱房，一把拉起我，大声嘶喊着：

　　"格列佛！快起来！"

　　我猛地惊醒过来，发觉整个船身摇晃得很厉害。这位跑来叫我的水手神色慌张，好像刚刚见到鬼似的。

"怎么啦?"

"我们遇到暴风雨了……上面有人需要帮助!"

我跳起身,拿了医药箱跟着水手跑到甲板上去,那儿可怕的景象使我不禁倒抽一口冷气。

"我的天呀!"

羚羊号正笼罩在漫天云雾中,被愈来愈强的海浪袭击着,诡异多变的风势夹带流窜而来的雨柱,几乎让人睁不开眼睛。

"医生快来这边!快!"

有人在降帆的时候,被落下的船桅击中头部。我冒着狂风骤雨为受伤的人急救完毕,还来不及喘口气就听见身后一阵乱喊:

"风暴把我们吹离正常航道了。"

"注意那边!"

"老天!前面有大礁石……"

我回头一看,距离船身不到两百呎的地方赫然竖立着几座礁石;强劲的风力使羚羊号无控制。

"我们要撞上去啦!"

"危险啊!"

碰!羚羊号像个脆弱的磁娃娃摔在礁石上,顿时船身破裂!

"快逃命呀!"

所有的船员包括我在内,都慌乱地放下救生艇,打算逃生。

"格列佛,你自己保重啦……"布利查船长隔着人群对我叫喊。忽然一阵大浪袭来,竟把他卷入海里。

"船长……"

我握拳咬紧牙关,为了求生立刻跳进距离最近的救生艇内。可是强烈的风浪继续袭来,大概过了半个钟头,小艇被一阵狂暴的北风吹翻了。

"啊!"

我掉落海里,随着猛烈的海浪上下起伏漂流。四周没有任何可以攀附的东西,更别提其他的人影。我猜想船上的人多半是完蛋了。

"游呀!格列佛,你要拼命游,坚持下去!为了玛丽和孩子们……"

我不断地鼓励自己，让身子随波前进，并不时把腿伸下去试探，却总是够不到底。有一度我几乎快失去知觉了。当我试图作最后一次冲刺，游到再也无力挣扎下去的时候，忽然发现海水已经浅得淹不到头顶了。

"噢，我的脚着地了！"我兴奋得不知该哭还是笑："呵呵……哈哈……主呀，你到底还是眷顾我的！"

风浪渐渐平息下来。我提起精神一步步踩着海中的沙地，向前迈进。令人费解的是，这一带海岸坡度很小，我往前走了一里多路，才走上岸来，简直快累坏了。

那时候大约是晚上八点钟，我又继续向前走了半里多路，却没有发现房舍和居民的踪影。由于身心太疲乏了，我便不顾一切地躺在地上，很快就沉睡过去。

◉巨无霸俘虏

啊！我这辈子大概从来没有睡得这样香甜过。天色已经亮了，而且是个大晴天呢！我想我至少睡了九个钟头……

"咦，怎么回事？"

我在迷糊中觉得两腿被紧紧地绑住，厚密的长发也被捆住，身上从肩膀到大腿似乎横绑了许多条细绳子。我想起身却丝毫动弹不得，又因为是朝天仰卧，除了天空以外什么都看不见。

好啦！现在有谁能告诉我，这儿到底是什么地方？发生了什么事？为什么我一觉醒来便无法动弹呢？

我只能直直地望向天空，灼热的阳光刺痛了我的双眼……不久以后，我好像听到了从四面八方传来一阵嘈杂的人声。

"叽叽咕咕……"

"慢点！有什么东西在我脚上？"

我觉得有一个"活的小东西"在我左腿上蠕动，接着在我胸膛上走、一直走，几乎走到我的下巴跟前。我尽可能地抬头往胸前望，发现一个身长不满三吋，手里拿着弓箭、背了箭袋的小人正盯着我。更可怕的是至少还有四十多个同样的小人跟在他后

面。

"喂！干什么？"

我大叫一声——事实上，我吃惊得快休克了。老天爷，我竟然成了一群小人的俘虏。

那群小家伙听见我的怒吼之后，吓得从我身躯四处鬼喊鬼叫地纵身而下，转身就跑，简直和遭遇船难差不多。

有不少人着地时跌伤了——如果你从两三层楼高的地方往下跳，即使不摔断腿也会伤了胳膊。

可是不久，他们又回来了。有个小人竟敢蹦蹦跳跳走向前，一直到他能够看见我整个脸孔的地方，才举起两手表示景仰的样子，同时发出一句尖锐的高喊：

"哈奇那古尔！"其余的人也同样喊起来。

这是哪门子的话？我曾航行到无数奇异岛屿，还没听过像这么奇特又不知所云的发音。

"或恶！"

当知道对手只是一些小人之后，我猛地用力摆脱束缚，竟然一下就挣断了左手边的绳索，并且连带拔出了捆住左臂的木钉。

"哇！"小人们又叽叽喳喳乱成一团，四散逃逸。

我把手臂举到面前，观察一下他们捆绑的方式之后，便马上循着方向用力拉扯，虽然头皮十分疼痛，却稍稍松解了头发上的绳索。

小人们跑回来探头探脑，我真想把他们捉住，但这些小家伙一会儿又掉头跑了，还一边尖声怪气地大喊：

"咿……哑……"

当喊叫停止以后，又有一个人在高声发号施令：

"呜……依……"

转瞬间，百来支小箭射中了我的左手，就像针一样刺痛了我。还有的箭落在脸上，我连忙用左手遮住面孔，慌乱地大叫：

"喂！住手！你们这群蠢蛋……"

哇！痛死我了。这阵箭雨不禁使我呻吟起来，挣扎着想再脱身。但是他们又放了一阵比先前还要久的箭雨。

"喂！别乱来呀！"

这时，居然还有人用长矛刺我。幸亏我穿了一件牛皮背心，他们才没法儿刺透。

"要怎么应付他们呢？"我一时也想不到该怎么做。

也许继续安静躺着才是最聪明的办法。到了夜晚，等这群疯狂的小人散去后，我就可以获得自由，反正我已经知道怎么松开绳索了。

他们看见我安静下来便不再放箭，但过不久，又传来许多嘈杂的人声。我知道小人们又增多了不少。同时约在四码外，也有敲打的喧闹声，直冲向我的右耳边。

"咚咚……叮叮……"

喧闹声慢慢地由远而近，听起来似乎是有人在工作。

当我终于能够勉强转过头去，看见面前赫然出现了一座新搭建的小讲台。这讲台大约离地一呎半，面积足可容纳四个小人，台旁有两三把梯子可供爬上爬下。

"咦，他们要唱戏欢迎我吗？"

站在台上的四个人当中，有一位富态的中年人似乎是位要员，他的身高看来只比我的中指稍长一些。另外三个似乎是跟班，一个替他牵着拖在后面的衣服，另外两个分站两旁保护他。

那位要员开始对我叽叽咕咕、指手画脚地发表长篇演说。我看得出他用了许多威胁的语句，但又为了表示仁慈宽厚而加入了一些温和的语调，十足表现了政治家的雄辩风度。

可惜很抱歉，我是一点儿也听不懂。

"拜托你，老兄！我已经十几个钟头没吃东西，快饿坏啦！"

我虽然很想装出洗耳恭听的谦卑态度，饥饿却使我没办法再忍耐下去，也顾不得是否失礼，我不停地把手指往口里送，表示急需要吃东西。

"饿……吃东西，你明白吗？"

那位要员倒是能领会我的意思，他走下台来命令手下在我两腋竖立了几把梯子，马上有百来个小人走上来，像早就准备好了似的，背上背了装满肉的筐子，靠近我的嘴边，把肉一块块扔进我嘴里。

"嘿！这是哪位大厨师的手艺？烹调得很可口呢！"

我实在饿坏了，忍不住狼吞虎咽，两三块肉才嚼一次。另外像子弹那么大的面包，我一口就能吃下五个。我的嘴像个无底洞，他们一边扔食物，一边对于我的食量露出万分惊异的表情。

接着我又做手势表示想喝水，他们虽然人小却相当聪明，立刻用最快的速度把一

个头号大桶吊起，从我的腹部一直滚到我的左肩后再打开盖子，让我毫不费事地拿起它一饮而尽。这酒的味道很像勃艮第的淡味酒，不过来得更香醇些。

当我喝完第二桶酒，他们便向我做手势要我把两只大桶丢下去——当然事前已警告下面的人让开。

"哈奇那古尔！"他们又和刚刚一样高声欢呼（后来我才知道，这句话的意思是"巨人山"）。

然后，有许多人在我胸膛上手舞足蹈。这些小家伙真是大胆，竟敢在我一只手松绑之后，大摇大摆地在我身上走来走去。

再来又是什么呢？有一位像是钦差大臣的家伙带着十二位随从，从我右小腿走了过来，一直走到我的脸上。他拿出皇帝诏书递到我的眼前，然后讲了十几分钟我听不懂的话，又用手指着远方，像是决定把我运到那里去。

想到敌方的人数增多了，我只有做手势表示随便他们怎么处置。于是，钦差大臣满脸和善地带着随从告别而去。这时，许多人过来为我松解绳圈，使我能自由活动，然后又在我脸上、手上涂了一种有香味的油膏，不出几分钟箭伤的疼痛就消失了。

"到底还有些良心……"我吃饱了美食不觉沉沉入睡。（事后我才知道，这是因为他们的医生奉了皇上的旨意，先在酒桶里放了不少安眠药哪！）

昏昏沉沉中，我已经被九百个"大汉"抬上一辆大车，全身被绳索紧紧捆住，由一万五千匹四时半"高大"的御马拖着，浩浩荡荡向半里外的京城前进。

我从来没有想过，做一位航海医生竟然会受到这样"军容壮盛"的"礼遇"。

● 神殿监狱

到达京城后，小人国皇帝带着满朝文武官员过来视察。当然，大臣们是绝对不会让皇帝冒险爬上我身子的。

"把他锁在神殿里！"

就为了皇上的一句圣旨，昏迷中的我被弄进了全国最大的一座古老神殿。他们搬开了神殿内的一切器物，好让我"住"在这大空壳里头。

殿门两边各有一个离地不到六吋高的长窗，御用的铁匠从左边的窗口圈进了九十一条链子，式样尺寸很像欧洲仕女的表链，上面共拴了三十六把锁，用来锁住我的左腿。

隔着大马路有座至少五呎高的尖塔，正对着这座神殿。皇上带着满朝显贵到高塔上，欣赏我这庞然大物的落魄"风采"。

"哈奇那古尔！哈奇那古尔！"

有十万以上的居民出城来看我，不少胆大的民众竟用梯子爬上我的身体，走来走去。幸好不久皇上就禁止这种举动，违者将被处以死刑，否则我岂不早就被踩成肉酱啦！

他们确定我受制于左腿上的链子无法逃脱后，就切断了我身上其他的束缚。当我一觉醒来，发觉自己像狗一般被拴住，真是又羞又愤。

"为什么这样对我？我又不会吃掉你们……而且我敢打赌，你们这些少肉又缺心肝的小人，一定难吃极了！"

我猛地坐起身来，从大约有四呎高、两呎宽的大殿门爬出去。

"哇！"像蚁群般的小人看见我站起来走动后，纷纷惊叫着往外跑。

锁住我左腿的链子大约有六呎长，我可以在这个半径之内来回走动。

现在已是大白天了。我向四周环顾一圈，不得不承认生平还没见过这样美的景色。

"我真来到了一个小人国哪！"

凭着高大的身子，我轻而易举地眺望远处。田野就像一片连绵不断的花圃，田地好比无数块草坪，其间散布的树林最高也不过七呎多，而左面的城池就像戏院舞台上的布景一样。

"好吧！至少比全身被绑着要舒服多了。我不如以静制动，看看他们还有什么把戏要玩。"

这时，皇上已经走下尖塔，骑马向我过来。

那匹御马看到我仿佛撞见一座摇动的大山，惊得前蹄悬空腾立起来！

"嘶嘶嘶……咳咳……"

小人惊声四起。我想他们八成是在叫：

"啊！皇上，当心！"

幸亏这位君主是个出色的骑手，依然能紧紧跨在马背上，直到侍卫赶过来拉住缰绳，他才跳下马来喘口气。下马以后，他很钦慕地抬头仰视着我——当然是站在能被

我触及的范围以外。

"对不起，吓到您啦！"我有礼地点头作揖。

皇帝为了掩饰刚才的惊慌，立刻回头用嘹亮清晰的声音，命令厨师和管家把备好的酒、肉、饮料，用轮车推送到我双手拿得到的地方。有了第一次饱餐的经验，我便坐下来把那几十辆车子里的东西，老实不客气地吃了个精光。

一位打扮得像皇后的贵妇和几位郡主，带着不少宫女从轿子里出来，对着我的吃相指手画脚。

"噢……哦……"

吃饱喝足之后，我向皇上作了个揖表示感谢。为了方便看他，我侧身斜卧，把脸对准离他不到九呎的正前方。

这位皇上身材颇高，大约三十岁左右，容貌英俊、体格魁梧，有奥地利人的嘴唇、鹰钩鼻子以及棕黄色的皮肤。他举止文雅，仪态持重，不愧是一国之君。

"您的服饰满不错的嘛！看起来好像是欧洲流行的样式。"

反正说什么对方也听不懂，我便信口胡诌，想打破沉静、尴尬的气氛。

"嘿！这顶头盔是黄金打造的吧？还镶着珠宝……我很喜欢您盔顶上插的那根漂亮羽毛呢！"

皇上看我用手指着他的头顶，不免起了戒心，右手紧握剑柄，以防万一我挣脱了铁链。这剑大约有三时长，剑柄和剑鞘都是金子打造的，上面也镶着亮闪闪的钻石。

"别怕嘛！我只想欣赏一下。"

贵妇和朝臣也都穿得非常华丽；由我的角度看过去，他们就好比一堆摊在地上的金银饰物。

"嗯，请问有谁会说英语吗……算了，我想是没有人懂的。"

为了能互相沟通，一些官员奉命前来和我用彼此学过的各种语言尝试交谈，却都失败了。在这个荒谬的小人国度里，我会的荷兰方言、拉丁文、法文、西班牙文、意大利文和利凡特等地通行的意、法、西、希腊混合语都像垃圾般毫无用处。

"抱歉啦！皇上。等我学会了你们的语言再说吧！"

皇上待了两个多钟头，才失望地带着人马离去。不过他下令在我身边驻扎了强大的军队，以防备百姓对我有无礼或恶意的举动。

夜晚来临，我吃力地爬进神殿里，然后躺在冷硬的地面上，久久不能入眠。

"我又不是战俘，竟然叫我睡冷地板。"

正在抱怨受到如此待遇的当儿，皇上下令派人为我准备一张床铺。他们先用车子运来了六百张普通尺寸的床，在军队的防卫下，就在神殿里动工把它们组合起来；总共用了一百五十张小床拼在一起，然后又叠上好几层床面，才凑成适合我的长、宽与高度。

最后，他们再以同样的计算方法制造床单、毛毯和被褥，总算满足了我的需要。

等到工匠一一散去，我才松口气，倒在这特制的床上。

"他们会怎样处置我呢？"

就此处的文明状况与人们的智慧程度来揣测，皇帝必定会郑重其事的集合文武百官，商讨留我与否的利弊得失。也许怕我逃脱而伤及无辜；也许怕我的伙食开销太大而引起饥荒。他们会把我饿死还是用其他方法处决呢？

不过，聪明的小人是否考虑到，像我这样一具庞大的死尸可能会引起瘟疫呢？

无论我怎么猜测，结果总是令自己不寒而栗！

◉真诚的朋友

过了几天，发生了一件事情，使得整个情况得以改善。

我来到这里的消息传遍全国，引起许多好奇的人赶来观看，一时之间简直到了万人空巷的地步。

"你们到底看够了没有？"

我可不高兴被当作大猩猩一样对待，有时就躲在神殿里不出来。不料有一次，几名恶汉竟然透过窗口用箭射我，还差点儿射中我的左眼。

"喂！你们想谋杀我呀！"我当真被吓了一跳。

带兵的军官立刻下令逮捕那几个射箭的罪犯。他觉得最好的惩罚就是把他们捆起来，送到我的手里任凭处置。

"交给我办吗？好极了！"

我把这些可恶的小家伙放在手掌里，先故意逗弄着。这群可怜虫害怕得拼命狂叫：不过很快的，我就决定摸出口袋里的小刀——他们见了更是大叫不已。我先为他们一一割断束缚，再把他们轻轻放到地面上。看见这几个家伙仓皇逃走的样子，我打从心

底觉得同情。

"哈哈，吓吓你们罢了，可不要再恶作剧了！"

对于我这种宽大为怀的表现。士兵和民众都十分欢喜，后来朝廷也得到了这项报告。呵呵！这报告对我可是非常有利哟！

在皇帝和全体阁员的心目中，我原谅罪犯的仁慈举动表现出"并非吃人恶魔"的良好风范。皇上立刻选了六百人为我当差；又下令拨了三百个裁缝师，照着本国式样为我量身制衣；还派了六位大学教授来教我当地的语言。

大约三星期后，我学习语言已有很大的进步。在这段时间，皇上好几次抛开国务，赏光驾临，一高兴就亲自教我说话，弄得那群老学者手足无措，不知是否应该帮忙。

"哈依唔那北！"皇上指着头上的皇冠教我。

"哈……依唔……那北……"我依样画葫芦地说。

"启禀皇上，应该是哈依唔那'比'！"学者恭敬地指正皇上。

看样子皇上的发音也不见得怎么正确。

渐渐地，我们可以交谈了，而我学会的第一句话就是心中的愿望：

"请准予赐我自由！"

皇上却无视于我跪在地上的请求，几次都面无表情地回答：

"除非经过御前会议批准，否则是不可能的。"

奇怪！为什么每一国政府做起事情都拖拖拉拉，带着乡愿气息，连小人国也免不了呢？

幸好在这时候，我认识了小人国的内务大臣瑞智沙，从他那儿获得不少安慰。善良可爱的瑞智沙虽然上了年纪，仍不失赤子之心，可说是所有官僚中最亲切而不好虚伪、摆架子的人。平日他会在下朝后找时间来看看我，谈谈话，甚至互相开开玩笑。

"喂！巨人山，你今天又吃掉我们的国库多少粮食啦？"

"不多！才吃掉一座山那么高的酒肉而已。"

"嘿嘿，没关系！我们'利立普'帝国的人都是杰出的数学家，迟早会跟你把这笔账算回来！"

瑞智沙并非真的和我计较，他只是为自己的国家深感骄傲。他们的皇上是举国闻名、崇尚科学的君主，在他的提倡和鼓励下，小人国里的人充分发挥了在机械和计算方面的才能。

我指指瑞智沙的秃头，笑着说：

"想不到你们这么小的脑袋瓜，还挺管用的嘛!"

"喂! 对老人家说话要尊敬一点。"瑞智沙打了我的食指一拳。

"尊敬……唉!"我叹口气，说道:"我对贵国的皇上可是够尊敬了，为什么他始终不肯放我自由呢?"

"耐心点，格列佛!"瑞智沙走近了些，用和善的眼光看着我:"朝廷难免对我这样的庞然大物心生畏惧，只要你继续表现亲切的态度，并且处处合作，自然会博得大家的信任。"

"是吗?"我意兴阑珊的反问他:"要等到哪一天呢?"

"眼前就有一个好机会!"瑞智沙鼓励我:"皇上可能会派人来搜查你的全身，你这个聪明人一定懂得该怎么做吧?"

◉搜查巨人山

不久，皇上果然指派两名大胆的官员前来搜查我的全身，理由是怕我藏有危害人民的兵器。

两位官员到达我面前后，其中一名不停地吞口水，小心地说出开场白:

"嗯……素仰阁下宽宏大量、正直不阿，因此皇上才敢对我们两位托付重任。"

另一位深呼吸后，接着发布命令:

"您的随身物品必须由我们收下保管，将来阁下离开的时候，东西会一并奉还或按照我方核定的价格赔偿。"

小人国的这些官员讲话真是装模作样，酸气冲天……唉! 身为阶下囚，我还能说不吗?

于是，我把两位官员轻轻地放入身上每一个口袋里。不过我还是保留了两个表袋和一个密袋。密袋里藏着我必需的用品:一副眼镜、一架袖珍望远镜和几件有用的小玩意儿。这些东西不会危害到别人，我认为是不必搜查的。另外两个表袋里，一个放着一只银表，一个放着装了点金子的钱包。只可惜后来还是被他们发现了这两个表袋。

两位官员把搜查到的东西列出清单，献给皇上。当我后来有机会用放大镜细瞧这

份报告时，差点儿没笑破肚皮。

那份清单上有一部分是这么写的：

首先，我们在巨人山的右边上衣口袋里，找到了一块大粗布——大小可以做陛下大殿里的地毯。

而在左边口袋里，我们看到一只大银匣，可是盖子打不开，于是请巨人山替我们打开。我们之中有一人跳了进去，里面的尘埃多得淹到小腿中央，有些尘埃飞扬起来直扑上脸，呛得我们一连打了几个喷嚏。巨人山解释这个叫作"鼻烟盒"。

在右背心的口袋里，搜到一大捆又白又薄的东西，折叠在一起竟有三个人那么高，它用粗大的绳子捆着，上面画有黑色的字形；依我们的浅见，大概这就是巨人国的文字，每个字母都有手掌一半大小。

左边口袋里有一大块长形的东西，背面伸出二十根长柱，好像陛下殿前的栏杆一样；我们猜想这是巨人山梳头的工具。

巨人山的裤子左边口袋里，有个附着盖子的大盒子，里头放有一根黑柱，夹着一块危险的大钢板，询问巨人山之后，才知那叫"剃胡刀"。

此外还有两个表袋，我们看到一个口袋上挂着一条大银链，我们把那东西拉出来一看，发现它的另一端系在一架神奇的机器上，样子看来像个扁球体，半边是银质的，半边却是一种奇怪的"透明金属"。透过它可以看到里面有一圈圈奇怪的字形，我们想去摸一下却被"透明金属"隔住了。

巨人山把这机器靠近我们的耳朵，哇！这东西真像座水磨一样吵闹不休。我们猜想它大概是一具无名怪兽，不然就是巨人山国度里崇拜的神明，而我们比较相信后一种说法是正确的。因为巨人山告诉我们，他这一辈子无论做什么事，都需要它来指示时间……

皇上看了这份琳琅满目、内容繁复而又措辞冗长的报告后，只有一个反应，就是——

"巨人山，我命令你把这些东西交出来。"

于是，我只好在皇上的指示下（还有三千精兵持箭护卫下），一一交出带在身上被海水浸泡生锈的刀、刀鞘和别的附件。

"让我们见识一下你的刀吧！"皇上威严地对我说。

"失敬了。"我在烈日当空中拔出刀来，故作英勇的挥舞一番。生锈的刀大致还算闪亮，迎空的刀光眩得众人眼睛都睁不开来。

"噢……耶!"全体军队又惊又怕,却一致欢呼喝彩。

"嗯,这样可以了,巨人山。"

皇上毕竟是个气魄非凡的君主,他不慌不忙地命令我把刀子收入鞘中,轻轻放在离开脚链末端最远的地上,再交出第二件物品——我的袖珍手枪。

"这个嘛……因为贵国没有这种武器,必须特别说明一下。"

我拿出了袖珍手枪,尽力向皇上和群众解释它的用途,为了说明生动起见,我打算实际表演一番。还好火药包得非常紧密,没在海难中浸湿。我装上火药,郑重地警告他们:

"各位不必害怕,这只是试放,准备接受巨大的声响吧!"

"砰!"

我对空鸣放一枪之后,距离我较近的上百个人都好像被震昏了一样,立刻跌倒在地上,就连皇上也吓得半天无法恢复神色。

我被眼前滑稽的景象逗得直想大笑,不得不褐力克制自己。毕竟对这些小人来说,刚才可能是平生最恐怖的一刻呢!

接着,我又交出了两把手枪和弹药包,并嘱咐他们特别注意:

"这种火药千万不可靠近火,一点点火星就会让它酿成火灾,足够把皇宫炸得粉碎!"

"噢……"他们一脸惊慌地回答。

然后我又交出了袋中的表,皇上对它不停地滴答声和指针规律性的运转,感到十分好奇,吩咐两位身材高大的卫兵用杆子抬着表——看来真像英国脚夫挑着麦酒桶似的,再和学者们仔细研究半天,最后只落得意见分歧的局面。

"我敢肯定它绝不是个怪兽!"

"好奇怪的神明,这么圆不隆咚的能做出正确的指示吗?"

我不认为他们明白控制时间的意义,便径自交出其他的东西转移对方的注意力。最后包括腰刀、手枪和火药包都被没收,入了国库。幸好皇上和幕僚对其他私人物品不感兴趣,我得以保留日用小刀、剃胡刀、梳子、银鼻烟盒、领巾和心爱的日记本等。

⚫ 会跳舞的大臣

由于我态度温雅、和善，又事事配合，终于博得了皇上、群臣和人民的好感，当地群众已不认为我有什么危险性了。

有时候，我会斜卧在地上，让五六个人在我的手掌里跳舞。到后来，顽皮的孩子都敢在我头发里捉迷藏了。

老实说，这些对我而言一点也不有趣，我所以忍受下来，只是希望借此能够恢复自由。不过，也由于和人民频繁接触的缘故，我在听和说方面进步很快。

有一天，皇上特地招待我观赏当地几种民俗技艺，确实令我大开眼界。

其中一种舞蹈有趣极了。那是小人在一根白线上表演跳舞，线大约两呎长，距离地面有十二吋——对他们来说这种高度应该满触目惊心的，奇怪的是许多人都愿意尝试，不少人还跳得相当精彩。

我的朋友内务大臣瑞智沙跳得又高又好，本领仅次于财政大臣佛林纳。这位佛林纳的技艺的确很了不起，他比任何人要能在绳子上多跳高一吋。不但如此，他还能在固定于绳上的木盘里翻筋斗呢！

除了他们两人之外，其他大臣在绳上跳舞的本领都不相上下。

"为什么你们这些大臣都会这么一手呢？"

我对这个现象很不解，私下问瑞智沙。

"呵呵！"瑞智沙挤挤眼说："这种'绳上跳舞'的技艺要从小练起。像我们这些大臣，并不一定要出身名门贵族或是受过高等教育，但都有一个共通点，就是舞技一流，很得皇上的宠信。"

"我不懂！"

"因为……跳这种舞才是做官的途径呀！"

"我愈听愈糊涂了……"

"告诉你，在我们利立普王国遇到重要的官位出缺，不管前任那位是病死或是撤职了，下面的五六个候补官员，就会呈请皇上和朝廷文武一起观舞，这时谁的绳上之舞

跳得最高而没有跌下来，谁就能继任这个职位。"

"什么？"我第一次听说这种事，觉得很不可思议。

"信不信由你！"瑞智沙两手一摊，继续说道："所以大臣们会不时地在公共场合中表演舞蹈技能，让皇上知道我们并没有忘记自己的本领。"

"所以，你是因为舞技一流而当上内务大臣喽？"

"对啦！"瑞智沙很高兴我理解了，跟着又眨眨眼说："这就是为什么跳得最高的佛林纳，会当上财政大臣——那是人人向往的肥缺哪！"

怎么会有国家以舞技——而不是以才智来授予官位呢？但话说回来，如果大家都一样聪明的话，这应该也不失为良策。

那一天，我还看了许多其他的表演，但节目大都以奉承皇上、希望蒙获皇上嘉奖为目的。这实在不对我的胃口，但我基于礼貌以及盼望得到自由的决心，还是从头到尾耐心观赏完毕。

唉！我还要忍受多久这种受困、无聊的日子呢？

◉重享自由

皇上为了训练出勇敢的骑兵队伍，下令军队天天在我面前操演，马匹果然渐渐地不怯生了，即使走到我脚下也不至于惊跳起来。当我把手放在地上的时候，骑马的士兵会跃马跳过我的手掌。

"好呀！"此时，皇上就兴奋得像小孩一样。

有一次，皇上的猎官骑了匹骏马，竟然跳过我的鞋面，的确身手不凡，赢得全场如雷的喝彩。这使我灵机一动，向皇上呈请表演一种别开生面的游戏。

我请皇上为我准备几根两呎长、像咱们手杖般粗细的竿子。这个皇帝真喜欢新鲜事，第二天清晨一大早，就有六位御林官奉命驾驶六辆车子，每辆由八匹骏马拉着赶路，运来了成堆成堆的木料。

"真是好木头！你们的森林相当得天独厚。"

"过奖了。"御林官洋洋得意。

我选出九根棍子，牢牢竖立在地上，形成一个两呎半见方的四边形。然后，我摸出口袋中的大领巾，把领巾四边牢牢绑在直立的木棍上，紧紧绷得像面鼓一样；接着在高出领巾大约两时半的地方，用木棍横设成四面栏杆。

"请皇上派一队精良骑兵，在这平坦如草原的领巾上操演。"

"照准！"皇上兴奋得接纳这项提议。

于是我用手把骏马一匹匹放在紧绷的领巾擂台里，每匹马上都坐着整装备操的骑士。队伍排整齐以后，他们分成两边准备作战演习。

"预备——开始！"

一时之间，弓箭齐发，刀光闪闪，败走的一方连连撤退，进攻的一方勇猛追击，场面激烈，连我也看呆了。

我把皇上连人带马用手托到擂台的高度，让他纵观全场，然后对他轻声说：

"这是我生平见过最精彩的陆军战法呀！皇上。"

皇上听见我发自内心的赞美，不禁龙心大悦，立刻下令安排一连几天的操演。

好在擂台四边平行的木棍足以防备人马摔下，几次排练都没有发生什么意外。

感谢主！我再一次要求恢复自由时，心情兴奋的皇上终于向内阁提出了这件事，后来又送交议会讨论，全体表决通过。

"哈哈，皇上终于批准了。"

当瑞智沙跑来告诉我这个好消息时，我无法克制得大笑起来——搞不好这声音会使主妇们以为是打雷，而忙着要在落雨前收好衣服呢！

"你先别高兴得太早，当时在会议中，我们全体内阁都赞成放你自由，只有一个人反对——史波哥隆！"

"咦，我并没有得罪过他，为什么他偏要和我作对呢？"

"这我也不懂。"瑞智沙摇晃着他的秃头说："当然，全体阁员一致反对史波哥隆，所以皇上就下令批准了。"

这个史波哥隆身居全国海军统领要职，深得皇上的信任，看样子不会那么轻易就放过我。果然，瑞智沙还有下文：

"史波哥隆虽然勉强同意了这件事，但他要求皇上一定要由他亲手起草释放你的条件，还有种种宣誓的誓词啦什么的，明白吗？"

"你的意思是……史波哥隆会在释放条件上为难我？"

"嗯，你比我想象的聪明嘛，老弟！"

瑞智沙像个小孩般坐在我的手掌中，左右摇摆着他的脚尖，一副准备看好戏的模样。

第二天，面目可憎的史波哥隆带领几位要员亲自前来，把那些宣誓条文送交给我。

条文真是烦琐冗长又咬文嚼字的，内容如下：

　　一　巨人山如无加盖御玺的许可证，不得擅自离开本境。

　　二　巨人山如无皇帝许可命令，不得擅自进入京城；若要进京则应先行通知居民避居户内两小时。

　　三　巨人山只可在大道上行走，不得任意在牧场或农田内来往坐卧。

　　四　巨人山在大道上行走务必格外小心，以免伤及百姓或车马，未经同意更不得任意将本国国民抓于手中。

　　五　巨人山有义务每月行走约六日路程，国内有急报时，必须把专使和车马携于衣袋中，尽快送达目的地，并把专使带回面谒皇上。

　　六　巨人山应该与我国联盟对抗布勒夫斯加岛上的敌人，并毁灭对方的舰队。

　　七　巨人山空暇时应协助工人搬运巨石，建造公园、城墙和其他皇家的建筑物。

　　八　巨人山应于两个月内，步行测量海岸线长度，并绘成本国精细疆域图一帧，呈给皇帝陛下。

　　九　巨人山如能郑重宣誓遵守上述各条件，每日得享合于本国国民一千七百二十八人所需之肉食、青菜和饮料，此外尚可自由拜谒皇上，并接受其恩赐。

这些条文并没有想象中那么糟嘛！我满心欢喜地在条约上签字，并奉命宣誓遵守上面所列的各项条件。

"你必须按照我们法律所规定的仪式，进行忠贞不贰的宣誓。"

史波哥隆仰鼻朝天，看都不看我一眼地说。真是好一个自大无礼的"小人"！

我才不在乎是你们的仪式，还是谁家的仪式，只要能让我摆脱这可恶的脚链就成了。

"您怎么说，我就怎么做，'大人'！"我冲着史波哥隆咧齿微笑。

利立普小人国的宣誓方式很有趣，你必须先用左手握住右手手肘，再以右手中指放在头盖上，而以大拇指放在右耳的耳垂上——就像一个呆子拼命在思考的样子。

不过话说回来，也许咱们的宣誓仪式在他们眼里，更能让他们像看荒谬剧般笑翻天吧？

虽然史波哥隆从中作祟，立出不太公平的释放条件，但总算让我恢复自由了。开链当天，皇上也亲自驾临观礼，这使我颜面增光不少，我识相地跪伏在皇上御前表示感激。

用过晚餐后，我趁瑞智沙前来探望时问他：

"嘿！你们是如何决定我每天吃东西的份量呀？什么一千七百二十八个人数的……"

瑞智沙那张略带风霜的小脸，露出相当得意的神情：

"我们皇室数学家曾测量过你的身高，不是吗？"

"嗯，我记得。"

"他们计算出你和我们身长的比例是二十四比一，当然还比较过两者体格的相同和相异点，最后才计算出你每日的需用食量，抵得上一千七百二十八个本国人的饮料和吃食。明白了吗？"

真是斤斤计较！这些拥有精密头脑的小人难道就算不出来，我这个巨人山是需要饭后甜点和下午茶的吗？

● 可爱的京城

我恢复自由以后，第一个要求就是准许参观利立普的京城。皇上很爽快地答应了这件事，当然必须事先通知居民入内回避两小时。

一路上我只敢穿着短背心，因为恐怕一转身，上衣的衣角会碰坏了这儿可爱的小屋顶。于是，我像个小心翼翼地舞者，侧身、摇肩、挥手之外，还要顾着脚步踩踏的地方……

当我出现在城门，全城楼阁的窗子里或房顶上，都挤满了看热闹的小人。他们对我热情挥手，大声叫着：

"巨人山！巨人山！"

我不禁暗暗得意，心想皇上驾临也不过如此吧！

城市是正方形的，每边城墙都有五百呎长，城里有两条大街交错，把全城分作了整齐的四等分。两条大街大概有五呎宽，洁净平整得使我几乎不忍踏下。

其余的细街窄巷我可就没辙了，虽然无法进去细看，但那片交织如网的组合也够迷人了。

"巨人山！巨人山！"小人们继续呼喊。

"大家好，大家好！"我真有点儿飘飘欲仙了。

听说全城可以容纳五十万人，看着呈现在我眼前万点蠕动的小人头，用"人烟稠密"来形容真是恰当不过。街道两旁有许多幢造型高雅的楼房，有的三层高，也有五层高的。我瞄了瞄商店和市场里面，货物也都一应俱全。

环绕京城的城墙既高且厚，可以容纳他们的马车在上头绕行，每隔十呎就有一座坚固的碉堡。我从城西大门慢慢前行，穿过大街后，来到皇宫大殿外面。

皇宫位于全城的中心，它的城墙和宫殿之间有一片很大的空地，足够我跨越进去活动。我理理头发和衣服，凑近外殿高楼皇上站立的地方，谦恭地请求：

"恳请皇上允许我绕着宫殿参观。"

皇上神采奕奕地看着我，仿佛早就料到我会有此请求似的，随即下达旨意：

"请求照准！我要皇宫内的人们认识你，格列佛巨人山！"

外殿有四十呎见方大小，包括两座富丽堂皇的宫殿。最里面的皇宫内院，必定是嫔妃、美女如云，我真想好好见识一下。不过这相当困难，因为宫院之间互通的大门只有一只小狗那么高，宽度连我的肩膀都塞不进去。或许可以从外殿跨越过去……

"哎呀，不行！外殿建筑太高了，要是我跨过去一定会损坏它的。"

"唉，真是太遗憾了！"

皇上原本很希望我能进去瞻仰富丽堂皇的宫殿，这下不禁有些怅然。

嗯，且慢！没有什么可以难倒我格列佛的……

过了两天，我心生一计。经过皇帝同意之后，我用小刀在离城一百多码的御用森林里，砍了几棵他们最大的树木，然后做成两张三呎多高，禁得起我体重的高凳子。

在第二次通告市民回避后，我再度进城入宫去。只不过这一次我手里多了两张凳子。皇上非常好奇的盯住我问：

"你打算坐在这儿欣赏景色吗？"

"不！请看巨人山表演特技吧，皇上。"

我小心地走近外殿旁边，悄悄放下一张凳子再站上去，然后把另一张凳子轻轻递过外殿屋顶，把它放在内宫和外宫中间那块八呎见方的空地上。

接着，我从一张凳子走到另一张凳子上，轻易跨过了外殿。当然我还有随身配备：一把带钩的手杖，用它把第一张凳子给钩进来。

"耶！巨人山！聪明的巨人山成功了！"

躲在窗内窥视的宫人，见我安然跨过高耸的屋顶，全都忘情地拍手欢呼起来。

进入内院后，我轻轻地斜卧在地上，将脸贴近中间一层楼房的窗子。

"快打开窗子！开窗子呀！"

他们为我打开了全部的窗子，我才能参观这做梦也想象不到的、最灿烂辉煌的迷你内宫。我在他们的寝宫里分别谒见了几位年轻的王子，他们都有随身侍从伺候着。

"格列佛，会见我最心爱的皇后吧！"

皇上不知何时已出现在内宫里，为他抬轿子的人一定累坏了。

这是我第二次会见皇后，比起第一次狼狈被俘的时候，此刻气氛可真好多了。皇后十分高兴地对我笑了笑，跟着又从窗里伸出玉手来赐我亲吻。我小心翼翼用手指托住她细致的小手背，轻轻亲吻了一下，心中却一直提醒自己，可别把它当作小鸡腿给吃掉了！

● 奥妙的国法

利立普小人国的各项学术都很发达，最特别的就是书法，既不像欧洲人由左而右，又不像阿拉伯人由右而左，也不像中国人是从上而下。他们怎么写呢？竟然是从纸的一角斜写到纸的另一角去，和咱们英国太太、小姐的脾气一样古怪，哈哈！

除了以上特殊的书写文字的方式外，我再告诉你们这儿安葬死尸的方法，是把头朝向地下倒立着下葬的，奇怪吧？

因为他们相当迷信，认为再过一万一千个月以后，死人都会复活。那时候扁平的大地会上下颠倒，那么在他们复活时，就可以安稳地站在地上了。

而这儿的法律也有不少特别之处。比方说，他们把诈欺罪看得比偷窃还严重，通常都处以死刑。因为他们认为：一个人只要小心谨慎，再加上应有的基本防窃常识，东西就不会被偷；但是一个老实人就无法防范老奸巨猾的人恶意欺骗。嘿，这不就像史波哥隆暗算我一样吗？

我是怎么知道这条法律的呢？

记得有一次，我看到皇上正在裁决一个骗走主人巨款的犯人。那人奉主人之命去收款以后，竟然见财起意，携款潜逃。皇上决定判他重刑，我便试着为犯人说情：

"皇上，是否能把犯人的罪行减轻些，到底他只是失信于主人而已。"

"失信？巨人山你真奇怪，怎么会提出最能加重罪名的理由，来为犯人申辩呢？"

皇上锐利的眼光——虽然目光是那么细小，我仍可感受到他鄙夷的神情，仿佛我们堂堂大英帝国的巨人都很龌龊似的，令我印象深刻。

我觉得这条法律颇有道理。人民需要不断以买卖、交易或借贷来生活，如果政府宽容诈欺的行为，那么老实的商人就要永远吃亏，而流氓奸商却可从中取利，的确是值得重视。

利立普的法律赏罚分明。他们审判庭里象征公理的神像都有六只眼睛：前面两只、后面两只，再加上左右各一只，代表谨慎周到的意思。司法女神右手拿着张开的口袋，表示宁愿多赏赐而少处罚。

忘恩负义在他们看来也是死罪，他们的理由是：一个连自己恩人都要加害的败类，必定也是人民的公敌，不配活在世界上。

好一个利立普法律！但是我想到实际存在于利立普的可鄙败政——那些借跳"绳上之舞"获得高官和借跳跃爬行取得皇恩奖赏的作为，处处显出法律在这里只是说来漂亮的典章制度罢了。

按照我明智的分析，要不了多久，利立普小人国便会因为利益斗争而发生政治危机。我是否该趁早逃离这是非之地呢？

●几百名仆人

在还没有想出法子脱离这个"小地方"以前，我决定放宽心，好好过日子。

由于天生拥有创造头脑，也基于事实需要，我利用御森林里最大的树木，替自己造了一张桌子和一把合适的椅子，使我在神殿里的日常生活便利许多。然后，又有数百个女红为我缝衬衣、被单和桌布。这些虽然都是用他们最坚实的布料做成，不过还得把几层布缝在一起增加厚度，才适合我用。

首先，我躺在地上让女红为我量尺寸。一位女红站在我颈子上，一位站在我身体中央，每人都扯着一条拉直的线，第三位女红就拿着一根尺度量线的长短。之后，她们再量我的右拇指。

"怎么？这样就好了吗？"

"对呀！根据数学方法计算，拇指的两周半等于手腕的一周，推算下去就可以知道颈子和腰部的粗细。不是吗？"

嘿，这倒新鲜啦！回去后一定要告诉我那做裁缝师的婶母，制衣量身不必那么麻烦了。

接着，另外又有三百个男裁缝帮我做外衣，不过他们采用了别种方法量尺寸。当我直着上身屈膝跪地之后，他们把梯子搭在我的颈子上，有几个人爬上梯子，从我衣领处放下一根带锤的线垂到地面，便恰好是我上衣的长短，很有趣不是吗？

所有的衣服全是在神殿内做的，因为他们最大的房子也容纳不下这种好几百人的场面。

"别费事设计啦！我比较喜欢旧款式。"

我把旧衣服摊在地上给他们做样子比照，所以都做得非常合身。

至于我的民生问题也要大费周折。有三百个厨师为了替我做饭，都带了家眷住在神殿附近的茅屋里，每天每样菜都帮我做成好似小丘一样的两大盘。吃饭时我先拿起二十个侍者放在桌面上，他们用绳子拉起我要吃的东西，就像从井里打水拉起吊桶一般。至于地下还有一百个人侍候：有的捧肉，有的扛着桶酒和各式饮料。

说真的，多亏这些小人聪明的头脑，否则我的日子可难过了。

皇上听说我日子过得不错，就传旨将带着皇后、王子、公主到我家来，共进晚餐。为此我特地打扫神殿内外，迎接这光荣的一刻。

到了黄昏时分，他们果然如约前来，这下子神殿被前呼后拥的行列与号角声，喧哗得热闹万分。

"皇上莅临，真使寒舍蓬荜生辉！"

我请他们坐在桌面上已摆好的御椅中，正面一排朝向我坐，左右还排列着卫兵。你能够想象在吃饭时，竟有一队士兵拿着武器站在饭桌上吗？天呀！等我回到家乡描述这种场面，没有一个人会相信的！

可以想见我的三百名厨师今天有多忙了。御膳还得要御厨来侍候才行，皇上特地带来二十名御厨指挥这里的师傅，免得弄出端不上台面的菜来。御厨大呼小叫指挥一阵，不多久餐桌上便摆满了山珍海味。

为了替祖国争面子，这天我比平日还要吃得多些。

皇上见我成堆成串丢入口中的吃相，啧啧称奇道：

"喂！巨人山，你可别把我们利立普吃垮啦！"

"哈哈哈……"

全体听了都忍不住大笑起来，使得和乐的气氛达到高潮。不知怎的，我感觉皇上和我共进这一餐，仿佛有特别的用意。

◉两大危机

两星期后的一天早上，内务大臣瑞智沙只带了一个仆从来到神殿。他吩咐轿子停在远处等候，匆匆进来与我会谈。

"瑞智沙，干吗这么神秘兮兮的？"我不禁降低声音问他。

瑞智沙在我的饭桌上，背着双手来回走动，最后停下来叹口气，对我说道：

"唉，我现在才知道，要不是朝廷处在当前情况下，也许你不会这样快就得到自由。"

"哦！有什么特殊原因吗？"

"在外人看来，也许我们的国势还很强盛，不过实际上它潜藏着两大危机，可以说正面临内忧外患呀！"

"愿闻其详。"

我坐到桌前把脸靠近瑞智沙，仔细听着。

"这……关于第一件内忧嘛，就是国内的党争相当激烈。这七十多个月以来，本国皇室有两大对立的政党，一党叫作实拉麦克森，另一党叫作虚拉麦克森……嗯，因为一党的人鞋跟高些，一党的人鞋跟低些，所以根据鞋跟的高低，你就可以看得出两派来。"

"嗯，的确很容易区分。"

我希望自己面部的表情，没有显得太可笑，因为我忍不住想笑出来。咳嗽了两声之后，我继续一副认真的模样听他说下去。

"这个'高跟'是符合古制度的，不知为什么，当今皇上却决定所有的行政官吏都必须穿着低跟。"瑞智沙往前指着他抬起的鞋跟解释："尤其是皇上的鞋跟特别来得低些，至少比任何朝廷官员的鞋跟都低上这么多。"

瑞智沙认真比画的模样，使我立刻打消了想要大笑的念头。他一脸愁苦地继续说明：

"不幸的是，太子殿下有点倾向'高跟党'；至少我们可以很清楚地看出来，他有一只鞋跟比另一只高一些，所以他走起路来一拐一拐的……"

我实在忍不下去了，用手捂住嘴巴在肚里闷笑两声——这滋味真难受，然后才眨眨眼面对瑞智沙。好在他根本没有望向我，只是陷入沉思中……

"我大略估计一下，实拉麦克森'高跟党'的人数已经超过我们，但目前一切权势仍在我们手中。如今两党间的仇恨愈来愈深，他们绝不在一起吃喝、谈话。"

难怪那天晚餐时，皇太子殿下没有随同皇上前来。

"那么外患又是什么呢？"

"是的，正当我们内忧炽热时，布勒夫斯加岛上的宿敌又要发动侵略，威胁到利立普的安全。"

"就是你曾经提过的另外一个大帝国，是吗？"

"没错！不论面积和实力，布勒夫斯加都可和我皇统治的帝国相抗衡。你大概想象不到，两大强国已经苦战了三十六个月。"

"为什么会挑起战端呢？"

"因为打蛋的方法不同。"

"什么？"

"在我们这里人人都知道，吃蛋的时候，依古法应该打破鸡蛋较大的一端。"

这回我可更要耐住性子听下去了。

"请继续说。"

"可是，当今皇上的祖父还是小孩子时，有一次吃蛋按照古法打破蛋较大的一端，竟不小心割伤了一根手指。因此他的父亲——也就是当时的皇帝，就颁了一道圣旨，要全体臣民吃蛋的时候，先打破蛋较小的一端，违者重罚。"

难怪我常看到厨师在打蛋前，总要先看看蛋的两头，原来是因为圣旨明令规定的。

"当然……可想而知，人民对这条法律十分痛恨。这件事在历史上曾引起六次造反，其中有一次还使皇帝送了命，另一次使皇帝失去王位。而这些内乱，都是布勒夫斯加国从中煽动的！"

瑞智沙一想到布勒夫斯加，便咬牙切齿：

"平定乱事后，总有许多亡命之徒逃到对方的国度藏身。根据估计，先后几次加起来共有一万一千人！这些人都表示情愿受死，也不肯打破蛋较小的一端。"

事情的起因虽然很荒谬，但导致的后果可还真严重。

"于是你们就跟布勒夫斯加势不两立？"

"因为他们太爱管闲事，并且还火上加油！"瑞智沙舔了舔发干的双唇，又说："我国为了这点争端，持续下来的祸事不断。有不少反派的人士著书立说，当然这种'大蛋头主义'的著作很快就被查禁了，同时法律上也限制这一派人不得做官。"

"那也未免太不公平吧！"

"不然又能怎么办呢？而当这一切争论得最厉害时，布勒夫斯加的君王又常派大使前来'忠告'我们，怪我们在宗教上分立门户，责备我们违背先知拉斯杜格的基本教义，因为先知的教义上说：'真正的信徒可以在比较方便的一端打破他们的蛋'！"

"没错，谁都有权力决定要先打破蛋的哪一端。"我回应他。

瑞智沙点点头，认真地说：

"依我的意见，到底打破哪一端比较便利呢？只有听从自己的良知来决定，或者至少要请行政长官来决定。总之，这些被放逐了的'大蛋头主义者'，很得布勒夫斯加皇朝的信任，再加上国内秘密党羽的暗中协助，就掀起了两大帝国的血战。"

"真是悲哀呀！"

"这三十六个月以来，我们损失了四十艘主力战舰和数目更多的小艇，还战死了三万精锐的海军和陆军。而估计一下敌人的损失，可能比我方还要大。但是，他们现在又偷偷建造了无数船只……"

"他们准备再度攻击你们，对不对？"

"不错！"

"你大清早赶来告诉我这些，必有特别的用意……"

"是的！皇上深信你勇气可嘉，昨夜下令我把目前的处境告诉你，以便需要时你能助我们一臂之力。"

"瑞智沙，我是个外国人，不便干预你们国内党派的纷争，不过……"我低头思量一会儿，接着说："替我回奏皇上，我愿意冒生命的危险，随时准备抵抗外来的侵略者，以保护利立普、皇上和人民的安全！"

"好一个格列佛巨人山！"

瑞智沙立刻神采飞扬起来，向我点点头，又握握我的大拇指，然后情绪高昂地离去。

◉拉船奇功

布勒夫斯加帝国位在利立普东北方，是一个四周环海的岛屿，两国间只隔着一条八百码宽的海峡。

利立普对敌人采取十分严谨的警戒措施，并战期间一律禁止两国人民来往，违者处以死刑。而皇上又明令封锁各大小船只出海，所以直到现在，布勒夫斯加根本不知道有我这个"巨人山"。

不久后，我被紧急召去皇宫——借着我那两把跨越用的凳子，才能靠近皇上议事的大厅商讨国事。

"格列佛，据我方间谍探察的结果，敌人舰队正停泊在港湾里，准备顺风扬帆出发。"

"你希望我怎么做呢？皇上。"

"就你的体型以及攻击力，拟出一份作战计划。"

"遵旨！"

我斜眼瞄见海军统领史波哥隆满脸不是滋味，一语不发站在议事桌旁。

我是个学有专精的医生，一向只做救人的工作，绝不可能去伤害无辜。但因为利立普小人国待我不薄，算是救了我的性命，我才毅然答应此事。忘恩负义在这儿可是死罪哪！

但我暗自抱定决心，绝不做杀害无辜的可鄙举动，只要把他们吓得不敢再侵犯就成了。

得罪啦！史波哥隆，我要表现自己杰出的组织能力了。

离开皇宫后，我大步迈向海边附近，向极有经验的水手询问海峡深度。他们告诉我涨潮时海峡中央相当于欧洲量度六呎，其他地方可能稍浅或稍深一些。

"嗯！大致来说没有问题，再去探察一下敌情。"

我朝东北布勒夫斯加的海岸方向走去，到达附近便躲在一座上丘后面，拿出小望远镜，侦察对方的敌舰。

"啧啧，一共有五十来艘战舰……还有大批的运输舰哪！"

这是我第一次作战，虽说只是对付一群柔弱的小人，仍旧紧张得双手冒汗。

"来到这小人国已经够荒唐了，还要扮演大恶魔，唉！"

我摇头苦笑，走回去向皇上呈报作战计划。皇上听了非常高兴，立刻颁发指挥作战的委任状给我。

"好好干，巨人山！事成之后必有重赏。"

"谢谢皇上。"

看见史波哥隆嫉妒的眼光，我故意提高声调退下，接着命令手下赶办大批坚牢的锚索和铁棍。

我把一些细小的锚索一叠一叠交错起来，使它更结实牢靠。又把三根细如缝衣针的铁棍扭在一起，两端弯成钩形。然后，把五十只钩子套上索头，打算再向东北海岸走去。

"现在离满潮还有多久？"

"大概再过半个钟头。"水手们回答。

我赶紧脱去上衣、皮鞋和袜子，只穿着牛皮背心和长裤走入海中，在海峡中洇泳了约三十码，两脚便够到底了。我在海中行进不到半个钟头，就到达敌方舰队停泊的

地方。

"布勒夫斯加的小攻击者，今天可是你们最难忘的日子！"我湿淋淋得像个大水怪自海里冒出，敌方见了个个都吓破了胆。

"哇呀！大怪物！"

"啊，救命！"

大家纷纷从舰上"扑通！扑通！"跳下去，拼全力游向岸上逃命。下水的人不下三万之多。

我赶快拿出附有钩子的绳索，拴住船头，接着又把绳子的另一头收拢扎在一起。

"对不起啦，小人们！"

正当我弯腰收拢绳索的时候，留在船上的敌人立刻放出几十支箭，有好几支射中了我的手和脸。

"啊呜！"

我疼得大叫，不禁手慌脚乱起来。

"可别把我的眼睛射瞎了。"

幸好我想到一个应急的办法——戴上眼镜。果然，敌箭仍旧不停地射来，许多支箭叮叮当当打在眼镜玻璃片上。

"咻！好险喔！"

我把所有的船头都拴好了，拿起绳结用力一拉，咦！怎么连一艘船也拉不动？

原来船只都给下锚卡住了。我只好再放下绳索，拿出小刀把船上的锚索全部割断，这么一来，脸上、手上又多中了两百余箭。

"嘶……啊……"

我忍着痛又拾起绳结，用力、再用力……一股劲就把五十艘敌舰给拖走了。

布勒夫斯加人个个惊慌失措，猜不出我的用意。原本他们以为我是想让兵舰随波逐流，互相撞沉翻覆。但当他们看见舰队一齐动起来，跟着我所拉的那一头绳索向利立普前行时，他们立刻放声大喊，悲伤欲绝地哭叫起来。

"咿哑……咿哑……"

"别怪我！在下是有恩在身，奉命行事呀！"

我走出海湾度过危险地带，暂停休息一会儿，顺便拔出手上、脸上的细箭，擦上利立普特制的药膏，然后摘下眼镜等待。大约一个钟头后，潮水退了许多，我赶紧带着"战利品"涉水走过海峡。

"巨人山！巨人山出现了！"

利立普的皇上和全朝文武官员都站在岸边，屏息静待我这一次伟大冒险的结果。

当我来到海峡中间，海水到达我的颈部，偶尔甚至淹没过头顶，我在海中载浮载沉……

"啊，巨人山不见了！"

"巨人山死啦？"

后来瑞智沙告诉我，当他们看到船只排成整齐的半月形向前推进，却又见不到我的身影时，皇上还以为我溺死了，满朝文武不禁忧伤摇头；而敌人的舰队又对着他们开过来，内心恐惧油然而生。好在不久之后，他们就发现我，于是又开心地欢呼起来。

"巨人山还活着……"

"'利立普'胜利啦！"

我愈往前迈进，海水也愈浅。没多久，我已经走近岸边，可以听见说话声了。

"巨人山！巨人山！伟大勇敢的巨人山！"

利立普臣民欢呼的声浪直上云霄，我激动得举起手，握着拖舰前来的绳端，高声呼喊：

"利立普英明的君王万岁！"

臣民们又跟着高喊：

"利立普万岁！皇上万岁！"

皇上喜滋滋地迎接我上岸，说不尽恭维致谢的好话，又接着大声宣布：

"智勇双全的巨人山，我要当场封你为'那达克'！"

瑞智沙赶紧提醒我：

"这是我们最尊贵的爵号，还不快向皇上谢恩。"

我连忙单脚下跪说道：

"谢皇上授我'那达克'封号！"

利立普的人民快乐地跳着呼喊：

"巨人山那达克！巨人山那达克！耶……"

◉决裂的晚宴

当晚，皇上在神殿中大摆宴席，与我共进庆功盛筵。同桌的还有各个高级将领——在这次"战役"中他们可说毫无功绩可言，更别提海军统领史波哥隆的脸色有多难看了。

我有些担心船舰上的俘虏，不知道他们会遭受何种待遇。没想到我才向皇上询问两句，他立即不屑地回答：

"管他们做什么！我还想要你再找机会，把剩余的敌舰全部拉到本国来呢！"

"还要拉剩下的过来？那不就全国毁灭了吗？"

"没错！我正想把布勒夫斯加变成我国的一个行省，然后派一位总督去统治那儿，叫他们境内的人民也打破蛋较小的一端来吃，这样我才算是全世界独一无二的君王！"

我的胃口从未如此差过，放下刀叉后半天说不出话来。君王们的野心总是贪得无厌，这个"小人"皇上竟然梦想要彻底铲除"大蛋头主义"的信徒。不仅如此，还想强迫对方沦为被奴役的臣民，实行他那可笑的打破小蛋头政策！

我鼓起勇气力陈反对意见：

"皇上，我盼望您打消这种念头，历史上的教训告诉我们，把别人掳为奴隶的做法必定导致无尽的战争。您不应该作此决定。"

皇上的脸顿时涨成猪肝色：

"格列佛，他敢指责我？"

"我只是提出一个客观的看法。"

"你是本国囚犯，我要你做什么你就去做什么！"

"不！我不是你们的工具。"我气愤极了，直率地向他抗议："我更不愿意见到一个自由勇敢的民族，沦为奴隶的下场。"

"你……"皇上扯下胸前餐巾说："我要收回你'那达克'的封号！"

"拿去，你尽管收回去！"我脱口而出："本人不稀罕，也不配接受这种封号！"

气氛一度紧张极了，跟着又沉闷得令人窒息，若非瑞智沙出来打圆场，提起今天凯旋胜利的乐事，这顿饭还不知要怎么收尾。

那天夜里，瑞智沙过来看我。他知道皇上和我心里都很不痛快，也只有他真正关心这些。

"格列佛，你这样坦率地声明自己的主张，实在太违背皇上的心意了，他绝对不会宽恕你的。"

"老实说，瑞智沙，我才不期待他会谅解呢，哼！"

瑞智沙慈祥的双眼闪现一抹哀愁：

"唉，这件事曾在国务会议里引起争论，明智的阁员都赞成你的意见；至少他们对这件事不做任何发言，内心却对你深表同情。不过有些阁员是你的死对头，从旁对皇上进献了许多谗言。"

"你指的是像史波哥隆那一号人物？"

瑞智沙耸耸肩，一副那还用问的表情。

"唉！"我深叹一口气："现在我知道了一件事，一旦你拒绝满足君王的野心，哪怕从前立下多大的功劳他都不会原谅你。"

这话使瑞智沙沉默下来，似乎说中了他心坎深处的感触。过了一阵子，他才又打起精神说：

"我来是想提醒你，宫内正酝酿着一项阴谋，史波哥隆那家伙可能计划怂恿皇上对付你，以后你要小心为妙！"

"谢谢你，瑞智沙，我亲爱的朋友！"

瑞智沙拍拍我的手心表示不客气。我将他捧到神殿的门口，目送他矮小的身影离去。

我建立拉船奇功后的第三个星期，布勒夫斯加正式派遣大使到这里来乞求议和。接着两国缔造了对我方有利的和约，因为利立普几乎俘虏了他们全部的舰队，明显地占了上风，因此无论在呈递国书或致颂词的时候，都强迫对方要用利立普的语言文字。

"难道我做错了吗？由于感恩，一时冲动，竟使布勒夫斯加沦为悲惨的殖民地下场！"

我对政治方面的事一向陌生，只曾经从书本里读到一些关于君王、大臣们的脾气和行为。本来我还以为在这样遥远的国度里，政治准则会和咱们欧洲国家不同，却没料到也有同样可怕的现象。

世界传世藏书 世界禁书文库 格列佛游记

371

那一夜我睡得很不安稳……

◉深夜密谈

不久后的一个夜晚，瑞智沙又私下坐着小轿到神殿来见我。

他行色匆匆地遣退了轿夫，看来情况有异。我把他放在上衣口袋里，拴上大门，像平常一样把他放在桌上，两人相对坐了下来。

瑞智沙脸上显出很担心的样子，使我也惶惶不安起来：

"老朋友，到底出了什么问题？"

瑞智沙抓抓自己的秃头，猛然站起来背着双手，在桌上来回走动数次才停下来说："格列佛，我……希望你能耐心听我讲完，这是一件与你生命攸关的大事！"

"请直言！"

"你知道吗？最近国务委员会召开了好几次秘密会议，商谈弹劾你的案子。"

"哼，总算开始行动了！"

"你也明白史波哥隆一向就看你不顺眼，自从我打败了布勒夫斯加，建立海战大功，使他失去了海军统领的威名以后，他心头的愤恨就更深了。因此，他勾结林托克将军、侍卫大臣拉尔孔和大法官巴摩夫，联名对你提出弹劾，控告你叛国和其他的罪名。"

听了开头这一席话，我就按捺不住了：

"慢着！我自认有功无过，为利立普立下汗马功劳！尤其那些释放条件上无理的要求，我几时拒绝过？"

"嘘……安静点！"瑞智沙弯下腰，向四下探探头说："我冒着杀头的危险来找你，时间不多，必须赶快告诉你目前的处境……"

"对……对不起，请说下去！"

"皇上倒是对你怀有感情，并未做明确决定。但是史波哥隆这自尊心受创的海军统领，坚决主张用最痛苦而不名誉的方式把你处死。"

他建议要在夜里火烧你的神殿，并且由将军率领两万士兵用毒箭射击你，再私下命令你的奴仆，在你衬衣和被单上撒些毒汁，让你自己抓裂皮肉，惨痛地死去。"

"真是小人的作风。"

"听我说，将军也同意这种做法，所以近日来反对你的人数愈来愈多。不过皇上觉得你还有些功绩，决定尽可能不杀你。"

"那么，你也建议皇上了吗？"

"有呀！嗯……我请皇上下令刺瞎你的双眼。"

"什么？"我吓了一大跳。

"那是挽救你生命的最好办法呀！虽然两眼失明却无碍于你的体力，我们可以用这个理由，说服皇上让你继续为他效劳。这里有一句俗话说'盲目可以增加勇气'，因为这样看不到一切危险。"

"那我还真要感谢你啦！"我气得七窍生烟。

"先别高兴得太早！财政大臣佛林纳已被史波哥隆收买，认为刺瞎你的眼睛处罚太轻了，因为依照平常的经验，刺瞎眼睛的家禽反而吃得更多，很快就会发胖。说不定你被刺瞎眼睛以后突然变得爱吃起来，会吃空了我们的国库哪！"

"哦！是吗？我祝那财政大臣早日从跳舞的绳上摔下来！"

"结果全体又都反对我的提议。海军统领史波哥隆还愤怒地站起来说，我这内务大臣竟然斗胆保全一个叛逆者的性命。"

"害你受累了，我的朋友……"

我由衷感谢瑞智沙为我所做的努力，但他摇摇头，因为挽救我失败而难过：

"没想到你的功绩更加重了你的罪过。史波哥隆又说，既然你有俘虏敌舰的臂力，就可能在不得志的情况下，马上把它们送回敌方去。他又有充分理由相信，你实际上是'大蛋头主义者'。因此他控告你是叛逆，并且坚持要把你处死。"

"哼！欲加之罪何患无辞，告诉我最坏的情况吧！"

"三天之后，他们会向你宣读弹劾文件。当然，目前还不知道会用哪一种刑罚……"

"不过可以预见，他们还会摆出高高在上的姿态，表示皇上和阁员们对我有多宽大为怀吧！哈哈……"

我满脸嘲弄的神情，令瑞智沙再度沉默起来。

"瑞智沙，这个鬼地方我是一刻也不愿再待下去了！"

瑞智沙依依不舍却很坚决地看着我：

"现在我告诉你，就是让你自己考虑要采取什么步骤应付。别忘了，我会永远在暗中支持你。为了避免别人猜疑，我得马上回去。"

"谢谢你！"

我轻捏他的小手，握得比平常还要久，心中充满无限感激。我再度护送他到偏门，看他那熟悉的身影自黑暗中隐没。

◉一线生机

瑞智沙走后不久，我情绪低落地回到神殿内，赫然发现两个陌生的小人立在门旁。他们竟然是布勒夫斯加人。

"希望你不介意我们这次非正式的拜访。"

其中一位大使透过身旁那位翻译与我交谈。他们称赞我既勇敢又慷慨，着实说了不少恭维的话。

"我不懂，我拖走了你们的几十艘战舰，应该是你们的敌人才对！"

"是敌人，也可能是朋友。"

大使满怀信心，指向我的鼻尖道：

"我听说利立普的朝廷对你'很有意见'，便趁着黑夜通过层层危险来与你会面，告诉你一个应该不算坏的消息。"

"说吧！"

"我们在海边找到一艘庞大的船，能够载你离开这即将判你死刑的国度。我已经下达命令帮助你修理那艘船。"

"条件呢？"

"第一，放回我们被锁在利立普海边的战舰。第二，请你这位'巨人山'永远不要再回来，让我们自己解决两国历代的仇恨。"

好家伙，这布勒夫斯加帝国也不是省油的灯嘛！他的话立刻打动了我的心，只是没想到竟能比预期的还要早走。

忘恩负义？哼！看看是谁忘恩负义，如果照常理判断的话，利立普朝廷对待我的举动才应该判死刑呢！当然我那秃头小老友瑞智沙除外。多亏他刚才来警告我，使我更加义无反顾，决心离去。

"走吧！这儿没有我好留恋的了！"

瑞智沙应该会谅解我匆匆离去。在心中默默向他告别后，我便把那两位布勒夫斯加人装在衣服口袋中，悄悄走出神殿。

两位"新战友"依照来时的秘密航路返回布勒夫斯加，我则映着星光踏入港口，把被俘的几十艘船舰往东北海岸方向拖去。

"哇！巨人山放走敌舰了，不得了啦！"

利立普的守卫发觉后，惊慌失措地鬼叫着。

哼！史波哥隆，我就让你说对一次，巨人山也会把敌舰放走，其余的就留给你去伤脑筋吧！

利立普眼睁睁看着他们的战利品连带无所不能的巨人山，全都归向了敌方，却丝毫不敢轻举妄动。

当我到达布勒夫斯加与那位大使会合后，他便指挥五百个工人把十三层牢固的亚麻布缝在一起，替我那艘船制造两张大帆。

"这艘船很可能是和我同体型的人，遭遇海难时留下的。"

"一点儿也不错，巨人山！你的运气太好了！"大使向我眨眨眼。

我用二三十根绳头绞在一起捻成够粗的绳索，捡一块巨石当作船锚。我又要了三百头牛的油脂，拿来涂抹全船并做其他用途。然后伐了几棵最大的树木，用来做桨和桅杆。这些事都多亏皇家船匠的帮忙。

"巨人山，这些东西送给你在路上吃。"这位大使真是打定主意不让我再回来了。

他们在船里装了一百头牛和三百头羊的肉，还有成堆的面包、饮料，又加上许多烹调好的各种肉食。最后又送给我六头活的母牛、羊和两头公牛、羊。当然还带了一大捆干草和谷粮，好在船上喂养它们。

在他们全力支援下，我做好了几支木桨，借着它们才能使小船顺利地划行。布勒夫斯加的港口聚集无数的小人观赏这艘庞大无比的船，并不时传出惊讶的呼声。

"谢谢你们！"我把那位大使和翻译人员放在手掌中说："也请你转告两国的君主，不论是从大蛋头或是小蛋头打破，能吃到蛋就很幸福了，这是我的意见。"

　　第三天早晨六点钟，在布勒夫斯加全民的欢送下，船只扬帆启航。第二天下午大约三点钟，我计算离开布勒夫斯加大约已经七十二里了，当时船正驶向东方。

　　"啊，有船！"

　　我瞧见一艘帆船向东南方前进，便急切地向那船呼救，却没有得到回应。幸好那时风速减弱，我扬帆前进，渐渐追上了它。不到半个钟头，那艘船就发现了我，接着扯起旗子并且鸣放一枪。

　　"感谢老天，我得救了！"

　　那船放慢速度使我能追上它。看到船上的英国旗，我的心不禁狂跳起来。我把小人国的牛、羊放在上衣口袋里，再将所有的补给品也一齐搬上船。

　　这是一艘英国商船"冒险号"，经过北海、南海，刚从日本归来。船主待我很和气，问我从哪里来，要到哪儿去。我约略告诉他一点小人国的事，但是他以为我疯了。

　　"先生，是不是先前遭遇的危险，使你脑筋错乱啦？"

　　我从衣袋里拿出了小巧可爱的牛、羊来，捧到他眼前：

　　"看看是谁疯了？"

　　"啊！这……"船主大吃一惊，这才相信我说的确有其事。为了答谢他的救助，我送给他两头已经怀孕的小牛和小羊。

　　"好……好可爱呵！"船主把它们像宝贝般捧在手掌里："我一定会细心照顾的。"

　　聪明的船主还用几块精制的饼干，研磨加水后给我所有的小羊、小牛当作粮食。

　　获救后，我心情轻松地在船上帮忙做些医疗工作，刚开始有许多水手都对我叫道：

　　"喂！格列佛，请你改一改，别老低着头看人好吗？"

　　"噢，对不起！我在小人国习惯了……"

　　能和相同体型的人在一起，真是好极了。

第二章 大人国奇遇

◉世界另一角

"刮大风了!"

"这是南季节风。"

"没错! 格列佛,通知水手放下斜杠帆,同时准备收下前桅帆。我看这股风势会狂吹一阵!"

我接受船主的指示,冲到甲板通知大家行动,可是天气转变得太快了,我们发现风势十分猛急,就先收下了尾帆。

"风太大了,卷起前桅帆!"船主跟着又叫。

愈来愈强劲的狂风,使我们不得不又取下前桅帆,把舵转到船身迎风的那面,干脆让冒险号顺风而驶。

风暴吹了好一阵子才停止,我们估计已向东漂流了一千五百里。这下子连船上的老水手都说不出来我们到底是在世界的哪一角了。

船上的补给还可以维持一段时间,船身也很牢固,人人都很健康。不过淡水缺乏,这将是个大问题。

"我的小牛、小羊呢?"

我突然想起那群宝贝,没头没脑地打转儿寻找。

"放心,我给它们在舱里弄了舒适的窝,现在好得很哪!"

船主爱死了这些小家伙,没事就下舱去照顾它们。

过了半个月。有一天，一个水手在中桅上大叫：

"啊！陆地，我看到陆地了！"

感谢上苍！我们终于看见了陆地。那是一个不知名的大岛，它的南岸有块小半岛伸入海中，形成一个小港湾。

"水太浅了，我们这种百吨的船只不能停泊。"

"坐舢板下去吧！"

船主安排我们在离港三里的地方下锚，指派十二名武装水手，带了水桶乘坐舢板上岸找淡水。

船主看我没什么事，便招呼我一道去：

"去吧！格列佛，你也上岸观光一番，看看有些什么发现。"

登陆之后，我们欣喜地听见河流声，水手们沿着水声去找泉源。我一个人朝着相反的方向走了一里多路，满眼尽是荒地巨石，渐渐觉得疲累了，便动身向那小港湾走去。

正当我打一个大呵欠时，突然瞧见那批水手已匆匆上了舢板，发疯似的向大船划去。

"喂！怎么不等我呀？"

接着我发现一个大巨人在海里拼命追赶他们！大巨人大步涉水而过，水深甚至不及他的膝盖。

"老天！我不是在做梦吧？"

这句话从到利立普小人国开始，我便经常挂在嘴边。我的眼前似乎重现了当时自己在追赶布勒夫斯加海军舰队一般的景象。

"不！这……这是不可能的……"

大巨人看来已经赶不上舢板，但我也无暇顾及他们了，只是沿着先前的路狂奔逃命，最后吃力地爬上一座峻峭的山峰。到了山顶一看，这根本不是山，只是一堆小丘，四周有麦田。

"老天，别再作弄我了！"

我吃惊地看着周围的草，发现它们竟有二十呎长，比两个我还要高！

收割的季节快到了，麦子也长得至少有三十呎高。麦田里的小径在我眼里又宽又长，我慌张而茫然地向前走。走了一个钟头好不容易才到达田地的尽头，那里圈着一道至少一百二十呎高的篱笆，树木更高的看不见树梢。

"这……这是台阶吗?"

从这块田到邻田中间有段台阶,每级都有我一个人的高度。怎么办呢? 我正想在篱笆中间找一个空隙穿进去时,忽然发现邻田里有一个大巨人正踏步向这儿的台阶走来,他的身材和刚刚在海里的那个人一样。我由近处往上看,他的头有如教堂的尖塔那么遥远。

"上帝呀!"

我惊骇万分地跑进麦田里躲起来。那个大巨人站在台阶上,转身面向右边的邻田叫了几声,音量比传声筒还要大几倍。

"呜呜……隆隆……叽……咯……隆……"

这声响由高处发出,起初我还误以为是在打雷呢!

没多久,有几个和他一模一样的大巨人,拿着收割用的镰刀走过来。

"天呀! 我得闪开一点……"

他们的镰刀大约有我们的六倍大。这几个人衣着不如第一个人好,看来像是仆人或是雇工。第一个巨人说了几句话,他们就走到我藏身的田里,收割起麦子来。

"糟了,快溜哇!"

可恨的麦秆错综交织,我怎么也没法爬过去,而落在地上的麦穗芒又粗又尖,刺破衣服,扎痛了我。

"飒飒! 飒飒!"

割麦巨人离我身后不到百码了。我十分疲倦,神志沮丧又害怕。

"如果被这些大巨人捉住,大概一口就把我吃掉了。"

先哲们说得对:"一物克一物""一山还比一山高。"想当初在利立普小人国时,我是多么威风、无所不能,而今面对这些大巨人,却显得那么渺小而恐惧。

我被悲伤和绝望袭倒了,躺在两行麦秆中间,以为我将在此异地了结余生。就在胡思乱想之际,一个割麦人走上前来,离我躺的麦田不到十码,只要他再向前走一步,我就会被他踏死在巨大的脚掌下,这使我吓得高声尖叫起来。

"嘿! 注意你的脚,别踩到我呀!"

我的吼叫声果然发生了作用,巨人站住脚,往下四处找了半天,才发现有我这么一个小人躺在地上。

"咦?"他迟疑了一下,好像一个人在抓住危险的小动物前,都会小心翼翼,避免被抓伤或被咬一口。最后他决定用食指和拇指挟住我的两腋,把我拿到眼前三码的地

方看个清楚。

"老兄，小心点呀！"

我怕他随时会把我摔在地上，就像我们老想把可恶的小动物弄死那样。

"嘿！我可不是坏小人喔！"

幸亏我还有些脑筋，在他把我高举到空中时，决心不做任何挣扎——当时离地可有六十多呎高。我把脸面向太阳，双手合拢做出乞求的姿态：

"噢，先生，您绝不会喜欢我身体的味道的……"

我连续说了几句声调卑微又可怜的话，非常适合我当时的处境。

他似乎还蛮喜欢我的"苦肉计"，同时也很惊讶我竟能发出清晰的声音，虽然他完全听不懂。他开始把我当成宝贝了。

这位巨人摸摸我的头，如雷响般说着："你别怕。"我想他的话里带有这个意思。

他的大拇指和食指压得我好痛，使我忍不住呻吟起来，并且故意低下头来看看自己的两腋。他终于懂了我的意思，就把上衣口袋的盖子打开来，把我轻轻放进去。我闷在口袋里，感受到巨人正上下跳动前进。

原来他带我去见他的主人，也就是我在田里第一次看到的那个富农。

仆人把发现我的情形向主人诉说了一遍。富农看着他把我从口袋里拿出来，兴奋地叫工人统统过来：

"呜……隆……咯……隆……"

接着富农把我轻轻放在田地上，四肢朝下摆好，又呜呜隆隆讲着话，似乎在问手下看过像我这样的小动物没有？

我可不愿意像乌龟一样趴着，马上直立站起来，但又故意慢吞吞地踱来踱去，好让这些人晓得我并没有逃跑的意思。他们很感兴趣地围着我坐下来，这样才能看清楚我的行动。

于是我摘下帽子，向那些农民深深一鞠躬，然后举起两手，单膝跪下，提高嗓门说了几句寒暄话：

"有幸得见各位巨人，真是在下今生最大的荣幸……"

这些举动令那些农民相信我是有理性的动物。那位富农开始尝试和我说话，声音虽然十分刺耳，不过语音还能听得清楚。

这时，我立刻提高嗓门用好几种语言回答他。富农也很有耐心地把耳朵靠近我，听我说话。可惜徒劳无功，我们完全不能了解对方说些什么。

富农考虑一下，又呜隆呜隆地吩咐工人继续工作，然后从衣袋里摸出一条手帕铺在手上，再把手掌朝上平放在地面，做手势叫我上去。除了服从还能怎么样呢？我轻跳到他的手掌上。

"拜托你可得抓牢喔！"

我怕会掉下来，就直挺挺地躺着不动，让他用手帕的四角把我包起来，只露出一个头——这实在太可笑！不过到底安全多了。

他便这样把我捧回家，一进家门就迫不及待地喊妻子出来，把我拿给她看。

"啊！"

女主人一看到我立刻尖叫起来，吓得回头就跑，好像咱们英国女士看到癞蛤蟆或蜘蛛一样。

"天啊！这以后的日子可热闹了……"

好在我温文的举止模样让女主人很放心，渐渐地她也就喜欢起我来了。

大约是正午时分吧！仆人送饭进来。那是一碟香喷喷的肉，虽然是农家的寻常饮食，但对我来说可是极不寻常的一顿饭，光是桌上的碟子就有游泳池那么大！富农把我放在桌上离他不远的地方，桌面离地上有三十呎高，我吓得远远离开桌边，生怕一不小心跌下去。

女主人切碎一块肉，又弄散一些面包，放在最小的盘子里，摆到我的面前。

"谢谢你的仁慈，女士。"

我对她深深一鞠躬，拿出随身的刀叉就吃起来，他们看了十分得意。

"呜……隆……隆……"

女主人叫女仆拿只最小的酒杯来，它大概盛得下两加仑的容量。富农主人为我斟满酒后，我费力捧起酒杯，恭敬地饮下一口，然后举杯祝福女主人：

"愿你青春永驻。"

大家见状都笑了起来，笑声快把我的耳朵给震聋了。

富农身边坐着一个年约十岁的顽皮孩子，忽然间他提起我的双腿，把我高吊在空中，吓得我手脚直发抖。

"喂！放我下来。"

他父亲连忙把我从他手里抢下来，同时打了儿子一下。

我想起咱们的小孩子生性就喜欢对麻雀、兔子、小猫、小狗等动物恶作剧，生怕他会怀恨在心，便跑过去吻那孩子的手，表示友善与原谅。他父亲牵起孩子的手，叫

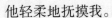

他轻柔地抚摸我。

"咦，这又是什么可怕的声音？"

背后忽然传来一阵喧嚣声，就像十二个织袜工人在做活儿一般。我惊慌得回头一看——

"哇！"

原来是女主人爱猫的呼吸声。依照桌面以上的猫头和爪子来推测，那猫大概有一只公牛的三倍大，它狰狞的面貌令我十分不安。虽然我站在桌子的另一头，和它相去有五十多呎，而且女主人把它抱得很紧，我仍怕它会突然跳过来，幸好它一点儿也没注意到我。

据说遇到猛兽当前若是大惊小怪逃跑，反而会使它紧追不舍。在这危险关头，我故意装出不在乎的样子，壮着胆子在猫前面来回行走五、六次，有一次离它不到一码，结果它像是很怕我似的把身子缩回去。

午饭后，主人必须去监督工人工作了，从他的声调动作可以看出他殷殷嘱咐老婆要好好看待我。

我疲倦得想睡觉，女主人领会了我的意思，就把我放在她的床上。对我来说，那是一块比球场还大的地方。然后她又拿一块洁白的丝巾为我盖上，这丝巾却比船帆还要粗糙。

"慢点！"

因为想到一件急事，我又一骨碌爬起来。

"喂！好女士，快放我下来。"

我跳着想下床，女主人有些莫名其妙。我羞涩地向她表示内急，指指房门又捧着肚子鞠了几个躬。

这个好心的太太终于明白了我的意思。

"哈哈！"从她的反应可以知道，人类不论体型大小，笑声总是大同小异。

女主人笑着用手把我捧起来，走到花园才放下。

"可以了，我自己来就行。"

我走到花园旁边大约两百码的地方，示意她不要跟过来，这才躲在两片酢浆草的大叶子里，解决了我的大小便。

●沦为摇钱树

"啊！好可爱的小人！给我，妈妈！让我照顾他。"

女主人有个九岁大的女儿，一见我就爱不释手，要求送给她做洋娃娃。

"这像样吗？竟然把我交到一个孩子手里。"

起先我非常恐惧，后来发现她是一个很有爱心的女孩。她有一双巧手，精于女红和打扮她的洋娃娃。当晚她便与母亲把洋娃娃的摇篮布置好，借给我过夜。此后我就一直睡在那里面。

"请你安心睡觉，我会好好保护你的。"女孩眨着大眼睛说。

我睡觉的摇篮原本放在衣柜的小抽屉里，因为怕被老鼠偷袭，她又细心地把抽屉放在一块吊板上。

"谢啦，小美人。噢，你是个'大'美人哩！"

相处数日后，我更发觉这女孩子既聪明又体贴。我在她面前换过一两次衣服，她就知道如何为我换衣服了，但我从不愿意麻烦她。她还用细致的布料为我缝了七件内衣和被单等东西。

不但如此，她也亲手替我洗衣服，使我觉得清爽舒适。更重要的是她还当我的教师，教我使用他们的语言。我手指着什么东西，她就耐心告诉我当地话，所以几天后我就能随心所欲地请求东西了。

"好孩子，我能安然生存完全依赖你了！"

因为她年龄还小，身高不到四十呎，又对我呵护备至，于是我称她作"葛兰达克莉"，意思就是"小保姆"。

不久，我被发现的消息传遍了邻近乡里，大家都说这富农在田里找到一头小怪兽，样子像人也能模仿人的动作，不但会说自己的语言，也已经学会了本地话，一辈子难得一见。

邻近有一位农民是我主人的好朋友，听到风声特别登门造访，打探这件事情的虚

实。我相当有礼貌地会见他，可恨他竟然暗中怂恿主人在赶集的日子，把我拿到邻近的镇上去展览赚钱。

小保姆葛兰达克莉从妈妈那里知道了这件事，第二天早上赶紧告诉我。她把我抱在怀里，又羞愤又痛心地抽泣起来：

"对不起，格列佛，我没想到爸爸是这种人……会把你拿去展览。我怕那些粗鲁的人趁机对你恶作剧，说不定会把你捏死……呜……"

"好了，我亲爱的小保姆，快别哭了。"

我拼命安慰这可怜的小女孩——一方面是因为我受不了她那如洪钟一般的哭声。

"呜……爸妈答应过要把你送给我的，可是现在我发现……又和去年的情形一样了。"

"什么情形呢？"

葛兰达克莉擦擦如皮球般大的眼泪说：

"那时，他们明明说好给我一只小羊，可是等羊一养肥了，就抓去卖给屠夫。"

"唉！"我叹了一口气，振作起精神安慰她："葛兰达克莉，我不幸流落异地被视为怪物，虽然不愿意四处展览，但又能怎样呢？我会自己想办法度过的。"

葛兰达克莉咬咬牙说：

"不！我是你的小保姆，不能让人伤害你。我一定要尽力……"

"好孩子，你有这番心意就够了。"这回是我掉下了眼泪。

贪心的主人果然听从朋友的话，在赶集那天，把我装进箱子里，载到市集去卖艺。还好葛兰达克莉平日照顾我惯了，所以爸爸也带着她，一同到邻近的市镇去。

装我的箱子四面紧闭，只有一个小门可供出入，小保姆便用螺丝锥钻了几个洞使空气流通，然后把床上的垫被放在里面，增加舒适感。

一路上，我的小保姆一得空就靠近箱子问我：

"你还好吗？格列佛。"

老实说，我摇晃得很厉害，十分不舒服。因为这马一迈步就四十呎，跳得又高，坐在箱里好像在大风浪中乘船一样颠簸。但为了不想让她太担忧，几次我都忍住反胃回答：

"过得去，别担心！"

主人下榻一家名叫"绿鹰"的旅店，先和店主人商议半天，又差人到镇上去招揽生意。

"喂！来看世间难得一见、会说话、会动的三吋小人，活生生的哟！"

展览表演开始了。主人怕观众过于拥挤，每次只许三十人进来参观。

他们把我放在旅店最大房间的桌子上，小保姆坐在靠近桌子的一张椅子上照顾，并且奉命指挥我表演。

主人要我在桌上走来走去，吸引观众的目光。接着小保姆以我了解的语言问我问题，我必须高声回答她。比方说：

"嗨！小矮人，今天天气如何？"

"噢，天太高了，我看不清楚哪！"

"敬礼！"小保姆喊着。

我便对着观众行最敬礼，说些欢迎他们的话，都是刚刚才学会的。接着我又举起一个盛酒的小杯子，祝他们健康如意。

"耍枪！"小保姆又给我一段草秆，我就当作枪耍了一阵。这得感谢我年轻的时候练过枪法。

这一天，我为观众表演了十二场节目，主人逼着我一再做出相同的无聊把戏，弄得我又疲倦又懊恼。

"好神奇的小人！他是从哪儿捉来的呀？太妙了……"

"除了小保姆以外，不准任何人抚摸他。"主人为了利益，在桌子周围摆满许多椅子，没有人可以够得到我。

"嘿，这个小人是假的吧？"

有个顽皮的小学生拿起一个榛果对准我的头部丢过来，差一点儿就打中我。

"喂！你做什么？"主人大吼。

他那样猛丢过来，很可能打得我脑浆迸裂，因为那颗榛果几乎有南瓜那么大。这个小无赖立刻被结实地打了一顿，并且被赶出屋外。

"谢谢！谢谢各位大驾光临。"

赚饱钞票的主人公开宣布，下次赶集日还会再来表演。虽然他给我预备了一辆舒适的车子搭乘回家，但八小时的表演已使我筋疲力尽，累得说不出话来，两腿都站不住了，三天之后体力才慢慢恢复过来。

葛兰达克莉心疼极了，夜以继日的细心照料我。可是没想到回家也不能休息，百里内的人都耳闻了三吋小人会耍把戏，一股脑儿全挤到主人家里来看我。

"别急！别急！慢慢来，每人都轮得到。"

贪得无厌的主人为了赚钱，从不拒绝别人参观。所以一个星期中除了星期三是安息日外，每天我都不得空闲。

"可怜的格列佛……"

每天晚上，小保姆都会一边流泪，一边轻轻地为我捏拿酸疼的肌肉。

经过几次的表演，主人觉得有利可图，便决定带我旅游全国各大都市，巡回演出。他把家务、农事安排妥当后，便告别妻子，携带我和小保姆向京城出发。

京城坐落在国土的中心，离他家约有八十多里。主人让女儿坐在他身后，而她把我住的箱子紧紧抱在怀里。

"可爱的葛兰达克莉，要是没有你的话，我简直活不下去了。"

葛兰达克莉是支持我的精神力量，她总是细心地把箱子四周衬上最柔软的棉布，底下更是垫得厚厚的，又给我预备了衬衣、被单等种种日用品，尽量让我觉得舒服。

主人没有多带人手，只有一个管物品的仆人，他负责运送行李，骑马跟在后面。

"爸爸，我累了，想要休息一下呢！"

善解人意的葛兰达克莉非常体贴我，经常借机要求休息，然后把我放出箱子来，让我呼吸新鲜空气，看看乡野风景。奸诈的主人却老拿一根细绳系紧我的腰，生怕我趁机脱逃。

我们走了十天的路程，在许多村庄、大户人家和十八个城市里演出，曾经有人想出高价买下我，却被主人一口回绝了：

"开玩笑！我怎么能把摇钱树卖掉呢？"

他把我这棵摇钱树一路摇到京城，在离皇宫不远的一条大街上住下来，然后又到处张贴广告，把本人的"美貌"和"才干"仔仔细细描述了一番。我每天表演十场，场场叫座。观众一见我就怪叫，对我的表演更是满意。

我的小保姆在口袋里经常带着一本书，只要有空，她就教我认识字母，讲解字义，现在我已经可以用当地话流利地和她对谈了。

由于每天辛苦表演，再加上心情恶劣的关系，不出几个星期，我的健康便大受影响。我为主人赚的钱愈多，他就愈发贪得无厌。最后我因胃口不振，几乎瘦得只剩下皮包骨了。

"咦？这小家伙快要死啦！"

那可恶的富农看见这情景，断定我即将不久人世，就决定尽量从我身上榨取利益。我不知道这样的日子还能拖多久，是否应该早些自我了断？可是这样一来，我的小保姆一定会很伤心的……

● 蒙幸进入皇宫

主人正考虑应该如何决定我的未来时，宫廷忽然派来了一位引见官，命令主人即刻带我进宫，表演把戏给皇后和贵妇们解闷。

引见官陈述了召见我的原因：

"有几位贵妇看过这小矮人的表演，早把他的种种事情报告给皇后知道，皇后非常渴望见到他。"

主人喜滋滋的带领我前往宫殿。一路上，小保姆详细地告诉我有关宫廷的礼仪。

"这是你的好机会，千万别失态呵！"

我按照小保姆的交代，以自己所知的宫廷常识，表现出泱泱英国绅士谦和有礼的风范。

"承蒙皇后垂爱，特地前来问安。"

皇后和贴身侍卫瞻仰了我的风采，显得十分惊异。

做完一套例行表演后，我单膝下跪说道：

"请皇后赏脸，准我吻您的玉手。"

"哦，不不！我想那并不合适呀！"皇后开心得咯咯笑，命令身旁的侍女把我放在她的桌上。

仁慈的皇后伸出她的小指头让我亲吻，我极尊敬地用双手捧住，亲吻了她的指尖。接着她又问我几个关于祖国和旅行的问题，我都使用当地话尽量清楚地回答她。

皇后欣喜地看着我问道：

"格列佛，你愿意跟我住在宫里吗？"

我乐得心花怒放，只要能离开那贪心的吸血鬼，哪有不乐之理？不过我仍然躬身向前，谦卑地回答：

"能够为皇后陛下效力，是我毕生的荣幸，但我是主人的奴隶，无法自己做主。"

皇后点点头，问我的主人：

"怎么样，你愿不愿意出售呢?"

主人以为我活不到一个月，早就想把我脱手，现在逮到机会，仍昧着良心索价不菲：

"回禀皇后陛下，就算一千金元好了。呵呵……"

"照准!"

皇后当场叫人付款给他。每个金币至少有一个西班牙金币的八百倍大!

小保姆想到即将与我分离，泪眼汪汪地在一旁偷偷饮泣。我想她跟着那样的爸爸生活，倒不如待在宫廷内学习较好，何况我也舍不得她……我鼓起勇气向皇后陈情：

"既然我现在是陛下的人，我请求陛下开恩把葛兰达克莉——我的小保姆留下来为陛下服务。她待我非常和善，也懂得怎样照料我。请求陛下准许她继续做我的保姆和教师。"

通情达理的皇后准了我的请求，也顺利征得富农的同意。

"啊! 这太好了，真是光耀门楣的事!"

富农为他的女儿能被选拔入宫，十分高兴，就捧着金币快快乐乐向我们告别。我一句话也没回答，只对他轻轻鞠一个躬。

皇后看到我对旧主人这般冷淡，并不惊讶，似乎早已洞悉原因。

"来! 格列佛，我们到内宫去看看。"

"荣幸之至。"

皇后惊异我才这么点大，竟然如此聪明有见识。皇上刚退朝回到寝宫，她带我去见皇上。

"瞧瞧这个小东西!"

"嗯!"

皇上是一位面貌庄严的君王，起先对我反应很冷淡，以为我只是当地一种小动物；待他看清楚了我的外貌，又见我能走能跳，又以为我是出自灵巧技师之手的机械人。

"启禀皇上，我不是一件机器哪!"

当他听见我讲话，又说得清晰合理时，不由得大吃一惊：

"怎么! 他是个活的小人?"

看来皇后非常了解皇上的个性，她只是笑而不答，故意对着我问：

"小矮人，今天天气如何?"

"我不知道，女士，天太高了，我看不清楚哪！"

我立刻很有默契地回答皇后。

"哈哈哈……"

皇上见我们这样一搭一唱，几乎笑岔了气，嘱咐皇后要特别照顾我，也同意叫葛兰达克莉继续负责照料的工作，他看得出我俩非常要好。

"这女孩才九岁，应该多读书学习。"

"皇上放心，我会妥善安排的。"

皇后在宫里给小保姆预备一间舒适的房间，又指派一位女教师教导她，一位宫女专门为她梳妆，两位仆人帮忙做粗活。不过，照顾我的事仍由小保姆自己动手。

"格列佛住的箱子太粗糙了！"

皇后又命令宫里的木工，重新制造一口箱子当作我的寝室，式样都先取得了葛兰达克莉和我的同意。在我的指导下，工匠花费三个星期的工夫，造了一间精致的箱型小房子，四面有可以开启的窗子、一扇出入的门和两间更衣室，很像咱们伦敦式的卧房。

"床可要舒适一些，否则睡不安稳。"皇后很重视睡眠健康。

箱型房间的天花板上，装了两个枢纽可以上下开合。皇后要负责摆设的工人为我装订好一张床，从天花板放进去。每天，葛兰达克莉会亲手把我的小床拿出来透气，到了晚上再放回去，顺便用房顶上的锁把我关在里面。

"我要格列佛有方便的家具！"

皇后指示一位制造小巧玩意出名的细活儿工人，给我做了两把有靠背的椅子，质地很像是象牙。他又为我造了两张桌子、一个盛零碎东西的柜子，然后把房间的四壁、地板和天花板都以软布垫得厚厚的，防备在运送我时一不小心出了意外，也让我在坐马车时可以减轻颠簸之苦。

我被这儿巨大的老鼠吓过一次，所以积极要求：

"我希望门上加把锁，免得老鼠跑进来吃掉我。"

皇后立刻请来一位高明的铁匠，费尽心血打造一把他们从未见过的超级小锁。我把钥匙放在自己的衣袋里，免得葛兰达克莉把它弄丢了。

接着，皇后又吩咐裁缝师拿最细致的绸缎给我做衣服，无微不至地呵护着我。日日相处下，皇后简直少了我就吃不下饭，非常喜欢我跟她做伴。

每星期三的安息日，皇上、皇后、亲王和郡主们，照例会在皇上的内宫里举行聚

389

餐，这时我就成了皇上和皇后的"大"宠臣。

"格列佛，坐这里！"

"不！格列佛要坐在我前面。"

宫廷的宴席对我来说很有压迫感，你能想象十二支硕大的刀叉在你面前一齐举起来是什么感觉吗？那是相当可怕的。

皇上很喜欢跟我攀谈，问我一些关于欧洲的风俗、宗教、法律、政府和学术等情形，我都尽己所知的详细向他说明。他理解力很强，判断精确，并且能仔细考量我说的话，再发表自己的议论。

他最常说的一句口头禅就是：

"这一点值得考虑。"

我很喜欢住在皇宫里！

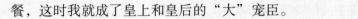

◉ 弄臣的恶作剧

哇！我真要被这家伙给气疯了！

他是谁呢？就是皇后身旁那个装扮小丑的矮子。以我的身高还骂他矮子也许不合理，不过他的确是这"宝丁奈"大人国内身材最矮小的人，几乎只有这儿正常人三分之一的高度。

现在他看见一个比他矮得多的家伙，抢夺了他一贯"宠臣"的光芒，不免心中愤愤不平。每当我站在皇后接待室里的桌上，跟贵族、贵妇们攀谈时，他总是摆出一副傲慢自大的架子，昂然从我身旁走过，插嘴说道：

"喂！小矮人，又在谈论你细小的身材吗？"

"是呀！'大哥'，只要一点点时间就谈完了呢！"

我忍不住反讽他作为报复，有时甚至故意开口向他挑战。

这令人嫌恶的小丑曾对我恶作剧，惹得皇后大笑不止。当时，皇后从进餐的盘子里拿出一根骨头，敲出骨髓后，就把那根骨头直立在盘子里。刚巧葛兰达克莉到餐具架那边去了，他便趁机爬上小保姆的凳子，两手把我提起来。

"喂！做什么？快放我下来！"

他把我两腿并在一起，往下塞进空骨头里，一直塞到腰间，使我陷在里面动弹不得。我的样子一定狼狈透了，惹得皇后大笑起来。

小保姆拿完东西回来，急忙帮助我脱离空骨头。幸好没伤着我的腿，不过袜子和短裤都弄脏了。

皇后对于自己的失态很不好意思，一边擦眼泪，一边斥责小丑说：

"以后绝不可以再捉弄格列佛了，知道吗？绝对不可以！"

但是，由于这一次的恶作剧逗得皇后开心不已，弄臣的胆子愈加大了起来。

有一天吃晚饭时，这个坏矮子趁皇后离开座位，便跑到她椅子上，把我拦腰抓起，丢进一个盛奶酪的大银碗里，然后一溜烟跑开了。

"救……救命呀！"

我整个人深陷在奶酪里面，要不是会游泳，能仰出奶面一两下，必定要大吃苦头。

"小保姆，救命呀！"

那时葛兰达克莉正在房间的另一头，听不见我的叫唤。皇后一回来可吓坏了，一时手足无措地尖叫着：

"葛兰达克莉！葛兰达克莉！"

小保姆立刻赶来抢救我，但是我已吞进一肚子乳酪了。

"快让他吐出来。"

经过急救之后，她们把我放在小床上休息。幸好我除了损失一套漂亮衣服外，并没有受伤。

"你怎可做出这种事！"

弄臣矮子着实挨了一顿打，又被惩罚把那碗乳酪喝下去。不久，皇后把他赐给了一位名门贵妇。我十分得意，因为再也不用见他了。

皇后常常笑我胆子小，她总是故意斜着眼问我：

"格列佛，是不是你的同胞都像你这样胆怯呀？"

哼，如果你像我这么小而在这里生活，不被吓破胆才怪呢！

我曾经在皇宫花园里游玩时，被树上掉落、大如酒桶的苹果击中背脊，在床上趴了三天。又曾被一位总管饲养的白色长毛垂耳狗当作猎物，衔在嘴里送回去给它的主人，吓得我脸色发青。

还有一次，我在地上走路时失了神，竟被蜗牛壳给绊了一跤，把膝盖皮擦破了。这里的小鸟一点也不怕我，在我面前跳来跳去；我甚至还被宫廷内的母猴抱在怀里，像是要喂我吃奶的样子，真是羞死了！

有一天早晨，葛兰达克莉把我连同木箱一起放在窗前透气——一遇上晴朗的日子她便这样做。我把窗户打开，坐在桌前吃甜饼。

嗡嗡！嗡嗡！

甜饼的香味引来了二十多只黄蜂，一股脑儿飞进箱里来。

"嘿！走开！"

我跳起来四处躲避。有的黄蜂忙着抢甜饼，有的没头没脑飞来飞去，闹哄哄地让我手足无措，又必须防备它们用蜂针来螫我。

"可恨，看我的利刃！"

好在当时我还有惠气拔出腰间的短刀，和它们搏斗了数十回合，最后我结束了四条性命，其余的黄蜂都"夹着尾巴"逃走了。我马上关闭窗子，足足喘子十分钟大气。

"太可怕了！"

这些蜜蜂竟有咱们的鹧鸪那么大！我从四只蜂尸上拔出了蜂针，都有一时半长，尖硬得像钢针一样，我把它们一一收藏起来。

不过，如果让我选择的话，我还是宁愿碰上蜜蜂，也不愿和那可恶的弄臣待在一块儿——至少我和它们是面对面各凭本事决斗！

●朴实的大国

宝丁奈大人国是个半岛，全境领土纵约六千里，横约三千五百里。东北一带以三十里高的山岭为界，山顶上到处都是活火山，谁也无法越过。

岛上三面都是大洋，海岸边尽是尖锐的巨岩，海上波涛汹涌，没有人敢坐船出去冒险。因此，这里的人和世界上其他地方完全隔绝，没有任何往来或交流。

宝丁奈的鱼肉质鲜美，而且产量丰富，但他们很少下海捕鱼，因为海鱼的尺寸和欧洲所产的大小一样,对他们来说实在不值得捕捉。似乎只有在这片陆地上,由于得天独厚的关系,才能出产如此庞大的动物和植物。

有时候,他们也会遇到撞死在岩石间的鲸,让他们饱餐一顿。这种鲸的体型很大,一个巨人若想把它背在肩上,有时还背不动呢!他们就用篓子装运到京城去。我曾亲眼看见皇帝晚餐的盘子里摆着一只鲸,算是一道珍馐。不过,从他脸上的表情就可看出来,皇上不喜欢吃这道菜肴。

识相的仆从赶紧把这道大菜撤下去。

宝丁奈国人口稠密,有五十一座大城和数百座市镇,此外还有无数的村庄。一条大河把京城分为两半。城内人口大约有六十多万。

以前去皇宫的路上,我曾问小保姆:

"皇宫漂亮吗?"

如今亲眼目睹才觉得它实在称不上庄严或华丽,不过是方圆七里以内的一栋大建筑物罢了。

皇后伴着皇帝出巡的时候,我总会跟随着她;当皇帝巡视边境时,皇后就留在一个地方等他回来。

为了方便旅行,皇后又为我造了一口更紧密的旅行居住箱。当我到市镇上观光,总坐在这间旅行小屋里。葛兰达克莉会把小箱子抱在膝头,坐在一顶由四人抬着的敞轿上,后面还跟随着两位皇后的侍从。老百姓早就听说过我了,十分好奇地围在轿子旁观看。

"格列佛!格列佛!"

"可爱的小矮人!"

我已脱离被富农奴役的噩梦,现在又是皇室成员,便愿意再接触群众。

"葛兰达克莉,让他们看看我应该没问题吧?"

小保姆让轿夫停住车,非常和气地捧住我让大家看个清楚。我早已习惯被抬到高高的空中,向森林般的人丛鞠躬作揖。但这次面对平民的感觉很不同,大家因为我是皇室的宝贝,只敢隔着距离远远地观望,再也不是买票看戏、张牙舞爪的模样。

"嘻嘻,没想到我还有这么一天。"

葛兰达克莉见我神采飞扬,兴奋地提议说:

"格列佛,你想去参观神殿吗?那儿有全国最高的尖塔喔!"

"真的?那我可要瞻仰一下。"

于是小保姆欢欢喜喜地带我去神殿。

"我们到啦!"

"哦,是吗?在哪儿呢?"

"就是这一栋呀!"小保姆指指面前一座毫不起眼的梯形建筑。

"嗯,看起来是很肃穆……"

小保姆轻轻问道:

"你好像很失望嘛,格列佛。"

我若有所失地点点头:

"我的小保姆,你知道吗?这座神殿从地面到最上面的塔顶,高度比起我祖国的索尔兹波立教堂都还不如呢!"

"真的呀?"

葛兰达克莉相当好奇,我们小人国竟能建造出比他们还高的教堂来。

"小保姆,我认为你们这个国家还满令人钦佩的。"

"哦!为什么呢?"她很高兴地反问。

"我觉得……你们长得虽然很高,却不夸大其实,拥有一种朴实的美德。你能了解我的意思吗?"

小保姆还不很明白我话中的含意,却一个劲儿点头。

● 英明之君

每个星期,我有一两天的早上去朝见皇上。我常看见他在理发,起初觉得非常可怕。想想看,那把剃刀有多大呀!

"如果有兴趣,可以四处看看玩玩,格列佛。"皇上一边理发,一边说。

于是我从剪落的乱发堆里,挑选了四五十根最硬的头发,又选了一块上等木材砍成梳背的形状,然后向葛兰达克莉要了一根最小的针,在梳背上钻了许多等距离的小孔,再把那些头发一端固定在上面,另一端削尖,做成一把很不错的梳子。

"我那把梳子差不多快不能用了，这把新的恰好适合我！"

皇上听了我的解释，再仔细瞧瞧那把迷你发梳，赞美道：

"哈哈！在本国绝对找不到任何一位工匠，能有这样灵巧的手艺替你造一把梳子。"

兴致一来，我又用一些皇后粗韧的头发，穿在一把椅子模型上，按照英国藤椅的样式编织起来。椅子编好了就献给皇后当作礼物。

"哦！好可爱、好精巧的小椅子。"

她把椅子摆在自己房间，经常拿它当作珍品一样欣赏。有一次，皇后要我当众坐在这把椅子上。

"试试看，那一定非常合适。"

但是我拒绝从命：

"不！皇后陛下，我情愿死一千次也不敢把身体上最不洁的屁股，放在这些珍贵的头发上面。"

"为什么呢？"她非常意外。

"因为这些都是皇后陛下掉落的秀发呀！"

当皇后听完我的理由后，一时间惊讶得捂住嘴。周围的人全都笑起来，而皇后更是开心地不停地送给我飞吻。

"噢，格列佛！你真是个可爱的小人儿。"

皇上极喜好音乐，经常在宫里开音乐会。有时，他也把我带去聆赏"美妙的乐声"，但对我来说只是闹哄哄的雷声罢了，我几乎不能分辨音调；只有拉上旅行箱内所有的窗帘，我才觉得他们的音乐并不难听。

"为什么我不表演点音乐呢？"

我年轻时曾学过键琴，葛兰达克莉房里有一张琴，教师每个礼拜会来教她两次。当我脑子里闪过这一个念头，便决定演奏一曲英国调子给皇上、皇后消遣。

我准备了两根圆棍子，一头粗、一头细，再把粗的一头用鼠皮裹住，这样打到琴键的时候，才不致打坏键面或破坏乐音。

"让我为两位献丑一首英国舞曲。"

这一晚，我请人搬一张长凳子放在键琴前面，再把我放在凳子上，然后便在皇上、皇后面前演奏起来。

我在长凳上面跑来跑去，一会儿这边、一会儿那边，用两根棍子按照节拍敲打着键盘，设法演奏出快乐舞曲。

“太精彩了！太精彩了！”

皇上和皇后听了直拍手，非常满意，但我可差点儿喘不过气来：

“这……这是我生平做过……最剧烈的……运动了。”

“哈哈哈……”

皇上称赞了我几句，立刻安排让我洗个热水澡，休息一下后吃顿大餐，补充体力。

皇上的见识过人，常常下令召见我。

“格列佛，从箱子里搬把椅子出来坐。”他总是这么说。

他要我坐在大箱顶上，这样就和他的脸差不多高，然后和他谈天。

“多告诉我一些你祖国政府的情形。”

“是的，皇上。”

皇上聚精会神地听我陈述，渐渐对我更有好感。虽然君王做事大都喜欢依照自己的习惯，他却喜欢看别人有什么值得效法的。我把我所知道最翔实的英国政府以及百年来的英国大事，简略地做了一番叙述。

“嗯，有意思。再多说一些……”

我多次被召见，每次都花上几个钟头才述说完毕。皇上除了用心听，还用笔记下我所说的话，又记录下他所要问的问题。这真使我受宠若惊！

“我希望你能答复我一些问题，格列佛。”

“皇上，请说！”

“我不明白，为什么那些与群众意见相左的官员，一定要逼迫人民改变意见？政府要人改变思想，那就是专制呀！”

“这是因为他们并没有宽阔的心胸，却侥幸得到主宰的权势，以致害人不浅哪！”

“嗯！你在谈到贵族绅士的娱乐时，提到过‘赌博’。我想知道这种‘赌博’的游戏通常在多大年纪开始玩，一直玩到什么时候才会停手呢？”

“呵呵，皇上！沾染上了这种恶习，恐怕就是一辈子的事了！”

“啊！有这么严重？”

“除非是极有毅力的人才能改掉它，否则……”

皇上对于我国的多项大事，都感到十分惊异。

“我认为这是人性中贪婪、争夺、伪善、失信、残暴、怨恨、嫉妒、淫欲、阴谋和野心在作祟，才会产生这些恶果。”

皇上一口气说完，使我深深佩服。

"一点儿也不错，皇上！"

他叹了口气陷入沉思，不久又亲切地看着我说：

"格列佛，你旅行经历过许多国家，见过许多事，我希望你永远不要沾染上各项恶习，并且还能将优雅的东西带给别人。"

"我也一直这么期望自己，谢谢皇上。"

●不打仗的军队

有一天，我抱着取悦皇上的无聊心态，告诉他：

"在我们那儿约三四百年前，发明了一种黑粉末，堆上这种粉末，只要落下星星之火就能马上燃烧，声响和震动比雷电还要厉害。"

"真的？那必定会造成可怕的后果。"

"是的，这种粉末还可以制成弹丸，只要二三十根炮管装上适量的弹丸，几小时内就可轰毁敌人坚固的城池和堡垒，甚至把京城全部炸毁。皇上，您也可以试试制做这种粉末。"

不料皇上听了我的建议，却大为恐惧：

"噢，谁竟能想出这样不仁道的方法？当初发明这种利器的败类一定是魔鬼，是人类的仇敌。你别再提了！"

从此，我再也不敢说什么有关"火药"的事了。

这一位君王具备了各种令人崇敬的品格，他才华横溢又充满智慧，贤明爱民的作风深受万民爱戴。他贵为一国之君，虽有机会主宰人民的生命、自由和财产，但他从不滥用权势，这真是我们欧洲人想象不到的。

大人国的学问仅有伦理、历史、诗歌和数学比较优秀，其余的都很落后。即使是数学，也几乎全都应用在有益生活的事情上，比方说改良农业和一切机械技术等等。

他们的法律很简单，条文上的字数不超过他们全部字母的长度；而他们的字母一共只有二十二个。法律都用最简单、明白的字句写成，他们的人民并不机灵，不会在法律条文上找漏洞做坏事。

他们的文章清新、雄健、流畅，但绝不繁杂华丽。他们最讨厌堆砌不必要的文字或用绕口的句法。

说到他们的军事设备，所谓的陆军只是由各城市的商民和乡下农民组成的，他们由贵族和乡绅充任指挥，谁都不支领薪水。

"这样的军队能用吗？"我想必定是乌合之众。

有一次，皇上邀我去观赏军事演习。那是京城驻扎的国民兵在城郊附近广场上操演，总共不到两万五千名步兵和六千名骑兵。一声令下，大队骑兵抽出腰刀迎空挥舞。

赫赫！赫赫！

我简直无法描绘出这样雄壮、惊骇的一幕！他们占的地盘大得难以计数，战马上的骑士有九十呎高，刀光相接时就像万道闪电从天空射向四方那般撼人。

"我真是狗眼看人低呀！"我瞪直双眼，喃喃自语。

皇上为子民的表现感到骄傲。我心中有一个疑惑：

"奇怪！既然任何国家都不曾和大人国来往，皇上怎么还会想到要有军队这回事呢？"

皇上好像看穿了我的心事，靠过来说：

"我们大人国在过去历史上，曾经发生争权夺利的不幸事件，所以我便要军队做做样子，以防万一。"

原来如此！可见人人都有争名夺利的恶性，得靠像皇上这种智慧才能防止灾难。

●意外的分离

我从没料到与宝丁奈大人国会以这样的方式分离。

那天葛兰达克莉和我随着皇上、皇后到该国南部海岸出游。我还是像平常一样，住在特制的旅行用箱子里。

"格列佛，你一定很累了，有什么需要吗？"

皇后亲切询问我的状况。我要他们给我预备一张吊床，用丝绳把吊床牢牢缚在箱顶四角，这样当仆人把我摆在他胸前骑马时，就可以减少许多颠簸。另外，又在箱子顶上开了一个一呎见方的天窗，以便热天睡觉时好透透空气。

"啊！终于到了，最好到佛南拉尼附近的行宫去住几天！"

皇上兴高采烈地建议。那是一座离海边约有十八里的城市，景观非常好。我们一行到了佛南拉尼之后，葛兰达克莉和我都倦极了。我有些受凉，而可怜的小保姆病得更严重，连房门都走不出去。

"皇后，请准予我跟一位仆从到海边去呼吸新鲜空气。"

"好吧，你实在也该舒舒筋骨了！"

皇后把我托给以前曾经照顾过我的一位仆从。葛兰达克莉勉强答应让我去，可是不知为何她竟泪如雨下，抽抽噎噎吩咐那仆从：

"你……你一定要好好看顾格列佛。"

"安心睡吧！葛兰达克莉，养好身体要紧。"

我和小保姆轻轻吻别，嘱咐她多休息后便上路了。我们从行宫出发，走了半个钟头，一直走到满是巨岩的海滨。

"好了，放我下来吧！"

我打开一扇窗子，默默看向外面的汪洋大海。突然间，思乡之情油然而生，落寞难过阵阵涌上心头。想到妻子玛丽正苦苦等待我回去，孩子们少了爸爸在身旁……我伤心地叹口气，告诉仆从：

"我觉得不大舒服，想在床上休息一会儿。"

那仆从认为不会有什么危险，就到岩石中间去找鸟蛋。我怕受凉便把窗子关起来，不一会儿就睡着了。

碰！哐！

忽然有人猛扯木箱环一下，我被惊醒过来，一时之间也弄不清楚到底怎么回事，只觉得箱子被高高提起，便迅速向前飞去。

我向窗外一望，除了白云、苍天，什么也看不见。

"天呀，该不会是……"

这时头顶又传来一种声响，像两翼拍击的声音。没错！正如我所料……唉，为什么自己总遇上倒霉的事？

"是老鹰！"

原来有只大鹰衔住了箱上的铁环，准备把箱子砸在岩石上。

"天啊，我不该有这种死法！遥远的英国还有我的妻儿老小……"

振翼和激荡的声响愈来愈猛烈了。

"喂！有话好说。不！你可千万别松嘴呀！"

我的箱子在空中忽上忽下震荡，如同刮大风时的信号旗。

"叽！哑！啪啪……"

"什么声音？"

一阵上下摆荡，我听到互相搏击的声音。

"老鹰被袭击了。"

突然间，整个木箱垂直往下落。

"咚！哗啦啦……"

耳边响起比尼加拉瓜大瀑布还要巨大的声响，随后我就完全陷入一片黑暗中……

◉重见天日

过了一会儿，窗口终于出现亮光，这时我才发觉自己掉在海里了。

我猜想，那老鹰一定是为了要抵抗别的大鹰，才不得不撇下我。而箱子落下的时候，没入大约五呎深的水里，过了约一分钟，箱子才又漂浮上来。

"天啊，我真要感谢大人国精巧的手艺！"

要不是箱子底下钉了坚固的大铁片，保持箱身的平衡，使它落在水面时抵住了撞击的力量，箱子早就撞破了。

箱子的接缝处嵌合得非常紧密，门也没有松动，所以我这小房子透进来的水也很少。我感到几乎要闷死了，急忙打开窗子；好在窗外都装上了牢固的铁丝栅栏，原本是防备旅行中有什么意外的，现在却因它而保全了窗子的完整。

"小保姆，我亲爱的葛兰达克莉……我们不能在一起了……"

仅仅过了一个钟头，我竟和她隔得这么远，我希望她不要太伤心；我也希望仁慈的皇上和皇后，会原谅那位失职的仆从。

"唉！好啦！别哭哭啼啼了，自己的未来还生死未卜呢！"

时间一分一秒过去，我还敢有什么奢求？只有挨饿受冻了。已经足足过了四个钟头，周围依然没有动静。与其陷入这种残酷的等待，倒不如早早迎接末日来临算啦！

我正在失意埋怨之际，忽然听见头顶上的铁环传出"咚！哐！"一阵声音。

"会是谁呢？"

是我幻想有东西在海里拖着箱子走吗？不！是真的，海水涌起的浪花几乎淹过了窗顶，我连忙关紧窗户。

"会不会被鲨鱼拖去当作点心呢？"

我禁不住又胡思乱想起来。大约过了一个钟头，箱子上又传来一种"哐啷"声，像是铁索穿过顶环摩擦的声音。接着我觉得箱子渐渐升高了，至少已经高出了水面。

我伸出手帕，大声呼救：

"喂！在这里，请救救我。"

我的嗓子几乎都喊哑了，才终于有了回响：

"哈罗，箱里面有人吗？"

说的是英文！这真使我喜出望外，接着听见头上开始有脚步声，又有人在窗口大声高喊：

"里面有人吗？快快回答。"

我激动得几乎要哭泣了：

"我是英国人，命运不好，遭遇了人生从来没有过的大灾难。"

那上面的人又回答了：

"那么，这位命运不好的人，你现在很安全，因为你藏身的箱子已经系在我们船身了。木匠马上会在盖上锯一个洞，然后就可以把你拖出来。"

我急着想出去，立刻反应道：

"何必那么麻烦？只要叫个人用手指钩住箱子上的铁环，提到你们船上去不就得啦！"

"什么？"

"这个人疯啦！哈哈哈……"

外面许多人都大笑起来，啊！我没想到，现在这些人都和我自己身材相当呢！

木匠赶来锯开一个洞让我出去。围观的水手好奇地问了我上千个问题，我却无心回答。

看到面前有这样多的"矮子"，我有种莫名其妙的恍惚感觉，因为我已习惯大人国

的庞然大物，所以老把这些海员看成矮子。

船主见我魂不守舍的模样，给我吃了镇静剂，并带我到他自己的铺位上去躺一躺……

"嘿！先生，出来吃饭喽！"

晚上六点钟光景，船主认为我饿太久了，马上吩咐开饭。

他很诚恳地款待我，由于我举止并不怪异，说话也有条不紊，他便请我把旅行经历和怎么会装在这大箱里漂流的经过，详细告诉他。

"噢，我的天！这太离奇了。"船主听了以后，大叫出来。

为了进一步证实我的话，我请他派人把旅行木箱里的衣柜搬进来，衣柜的钥匙就在我的口袋里。我把柜中收集的珍品，全都拿出来给他看。例如：铁钉一样的蜂刺、一些皇后梳落的头发……

"太奇妙了！"他感叹着说。

然后，我拿出一个金戒指——那是皇后送我的礼物，套在我的头上就像个颈圈。为了答谢船主搭救和款待的美意，我请他接受这个戒指，可是他执意不收。

"不！我不能拿这么贵重的东西。"

他拒绝后，又看到另外一样东西：

"这个是……"

我赶紧告诉他：

"那是大人国一位本领很差的医生，从牙痛的病人嘴里错拔下来的好牙齿，我把它洗刷干净收起来的。"

"好，我就要它了！"

船主十分惊奇地仔细打量，似乎很喜欢这颗巨齿。我当然很乐意奉送，它足足有一呎长呢！

看完了这许多珍贵奇特的东西，船主有些腼腆地问：

"有一件事我很奇怪……"

"请说！"

"为什么你说话要这么大声，那国度里的人是不是重听呀？"

可怜的船主竟然忍受了我这么久，以向巨人说话的音量来对待他！

第三章　飞岛国怪潭

●第三次航行

　　我在家呆了还不到十天，载重 300 吨的"好望号"船长威廉·鲁滨逊就来到我家。他是康沃尔郡人，以前曾是一艘船的船长，拥有那艘船的四分之一股份，我当时是那船上的外科医生，与他一起航行到利万特。他一直都把我当兄弟一样看待。他听说我回来了，就来看我。我原想那只是出于友谊，很久没见面，看望一下也不为奇。可他经常来访，说他见到我身体健康非常高兴，问我是不是就打算这么安居家中了。他还告诉我，他打算两个月后去东印度群岛航行。尽管他觉得抱歉，但最终还是直截了当地邀我到他船上当外科医生。他说除了配两名助手外，我手下还将有一名外科医生。我的薪水也比一般的高出一倍。他表示对我丰富的航海知识有所认识，至少和他的不相上下，因此他向我允诺无论怎样他都会采纳我的意见，就好像我可以和他一道指挥这船航行似的。

　　他向我做了许多愿意与我协作的保证，我知道他是一个诚实的人，也就没办法拒绝他的邀请了。尽管过去我遭受过种种不幸，但我要观望世界的渴望还是和以前一样强烈。剩下的唯一难题就是如何说服我的妻子。妻子出于对儿女前途的考虑，还是同意我去了。

　　我们于 1706 年 8 月 5 日扬帆启航，并于 1707 年 4 月 11 日到达圣乔治要塞。我们在那里停留了三个星期以便让我们的水手休整恢复一下，因为不少水手都病了。然后

从那里我们航行到了东京，船长决定在此停留一些时间，因为他计划买的许多东西都还没买到，而且几个月内也别想都办成。为了能支付必需的开支。他买了一艘单桅帆船，雇佣了 14 名水手，其中有三人是当地人，装载上几种货物，平时，东京人就乘坐这艘船和邻近岛上的人做生意。他任命我为船长，授予我其间的运输权，而此时，他独自在东京处理他的事务。

我们在海上航行了不到三天，就刮起了风暴。我们的船被大风吹得在海上漂了五天，先是向正北偏东方向，然后向东。这之后天气还可以，但从西边刮来的风却是相当的猛。到了第十天，发现有两艘海盗船在追赶我们，由于我们的帆船负载过重，航行得很慢，再加上我们也不具备自卫条件，很快就被海盗船追上了。

几乎在同时，两艘海盗船上的人就在头领的带领下，气势汹汹地上了船，发现我们都脸朝下地俯伏在船上（我这么命令的），就用结实的绳子将我们捆绑起来，只留下一个人看守我们，其余的遍搜整条船。

我注意到，这伙人中有一个是荷兰人，尽管此人不是头，但似乎很有些权势。他由我们的相貌得知我们是英国人，就用荷兰话对我们叽哩呱啦地说了一阵，发誓一定要把我们背靠背的捆起来扔到大海里去。我能说一口还算不错的荷兰话，就告诉他我们是什么人，求他看在我们是基督徒和新教徒的份上，再加上同是紧密同盟的邻邦，是否能去说服两位船长，让他们怜悯我们一点。这话却使他大怒，他又重复了一遍刚才的恐吓之话，并且转过身去对着他的同伙用我认为是日本话的语言十分激烈地说了一通，其间一再听到他提到"基督徒"这个词。

两艘海盗船中稍大的一艘船是一位日本船长指挥的，他会说一点荷兰话，但说得实在太糟糕了。他走到我身边，问了我几个问题，我低声下气地一一做了回答。随后他说我们不会死的，我向船长深深地鞠了一躬，然后转向那个荷兰人说，我真感到难过，连一名异教徒都比一名基督徒更具有怜悯之心。然而我立刻就后悔我说出这样愚蠢的话，因为那个存心不良的恶棍曾几次劝说两位船长将我投入大海，尽管这是徒劳的（他们既已向我许诺不处死我，就不会让步于他的），但是却争取到用一种比死本身更恶毒的惩罚来整治我。我的水手被分为两部分送上了海盗船，而我那条单桅帆船则换上了新水手。至于我，他们决定让我坐上独木舟在海上漂流，只给我一个桨和一项帆以及四天的食物。最后倒是那位日本船长心慈手软从自己的存货中又给我增加了一倍的食物，并不许任何人搜查我。我上了独木舟，而此时那个荷兰人站在甲板上把他语言里所有诅咒和刺伤人的词语一齐向我倾泻而来。

　　大约在看到海盗船前的一小时。我曾观测了一次方位，发现我们当时位于北纬46°，东经183°。此时在我离开海盗船一段距离后，我用我的袖珍望远镜发现东南方有几座岛屿，又正好是顺风，于是我挂起了帆，计划把船漂到最近的小岛上去。我漂了大约三小时，终于到了那里。岛上四处是岩石，可我捡到了不少鸟蛋，我用石南草和干海藻生起了火，烤熟了鸟蛋。晚饭除了鸟蛋，别的什么也没吃，因为我决意要尽可能地省下食物。我在岩石上的避风处睡了一夜，身下垫了些石南草，睡得倒还不错。

　　第二天我又向另一座岛漂去，接着第三座、第四座，有时扬帆，有时划桨。这里我就不劳读者听我赘述那艰难的情形了。到了第五天，我来到了我所能见到的最后一座小岛，它坐落在先前那一座小岛的正南偏东一些。

　　这岛远比我料想得要远，我用了差不多五个小时才到达，我几乎围着小岛绕了一圈才找到一处便于登陆的地方。那是一个小港湾，大约是我独木舟的三倍之宽。我发现岛上到处是岩石，间杂生长着为数不多的一簇簇青草和散发着香味的药草。我拿出了我那少得可怜的食物，吃了一点提神，然后将其余的藏到了一个山洞里，类似这样的洞，这小岛上多的是。我在岩石上捡拾了不少鸟蛋、干海藻和干草，打算第二天烤鸟蛋（因为我已随身带着打火石、火镰、火柴和取火镜）。一整夜我都睡在我存放食物的那个洞里，身下就铺垫着那些用来烧烤鸟蛋的干草和干海藻。身体固然疲惫不堪，然而心中却更烦躁不安，这令我一夜没怎么睡着。我想在这荒无人烟的地方要想活下去简直是不可能的，而且结局一定很悲惨。我发觉我自己是那么消沉、沮丧，没一点心情爬起来。当我好不容易撑足精神慢慢地爬出洞时，发现天早已放亮了。我在岩石间走了一会儿，此时天气好极了，太阳灼热烤人，我不得不转过身去背对着它。可一瞬间，天空突然黑暗下来，然而我能感觉到这和天空飘过来一大片云有所不同。我转过身来，看见在我和太阳之间有一个庞大的不透明的物体朝小岛飞来。它看上去大约有两英里高，遮挡住太阳六七分钟，可我并没有觉得空气凉爽了多少、天空暗淡了多少，不像我站在一座山的背阴处那种情形。那物体离我所站的地方越来越近，我发现它是一个坚固的物体，底部平滑，被下面的海水映照的闪闪发亮。我站在离海岸大约二百码的一个高处，看到这个庞大的物体下降到几乎与我平行的位置，离我不到一英

里了。我取出我的袖珍望远镜，借助它我清楚地看到有不少人在它的边缘上上下下，那边缘像是有一定的倾斜度，至于那些人在做什么，我却无法分辨。

对生活本能的热爱不由地使我心中泛起了一丝欢乐之情，油然产生出一种希望：这个奇迹也许能够把我从这荒无人烟的地方以及我目前所处的困境中解救出来。但是，与此同时，读者几乎想象不出我有多么吃惊。居然看到空中有一小岛，上面还有人居住生活着，而且，只要他们愿意，就能让这小岛随意升降，或向前运行。只是，当时我没心情去对这一现象进行哲学探究，只想弄明白这小岛究竟向什么方向而去，因为它似乎一度停止不动了。然而，没多会儿，它靠我更近了，我可以看见它的周边全是一层层的走廊，而且每隔一段距离就有一段台阶将走廊连接起来。在最下面的一层走廊上，我看见一些人拿着钓鱼竿在钓鱼，还有些人在旁观望。我冲着小岛挥舞着我的便帽（我的礼帽早就坏了）和手帕，随着小岛渐近，我扯着嗓子又喊又叫。然后我仔细地观望了一下，只见一群人聚集在我看得最清楚的这一边，他们用手指着我，又互相指指点点，显而易见他们已发现了我，只是没有搭理我的喊叫。但我看到四五个人急匆匆地沿着台阶跑向岛的顶部，随后就不见了。我一下就猜着了，这些人是被派去就此事请示有关权威人士的。

人越来越多，小岛升了起来，不到半小时，它的最下面一层走廊升到与我所处的高度相平行，距离不到一百码的地方。于是我尽量做出苦苦哀求的样子，低声下气地恳请着，却没得到回答。站在上面靠我最近的那几个人，从他们的衣着来判断，我猜想大概是有几分地位的。他们彼此之间认真地交谈了一阵，并不时地朝我望来。最后，他们中有一个人用一种清晰响亮的，纯净高雅的，流畅圆润的语调对我喊叫着。那语言听起来倒像是意大利语。因此我也就用意大利语回答了他。虽然我们彼此听不懂对方的话，但对方看到我困苦的样子，也就很容易明白了我的意思。

他们做手势要我从岩石上走到海边去，我照着做了。那飞岛上升到一个合适的高度，边缘正好就在我的头顶上，从最下面的一层走廊里放下了一根拴着一个座椅的链子，我把自己系在座位上，他们就用滑轮将我拽了上去。

◉ "拍手" 绝招

　　我一上岛，就被一群人团团围住，那些站得离我最近的人像是有些地位。他们带着各种各样惊奇的表情打量着我，其实我也和他们一样吃惊，因为迄今为止我还从未见过外形、服装和面容如此奇特的种族。他们的头都偏向一边，要么向左，要么向右；他们的眼睛一只向里翻，另一只向上直瞪天顶；他们的外衣上缀饰着太阳、月亮和星星的图案，同时还交织着提琴、长笛、竖琴、军号、六弦琴、羽管键琴以及许多我们欧洲尚不知晓的乐器的图形。我注意到各处都有一些穿着打扮像仆人的人，他们手中拿着一截短棍，短棍的一端绑着一个像连枷的充足了气的气囊。我后来被告知，这些气囊里都装了些干豌豆或小石子。他们用这些气囊时不时地拍打站在他们身边的人的嘴巴和耳朵。我还闹不清那动作的真正意义，好像这些人一直在苦思冥想，如果不从外部拍打几下来唤醒他们的发音器官和听觉的话，他就不会讲话，也注意不到别人说话似的。也正因为这个原因，那些出得起钱的人家里总雇请着一个拍手（原文是"克利蒙诺儿"），作为家仆中的一员，出门探访时总带着。他的职责就是，当几个人聚在一起时，用气囊轻轻地拍打一下要说话的人的嘴，再拍一下听他说话的人的右耳。当主人行走时，他同样得殷勤地侍候于左右，有时轻柔地拍打一下主人的眼睛，因为主人总是在沉思，而这样则面临着摔下悬崖或撞上柱子的危险；甚至在街上，也有撞上别人或被别人撞到阴沟里的危险。

　　很有必要先把这一信息告知我们的读者，否则大家就会像我一样对他们的举动感到不可思议。他们领着我沿着台阶向岛的顶部爬去，又从那儿向皇宫走去。就在我们向上攀登时，他们几次忘了自己所做的事，而把我一人撇下，直到拍手们唤回他们的记忆。他们似乎对我这外来人的服饰和面容以及百姓的叫喊声无动于衷，倒是百姓们思想、精神轻松得多。

　　最后我们进了皇宫，来到接见室。我看到国王坐在宝座上，两旁侍立着显贵大臣们。宝座前摆放着一张大桌子，上面放着地球仪、天球仪以及各式各样的数学仪器。国王一点也没注意到我们，尽管我们进来时，声音相当嘈杂，整个朝廷的人都涌了过

来，不过因为当时他正在沉思一个问题。我们等了至少一个钟头，他才解决了他的那个问题。他的两旁各站着一名年轻侍从，手里都拿着带有气囊的拍棍。他们看到国王空闲下来，其中的一个就轻轻地拍了一下他的嘴，而另一个则拍了一下他的右耳，他好像突然清醒了似的，就朝我及我这边一群人看来，这才想起早已通报过的我们要来这件事。他说了几句话，立即就有一个手持拍棍的青年人向我身边走来并轻轻地拍打我的右耳，我尽量比画着，示意我并不需要这样一件工具，可事后我发现，国王和朝廷人士为此是多么鄙视我的智力啊！我估计国王问了我几个问题，就忙着用我会说的一切语言回答他，只是我发觉我也听不懂他的话，他也听不懂我的话。这时国王下令把我带到皇宫的一间屋子里去（这位国王正是以他对陌生人的热情款待而区别于他的每一位前任），还派了两名仆人侍奉我。不一会儿，我的晚饭送来了，四位我记得曾在国王身边看到的显贵人士赏光陪我吃饭。晚餐共有两道菜，每道菜有三盘。第一道菜是一块切成等边三角形的羊肩肉、一块切成菱形的牛肉和一块圆形的布丁；第二道菜是两只绑扎成小提琴形状的鸭子，一些做成像长笛和双簧管的香肠和布丁以及一块外形像竖琴的小牛胸肉。仆人们将我们的面包切成圆锥形、圆柱形、平行四边形等各种图形。

吃饭时，我斗胆问了一些东西在他们语言中的名称，那几个显贵人士在拍手的协助下倒也乐意回答我，因为他们希望我对他们那了不起的能力产生钦佩之情，只要我能与他们交谈的话。很快我就能够叫他们上面包上酒或者我想要的别的什么东西。

晚饭后，我的那些陪同们就退下了。国王下令又派了一个人来，他也带着一个拍手。他带来了纸张笔墨和三四本书，比画着使我明白他是奉旨前来教我语言的。我跟他学了四个小时，这当中我写下一排排的单词，并在另一边写上相对应的释义。同时我还顺带学会了几个简单的句子。因为我的这位老师不断地命令我的一个仆人做出取物、转身、鞠躬、坐下、起立、行走等动作。我把这些句子也写了下来。他指着他带来的一本书上的太阳、月亮、星星、黄道带、热带、南北极圈的图形给我看，并告诉我许多平面及立体图形的名称；他还使我懂得了各种乐器的名称和性能以及演奏每一种乐器时所需的一般的技术用语。他走后，我就将所有的单词和释义全都按字母顺序排列起来。就这样，几天之内，我借助我绝顶的记忆力，对他们的语言有了初步的了解。

被我译成"飞岛"或"浮岛"的这个词，原文是"Laputa"（勒普特），可我却永远无法弄清楚它的真正语源。"Lap"在已废除的古文里是"高"的意思，"Untuh"指"长官"。由此他们误传"Laputa"是由"Lapuntuh"派生来的。但是我不同意这种派生说法，它似乎有些牵强附会。我曾大胆冒昧地向他们的学者表明我的看法："Laputa"其实是类似"Lap outed"的东西。"Lap"正确的意思应该是"太阳在海上跳舞"；"Outed"代表"翅膀"。不过我并不想强迫大家接受我的看法，让有见识的读者去自行判断吧！

那些被国王派来照看我的人注意到我衣着粗劣，就吩咐一名裁缝第二天一早过来给我量尺寸做一套衣服，这位裁缝做衣服的手法明显与欧洲的同行们不一样，他先用一个象限仪量了一下我的身高，接着又用尺子和圆规量下了我全身的长、宽、厚及整个轮廓，他将这些数据一一记在了一张纸上。六天后，我的衣服送来了，做得极差，因为他偶然计算错了一个数字，所以弄得衣服没一点样子。不过令人安慰的是类似这样的事情我见的多了，也就不太在意了。

因为没衣服穿，又因为身体略有不适，我就在这间屋里多呆了几天，其间我大大地扩展了我的词汇量。这样第二次进宫时，我已能听懂国王所说的很多话，甚至还能答上几句。国王下令：本岛向东北偏东方向飞移，垂直停在拉戈多的正上方。拉戈多是下面整个王国的首都，坐落在坚实的大地上。全部行程约为九十里格，我们飞行了四天半，我一点也没想到这岛是在空中向前飞行。第二天上午 11 点钟左右，国王本人以及贵族、朝臣、官员们备好了所有的乐器，连续演奏了三个小时，喧闹声吵得我晕头转向，我怎么也弄不明白这是什么意思，这时我的老师告诉我说，这岛上人的耳朵听惯了天上的音乐，所以隔一段时间总要演奏一次，宫里的人都要出演各自的角色，演奏他们最拿手的乐器。

在我们前往首府拉戈多的途中，国王下令在几个城镇和村庄的上空稍事停留，以便他接受下面百姓的请愿书，为此，他们放下了几根粗细与包装绳差不多的绳子，绳子的末端还系上一个小小的重物。百姓们就将请愿书系在绳子上，绳子就直接被拽上来，样子倒像小学生们把纸片绑在线的一头放飞风筝一样。有时我们还用滑轮拉上下面送上来的美酒佳肴。

我数学方面的知识给我学习他们的词汇用语以很大的帮助，这些词汇用语大多与

数学及音乐有关，而我恰好对两者倒也蛮熟悉。他们的思考常与线段和图形相连，例如，他们要赞美妇女的美丽容颜或别的什么动物，总是用菱形、圆形、平行四边形、椭圆形以及其他几何术语来描绘形容，要么就用来自音乐的艺术名词，这里就没有必要重复了。我曾在御膳房里看到过各种各样的数学仪器和乐器，厨师们就根据这些图形将大块的肉切成各种形状，侍奉到国王的餐桌上。

他们房屋建造得极差，墙壁倾斜，在任何一间屋子里都找不到一个直角，而这一缺点产生于他们鄙视实用几何学。他们认为实用几何粗俗而又机械。然而他们给工匠们的指令却又太精细，令他们不能接受，因此不断出错。虽然他们的双手在纸上使用起尺子、铅笔、圆规来相当灵巧熟练，可在日常生活中的普通行为上，我却没有见过比他们更笨拙的了。除了数学和音乐，他们对其他任何学科的理解都是如此迟钝，极其混乱。他们蛮不讲理，听不进任何不同的意见，除非这意见碰巧和他们的观点一致，不过此类情况极少出现。对于想象、幻想以及发明，他们十分陌生，在他们的语言里，根本没有描绘这些概念的词汇，他们所有的思维都围绕着前面所提到的两门学科，并完全被封闭在里面。

他们中的绝大多数人，特别是那些爱好研究天文学的人，十分信仰能明判事物的占星术，只不过他们耻于公开承认这一点。然而最令我钦佩同时又最让人不可理解的是，我注意到他们都有一种关心新闻和时政的强烈欲望，永无休止地查究公共事务。对国家大事发表自己的见识、评判，对一个政党的主张辩论起来更是寸步不让。我的确曾在我所认识的大多数欧洲数学家身上发现了同样的性情脾气。尽管我怎么也发现不了这两门学问中的哪怕一点点相似之处。除非这样假设：最小的圆和最大的圆具有相同的度数，因而驾驭治理这个世界倒不需要太多的才能，只要会处理和转动一下球体就行。不过，我宁可认为这种性格产生于人性中一个十分普遍的弱症，这就是我们对于那些和我们毫无关系的事情，对于那些最不适合我们的天性或最不适于我们研究的事情却更充满好奇、自负自大。

这些人总是忧虑不安，从没有享受过一分宁静，而产生这种骚动的原因对于其他的人类是不会带来什么影响的。他们恐惧烦虑的是害怕天体会发生一些变化。比如，随着太阳不断地接近地球，总有一天地球会被太阳吸进去的；太阳的表面将逐渐地被它自己发出的污浊气体所包围，形成一层外壳以至于阳光再也照不到地球上来；地球很幸运地逃过上一次彗星尾巴的扫刷，要不然它早已成为灰烬。但根据他们仔细地测算，三十一年后再次光临地球的彗星将可能毁灭我们地球。他们计算过，因此他们有理由害怕。一旦彗星运行到近日点，距太阳一定角度时，它将吸收比滚烫发光的红色铁水还要高出一万倍的热量。当它离开太阳后，后面拖着一条一百万零十四里长的尾巴。此时，如果地球恰好经过距离彗星核心部位或主体部位十万里的地方，那么地球必然会被燃着而化为灰烬；太阳日复一日地耗费自己的光线却没有任何补充，这样终有一日会自我毁灭，随之而来的是接受阳光照射的地球及其他行星的毁灭。

长久以来，他们就是如此受着以上这些恐惧以及类似像要大难临头的危险的折磨，惊搅得他们不能安眠于床上，也无心情去享受人生的一般娱乐趣事，当他们晨起后遇到一位熟人，首先询问的就是太阳的健康，日出日落时它的情形怎样，可否有希望躲过即将来临的彗星的碰撞。人们好谈论这个话题的心情，恰似孩童们爱听那些可怖的鬼神故事一样，爱听得要命，却又怕得不敢上床睡觉。

这个岛上的妇女拥有太多的幸福，他们蔑视自己的丈夫，却异常地喜爱陌生人。经常有许多陌生的客人从下面的大陆到岛上来。他们或者为了市镇当局的事，或者为了自己的特殊要求，上宫里朝觐，不过他们很被人瞧不起，因为他们缺少天赋才能，就在这些人中，妇人们挑选出自己的情人。

尽管我认为这岛是世界上最美丽的一处地方，可岛上的所有妻女们却都为自己被禁闭在这岛上而悲伤痛苦，她们在这生活富庶，日子美满，想做什么就做什么，可她们渴望看到下面的世界，想去尝试一下首府的消遣娱乐。但这要经过国王的特别准许，可这并不好获得。因为贵族们已有过相当多的经验，要想把妇人们从下面的世界劝说回来是多么的费劲啊！有人告诉我，一位朝臣的夫人都有了几个孩子，丈夫是王宫里一个很体面文雅有钱的大臣，对她爱护至极。一家人生活在岛上最亮丽的宫里，然而她却以健康为借口，到下面的拉戈多去了，在那里她一住就是好几个月不回来，后来国王签发了搜查令，下令找寻她，这才在一个偏僻的小饭馆里找到了衣衫褴褛的她。她典当了所有的服饰去豢养一个又老又丑的情人，这人天天都要揍她。即使这样，她被抓回时还极不情愿。尽管她丈夫和善仁慈、毫不责备地把她接回来，可不久她又带着她所有的珠宝首饰偷偷地到下面去了，还是去找那个老情人，从此杳无音信。

这样的故事让读者看来像是发生在欧洲或者是美国，而不像是在那么遥远的一个

国度。不过也许能从这方面想想：女人的反复无常并不受气候和种族的限制，她们比人们所能想象的更一样。

大约一个月后，我就谙熟他们的语言了。当我有幸侍奉国王时，我已能答出他问的大部分问题。但国王对我所到过国家的法律、政府、历史、宗教或者风俗一点都不感兴趣，他的问题只局限于数学领域，对我所谈的话题极端蔑视，漠不关心，尽管他身边的拍手时常提醒他。

● "飞岛"现象

我向国王提出想参观一下这岛上各种稀奇古怪事情的想法，国王恩准了，并派我的老师陪同前往。我此行的目的主要是想搞清楚，到底是人为的还是自然的力量使这岛得以运行。现在我就给读者以哲学的解释。

飞岛或者叫浮岛是一个正圆体，它的直径有7837码，约合4里半，面积有10万英亩，厚度为300码。从下面看，岛的底部或者叫下层表面是一个端正匀称的金刚石板，厚约200码，它的上面依次埋藏着矿物，再往上去是一层10-12英尺厚的肥沃的土地。在岛的上层表面，自外围到中心自然形成了一个斜坡，降落到岛上的雨水、露水汇成小溪流向中心，最后流进离岛中心两百码的四个圆周为半里大的池潭里。白天池潭里的水因日照不断地蒸发，有效地制止了漫溢。另外，国王能控制这岛自由地上升到云雾以上的区域，而不让雨水露水降落在岛上。正如博物学家们一致认为的那样，最高的云层也不会超过两里，至少在这个国家里还从来不知有如此高的云层。

在岛中心有一个直径为50码的深坑，从这里天文学家们下到一个被称作"弗兰多那·嘎戈喏尔"或干脆叫"天文学家之洞"的圆顶洞里。这个洞坐落在金刚石板下上层以下100码的深处，洞内装有20盏长明灯，金刚石板将灯的光线强烈地反射到四面八方。洞里存放着许多各种各样的六分仪、四分仪、望远镜、星盘以及其他天文仪器。其中最稀罕的，也是决定小岛命运的东西是一块硕大无比的磁石。它的外形像织布用的梭子。长6码，最厚的地方至少有3码。一根坚固的金刚石轴从这磁石中心穿过，支撑着磁石并且带动磁石转动。磁石由于这轴而保持平衡，因此再没有力气的手也能转动它。它被一个 4 英尺深 4 英尺厚直径为 12 码的金刚石空圆筒封套着，这筒平放在地上，垫有 8 个 6 码高的金刚石爪脚。在圆筒内壁的中部有一个 12 英寸深的凹槽，轴的两端就固定在上面。根据需要可随时转动。

因为圆筒爪脚已和构成岛底部的金刚石板焊接成一整块了，所以任何力量也无法将磁石从原处移开。

飞岛的升降位移完全凭借这磁石来完成。因为与国王治理的这块土地有关，磁石的一端具有引力，而另一端具有推力。一旦将磁石竖起让有引力的一端对着地球，小岛就会下降；反之，将有推力的一端朝下，小岛就径直上升；如果将磁石倾斜摆放，小岛就斜着移动。因为这磁石所产生的力的方向总是与小岛运行的方向相平行。

飞岛利用这种斜移可以运行到国王统治下的每个地方。为了解释这种运行方式，假设 AB 为跨越巴尔尼巴彼领地的一线段，cd 代表磁石，其中 d 为推力一端，c 为引力一端，小岛在 c 地上空。将磁石以 cd 位置放好，让具有推力的一端朝下，那么小岛就会斜着向 D 处升移，到达 D 处后，将磁石的轴转动，直到具有引力的一端朝向 E，岛就会斜着运行到 E 处；接着转动轴，使它处于 EF 处，让有推力的一端朝下，岛就会斜着升到 F 处；由此将具有引力的一端指向 G，岛就运行到 G 的位置；通过转动磁石，让具有推力的一端指向下方，岛就从 G 移到 H。这样根据需要随时改变磁石的位置，岛就随着斜行方向依次上升或下降，并且借助这种升降交替（这种倾斜度不是很大），岛就从一个地方飞行到另一个地方。

但必须说明的是：一旦越过下面领土的边界，或升高超过四里，岛就不能运行了。对此，天文学家们（他们就这块磁石写下了大量的系统的论著）提出了如下的理论：磁力在四里范围外就不再产生作用；另外，在地下深处，以及在离岸约六里格远的海里，能对磁石产生作用的矿物并不是遍布全球的，而只限于国王的领土。正因为飞岛就位于具有此种优势的地理位置上，国王很容易让处于这磁石吸引力范围内的任何一个国家服从他的统治。

当磁石与地平线呈平行状态，飞岛就一动不动了。因为处于这种状态时，磁石的两端距地球的距离相同。产生大小相等的力，一端向下拉，一端向上推，因此也就不会产生任何运动了。

这块磁石由几位天文学家看管，他们依照国王的指令不时地调整它的位置。他们一生中的绝大多数时间都用在以望远镜观察天体上。他们的望远镜比我们的要好，虽然最大的不超过三英尺长，但效果却比我们一百英尺的要好得多，能清清楚楚地观察到星星。他们的这种优势使他们的发现比我们欧洲的天文学家更早更多。他们曾编制过一份万座恒星表，而我们最大的一份表中所包含的还不到此数的三分之一。他们还观察到两颗小星星，或者叫"卫星"，围绕着火星运转。其中一颗靠近火星，它到火星的距离恰好是火星直径的三倍；而外面的一颗到火星的距离是火星直径的五倍，前者10 小时运转一周，后者21.5 小时运转一周，这样，运转周期的平方非常接近它们到火星的距离的立方。这一点显然说明了他们同样受着影响其他星球的万有引力作用。

他们观察到了93 颗不同的彗星，并且十分准确地确定了它们的活动周期。假如这一切千真万确的话（他们十分自信地断言此事），真希望他们将观察结果公布于众，使目前还不完善，不能完全令人信服的彗星学说像天文学的其他部分一样日臻完美。

要是国王能说服他的内阁与他一起携手共事，他将会成为宇宙间具有绝对统治权的君主。可是这些大臣们考虑到自己宠臣的地位相当不稳，又都在下面的陆地上拥有了自己的产业，也就从不愿意与国王一起奴役自己的国家。

一旦任何一座城市发生叛乱，卷入激烈的派别斗争中，或者拒绝按照通常惯例进贡纳税，国王有两种手段让叛乱者屈服：第一种手段比较温和，让飞岛盘旋在这个城市及其周围的上空，使他们无法享受阳光和雨水的沐浴，当地居民因此而遭受饥荒和疾病的侵袭。如果他们罪孽深重，岛上同时还可以向他们投掷大量的石头，对此他们毫无办法抗衡，只能钻进地窖或洞穴。因为他们的房屋已被砸得粉碎。如果他们仍继续顽强抵抗，图谋叛反，国王将采取最后的手段：让飞岛直接坠落在他们头上，将房屋和人来个彻底毁灭。不过像这样极端的手段，国王也是万不得已方才使用。事实上他不愿意这么做，大臣们也不敢劝告他采取这样的行动。一方面害怕下面的人民憎恨他们，另一方面也将给他们自己在下面的产业带来灭顶之灾，因为飞岛仅仅是国王自己的产业。

实际上还有一个更重要的原因使得这个国家的统治者不到迫不得已是不愿采用如此可怕的手段的。因为，他想要毁灭的城市总会有一些高耸凸起的岩石，正像一些大城市也总有类似的现象，也许当初就是为了免受这种灾难才考虑这样选址的；或者到处是高高的尖塔和石柱。那么，如果飞岛突然坠落将会危及岛的底面，尽管前面已提到过它是由二百码厚的一整块金刚石构成，但震动过大，它也有可能破裂，或者离下面房屋中的炉火过近，它也会爆炸。正像我们的烟囱超出一定的负担就会爆裂一样。对于这一切，老百姓了如指掌，也懂得如何把握坚持抗争的力度，因为这直接关系着他们的自由和财产。要是国王忍无可忍，决心要把这座城市碾为废墟，他也会命令飞岛慢慢地下降。这倒并非出于对老百姓的体贴，而实际上是害怕损伤了那金刚石底板。因为哲学家们一致认为：一旦岛底坏了，磁石就再也无法托起小岛，那么整个岛就要掉落在地上。

早在我上岛的三年前，就在国王巡视他的领地的途中，曾发生过一次特别事件，差一点结束了这个王朝，至少是现在这么一个王朝。林得利诺，这座王国中的第二大城市，是国王此次巡视的第一站，就在他离开三天后，对其压迫政策一直抱怨不休的当地老百姓关上城门，抓住了总督，并且以令人难以置信的速度，用超强度劳作的方式在城的四角建了四座巨塔（这城本身就是四方的），其高度均与原本就矗立在城中心的那座坚固的尖顶岩石相同。在每座塔和那岩石的顶部，都安装了一块大磁石，并且为了防止磁石计划万一失败，还预备了大量的最易燃的燃料，准备用来烧毁飞岛的金刚石底板。

八个月后，国王才接到确切的报告，说林得利诺人反叛了。他即刻命令飞岛向该城上空飘去。当地人民众志成城，备足了食物，城内有一条大河穿城而过。国王在它的上空盘旋了几天，遮挡住了阳光和雨水，他下令放下许多绳子，然而没有一个人送上请愿书，相反倒大胆地提出要求：要平反申冤，要减租减税，要自主选举总督以及种种类似的"过份"请求。针对这一切，国王命令飞岛全体人员从最下一层走廊向城里投掷巨石，但下面的居民对这一歹毒计划早有防备，连人带物一起躲进了那四座巨塔和其他的一些坚固建筑物或地窖里。

此时国王已下决心要制服这些自负骄傲的人。他命令飞岛缓缓下降，停在距塔顶和岩石顶部四十码的地方。人们遵旨照办，但负责此事的官员发现飞岛下降的速度要比平时快得多。而且转动磁石也很难将它固定在某一位置上，小岛仍在一个劲地下降。他们立即将这一惊人发现禀告国王并请求陛下准许把岛升高一些，国王同意了，并召集会议，负责磁石的官员奉命也参加了会议，其中一个资历最老也最在行的官员获准

做一个试验，他取了一根 100 码长的结实的绳子，在绳子的一头绑上一块掺和着铁矿石、所含成份与飞岛底板相同的金刚石，当飞岛飞临他们觉得有异常吸引力的那座城市上空时，从底层走廊将绳子慢慢地朝塔顶放下去。这块金刚石被放下还不到 4 码，该官员就觉得它被一股强大的力向下拽，使他几乎无法将其收回。然后他往下扔了几小块金刚石，发现它们全被猛地吸在了塔顶上。接着，他又对其他三座塔以及那岩石做了同样的试验，结果全一样。

这次事件完全打破了国王原先平定叛乱的手段，他被迫接受他们提出的条件。

一位大臣曾向我透露：那次，如果飞岛因降得离城市过近而无法飞走，当地居民决心将它永远留住。处死国王及其所有的幕僚，彻底改朝换代。

根据这个王国的一项基本法律，国王和他的两个大一些的儿子都不准离开飞岛，王后也不例外，除非她已过了生育年龄。

◉ 到达首府

虽然我不能说我在这岛上受到了虐待，但我必须承认他们压根儿没把我当回事，多少有几分鄙视。因为不管国王还是他的臣民除了数学和音乐之外，似乎对任何别的学科的知识都不感兴趣，而在这两个领域我远不能与他们相提并论，所以他们根本瞧不起我。

另一方面，在看过这个岛上所有稀奇古怪的东西后，我打心眼里厌烦这里的人，渴望离开这里。他们在那两门学科上的确很了不起，这一点值得我钦佩，但我并非一窍不通，只是他们太专心了，一味地陷于沉思凝想中，我还从未碰到过这么单调乏味的同伴。在我逗留的那两个月中，我只与妇女、商人、拍手以及宫里的仆人们谈过话，因此这就使得我更被人瞧不起了。然而，也就只有从他们那里，我才真正得到合情合理的回答。

经过刻苦学习，我进一步掌握了他们的语言，我讨厌呆在这岛上，他们看不上我，我下决心一有机会就离开这里。

宫里有一个贵族，与国王是近亲，也仅仅因为这个原因，他受到人们的尊敬。他被认为是岛国中最无知、最愚笨的人。其实他对王室做出过卓越的贡献，他的天份、学识都很高，集正直与荣誉于一身，只是对音乐毫无鉴赏力。诽谤他的人说，他连节拍都打不准；他的老师费尽力气也教不会他证明数学上最简单的定理。然而他对我倒是乐于做出许多友好的表示，常来探访，让我向他介绍一些欧洲的情况以及我到过的那几个国家的法律、风俗、礼仪以及学术。他常常全神贯注地听着，并且对我所说的一切发表非常明智的见解。他也有两个拍手供奉身旁以显示他的地位，可除了在朝廷上或正式访问时，他从来不用他们。因此当我们单独会谈时，他总是令他们退下。

我就请这么一位显赫的人代为求情，请国王恩准我离开这里。他高兴地告诉我：国王非常遗憾地同意了。的确，国王曾几次给我安排美差，但都被我婉言谢绝了。

2月26日，我离开了国王和王宫的人，国王送我一份价值约两百英镑的礼物，他的那位贵族亲戚也送了我一份价值相同的礼物，还有一封给首府拉戈多他的一位朋友的推荐信。这时，飞岛停在距首府两里的一座山的上空，我被他们从最底层走廊放了下去，就像我上来时一样。

受飞岛国王统治下的这块土地，被大家称作巴尔尼巴彼，首府是拉戈多，这我在前面已说过了。我又踏上坚实的大地，心里感到几分满足。身穿与当地人一样的服装，学会了足以同他们交谈的当地语言，我无忧无虑地向城里走去。我很快就找到了我被介绍去的那人的家，呈上了他那位飞岛上贵族朋友的信，并受到了亲切友好的接待。这位大领主的名字叫姆诺迪，他在自己家里为我预备了一间屋子，我在此地逗留期间就一直住在他家里，并受到了热情款待。

我到后的第二天，他带我坐他的马车游览了整个市镇。这城有半个伦敦那么大；房子建得相当奇特，大多年久失修；街上的人行色匆匆，相貌粗野，目光呆滞，衣衫褴褛。我们出了一个城门，走了三里来到乡下，看到不少人拿着各种各样的工具在田里劳作，可看不出他们在干什么。虽然土壤肥沃，可我却一点也看不出是种上了庄稼还是草木。我对这城里和乡下的一切奇异古怪的景象感到惊诧不已。我冒昧地向我的陪同提出疑问，请他们解释一下为什么有那么多人在街上，在地里忙个不停，却什么也弄不出来？相反，我还从来没见过如此乱耕乱种的土地，没见过如此乱搭乱建、破

落不堪的房屋，也没见过哪个民族的脸上和服饰上显示出如此多的悲伤和贫穷。

这位叫姆诺迪的领主是位上层人士，有几年曾任拉戈多的政府官员，因遭几个大臣的阴谋陷害，他被以不称职为借口而免了职。但国王认为他是一个忠厚善良的人，只是见识浅薄而已，对他倒也温和宽厚。

当我就这个问题及其人民的现状直言不讳地提出批评之后，他没有直接回答我，只是告诫我，我刚到不久，世上不同的民族有着不同的风俗习惯，现在就下结论未免过早。他还说了其他的一些话进一步表达了这个意思。可等我们回到他府上，他却问我觉得他这房子怎么样？有没有什么不妥之处？对其家人的服饰相貌有什么看法？他信心十足地问这些问题，因为他的一切都做得十分完美、规范、高雅。我回答说，阁下精明谨慎，地位显赫，财运亨通，当然不存在这些缺点，本来那些缺点就是愚蠢贫困造成的。他提出，如果我愿意可随他去20里外的他在乡下的庄园，这样我们就有更多的时间就此类话题进行交谈。我说我听从阁下的安排。于是，第二天一早，我们就出发了。

一路上，他要我注意农民们是怎样耕作土地的，我看了却觉得无法理解，因为除了极少的几块地外，几乎见不到一株庄稼，一根草木。但走了三小时后，景象完全变了：我们走进了一片美丽的田园，彼此相隔不远的农舍建造得非常精巧齐整，四周围绕着一片片的葡萄园、麦田和草地。我想我还没见过比这更赏心悦目的景象。那位领主见我面露喜色，对我叹息道：从这儿开始就是他的庄园了，一直到他的住宅都是这样。他告诉我，乡民们都看不起他，嘲笑他连自己的事都料理不好，哪还能处理国家大事。虽然也有少数几个人学他的样，但都是些和他一样的老弱任性的人。

我们终于来到他的住宅，这确是一座高雅的建筑，依照古代建筑中最好的规范而建，喷泉、花园、小径、大道以及树丛都安排布置得非常合理，极有情趣。我对见到的一切都适当地赞扬几句。可是他毫不理会，直到晚饭后没有第三个人在场时，他才带着一分忧郁的神情对我说，他恐怕不得不拆掉他在城里和乡下的房子，按现时的式样重建；毁掉所有的种植园，按流行的方式来耕作。他还得让所有佃户也这样去做。除非他能忍受因此而招来的非议，指责他傲慢、古怪、虚伪、无知、多变，也许还会引起国王更多的不满。

等他把一些具体的事情告诉我之后，我也就显得不那么惊奇了，这些事我在朝廷时从未听说过，因此那里的人只知道埋头沉思，根本不会注意到下面陆地所发生的事情。

他所说的大致如此：大约40年前有那么一些人，他们为了办事或为了消遣登上了勒普特。在上面呆了五个月，等他们回来时，数学知识未掌握多少，却带回了"飞岛"上浮躁的习气。他们一回来就对下面的一切看不习惯，提出应对艺术、科学、语言、技术进行全面更改。最终他们获得了王室的特许，在拉戈多建立了发明科学家院，这种浮躁的恶习在全国上下迅速蔓延开来。结果王国里每一座稍有影响的城市都建起了一所科学院。在科学院里，教授们费尽心机，努力为农业和建筑设计新的条规和方法，为工商业设计新的仪器和工具。他们许诺有了这一切，一个人可以干10个人的活。一周内就能建成一座宫殿，建筑材料经久耐用，永不损坏；地上所有的果实会在任何人们想要采摘的季节成熟，产量可以是现在的一百倍。类似这样的保证数不胜数。唯一让人困惑不解的就是至今为止无一承诺成为现实。相反整个国家惨遭蹂躏，房屋已成废墟，百姓缺衣少食。面对这一切，他们不但不悬崖勒马，反而在希望和绝望双重驱动下，更加疯狂地实施他们的计划。至于这位领主，因没什么事业心，也就满足于现状，住在先辈们建造的房屋里，过着和前辈一模一样的生活。也还有少数上层人士像他这么做，然而他们却遭到别人的鄙视和恶意诽谤，被看作是艺术的敌人，是无知不健康的人，在全国一片变革声中，他们一味懒散，只顾自己安逸舒适。

这位领主说他不打算往下细说，以免扫了我的兴。他要我自己去参观一下大科学院，他认为我也一定有兴趣去的。他叫我先去看一看三里外山坡上的一处废弃的建筑物。对此，他这样对我说：距他的宅第不到半里有一个非常便当的水磨，靠一条大河的流水转动，足够他家和许多他的佃户使用。大约七年前，这样一伙设计家来了，他们向他建议拆了这个水磨，在那山坡上重建一个。沿山背挖凿一条长长的水渠，用管子和器械运水上山给水磨提供动力，说是因为高处的风和空气可以吹动水，更适合于水的流动；又因为水是从山坡上流下来的，更容易转动水磨，且只需平地上河水的一半水流。他说，当时他与朝廷的关系不太好，又受着好多朋友的力劝，也就听从了这个建议，他雇了一百个人，费时两年，结果这项工程未能进行下去。设计家们撤走了，把责任一股脑推在他身上，一直责怪他。他们又在别人那儿进行这种试验，同样说保证成功，可同样是令人失望的结局。

几天后，我们回到了城里。领主考虑到他在科学院里名声不是太好，就不亲自陪我前往，而介绍了他的一位朋友与我结伴而行。我们这位领主高兴地把我描述成是这些设计的崇拜者，是一个充满好奇心又易信的人。不过，这话的确倒也不错，我年轻时就干过设计家之类的事。

◉准许参观

这所科学院并不是一处单独的建筑，而是由街道两旁一连串的房屋所组成，先前因为空无人住，才买下来给科学院用。

我受到了院长的热情接待，在科学院里一呆就是好些天。每个房间里都有一两个设计家，而我参观过的房间绝不下五百间。

我所见到的第一个人外形枯瘦，灰脸黑手，头发、胡须一大把，破衣烂衫，甚至有几处都被烧焦了，外衣、内衫和皮肤已是一个颜色。八年来他一直在进行着一种设计研究：从黄瓜里提取阳光，放入密封的玻璃瓶里以便在潮湿而阴冷的时间用来让空气变暖。他跟我说，他坚信再有八年一定能在适当的情形下向总督的花园提供阳光。但他抱怨经费太少，特别是现在这个季节里黄瓜那么贵，请求我能否给他一点什么，作为对他的创造才能的鼓励。我送了他一份小小的礼，因为那位领主预先给我准备了一些钱，他知道只要有人去参观，他们就会要钱的。

我又去了另一间屋子，但差一点被一股恶臭熏倒，赶忙退了出来。我的陪同却硬要我进去，还悄悄地求我不要冒犯他们，要不然他们会怨恨我的。因此我吓得都没敢捂鼻子。这间屋子的设计家是科学院里最早的学者。他的脸色和胡须都是淡黄色，双手和衣服上沾满了污秽。当我被介绍给他时，他紧紧拥抱了我（我当时很想找个借口躲过这种问候）。自打他来到科学院，就一直从事于这样的研究：把人的粪便变为原先的食物。他的设想是把一些成分分解出来，去除来自胆汁的酊剂，散发掉臭气，除去上面的粘液。每星期，他从社会上得到一桶粪便，那桶大约有布里斯托尔酒桶那么大。

我看到还有一位正干着这么一件事：将冰锻烧成火药。他还把他撰写的一篇有关火的可锻性的论文给我看，并说他打算要发表这篇论文。

有一位极具发明天才的建筑师，他发明了一种新的建房方法，即从屋顶开始砌，然后向下建到地基。对此他还辩解道，这与最精明的两种昆虫蜜蜂和蜘蛛的做法是一样的。

有一位教授，生就双眼瞎，他带着几名和他一样的盲人徒弟，为画家调制色彩。教授教他们要用触觉和嗅觉来分辨不同的颜色。但非常不幸，我看到他们乱搞一气，连教授本人也常常出错。不过这位艺术家却受到他同行们的大大的鼓励及尊重。

在另一个房间里，我欣喜地看到一位设计家发明了一种用猪耕地的方法。这方法不用犁，不用牲口，也省劳力，就是在一亩地里，每隔六英寸长，在深八英寸的地方放上一些橡子、枣子、栗子或其他动物爱吃的山果和蔬菜。然后将六百头或更多的猪赶到地里去，几天内，它们为了找食就会将泥土掘翻一遍，一方面土翻松了可以下种，另一方面猪拉下的屎也正好给土壤施肥。可经过实践，他们发现费用很大，问题也很多，特别是收成太少甚至颗粒不收。不过他们坚信，这项发明是能够改善提高的。

我又走进一间屋子，除了一个供进出的狭窄的通道外，墙壁和天花板上到处挂满了蜘蛛网，以至于我一走进去，他就叫了起来让我不要弄断他的蜘蛛网。他叹惜世人长久以来所犯的一个错误：即利用蚕茧抽丝，而这里有的是家养昆虫，比蚕不知要好多少倍，因为这些昆虫既懂得如何织又懂得如何纺。他接着又说，要是用蜘蛛吐丝，染丝的费用就可以省去了。说着，他把一大堆五彩缤纷的飞虫给我看，我这才完全明白。他告诉我他就是用这些飞虫喂他的蜘蛛，蛛丝的颜色也就因此而产生，加之他各种颜色的飞虫都有，就能满足爱好不尽相同的每个人的需要。一旦他能给飞虫找到像树脂油或者其他什么粘稠的食物，就能让蜘蛛吐出牢固而坚韧的丝。

有一位天文学家，他进行着这么一项设计：要在市政大厅房顶上的大风信标上安装一架日晷仪，通过对地球与太阳一年和一日的运转加以调整，使之与风向的偶然转变相吻合。

我突然感到一阵腹痛，于是我的陪同就把我带进一间屋子，那里住着一位治此病出名的医生。他可以用同一器械施行两种相反的手术。这器械就是一副装有一个象牙做的细长嘴的储气囊。他将这象牙嘴插入病人肛门内八英寸，抽出肚子里的气。他断

言这样能把肚子吸得又细又长像个干瘪的膀胱。可如果这病发作的又凶又猛又顽固，就先将储气囊充满气并把象牙嘴插入肛门，把气打进病人的体内，再抽出象牙嘴，用大拇指紧紧地堵着屁眼。这样反复打气三四次。最后打进去的气就会喷出来，毒气也就随之一同排出来（就像水泵抽水一样），这时病也就好了。我观看了他在一只狗身上进行的这两种试验，可是第一种手术不见任何效果，第二种手术后，那狗几乎都快胀爆了，接着猛屙一阵屎，臭得我和同伴够呛。狗即刻便死了，我们离开时，那位医生还试图用同样的方法让它起死回生呢！我又参观了其他几间屋子，我很想简洁一下，因为我不想用我看到的稀奇古怪事劳神各位读者了。

至此，我只参观了科学院的一部分，另一部分专供那些崇尚沉思的学者们使用。不过我还想再介绍一位。他是一位具有远见卓识的人，被人们称为"万能学者"。他告诉我们，30年来一直致力于改善人类生活的研究。他有两间很大的屋子，有50个人在此进行研究，里面尽是一些奇异的玩艺儿。有些人计划从空气中抽去硝酸钾，再滤去水分子或者叫液体分子，把空气压缩成干燥而可触摸的物质；有些人想软化大理石把它做成枕头或针垫；还有些人试图把活马的四蹄弄僵，以防折断。此外，这位学者本人则忙于两项伟大的发明：第一项是用糠壳来播种，他断言糠壳才真正具备发芽这一特性，为证明这点，他还做了几个实验，可我这个人这方面实在不灵，搞不懂；另一项是在两头羔羊身上涂抹上一种由树脂、矿石和蔬菜搅拌而成的混合物，抑制羊长毛，他希望过一段时间后，就能繁殖出一种无毛羊送往各地。

我们穿过一条通道来到了科学院的另一部分，我前面讲过这是供那些沉思学者们专门使用的。

我在一间非常大的屋子里见到第一位教授及围在他身边的40名学生。互致问候后，他注意到我凝神于那个占据房间大部分空间的架子，就说，在看到他正用实用的和机械的方法来改善人的思辨知识时，我也许会困惑不解。不过世人很快就会发觉它的有用之处。他又得意地说，还没有一个人想到如此高贵的主意，要知道，用通常的手段想在艺术上和科学上获得成就需要付出很多的劳动，而用这种方法最无知的人只需适当地交点学费，出点体力，不需要借助任何天才和学识，就能在哲学、诗歌、政治、法律、数学以及神学上著书立说。然后他把我带到被一排排学生围着的架子跟前，这是个正四方形的架子，边长20英尺，放在屋子的中央。一块块用细绳穿连在一起的小木块拼成了它的表面，每一块大约有骰子那么大，也有比这大一些的。上面都糊着一张纸，纸上依序写满了他们语言中的单词。接着教授叫我注意看，他马上就要开动机器了。一声令下，学生们各自抓住架子四边的40个铁把手，接着突然一转，单词原先的排列顺序就全变了，他指派36个学生轻声地读出架子上出现的一行行文字，只要发觉有三四个词连起来能拼成一个句子的，他们就念给剩下的那四个人听，让他们记录下来。如此这样重复了三四次。每转动一次，由于这机器就是这么设计的，随着木块的倒转，上面的单词也就被换到新的位置上。

这些年轻学生每天花上六小时进行这种劳动。教授给我看了几大卷书，里面尽是他搜集的支离破碎的句子，他打算把这丰富的材料拼凑到一起，奉献给世界一部包含所有文化和科学门类的巨著。他遗憾地说，如果公众能筹集一笔基金在拉戈多建五百个这样的架子进行此项工作，并让操作者将搜集到的材料贡献出来，那么这一设想还能得到改进完善。

他向我证实道，打他年轻时这项发明就占据了他的全部心灵，他已把他们语言所有的词汇都抄在了架子上，并对书中出现的虚词、名词、动词及其他词类的比例进行了精确的计算。

对于这位见识非凡的人所做的一切介绍，我谦恭地表示赞赏，并答应他，如我有幸能重返祖国的话，我一定会公正地向世人宣布他就是这种神奇机器的唯一发明者。此外，我还恳请他准许我把它的形状和构造抄画到纸上，并请他放心尽管欧洲的学者有剽窃他人发明成果的习惯，一旦让他们从此项发明上获得哪怕一点点利，他们便会为谁是真正的发明者而争个没完没了，但我一定会倍加小心，让他无争议地独享荣誉。

接着我们又去了语言学校，在哪儿见到三位教授正讨论如何改进他们的本国语。

第一种设想是简化修辞。将多音节字缩短为单音节字，删去动词和虚词，因为现实中一切能想象出的东西都是名词。

第二种设想则是废除一切词汇。因为无论是出于对健康的考虑，还是简练的考虑，它都大有好处，应受到推崇。显而易见，我们每说出一个字，都会不同程度地损伤我们的肺，从而缩短寿命，因此他们就想出这么一个补救办法：既然单词只是一个物件的名称，那么人们把在谈话中所需表达具体事情的物件带在身边不就更方便了吗？本来，这一令百姓更悠闲舒适，对身体健康更有好处的发明早就可以采用了，可就是女

423

人们串通了那些俗人和文盲要求拥有像他们祖先那样用嘴说话的权利，否则他们就要起来造反。与科学势不两立的敌人就是这些俗人！好在许多最有学问最有智慧的人坚持采用这种由物达意的方法。不过这方法还是稍稍有些不便，那就是如果一个人要办的事很多，涉及的面又广，他非得相应地在背上驮上一大包东西，除非他雇得起一两个健壮的仆人侍奉左右。我就常看到这些贤人中有两位像我们这里的小商贩一样，驮着快把他们腰压断了的大背囊，在街上偶见时，就把背囊放下打开来，在一起谈上个把钟头，然后收拾起自己的物件，再帮着对方将背囊背上，各自离开。

然而，如果会谈时间不长，他只需把工具放在口袋里或夹在腋下，如果是在家中会谈，那就更无负担了。只是，在使用这种方式交谈的屋子里，摆满了"动手谈话"所需的各种各样的东西，且近在手旁。

这项发明还有一大优势，它可以作为一种国际通用语言。因为在不同文明的国家里，人们所使用的器具物品都大体相同，也很容易理解这些东西的用途。因而有了这项发明，大使们就可以直接与那些语言完全不通的外国君主和大臣们进行交谈了。

我又去了数学学校，那里的老师用一种我们欧洲人再也想不到的方法教学生。他们使用内含治头药物墨水把题目和解证都清清楚楚地写在很薄的饼上，让学生们空腹吞下，而且三天内除了面包和水，什么也不许吃。据说等饼消化后，那药物就带着解证进入了大脑。只是到目前为止还未成功过。一方面是因为墨水的配方有问题，另一方面是因为孩子们太愚顽固执，总觉得吃下这么大的药片令人作呕，于是他们经常偷偷地跑到一边，不等药性发作，就把它吐出来。他们也不听劝告，不愿像药方上要求的那样长时间不吃东西。

◉意见被采纳

在政治设计学校我受到了薄待。以我的见解，这些教授完全失去了理智，每每想起那景象都让我感到难受。这些不幸的人提出他们的设想，建议国王依据人的智慧、能力和美德来提拔重用；想教会大臣们从公众的利益出发；想奖励那些德才兼备，功勋卓越的人；想指导国王体恤民情，把民众的利益和自己的利益放在一起考虑；想选拔录用合格的人到有关岗位；还有其他许多狂妄而不可能实现的幻想，都是以前人们从未想到过的。这使我坚信这么一句老话：再夸张无理的事，哲学家们都要坚持认为它是真理。

但是，我还是想为科学院里的这部分人说句公道话：我承认并不是这里所有的人都在空想。就有这么一位极具发明才能的医生，他似乎完全了解政府的性质和体制，充分运用他的学识寻找治疗贪污腐败以及一切弊病的有效方法。这些弊病一方面产生于执政者自身的恶习与懦弱，另一方面也产生于被统治者的肆意妄为。例如：所有的作家和理论家都一致认为，人体和政体是密切相似的。因此这点就很清楚：政体就应像人体那样保持健康，用治疗人体疾病的处方照样也能治政体的疾病。参议院和枢密院的官员们常犯有说话絮叨、性情暴躁等其他疾病；他们脑子里的毛病不少，心里的毛病更多；会突发惊厥以至于双手特别是右手的肌肉和神经痛苦地抽搐；会大发雷霆，一味狡辩，头晕眼花，神志不清；会长化脓的毒瘤；会满口喷沫乱说一气；会狼吞虎咽而消化不良；还有许多其他毛病，无须一一列举了。综合考虑以上这些病症，这位医生开出以下处方：每次参议员开会，医生得列席头三天的会议；每天议事完毕，医生要给每位议员诊脉；然后，医生们经过思考、讨论，定下疾病的性质，拿出治疗的方案，再在第四天带上相应的药品与药剂师一同返回参议院，在议员们开会之前，针对不同的病情，分别让他们服用温和剂、轻泻剂、去垢剂、腐蚀剂、健脑剂、轻缓剂、疏通剂、去痛剂、黄疸剂、去痰剂、净耳剂，然后根据服药效果，决定下次开会前是继续服用、换药服用还是停止服用。

依我个人的拙见，这项计划对公众不无好处，在参议员参与立法的国家里，它更有利于事件的处理：可以带来团结，可以减少争辩；可以让那些闭口不言的人开口说话，可以让那些呱呱不休的人缄默不语；可以抑制年轻人的暴躁，可以纠正老年人的自负；可以唤醒愚笨的人，可以提醒鲁莽的人。

此外，鉴于大家都抱怨国王最宠爱的首相记性极差，这位医生建议，无论谁拜见首相，明白直率地禀告完公事后，退下时应揪一下首相的鼻子，或者踢一下他的肚子，或者踩一下他的鸡眼，或者拽几下他的耳朵，或者弄根大头针扎一下他的屁股，或者将他的胳膊拧得青一块、紫一块。所有这一切都是为了防止他忘事。每次上朝时都这么来一下，首相一定会把事情办好或干脆拒绝办理。

他还建议，每一位出席国民议会的议员在递交自己的议案并发表辩护之后，表决时一定要投与自己意见相反的票，只有这样做，结果才会符合公众的利益。

这位医生想出了一个能使党内产生派别斗争的双方和解的绝妙办法，从各党派中挑选出一百名头面人物，从中一对一地选出头颅大小差不多的人成双配对，请技术精湛的外科医生将每一对人的枕骨左右对等地锯下，然后互相交换，将其安装到对方的头上，当然这确实需要一定的精密性，不过，医生很有把握地说，只要手术做得干净利落，其疗效是明显的。对此他争辩道，将两个半个脑袋放在一个脑壳里处理事情，他们彼此就会心平气和，不偏不倚地思考问题，从而统一意见。真希望那些自以为到世界上来是为了观看世界而且统治世界的人都能这样考虑问题啊！他又肯定地对我们说，至于这些人的脑袋在质量上、大小上不尽相同，就他个人所知，是无关紧要的。

我听到两位教授就最方便有效而又公正的征税方法争论不休，一个说，对罪恶和愚昧应征收一定的税，至于税额则由邻居们组成陪审团进行合理的裁定。另一个人的意见完全相反，要对那些体力上和智力上表现出众、心高气傲的人征税，并根据其显示的程度由其自己决定税额；对那些倍受异性爱慕的男子应征收重税，由他们自己来证实被爱的次数及性质并决定缴纳多少税金；他还提出，对那些充满理智、勇敢、教养的人也应征收重税，让他们自己申报具有理智、勇敢、教养的程度并决定缴纳多少税金。至于那些集荣誉、正义、智慧和学识于一身的人，则完全不需征税，因为具备这些素质的人太少了，也没有人准许自己身边的人具有这些素质，即使自己有也并不重视。

他建议，妇女们应根据其漂亮的程度及打扮的技巧来纳税，至于税额这方面他们跟男子享有同等权利，可以由自己判断决定。但对那些具有忠实、贞洁、温柔、通情达理等品性的妇女不征税，因为她们缴不起高额的税金。

有人提议，为了使参议员能时时处处维护国王的利益，议员们应以抽签的形式获得职位。抽签前，每个人先得起誓：不论抽中抽不中，都一定拥护朝廷。没有中签的人等到下次官位空缺时，还有机会再抽一次。既然希望和期待还存于心中，也就没有人抱怨朝廷失信于民；一旦失败，也完全可以归罪于命运，因为命运的肩膀总要比内阁的肩膀宽厚结实。

还有一位教授拿了一大篇论文给我看，写的是关于如何侦破反政府的阴谋活动。他在文中建议，政治家们要对一切可疑人物的日常饮食起居进行侦察，看他们什么时间吃饭，睡觉时身子朝哪一边侧，用哪一只手擦屁股，对他们的粪便要仔细地查验，从粪便的颜色、气味、口味、浓度、形状以及消化程度来判断他们的思想和计划，他经过多次实验发现人在拉屎时思想最集中，思维最活跃，最全神贯注，这时，如果他在考虑怎样才是暗杀国王最好的办法，那么粪便就会呈绿色，如果他只是想搞一次叛乱或焚烧首府，那么粪便的颜色就大不一样了。

整篇论文措辞强硬，其中许多观点对政治家来说是既新奇又实用。不过，我还是冒昧地向作者提出了我的看法——这篇论文不够完整。并且提出，要是他乐意，我可以提供一点补充意见，他欣然应允。这在作家中，尤其在设计家之流的作家中，倒是不多见的。

我告诉他，我曾在当地人又称为郎敦的里卜尼亚王国呆过很长一段时间。那里绝大多数的人都是侦探、目击者、告密者、指挥者、检举人、证人、辩护人以及他们的帮凶。这些人受着大臣们的庇护、指使和资助。在那个王国里，那些总想夸大自己政治家身份的人常常搞些阴谋。他们企图把充满生机的政府变成疯狂的政府；企图压制或转移大众的不满情绪；企图把没收的钱物放进自己的口袋；企图左右公众舆论尽量满足个人私利。他们先在内部统一意见，确定下应指控哪些图谋不轨的可疑分子，将他们逮捕关押起来，然后采取切实可行的手段弄到他们的书信和文字材料，将这些东西交给一帮能从单词、音节以及字母中巧妙地找出影射意思的能手去处理。比如，他们能破译出"马桶"是指"枢密院"；"一群鹅"指"参议院"；"瘸腿犬"指"入侵者"；"传染病"指"常备军"；"秃鹰"指"大臣"；"痛风"指"大主教"；"绞刑架"指"国务大臣"；"便壶"指"贵族委员会"；"筛子"指"财政部"；"污水坑"指"朝廷"；"无边帽和铃铛"指"宠臣"；"断箭"指"法庭"；"空酒桶"指"将军"；"流脓的疮"指"行政当局"。如果这个方法不奏效的话，他们还有另外两种更有效的方法，当地学者称之为"离合字谜法"和"颠倒字母法"。用第一种方法，他们能将每个单词的第一个字母破译得含有政治意义：N指"阴谋"；B指"骑兵团"；L指"海上舰队"。或者用第二种方法，把任何可疑材料上的单词字母来个顺序颠倒，这样他们

就能揭开反对党隐藏最深的阴谋。例如：我在一封给朋友的信上写道："我们的兄弟汤姆刚患上痔疮。"可到了擅长此术的人的手上，还是那些字母，经他一颠倒，就成了下面这样的话："反抗吧！阴谋已成熟。塔。"这就是"颠倒字母法"。

教授对我所提出的这些意见表示非常感谢，并表示要在他的论文中为我附上一笔以示敬意。

我看这个国家再也没什么值得我住下去的了，就想着还是回英国老家去吧！

◉ 暂无便船

这个王国是大陆的一部分。我坚信，它往东能延伸到美洲的无名地带，往西是加利福尼亚，往北约 150 里是太平洋。王国有一座优良的港口（玛尔德那达）与位于其西北方大约北纬 29°，东经 150° 的鲁格那盖大岛有着频繁的贸易往来。鲁格那盖岛位于日本东南方一百里格的地方。日本天皇和鲁格那盖国王签订了盟约，两国之间常有船只过往。因此，我决定沿这条路线航行回欧洲。我雇了一名向导带路，两头骡子驮着我那不多的行李。临行前我向那位尊贵的于我有恩的领主辞别，他又送了我一份厚礼。

一路上我没碰到什么值得一提的事件或险情。可等我到达玛尔德那达港时，那里却没有去鲁格那盖的船，而且近期内也不会有。这座港口城市和朴次茅斯差不多。没过多久我就结识了一些朋友，受到了他们热情款待。其中一位知名人士对我说，既然一个月内都不会有去鲁格那盖的船，倒不如去西南方五里远的哥拉达觉小岛一游，或许很有意思。他提出，他和另一位朋友可以陪我一同前往，还可以提供一艘轻便的三桅小帆船。

"哥拉达觉"这一词，就我的理解最接近原意的译文是"巫魔岛"。它大约有外特岛的三分之一大，有极丰富的物产，被一个巫人部落的首领所统治，他们只在本部落范围内通婚，部落中年龄最长的那一个就是岛主或者叫统治者。他拥有一座富丽堂皇的宫殿和一座有三千英亩左右面积的周围被 20 英尺高的石头围墙围起的花园。花园内还圈出几块用以放牧、耕、种、园艺的地来。

侍奉岛主及其家人的仆人都是些不同寻常的人。岛主擅施魔法，有本事凭着自己的意愿唤鬼招魂，24 小时内指使他们做这干那，可再长就不行了，而且两三个月内，也无法召回同一鬼魂，除非碰到非常情况。

我们大约是上午 11 点左右登上这个岛屿的，同行的一位先去拜见了岛主，请求他接见特意前来拜访他的陌生人，他立刻同意了。于是我们三人一起进了宫门，宫门两旁站着两排卫士，装备和服饰都很古怪，他们脸上的某种神情使我看了就产生一种无以言状的心惊肉跳的恐惧。接着我们穿过几间殿堂，所经之处都站有同前面一样的卫士。我们来到大殿，先向岛主深深地鞠了三个躬，又回答了几个一般性的问话，我们才被允许在岛主宝座下最低一层台阶旁的三个凳子上坐下。他会说巴尔尼巴彼话，尽管那语言和岛上的不一样。他让我讲讲我旅行中所见所闻。为了让我明白他是在不拘礼节地接待我，他手指一动令所有的侍从全部退下，他们一眨眼就消失得无影无踪，我大吃一惊就像我们从梦中突然醒来一样。我一时半会回不过神来，还是岛主向我保证我一定不会受到伤害，再看那两位同伴，因为经常受到这样的款待，表现出无所畏的样子，我这才恢复常态，向岛主介绍了我几次遇险的经历。但我还是有几分不安，时不时回头去看刚才那鬼魂卫士站立的地方。我有幸与岛主一同进餐，一群新鬼端上肉来，并侍立桌旁。这时我觉得我已不像上午那么感到恐惧了。这样一直呆到太阳落山时，我胆怯地请求岛主原谅我不能接受他的邀请住在宫中，当晚我和两名同伴就住在附近镇上的一户人家里，而这镇就是小岛的首府。第二天一早，我们又去拜见岛主，他对于我们的到来倒也显得很高兴。

就这样我们在岛上一住就是 10 天，白天大都和岛主呆在一起，晚上回到我们的住处。不久我对这些鬼神也习以为常了，三四次下来，他们的出现不再刺激我的情绪了。尽管还有点害怕，而更多的则是好奇心了。岛主告诉我，我可以提出我想见的任何鬼魂，数量不限，时间范围从世界的开始直至现在，所有的鬼魂他都能召唤得来，让他们回答我提出的一切问题。但有一个条件，我只能就他们生活的时代范围提出问题。不过有一点我尽可以放心，他们说的肯定都是实话，因为说谎在阴间是行不通的。

我非常感激岛主给我的恩惠。于是我们来到了一间侧殿，从这里望出去，花园的景色尽收眼底。由于我首先想看到的是气势宏伟磅礴的场面，就提出看一看阿贝拉战

役后统率大军的亚历山大大帝。随着岛主的手指一动，一个广袤的战场便出现在我们站着的窗户旁，亚历山大大帝也被召进了殿。我费了很大的劲才算听懂他的希腊话，不过我会的也不多就是了。他以他的名誉向我保证，他不是被毒死的，而是狂饮后因发烧而死的。

接下来我又见到了正翻越阿尔卑斯山的汉尼拔。他告诉我他的军营里一滴醋都没有了。

我还看到正率领自己的军队准备交战的恺撒和庞贝，我也看到了取得最后胜利的恺撒。我又提出把罗马元老院在一间大厅里开会的情形与现代在另一个大厅中举行的议会做个比较。前者看似一群英雄和受尊敬的人在聚会，而后者倒像是一帮小贩、窃贼、拦路抢劫者和暴徒凑到一起。

在我的请求下，岛主做了个手势让恺撒和布鲁特斯同时向我们走来。我一见到布鲁特斯就被他所打动。从他的面容上，很容易地就能找到他那些至高无上的美德：勇猛顽强、目标坚定、爱祖国、爱人民。我很高兴看到这两个人彼此都很有理性。恺撒向我坦言到：他一生中最伟大的举动也远远不如布鲁特斯处死他来得辉煌。我荣幸地与布鲁特斯进行了长时间的交谈，他告诉我，他与他的祖先优尼乌斯、苏格拉底、义巴敏诺达、小伽图、托马斯·莫尔爵士永远呆在一起，组成一个"六人之家"，世界的哪朝哪代都再没有一个人可成为这家的第七个成员了。

为了满足我想观望各个历史时期世界的奢望，大量著名杰出的人物都被召唤到我面前。如果一一介绍，读者会感到沉闷乏味，这其中我所看到的更多的是那些推翻了暴君和篡位者的人，是那些为被压迫被侵害的民族争回自由的人。我真是饱了眼福，然而我却无法表达出我心中所获得的满足，也无法让读者与我同享这份满足。

●修正历史

  我十分渴望看一看那些具有远见卓识的最著名的古人，就特意安排了一天的时间。我提出叫荷马和亚里士多德领着所有评论过他们著作的人出现在我面前。这些评论家太多了，有几百名只得站在院子和外殿里等候。从人群中我一眼就认出了这两位英雄，而且他们谁是谁也立即分辨清楚了。两人中，荷马长得英俊魁梧，腰板硬朗，双眼有神，目光犀利。亚里士多德则拄着一根拐杖，弯腰驼背，身材瘦弱，头发稀疏，嗓音沉闷。我很快便发觉他们两位根本不认识那些评论家，以前从未见过甚至听说过。有一位鬼魂，就不提他的名字了，悄悄地跟我说，在阴间，这些评论家们总是远远地躲着两位作家，因为他们向后人所做的评论完全误解了作家的意思，因此像是犯了罪一样于心有愧。我向荷马介绍了狄迪姆斯和尤斯特修斯，劝他对他们两个好一些，不过也许不值得对他们好，因为他很快就看出了他们不具备天份，无法进入荷马史诗的精神境界。可亚里士多德对我介绍给他的司各特斯和拉姆斯显得好不耐烦。他问他们，别的人是不是也都是些跟他们一样的大笨熊。

  接着我又请岛主把笛卡尔和盖塞狄召来，我劝他们把自己的思想体系解释给亚里士多德听，这位大哲学家倒也坦率地承认了他在自然哲学方面所犯的错误，承认了他也像所有的人一样，许多事情也是凭空猜测的。他发现十分推崇艾庇顾拉斯学说的盖塞狄与苗卡尔的涡动学说一样被驳倒了，他预言，当代学者那么热衷维护的万有引力学说也一定会遭到同样的命运。他说，所谓大自然新的体系不过就是一种时髦，每一个时代都会加以改进，哪怕那些自以为能用数学定理来证明这些体系的人也只红极一时，一旦有定论，也就不再流行。

  我花了五天时间与许多其他的古代学者进行了交谈；我还见到了早期的绝大多数罗马皇帝；我请岛主唤回了伊利奥盖伯勒斯的厨师为我们做了一桌饭菜，然而因为缺这少那，他们无法显露手艺；又请阿杰西雷斯的一个农奴给我们做了一盆斯巴达肉汤，

但我喝了一调羹后再也喝不下去了。

陪我同来的那两位同伴因有私事要处理，三天后就得回去，因此我就用这三天时间见了见过去两300年中死去的我们国家及欧洲其他国家显赫一时的人物。因为我这个人一向崇慕名门望族，就请求岛主把一20位国王连同他们的祖宗八代一起召来，可看后却令人痛心地出于意料地失望。我并没有见到那些头顶皇冠的人，而看到的只是一个家族中的两名提琴师、三名衣衫整洁的朝臣、一名意大利主教和另一个家族中的一名理发师、一名修道院院长、两名红衣主教。正因为我对这些戴皇冠的人太崇敬，所以对这么一个奇妙的话题我也就不想详论下去了。不过，至于公爵、侯爵、伯爵、子爵之类的人物，我就不那么在乎了。我不否认我确实窃窃自喜，因为我发觉我能够从他们的祖先那儿追根溯源找到让他们成为名门望族的特征。我一下就看得出：这一家人的长下巴是从哪儿继承来的；那一家为什么两代都生无赖，而另两代却都是傻子；第三家人为什么恰恰都发疯；第四家人为什么又都是骗子；为什么事情就会像彼利多尔·魏吉尔在说到一个大户人家时所讲的那样："没有一个勇敢的男子，也没有一个纯洁的女人"；残酷、欺诈、胆怯又是如何像盾牌徽章那些渐渐地成了某些家族扬名的特征；是谁第一个把梅毒带进了一个高贵的家族，使子子孙孙都生出瘰疬毒瘤。于是当我看到皇家世系被这些仆人、佣人、侍者、车夫、赌徒、琴师、戏子、军人以及窃贼所断绝时，我也就更不以为奇了。

最令我厌恶的就数现代历史了。我把过去一百年来宫廷中最显赫的人物都仔细地审查了一下，发现这世界怎么会被一伙娼妓似的作家哄骗了，他们把懦夫说成是立下赫赫战功的人；把傻瓜说成是聪明的人；把拍马屁的人说成是诚实的人；把叛国者说成是具有古罗马美德的人；把无神论者说成是虔诚的人；把鸡奸犯说成是纯洁的人；把告密者说成是讲真话的人。多少善良无辜的好人，由于腐败的法官被大臣所利用，也由于派系争斗，而遭杀戮被流放；多少坏人却被提升到了受信任、有权势、有财利的高官位上；朝廷、枢密院和参议院里有多少事件活动可以与鸨母、妓女、拉皮条的和小丑的行为相媲美；当我搞清楚世界上伟大事业和伟大革命的根源动机，当我搞清楚使他们获得成功的卑鄙的偶然事件时，我对人类的智慧和正直是多么地不屑一顾。

在这里我还发现那些假装要写轶闻秘史的人是多么的诡诈而无知：他们会用一杯毒酒送国王进坟墓；他们会重复国王和大臣单独会谈时的讲话内容；他们会打开驻外

使节和国务大臣的思想和密室。不幸的是他们一直也没弄对过。在这里我还发现了许多震惊世界的大事件的真实原因；一名妓女怎样把守着后楼梯；后楼梯怎样把守着枢密院；枢密院又怎样把守着参议院；一位将军当我的面承认，他打的一次胜仗完全仰仗懦弱和指挥错误的力量；一位海军上将说，因为没有适当的情报，他打败了他原本欲向之投降的敌舰；有三位国王向我声明，他们在位期间从没有启用过任何有功人员，除非是由于搞错或在他们亲信的大臣的唆使下，即使他们转世，也不会这么做的，对此他们还提出了强有力的证据：离了腐败，王位就保不住，因为道德注入于人的正义，自信和活泼的性格恰恰是治理国事的绊脚石。

我满怀好奇想特别问一问，那么多人是通过什么手段获得了高官厚禄的？当然我的提问对象只局限于近代，不涉及当代，因为我得保证不侵害任何一个人哪怕一个外国人（我想我根本不需要向读者说明我所说得丝毫没有一点是指我的国家）。大量有关的人物都被召了进来，我略为审视了一下，就发现那景象真是可耻，而且一直到现在都让我认真地思索。在他们所提到的一切手段中，作伪证、欺诈、唆使、舞弊、拉皮条以及类似的毛病还算是最可以原谅的，因为这些还都说得过去。可是竟然有人承认，他们是因为鸡奸和乱伦获得业绩和财富；是因为强迫自己的妻女去卖淫；是因为背叛祖国和国王；是因为下毒药害死人；是因为滥用法律去消灭无辜。我看到的种种现象免不了减少我对那些地位高贵的人的敬意，我原以为他们仪表堂皇，本该受到我们这些下等人的尊敬。我的这种认识，还望得到谅解。

我从书本上经常读到为君主为国家创建的业绩，也就渴望见见这些建功立业的人物。一询问我才知道，任何一本史册上都没有记载下他们的名字，只少数几个还被历史写成是最卑鄙可耻的流氓和叛贼。至于剩下的却是我从未听说过的。这些人看上去全都神情沮丧，衣着寒碜，他们大多数人都跟我说，他们都因贫困耻辱而死，还有的则被送上了断头台或绞刑架。

在这些人中间，有一个人的遭遇显得有点不一般，他身旁还站着一个 18 岁大小的青年。他告诉我，多年来，他一直是一艘战舰上的舰长，在爱克乌姆海战中，他荣幸地击退了敌军的强大阵线，击沉了敌军三艘主力舰，又捕获了一艘，致使安东尼仓促逃走，他们大获全胜。站在他身边的青年是他的独子，在战斗中阵亡了。他又说，他自认为是有功之臣，战争一结束，就奔罗马而去，请求奥古斯都朝廷任命他为更大一艘战舰的舰长，因为那艘舰的舰长死了。可是朝廷一点也没有考虑他的要求，就把职位给了皇帝情妇的侍从列伯订那的儿子，而这人连大海都没见过。他又回到了他原先的那艘舰上，可受到了玩忽职守的不公正的待遇，战舰交给了帕伯里可拉海军中将的一位随从。这样他告老还乡回到了远离罗马的一个穷乡僻壤，在那里了结了自己的一生。我心中充满好奇想弄清楚事情的真相，就请岛主把当年战争发生时任海军大将的阿古利巴召来。他出现了并证明舰长所说的一切全是事实，甚至更多地讲述舰长的长处，舰长因为过分谦逊隐去了自己的大部分功劳。

随着奢侈之风近日被传播进来，这个帝国的腐败堕落一下子就发展得如此迅速，这真令人吃惊。然而对于在各种罪恶早已盛行的其他国家里，出现许多类似的事情，我觉得倒不那么为怪了。比如：总司令独霸着靠颂扬和掠夺来的财富，也许最不配拥有这两样的就是他。

被召唤来的鬼魂的相貌和他们在世时的完全一样，相比之下，我们人类在这一百年中退化了那么多，使我看后感到万分忧虑。各种各样造成不同结果的梅毒大疮完全改变了英国后代的容貌，他们变得身材瘦小、精神沮丧、体力涣散、面无血色、满身腐臭。

我受屈降低了自己的身份，提出见上几位古代的英国农民。他们以前曾以纯朴、大方、买卖合理、具有自由精神、英勇、爱国这一切美德而闻名。当我把活人和死人一比，我不能不为之所动，祖宗所有这些与生俱来的纯洁的美德，都被他们的子孙们为了几个钱出卖了，他们出卖选票从而操纵选举，他们也学会了只有在宫廷才学得到的罪恶和腐败。

● 遭囚禁

离岛的日子到了。我辞别了哥拉达觉岛主，回到了玛尔德那达。在那里我等了两星期，才有一艘船去鲁格那盖。陪我同去的那两位先生以及我的其他朋友非常慷慨友

好，给我准备了许多食物，并送我上了船。这次的海上航行持续了一个星期，其间遇上了一次大风暴，无奈只得向西航行，乘上信风又航行了 60 多里格。1708 年 4 月 21 日，我们的船驶入克拉米格尼格河，这里有一个港口城市，位于鲁格那盖的东南角。我们把船停泊在距城一里格的地方，发出信号请求派一名领港员来。不到半小时，两名领港员就来到了船上。他们领着我们的船穿过暗礁岩石，行程十分险峻，这才进入一个很大的内湾，这内湾离城墙不到一索，足以容下一支舰队安全停泊。

也不知是存心整我还是一时粗心，我们船上的几名水手告知领港员说我不是他们船上的，是个大旅行家。这就引起了海关的注意，我一上岸就受到了严格的检查。因为与巴尔尼巴彼有着频繁的贸易往来，因此当地人，尤其是水手和海关官员都会说巴尔尼巴彼话，这位官员就是用巴尔尼巴彼话与我交谈的。我简单地向他讲述了我的经历，尽可能地把我的故事讲得真实可信，不过我想我还是有必要隐瞒我的国籍，就自称是荷兰人，因为我要去日本，而荷兰人是唯一准许进入这个王国的欧洲人。我告诉他，我们的船在巴尔尼巴彼海岸触礁失事，把我扔在一块礁石上，然后被勒普特人接上飞岛（他听说过飞岛），现在正想办法去日本，也许从那里能找到一艘便船回我自己的国家。那官员说，他要写信请示朝廷，两个星期内有希望得到朝廷的答复，不过这期间得先把我关押起来。于是我被带到一舒适的住处，门口布了哨，里面有一个大花园供我自由活动，我受到了相当人道的待遇，一切费用均由朝廷负担。不时地也有几个人来探视我，可那主要是出于好奇，他们传说我来自遥远的闻所未闻的国家。我雇了同船来岛的一位年轻人做我的翻译，他是鲁格那盖人，在玛尔德那达也生活了几年，因此两地的话都说得很好。我在他的帮助下与那些来访的人进行交谈，不过所谓谈话，只是他们提问我回答。

朝廷的公文在预计的时间内到了，它指令十名骑兵将我和我的随从带至特拉觉格达布或者叫特里角格党布（根据我的记忆，这个字有两种读法），我的"随从"只有那位充当翻译的可怜的小伙子，就这还是在我再三劝说之下才答应的。经过我再三恳求，他们给了我俩一人一头骡子骑。有一位信使早我们半天上路去通知国王我就要到了，请国王挑选一个他乐意接见我的日子和时辰，好让我有幸去"舔他宝座前的灰尘"。这是朝廷的规矩，只是我觉得它不单单是个形式。我到后两天被接见的时候，我遵照指令趴在地上向前爬，而且一边爬一边舔地板。然而见于我是个陌生客，他们倒细心地把地板打扫得干干净净，这样倒还能忍受。不过这只是个特殊的恩惠，只有那些职位高贵的人进宫拜见时才能得到。相反，要是拜见的人有那么几个有权势的敌人在朝廷的话，地板上还会特意地被撒上灰。我就亲眼看到一位大老爷满嘴尘土，当他爬到宝座前规定的位置时，已经说不出一句话了。就这还没有办法补救，因为被召见的人如果当着国王的面吐痰或者擦嘴，就会被处死。除此之外，还有另外一种情形，说实话我不敢苟同：如果国王想以一种宽大文雅的方式处死某个贵族，他就下令在地板上撒上一种棕色的含毒的粉末，一旦舔食进嘴，24 小时之内保证死亡。但就国王的宽厚仁慈，我还是要说句公道话，他对臣民的性命还是十分爱惜的（我真希望欧洲的君王们都能效仿他这一点）。为了他的名誉，我必须提一下，在每一次的这种行刑后，他都严格地下令将撒上毒粉的地板擦洗干净。如果侍从一时疏忽，就会招惹陛下生气。我就亲耳听到国王下令鞭打一个侍从。因为一次行刑后，轮到他去通知擦洗地板，可他恶作剧，并没通知，谁知却使得一位前途远大的贵族青年在一次召见时不幸饮毒身亡，而国王当时并没想要处死他。不过这位国王真够仁慈的，饶了那侍从一顿鞭子，只是要他保证今后没有国王的特别旨令，不许这么做。

言归正传，当我爬到离宝座四码的地方时，就慢慢地抬起身子，双膝跪下，在地上磕了七个头，嘴里说着头天晚上他们教我说的话："Ickpling Gloffthrobb Squutserumm blhiop Mlashnalt Zwin tnodbalkguffh Slhiophad Gurdlubh Asht." 这是一句颂词，这个国家的法律规定，凡是拜见国王的人必须先说这句话。如译成英语，大意如下："祝国王陛下的寿命比太阳和十一个半卫星还要长！"对此，国王回答了一句什么，照例我是听不懂的，可我还是接着说他们教我的话："Fluft drin Yalerick Dwuldum prastrad mirplush." 翻成英文应该是："我的舌头在我朋友的嘴里"。我说这话的意思就是允许我退下把我的翻译带上来，于是我前面提到过的那个年轻人就被领了进来。一个多小时内，在他的翻译下，我回答了国王所能提出的一切问题。我说巴尔尼巴彼话，我的翻译再把我的意思译成鲁格那盖话。

国王对我们的谈话很感兴趣，就命令他的"Bliffmarklub"也就是内务长给我和我的翻译在宫里准备一处住房，每日提供饮食，另外还给了一大袋金子供我零花。

为了遵从国王的旨意，我在这个国家住了三个月，国王十分宠信我，几次封我高官，可我始终认为和我的妻子和家人在一起度过我的余生更安稳合理一些。

● 与名流交谈

鲁格那盖人待人礼貌、慷慨，尽管也沾有几分所有西方人都特有的那种骄傲，但他们对陌生人倒还客气，特别是对那些受到朝廷重视的陌生人。我结识了社会上的一些名流，在翻译的帮助下，我们之间的谈话还是挺愉快的。

一天，我和许多人呆在一起，一个颇有地位的人问我有没有见过他们的"斯觉尔德布鲁格斯"人，或者叫"长生不老人"，我说我没有见过，还请他解释一下，在凡人身上加这么一个称呼是什么意思。他告诉我，有时恰巧会有那么一户人家生下一个在额头左眉的正上方有一个红色圆点的孩子，当然，这种情形十分罕见，而这红色圆点就绝对表明，这人将永远不死。他描述到：这个圆点大约有一枚三便士的银币那么大，可随着年岁的增长会变大、变色，12 岁时它会变绿，25 岁时变成深蓝色，到了 45 岁时就成了煤黑色，大小如一枚英国的先令，从此就不再变了。他说，这种孩子生得极少，全国上下男女性别的"斯觉德布鲁格斯"人加起来不会超过 1100 个，估计首府也就只有 50 名，这其中有一个女孩是三年前出生的。他还说，并不是哪个特殊的家庭才能生出这样的孩子，这纯属巧合，即便"斯觉尔德布鲁格斯"自己的孩子，也都跟别人一样生死由天。

我得承认，听他这么一说，我有说不出的高兴。正好他又懂我会说的巴尔尼巴彼语，我就情不自禁地喊出了几句也许过分的话。我狂喜地叫道："幸福的国家啊，你的每一个孩子都有一线长生不老的希望！幸福的人民啊，你们享有那么多具有古代美德的活范例，有那么多的大师能把历代的智慧随时传教于你们！最最幸福的伟大的'斯觉尔德布鲁格斯'人啊，你们生就免遭人类那共同的灾难，一生一世都不用担心死亡会降临，过着无忧无虑，心情舒畅的生活！"可是我觉得奇怪，这些杰出的人物，这些前额上有颗黑痣这么个显明标志的人，我怎么在朝廷里没见着一个，照理很容易就能看到的？这位贤明的国王不可能不启用这么一帮永远聪明能干的人？也许这些受人敬

重的贤人身上所具有的美德与朝廷里的腐败堕落之风格格不入。经验常常告诉我们，年轻人固执己见，浮夸轻率，不愿接受老年人严肃稳妥的教导。既然国王乐意我接近他，那么，我拿定主意只要一有机会就借助翻译就此事向他坦率而详尽地陈述自己的看法。不过，无论他是否接受我的劝告，有一件事我是下了决心的，国王曾几次三番委我重任，那我就感恩戴德接受他的恩典，只要那些"斯觉尔德布鲁格斯"超人乐意接纳我，我就在这里生活下去，跟他们打交道。

我与之交谈的会说巴尔尼巴彼话的那位先生（这我已说过）带着一种微笑（那微笑是对无知的怜惜）对我说，能有机会把我留下来和他们呆在一起，他当然很高兴。接着他又要我允许他把我刚才说的话翻译给大伙听，他解释之后他们用本国语在一块交谈了一阵，只是我一个字也听不懂，而且从他们的表情上也看不出他们对我说的话有什么看法。短暂的沉默过后，还是那位先生对我说，他的朋友和我的朋友（指他自己，他认为这样称呼更恰当）对我刚才关于长生不老的幸福和好处所做的评论感到非常高兴，只是他们想具体知道，假如命运安排我生就是个"斯觉尔德布鲁格斯"人，我将会以怎样的方式生活。

我回答说，这是一个内容丰富，令人愉快的话题，要想长篇大论说上一通是很容易的，特别对于我这个爱想象的人。我常拿我自己逗乐：要是我当上国王、将军或大臣，我会怎么做。至于这件事，我不知通盘考虑过多少次了，万一我长生不老，我该做些什么，我该怎样度过时光。

我说，如果我命好降临到这世界就是个"斯觉尔德布鲁格斯"人，而且从生死之别中明白了自己的幸福，首先，我想方设法也要拥有财富，计划通过勤俭节约，苦心经营，在两百年内一定会成为王国里最富有的人；其次，我会从小致力于艺术和科学的研究，这样，到时我就能在学问上胜过任何一个人；最后，我要仔细地记录下国家的每一项重大活动和事件；依据自己的观察，公正地描绘出历代君王和大臣的性格；准确地记载下风俗、语言、服装、饮食和娱乐方面的种种变化。包揽了以上的这一切，我将成为知识和智慧的活宝库，成为国人中的先知先觉者。到了60岁以后，我决不再结婚。生活中，友好待人，勤俭持家。我要指导那些有希望的青年坚定正确的思想。用自己的记忆、经验和观察，同时也用无数的例证让他们相信，无论是公众场合还是个人生活，道德始终有用。经我挑选的、永久不变的伙伴一定得是一帮同我一样长生不老的弟兄，他们是我从古代一直到我同时代才挑选出的 12 个同伴。要是他们中的哪一个没有产业，我会在我自己的地产周围给他准备一处方便舒适的住所。我总是会请上一些弟兄上我的餐桌吃饭。我还会在你们这些凡人中，挑出几个最值得打交道的人进来同我交往。不过，过上一段时间，我会变得冷酷，失去一两个人也不会让我感到惋惜或者根本就不惋惜。对你们的后代，我也是这样。就像一个人年年都在花园里种石竹和郁金香玩儿，不会因为前一年种的花枯败了，就感到懊悔。我的这些"斯觉尔德布鲁格斯"弟兄会与我交流走过岁月所观察和忆起的一切往事。我们会谈论腐败是怎样悄无声息地潜入这个世界。我们一直会告诫人类，指导人类，想尽一切办法防止出现腐败现象。再加上有我们这些能产生巨大影响的人做榜样，我们有可能遇到人性的继续堕落，而这种堕落令每一代人都在哀叹。

除此以外，我有幸看到州邦、帝国爆发种种革命；地上、天上发生种种变化；古城变成废墟；无名村庄变成君主的帝都；名川大河变成浅水小溪；地球的一半干旱缺水，而另一半却被海水淹没；许多无名国家被发现；野蛮民族入侵礼仪之邦，倒使最野蛮的人渐渐文明起来；我还能看到已经发现了黄经永恒运动和万应灵药，还有许多其他尽善尽美的伟大发明。

在天文学上，我们将有多么精彩的发现！我们可以看到自己的预言变成事实，可以观察到彗星的运行和重现，可以知晓日月星辰的运行变化。

永无止境地活在世上的欲望以及不离尘世的幸福使我在其他许多方面又说了一大通。我说完后，那位先生照先前的样把我谈的要点翻译给其他人听，他们用他们的语言谈了好长时间，并不断地讥笑我。最后，做我翻译的那位先生受大伙的指派给我纠正几个错误。这些错误也是由于人所共有的愚蠢才会犯的，因而他们可以不让我负什么责任。他说，"斯觉尔德布鲁格斯"人是他们国家特有的，巴尔尼巴彼和日本都没有这样的人种。他曾有幸被国王派到这两个国家去任大使，发觉当地人都不相信会有这样的人，就像他一开始跟我说这事时，我也显得很吃惊一样，说明我当时也是觉着这事新奇古怪，难以置信。他在上面提到的那两个王国的居留期间与很多人接触过，发现长生不老是人类与生俱来的愿望。无论哪个人哪怕一只脚已跨进了坟墓，他一定会拼命拽住另一只脚。老想依然希望继续活下去，哪怕仅仅一天，他们把死亡看作是最大的痛苦，天性时时刻刻都在促使他逃避死亡。然而，只有在这鲁格那盖岛上，生的

欲望才不那么迫切，因为"斯觉尔德布鲁格斯"人这一样本一直都出现在他们的眼前。

他说，我幻想的那种生活方式令人难以置信，因为那是以永远的青春、健康、精力为前提保证。有谁会傻到不顾这幻想多么不切实际还去痴心妄想呢？问题不在于一个人是否愿意青春永驻，幸福常在，而在于随着年龄的增长变老，一切常见的不便如何能让他度过那永恒的生命，尽管很少有人愿意在如此不便的条件下永生不死，可是在前面提到过的巴尔尼巴彼和日本这两个王国里，每一个人都奢望将死亡推迟，越迟降临越好，他从未听说过有谁是心甘情愿地死掉，除非他受不了极端的痛苦和折磨。他请我想想，在我旅行过的国家以及我的祖国，我有没有觉察到相似的普遍的情形。

这一通开场白后，他仔细地描述了"斯觉尔德布鲁格斯"人的情况。他说，大约30岁以前，他们和凡人没什么区别。可打那以后，他们就日渐忧郁和沮丧，且越来越严重，这样一直到80岁。他们亲口向他承认这事的，要不他们人这么少，一个时代都生不了两三个，无法进行普遍的观察。当他们活至80岁这一当地人认作生命极限的岁数时，不但一般老人有的毛病和荒唐行为他们都有，而且还有许多别的毛病和荒唐行为，因为他们有一个可怕的前途：长生不老。他们偏执、易怒、贪婪、忧郁、自负、唠叨，什么友情和爱情都不复存在，除了对孩孙们还存有点感情，构成他们情感的主要内容就是嫉妒和妄想，它们来自青年人的罪恶和老年人的死亡，与青年人对照，他们发现他们再也无法享受一切欢乐了，而每当他们看到葬礼，他们就会伤感，羡慕别人驶进了歇息的港湾，而他们却永远不要指望。他们除了还能记得一点在青年时和中年时所学过的和观察到的支离破碎的东西外，对别的他们没有任何记忆。所以要想知道事情的真相和细节，宁可相信一般传统的说法，也比相信他们最好的记忆来得安全可靠些。他们当中最不感到悲伤的似乎就是那些年迈昏愦，丧失了一切记忆的老朽，他们因为少有别人那些恶习，倒能多一点得到大家的怜悯和帮助。

如果一个"斯觉尔德布鲁格斯"人碰巧与他的同类结婚，根据王国的习惯做法，两人中年青的一个一到80岁，婚姻就宣布解除。法律认为这是合理宽容，因为对于那些生来就要受到惩罚永远活在世上的人不应再以妻室加重他们对痛苦的承受。

一旦他们年满80岁，法律上就认定他们已死亡，他们的子孙后代立刻就可以继承他们的产业。而只留很少的一部分供他们维持生活，有些贫困的人还要接受公众的救济。这时他们既不令人信服，也不能为公众谋利益，大家认为他们再不能担任任何工作。他们无权购买和租赁土地，无权为任何民事或刑事案件作证，甚至无权参加地界的勘定。

到了 90 岁，牙掉了，头发没了，也辨不出滋味，有什么吃什么，有什么喝什么，不讲食欲胃口，原本就有的老毛病既不加重也不减轻，就这么拖着。谈话时，常常忘了这物件的名称、那人的姓名，甚至于最好的朋友和亲人也想不起来。也正因为这个原因，无法以阅读来消遣，他们记忆已差得连一个句子都读不下来，常常看了后面忘了前面。这一缺陷剥夺了原本唯一能享受到的乐趣。

这个国家的语言一直在变革，因为这一时代的"斯觉尔德布鲁格斯"人听不懂另一时代人的话，两百年一过，他们无法同周围的人交谈（顶多说几个一般的词），这样，他们生活在自己的国家里却倒像外国人感到诸多不便。

以上就是我所能记得的他们对我讲的关于"斯觉尔德布鲁格斯"人的叙述。后来，我见着几个不同时代的这种人，最年轻的不到两百岁。他们在不同时间内被我朋友带到我这里。尽管告诉他们我是一个大旅行家，曾走遍世界，可他们没一点好奇心，也不提个问题问问我，只是要我给他们"丝拉姆斯库达斯克"，就是纪念品，其实这是一种文雅的乞讨，以躲避严格禁止他们行乞的法律，因为他们被公众供养，尽管事实上津贴很少。

什么人都鄙视、憎恨他们。这样的人一旦降生，大家都认为是不祥之光。他们的出生情况都被详细地记载下来，查一查记录簿就可以知道他们的年龄，只是这些记录簿只有一千年之内的记录。一千年前的记录早因年代久远而损坏或毁于社会动乱。不过，计算年龄的通常方法可以问一问他们脑子里还记得哪些国王或者名气大的人，再查对历史，因为他们所能记得的最后一位国王怎么也要到他们满 80 岁之后才会登基。

他们是我所见过的最可怕的人，女人比男人更可怕，这种可怕不完全是由于极度衰老所产生的一般缺陷，还有别的一些可怕的地方，而且可怕的程度随着年岁的增长日渐增多，简直无法形容。我在六个人中很快就判断出谁年龄最大，尽管他们之间不过只相差一两百岁。

这下读者不难相信，从我的所见所闻，我想成为长生不老人的愿望大为减弱，我打心眼里为我原先那些美妙的幻想而感羞愧，心想，与其这样活着，还不如死掉，而且任何暴君再能想出的可怕的死法，我都乐意接受。国王听说了我和我的朋友的这一

番谈话，不无得意地讥笑我，说他打算送一对"斯觉尔德布鲁格斯"人给我带回我的国家，使我们的人民不再惧怕死亡。但是似乎这个王国的基本法律不允许这么做，否则我还真乐意破费些精神和钱财把他们运回来。

我不得不同意，这个王国关于"斯觉尔德布鲁格斯"人所制订的法律具有最强有力的理由，换成任何一个处在相同情况下的国家都会制定这样的法律。否则，长生不老的人最终会成为国家全部财产的主人，霸揽民众的权力，却又因为缺少管理能力，必然导致整个社会的毁灭。

● 前往日本

我想，这段关于"斯觉尔德布鲁格斯"的描述，读者读来还是挺有趣的吧，因为这似乎多少有点不同寻常，至少，我还想不起我看过的哪一本游记有过类似的描述，如果我记错了，请大家谅解。不过即使旅行家们在描述同一国家时，都在同一细节上大做文章，他们也不应受到借用或抄袭别人著作的指责。

的确，这个王国与大日本帝国有着长久的贸易往来，而且很有可能日本的作家已进行了大量的关于"斯觉尔德布鲁格斯"的描述。然而我在日本逗留的时间不长，加上我对他们的语言一窍不通，我也就没进行什么调查。不过我倒希望，我这么一点拨倒挑起了荷兰人的好奇心，他们有能力来弥补我的不足。

国王曾几次三番要我接受他封于我的官爵，可他发现我下决心要回到自己的祖国，也就高兴地恩准我离开了。我十分荣幸地得到了他为我给日本天皇写的亲笔信。他还送给我 444 块很大的金子（这个民族喜欢双数）和一颗红钻石，就这颗钻石，我回英国后卖了 1100 英镑。

1709 年 5 月 6 日，我郑重地告别了国王陛下以及我的所有朋友。承蒙国王恩宠，派了一支卫队把我送到了这岛西南部的皇家港口革兰古恩斯特尔得。第 6 天我找到并登上了一艘能载我去日本的船。航行了 15 天后，我们到达位于日本的一个叫滨关的港口小镇。港口在小镇的东面，那儿有一个窄窄的海峡，向北一直通向一个长长的海湾，海湾的西北岸即是首府江户的所在地。一上岸，我就把鲁格那盖国王给天皇陛下的信给海关官员看，这些官员已经看熟了这皇宫印章，它像我的手掌那么大，图案是一个国王从地上扶起一个瘸腿的乞丐。当地的官员听说了我的这封信，以接待大臣的规格接待了我。他们为我备了马车和仆人，并免费送我去江户。一到那里，就受到了天皇的召见，我呈上那封信，他们举行了隆重的拆信仪式，接着一位翻译将信说给天皇听，又向我转述天皇的命令，让我尽可能提出要求，无论什么样的要求，天皇看在他那鲁格那盖皇兄的份上，都会准许的。这位翻译受雇专门处理荷兰事务，他从我的相貌一下就判断出我是个欧洲人，就用熟练的低地德语重复了天皇的命令。我回答道（按照我先前定下的），我是个荷兰商人，船航行到一个遥远的国家失事了，从那里经海路、陆路一直到了鲁格那盖，接着乘船来到日本，我知道我的同胞经常来这里做生意，也正因如此，我指望有机会能随他们返回欧洲。紧接着，我就卑贱地请求天皇下令把我安全地送到长崎。我还提出了一个请求：请天皇看在我的恩人鲁格那盖国的份上，免去我执行像我的同胞所必须执行的踏踩十字架这一仪式，因为我是遭遇了不幸才被迫来到这个王国，没有任何经商的目的。当这后一个请求被译给天皇听后，他显得有点吃惊，还说，他相信我是我同胞中第一个不愿执行这种仪式的人，并开始怀疑我到底是不是荷兰人，他甚至有点怀疑我是个基督徒了。然而，由于我前面讲过的原因，主要也是因为看在鲁格那盖国王的份上，天皇就特别开恩放纵我这不同于众的脾气。只是还得巧妙地安排一下，要官员们像是一时疏忽把我放了过去的，否则这秘密一旦让我的同胞"荷兰人"发现了，他们一定会在途中将我的喉管切断。我让翻译传达了我对天皇赐恩于我的感激之情。恰巧此时有一支军队要开到长崎去，天皇吩咐指挥官将我安全送抵长崎，又特别叮嘱了一番十字架的事。

1709 年 6 月 9 日，经过千辛万苦长途跋涉，我终于到了长崎。很快，我就结识了一些在阿姆斯特丹"陈姆波伊娜号"船上干活的荷兰水手，这是一艘载重 450 吨的大商船。早先我因为要继续我在雷敦的学业，曾在荷兰生活过很长时间，因此能说一口流利的荷兰话。水手们立刻就知道我刚刚打哪儿来，并十分好奇地探询我的航海经历和生活经历。我尽量简明扼要、真实可信地讲述了我的故事，只是隐瞒了绝大部分。我在荷兰时认识了不少人，因而我凭空捏造了我父母亲的名字，假称他们是格尔得兰

德省出身寒微的百姓。我原本想付给船长（名叫西尔多拉斯·万格鲁尔特）我到荷兰应付的船费，可是当他得知我是一个外科医生，就只肯收一半费用，以换取我用我的医术为他服务。在我们上船前，有几名水手一再问我有没有执行前面提到的那个仪式，我没有直接回答这个问题，只笼统地说，天皇和朝廷所有的要求我都照办了。然而还是有一个恶毒讨厌的水手跑到一位官员前，指着我说，我没有踩过十字架，好在他已接到旨令放我过去，反倒用竹子在这坏蛋的双肩抽打了 20 下。打这以后，我就再没有被类似这样的问题困扰过。

一路上没什么值得一提的事情发生。我们一路顺风驶到好望角，在那儿作了短暂停留，取了些淡水。4 月 6 日，我们安全驶抵阿姆斯特丹，除了有三人在途中死于疾病，一人在离几内亚不远的地方从前桅上失足坠落海里。不久，我乘阿姆斯特丹的一艘小船启程返回英国。

1710 年 4 月 10 日，我们的船泊在唐兹。第二天一早我就上了岸，又一次见到了阔别 5 年零 6 个月的我的祖国。我直奔瑞德利夫而去，当天下午两点就到了家，见到了我的妻子和家人，他们身体都很健康。